涙の詩学

王朝文化の詩的言語

ツベタナ・クリステワ著
Tzvetana Kristeva

名古屋大学出版会

本書は、財団法人名古屋大学出版会
学術図書刊行助成により出版された。

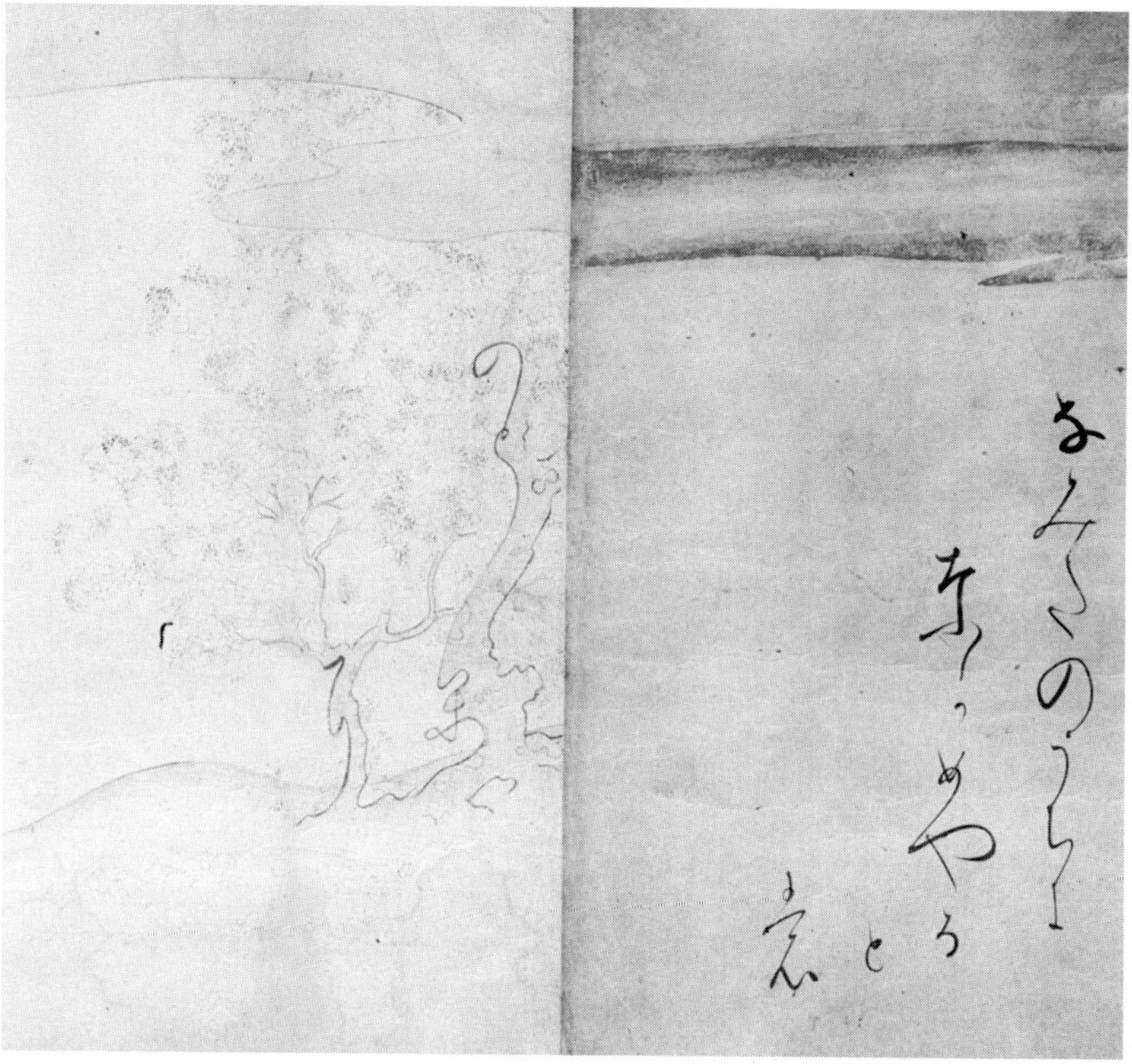

隆房卿艶詞絵巻（詞書末尾から第一段冒頭へ）

「なみだのうちにながめやるとも」で終わる詞書に続く絵は，葦手と化した文字から始まり，「木も草もことごとくに能くものいふ」という古代の信仰に根ざして「心を種」とした言の葉の本質そのものを表現している。それと呼応して，「のどかに」（月かげのどかにてらす）という葦手化された文字は，木の葉や草の葉のように“自然に”「艶」を花咲かせていく言の葉の展開を照らし出している。

隆房卿艶詞絵巻（第三段冒頭）
ひろげられた衣の上に流れる黒髪の川は，台盤《だいばん》の上に“押し出だされた”袖や台盤の線に沿って流れる裾によってディスプレイされた襲衣の重ねの線を強調し，王朝文化における意味作用のプロセスを特徴づける「流れ」の基本概念を象徴している。

涙の詩学——王朝文化の詩的言語　目次

はじめに……

読者ありき。

この研究の出発点になったのは、十八年も前に試みた『とはずがたり』のブルガリア語訳（一九八一）である。ブルガリアにおける日本古典文学の最初の翻訳だったこの作品は、ある意味で〝とはず〟に姿を現したので、様々な人の注意を惹き、話題になった。

初物はもっとも印象深いせいだろうか、『とはずがたり』のブルガリア語訳には愛読者が非常に多かったし、色々な意見や解釈も寄せられた。ナイーブなものもあれば、新鮮なコメントも少なくなかったが、なかでも読者をもっともびっくりさせたのは〈袖の涙〉であることがわかってきた。(1)

「昔の日本人は、女も男も、どうして絶え間なく涙を流していたのだろうか。お化粧をしていたらしいのに。それに、いくら濡れても濡れきらないあの袖は、タオルのような生地でできていたのだろうか」という質問があまりにも繰り返し出てきたので、私の頭のなかに疑問の種が植えつけられた。日本文学に馴染んでいる人の目には当たり前のように見えるこの〈袖の涙〉という表現は、そもそもただの比喩か誇張に過ぎないのだろうか。これはむしろ目の前にあるからこそ、もっとも見えにくく理解しがたい現象の一つなのではないだろうか。

それにしても、こんなに長い間「涙」を研究しようとは思ってもみなかった。私の生まれ育った合理主義的な社会では、「涙は人間の弱みの証である」というのが常識だったからであろう。また、ブルガリアで日本古典文学の孤独な研究者だった私にとっては、「涙」どころか、もっと〝普通〟の研究さえも十分贅沢に思えた。しかし、「とはずがたり」に「かたり」つづけるうちに、テクスト自体が私に語りかけてきて、色々とヒントを与えてくれた。なかでももっとも心に響いてきたのは、『とはずがたり』のある歌だ。「**わが袖の涙言問へほととぎすかかる思ひの有明の空**」というその歌の、呼びかけのような言葉を聞けば聞くほど、不如帰に代わって「涙」のことを「言問」いたくなってきた。それは、ほぼ同じ時に読んでいたJ・デリダの『グラマトロジーについて』のおかげでもあった。(2)

〈袖の涙〉の水上《みなかみ》を求めはじめると、鎌倉後期の『とはずがたり』から平安時代に遡ることになり、予想した以上の高い登場率に驚きを覚えた。それは私の決心をさらに強める一方、研究が進むにつれて、抑えられない不安も感じるようになった。どんなに探しても、「涙」の問題を正面から取り扱った本や論文が見当たらなかったからだ。こうして、確信と絶望との間をさまよいながら、少しずつ「涙」について発表しはじめると、励ましの声も聞こえてくるようになった。(3) ただ依然として、王朝文学における「涙」のあやしいほどの存在と、それに関する研究書の驚くべき〝不在〟とのずれに悩まざるをえなかった。

数年前に日本に来てからも、研究書のなかに「涙」の跡を探りつづけて、主な文学雑誌のバックナンバーに目を通してみたが、やはり出てこなかった。「涙」と関係のありそうな論文においても。『古典文学レトリック辞典／古典文学イメージ辞典』(國文學、一九九二年一二月臨時増刊号)すら「涙」を対象にしていない。「雨」と「露」が「涙」の表現として紹介されてはいるが、「涙」そのものは取り扱われていない。いったいなぜなのだろうか。自然の涙と、歌ことばとしての「涙」との区別はつけられていないのだろうか。

現代の研究書にはなくても、歌学書にならきっとあるだろうと思い、失われた「涙」の跡を求めつづけたが、結果はやはり私の期待をうらぎった。『日本歌学大系』は、総索引が付いていないので、見落とした記述もあるかもしれないが、調べたかぎりでは、たとえ〈袖の涙〉の表現が登場しても、議論の対象にはなっていない。「涙」を最も詳しく取り上げているのは『俊頼髄脳』だが、それはこのテクストが歌論というよりも作歌手引書になっているからだと思われる。すなわち、「鶯の涙」、「血の涙」、「涙川」、「ふるさとをこふる涙」の意味と用法に触れるとともに、歌の主要な技法である似物《にせもの》についての説明のなかで「草むらの露をば、つらとどのはぬ玉かとおぼめき、風にこぼるるをば、袖のなみだになし」(歌論集、一〇四頁)と、「露」と「玉」という「涙」の代表的な隠喩を紹介している。

しかし、他の歌学書は、〈袖の涙〉とそれに言及している表現を詠んだ歌を、数多く秀歌の例として引用しているにもかかわらず、〈袖の涙〉それ自体には注目していない。(4)

このような〈不在〉のメカニズムについて考えていくと、日本語におけるある言葉の〈不在〉が思い合わされてくる。それは日本語には poetry という言葉が欠けていることである。特定の言葉がないことは、その言葉の表している現象や対象がその文化には存在していない場合もありうるが、正反対の理由も考えられる。つまり、その現象があまりにも普及しているので、一つの言葉では認識されないということであるが、日本語における poetry の〈不在＝遍在〉は、こちらに属するように思われる。日本文学史を省みると、poetry が歌謡、和歌、長歌、旋頭歌、今様歌、漢詩、連歌、連句、俳諧、俳句、川柳、狂歌など数多くの特定の形式やジャンルを持ち、文学における中心的な役割をはたしているとともに、物語、日記など他の文学形式のテクストにも滲出しているので、それらをまとめて、一つの言葉であらわすのは不可能なほどであるし、おそらくその必要もないのだろう。(5)

このような観点から見れば、「涙」も poetry という言葉に似ているのではないだろうか。歌、日記、物語などにかぎらず、歌学書の言語にあまねく浸透しているからである。たとえば、『愚見抄』の結びで定家は「かやうの事どもをしるしつけ侍るにも、なき影のみ恋しくて、懐旧の涙、往事の夢、ともにせんかたなくこそ」（日本歌学大系、第四巻、三六一頁）と書いているし、『八雲御抄』も「つやつや歌のゆきかた」を〈袖の涙〉の歌を通して追究している。さらに、江戸末期の国学者の藤井高尚は、「かゝれば古のかしこき歌よみは、何にまれ、人のあはれと感じ思ふべく詠まんと志して詠めるもの故に、深き情をいふ折は、涙のこぼるゝを、われはせきあへずたぎつ瀬なればなどいへり」（歌のしるべ、日本歌学大系、第八巻、四〇五頁）と、「古のかしこき歌よみ」を「涙」と関連づけているので、詩的言語におけるその重要性に注目していたと考えられる。

他方、現代の日本文化においても、「涙」は他の文化より数多く〝流れて〟いるように思われる。もちろん時代とともに「涙」も変わってきたのだが、そのあいかわらずの圧倒的な〈存在〉のため、それをことさらに取り上げて研究対象にすることは、その文化に属する人にとっては簡単ではないにちがいない。詳しく調べてはいないが、「涙」の出てこない演歌はきわめて少ないと思うし、新聞に載っているテレビの番組表も〝涙だらけ〟である。たとえば、テレビで人気のある二つの「ご対面」番組には必ずといってよいほど、「涙の再会」、「涙の訴え」、「涙の絶叫」、「涙の謝罪」などのように「涙」が登場する。その番組は、様々な事情により長年別れていた親戚か親しい人どうしを会わせるのだが、再会の瞬間には本人たちがほとんど泣いていないのに、(6) 出席している芸能人が（男性も女性も同様に）絶え間なく涙を流している。つまり、〈涙を演ずる〉役割をはたしているのだ。

〈涙を演ずる〉という役は、『古事記』と『日本書紀』に見られる「哭人」に根をもっているが、そうした役は決して日本にかぎられているわけではない。たとえば、文化人類学者の研究が示しているように、古代社会の葬列に伴う「哭人」の役は、同じような生活様式を保っている諸部族の儀式にはいまだに残り、コミュニケーションの手段として集団意識を高める役割をはたしている。[7] また、ギリシャの古典悲劇のコーラスも「泣く」役を演じながら、観衆の畏怖と共感を惹き起こしていたのだが、日本文化においてはこのような役割がさらに発展し、能や歌舞伎、舞踊などの特定の芸能を通じて「涙」を演ずる持続的な伝統を作りだしたのである。[8]

「泣く」役が日本にかぎられないのと同様に、「涙」が他のどの国の文学にも登場することは言うまでもない。その「涙」の流れは、抒情詩はもちろんのこと、中国の『三国志』やスカンディナヴィアのサガなどのような〝ますらを〟のテクストにも浸透しているが、その上、文学形式とともに、時代とともに変わっていく。なかにはフランスのセンチメンタリズムの時代のように「涙」を社会的な規準とした時代もあるので、次にそれを取り上げたアンヌ・ヴァンサン＝ビュフォーの『涙の歴史』（一九九四）の要点を紹介し、「涙」を文学的な規準、すなわち詩語として取り扱っていた平安文化との対比の背景にしたい。

フランスの十八世紀と十九世紀の文学史を「涙」の観点から吟味したこの本は、美徳としての涙の讃美から、恥ずかしいものとしてのその批判へと移り変わる感受性の歴史を文学作品のなかに追究している。

ビュフォーによると、フランス文学に登場する「涙」は、まず啓蒙の世紀の主要な論点に結びついて、普遍へと向かう自然な感情を表徴するようになった。センチメンタリズムを主要な価値観としたこの時代においては、涙は私的な領域を越えて、公的な場に持ち出され、涙を流す「甘美な瞬間」は最大の真実の顕れとして捉えられた。

その文学的な規準になったのはルソーの『新エロイーズ』だったが、「美しい目から涙を流させることはそれだけで作品の価値を高めることであった」（二九頁）という。愛情、友情、子どもへの思いやりなどの記号になった涙は、倫理的、道徳的な評価を与えられた。このようにして涙は、一般化され、規則的なものとして定着したので、女性にかぎらず、男性によっても「自然に」流されるようになった。その代表的な例の一つとして、ビュフォーはある女性に送られたディドロの手紙を引用しているが、そのなかでは涙が愛のあかしとして言及されている。「君を失いそうになった時に私が流した涙、私の誓いの言葉、君の愛情、君の肉体や心や精神の資質、こうしたあらゆることが生涯変わることのないお返しを君に保証する」(六一頁)と。

一般化した交換の手段としての「涙」は、その交換を計る手段でもあった。証拠としてビュフォーは当時流行っていた涙の経済学的隠喩を挙げている。「涙を与える、涙を支払わなければならない、あるいは、涙の貢ぎ物を納める、涙で買う、といった例であるが、最悪の例はおそらく、……に涙を強いるであろう」(四三頁)。

「感受性の温度計」になった「涙」は、社会的空間においてはさらに儀式化された。その「涙の儀式」の場としては、何よりもまず、当時の芝居が挙げられる。小説の場合に作者と読者との間の距離を縮めてきた「涙」は、劇場では、劇作家と俳優と観客によって共同で流された。ビュフォーが示しているように、「十八世紀には、涙をとめどなく流すことが人前で行われた。演劇はこの点で、重要な意味を持つ小世界の役割を果たし得る。劇場で人々は大いに涙を流し、涙にくれている姿を見せることをとりわけ好んだ」(九七頁)。また、「劇作家達は劇場で流される涙を、彼等の戯曲の成功を示す確実な証と考えた。確かに観客は支持を惜しまなかった。男性も女性も彼等の感受性の象徴として、湿ったハンカチを誇示することをためらいはしない」(九頁)。

以上のような涙の伝播と交換は重要な社会的意味を持っていた。つまり、それは感情教育の手段であり、社会の道徳と倫理的価値を高める技法でもあった。他人の不幸によって心を動かされ、自然に涙を流すことは、社会人としての意識を育成することであった。

その普遍的感受性の最大のあらわれとなったのはフランス革命である。それは数多くの涙に飾られたカタルシスのような瞬間だったが、それ以降には涙がだんだん乾きはじめる。社会の価値観が感情から知覚へと変わるにつれて、涙が美徳から恥ずかしいものに堕落していったのである。次第に、男性が恐れる女性の武器として捉えられ、ヒステリー患者を連想させるものになった。一方、劇場ではお涙頂戴の芝居が完全になくなったとは言えないが、それが身分の低い者向けのメロドラマとブールヴァール劇（通俗劇）であったので、涙を流すことは教養のなさを表すようになった。

フランス文化における「涙」の隆盛と没落を辿るビュフォーのこの本の題名は、ロラン・バルトの『恋愛のディスクール』（一九八〇）に出てくるある言葉を引用したものだが、その「愛の涙」という項目のなかで、バルトは「涙」を次のように取り上げている。

まず肉体のメッセージとしての役割に触れて、「涙に堪え性のないことが、恋愛者という類型に特有の傾向なのであろうか。（中略）一切の拘束ぬきに涙を解き放つ恋愛者は、愛を知った肉体の、ひたひたとひたされて液体のように流れ出る肉体の、命ずるところに従っている。ともに泣くこと、ともどもに流れ出すこと」（二七〇―二七一頁）と論じている。次に「涙は記号であって表現ではない」（二七三頁）と、文化におけるその記号化に移り、「〈泣く〉というだけでは、おそらく大ざっぱにすぎるだろう。あらゆる涙にすべて同一の意味作用を見るべきではないだろう」（二七二頁）と、その多様性に注目している。

残念ながら、「涙」の研究のために重要な手掛かりとなりうるバルトの考察は、きわめて短く、わずか数ページにすぎないが、なかには次のような励ましの言葉もある。「いつの日にか、涙の歴史を書く者が出てくるだろうか。どのような社会で、どのような時代に、人びとは泣いてきたのか」（二七一頁）。

バルトの呼びかけに応じて『涙の歴史』を書いたビュフォーは、その日本語版への序文のなかで、「どの社会にあっても、また、どの文化にあっても、各々固有の涙の流し方と他者の涙に対する特有の対応法が発達した。日本の古典文学の中には、大いに涙が流され、恋する親王達が涙で着物の袖をひそやかにぬらす作品があるように思われる」（九頁）と、その呼びかけをさらに増幅している。そして、「着物の袖をひそやかにぬらす」というビュフォーの言葉が、『とはずがたり』のブルガリア語訳の読者と同様に、「涙」を「袖」と関連させているところから見れば、

〝外〟から見た日本の古典の「涙」は、やはり〈袖の涙〉として受け取られているわけである。

面白いことに、一六〇三年に長崎で刊行された『日葡辞書』（*VOCABVLARIO DA LINGOA DE IAPAM*）は、「Namida」（涙）の項目を「Namidauo sodeni tcutcumu.（涙を袖に裹む）泣く」という説明から始めている。そして「Sodeuo nurasu.（袖を濡らす）涙にくれてくずおれる；Sodega nururu.（袖が濡るる）同上；Sodeuo xiboru.（袖を絞る）ひどく泣く」、「Tamotouo nurasu.（袂を濡らす）詩歌語。泣く。；Tamotono cauaqu fimamo naxi.（袂の乾く隙もなし）ひどく泣く」（日本語訳、岩波書店、一九八〇）のように、「袖」と「袂」を何よりもまず「涙」と結び付けている。

しかし、〝外〟からといっても、それは必ずしも「外国」とはかぎらない。(9) 日本の国文学研究の〝外〟といった方が適当であるかもしれない。たとえば、気象学者の宮尾孝は『雨と日本人』（一九九七）という本の中で、日本文学における「涙」の問題を捉えて、興味深いアプローチを提示している。まず日本の気象状態から出発して、日本語は他のどの言語よりも「雨」を表す言葉が多いことを強調し、「雨が間接的に日本人の精神的な風土を支配し、ほとんど無意識の領域にまで入り込んでいることは確かなのではないか」（vi頁）と論じている。そして「ささやかな人工降雨」という項目では、〈涙→雨〉の修辞法を取り上げて、「涙はわが国の文学の頂点にある素材といえるだろう」（五七頁）と指摘しつつ、それを「袖」と結び付けている。すなわち「この涙は着物の袖（袂でもよい）を濡らす雨となり、〈袖の雨〉〈袖時雨〉などと呼ばれる。さらにいえば、〈袖が濡れる→袖の雨→涙〉という連想は、和歌の世界では重要な約束事になっている（これを「袖」は「涙」の縁語であるという）」（五六頁）と。

他方、「いつから男たちは泣かなくなったのか（女たちは違う）。〈感受性〉がある段階で〈感傷癖〉に変わってしまったのはなぜか」（二七一頁）と嘆き悲しむバルトに続いて、宗教学者の山折哲雄も、「涙の文化」という講演のなかで、「なぜ一九八〇年代の日本人、特に男性は泣かなくなったのか」と問うている。次いで柳田国男の「涕泣史談」

という論文と、丸谷才一の「男泣きの文学論」というエッセイを引用しながら、山折はスポーツとマスメディア、宗教と文学、臨床心理学と精神分析など、あらゆる角度から「男泣き」の不在を考察していく。そして結びでは、肉体から切り離されたとたんに汚いものに転化する他の排泄物と涙との相違点を次のように纏めている。「涙は流された後もけっして汚物へと変化しない。ある場合には、清浄な輝きを放ってわれわれの心を打つ。排泄された涙は排泄される以前よりはるかに美しくさえ見える。涙の不思議さといってもいい。流涙の現象は単なる生理的な排泄の水準を越えている。いったいどうしてそうなのか、それが私にはよくわかりません。このこと一つ取り上げてみても、『涙』の問題は十分に研究の対象になる、われわれの生活の根底を支えているなにものかである、ということがおわかりいただけるのではないかと思います」（一九九六、一三八頁）。

「男が泣かなくなった」理由は、文化によっても時代によっても異なってはいるが、長い間〝男性の領域〟だった学問から「涙」が排除されていたことだけは共通している。しかし、バルトの呼びかけに応じて『涙の歴史』を書いた女性のビュフォーとはちがって、一九九〇年代に日本文学における「涙」の研究を最初に試みたのは、女性よりも男性だった。なかでも特に注目すべきものは渡辺秀夫の『詩歌の森――日本語のイメージ』（一九九五）であろう。

なぜ一九八〇年代に〝泣かなくなった〟日本の男たちが、最近の研究のなかで「涙」を少しずつ取り上げるようになったのか、という問題自体も研究の対象になりうるが、ここでは「涙」の研究に対象を絞って、そのテーマとアプローチについて簡単に触れることにする。

渡辺秀夫の本のほかにも、「涙」を分析するいくつかの興味深い論文が挙げられるが[10]、いずれも〈袖の涙〉という日本的な詩的発想ではなく、「涙川」、「涙の雨（露、玉）」、「血（紅）の涙」などのような、中国の詩と思想をモデルとした歌学書で取り扱われる「涙」の歌ことばを取り上げて、その「和語化」を問題とするにとどまっている。しかもその際、いわゆる「和語化」がどのように、どの詩的連想を通じて行われたのかという問題を徹底的に考察しなければ、中国詩との重要な差異を見落とすことになる。そのもっとも代表的な例は「紅の涙」であろう。すなわち、「血の涙」、「紅の涙」、「からくれなゐの涙」という表現は、八代集全体のなかでわずか一回ずつしか出てこないにもかかわらず、和歌の歌語と見なされているが、その反面数多くの歌のなかで詠まれ、中国詩の「血涙」と「紅涙」をさらに和語化した「涙の色」は、研究の対象にはなっていない。

このような矛盾をどうして乗り越えたらよいのだろうか。答えは研究課題に応じて変わってくるにちがいないが、つまるところ、たよりになるのはテクストしかないと思う。すなわち、イメージから具体的な表現に移り、テクストにおけるその働きを吟味するしかないのである。

ただ、たとえ一つの表現に絞ってその働きを考察する場合でも、モデル・テクストとしての中国文化と日本文化との関係のメカニズムや、日本の古典文化の意味作用のパターンといったマクロ・レベルの問題に触れる必要もあるし、またその表現を支える原型的な発想や時代とともに移り変わっていくその意味と機能の展開も考慮する必要があるので、研究の範囲を小さく絞ることはできそうもない。詩的言語の流れに沿って流れていく〈袖の涙〉の場合にはなおさらである。

したがって、この研究は、まず〈袖の涙〉という詩的発想の形成に先立つ古代社会の「泣く」と「袖」にまつわる信仰の問題、および、平安文化の構造と意味作用におけるその地位を考察してから、王朝文化の詩的言語の発展を代表する八代集を中心に〈袖の涙〉の意味と機能の展開＝回転を取り上げることにする。その分析の中で、王朝文学の他のテクストの読みにも応用できるものがあればと願いながら。

しかし、まだようやく緒についたばかりの私の研究には、抜け落ちているところもあれば、誤解もあるだろう。「涙」を研究すればするほど、「不思議の国」のアリスが自分の流した涙の池に溺れそうになったのと同じように、私も日本古典文学の「涙の川」に溺れるのではないかという恐れを覚えるようになった。それでも、「おさえられない涙」に倣って、〈袖の涙〉の不思議な存在に対する好奇心をおさえることはできなかった。また、外国人である自分にとって〝見慣れない〟ものだった「涙」に親しんでいくうちに、それが〝見慣れた〟日常から脱出し、〝見慣れない〟=異化された詩的表現として浮かび上がってくるかもしれない、という期待も捨てられなかった。(11)

王朝文化の詩的言語に絶え間なく流れている〈袖の涙〉は、いくら濡れても濡れすぎることのない「袖」のように、文字通り汲み尽くせない研究テーマであるので、私に龍安寺の石庭の謎を想い起こさせる。それというのも、十五個の大きな石から設計されたあの石庭は、視角をいくら変えても、一個の石がどうしても見えないからだ。それはこの研究の限界にも相当するだろうが、なるべく多くの石が見えたらと念願しつつ、「涙の川」に身を投げてみたい。

〈袖の涙〉の根源とその彼方へ

「涙」

古語辞典や和歌関係の辞典などで「涙」を調べてみると、「涙雨」、「涙玉」、「涙露」、「涙氷(こほり、つらら)」、「涙瀧」、「涙色」、「涙川」、「涙淵」などの表現が載っており、いずれも「涙」の見立てか誇張の例として解釈されている。しかし、「涙」自体は歌語と見なされてはおらず、和歌辞典によっては直接取り上げられていない。浩瀚な角川書店の古語大辞典でさえせいぜい第四巻に、「悲しみの心を外に表すものとして、和歌などに多く詠まれ、連歌では恋の詞として用いることが多い。うれし涙もある。〈なんだ〉とも」という記述が含まれているぐらいである。

さて、歌語ではないとすれば、「涙」は一体何なのだろうか。渡辺秀夫の『詩歌の森――日本語のイメージ』によると、それはイメージである。しかし最近、和歌の研究などで流行しているこのイメージという用語は、あまりにも曖昧なので、様々な疑問ももたらしている。たとえば、「イメージ」の視点からは、「古来、雨が〔涙・露〕にたとえられたように、涙もまた〔雨(小雨・時雨・空知らぬ雨)〕や〔露・雫(天つ空なき露・秋ならで置く露・手枕の雫)〕などにたとえられ、涙・雨・露の三者は比較的には同値の関係にあるといえる」(渡辺秀夫、一九九五、二二六―二二七頁)のだが、詩的言語における三者の働きは、異なっている。ごく簡単に言えば、「涙の雨」という歌語はあるが、「雨の涙」はない。それに「涙の春雨」、「袖の時雨」、「袖の露けき」などを付け加えると、〈袖の涙〉が主導的な役割をはたしていたと判断できる。

しかし、「涙」を特定のテーマとして取り扱わず、〈袖の涙〉に触れていないにもかかわらず、『詩歌の森』は、

「涙」の代表的な表現の考察を通してそのネットワークの形成について語っているので、〈涙のしるべ〉の出発点になりうるだろう。なかでも特に注目すべきなのは、自然の背景、心理分析的な根拠、中国詩との比較という三つの側面である。

渡辺が指摘しているように、日本の詩的言語における「水」の表現の高頻度は、日本の自然と気象の特徴についての人びとの経験を反映していると思われ、「豊潤な雨が火山列島の高岳から一気に海辺へと流れ落ちる我が国土の地形条件に相応し、和歌では、単なる河水でなく、とりわけて滝・急流がこれに当てられることになったのは、それ自体は必然的な選択ではあったが、たくまずしてより的確な表現に恵まれることとなったわけだ」（二一三頁）と、文化地理学の立場から解釈できるのである。(1)

一方、〈流水〉は、抑圧された欲望の表徴でもあるが、それに対応して渡辺は、「水（流水）は無意識そのものの象徴表現であるというユング心理学の解釈であるが、欲望や情熱は、かたちをなさず、しかも際限なく心を駆り立てるという性情ゆえに、人間の心的経験としては流水ときわめて類似したものとして知覚されるのだという。ここにいう、水に表現される無意識や欲望・情熱こそは、滝・急流（たぎつ瀬）によってシンボライズされる、尽きせぬ恋のひたむきな情念そのものにほかならない」（二一三頁）と、恋の表現としての潜在力に焦点をあてる。

しかし、渡辺による日本語のイメージの分析のなかでもっとも注目に値するのは、中国詩との繋がりの徹底的な探究であろう。渡辺自身も「日本の古典詩歌のことばを、歴史的な表現形成の現場に寄り添いながら、和漢比較的な開かれた立場から検証してみたいというわたくしなりの興味に発したものだが、結果としてはより基層的・国風的な姿をもあぶり出すこととなったかもしれない」（三四三頁）と、自分の研究の立場を「和漢比較的」と特徴づけている。

確かに、中国詩の前例を考慮しなければ、日本の詩的言語における「涙」の特徴は把握できない。それゆえ、ここではまず〈袖の涙〉の〝根源〟を探ってみるが、渡辺の『詩歌の森』のほか、万葉集における「涙」の登場を取り上げた神谷かをるの「〈涙〉のイメジャリ――万葉集から古今集へ」(一九九三)をも参考にする。

「涙」の表現のうち最も一般的と思われるのは「涙の雨」である。渡辺は、「一面に空をかきくらし降りそそぐ雨は、心を暗鬱にして流す涙とそのまま共感的に重なりあうものゆえに、雨を〈涙〉にたとえる表現は、遙か上代よりひろく用いられた最も基礎的な比喩であった」(一八六頁)と述べ、その根源は中国詩の伝統に遡ると論じている。神谷かをるも、「涙が雨のように降るという表現は誇張であり、日本的表現と思えず、漢詩に例が多いのである」(一三六頁)と指摘し、次の例を挙げている。

念《ヒ》二彼《ノ》共人《ヲ》一、涕零《チテ》如《シ》レ雨《ノ》。(詩経、小雅・小明)

説苑曰、鮑叔死、管仲擧二上衽一而哭レ之、泣下《ルコト》如レ雨(芸文類聚、巻三十四人部十八哀傷)

迢迢《タル》牽牛星、皎皎《タル》河漢《ノ》女、纎纎《トシテ》擢《ンデ》二素手《ヲ》一札札《トシテ》弄《ス》二機杼《ヲ》一、終日不レ成《サ》レ章《ヲ》、泣涕零《チテ》如《シ》レ雨、……(文選、古詩十九首)

などであるが、「涕零如雨」(涙落ちて、雨の如し)は、「涙」を「雨」にたとえる過程を明瞭に示し、類型的表現として受け取られるにちがいない。

さらに、渡辺が引いている『古事記』の「泣かじとは　汝は言ふとも　山処の　一本薄　項傾し《うなかぶ》　汝が泣かさまく　朝雨の　霧に立たむぞ　若草の　妻の命」(上巻、歌謡・四)という歌謡や、神谷が挙げている万葉集の「梓弓《あづまゆみ》……玉桙の道来る人の泣く涙小雨に降ば白たへの衣ひづちて……」(巻二・二三〇)、「たくづのの……ただひとりして白たへの衣袖干さず嘆きつつ我が泣く涙有間山雲居たなびき雨に降りきや」(巻三・四六〇)という長歌などが示しているように、「泣く涙」を〈降る雨〉にたとえた例は日本の古代文学のなかに見られる。しかし、それは中国詩に由来すると言いきれるだろうか。

それに対して、「涙の玉」は、「**梁呉筠閨怨詩曰く……　非独涙如珠、亦見二珠成㆑血**」（芸文類聚、巻三十二人部十六閨情）、「**夜涙如《ク》二真珠《ノ》一、雙々《トシテ》　堕《ツ》二明月《ニ》一**」（白氏文集、巻十）[(2)] などの詩に登場する「涙如（真）珠」へとたどれるばかりでなく、二つの表現を結び付けた用例も挙げられる。たとえば、渡辺は『別国洞冥記』（巻三）に入っている中国古代の説話――ある人が宝を求めて海の底に潜り、人魚（鮫人《こうじん》）の宮殿で「涙珠」を手に入れたが、それは人魚の流した涙そのものだったという――を取り上げて、それが日本にも伝わっていた証拠として、『千載佳句』の「**猶《な》ほし疑ふらくは波の底の鮫人の涙かと**」（荷露、六五四）と、『新撰万葉集』の「**滴《したた》る涙は鮫人の眼《まなこ》の玉に似たり**」（巻下、恋・四五五）という詩句を引用している。また、『土佐日記』の「**緒を縒りてかひなきものは落ち積もる涙の珠を貫かぬなりけり**」（二月二日）という歌のモデルとして、当代びとが愛唱した『白氏文集』の「**線縷《る》も涙の瞼《かほ》の球を穿つこと難し**」という詩句を挙げている（二三一―二三二頁）。

「涙の川」、「涙の滝」に関しても渡辺は、「漢文世界でも、涙を〈滝〉に見立てるのは、中国詩の〈涙の下《なが》ること流泉の如し〉（文選、巻二八、劉琨《りゅうこん》・扶風歌）や、これを短縮した〈涙泉〉（本朝文粋、巻一四・四一六）、あるいは〈眼泉〉（性霊集、巻八・七五）などの例に見られる」（二二七頁）と述べている。さらに王昭君を詠んだ「**一双　涙滴る黄河の水　願はくは東流して漢宮に入ることを得む**」（千載佳句、四四九／新撰朗詠、六五三）という唐詩を引用して、それを踏まえた「**かくばかり塞《せ》きわづらはば涙川都のかたへ流れ入らなむ**」（長方、二一四）という歌を挙げている。

しかし、「涙の玉」や「涙の川」のいずれの例も平安時代にあたり、万葉集ではそのような表現が使用されていないことは、どう解釈できるのだろうか。万葉集は「涙」の和語化の過程をどのように特徴づけたのだろうか。

神谷かをるの研究によると、「涙」を登場させた万葉集の歌は十九首あるが、そのほとんどが〈止めがたい涙の流れ〉を描いている。「我が哭く涙やむ時もなし」（巻二・一七七）、「流るる涙止めそかねつる」（同・一七八）、「心むせつつ涕し流る」（巻三・四五三）、「落つる涙は留めかねつも」（巻八・一六一七）、「流るる涕とどめかねつも」（巻十九・四一六〇、同・四二一四）、「涙は尽きぬ」（巻八・一五二〇）、「我が泣く涙いまだ干なくに」（巻三・四六九、巻五・七九八）などの明示的な例のほか、「しきたへの枕ゆくくる涙にそ浮き寝をしける恋の繁きに」（巻四・五〇七）という歌の「浮き寝」も、「涙を川にたとえた上で」（一四四頁）詠まれたと解釈できるのである。

神谷は、「〈泣く涙〉は、用例も多くて日本的表現と思えるが、〈流る・落つ・垂る〉、特に〈流る〉には、比較的誇張が感じられるのである。これは、漢語〈流涙（涕）〉〈落涙（涕）〉〈垂涙（涕）〉の影響が、万葉集以前にあったのではないだろうか」（一三八頁）と論じている。しかし、それはどうだろうか。果たしてそこまで言えるのだろうか。「涙を流す」、「涙が流る」というような言葉は、〈泣く〉ことを表すもっとも自然な表現であるので、中国詩が入る前から日常語として使われ、そして歌のなかで用いられるようになったと想定できないだろうか。言い換えれば、「涕し流る」、「流るる（落つる）涕とどめかねつも」など、〈流るる涙〉の類型化を示す表現は、中国詩の〝影響〟よりも、日常語の詩化過程として解釈できるのではないか。

「涙」はどの国の文学にも滲出しているのと同様に、その譬え方にも共通点が多い。なかでもっとも普遍的であるのは、「雨」を「涙」になぞらえることであるが、それは文学的な問題以前に、認知的な問題だったと考えられる。たとえば、パプア人の神話は「雨」を「太陽の涙」と見なすし、南アフリカのアンゴニ族の、雨を誘う「雨のダンス」という儀式も同様の信仰に基づいている。(3)

一方、「涙」の「雨」という譬喩は、ギリシャの古典悲劇から現代のポップカルチャーにいたるまで登場してくる。

P・ヴェルレーヌの "Il pleure dans mon cœur / Comme il pleut sur la ville ; / Quelle est cette langueur / Qui pénètre mon cœur ?"（「巷に雨の降る如く　われの心に涙ふる。　かくも心ににじみ入る　この悲しみは何やらん?」堀口大學訳）という例もあれば、「雨と涙は同じものである」（Rain and tears are the same）とうたっているビー・ジーズの「雨と涙」という歌などの例も挙げられる。

「涙」を「露」にたとえることも普遍的であるが、それは「雨」とはちがって、あくまでも詩的イメージになっていると考えられる。たとえば、「静かに、涙流して、別れはなれた時は」（When we two parted / In silence and tears）ということばで始まるバイロンの抒情詩には「寒き朝の露は、わが額に降りて」（The dew of the morning / Sunk chill on my brow）と、「涙」を「露」になぞらえた詩句がある。あるいは、ブルガリア語には、「涙」（salza）から派生した「ナミダす」（salzya）という「こぼれる」の意味に近い詩語が、「涙がこぼれる」（salza zalzi：涙がナミダす）のほかに、「露がこぼれる」（rosa salzi：露がナミダす）という表現のなかにも使われている。[4] 他の文学においても似たような例が色々あるのだが、「涙川」の連想を誘う特定の詩語はないように思われるし、〈袖の涙〉という詩的発想も日本文学以外には想像できない。

上に触れた例が示しているように、世界中の「涙」のイメージには共通点が多いので、日本文学における「涙」の表現はどこまで中国詩から取り入れられたものと見なされるのか、またその和語化はどのように行われたのか、という問題が浮かび上がってくる。一方、たとえ「涙」のすべてのイメージが中国詩に由来するものだとしても、日本語で表現されると、異なる連想を喚び起こすので、その意味も変わってくる。「なみだ」は、「泪」、すなわち〈目の水〉というよりも、「浪」を連想させ、「泣かるる」→「流るる」の響き合いを通して、〈流れ〉を強調するようになる。「涙下流泉」を踏まえたと思われる「涙の滝」は、「タギル、タギツ」を喚起し、「たぎつ心」を表現するようになる。

たとえ「涙の玉」、「涙の露」が中国詩に根をもっているとしても、その「白玉」や「白露」は、「白浪」とともに、〈知る／知らぬ〉との連想を通して「身を知る雨」などの意味をあらわすようになる。「涙の川」もまた、「身を投げる」ほどに深くなるにもかかわらず、それに浮かぶ〈思ひ（↓火）〉のかがり火を消すことはできない。

さらに、このような言葉の働きのレベルでの和語化のほかに（あるいは、それ以前の問題として）、中国文化の理解の限界も考慮すべきである。小島憲之が指摘しているように、「中国人ならぬ平安人には、やはり白詩の完全な理解はむずかしいことであった。そこにおのずからうわすべり的、表面的なもの、いわば、手取り早くその詩句、詩語をまなぶことに中心があった」（一九七六、三二一頁）。それは、白居易の詩にかぎらず、中国の他の詩にも思想にも当てはまると考えられるけれども、(5)「うわすべり的」なアプローチには、マイナスもあれば、プラスもある。この問題は後で詳しく取り上げるつもりだが、中国文化の思想と表現を〝文字通り〟に取り入れなかったため、日本文化はそのコピーにはならず、独自の姿をあらわすことができたのである。

『日本文学における漢語表現』（一九八八）のなかで小島は、「和習」、すなわち「日本人の書く詩文に日本的な表現、日本的な臭味」（三八頁）があるという問題を取り上げて、それは、代表的漢学者の荻生徂徠でさえも避けられなかったほどの必然的な条件であると指摘している。また、具体的な例の一つとして「楼臺月映りて素輝《そき》冷やかなり、七十の秋闌けて紅涙餘れり」という「紅涙」を登場させた藤原永範の詩句を引用して、次のように論じている。「白い月光の〈素輝〉に対する〈紅涙〉は色対である。〈素《しろ》〉に対して〈紅〉をもたらしたのは正しい。この後の句意は、七十を過ぎた老いの身に熱い涙が溢れる意ではあるが、〈紅涙〉の語の〈性格〉は、老人の涙には使用せず、女人の涙に使用するのが中国詩の一般の用法である」（四三頁）。

さらに小島は、『古今集』に載っている貫之の〈紅の涙〉の二首（五九八、五九九）、『源氏物語』における夕霧の「紅の涙」の歌、また『平家物語』で源義経が「むなしく紅涙にしづむ」という記述を引用して、それらに詠まれた

〈紅の涙〉は「和習的な意をもつ〈紅涙〉の流行を物語る」（四四―四五頁）と主張し、次のような結論を出している。すなわち、「藤原永範の〈紅涙〉は、当時の平仮名文学の用いざまに従ったまでであり、当時の人々は彼の詩の〈紅涙〉についてこれを是として、何らの不審もいだかず、むしろ喝采したのである」（四五頁）。

そして「和習」の問題を、「わたくしは思う、〈和習〉を卑下してはいけないと。わが上代以来の漢詩文に和習的な表現が多かろうとも、むしろこれが日本人の漢語表現の特色の一つとみなすならば、わが文学史の一部に、独特な〈和習文学〉〈和習文学史〉も堂々と成立し得よう」（五七頁）、「和習は、わが国びと自身の〈あや〉の体験を通じて、中国の詩文に挑もうとする新しい試みでもある」（五八頁）と纏めている。

この言葉は、称賛的な感動を別にすれば、[6]きわめて重要な点に注目を促している。日本の漢詩文が中国の詩文と肩を並べることができたかどうかは判断できないが、それらの差異が、日本の（仮名文学の）詩的言語の特徴を反映していることはまちがいないだろう。言い換えれば、中国詩と日本の漢詩との比較研究は、和歌へのアプローチとしても有意義であると思われる。

たとえば、永範の詩句における「紅涙」が中国詩に見られないような意味をもっているのは、和歌に詠まれた〈紅の涙〉の変容のせいであり、中国詩↓和歌↓漢詩という変遷のルートを示しているので、その差異は和歌における〈紅の涙〉の分析に応用できる。しかも、小島が指摘している「白」と「紅」のコントラストのほか、「秋」の登場に焦点をあてれば、なぜ和歌においては「紅の涙」ではなく、「涙の色」という歌語が定着してきたのかという問題にも触れることができる。[7]

そう言えば、中国の詩的表現が和歌とその関連の文学のなかに取り入れられるようになったのは、平安初期よりも平安の後半である。その傾向は以後ますます力を増していったが、それも、いわゆる〝中国文化の影響〟がいかに複雑なメカニズムを持っていたかを証明しているのである。

日本文学における中国語表現の和語化の説明として〈悲しき心の美化〉が挙げられる。確かに、美化は王朝文化の記号化パターンを特徴づける主要な動力であるし、「あはれ」もかぐや姫の美が失われて以来文学の世界にみなぎっている。

しかし、文学における「涙」の登場は、そもそも「美」と「悲しみ」とに関連しているのであり、それは日本文学にかぎらず、どこの国や地域の文学にも共通している。日本文学のモデルになった中国文学も同じであり、一つの例としては、日本文学にきわめて大きなインパクトを与えたと思われる白楽天の『長恨歌』における「涙」の描写が挙げられる。楊貴妃を失った玄宗は悲痛の涙を流し、その涙は楊貴妃の美を浮かび上がらせる。問題の「血の涙」も出てくる。

君王掩面救不得　　君王　面を掩いて　救い得ず
回看血涙相和流　　回り看て　血涙　相和して流る
　　　　　　　　　　　　　　　　（西村富美子、一九八八、三四〇頁）
芙蓉如面柳如眉　　芙蓉は面の如く　柳は眉の如し
対此如何不涙垂　　此れに対して　如何ぞ　涙垂れざらん
　　　　　　　　　　　　　　　　（同、三五一頁）

また、皇帝の道士が海上の仙山にある黄金の宮殿で、仙女になった楊貴妃に会った時に、彼女の「玉」のように美しい顔には、梨の花が雨にぬれそぼっているかのように、涙がこぼれ落ちていたが、それは「涙の玉」と「涙の雨」の記号内容に新たな側面を付け加えている。

玉容寂寞涙闌干　　玉容　寂寞　涙闌干
梨花一枝春帯雨　　梨花一枝　春　雨を帯びたり
　　　　　　　　　　　　　　　　（同、三五六頁）

この詩句を引用している『枕草子』（木の花）などが示しているように、『長恨歌』におけるあわれの「涙」の美化が王朝びとの心を感動させ、その歌に詠まれる「涙」の美化をも促したにちがいない。

以上、中国文学における「涙」の用例を踏まえながら、日本の古典文学を濡らしている「涙」の根源について考えてみたが、他にも様々な例が挙げられるし、視点を変えることによって異なる側面も見えてくる。それでも、それだけでは日本の詩的言語における「涙」の著しい普及の理由は説明しきれない。

和語化とは、中国詩の表現を和語的にあらわすことを言うとすれば、前に触れたように、それを日本語の特徴に基づく言葉の働きとして徹底的に吟味する必要がある。言い換えれば、和語化は、様々な客観的な条件にせまられた撰択の結果であるだけでなく、言葉の潜在力による必然的な過程でもあるのだ。

こうした和語化における概念化のなかで特に注目すべきなのは、「泣かるる」→「流るる」の連想であるように思われる。「涙」を登場させた万葉集の十九首のうち、八首が「泣く涙」を、四首が「流る」を登場させていることは、その証拠として捉えられるにちがいない。

他方、「涙」の類型化のもう一つの例として挙げられるのは、やはり〈袖の涙〉を踏まえた表現である。しかも、それは中国詩に見られず、〝純粋に〟日本的な発想であると思われるので、和語化と併せて、「涙」の詩化過程の展開を特徴づける発想と見なされるのである。

神谷かをるが指摘しているように、中国詩においては、「涙」は衣や、裳、衿、巾など、その様々な部分を濡らしてはいるが[8]、「袖」は〈涙を掩ふ〉以外の機能を担わされていない。それに対して、十九首の万葉集の「涙」の歌のうち、七首までが〈衣・袖濡る（ひつ・ひる）〉を踏まえている。**「照らす日を闇に見なして泣く涙衣濡らしつ乾す人なしに」**（巻四・六九〇）、**「妹に恋ひ我が泣く涙しきたへの木枕通り袖さへぬれぬ」**（巻十一・二五四九）、**「君に恋ひ我**

が泣く涙白たへの袖さへ漬ちてせむすべもなし」（巻十二・二九五三）などの例が挙げられるのだが、なかにはたんなる「涙」だけではなく、「泣く涙」が登場していることも、注目すべきである。

そもそも涙は泣くことをあらわしているのだから、それをわざわざ、しかも限られた文字数の詩歌のなかで強調する必要はないのではないだろうか。とすると、その「泣く」には、日常語とは異なる意味合いが内包され、それが「袖」と関連しているのではないかと考えられる。したがって、次に「泣く」と「袖」をめぐる古代の信仰に触れて、王朝文化の記号化過程におけるその機能を取り上げることにする。

「泣き」

〈なき〉と〈わらい〉は神話的なレベルでの元型と見なされており、それらの儀式化によってのちの共同意識が形作られていくので、神代の〝なきかた〟は古代日本でも古代ギリシャなどでも根本的には変わらないとしても、それを伝える神話と伝承、またその儀礼の記述には差異があらわれてくる。

古代日本においては「哭き」に関するいくつかの伝承が伝わっているし、「涙」から生まれた神さえもある。それはナキサワノアメノミコトだが、妻を失ったイザナキノミコトの涙が「堕ちて神と為」ったという（日本書紀、神代・上）。

『古代語を読む』（一九八八）は、「古代の〈なく〉は、（中略）神霊や死霊の招《お》ぎ降しや呼び迎えのための呪術的行動と深い因縁を有することばであった」（一二七頁）と指摘し、〈なき〉の伝承を「物言わぬ子」、「神降しの所作」、「哭女と哭泣」という三つのグループにわけて、その機能を吟味している。

「物言わぬ子」の代表的な例としては、『出雲国風土記』に伝えられているアヂスキタカヒコの伝承が挙げられる。生まれつき口が利けなかったアヂスキタカヒコは、その代わりに泣いてばかりいた。十八歳になっても、あいかわらず言葉が話せなかったので、父大神オホナモチノミコトが御子を舟に乗せて、八十の島を巡りまわったが、「なほ哭き止み給はざりき」という。

垂仁天皇の皇子ホムチワケも、「八拳鬚心《やつかひげむね》の前に至」る三十歳になっても口が利けず、「泣《いさ》つること兒《わかご》のごとし」と言われているし、父イザナキノミコトの命令（海原の統治）を拒否したスサノヲノミコトも「八拳須心《やつかひげむね》の前に至るまで」泣いてばかりいたとされる（一二四頁）。

これら三つの伝承の共通点に基づいてその根源を出雲系統の鎮魂術にまでたどっている『古代語を読む』は、「それぞれの身体に入るべき霊魂がしっかり鎮定せず不安定な状態にあることを意味する」と説明し、「〈なく〉のは（中略）霊魂の鎮定を求める呪術的行動であった」と解釈している（一二四―一二五頁）。

高天原から追放され出雲国肥の河上に降ったスサノヲノミコトの行動をさらにたどってみると、また「泣く」ことの記述が出てくる。「涙」を流しているのは、わが子の運命を嘆き悲しむ老夫と老女だが、理由を問われて次のように答えている。「我が女は本より八《や》稚女《をとめ》ありしを、この高志の八俣の大蛇、年毎に来て喫《くら》へり。今、其の来るべき時なるが故に泣く」（古事記・上）と。スサノヲノミコトは八俣の大蛇を退治して、その童女クシナダヒメと結婚するが、『古代語を読む』は、この伝承は古代ギリシャのペルセウスとアンドロメダの神話の類型であると述べて、その「泣く」ことを「神霊を依り憑かせるための呪的行為」（一二七頁）と見なしている。

「哭女」を登場させる、三つ目のグループの伝承のうち、もっとも有名なのは、『古事記』や『日本書紀』に記されているアメワカヒコの葬送儀礼である。「哭女」は儀礼的・職業的に涙を流すものであったが、『古代語を読む』はその呪術的な機能を次のように纏めている。「哭女の行動こそ魂よばいの習俗などと等しく、死者の身体から遊離しかかっている霊魂を再び呼び迎えてもとの身体に鎮定させようとする重要な儀礼だったのである」（一一五頁）。

そもそも「なきめ」の役を演じたのは女性だったが、後に男性も加わったという。たとえば、角川書店の古語大辞典の「泣男」の項には次のようにある。「古くから中国で葬式のとき、儀礼的に泣くために雇われた男があった。わが国では、楠木正成の臣と伝えられる杉本佐兵衛《さへゑ》が有名。『説歩行祖師の御難の泣男』〔七柏集〕『泣男悔ミ者にもつてこい』〔柳多留・一一七〕」。

一方、記紀に記されているアメワカヒコの葬送儀礼のすべての役は、鳥に任せられている。どの鳥がどの役をはたしていたのかということも大変興味深いので、夫の天稚彦《アメワカヒコ》の死を嘆き悲しむ妻の下照姫《シタテルヒメ》の哭泣から始まる葬送儀礼の記述を『日本書紀』から引用してみよう。

「天稚彦が妻下照姫、哭き泣ち悲哀びて、聲天に達ゆ。是の時に、天國玉、其の哭ぶ聲を聞きて、則ち夫の天稚彦の已に死れたることを知りて、乃ち疾風を遣して、尸を擧げて天に致さしむ。便ち喪屋を造りて殯す。即ち川雁を以て、持頃頭者及び持帚者とし、一に云はく、鶏を以て持頃頭者とし、川雁を以て持帚者とすといふ。又雀を以て舂女とす。一に云はく、乃ち川雁を以て持頃頭者とし、亦持帚者とす。そびを以て尸者とす。雀を以て舂者とす。鷦鷯を以て哭者とす。鵄を以て造綿者とす。鳥を以て宍人者とす。凡て衆の鳥を以て任事す。而して八日八夜、啼び哭き悲び歌ぶ」（日本書紀・上、日本古典文学大系、一三六頁）。

葬送儀礼の役が鳥に任せられていること自体は珍しくない。たとえば、南北アメリカやインドシナなどの諸民族の神話のなかにも、死者を他界に送る儀礼に鳥が登場する。しかし、共通点があっても、あるいはあるからこそ、具体的な内容のレベルで現れてくる差異が重要な意義をもってくる。それぞれの民族の生活パターンを反映しながら、その文化の特徴をもはらんでいるからだ。『日本書紀』の記述では、雀は臼で米をつく女の役を、川雁は箒で穢をはらう役を、鳥は死人に食を供える役を、鵄は綿づくりの役をはたすのだが、「哭者」の役には鷦鷯（ミソサザイ）という高音の美声でさえずる小鳥が任ぜられる。この美声のミソサザイが後の和歌のなかに姿を現さないのは残念だが、春から秋にかけて鳴きつづけるミソサザイのかわりに、春を告げる鶯が登場するようになる。そして面白いことに、「鶯は泣(鳴)きながら埋め(梅)に行く」という連想のため、葬儀の「隠語」としても取り扱われるようになるのである(全く勝手な想像にすぎないかもしれないが、『古今集』に詠まれた「鶯の涙」、「いなおほせ鳥の涙」、「雁の涙」は、人の代わりに「なきめ」の役を任ぜられた鳥の〝仮(借り)の涙〟も反映しているのではないだろうか)。

いずれにしても、「泣く」と「鳴く」の響き合いは王朝文学における〈泣く涙〉の普及の原因の一つであることはまちがいないだろうが、この「響き合い」ということに関して言えば、〈音〉の呪力もまた古代びとの信仰のなかで重要な役割をはたしていた。

たとえば、古橋信孝はそれを古代和歌の発生の問題として取り上げ、「聞く」ことについて次のように論じている。「〈聞く〉のは耳でだから、耳も呪力をもつものとなる。耳は御霊だろう。つまり、霊そのもの、霊の宿る所である。だから〈聞く〉ことだけにかぎらないはずだ。にもかかわらず、〈聞く〉場所をミミというのは、〈聞く〉ことがもっとも基本的な神の意志を判断する行為だったからかもしれない。(中略)始源的には〈聞く〉とは神意、霊威を耳で感じ、判断することだった」(一九八八、八〇―八一頁)。さらにそれを歌の呪性と結び付けて、万葉集や古今集の歌に詠まれた繰り返しの表現を音による呪力の回復の例として分析している(二七八―二九一頁)。

〈音〉の呪力の例もまた、どの文化からも挙げられる。シャーマニズムの儀礼もそれに基づいているし、宗教も〈音〉の神秘性を頼りにしている。また、文学、特に詩歌においては、〈音〉はリズムを支える根本的な要素であるし、音を遊ばせる(生かす)という詩的技法も使用されている。

しかし、日本文化においてそれが神のことばから人間の歌への変化を伴うとともに、その歌の主要な技法をも特徴づけたことは、日本語そのものの性格によると考えられる。言い換えれば、〈音遊び〉は日本語の生命力であり、詩的言語としての表現力の源になっているのである。

単純な音節構造をもっている日本語は、同音の言葉がきわめて多いので、一義的な内容を伝えるためには漢字を必要とするが、他方、仮名文字によって強調される和語のあいまいさから多義性が生まれ、その多義性はさらに連続的な連想過程を発動させることによって、詩化過程の主要動力として働くようになる。このような特徴からすれば、日本語（和語）にとってもっとも相応しい分野は詩歌であり、それも、長い叙事詩ではなく、短い抒情詩であると考えられる。

それに対応して、日本の詩歌の七と五の音数律も、このような同音語の詩的働きと関連づけられるのではないだろうか。つまり、四拍子リズムのなかで設けられた休止（固定休止と移動休止）は、同音語の響き合いの〈場〉となり、詩的連想が働きかける「余白」の役割をはたしていると考えられるわけである。(9)

一方、〈音遊び〉に基づく掛詞などの技法は、日本語の潜在力を生かす方法であるとともに、その制御手段、制限手段でもある。特定の同音語の連鎖に重点をおき、その連想のルールを決めてしまうからだ。しかし、それは当代びとの世界観と世界感、文化の価値観などを反映しているので、掛詞は意味作用の主要な技法でありながら、意味作用の過程それ自体の展開についても物語っている。

「なく」は、そのもっとも代表的な例として挙げられるにちがいない。「泣く」と「鳴く」を重ね合わせることで、その神話的な意味を示唆し、歌の本質をも指し示しているからである。つまり、神の世界から人の世に贈られた歌は、人間にかぎらず、すべての生き物に共通するものであり、「生きる」ことの証しになっているが、「花に鳴く鶯、水に住む蛙の声を聞けば、生きとし生けるもの、いづれか歌を詠まざりける」という貫之の古今集仮名序の言葉が指摘しているように、その歌の共通の声は〈なき声〉なのである。

他方、そもそも悲しみをあらわす「泣き」は、「無き」や「亡き」との響き合いを通じて表現力をさらに増したの

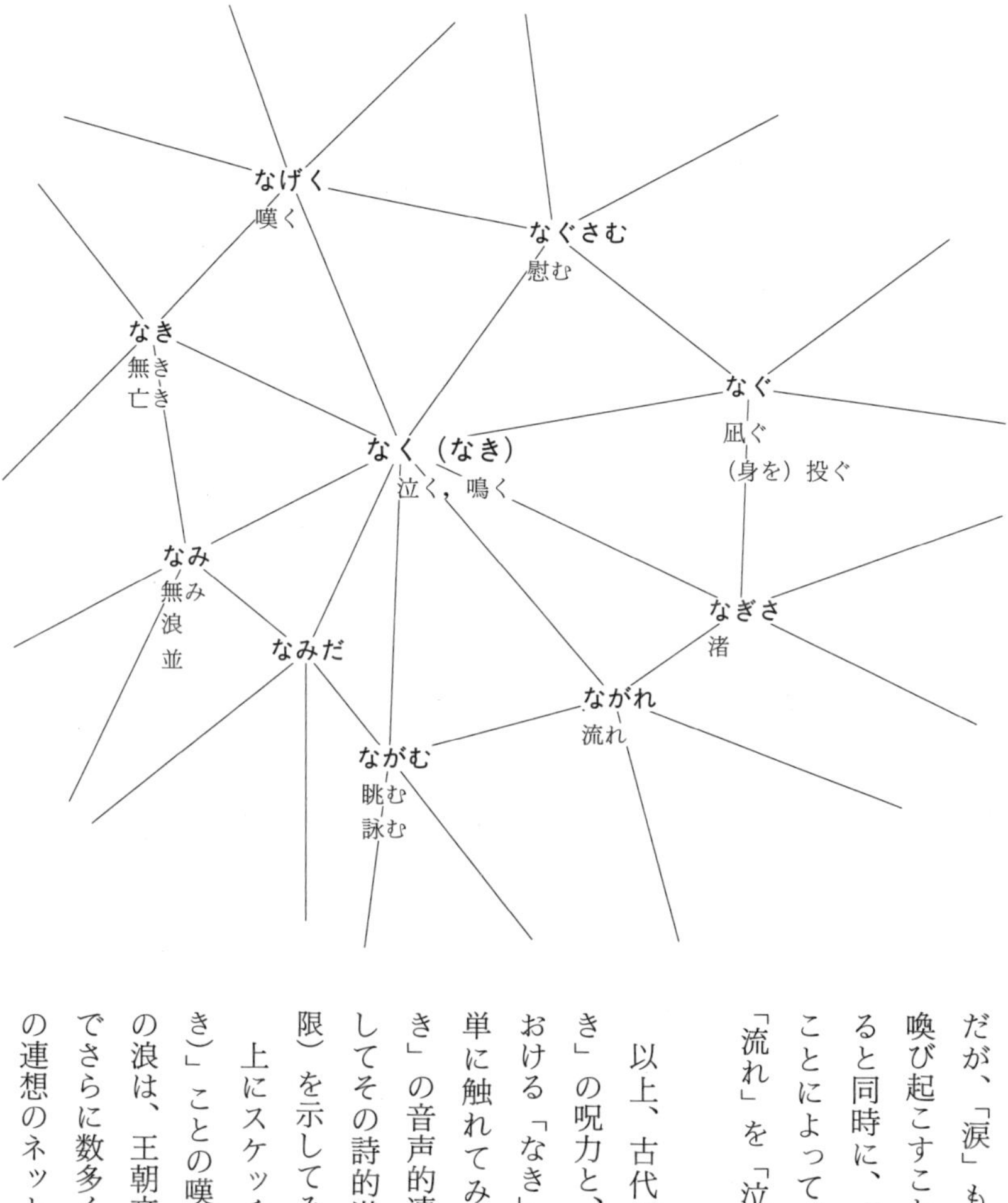

だが、「涙」もまた「無み（ないから）」を喚び起こすことでこのような連想を強調すると同時に、「浪」をも浮かび上がらせることによって、感情とそれを表す言葉の「流れ」を「泣かれ」と関連づけている。[10]

以上、古代びとの神話に見られる「泣き」の呪力と、音節言語としての日本語における「なき」の多義性とその概念化に簡単に触れてみたが、この節の最後に「なき」の音声的連想のネットワークの図を通してその詩的潜在力の範囲（また、その制限）を示してみよう。[11]

上にスケッチしてみた「なき（無き、亡き）」ことの嘆き悲しみで流れる「泣く涙」の浪は、王朝文化の詩的言語の流れのなかでさらに数多くの歌ことばを濡らし、「涙」の連想のネットワークをこの上なく拡大したが、〈涙の浪〉を宿し、その〈流れ〉を運びとどけたのは、次に見る「袖」である。

「袖」

日本語の様々な辞典類を調べてみると、「袖」の表現が驚くほど多い。他のどの日常の物の言葉よりもはるかに多いだろう。たとえば、小学館の日本国語大辞典には二百以上も載っているが、その半分ぐらいは古典で使われた表現である。「袖口」、「袖の香」、「袖うつし」、「袖をひく」、「袖褄をひく」、「袖枕」、「袖を交す」、「袖を片敷く」、「袖を分かつ」、「袖をふる」、「袖を返す」等々の表現、および、平安時代以降に普及した「袖屏風」、「袖几帳」、「袖扇子」などを検討すると、「袖」は王朝びとの日常にとどまらず、その心の思いや、雅びやかな美的感覚もあらわしたことが分かる。

「袖」も「泣き」と同様に古代人にとっては呪術的な意味を持っており、「袖」の語源や古くから伝わっている様々な表現は、そのことを物語っている。

古代社会における衣と袖は、〈うち〉の領域（此界）と〈そと〉の領域（異界）との境界として捉えられ、その交流の場であると同時に、呪具としても機能した。

肉体を覆う衣、特に手と類似する袖は、肉体そのもの、あるいは肉体の一部として受けとめられ、古代日本語の「衣手」（衣の手、衣が手）と、同じような構成と意味をもつ「袖」（そ→衣＋手）という語がそれを示している。また、手を継ぐ、交すなどから発生した「袖を継ぐ」、「袖を交す」のような表現は、男女関係を表すようになり、王朝文化における「袖」のエロチックな意味と繋がっている。

他方、魂を宿すと信じられた衣と袖は、幣と同質の意味を託され、招魂の機能を持たされたので、「思ひ」と「魂合ひ」の呪具としても捉えられた。「袖をふる」、「袖をひく」、「袖を裏返す」などは、そのような働きの具体的な表現である。『源氏物語』の「たましひをつれなき袖にとゞめを《（お）》きてわが心からまどはるゝかな」（夕霧）などの歌が示しているように、王朝文化における「袖」の機能もその呪力を踏まえている。『源氏物語』の衣の意味を取り上げた林田孝和は、この点に関して次のように論じている。「古来、衣や袖はその人の魂がやどりやすい、魂の容器と観じられてきた。だから、死者招魂の場合、その人の着物を用いた。後朝《きぬぎぬ》の別れにも互いの下着を交換した。後朝のこの習慣は、互いの魂を分割し衣に籠め相手の身に留め置くことによって、愛の永劫を願うという意味があった」（一九九二）。

さらに付け加えると、「袖の香」などにあらわれる「袖」の美的機能もその古来の呪術的な意味に由来すると思われる。次に万葉集に登場する「袖」の主な表現に触れて、呪力から美的力への移り変わりの前提を探ってみよう。

「袖ふる」

「袖ふる」という行為は、恋の招魂の呪具としての「袖」の力を活性化させようとしたものであるが、「袖振る」と「袖触る」とでは、多少とも違いがある。

角川書店の古語大辞典によると、古代では「袖を振る」ことは、「鎮魂や悪霊を払い、身に近づけたい霊魂を招き寄せる意味を持つ呪術的行為であった」という。また、『古代語誌――古代語を読むII』（一九八九）は、それを「領巾振る」および「心振り起し」と関連させて、その起源については、「頭巾を振る・袖を振るというのは、鎮魂祭で女蔵人が天皇の魂代である御衣の入った箱を振り動かす儀礼と通じるものである。希薄になりかかった生命力を、充足の状態に戻すわざである」（一一九頁）と述べている。

万葉集における「袖振る」の具体的な解釈に関しても様々な議論が行われているが、(12)その類型的な場面の一つとして挙げられるのは、旅立ちである。たとえば、人麿が石見《いはみ》で妻に別れて京に上る時に詠んだ「石見のや高角山の木の間より我が振る袖を妹見つらむか」（巻二・一三二）という歌の「振る袖」は、旅に出ていく男が女の魂を招き寄せて、我が身に添えるという意味を持っている。それに対して、「草枕旅行く君を人目多み袖振らずしてあまた悔しも」（巻一二・三一八四）という歌は、女が袖を振ることで旅立つ男の安全を祈った（ここではそれができなかった）ことを示唆している。

また、「可敝流廻《かへるみ》の道行かむ日は五幡の坂に袖振れ我をし思はば」（巻十八・四〇五五）という歌の「袖振れ」も、「魂合ひ」の願い、旅の無事の祈りとして把握できるが、『古代語を読む』によると、「神の世界である山や峠を越える際には、妻や恋人の名を喚び、袖を振って家郷との呪的共感を結ばねばならなかった」（五二頁）という。

さらに、「娘子《をとめ》らを袖布留山の瑞垣の久しき時ゆ思ひけり我は」（巻十一・二四一五）などの歌に登場する「袖布留《そでふる》山《やま》」という歌枕は、天武天皇の目の前に突然雲から天女が現れ、舞を舞い、五度袖を翻したという伝承によっているが、それも「魂合い」の意味を担わされ、千載集の「わぎもこが袖振山も春きてぞかすみのころもたちわたりける」（春上・九）などの歌では〈恋人思ひ〉として解釈されている。

一方、次の挽歌の「名喚び」と「袖振り」は、「哭女」の「哭き」のように、魂よばいの習俗を踏まえているが、その詞書には「泣血《なきいさ》ち」という語も出てくる。

柿本朝臣人麻呂、妻が死にし後に、泣血哀慟して作られる歌二首　并せて短歌

天飛ぶや……（以下省略）玉だすき　畝傍《うねび》の山に　鳴く鳥の　声も聞こえず　玉桙の　道行き人も　ひとりだに

似てし行かねば　すべをなみ　妹が名呼びて　袖そ振りつる

（巻二・二〇七）

「袖そ振りつる」を登場させた結びの言葉を中西進は次のように解釈している。すなわち、「耳にも目にも妻を失った人麻呂は、袖を振って死者の霊魂をよび戻そうとする。名には魂がある。人前では呼ばぬのがふつうだが、もう今は魂をあらわにするとて、危険をおそれることもなくなってしまっている。名を喚び袖を振って、人麻呂は『泣血哀慟』したのである」（中西進編、一九八二、一一〇―一一一頁）。

「袖触る」の呪術的な機能も、「袖振り」に似ているが、「**白たへの袖に触れてよ我が背子に我が恋ふらくは止む時もなし**」（万葉、巻十一・二六一二）などの歌が示しているように、それは、愛する人の袖に触れることでその霊威をわが身に依り憑かせ、止む時のない恋で結ばれるという意味を持ち、「恋」の表現として使われた。

「袖を返す」

「袖を返す」（「袖を折り返す」）とは、平安時代でもよく歌に詠まれた表現であるが、もともと、袖口を折り返し裏側を表にして寝ると、自分が相手の夢に現れ、あるいは相手の姿が自分の夢に見えるという俗信に基づくものである。また、西村亨が述べているように、そもそもそれには「呪言をとなえるというようなことも付随していたであろう。（中略）おそらく呪術を行うことによって、男女が夢で媾うのではなく、直接媾うことができると考えたものであろう」（西村亨、一九八一、二六九頁）。

しかし、万葉集の「**我妹子に恋ひてすべなみ白たへの袖返ししは夢に見えきや**」（巻十一・二八一二）、「**我が背子が袖返す夜の夢ならしまことも君に逢ひたるごとし**」（同・二八一三）などの例が示しているように、すでにそれは、「袖」の呪力への呼びかけであるよりも、むしろ〈恋の思い〉を示す定型の表現として捉えられ、「（いたも）すべなみしきたへの袖返し（つつ）」が家持の「妹も我も心は同じ……」（巻十七・三九七八）という長歌などにも使用されていることは、その類型化を示していると思われる。さらに、家持の「**夢《いめ》の逢ひは苦しかりけりおどろきて掻き探**

れども手にも触れねば」（巻四・七四一）という歌は、〝実際〟の恋を求めていると思われるので、「夢の逢ひ」をあらわす「袖返し」も、呪術的な行為ではなく、「恋」の定型の表現として詠まれていたと想像できる。いずれにしても、小野小町などの歌に登場する「衣を返す」は、すでにすべなさとせつなさをあらわす詩的約束だったにちがいない。

「袖を振る」、「袖を返す」とともに、「白たへの袖解き交へて帰り来む月日を数みて行きて来ましを」（巻四・五一〇）などの歌で詠まれた「袖とく」の恋愛表現としての意味も、「袖」の呪力へと遡ることができる。それに対して、「袖まく」、「袖交ふ（交す）」、「袖片敷く」などは、いずれも男女が共寝する時に袖をかわす（まく、かさねる）ことを踏まえて、男女関係の婉曲表現（ユーフェミズム）になっている。たとえば、「しきたへの袖交へし君玉垂の越智野《をちの》過ぎ行くまたも逢はめやも」（巻二・一九五）、「織女の袖つぐ夕の暁は川瀬の鶴は鳴かずともよし」（巻八・一五四五）、「夕されば……別れにし　妹が着せてし　なれ衣　袖片敷きて　ひとりかも寝む」（巻一五・三六二五）などの例が挙げられる。

さらに、「袖の別れ」の別離という意味も、男女が互いに重ね合った袖を分かつことに由来し、「白たへの袖の別れは惜しけども思ひ乱れて許しつるかも」（巻一二・三一八二）、「白たへの袖の別れを難みして荒津の浜に宿りするかも」（同・三二一五）、「白たへの袖別るべき日を近み心にむせひ音のみし泣かゆ」（巻四・六四五）などの万葉集の歌に続いて、定家も「しろたへの袖のわかれに露おちて身にしむ色の秋風ぞふく」（新古今、恋五・一三三六）という歌のなかで、それを〈袖の涙〉を通して解釈している。

ここまで取り上げた「袖」の表現のうち「袖返す」、「袖片敷く」、「袖の別れ」は、平安時代の和歌にもよく詠まれるが、右に引用した定家の歌も示しているように、そのいずれもが「涙」と結び付けられ、万葉集とは違う意味をも担わされるようになる。たとえば、「袖片敷く」が「衣片敷く」に変わるのと平行して、「片敷く袖（袂、衣手）」が登場し、「片敷く袖をほしぞわづらふ」（後拾遺、八一六）、「かたしく袖にかゝる涙」（金葉、三五七）、「かたしく袖のぬるゝ」（千載、三一八）などと、〈片思い〉の「涙」を宿すようになる。そして、「さむしろに衣かたしき今宵もや我を待つらむ宇治の橋姫」（古今、六八九）という歌のなかで寂しく「衣かたし」いていた宇治の橋姫の「かたしく袖」は、やがては「待ちえ」た喜びの〈嬉しき涙〉のおかげで、寂しさの意味さえもなくしてしまう。すなわち、「うれしさやかたしく袖につゝむらんけふまちえたる宇治の橋姫」（新古今、七四二）と。

霊魂をやどす「袖」と、霊魂を招き寄せる「泣き」との組み合わせから生まれた〈袖の涙〉の詩的力は、そうした呪力に根ざしているにちがいないが、そこにはさらに、「袖」と「涙」を直接に結び付けるもう一つの呪術的な意味も付け加わっていると思われる。それは〈形見〉である。

「我《あ》が衣形見に奉るしきたへの枕を放けずまきてさ寝ませ」（万葉、巻四・六三六）、「我が背子が形見の衣妻問ひに我が身は放けじ言問はずとも」（同・六三七）などの歌が示しているように、衣は別れた人の「形見」になっていたのであり、かぐや姫も月の都に戻るにあたって、身に着けていた衣を自分の形見として残していく。また、「つぎねふ山背道を」という長歌（巻一三・三三一四）のなかで、妻が夫のために売ってしまう「蜻蛉領巾《あきづひれ》」と「まそみ鏡」も母の「形見」であった。

このような〈形見〉について、森朝男は、「『形見』はまさしく相手の姿・形を見ること、またはそのための道具で、正真正銘の相手の像を、逢わずして、見させてくれるものであった。だから万葉集以来恋の形見には〈衣〉〈鏡〉などが多い。衣は身体の形そのままだし、鏡は元来自分の姿でなく相手の姿を映し出すものであった」（一九九四、一六一頁）と述べている。そして、「形見」が〈形＋見〉をあらわすのと同様に、「鏡」も〈かが↓かげ＋み〉、すな

わち〈影＋見〉と解読できるのである。(13)

さらに、「衣」と「鏡」が形見になりえたのは、両方とも〈うち〉（此界）と〈そと〉（異界）との境界であり、その交流の場でもあったからだと考えられる。そして、〈衣〉の代理になった「袖」は、「ます鏡の涙」（拾遺、四六九）を宿すことで、二つの力を合わせ、〈衣の鏡〉の象徴として「正真正銘の形見」を代表するようになった。しかも詩的言語の展開に従って、それは親しい人の形見のみならず、〝詩的形見〟をも保存し、詩的言語の自己言及の機能を担うことにもなったのである。

平安朝の袖は広くなればなるほど、「涙」に絞って使われるようになったが、「涙」で濡れた「袖」を絞れば絞るほど、その表現力が広がっていった。一方、前に引用した万葉集の「涙」の歌から判断すると、平安時代の詩的言語を特徴づける〈袖の涙〉の概念は、はやくも万葉集のなかで独自の発想として類型化され、歌とともに発達していったと考えられる。そこでこの仮説をさらに追究しようと思えば、〈袖の涙〉の跡を枕詞のレベルでも探るべきであろう。たとえば、平安時代の「朝まだき露分け来つる衣手のひるまばかりに恋しきやなぞ」（拾遺、七二〇）という歌に登場する「衣手のひるま（昼間、干る間）」は枕詞的（もしくは序詞的）に仕立てられているが、枕詞としての「衣手」の使用範囲には果たして「涙」を思わせるものがあるのだろうか。

「ころもで」、「ころもでを」、「ころもでの」という、歌枕としての三つの使用法のうち、まず目を引くのは、「衣手常陸」である。そのかかり方については、「衣手の襞」（ヒタ→ヒタチ）という説などが提出されているが、『常陸国風土記』に出てくる「筑波岳に黒雲かかり衣手漬《ひたち》の国」という諺は、「衣袖をヒタス（濡らす）」という解釈の可能性を示唆しているように思われる。

明治書院の和歌大辞典は「ヒタチにヒツ（濡れる意）を同音によって連ねたか」というように、疑問符つきの立場をとっているが、角川書店の古語大辞典はその説の確率をさらに高めて、「ころもでを常陸にかけるのは、常陸風土記の『袖を漬すの義に依って、以て此の国の名と為す』の地名説話のあるように、ぬれる意の『ひたち』との掛詞によるらしい」と説明している。

確かに、歌学書では「袖ひつ」が〈袖の涙〉の表現として取り扱われていないことからすれば、平安時代以前の「袖ひつ」は必ずしも「涙」に言及していたとは言いきれないけれども、言及していた可能性を否定することもできない。たとえば、前に引用した万葉集の「泣く涙……白たへの衣ひづちて」(二二三〇)、「我が泣く涙白たへの袖さへ漬ちて」(二九五三)などの用例は、「衣袖ひつ」を「涙」と関連させているし、「相思はぬ人をやもとな白たへの袖漬つまでに音のみし泣くも」(万葉、巻四・六一四)という歌も、「袖ひつ」に「涙」の意味を担わせている。[14]

「衣手常陸の国」のほか、「衣手(の)(を)」という枕詞は数多くの言葉に付けられたが、『歌枕歌ことば辞典』(片桐、一九八三)はそのかかり方について次のように説明している。「まず『衣手　常陸の国の……』(万葉集・巻九)は『衣手』を『漬たす』から枕詞となったと思われ、『衣手の　別るる今宵ゆ……』(万葉集・巻四・三方沙弥)は袂を分って別れるから『別る』に続くと思われ、『……衣手の　かへるも知らず……』(万葉集・巻一三)は袖がひるがえるからそういうのであり、『……衣手の　田上山の……』(万葉集・巻一)『衣手の高屋の上に』(同・巻九)は『手』を『た』というゆえ枕詞になったのであろうとその続き方が納得されるのだが、『衣手葦毛の馬のいななく声』(同・巻一三)『衣手の名木の川辺を』(同・巻九)『衣手の真若の浦の』(同・巻一二)などは、なぜ枕詞となっているのかわからない」。

和歌大辞典も古語大辞典も同じ例を踏まえ、「ころもでの真若の浦」、「ころもでの名木の川」などに関しては、やはり「かかり方不明」としている。一方、かかり方のルールについては、和歌大辞典が「いずれも即興的に衣・袖に縁のある語やそれと同音の地名に言いかけたものか」という重要なコメントを付け加えている。したがって、上に取り上げた「袖」の表現を考慮すれば、「ころもでの真若の浦」を「衣袖の別れ」と結び付けることができるだろうし、「ころもでの名木の川」も「泣き」と関連づけられるように思われる。しかも後者については、「名木」と「泣き」との響き合いのほかに、「衣手の名木（泣き）」→「春雨に……濡る」→「家思ふ」を通して「泣く涙」を示唆する、万葉集の**「衣手の名木の川辺を春雨に我立ち濡ると家思ふらむか」**（巻九・一六九六）という歌も証拠として挙げられる。

以上、古代文化における「衣袖」の意味と機能をたどり、〈袖の涙〉の跡を探ってみた。平安の「袖」が色好みの表現になり、「涙」が心の思いを伝えるようになったことは、古代文化に根をもっているにちがいないし、〈袖の涙〉の美的力もその古来の呪力によって支えられていたと考えられる。言い換えれば、呪力があるがゆえに美的対象になりえたわけである。

それにしても、平安文化における〈袖の涙〉の働きはなぜあれほどまでに広い範囲に及んだのだろうか。袖そのものの広さに負けずに。

また、にもかかわらず、世界の衣装の歴史のなかで最も面積の広いその袖を、王朝びとはなぜ「せばし」と呼んだのだろうか。どうして広さが足りなかったのだろうか。だれの、どのような期待と願望を叶えきれなかったのだろうか。

「袖」という言葉には、衣の一部のほかに、「文書の紙の前後白く書き残したる部分」という意味もある。つまり余白、marginである。その「袖」に書くことは、「袖書」と呼ばれ、書き加えた注記などを指し示している。私もこの「袖書」のつもりで、ここまでの議論の「書き残したる」余白に、平安文化の構造と意味作用のパターンについて書き加えたいと思う。

平安文化の〈流れ〉の構造

平安文化の特徴を一言で要約しようとすれば、それは〈流れ〉であろう。四季の移り変わりと和合した王朝びとの生活のすべての要素は絶え間なく流れている。寝殿造の住家の空間は内部と外部の境目を越えて流れるし、壁のない内部もまた几帳や屏風の移動に応じて流れている。外の音も、隣の部屋の声なども、流れ込み、聞こえてくる。花の香が漂い、人の焚いた薫香と合流する。几帳もその紐も風とともに流れるし、重ね重ねの衣も、その上に垂れる長い黒髪も、流れている。王朝びとから好まれ、その歌に詠まれた枝垂れ桜、柳、藤の花などの、木も草も流れている。絵巻物の絵と文字も流れるし、文学作品の散文と韻文も、それぞれに流れている。また、休止によって調和させられた歌の七と五のリズムは、言の葉の川のように流れ、連綿体で記されたテクストは、墨の滝のように流れている。何もかも流れていて、そして流れながら変わっていく。

さらに、〈開かれている〉文化空間においては、日常生活と芸術との境目も、各々の芸術分野の境目も、作り物語、歌物語、日記、随筆などの文学ジャンルの境目なども、きわめて曖昧で、移動しやすい。

このような文化パターンとその意味生成メカニズムは、〈内〉対〈外〉、〈開かれた空間〉対〈閉ざされた文化〉、〈中心〉対〈周縁〉などの文化論の問題を提起すると思われるので、以下ではそれを順番に取り上げて、〈流れ〉の構造をさらに追究してみたい。

平安文化の〈外〉は、中国を中心とするアジア大陸の文化であるが、その〈外〉との関係は、外面にとどまらず、内面も動かしたので、それをあらゆる角度から考察しなければ、平安文化のエッセンスばかりでなく、文学伝統の成り立ちも、各々の作品の特徴も、またその表現の方法なども十分に理解し評価することができない。

中国の果たした役割については、日本の研究にも外国の研究にも、二つの極端な立場がみられる。その一つは、古代日本は何もかも中国から学び、そのモデルを真似しながら、自分の文化を発達させたという、中国の〝影響〟を重視しすぎる視点である。もう一つは、中国の存在をなるべく無視して、「島国」である日本の独自の文化発展を主張する視点である。もちろん、具体的な研究においてはどちらの極もそのままでは出てこないが、政治的、社会的、文化的な情勢と呼応して、そのどちらかの傾向が強くあらわれてくる。

両極端を避けるため、その中間領域をめざすという方法もある。たとえば、中国文学から借りた表現の和語化の研究は、両極を調和させる試みの一つである。しかし、平安文化の特徴という広い範囲にわたる問題を対象にするなら、中間領域をめざすのではなく、極端な立場を乗り越えるような解釈が必要であると思われる。

中国文化は、東洋の稲作地域のモデル文化として働き、古代日本にとってもかけがえのない存在であった。数世紀にわたって日本は積極的にその文化を学び、身につけようとしたが、その学習の範囲は極めて広く、産業、経済、政治、社会、宗教、文化など、生活の各分野に及んでいた。しかし中国の役割は、その学ばれた知識だけでは説明しきれない。ましてや、よく使われている〝影響〟という言葉は、あまりにも粗雑なので、結局は何の意味も表していない。

一方、日本が島国であり大陸から離れていることが、その文化を形作る重要な条件になったことは否定できない。近代までの長い歴史のなかで一度も外から侵略されなかったという歴史的事実を付け加えると、なぜ日本が早くから独自の文化を形成し、その伝統を守りつづけてこられたかという問題の地理的、歴史的な文脈が見えてくる。

この条件の重要性は、朝鮮との比較によって一層明確に把握できる。中国のモデル文化と直接に接触し、それを幅広く取り入れた朝鮮は、日本のような他の国に対して、そのモデル文化の伝達径路としての役割さえ果たす一方で、〝近すぎた〟せいで、自らの独自の文化形成の道はなかなか〝平安〟にはなれなかった。それに対して日本は、航海技術があまり進んでいなかった古代では、大陸からの文化情報の流れをある程度抑制できたし、さらに平安文化の発展は、その流れがほとんど中止されたという極めて重要な条件に基づいている。そのおかげで、長年かけて得られた情報を独自の力で〝造りなおす〟ことができたのである。

このようなメカニズムは、ただの〝影響〟ではなく、むしろ《text in text》(あるテクストに入り込む他のテクスト)の働きを想い起こさせるが、この点に関して、テクストとしての文化の相互作用という問題を取り上げたY・ロトマンは、次のように論じている。

「安定した古代文化は、長年にわたって、周期的な〈閉鎖〉と平衡に達した静止の状態を保ちつづけることができるが、〈外〉から流れ込んだ他のテクストによってその自力発展のメカニズムが発動させられる。刺激の強度が〈外〉のテクストとの差異に依存するので、受信文化のコードで送信文化の情報を解釈することが不可能であればあるほど、その刺激が強くなる」(一九八一、一〇―一一頁)。

さらに、受信文化が、〈外〉のテクストによって崩された平衡を取り戻すための条件は、「自力発展が送信文化の水準に匹敵しうるようになる」ことだとして、「このようにして新しく得られた平衡のもとでは、同じ〈外〉の文化が再び流れ込んでも、二度と同じような刺激を与えられないだろう」(同、一二―一三頁)と結んでいる。

このような働きは、ウイルスに感染した身体のたたかいにも譬えられるように思われる。刺激された免疫システム(immune system)はウイルスを真似ながら、それに抵抗できるような抗体を作りはじめるが、その免疫抗体がウイルスと同等の力を獲得すると、身体のバランスが回復される。そして、再び同じウイルスに襲われても、それと共存し、バランスが崩れない。この免疫システムの働きは様々な条件によるのだが、なかでも〈外〉からの「隔離」、「閉鎖」は極めて重要な役割をはたしている。

ウイルスが姿を変えつづけるのと同じように、〈外〉からの文化情報の流れも変わっていくが、日本文化の特徴は、初期の時代に中国文化によって発動させられたその〈文化的免疫システム〉に大いに依存するように思われる。[15]

いずれにしても、古代日本に流れ込んだ中国文化は、各分野に滲出し、緊張状態を作り出した。そして、長年にわたる〝学習の時代〟の結果として自力発展のメカニズムが刺激され、活動しはじめたが、中国文化は古代日本の自力発展に刺激を与えただけでなく、さらにその規準と目標も提供した。

一つだけ具体的な例を取り上げると、中国の科挙のシステム自体は日本に導入されなかったが、知識を高く評価するという価値観は取り入れられ、独自の日本文化発展のコンテクストに従って、芸術の優越性を意味するようになった。空海や菅原道真などのような歴史上の人物のほかに、文学からの例もたくさん挙げられるが、なかでももっとも代表的なケースは、自分より身分の高いライバルに勝つことができた『宇津保物語』の仲忠であろう。つまり、中国の meritocracy の代わりに日本では artocracy が登場してきたのである。[16]

一方、上に取り上げた例も示しているように、文化の規準という問題の射程は、世界観、ないし認知過程とその方法にも及んでいるので、中国文化から具体的な知識と自力発展への刺激を得た日本文化は、中国の文化水準をめざしながら、独自の認知方法をも発達させざるをえなかった。言い換えれば、中国から得た知的エネルギーを、独自の伝統に基づく知的エネルギーに変形させ、中国の儒学や仏教などの倫理的思想のかわりに、それと同等の認知力をもつ美的思想を発達させたのである。

視点を西洋に移すと、古代ギリシャのロゴスに根をもっている西洋文化の合理的アプローチ、およびその思想史においては、美学が部分的で補助的な地位しか占めていないのに対して、日本の古典文化においては美学こそが優越的な役割を果たしている。[17]

纏めて言うなら、文化における合理的、倫理的、美的なアプローチのうちどれが〝優れている〟かという問題は全く無意味である。それぞれの文化パターンが違うのだから。レヴィ＝ストロースが指摘しているように、「人間のもつ多様な知的能力をすべて同時に開発することはできません。ごく小さな一部分を使用しうるのみで、どの部分を用いるかは各文化によって異なります。それだけのことです。」（一九九六、二六頁）。

各文化はその根源と様々な条件などに応じてそれぞれにもっとも相応しいアプローチを発達させ、優越的な認知方法とするが、それは他の二つのアプローチも内包し、指導している。たとえば、日本の中世時代を通じて論理も倫理も、理論も学問も〈美化〉された。美は道徳でもあり、真理でもあったのだ。インドの思想家ラビンドラナート・タゴールの言葉を引用すると、「日本は一つの完全な形式をもった文化を生んできたのであり、その美のなかに真理を、真理の中に美を見抜く視覚を発達させてきた」（川端康成、一九九一、四四頁）。

さらに、具体的な例として天台本覚論を挙げることもできる。天台仏教と真言仏教が融合し、十一世紀において「山川草木悉皆成仏」という言葉で表現される、日本仏教の独特な思想が生み出されるが、その百年も前に古今集の仮名序のなかで紀貫之は「生きとし生けるもの、いづれか歌をよまざりける」という詩的思想を提出していた。そして、それもまた「木も草もことごとくに能くものいふこと有り」（日本書紀、神代・下）という古代の信仰へと遡られるのである。そこには、古代の信仰↓詩的（美的）思想↓仏教（哲学）思想という、日本独自の認知方法や世界観の展開の仕方が見てとれる。

優越的な認知方法に応じて、それぞれの文化における意味作用のメカニズム、および記号システムの働きが異なってくるが、それを大きく、タルトゥ・グループが提唱した〈文法志向型〉の文化と〈テクスト志向型〉の文化という二つのタイプに分けることができる。

〈文法志向〉の文化は、自らを「もろもろの規準とルール」の組み立てとして意識しているが、〈テクスト志向〉の文化は、「前例、使用例、テクスト」などの組み合わせからなり、ルールを〝成す〟というよりも、「モデル的な前例」がルールに〝成る〟。前者の場合は、「正しいものが存在する」が、後者にとっては「存在するものが正しい」。したがって、〈文法志向〉の文化における記号化過程が〈内容志向〉になるのに対して、〈テクスト志向〉の文化タイプは〈表記、表現志向〉である。それに応じて、学問は前者のもっとも活発な分野になるが、後者の場合はそれが詩歌なのである。

このような特徴は〝純粋〟な形では現れてこないし、文化の発展につれて変わってもいく。一般に、合理主義的なアプローチが進めば進むほど、〈文法志向型〉への傾向が高まっていくと考えられるが、この類型は文化のオントジェネシス（発生と成り行き）ではなく、オントロジー（存在と成り立ち）の問題であるので、どちらのタイプの方が〝優れている〟かとは無関係である。言い換えれば、どちらのタイプも同様に、文化発展の固定的な特徴になりうると考えられる。しかも、〈閉ざされた〉社会の文化においては、〈テクスト志向型〉への傾向が長年にわたって継続していくと想像される。[18]

上のような類型に即してみると、平安文化は〈テクスト志向〉の文化として捉えられるが、それが中国文化との接触によって一層強化されたと考えられる。つまり、中国から入り込んだ膨大な文化情報を短い間に整理し概念化することが不可能だったので、平安文化はそれによって与えられたインパクトを〈表現〉するようになったというわけである。

さて、ここまで日本文化の発展における中国文化の役割を考察してきたが、その重要な前提ないし条件の一つは、〈外〉からの文化情報の流れが抑制できたということである。すなわち、日本独自の文化の花を咲かせた平安時代中期は、中国からの文化情報の「移入」がほぼ中断され、「鎖国」にちかい状態だった。

しかし、発展は〈動き〉でもあるので、〈外〉に対して閉ざされた文化の発展は、〈内〉の境目が開かれていくことを必要とする。言い換えれば、平安文化の〈開かれた〉内なる構造は、それが〈外〉の刺激を受けてから、その〈外〉に対して閉ざされてきたという状態の結果でもあると考えられる。

一方、平安文化のダイナミズムの中心になったのは、モデルの中国文化と接触した貴族社会だが、その貴族社会の文化活動が都に集中し、周辺の地方から隔離されていたので、〈中心〉対〈周縁〉という、文化発展を動かしうるもう一つの動力も抑止された。たとえば、『伊勢物語』などが示しているように、都びとにとってその都を離れることは悲劇的な出来事だった。あるいは、『源氏物語』の明石君は地方の人でありながら、あくまでも都の価値観に応じて評価されている。つまり、〈周縁〉は〈中心〉と異なるものとしては文化活動に参加していなかったということになる。

このように、〈周縁〉に対しても〈閉ざされている〉王朝文化の内なる空間は、さらに開かれることによって、その内面的な境目が一層曖昧になり、記号の流れもいちじるしく活発化する。しかし、それは「滝」よりも、むしろ「川」のような流れである。平安文化がもっている水平体系（horizontal structure）のもとでは、〈上〉と〈下〉もはっきりとは区別されていなかったからだ。(19)

水平体系は、どの古代文化（traditional archaic culture）をも特徴づけるものであるが、日本の文化発展はその体系を破壊せず、十二単のように、その上に新しい重ねを重ねてきたと思われる。そして、古代文化のなかでは、几帳や衣装、墨や紙、黒髪や烏帽子など、すべての物が対等であり、〈対象〉よりも〈主体〉として取り扱われたのと同様に、その上に重ねられた平安文化においても、〈物〉がこのような status quo（現状）を保存し、文化の意味生成過程に参加しているのである。

この平安文化の水平体系における文化情報の〈流れ〉は、情報の浸潤に応じて方向を変えながら、かつ合流し、かつ別れていくのだが、文学テクストにおける「うつる」、「うつろふ」などの言葉（うつろふ色、うつり香）の頻度も、また「にほへる色」などのような感覚の融合も、その特徴を反映している。さらに、「**梅が香を袖にうつしてとゞめてば春は過ぐとも形見ならまし**」（古今、春上・四六）などの歌が示しているように、自然も美術も人の心も〈横〉に繋がり、その〈流れ〉によってどちらがどちらを表現することもできるのである。

ここまで検討してきた平安文化の構造は、あらゆる点から見て、ドゥルーズとガタリのリゾーム（rhizome：根茎）論を連想させる。彼ら自身も『千のプラトー』（一九九四）の序のなかで「東洋、とりわけオセアニアには、あらゆる点から見て樹木という西洋的モデルに対立するリゾーム的モデルのようなものがありはしないか？」（三一頁）と指摘している。[20] 確かに、樹木モデルの二元的論理とそれに伴う知の直線的統一性を乗り越えようとするリゾーム論は、他のどの理論よりも平安文化の〈流れ〉の構造に適合しているように思われる。地下茎の網状組織をなすリゾームは、詩的連想のネットワークを想い起こさせるし、数多くの詩的連想を喚び起こしていた菖蒲草や葦などの草花の根も、根茎＝リゾームの形をもっている。

点とそれを結ぶ直線を重視している樹木のモデルとはちがって、リゾーム論の基礎的な要素は次元なので、物より物のステータス、記号より記号の体系、断片的な意味より意味作用の過程、「である」より「なる」、また「なりつづける」へと、重点が移る。

したがって、テクストの〈外〉を焦点化する、いわゆる〝内容的な〟解釈とはちがって、リゾーム論はテクストそのものに向かっている。「西欧的精神の困った特徴は、もろもろの表現あるいは行為を、外在的または超越的諸目的に結び付けてしまうことだ――それらをそれ自体としての価値によって、一つの内在平面で評価する代わりに」（三五頁）という言葉が指摘しているように、それは文化の解釈学を西洋文化のモデルの支配から脱出させようとする試みでもあるので、中世は中国文化を、近代以降は西洋文化を基準として、〈外〉の観点から取り扱われてきた日本の古典文化研究の問題とも密接に関わっているように思われる。

本書は、上に簡単に触れたリゾーム論的なアプローチを大いに応用しているが、ドゥルーズとガタリのアドバイスに従って、分析そのものに焦点をあてるため、リゾーム論的な用語の使用をなるべく避けることにした。しかし、リゾーム論の応用の例として、あらかじめ二つの点に注目しておこう。

点でも線でもなく、さまざまな次元から織り成されているリゾームの多様体における意味作用のメカニズムは、その次元の展開による。だから、次元が増えるに伴って、それらの組み合せの諸法則が成長し、多様体そのものも変貌していくという。これは様々な記号体系の合流と離隔に基づく平安文化における意味作用の過程の一般的な原則でもあり、また同時に詩的言語の働きをも体現していると考えられる。つまり、歌ことばの特定の意味と連想の連鎖など、詩的約束の次元が満たされると、その組み合わせによって形成された多様体は、接続する他の多様体に流れ込み、新しい記号体系を生み出していくというわけである。したがって、ごく簡単にいえば、ある表現の詩的連想の展開を詳しく追究することによって、その意味の展開や転回の方向も想像できるようになるのである。[21]

一方、このような流れ込みの結果として、接続する多様体は何かを得るとともに、何かを失ってしまうが、その相対的な働きを示しているのは「脱領土化」と「再領土化」という用語である。[22] 漢字と仮名、漢文と和文、掛詞と縁語を通して関連づけられる歌ことばの相対的関係なども、このような観点から取り上げられるし、〈袖の涙〉の意味と機能の展開にもこの二つの現象が随伴している。つまり、恋の表現として定着した〈袖の涙〉は、それ以外の意味もあらわすことで再領土化され、その詩的規準は他の表現にもうつされる一方、季語などの詩語の規準が〈袖の涙〉の記号範囲に流れ込み、その詩的働きを変化させるのである。

他方、多様体の〈離合〉は、「流れ線」ないし「逃れ線」として働いている限界的な次元に沿って行われているので、このような「線」を特定することは、リゾームにおける意味作用の諸法則をも特定することになると考えられるが、肉体の〈うち〉と〈そと〉との境界である「袖」は、「色合」や「香合」などの記号体系を宿すとともに、詩的言語における「涙」の意味と機能の転換も担わされているので、「流れ線」ないし「逃れ線」としての役割をはたしていると解釈できる。

そこで、平安文化の〈流れ〉の構造を踏まえながら、もう一度「袖」の考察にもどってみよう。

続・「袖」

どの視点から見ても平安の袖は〝単なる袖〟ではなかった。人麿の歌で詠まれた乙女らの長い袖のようなものでもなかった。長さより広さの方が〝長い〟その袖は、世界の衣装の歴史においては極めて珍しいものなので、西洋の読者向けの本の中でSeiroku Nomaは、袖の常識を引っ繰り返す日本の袖の紹介を次のような説明から始めている。「着物の袖を紹介しようと思えば、先ずその〈長さ〉と〈広さ〉の定義から始めた方がいいと思う。そうしなければ、西洋の読者は混乱してしまうだろう。腕を水平に伸ばしたまま、肩から指先までの横の次元を〈長さ〉とよび、上から下までの縦の次元を〈広さ〉とよぼう」。

この説明は日本人を笑わせるかもしれないが、外国人にとってはどうしても必要なものである。一方、中国の「筒形」の袖とは全くちがう平安の袖が、なぜあのような形をとったかという理由はよく知られてはいない。絹の〝制約〟など、様々な解釈が提出されているが、それを上に触れた平安文化における〈物〉のステータスと結び付けて考えることもできるように思われる。つまり、鋏を入れないで、生地をなるべくそのまま残す、すなわち〝生かす〟というわけである。いずれにしても、世界の衣装の歴史上で最も面積が広くて、長さより広さの方が〝長い〟平安の袖は、幅広い文化的機能をはたすことができたにちがいない。

日本の文献のなかで平安の袖の広さは主として社会的地位の徴として取り扱われており、貴族たちの装束が「広袖」や「大袖」と呼ばれたことは、その証拠の一つである。しかし、このような意味づけはけっして日本の「袖」にはかぎられない。たとえば、ヨーロッパの貴族たちの袖も庶民よりはるかに広いし、なかでもヴィクトリア女王のような権力者の「大袖」が特に目立つものである。[23] したがって、イギリスの女王の袖よりも広かった王朝びとの袖をこの理由だけから説明するのは、解釈として狭すぎるだろう。ましてや、あの「広袖」の人たちがたびたび袖の「せばさ」を嘆き悲しんだことを思えば。

記号論の視点から見れば、平安の袖は〈超正常記号〉を想い起こさせる。R・グトリエやT・シービオクなどによって提唱されたこの概念は、常識を越えた過剰に大きい社会機関＝器官を意味するのだが、その働きは、大きさが広がることでシグナルの強度が強まっていくという法則に基づいている（Sebeok, T., 1991, 116–128)。

さらに、日常の必要性を越えた平安の袖は、R・バルトが『エッフェル塔』などで提示している〈空虚記号〉の概念も想い起こさせる。つまり、「どんな意味も表現できる、抵抗不可能な記号」なのだが、これについては、「虚空よくものを容る」（徒然草、二百三十五段）と、バルトより六世紀も前に兼好法師が指摘している。

平安の袖がどの程度まで〈超正常記号〉と〈空虚記号〉の定義にあてはまるかは別として、その異常に広い面積に様々な機能が託されたことはまちがいない。言い換えれば、襲衣の代表となった袖は、それを生み出した文化の重ねも表すようになったのである。

衣の一部としての袖は、言うまでもなく実用的な役割をはたしていた。絹しか使わなかった王朝びとにとっては、衣の襲を増やすことは冬の寒さに耐える方法の一つであったとともに、衣はつめたい床の上に寝る時の寝具としても使われた。したがって、男女関係を指し示す「袖を片敷く」、「袖を重ねる」、「手枕の袖」などの表現は、そもそも寝具としての衣や袖の実用的な機能と関連づけられ、そして、『和泉式部日記』のなかで和泉式部と敦道親王との恋文の交換のキーワードになった「手枕の袖」などの例が示しているように、平安時代の文化においては〈色好み〉の表徴として使われるようになった。

ついでに述べれば、好色のシンボルとしての「袖」の前例は中国にもあった。それは「断袖」という男色の表現で、漢の哀帝は、寵愛する董賢と昼寝したとき、帝の袖を下に敷いて眠っている董賢が目を覚ますのを恐れ、その袖を断ち切って起きたという故事に基づくものであり、「断袖の契りといふも手枕のうへの事なるべし」（類船集）という説明はその故事を踏まえている。しかし、平安文化における「袖」のエロチックな意味はそれよりはるかに広く、普遍的である。(24)

「鬼と女とは顔見えぬぞよき」（堤中納言物語）という平安社会のルールに従って、女房たちは、男に顔を見せてはいけないことになっていたので、屏風や几帳などの後ろに座ったり、袖や扇子などで顔を隠したりしていた。しかし、このような防壁装置にはきわめて〝あやしげな〟特徴がある。つまり、袖はもちろん、屏風も几帳も移動できるのだ（たとえば、〝偶然に〟入り込んだ風などによって）。したがって、顔を隠すとともに、見せることもできた。〝とりで〟でありながら、〝おとり〟でもあった。平安文化のエロチシズムとエステチシズムの発展につれて、その両義的機能はいっそう明確になっていくが、折り畳みの扇子が平安時代の日本で発明されたということは、その何よりの証拠と見なしうる。一方、江戸時代に使用されるようになった「袖几帳」と「袖屏風」という表現からすれば、袖はその〈とりで／おとり〉という機能の代表として捉えられるようになったと推測できる。

いずれにしても、女官たちは「袖」のおかげで（源氏が蛍を入れた「袖を振る」ことなども含めて）顔を見せることもできたと考えられるが、「顔見えぬぞよき」というルールを厳守した平安文学には登場人物の顔の描写は出てこない（末摘花や虫めづる姫君などのような〝否定的な〟例以外は）。絵巻物に描かれている貴族達も、男女とも「引目鉤鼻」という理想のモデルに合わせられているので、顔の描写があっても、区別はない。代わりに人を区別できるようにするのは、衣である。『源氏物語』や『枕草子』などのテクストにおいても、人物の登場には必ずその衣の描写が伴う。つまり、古代文化のなかで人そのものを象徴した衣は、具体的に人を特徴づけ、区別するようになった。それは、衣が人を特色づけるような情報を付与され、それを伝達できたということを意味している。

忍ぶ思いが「色に出づる」（表に出る）のと同じように、衣もその襲の〈色合い〉を通じて、王朝びとの社会的地位、世界観、雅びのセンスなどをあらわすことができたが、それが可能になったのは〈色合い〉の文法のおかげである。

まず、色は呪術的な意味を持ち、黒は魔除け、藍色は胃痛や熱病の治療といったぐあいに、その呪力は具体的に規定されていた。さらに、平安社会のなかで色は儀式化され、貴族たちの位の徴としてはたらくようになった。たとえば、緑色は六位、七位を指し、紅（緋）色は、五位以上のものだったが、清少納言が「下衆の、紅の袴着たる」ことを「にげなきもの（ふさわしくないもの）」（枕草子、四十二段）の例として挙げている記述は、「色」のステータスがいかに重視されていたかを示している。また、禁色とされた濃い紫が、「色」の位階制においては社会的なタブーさえも存在したことを明示している。

このように儀式化された「衣の色」は、さらに王朝びとの美的世界観を宿し、四季の移り変わりの美観も反映するようになった。「紅梅」、「卯の花」、「紅葉」、「橘」などの色の名は、和歌の季語と同じように働いたばかりでなく、その組み合わせのルールも決まっていた。一方、色の数も、その組み合わせの数もきわめて多かったので、個人的な選択の可能性も備わっていた。長崎盛輝が述べているように、「その時期だけの自然物を模した色目の数は、管見では百三十種、其他の四季通用のものは六十六種である。これら多種の色目の中から、男子の下襲・直衣・狩衣や、女子の唐衣・小袿・袿などの色を季・時（祝・祭）・年齢・好みなどを考え合わせてえらぶわけだから宮廷奉仕の女房にはその教養がなければ勤まらない」（長崎盛輝、一九八八、一三頁）。したがって、襲衣の「色合わせ」は、選択と組み合わせの基準に応じて個人のセンスも〈計る〉ことができたので、主要な価値観の一つとして働いていたにちがいない。(25) それゆえ、女性にかぎらず、男性にも「色」の教養が必要だったようだ。たとえば、『枕草子』の次のエピソードで清少納言は上達部の装束を無遠慮に見ながら、彼らのセンスを評価している。

「六月十よ日にて、暑きこと世に知らぬほどなり。池の蓮を見やるのみぞ、いと涼しきここちする。左右の大臣たちをおきたてまつりては、おはせぬ上達部なし。二藍《ふたあゐ》の指貫、直衣、あさぎのかたびらどもぞ透かしたまへる。すこし大人びたまへるは、青鈍の指貫、白き袴もいと涼しげなり。佐理《すけまさ》の宰相なども皆若やぎだちて、すべて尊きことの限りにもあらず、をかしき見物なり。（中略）すこし日たくるほどに、三位《さんみ》の中将とは関白殿をぞ聞えし、かうの薄物の二藍の御直衣、二藍の織物の指貫、濃蘇枋《こすはう》の下の御袴に、張りたる白きひとへのいみじうあざやかなるを着たまひて歩み入りたまへる、さばかり軽《かろ》び涼しげなる御中に、暑かはしげなるべけれど、いといみじうめでたしとぞ見えたまふ」（三十三段、上・五一―五二頁）。

清少納言の個人的な好き嫌いの激しさを別にして、このような描写が通じたのは、当代びとにとっては、衣の「色合わせ」が独特な文化的言語（ランガージュ）として働いていたからだ。季節、地位、年齢などの既定の組み合わせ（ラング）と、個人的選択（パロール）の二つからなりたち、王朝文化の情報システムになっていたというわけである。

一方、重ねられた衣の襲のメッセージを伝えるためには、その特定のチャンネルが必要だった。衣の縦の襲を横にディスプレイする襟、裾、袖という三つのうちから、最も移動しやすい「袖」がその機能を担わされ、「袖口」は、文字通り〝語る口〟となり、衣の幅広い情報を伝える公認のスピーカーの役割をはたすようになった。

それに伴って〈押し出だし〉と〈出だし車〉という特定の情報プログラムも設置された。残念ながら、現存する平安時代の絵巻物のなかには、『源氏物語絵巻』の「出だし衣」の絵しか見られないが、『枕草子』などの平安のテクストには、「御簾《みす》の内に、女房、桜の唐衣どもくつろかに脱ぎ垂れて、藤、山吹など、色々このましうて、あまた、小《こ》半蔀《はじとみ》の御簾よりもおし出でたるほど……」（枕草子、二十段、上・三二頁）や「戸口近き人々、色々の袖口して、御簾ひき上げたる」（同、百二十五段、上・一六五頁）など、〈押し出だし〉や〈出だし車〉の場面が描かれている。

語りはじめた「袖口」は、〈色合わせ〉以外の記号システムの情報も伝達するようになる。すなわち「袖の香」、「にほふ袖」などの表現が示しているように、「香」の文化的言語のチャンネルとしても働くことができた。また、上に取り上げたエロチックな機能をも考慮すれば、「袖」は王朝文化の主要な価値観をなす色好みと雅びとの「流れ線」ないし「逃れ線」としても捉えられることになる。したがって、「袖」を通して、〈開かれた〉地図のような平安文化の〈流れ〉の構造と、それを満たす多様体（プラトー）の次元をさらに追究できるにちがいない。

このような「袖」の働きは、平安文化の他のどの記号システムよりも詩的言語のなかにあらわれ、しかもその文化の〈流れ〉の構造を象徴する「涙」によって発動されるので、次に詩的言語における〈袖の涙〉の考察を試みることにしたい。

詩的言語における〈袖の涙〉

〈袖の涙〉の分析を試みる前に、まず詩的言語という概念を取り上げて、本書で使うアプローチについて簡単に説明しておきたい。

詩的言語の概念は、詩的言語という用語を提出し日常言語と区別したロシア・フォルマリスト以来、様々な角度から吟味され、様々な見地から解釈されたのだが、そのいずれも二項対立法に基づいている。V・シクロフスキーは、詩的言語が日常言語を「異化」する、すなわち「見慣れたものを見慣れないものにする」作用であるとし、「芸術の手法は、ものを自動化の状態から脱出させる異化の手法である」（文法としての芸術）と述べた。R・ヤコブソンは、言語コミュニケーションを構成する六つの要素を区別した上で、それらに相当する言語活動の六つの機能の一つとして、「メッセージそのものに焦点をあてる」詩的機能を特定し、その機能を特徴づける「平行性の原理」を指摘した。しかし、フォルマリストらが詩的言語を詩歌のみに限定せず、日常言語活動からの〈逸脱〉を〈文学性〉、〈芸術性〉の表明と見なしたのと同様に、ヤコブソンも、詩的機能は詩歌の範囲内にとどまるものではなく、また詩歌もその詩的機能のみに限定できないと主張した。それに従って、T・トドロフの「散文の詩学」やG・ジュネットの「物語のディスクール」などを通して、詩学の研究は次第に詩歌の範囲を溢出し、「ナラトロジー」へと変貌していった。他方、R・バルトによる文化記号学やJ・デリダによる哲学のディスクールの脱構築など、文学の〝枠外〟の研究のおかげで、詩的言語の働きそのものが焦点化され、M・リファテールの詩歌の記号論からJ・レイコフなどの認知言語学まで、はば広い範囲で取り扱われるようになった。なかでも特に注目すべきは、詩的言語の概念自体を捉え直したJ・クリステヴァの〈革命的〉研究である。言葉を自由に戯れさせることによって、言語活動を支配する諸規則をねじまげ、作りかえようとしたフランスのシュールレアリストらやJ・ジョイスなどの詩的挑戦に従って、クリステヴァは、詩的実践を「ル・セミオティック」（原記号態）と「ル・サンボリック」（記号象徴態）との対立の場として、詩的言語を無制限・無限界の記号・意味生成実践と見なし、その働きを言語＝超出的な文彩として捉えたのである。つづいて、B・ジョンソン（一九九七）は、ボードレールの「散文詩」の分析を通して詩的言語を脱構築し、「詩歌」の範囲からさらに超出させた。

これに対して、詩歌が日本の古典文化のなかで主導的な役割をはたし、すべての文学テクストの働きを特徴づけていたにもかかわらず、現代の文学研究においては、日本語の詩的言語としての特徴を追究し、それを日本の古典文化における意味作用のパターンと関連づけようとする試みがきわめて少ないと言える。しかも、知識の専門化に従って、そもそも存在しなかった「散文」と「韻文」の截然とした対立が厳守されているため、共通する詩的言語の概念が成り立っていない。[1] 数年前に出版された『古典文学レトリック辞典』（一九九二）が示しているように、[2]「散文」と「韻文」の〝決闘〟を妥協へと導く第一歩は、共通する修辞的技法の分析なのだが、それに続いてさらに一般修辞学や共通する詩的言語の概念に基づいた一般詩学をも構想することが必要になると思われる。そして、その手掛かりになりうるのは、上に簡単に素描した西洋における詩的言語や詩学の研究と、日本における歌論書の長い歴史である。[3]

西洋における詩的言語の概念が詩的言語と日常言語との対立に根ざしているのと同様に、日本の歌論書も、言葉の「あや」を賞賛し、「無文」対「有文」という対比などを通して歌の秀逸体を説明している。さらに、シクロフスキーの「見慣れたものを見慣れないものにする」という「異化」論と呼応するように、「有文」も「力ヲモ入タル句」（九州問答）「はつねに泣きもの丶風情をめづらしきさまにいひ出す」（連歌諸体秘伝抄）と解釈されているのである。しかし、西洋の伝統的文化や詩的実践に対応する「異化」の作用は、「ものを自動化の状態から脱出させる」（シクロフスキー）ことであり、〝外〟からの行為であるのに対して、日本の古典文学においてはそれが言葉そのものから「自然に何となく讀み出され」（毎月抄）た結果と捉えられている。したがって、「詩人はものの看板をはずして、それを横様に置く」（シクロフスキー）のではなく、「たゞありなるものから艶をさきと」（瑩玉抄）し、ものの本質を洗練していくのである。言い換えれば、「心を種」とした「言の葉」は、まさしく木の葉のように生長し、その「あや」は、「わざとよまれ」たのではなく、「稽古だにも入り候へば、自然によみいださるゝ」（毎月抄）のである。

他方、こうした意味実践は、フランスのシュールレアリストらやジョイスなどによって惹き起こされた詩的言語の「革命」とも根本的に異なっている。彼らの「革命」は、J・クリステヴァの言うとおり、言葉の「生」のエネルギーを噴出させることで、すでに整序された規則体系に裏打ちされた安定した記号生活の世界を乱す、拘束も限定もない言語活動である。それに対して、言語の潜在力を生かすことで異化していく日本古典文学の詩的実践は、詩的言語の無限の意味生成の可能性を制限し拘束しようとする活動でもあった。それは、詩歌を中心とした日本の古典文化において歌がコミュニケーションの手段として使われていたことによる。歌物語という独特なジャンルが発生したのも、コードを調整する必要があったからであり、初期の勅撰集における詞書も同じような役割を果たしている。また、掛詞、縁語などの技法の定着は、言葉に潜んでいる莫大なエネルギーを生かすと同時に、抑えたり拘束したりもする。このように、和歌制作は、詩的言語の無限の可能性を追究しようとする創造的力と、それを制限し拘束するという社会的な必要性との間のコンフリクトとして捉えられる。そして、言葉の潜在力を出発点とした意味生成のプロセスが、それに対応して発達していくので、詩的カノンが固定化するにつれて、このコンフリクトは収まるのではなく、さらに深刻化していく。

このような詩化過程のもっとも代表的な特徴は、メタ詩的レベルでの意味作用にあると思われる。つまり、詩歌を中心とした文化においては、コードの打ち合わせも詩歌を通して行われるので、メタ言語的機能は、詩的機能から発生することになり、メタ詩的機能として特徴づけられる。このメタ詩的機能は、詩的言語の展開につれてあらわれるのではなく、その展開を貫いていくのだが、過小コード化（undercoding）から過剰コード化（overcoding）へという運動につれて強まっていくのである。[4]それに従って、歌には、ミメティック（現実模倣的／指示的）・レベルでの読みやポエティック（詩的）・レベルでの読みのみならず、メタ詩的レベルでの読みの可能性も存在することになり、そのメタ詩的レベルでの読みの重要性は詩的言語の自己言及の働きとともに高まっていく。本歌取りという技法の定着も、こうした働きの結果であり、また、平安初期に定着した掛詞、縁語などと同様に、両義的な役割をもっている。つまり、本歌取りは、詩的伝統を振り返る技法でありながら、意味生成のプロセスのなかで発動させられた無数の連想の連鎖を拘束するための装置でもある。それゆえ、本歌取りなどの技法を用いた平安末期の歌は、詩的カノンの定着に従って規定された歌ことばの意味だけでなく、詩化過程そのものをもたどり、さらに詩化過程の展開を特徴づけた当代びとの価値観や人生観をも反映するようになる。

他方、王朝文化において歌が日常的コミュニケーションの手段として用いられたことは、詩的言語の展開のもう一つの特徴を根拠づけている。つまり、詩的言語は、日常言語との対比を通して意味づけられる一方で、日常語→詩語→日常語→詩語……という連続的な過程として成り立っており、詩的言語と日常言語との対比を示す「零度」の基準が移動していくのである。それは、メタ詩的レベルでの読みの重要性をいっそう強調すると同時に、修辞技法の働きの変化を条件づけてもいる。従って、王朝文化の一般修辞学をその点から構築する必要もあると思われるが、本書では修辞技法の具体的な分析よりも、その本質を見すえることに力を注ぎたい。つまり、歌ことばの詩化過程をメタファー化（譬喩）過程の展開を通して追究し、さらにメタファー化過程を王朝文化を特徴づける根本的な概念と結び付けて考察していく。[5]

また、右に素描した、言語の潜在力の開発および顕現のプロセスとしての詩的言語という捉え方に従って、分析のなかでは言葉の働きそのものに焦点を合わせ、日本語の潜在力と見なされる言葉の響き合いによる意味生成の展開を追究していく。それゆえ、〈言葉の戯れ〉は、既定の掛詞に限定せず、詩的言語のあらゆるレベルにわたって考察する。なかでも特に興味深く思われるのは、〈恋ふる（降る、経る、振るなど）涙（袖）〉、〈袖の朽ちぬる（濡る）〉などのような、語以下のレベル（助詞、助動詞など）に及ぶ掛詞的な働きである。それは、ほとんどの場合、他の掛詞を伴い、歌の〈内容志向〉の読みとは関連づけられないのだが、掛詞を含む歌ことばの詩化過程についてのメタ詩的レベルでの読みにおいて重要な役割をはたしている。言い換えれば、それは、詩的言語の修辞的冗長性に結び付けられ、修辞的働きそのものを読み取るための手掛かりになっているのである。[6]

このように、本書では歌ことばの働きに重点をおいて、歌のメタ詩的レベルでの読みの可能性を追究することにしたため、詩的カノンによって（また、従来の研究によって）規定された掛詞などの範囲を越えて、また、敢えて詞書を無視して歌を解釈してみることも多い。しかし、それによって他の読みの可能性と妥当性を否定しようというわけではないので、ことさらに差異を強調する必要がある場合を除いて、ふつう行われている解釈を引用することはしない。また、八代集を研究テクストとして選んだのは、それが歌の歴史の主流をなしているばかりでなく、その連続性をも保証しているからだが、この研究の結果は、物語、日記などの解釈にも応用できると考えられるし、詩的言語を使って詩的言語を分析している歌論書の再解釈の手掛かりにもなりうると思われる。

最後に、研究データと歌の引用について一言付け加えておきたい。八代集の索引はもとより、最近できた新国歌大観のCD-ROMも、このような研究に欠かせない手立てになっている。[7] そこで、以前から集めていたデータをあらためてCD-ROMで確認したが、たとえば「もらすなよ雲ゐる峰の初時雨木の葉は下に色かはるとも」（新古今、恋二・一〇八七）などの歌が示しているように、詩的言語の展開につれて〈袖の涙〉の発想は極度に形式化され、「袖」も「涙」も登場しなくても、それをあらわす詩語を通して〈表〉に滲出するようになる。したがって、語彙索引では検出できない関連歌が多いので、やはり自分の目でたしかめるしかなく、八代集の全体に繰り返し目を通した。それでも、詩的言語のあらゆる次元に及んだ〈袖の涙〉の意味のネットワークは〝開かれている〞ので、それを尽くすことは原理的にもできないわけだが、しかし、その主要な働きを吟味するためには、すべての歌を取り上げる必要もないだろう。

なお、歌の引用に際しては、「覧」「南」「許」など、漢字で綴られたいくつかの言葉をひらがなに改め、また「思」「我」「流」などの読みの確定のため、数箇所に送り仮名を付け加えた以外、岩波書店の新日本古典文学大系に従っている。[8] 主として定家仮名遣いに即したこのテクストを標準的な歴史的仮名遣いに直さなかった理由は、仮名遣いの差異を解釈の手掛りにしたからである。たとえば、「おく（置く）」が「をく」と記されたことは、標準的な歴史的仮名遣いからすれば違反であるにちがいないが、他方、それは、両者がいかに連想されたかを示すと同時に、「逸脱」すなわち意味のある〝違反〞と見なしうるので、歌ことばの響き合いによる意味作用が、完全な同音語より広い範囲で追究できるという可能性、もしくは必要性を根拠づけていると思われるのである。[9]

古今和歌集

古今和歌集の全一一一一首の和歌のうち〈袖の涙〉と関連づけられる歌は、一割弱の約一〇三首である。巻別に見れば、恋歌と哀傷歌に〈袖の涙〉が最も多いが、なかでもその登場率が一番高いのは、第十二巻の恋歌・二（六五の一五）と第十六巻の哀傷歌（三四の九）の二つである。一方、第七巻の賀歌と、「神遊びの歌」を含む第二十巻には「涙」の歌は一首も入っていない。

このデータが示しているように、〈袖の涙〉は早くから恋歌と結びつき、恋の表現としてのステータスを得てきた。さらに、哀傷歌における悲しみの「涙」の集中は、〈袖の涙〉の展開の最初の段階では、その指示機能（referential function）が優越的だったことを示唆していると考えられる。祝いの喜びを表す賀歌では「涙」が現れないのも、そのためであろう。(1)

しかし、古今集の〈袖の涙〉の重要性は、その登場率の数字のみでは計れない。古今集は平安文化における「涙」と「袖」の意味を踏まえ、その組み合わせによる主要な表現を通して詩的言語におけるその展開の潜在力を示しているからだ。したがって、以下の分析のなかでは、「涙」、「袖」、〈袖の涙〉を順番に取り上げていくことにする。

「涙」

古今集は、「なく」の多義性（亡く→泣く、泣く→鳴く）を発動させ、「涙」の普遍性を示唆しているが、この三つの「なく」を自然に連続させる存在は、現世と冥途を往復するといわれたホトトギスである。その典型的な例として「なき人の宿に通はば郭公かけてねにのみなくと告げなむ」（哀傷歌・八五五）という歌が挙げられるが、「かけて」というキーワードが暗示しているように、この歌では三つの「なく」が掛けられている。

次の歌に登場するその他の鳥の「涙」も、「泣く」と「鳴く」の共通性を強調しながら、「涙」の詩化過程に注目している。

なきわたる雁の涙やおちつらむ物思ふ宿のはぎのうへのつゆ　（よみ人しらず、秋上・二二一）
秋の夜の露をばつゆとをき《（お）》ながら雁のなみだや野べを染むらむ　（壬生忠岑、秋下・二五八）
山田もる秋の借庵《かりいほ》にをく《（お）》露はいなおほせ鳥の涙なりけり　（忠岑、秋下・三〇六）

はじめの二首の「雁の涙」という、中国詩には見られない表現について、新日本古典文学大系の注釈は「漢語に無い和歌的表現か」と推測し、「鳴くといふにつけて涙の沙汰はは べるなり。これ歌の余情なり」（詠歌大概抄）という説を引いている。

本居宣長も「アレハテテ悲シイコチノ庭ノアノ萩ノウヘヘ露ガキツウシゲウオイタガ　ソラヲワタル雁モ　オレガヤウニカナシイ事ガアルカシテ　泣イテクスレヤアノ雁ノナク涙ガオチタノカシラヌ　アノ萩ノ露ハ」（古今集遠鏡、八〇頁）と述べ、歌人が「雁の涙」に自分の悲しさをことよせていると解釈している。

ところで、「雁の涙」は普通擬人化と見なされているが、そもそも木も草も言葉をもっていたという日本の古典文化に、〝擬人化〟(少なくとも西洋文化と同様の意味で)を当てはめることができるかどうかは疑問に思われる。むしろこの歌ことばは、万葉集の数多くの「雁がね」の「鳴き」を踏まえつつ、「なく」の多義性から発生したものであると考えられる。そしてさらに、視点を「雁の涙」から「露」に移動させると、宣長の説明に由来する一般の解釈とは異なる読みの可能性が見えてくる。菅原道真の「露は別れの涙なるべし」(和漢朗詠集、二一四)という詩句や、前に引用した『俊頼髄脳』の「また、歌には似物といふ事あり。(中略)草むらの露をば、つらとどのはぬ玉かとおぼめき、風にこぼるるをば、袖のなみだになし」(一〇四頁)という言葉などに見られるように、「露」という詩語は「涙」の「似物《にせもの》」、すなわち隠喩として使われており、しかも「露」を詠んだ数多くの古今集の歌が証明しているように、「露」のこうした意味は平安初期から詩的約束になっていた。それに従って〈「露」は「雁の涙」である〉というメッセージを解釈してみると、「雁の涙」を〈仮の涙〉として受け取ることができるのである。そうだとすれば、一首目の歌は、《なきわたる雁の涙が落ちて、萩の上の露となったのは、「露」という詩語が、物思いの時の〈仮の涙〉すなわち隠喩として詠まれているからだろうか》と読める。また、「涙」の〈紅の色〉を踏まえた二首目の「野べを染むらむ」という問いをこうした意味作用に従って分析してみると、歌は《秋の夜の「露」が〈仮の涙〉だとすれば、野べを「涙」の紅の色に染めるだろうか》という詩的〝実験〟として読み取れる。

このように、「雁」→「仮」という連想は、歌ことばそのものに焦点をあてているが、それにさらに「借り」を掛けてみれば、見立て過程についての説明すら読み取ることができる。すなわち、見立てとは、或る物の名を借りて他の物の〈仮の名〉として使うことであるという、メタ詩的メッセージになるのである。(2)

三首目の「いなおほせ鳥の涙」も「露」と関連づけられているが、〝身分不明〟であるこの鳥の名前は、「何鳥ぞなど言ふべからず」(両度聞書)という注意にもかかわらず、好奇心と想像力をかきたてる。古今集の「わが門にいなおほせ鳥のなくなへにけさ吹く風にかりはきにけり」（秋上・二〇八）という、題知らず、よみ人知らずの歌が示しているように、古今伝授のこの鳥は、「雁」とともに「鳴く」ので、「涙」の役も担わされたと判断できるが、「雁」が「仮、借り」を連想させるとすれば、「いなおほせ」の方はどういう意味を包み隠しているのだろうか。「にはたたき」、「雀」、「鴒」、「雁」、「鶺鴒」など、様々に異なる鳥に帰せられてきたこの鳥は、現実的対象としてよりも象徴的記号として捉えられていたのかもしれない。そこで、「いなおほせ」の響きに耳を傾けてみれば、「稲」、「否」に、「おほす（仰す、負ほす、果す）」、また「おぼす（思す）」などの連想が浮かび上がってくるだろう。

上の三つの、秋の〈鳥の涙〉のほかに、春の歌には〈鶯の涙〉が登場するが、それも「いなおほせ鳥」に勝るとも劣らないほど数多くの問題をもたらすものである。

雪の内に春はきにけり鶯のこほれるなみだいまやとくらん　（二条后、春上・四）

常識をひっくり返すこの歌は、詩的挑戦にもなっているので、歌学書のなかでよく引用されている。〈現実〉と〈虚構〉との間にさ迷いながら、関白藤原忠実の娘にこの歌を説明しようとする俊頼の努力は、その代表的な例として挙げられる。

「人の申ししは、『（中略）鶯の涙はなけれども、なくといへることばにひかれて、詠むなり。雁の涙や野べを染むらむといふも、涙やはあるべき。されど、なくといふにつけて、涙と詠まむに、咎《とが》なし。しかはあれど、鶯の鳴くは、囀《さへ》づるなり。なくにはあらず。たとひ、涙ありとも、いづくにとまりて、冬は凍りて、春、東の風にあたりて、解くべきぞ』と。歌にはそら事を詠む、常のことなれど、これは、さもありげにて、おほへぬそら事どもなれば、あやしともいひつべけれど、歌がらのめでたければ、古今に入りて、おそろしきなり。また、この歌は古今に入らば、春のはじめにぞ入るべき。おくにある、うたがひある事なり。なほ、沙汰のこりたる歌なり」（俊頼髄脳、歌論集、二〇三―二〇四頁)。

〝ある人〟の批判を踏まえて、「そらごと」の〝許される範囲〟を追究していく俊頼の解釈は、たしかに詩化過程の核心に触れている。つまり、指摘された問題点は、詩学の論点を指し示しているのであって、この歌は、俊頼が纏めたとおり、「沙汰のこりたる歌」、すなわち論議の余地のある歌である。

「鶯の涙」は存在していないけれども、「なく」を通して「雁の涙」とともに詠まれるようになった、という議論の出発点は、〈日常語〉対〈歌ことば〉の問題を提出しているが、鶯はただ鳥の鳴き声を発しているのであって、〈泣く涙〉と関連づけられない(「鶯の鳴くは、囀づるなり。なくにはあらず」)という批判は、この問題をさらに〈現実〉対〈虚構(そらごと)〉という角度から取り上げて、「歌ことば」がどこまで〝現実〟からはなれてよいのかを問うている。

俊頼の解釈は、鏡のように〝ある人〟の論点を映し、「歌ことば」と〝ただのことば〟との差異を強調している。まず「歌にはそら事を詠む、常のことなれど」と、その差異に焦点をあわせて、「おほへぬそら事どもなれば、あやしともいひつべけれど」《現実と関係づけられない虚構であれば(であるので)、不思議に思われる》と、〝ただのことば〟を異化した「歌ことば」の本質を纏めている。そして、「あやしともいひつべけれど、歌がらのめでたければ」と、「歌ことば」を、その〝実体性〟ではなく詩的観点から評価すべきであると指摘している。それに対応して、「おそろしき事」という結びの言葉は、日本古典文学全集の注釈が提出する「こわいこと」としてよりも、《驚嘆すべきこと》として解読すべきではないかと思われる。

いずれにしても、「鶯の涙」に対する〝ある人〟の批判も、俊頼の説明も、具体的な解釈は別にして、詩的言語そのものに注目を促し、結果として「涙」の詩化過程を指し示していることにまちがいない(3)。

さて、古今集においても、それ以降の和歌においても、「涙」は悲しみとはまったく無関係ではないが、古今集の大部分の「涙」が〝実体的〟な意味をこえて、恋の表現として働いているのは、それが歌ことば（共通する詩的表現）として形式化されたことを示している。たとえば、

きみ恋ふる涙のとこに満ちぬればみをつくしとぞ我はなりける　（藤原興風、恋二・五六七）

あはれとも憂しとも物を思ふ時などか涙のいとながるらむ　（よみ人しらず、恋五・八〇五）

「恋ふる涙」を登場させる一首目の歌は、「澪標」に「身を尽くし」を掛けて、〈涙の海〉という誇張されたイメージを浮かび上がらせる。したがってその「涙」は、独り寝の「悲しみ」よりも、むしろ「身を尽くす」ほどの恋の情熱をより強く表現している。

二首目の歌は、「あはれとも憂しとも物を思ふ時」《いとしい時も、つらい時も、物思う時は》と、「涙」の記号内容をさらに解き明かし、それは悲しみに絞られず、〈物思い〉すなわち恋の表現であると述べている。それに従って、「などか涙のいとながるらむ」という問いは、感情の強度をあらわすとともに「涙」の詩的使用にも注意を促している。

「**つれなきを今は恋ひじとおもへども心よはくも落つる涙か**」（菅野忠臣、恋五・八〇九）という歌においても、「落つる涙」は恋のあかしになっているし、「**わび果つる時さへものの悲しきは何処をしのぶ涙なるらむ**」（よみ人しらず、恋五・八一三）という歌も、「悲しき涙」に「しのぶ（＝恋の）涙」を対立させることで、後者の意味を強調している。

それに対して、「**枕より又しる人もなき恋を涙せきあへず漏らしつる哉**」（平貞文、恋三・六七〇）という歌は、「知る人もなき」と「涙せきあへず漏らしつる」との対立を通して、恋をあらわす「涙」の表現力からその伝達力に

焦点を移動させている。それはまた、歌の詩的レベルへの注目にもなっているので、「涙」の詩的働きの展開の前兆としても解読できる。つまり、心の表現として定着した「涙」がその伝達者にもなり、心の〝言語〟として働きはじめるというわけである。

ところで、このような役割を果たすためには、まず〝語彙〟、すなわち「涙」を表す詩語を増やし差異化する必要がある。そこで、次に〈恋ふる涙〉の〝語彙〟の一覧を紹介してみよう。

先にも述べたように、「雨」、「滝」、「白玉」、「露」などは、「涙」の隠喩として使用され、その表現力を向上させる。ここでは、それらを取り上げたいくつかの歌を、登場する順番に引用して、「涙」の見立て過程の観点から連続的に考察することにする。

春さめのふるは涙か桜花ちるをお《(お)》しまぬ人しなければ　（大伴黒主、春下・八八）
飽かずしてわかるゝ涙たきにそふ水まさるとや下は見ゆらむ　（兼芸法師、離別・三九六）
明けぬとて帰る道にはこきたれて雨も涙もふりそほちつゝ　（敏行、恋三・六三九）
泣く涙雨と降らなむわたり河水まさりなば帰りくるがに　（小野篁、哀傷・八二九）
こき散らす滝の白玉ひろひを《(お)》きて世のうき時の涙にぞかる　（行平、雑上・九二二）
あはれてふ事の葉ごとにを《(お)》く露は昔を恋ふる涙なりけり　（よみ人しらず、雑下・九四〇）

最初の歌の「春さめのふるは涙か」という問いは、見立ての過程そのものに焦点をあてているのに対して、二首目の「涙たきにそふ水まさる」という言葉は、「涙」に「滝」のような比喩を添えれば、「水まさる」ことに倣ってその表現力も〝まさる〟と、見立て過程の〝下〟に働く力学をも指し示し、その効果を示唆している。一方、三首目の「雨も涙もふりそほちつゝ」は、「涙」とその隠喩の一つである「雨」との類似性を顕示しながら、見立てのメカニズムに注目している。

以上の三首に対して後半の三首の歌は、見立て過程の働きをさらに具体化させ、その〝実例〟を提出している。「泣く涙雨と降らなむ」《涙が雨になってほしい》という言葉はその出発点を指摘しており、「滝の白玉……涙にぞかる」は、見立てとは或る言葉を借りて他の言葉を表すという意味作用の方法であると説明している。そして、結びの歌の「露は……涙なりけり」という言葉は、見立て過程の完了およびその公認の告知になっており、「木の葉」を喚起する「事の葉ごとにをく露」は、自然の露と詩語としての「露」を区別すると同時に、自然の露の遍在を通して詩的言語における〈涙の露〉の一般化を明示している。

他方、「滝の白玉」は「世のうき時の涙」（九二二）、「露」は「昔を恋ふる涙」（九四〇）であるとは、心の表現としての「涙」の意味を多様化していくとともに、その詩的潜在力をも強調している。つまり、それぞれの隠喩が「涙」の意味を縮約していくと同時に、その隠喩を通して「涙」の記号化範囲が拡大していくというわけである。

以上、「涙」の詩化過程の最初の段階を様々な角度から取り上げてみたが、その纏めとして挙げられるのは、〈知る涙〉という発想を踏まえた次の歌である。

かず〳〵に思ひおもはず問ひがたみ身をしる雨は降りぞまされる（業平、恋四・七〇五）

世の中の憂きもつらきも告げなくにまづ知る物はなみだなりけり（よみ人しらず、雑下・九四一）

『伊勢物語』（百七段）にも入っている一首目の歌は、敏行と業平の〈袖の涙〉の贈答歌の後に登場するので、「身をしる雨」は〈身を知る涙〉でもある。(4)「思ひおもはず問ひがたみ」は、知りたい内容を具体化するとともに、心を知（りう）る「涙」の機能をも示唆している。つまり、問いにくいことであっても（あるいは、問いにくいことであるから)、「涙」がそれを知っている(「涙」を通してそれを知りうる)のだという。他方、「問ひがたみ」が〈形見〉とも響き合うので、「涙」が(によって)〝知(りう)る〟ようになったのは、それが様々な〈形見〉(思い出とその表現)を保存しているからだ、と解釈できる。そして、それをさらに「まされる」と連関させると、「涙」の使用が増えるにつれて、その詩的力が高まっていく、という総括的な読みも可能になるように思われる。

それと呼応して、二首目の歌は、〈知る涙〉の内容を広げながら(「世の中の憂きもつらきも」)、その使用の一般化を強調する(「知る物はなみだなりけり」)。また「告げなくに」は、〈知る涙〉から〈知らせる涙〉へのアクセントの移動をも示唆していると考えられる。

右に取り上げてきた「涙」の詩化過程は、詩学の一般的な傾向に従うとともに、日本的な特徴も持っている。それは、古代の信仰に根ざす平安文化の水平的構造や価値観、〈テクスト志向型〉ないし〈表現志向〉の文化における意味作用のパターンなどを反映し、同音語の響き合いによる連想の連続という日本語の独特な働きをも顕示しているのである。その特徴を纏めて「涙」の日本的な詩化過程を代表する詩語は「雁の涙」であろう。また、中国詩の「血涙」と「紅涙」の和語化も、日本独自の詩的発想を例示していると思われるので、次に古今集におけるその登場を考察してみよう。

「血涙」は、たんに〈女性の涙〉ではなく、〈美人の涙〉を意味するので、美化の対象でもあったことはまちがいないが、前に引用した『長恨歌』の例が示しているように、伝承から詩へ場所を移した「血涙」は、〈美女が流す涙〉から〈美女のために流す涙〉に移り変わり、美を思い慕う心を映し出すようになった。

『竹取物語』に出てくる「血の涙」は、「この世にない」かぐや姫の美を通じて、その意味をさらに理想化する。(5)『伊勢物語』(六十九段)における「血の涙」の登場もそれと呼応していると同時に、伊勢の斎宮と恋歌を交換したにもかかわらず斎宮に逢えなくなった「男」が「人知れず血の涙を流せど、えあはず」というその記述は、〈逢うよし〉としての「涙」の機能をも示唆し、「血涙」の和語化過程の展開を示している。そして、古今集は「血の涙」の〈紅の色〉を強調して、〈色に出づ〉という、万葉集から伝わった発想と結びつけている。

「血の涙」は「血の涙おちてぞたぎつ白河は君が世までの名にこそ有りけれ」（素性法師、哀傷・八三〇）という歌でしか詠まれていないし、しかもこれが古今集にかぎらず、八代集においても「血の涙」のただ一つの登場箇所であることを考慮すれば、「血の涙」を和歌の歌語と見なすことに対して違和感を覚えざるをえないだろう。他方、「血の涙」の〈紅の色〉に焦点をあわせたこの歌は、中国詩の「血涙」と「紅涙」の和語化の結果である「涙の色」という歌語の形成を示唆しており、なぜ「血涙」ではなく、色に重点をおいた「紅涙」のイメージが和歌のなかに取り入れられたかを示していると思われる。

確かに、「前太政大臣（藤原良房）を、白河のあたりに送りける夜」（詞書）に詠まれた素性法師の「血の涙」は悲しみを表してはいるが、その「血の涙」は、美人の「涙」ではなく、美人のために流された「涙」でもない。つまり、それは「涙」の誇張として働き、小島憲之などによって指摘された、中国詩と漢詩における「紅涙」の意味の差異化（本書二〇頁以下参照）に結び付くのである。しかも「名」という言葉の使用がこうした差異をいっそう強調しており、歌の意味が内容のレベルにとどらまず、表現のレベルでも生成されたことを示している。言い換えれば、「白」と血の〈紅の色〉とのコントラストが、悲しみのみならず、それを表意する「涙」をも誇張し、その表現力の強度を高めているのである。他方、こうした意味作用は万葉集から伝わってきた〈色に出づ〉という発想とも結びつけられ、〈忍ぶ思い〉を顕示するという、和歌における「涙」の詩的意味を示唆しているのだが、このような和語化の可能性は、次に引く貫之の〈紅の涙〉の歌のなかでいっそう明瞭に把握できる。

紅の振りいでつゝ泣く涙には袂のみこそ色まさりけれ　（恋二・五九八）

白玉と見えし涙も年ふれば唐紅にうつろひにけり　（五九九）

一首目の歌の「紅の振りいでつゝ」は、「袖」を通して、「血の涙」とは異なる「紅」のもう一つのコンテクストを喚び起こす。この「紅」は、韓《から》の国で染めた紅を指しているので、中国詩における「血涙（紅涙）」の意味を〝解消〟する役割をも果たしていると思われる。それに対応して、「振りいでつゝ」は、染色する時に布を振り動かすことを踏まえていると同時に、「袖振る」を連想させることで、「霊威を招き寄せる、振い立たせる」という古来の呪術的な意味を発動させ、〈紅の涙〉という発想の〝和語的〟な詩的潜在力を〝振り起こそう〟としている。

「袂のみこそ」は、「袖」と「涙」との結合を指し示し、「袂」こそが「涙で濡れた袖」をあらわすと示唆している。それに対応して「色まさりけれ」は、紅に染まっていく袖という〝実体的〟な意味のほかに、〈袖の涙〉の表現力が〝まさっていく〟という詩的意味をも担わされる。したがって、それは、〝秘密の露出〟を意味する〈色に出づ〉が、詩的レベルでも働き、〈忍ぶ思い〉のみならず、詩語の形成の〈裏〉のメカニズムも〈表〉に顕しはじめるという、きわめて重要な指摘として捉えられるのではないかと思われる。

このような視点から二首目の歌を考察してみれば、それは〈涙の色〉の詩化過程の行方の描写として受け取れる。そして、「年ふれば……うつろひにけり」は、その意味の移り変わりの徴として解釈できるのである。

まず「年ふれば」とは、客観的な時間（経る）と個人的な時間（古）の流れが合流しつつ、「降る」と響き合うことで、「涙」と関連づけられる。さらに「うつろひにけり」は、時間の流れを意識させるばかりでなく、〈変容〉というその主要な結果をも示唆している。つまり、《「白」から「紅」に移り変わる「涙」の強度は、時間の〈流れ〉を実感させつつ、具体化していく。年が重なるにつれて、人は経験を増やすことで、自分の感受性とセンスをみがき、言葉の艶を出せるようになる》と。
一方、「白玉」も「紅」も「涙」に付き添う詩的表現であることに焦点を合わせれば、この歌は詩的言語における「涙」の意味と機能の視点からも解釈できるようになる。《年月が流れていくにつれて、「涙」は「白玉」から「紅」の「涙」に移り変わり、その役割が見えるようになる》と。あるいは、《「白玉」という「涙」の古い譬えの表現力が褪せていくので、「紅」という新しい〈言葉の色〉を以て、それを強めていく》と。(6)

右に試みた解釈は、古今集における「涙」の詩的約束を踏まえたというよりも、その詩的潜在力を生かそうとしたものであるので、古今集の他の歌よりも、古今集以降の歌に見られる〈涙の色〉の意味作用の展開によって裏付けられる。したがって、それがどこまで貫之の〝意図〟に適合するかは言えないけれども、あえて言う必要もないだろう。ただ推測できるのは、歌人であるばかりでなく、当時の指導的な歌学者でもあった貫之が、詩的言語の可能性を吟味し、それを展開しようとしたということである。つまり、〈内容志向〉の西洋文化において、哲学者が新しい仮説をたてながら世界を説明しようとしたのに対して、〈表現志向〉の日本文化においては、歌学者が世界を表現しようとしたと思われる。そして、そういう知的活動の主要な分野になったのは、歌学書よりも歌そのものだと考えられるので、その歌には、意識的にせよ無意識的にせよ、詩的言語の認識力も滲出してくるはずである。
その証拠の一つとして、伊勢の次の長歌を挙げることができる。つまり、それを作者の〝意図〟を問わずに読んでみれば、心に沁み入るような寂しさの描写の向こうに、「涙の色」という新しい歌語を中心とする「涙」の連想のネットワークが見えてくるのである。

沖つなみ　荒れのみまさる　宮のうちは　年へて住みし　伊勢の海人も　舟ながしたる　心地して　寄らん方

なく　かなしきに　なみだの色の　くれなゐは　われらがなかの　時雨にて　秋のもみぢと　人〴〵は　己が散りぐ〵　わかれなば　頼むかたなく　なりはてて　止まるものとは　花すゝき　君なき庭に　群たちて　空をまねかば　初雁の　なきわたりつゝ　よそにこそ見め
（雑体・一〇〇六）

「七条后、亡せ給ひにける後に、よみける」という詞書が示しているように、この歌は涙を誘う悲しみの歌である。「泣く」という言葉それ自体は登場しないが、「寄らん方なく」、「頼むかたなく」、「君なき庭に」、「初雁のなきわたり」という連鎖を通して、「泣く、泣く、泣きに泣きわたる」という声が、歌の内面をわたって〝外〟に聞こえてくる。「涙」も、「浪」→「まさる」→「ながしたる」という言葉の流れに従って強度を高めていくうちに、時雨のように降り、もみぢ葉の紅の色を「涙の色」にする。「かなし」さがその最初の意味であるとすれば、「わかれ」はその場である。また「浪」は「涙」を響かせ、「海人」もそれを連想させるが、「よる」、「たつ」、「まねく」などは連想過程のはたらきを示唆している。そして「初雁のなきわたる」は、この歌の全体にわたって響いている「なき」を「涙」と結びつけると同時に、〝仮（借り）の涙〟を喚び起こすことで、この「涙」が詩語であることを示している。

この連想の連鎖に沿って、さらに「よそにこそ見め」という結びの言葉に遊びを読み込んでみれば、次のような遊戯的なアドバイスすら聞こえてくる。つまり、このようなことを人は関係のないものと見るだろうが、意味は〝よそ〟（他のところ）にも見るべきであろう、と。

「袖」

上に引用した「紅の振りいでつゝ」という貫之の歌が示しているように、「涙」の意味、特に意味の変容を追究していけば、必ず「袖」が現れてくる。したがって、主として「涙」と連想されるようになった「袖」を〃かたしき〃に考察するのは、ほとんど不可能であるが、古今集の歌のなかではまだその単独の登場も見られるので、次にそれを検討してみよう。

古今集の歌は、時代の価値観に応じて移り変わった〈袖〉の新しい意味に焦点をあてて、「袖」、「衣手」、「袂」の使用範囲を示している。たとえば、言葉の響きによって遊んでいる次の「よみ人しらず」の二首は、「袖」と「衣(手)」との区別の手がかりになりうる。

夕されば衣手さむしみ吉野のよしの山にみ雪ふるらし（冬・三一七）
さむしろに衣かたしき今宵もや我をまつらむ宇治の橋姫（恋四・六八九）

二首とも〈衣手さむし〉という表現を取り上げているが、冬歌である一首目はそれを直接登場させているのに対して、二首目の恋歌は「さむしろ」（藁などで編んだ狭いむしろ）に「寒し」を掛けて、「衣かたしき」と結びつけている。

「衣かたしき」は、「衣手（袖）かたしき」から発生したにちがいないが、二つの間には注目すべき差異がある。つまり、「衣かたしき」は、具体的な行為を指し示す「衣手かたしき」の〃実体性〃を破壊し異化しているのである。〃実体性〃を保存しようとするなら「衣」と同じ文字数の「袂」が使用できたことから判断すれば、「衣手」の意味よりその音が重視されたと考えられる。そこで歌の内容と表現（「夕されば」、「さむし」、「今宵」）を考慮すれば、「衣（手）」の詩的使用は「頃」（時、おり）との響き合いによると推定できる。古今集においても、それ以降の歌においても、「衣手」が主として「衣手さむし」、「衣手すずし」のような例にかぎって使われるようになったことは、その証拠と見なされる。一方、前にも触れたように、「衣手（袖）かたしき」の代わりに登場した「かたしきの袖」は、あくまでも「涙」と関連づけられ、季節や場面の感情ではなく、それをあらわす表現に重点をおくようになる。「衣手かたしく」と同様に、〈招魂〉や〈心ふり起こし〉などを表す「袖ふる」も、平安時代における価値観の転換に応じて異化される。

かすが野のわかなつみにや白たへの袖ふりはへて人の行くらん　（貫之、春上・二二）

片桐洋一が「実景ではなく何かを見立てた歌であろうか」（一九九五）と指摘しているように、この歌は確かに〝実体的〟ではなさそうだ。したがって、それを表現のレベルで、すなわち〈詩的現実〉として吟味してみよう。「袖ふりはへて」が「袖ふり」に「振り延ふ」（わざわざする）を掛けており、「ふりはふ」の「延ふ」もさらに「引きのばす、心をかける」という意味を喚び起こすので、この連想を連ねれば、次のメッセージが読み取れる。つまり、《「白たへの袖ふり」という古い表現に新しい心（意味）をかけると、その表現力（記号化範囲）を延ばすことができるが、このような試みを〝わざわざせねばならない〟》と。

上に解読したメッセージが〝わざわざ〟歌に折り込まれたかどうかは判断できないが、「袖ふり」を登場させるもう一首の歌は、その前の歌とともに、〝新しい心をかける〟試みであることにまちがいない。

折りつれば袖こそにほへ梅の花ありとやこゝにうぐひすのなく　（春上・三二）

色よりも香こそあはれと思ほゆれ誰が袖ふれし宿の梅ぞも　（三三）

「よみ人しらず」になっている二首の歌とも、「袖の香」という新しい歌語の形成と関連している。「袖こそにほへ」は、「袖」は梅の花の香とその意味を宿すようになったと強調しているが、鶯もそれを見まちがった（嗅ぎまちがった）ということは、「香」の移りを伴う意味のうつりをも示唆している。さらに「色よりも香こそ」は、〈色に染まる〉と〈香りを出す〉という「にほふ」の二つの意味を喚起しながら「色」と「香」の美的価値を対照させるが、その〈場〉になっているのは「袖」である。それに対応して、「袖ふれし」は、「袖」がこのような美的意味を振り起すと指摘し、「袖」の古来の呪力から美的力への転化を刻印している。

「袖」に託された〈力〉の変化に伴って〈形見〉としてのその役割も変容していく。次の歌が示しているように、それは「袖の香」という歌語が表現する美化された形見である。

梅が香を袖にうつしてとゞめてば春は過ぐとも形見ならまし　（よみ人しらず、春上・四六）

さつきまつ花たちばなの香をかげば昔の人の袖の香ぞする　（よみ人しらず、夏・一三九）

「梅が香を袖にうつして」は、実体的な意味（梅の香）とともに、象徴的な意味（美的対象としての梅の香）も担わされ、平安文化における「袖」の美化と歌におけるその詩化過程を指し示し、「とゞめてば……形見ならまし」は、その成立を示唆している。

「袖の香」を登場させた二首目の歌は、思いや思い出の伝達という〈うつり香〉の意味を指摘しており、「昔の人の袖」という〈形見〉としての「袖」の役割を明示している。平安末期においてこの歌が数多くの本歌取りの制作過程を発動させたことは、この意味作用の続きとして捉えられ、日常の形見→美的形見→詩的形見という「袖」の機能、また詩的言語の展開の徴として解釈できると考えられる。

「袖」の詩化過程をさらに示しているのは、「紅葉」を登場させた歌である。それは早くも後撰集において「涙」と関連づけられ、〈涙の色〉を強調する手段として使用されるようになるが、「紅葉」の「色」に重点をおいた次の歌は、その前例と見なされるので、詩的レベルでの読みの可能性を探ってみよう。

あめふればかさとり山のもみぢ葉は行きかふ人の袖さへぞ照る　(忠岑、秋下・二六三)

この歌は、「笠を取る」(笠をさす) 笠取山の葉がなぜ紅葉するのだろうかという問いを追究していく三首の歌の連鎖(二六一〜二六三) を結ぶものだが、その遊戯的な議論は、詩的意味と実体的意味を対照させ、詩化過程に注目を促していると思われる。まず、「雨ふれどつゆも漏らじをかさとりの山はいかでかもみぢ初めけむ」(元方、二六一)という最初の歌が問題を提出しており、「染む」と「初む」との響き合いによって、議論の出発点を印づけている。二首目の「ちはやぶる神のいがきに這ふ葛も秋にはあへずうつろひにけり」(二六二) という貫之の歌は、「笠取山」を登場させないが、〈紅の色〉の詩的働きに由来する、〈恋ひ初む〉の表現としての〈もみじそむ〉の機能を説明している。「ちはやぶる神のいがき」は、「ちはやぶる神のいがきも越えぬべし大宮人の見まくほしきに」(伊勢物語、七十一段) などの歌に従って、タブー化された愛の意味を連想させており、「這ふ」も「延ふ」(思いを及ぼす、心をかける) と響き合っている。さらに「葛(の葉)」によって喚起される「うら」は、〈忍ぶ思い〉の表面化が〈もみぢそむ〉の〝裏〟の意味であることを示唆している。それを一首目の歌と結び付けて、「雨」も「露」も「涙」の隠喩であることを考慮すれば、「かさとりの山」が〈もみぢそむ〉のは、〈涙の色〉のおかげであるという詩的答えを提出できる。一方、それに対応して三首目の歌は、「もみぢ」の詩的意味や連想が「袖」にも、しかも「行きかふ人」の袖にさえ映ると解読できる。

「もみぢ葉は袖にこきいれて持ていでなむ秋は限りと見む人のため」（素性法師、秋下・三〇九）という歌も、同じような角度から考察できると思われる。つまり、「もみぢ葉は袖にこきいれて持ていでなむ」は、紅葉とともに「紅葉」という詩語の連想もしごいて「袖」に入れておこう、と受け取られ、「秋は限りと見む人のため」は、「袖」は「紅葉」の意味を伝達していくという、「袖」の〝限り〟のない記号的機能への示唆として解読できるのである。

このように、「袖」は、梅の花、花橘、紅葉などを宿し、季語としてのそれらの意味、また「色」や「香」という美的カテゴリーの詩化を伝えるようになったといえる。「秋の野の草のたもとか花すゝきほにいでてまねく袖と見ゆらん」（在原棟梁、秋上・二四三）という歌に登場する「まねく袖」は、その象徴として捉えられる。〈霊威を招き寄せる〉という「袖」の古来の機能の上に〈詩的意味を招く〉という新しい機能を重ねていく記号化過程を踏まえながら、歌の受信者（聞く人、読む人など）を〝招き寄せる〟という平安文学の意味作用の特徴も示唆しているからだ。

さらに、「穂に出づ」（＝「色に出づ」）を異化して、その詩的機能を生かしてみれば、「穂に出でて……見ゆらむ」は、このような「袖」の機能は表面に出て見えるようになったのだろう、と解釈できる。

こうした捉え方に即して、「飽かざりし袖のなかにや入りにけむわが魂のなき心地する」（陸奥、雑下・九九二）という歌を解読してみれば、パロディ的な意味すら読み取ることができる。

普通提出される注釈は、「魂」と「玉」の響き合いを指摘し、歌の意味を『法華経』五百弟子受記品の「袖裏繫宝珠」と関連づけているが、それがどのようにして「魂のなき心地」と繫がっていくかという問題には触れていない。

詞書によると、この歌は、陸奥という女性が「女ともだちと物語して、別れて後に」詠まれたことになっているので、その〝物語的〟な楽しい気分を反映していると推定できる。そうであるとすれば、《話したいことがまだいっぱいあるのに別れて、残念で魂がなくなった気がしている。袖のなかに入れてしまったのだろうか》という意味になりうるが、古今集の他の歌に見られる「袖」の意味を生かしてみれば、さらに次のような詩的メッセージをも読み取ることができる。《まだ話したい気持ちと、充たされぬ思いをすべて袖に入れてしまったのだろうか。そもそもそこに入っていた〈魂〉がなくなった気がするほどに》と。

さて、読む人によって解釈が変わってくるので、上に試みたパロディ的な読みに対して違和感を抱く人もいるにちがいない。しかし、あれほど〝広かった〟平安の「袖」が歌のなかで〝狭く〟感じられるようになったのは、平安文化ないし文学におけるその数多くの機能のせいであることはまちがいないだろう。しかも、〈せばき袖〉を踏まえた「うれしきを何につゝまむ唐衣たもとゆたかに裁てといはましを」（よみ人しらず、雑上・八六五）、つまり《嬉しさを何に包んでおけばよいのだろうか。唐衣の袂をもっと広く仕立ててくれと言えばよかったのに》という歌が示唆しているように、「袖」の〝狭さ〟が「嬉し」さなどの感情を表す「涙」と関連づけられているのである。したがって、次に〈袖の涙〉の登場に焦点をあわせて、古今集におけるその詩化過程を追究してみよう。

〈袖の涙〉の詩化過程と古今集の構造

最初に触れたように、〈袖の涙〉は恋歌と哀傷歌の巻に集中しているのだが、ここでは考察を四季の歌から始めて、古今集の展開に従って進めていくことにしたい。それは、古今集の構造の意味も〈袖の涙〉の詩化過程を通して考え直してみるためである。

古今集のそれぞれの巻における歌の配列がその内容の展開に沿っていることは一般に認められている。四季の歌の巻においては、それが自然の時間の流れを踏まえた当代びとの時間観を反映し、恋歌など〈人の心〉に焦点を当てた巻では、配列が感情のダイナミズムを描き出している。しかし、このような〈流れ〉の法則性は内容に限ってのものであろうか。

貫之の仮名序の「それが中に、梅を挿頭《かざ》すより始めて、郭公を聞き、紅葉を祈り、雪を見るに至るまで、又、鶴亀に付けて、君を思ひ人をも祝ひ、秋萩、夏草を見て、妻を恋ひ、逢坂山に至りて、手向けを祈り、或は、春、夏、秋、冬に入らぬ、種ぐ《くさ》の歌をなむ、選ばせ給ひける」（一六頁）という言葉は、確かに古今集の構造を紹介しているが、「春、夏、秋、冬に入らぬ、種ぐの歌をなむ」という雑歌の説明以外、すべての巻はその特色の表現によって代表されている。つまり、その構造の主導的な原則になっているのは、歌の内容ではなく、歌ことばである。春歌だから「梅」を詠むのではなく、「梅」を詠むから、春歌になり、「紅葉」を詠むから、秋歌になっている。そして、「秋萩、夏草を見て、妻を恋ひ」とは、さらに歌ことばの使用に注目し、記号体系としての歌ことばの働きを顕示している。すなわち、同じ表現でも、その働きによって歌の意味が変わるということである。それに対して、「春、夏、秋、冬に入らぬ、種ぐの歌」の巻は、他の巻との差異によって形成されているのだが、そこに入っている歌の共通点がどこにあるのかを考えてみれば、それは他の巻に登場する表現の解釈（たとえば、秋歌と恋歌の「秋萩」）、あるいは、まだ詩的約束になっていない表現とその使用への示唆にあるのではないかと推測できる。

このように貫之の言葉を〝文字通り〟に、すなわち表現の視点から読んでみれば、古今集の構造は、内容にかぎらず、歌ことばと詩的カノンの考察にもなっていると考えられ、それはここまで試みた歌の詩的レベルでの読みとも関連づけられる。つまり、それぞれの歌には〈内容上〉の解釈と〈表現上〉の解釈があるのと同じように、各巻における歌の配列や全ての巻の配列も、内容のみならず、表現の展開をも反映していると考えられるのである。それゆえ、以下では〈袖の涙〉をこの考え方に従って取り上げていくことにする。

（イ）春、夏、秋を見て、恋を告げる〈袖の涙〉

四季の巻においては恋の表現として定着しつつある〈袖の涙〉を詠んだ歌の数は限られているが、代表的な例を登場順に並べてみれば、次のような配列になる。

袖ひちてむすびし水のこほれるを春立つけふの風やとくらむ　（貫之、春上・二）
春ごとにながるゝ河を花とみてお《を》られぬ水に袖やぬれなむ　（伊勢、春上・四三）
声はしてなみだは見えぬ郭公わが衣手の漬つをからなむ　（よみ人しらず、夏・一四九）
今はとてわかるゝ時はあまの河わたらぬさきに袖ぞ漬ちぬる　（源宗于、秋上・一八二）
ほにもいでぬ山田をもると藤衣いなばのつゆにぬれぬ日はなし　（よみ人しらず、秋下・三〇七）

登場順に並べられたこの五首の歌は、〈袖ひつ（濡る）〉の展開をたどっているが、それは、前に触れたように、万葉集の歌、また枕詞のレベルで見られる〈袖の涙〉の詩化過程の出発点でもある。

注釈を調べてみると、二つの春の歌は、「袖」が濡れていても、「涙」と関連づけられていないが、二つの秋の歌の場合には、「涙」が同じように直接には姿をあらわしていないにもかかわらず、その暗示的な存在が認められている。しかし、二首の春の歌は数多くの〈袖の涙〉を詠んだ貫之と伊勢の作であるということのみから判断すれば、その〈濡れた袖〉も「涙」とまったく無関係ではないと考えられる。したがって、問題は、〈袖ひつ（濡る）〉が「涙」に言及しているかどうかではなく、このような連想がいかに歌の意味作用において働いているのかということである。また、詩的レベルからすれば、〈袖の涙〉の表現としての〈袖ひつ（濡る）〉の意味がいかに〈色に出づ〉、すなわち〈表〉にあらわれるのかということである。

さて、春歌と秋歌における〈袖ひつ（濡る）〉の解釈の転換を根拠づけるのは、その間にはさまれた夏の歌である。

「涙」を直接に登場させるばかりでなく、〈袖の涙〉そのものをメインテーマにしているからだ。しかもこの歌は、内容（感情の表現）よりも表現（表現の観照）のレベルで意味づけられ、二重の対立法を通じて、「なき声」の共通性に基づく「涙」の一般性や、「袖」と「涙」の不可分の関係、また〈袖の涙〉の機能を顕示している。

「声はしてなみだは見えぬ郭公」という上句は、「鳴く」に「泣く」をかけて、郭公の声と「涙」を対立させる。それに続いて下句は、〈見えない涙〉を〈衣手の漬つ〉と対照させて、「袖」を「涙」の場として特定するとともに、「涙」が「袖」にあらわれることによってその意味と機能が〃見える〃ようになることをも示唆している。「からなむ」（借りてほしい）は、このような詩的働きをさらに強調しており、〈郭公の涙〉のみならず、前に試みた〈かりの涙〉の解釈をも根拠づけている。また、「衣手の漬つ」という表現のなかで「袖」ではなく「衣手」が用いられたことは、文字数以外の意味も持っていると考えられる。つまり、それは上代における「衣手ひつ」を喚び起こし、それに内包された「涙」との連想を顕示していると推定できる。《同じ〃なく〃でも、郭公の涙は見えないのに、私の涙は袖を濡らして見えるようになったので、この「袖」を借りてほしい》と。

それに対応して、天の川を渡る前に袖が濡れていると詠む「天の川」の歌（一八二）の「袖の漬ちぬる」は、「涙」と関連づけられるばかりでなく、それによって意味づけられてもいる。つまり、その意味生成は「袖ひつ」の二つの意味（川などで濡れた袖と、「涙」で濡れた袖）の対立に基づいている。したがって、「河わたらぬさきに袖ぞ漬ちぬる」（すなわち「涙」で濡れている）とは、「袖ひつ」の詩的意味の強調としても読みうるのである。

一方、「いなおほせ鳥の涙」の歌（三〇六）の後に載っている〈袖ひつ（濡る）〉のもう一首の秋歌（三〇七）においては、その二つの意味が対照されるのではなく、〃重ねられて〃いて、歌の〈内容上〉の読み（稲葉の露に濡れた袖）と〈表現上〉の読み（「涙」を表す〈袖の露〉）を区別させる。「ほにもいでぬ」（穂にも出ていない、穂にも出てしまった）もそれに即して読んでみれば、二つの読みを戯れさせるきわめて面白いメッセージがうかがえる。《稲葉はいまだに穂にも出ていないが、〈袖を濡らす露〉、すなわち〈忍ぶ思い〉やそれを表意する〈袖の涙〉の働きは〃穂にも出てしまった〃（〈表〉にあらわれてしまった）》と。

このように、〈袖の涙〉としての「袖ひつ（濡る）」の意味は、春、夏、秋という自然の時間の流れに沿った詩的〈流れ〉のなかで顕在化されているのだが、それは最初に立てた古今集の構造についての仮説、すなわちこの歌集が歌ことばの詩化過程をたどっているという仮説の証拠にもなっていると思われる。次に恋歌における「袖ひつ（濡る）」の登場を分析して、その詩化過程の展開をさらに追究してみたい。

音になきて漬ちにしかども春雨にぬれにし袖と問はばこたへん　（大江千里、恋二・五七七）
陽炎《かげろふ》のそれかあらぬか春雨のふる日となれば袖ぞぬれぬる　（よみ人しらず、恋四・七三一）

この二首の歌は、「涙」を「春雨」に見立てるというよりも、〃見せかけ〃ており、詩化過程そのものに焦点をあてている。

「なき」も「ひち」も登場する一首目は、問いと答えという歌ことばを調べる方法さえ指摘し、〈袖濡る〉という「涙」に言及する表現が、「春雨」などのその隠喩を通して多様化していくことを示している。

それに対して二首目の歌は、見立ての〃実体性〃（春雨の降る日なら、「涙」を「春雨」に譬えられる）に注目しており、「陽炎のそれかあらぬか」は、乱れた思いをあらわすとともに、見立ての条件が類似性であることをも示唆している。

さて、この二首の歌は、「春雨」を登場させているにもかかわらず、春歌の巻ではなく、恋歌の巻に入っているが、それは「春雨」が「涙」の隠喩として働いているからだと考えられる。一方、前に取り上げた秋の歌が示しているように、「涙」がそもそも秋の悲しみに相応しい表現であり、「露」、「時雨」という秋の季語が「涙」の隠喩でもあるので、恋歌と秋歌との区別がそれらの歌ことばの機能によることは、明らかだと思われる。そしてそれは、歌のミメティック・レベルとポエティック・レベルとの区別にもなり、「涙」の詩化過程をさらに進めていくのである。

夕さればいとゞ干がたきわが袖に秋の露さへを《お》きそはりつゝ（よみ人しらず、恋一・五四五）

秋ならでを《お》く白露は寝覚めするわが手枕のしづくなりけり（よみ人しらず、恋五・七五七）

わが袖にまだき時雨のふりぬるは君が心に秋やきぬらむ（よみ人しらず、恋五・七六三）

一首目の歌のなかでは、「秋の露」は、たんに「涙」に言及するのではなく、〈乾かぬ袖〉の「涙」の上に重なることで、それを強調する。つまり、「露」は直接的な意味でもなく、「涙」の隠喩的な意味でもなく、「涙」の強度を高めるための手段として使われている。このような意味作用の基盤になっているのは、〈露の涙〉という共有された知識であり、〈露の涙〉の隠喩から〝二重の涙〟へというその変化を次のように表すことができる。「露の涙」→「露」=「涙」（秋）→「露」+「涙」→2×「涙」（恋）、と。

それに対して「秋ならで」と、「白露」を「涙」と特定する二首目の歌においては、〈涙の白露〉という通常の隠喩は新しい表現を作るための手段になっている。それは古今集以後に使用されるようになった「手枕（袖）のしづく」である。

秋の白露ではない「白露」に続いて、三首目の「秋」も秋そのものではなく、「飽き」の掛詞であるので、歌の意味生成はミメティック・レベルではなく、完全にポエティック・レベルで行われている。《我が袖にまだ「時雨」が降っているのは、それが〈涙の時雨〉であるからだが、その「涙」は、あなたの心には〈飽き〉が訪れてきたことを示している》と。

一方、次の歌は、ミメティック・レベルの意味とポエティック・レベルの意味を対比させ、後者の優越的な役割を強調している。「さ、さ」と囁き声のように響いてくる「笹」の登場は、そこに注意を惹くのである。

笹の葉にを《お》く霜よりもひとり寝るわが衣手ぞさえ《へ》まさりける　（友則、恋二・五六三）

秋の野に笹わけし朝の袖よりも逢はで来し夜ぞひちまさりける　（業平、恋三・六二二）

「霜」および「露」（笹わけし朝の袖）の具体的な指示物と「涙」の隠喩としての意味とを戯れさせながら、心の思いを表現する〈袖の涙〉の機能を主張するこの二首の歌は、同じ構造を持ち、同じ意味作用のパターンに従っているので、それを次のように纏めることができる。

	ミメティック・レベル		ポエティック・レベル	
	笹の葉にをく霜		（ひとり寝る）わが衣手ぞさえ	
詩語	「霜」	よりも	〈袖の涙〉	まさりける
	秋の野に笹わけし朝の袖		（逢はで来し）夜ぞひち	
詩語	〈露〉		〈袖の涙〉[7]	

以上、四季歌の巻と恋歌の巻における〈袖の涙〉を比較しながら、その詩化過程の展開をたどってみたが、詩化の対象になっているのが、〈袖ひつ（濡る）〉、「春雨」、「露」、「時雨」など、実体的な指示物なので、それは歌の意味作用のミメティック・レベルからポエティック・レベルへの移行をも示している。また、このような展開が歌の登場順に従って進んでいくことから判断すれば、古今集の構造は、歌の指示的な内容のみならず、歌ことばの詩化過程をも反映していると言える。

次に四季の歌と恋歌との間に挟まれた離別歌と物名の歌に登場する〈袖の涙〉の表現を吟味しながら、古今集の構造におけるそれらの巻の役割についても考察してみたい。

(ロ)「離別」する〈袖の涙〉の「物名」

日常生活においては、旅に出る親しい人との別れは涙を喚ぶはずなのに、古今集の離別歌のなかでは〈袖の涙〉を詠んだ歌は少ない。しかも、別れの「袖」を濡らす「涙」は悲しみの涙ではない。それが〈袖の涙〉の詩化を示していると考えられるので、歌を取り上げながら、その意味作用を追究してみよう。

古今集の離別歌のうち最もよく知られ、最もよく引用されるのは、近江《あふみ》に「逢ふ身」を掛けて「涙」と関連づけた次の歌であると思われる。

けふわかれあすはあふみとおもへども夜やふけぬらむ袖のつゆけき　(利貞、三六九)

都から近江までは一日かかったという事実に、明日またお逢いしましょうという約束を重ねたこの歌は、和歌における意味作用を例示している。つまり、掛詞の詩的潜在力を生かし、近江という地名を異化しているのである。こうして、《今日別れても、明日はまたお逢いできるだろうと思うけれども、夜が更けたからであろうか、袖の上に露がおく》という意味になるのだが、注目すべきは、「思へども」による上句と下句との対立である。「涙」の分析のなかで触れたように、「露」が「涙」の隠喩であるので、「袖の露けき」が〈袖の涙〉だと解釈できる。それでも、また逢えるならなぜ涙を流すのだろうか、という疑問が残る。注釈によると、それは別れを嘆き悲しむ涙であるが、果たしてそれだけなのだろうか。答えを求めながら、同じ巻に載っている三首の「よみ人しらず」の歌を通して離別歌における〈袖の涙〉の意味を探ってみよう。

題しらず

飽かずしてわかるゝ袖のしらたまをきみが形見と包みてぞ行く　（四〇〇）

限りなくおもふ涙にそほちぬる袖はかは《わ》かじ逢はん日までに　（四〇一）

かきくらしことは降らなむ春雨に濡衣きせて君をとゞめむ　（四〇二）

この三首の歌は、別れの〈場〉における〈袖の涙〉の意味を連続的にたどっているので、「題しらず」という印は、付けられた歌にかぎらず、三首をもカバーしていると考えられる。一首目は旅立つ人、二首目は旅立つ人と残される人、三首目は残される人に照明をあてて、別れの心理を分析していくが、それはまたそれぞれの立場をあらわす〈袖の涙〉の考察にもなっている。

一首目は、「袖の白玉」という〈袖の涙〉の詩語を通して、「形見」としての「袖」の本来的な意味を異化している。つまり「袖」は、「魂」ではなく、心の思いを表す「涙」の意味を「形見」として保存するという。それに従って二首目は、「限りなく思ふ」という「涙」の詩的意味を踏まえて、「逢はん日までに」と、逢う約束としての別れの「涙」の機能を一般化するが、「涙にそほちぬる袖はかはかじ」とは、感情の連続性ばかりでなく、〈袖の涙〉の詩化過程の連続性をも示唆し、〈袖濡る〉に由来する「袖はかはかじ」という新しい詩的表現をその証拠として提出する。

一方、《同じことなら空一面に暗く降ってほしい。春雨に衣が濡れたと、春雨に罪をかぶせて、あなたを止めよう》という内容になっている三首目の歌は、旅立つ人を止めるという、別れの〈袖の涙〉の働きを示すとともに、〈袖の涙〉の詩化過程それ自体にも焦点をあてている。キーワードは「ことは」（ことならば、同じことなら）である。それは、「春雨」が「涙」と〝同じこと〟、すなわちその隠喩であることを顕示しながら、「春雨」の二つの使用を区別してもいるので、上に取り上げた四季の歌と恋の歌との〝仲介役〟を果たしているといえる。それに対応して「春雨に濡衣きせて」も、無実の罪をかぶせる意と、「涙」を掛ける意と、二重に解釈できる。

さて、この三首の歌による別れの〈袖の涙〉の説明を踏まえて「**けふわかれあすはあふみとおもへども夜やふけぬらむ袖の露けき**」という利貞の歌をもう一度読んでみれば、違う解釈の可能性が見えてくる。たとえば、「けふわかれあすはあふみとおもへども」という上句は、〈明日あなたが近江に着く〉と〈またお逢いできる〉という二つの意味を、ただ掛けるだけでなく、対立もさせていると考えられる。つまり、明日あなたが近江に着くのだが、私たちはまた逢えるのだろうか、と。それに応じて、「夜やふけぬらむ」に「年をとる」意の「更く」をかけて、《夜がふけるように私もふけていくからだろうか》と解読できるし、「袖のつゆけき」も悲しみの涙のみならず、〈また逢いたい〉あるいは〈行かないでほしい〉とも読み取れる。

上に取り上げた例が示しているように、離別の歌は、別れの〈袖の涙〉の意味を具体化するとともに、四季の歌に見られるミメティック・レベルでの意味作用のパターンとの〝離別〟も象徴している。それに対して、「物名」の歌は、詩語そのものに注意を促し、その形成と働きについて、〝遊びながら〟論じているので、恋歌におけるその使用に関して予備知識を与えてくれる。

物名の歌のエッセンスは何かと言えば、それはことば遊びにほかならないだろう。物の「名」を歌に詠み込むのみならず、ことば遊びそれ自体を焦点化しているからだ。(8)

古代びとの遊戯的な想像力に及ばなくなった現代人には、その言語ゲームは完全には理解できないが、文学とは〈言葉を遊ばせる芸術〉であるから、遊びの特徴とルールがそれぞれの文学テクストの意味作用のメカニズム、詩的言語の働きを知るための重要な手がかりになっていることはまちがいない。

古今集の言語ゲームには、西洋詩の acrostic のようなものもあり、業平の「カ・キ・ツ・バ・タ」の歌（羇旅・四一〇）がその代表的な例として挙げられる。しかし、折句と呼ばれるこのゲームは、音よりも文字遊び、しかも句頭（冠）と末尾（沓）に文字をならべる遊びであるので、五句を一行で書き記した和歌の場合には、それは詩的カノンを作り上げていく「集団ゲーム」ではなく、詩的想像力に挑戦する謎々だったと考えられる。

他方で、連綿体のため一行の文字が繋がり〈墨の流れ〉をなすことを考慮すれば、和歌にとってもっとも自然なゲームは、その〈流れ〉のなかに異なる言葉を〝書き包む／読み解く〟ゲームであると思われる。このような技法を使用している物名の歌が独立した巻になっていることは、その普及の印として捉えられ、それが和歌制作という「集団生活」のなかで生まれた言語ゲームであることの証拠と見なしうるのである。

そうだとすると、次のような問題が浮かび上がってくる。なぜ古今集以降の平安時代の勅撰集においては、拾遺集（「物名」の巻）と千載集（雑歌下の巻における「物名」の歌のグループ）をのぞいて「物名」の部が設けられなかったのだろうか。物名のゲームは行われなくなったのだろうか。一方、拾遺集におけるその巻の復活、千載集における「物名」の歌群の特定は、どういう意味を持っているのだろうか。

また、俊頼の「隠題といへるものあり。物の名を詠むに、その物の名をおもてに据《す》ゑながら、その物といふことを、隠してまどはせる」（俊頼髄脳、歌論集、五五頁）という説明に従って、「物名」は歌の意味と直接には連関していないと理解されている。しかし、歌の内容とは関係がなくても、詩的レベルにおける意味作用とも関連づけられないと言えるのだろうか。歌には――勅撰集に選ばれた歌にはなおさら――、現代人の言うような〝ただの遊び〟がありうるのだろうか。

言葉それ自体に対する関心のあらわれである「物名」の歌は、和歌制作そのものに注目を促し、詩的言語の働きを解明していくものだと考えられるが、それはまた歌の具体的な読みと繋がっており、その詩的メッセージを織りなしている。古今集で「物名」の部が設けられたのは、このような意味作用の特徴に照明をあてるためであろう。また、それ以降の勅撰集に「物名」の巻がなくても、数多くの例が証明しているように、その働きがなくなったわけではない。そして、拾遺集と千載集における「物名」の復活は、歌ことばの概念が変わったことを示していると考えられる。いずれにせよ、〈表〉にあらわれなくても、「物名」は掛詞と絡み合い、〈歌のしるべ〉になっていることはまちがいない。それゆえ、本書ではこのような〈しるべ〉を頼りに進んでいきたいと思うが、おそらく気づかなかった箇所もあれば、誤解した点も少なくないだろう。しかし、それが研究という〝ゲーム〟のリスクの一つでもある。

さて、上のような疑問と仮説に導かれながら古今集の「物名」の歌における〈袖の涙〉を考察してみると、次のような特徴が見えてくる。まず、〈袖の涙〉を直接に踏まえている三首の歌はすべて、その詩化過程の要点を取り上げている。すなわち、三首のうちの二首は贈答歌で、〈袖の涙〉の詩的発想の成立をたどっており、もう一首は、「涙川」という、〈袖の涙〉の詩化過程において主導的な役割をはたす歌語を登場させている。さらに、それぞれの歌に詠み込まれた「物名」は、内容ともまったく無関係というわけではなく、そのもとになっている言葉や他の掛詞とともに歌の詩的メッセージをも説明している。一方、問いと答えの形になっている贈答歌は、このような意味作用に焦点をあわせながら読者（研究者を含めて）を〝ゲーム〟に招き寄せてもいるので、次にその誘いに乗って〝ゲーム〟を楽しんでみよう。

浪のうつ瀬見れば珠ぞみだれける拾はば袖にはかなからむや　（在原滋春、四二四）
たもとより離れて珠を包まめやこれなむそれと移せ見むかし　（壬生忠岑、四二五）

「うつせみ」を遊ばせているこの贈答歌は、謎々のようにも聞こえるので、そこに〝隠し込まれている〟のは、この「隠題」ばかりではなさそうだ。《波のうち寄せる瀬を見ると、玉のように乱れ散っている。が、それを袖に拾ってみれば、はかなく消えてしまうのではないだろうか》という問いに対して、《たとえそうだとしても、袂以外に玉を包むものはないだろう。だから、これこそがそれだよ、と玉を袂に移してみなさい。私もそれを見ましょう》という答えが出されているわけだが、すぐさま、この答えはいったい何を踏まえているのか、「これなむそれと」とは何をあらわしているのか、「うつせみ」にはどういう意味が含まれているのか、などの疑問が生じてくる。

「(白)玉」が「涙」の隠喩であり、「浪」もそれを連想させることを考慮すれば、この問いと答えのテーマは〈袖の涙〉であると判断できる。「袂」の登場もそれを裏付けていると考えられる。したがって、「玉」ではなく「珠」を使用した理由は、中国詩との差異、また「衣裏繋宝珠」に由来する「珠」の仏教的な意味との対立に注目させるためであると解釈できる。「うつせみ」という隠題によって強調された「移せ見むかし」も、「移し」を「見」ると、「珠」と「(涙の)玉」との意味の差異を示唆するとともに、「むかし」という、そこに「物名的」に隠し詠まれたもう一つの言葉を通して、「珠」から〈袖の(白)玉〉への移り変わりは時の流れに沿って行われてきたものであると示唆していると思われる。また、こうして〝歌遊び〟をしながら「折句」という詩的謎々のゲームのルールを使って二首の最初の二文字を繋いで読むと、「なみたも」、すなわち「涙(も)」というこの贈答歌のキーワードも姿をあらわしてくる。

右のように見てくると、この贈答歌は、〝ただの言葉遊び〟ではなく、古代ギリシャで行われた哲学者の弁論術を想い起こさせる、きわめて真面目な詩的議論になっていることがわかる。このような特徴は、言葉そのものに焦点をあてる「物名」の贈答歌をはじめとする、すべての贈答歌の働きに共通するものであり、古今集以降に、〝仕立てられた贈答歌〟という技法として使われるようになる。

一方、「物名」の巻には、これ以外に贈答歌はないのだが、その他の歌も、疑問、推定、対立などの弁論術の技法を使用し、歌ことばの意味と機能を吟味している。「おき火」を隠し詠んだ「涙川」の歌もこのような角度から観ることができる。

流れいづる方だに見えぬ涙河沖ひむ時や底はしられむ
（都良香、四六六）

《涙川がどこから流れだすかは目には見えないが、沖が干上がる時にはじめてその深さが分かることだろう》という意味をもつこの歌は、まさしく「涙川」のなかで「おき火」を燃やすかのようで、「涙川」という歌語の根源（流れいづる方）と表現力（底）に照明をあてている。

「流れいづる方だに見えぬ涙河」という上句は、自然の川ではない「涙川」を異化し、その形成を問う（どこから流れだすのだろうか）とともに、「なかれ／ながれ」の響き合いを通して答えも提出する。つまり、「涙川」は、「泣かれ」をあらわす歌ことばの使用の「流れ」のなかから生まれた歌語であると。さらに「方だに見えぬ」のなかに、「涙川」の機能を示す「かたみ（形見）」というアナグラムも読み取ることができる。

それに対して、ミメティック・レベルでも意味づけられる下句は、「底はしられむ」と、川の底に感情の「底」、またその表現の「底」を対照させることで、「涙川」という歌語の意味と表現力の展開に注目している。そして、歌のミメティック・レベルとポエティック・レベルを区別させるのは、「おきひむ」という隠題である。「沖ひむ」を「おき火」と置き換えると、火と川（水）との矛盾は、感情の表現としてのその詩的意味のレベルでしか解消できないが、それに再び「沖ひむ」（干るのだろう）を掛けると、「涙川」の表現力の「底」、すなわち限界（無限）を問うというメッセージを読み取ることができる。

纏めてみれば、〝源〟の見えない「涙川」の詩的力には「底」がありうるのだろうか、その「底」を知りうるのだろうか、という問いになるのだが、王朝文学のなかでまさしく川のように流れる「涙川」の数多くの歌は、これらの問いを繰り返しながら、詩的言語の展開に応じて答えを変えていく。ここでは、歌ことばの詩化過程を反映する古今集の構造に沿ってその答えをさらに詳しく追究していこう。

〈袖の涙〉の詩語

(イ)「涙川」

古今集における「涙川」の歌は八首も(「涙の川」の二首を含めて)あり、〈袖の涙〉の他のどの表現よりも登場率が高いことは、「涙川」が歌語として成立し、歌人の注目をあびたことを証明している。その焦点になっているのは、上に取り上げた「物名」の歌が提出する問題、すなわち「涙川」の詩化の問題である。(9)

たとえば、「涙河なに水上をたづねけむ物思ふ時のわが身なりけり」(よみ人しらず、恋一・五一一)という歌は、「流れいづる方だに見えぬ」という問題を取り上げて、「涙川」の水上は「物思ふ時のわが身」であると解き明かしているが、前に取り上げた「物を思ふ時などか涙のいとながるらむ」(八〇五)などの歌が示しているように、「涙」も同じ意味を担わされているので、「涙川」はその誇張にほかならない。

また、「かゞり火にあらぬわが身のなぞもかく涙の河にうきてもゆらむ」(よみ人しらず、恋一・五二九)という歌は、「物名」の歌における「おき火」の働きを例示し、「かがり火」でもない身が「涙の川」に映り浮かんで燃えるというイメージを通して、「涙」は感情を表す詩語であるので、感情の深さを測ることもできると示唆している。「世とともに流れてぞ行く涙河冬もこほらぬ水泡《みなわ》なりけり」(貫之、恋二・五七三)という歌も、「涙川」と自然の川との差異を強調しながらそれを異化しているが、ここでさらに注目すべきなのは、「世とともに流れてぞ行く」(貫之集「流れてぞふる」)という言葉である。古今集での異伝はミメティック・レベルでの〝実体性〟をもつのに対して、

「流れてぞふる涙川」は、歌の詩的レベルを主張している。それは前に取り上げた貫之の「白玉と見えし涙も年ふれば唐紅にうつろひにけり」（五九九）という歌を喚び起こし、それと同じように三つの〈流れ〉――自然の時間、個人の年齢と経験、それを表す歌ことばの移り変わり――を合流させる。そして、「流れて」と「泣かれて」との響き合いは、このような合流が〈泣かれ〉から流れる「涙川」によって象徴されることを指し示している。

「なみだ河枕ながる丶うき寝には夢もさだかに見えずぞありける」（よみ人しらず、恋一・五二七）という歌も〈流るる／泣かるる〉の連想を発動させるが、ここで「なかれ」と比較されるのは、世の中ではなく、夢の世界である。「浮き寝」に「憂き音」を掛けたこの歌は、小町谷照彦が指摘しているように、「恋する相手を思慕して泣きながら寝ているので、安眠できず、夢の逢瀬も叶わない」（一九九四、一一七頁）という内容になっているが、ここで「涙川」と「夢」との対比は何を意味しているのだろうか。

両者とも恋の表現であり、しかも〈逢いたい〉という思慕を表していることから判断すれば、「涙川」のために「夢」も〝見られなかった〟ということは、その詩的力の〝力比べ〟としても捉えられると考えられる。「夢路にも露やを《お》くらん夜もすがら通へる袖のひちてかはかぬ」（恋二・五七四）という貫之の歌も、「夢」に「露」（涙）を重ねることで、〈逢いたい〉というメッセージの強度を二重にするとともに、「涙」の機能を「夢」の〝上に置く〟という、文字通りの意味を内包していると考えられる。

一方、次の歌は、〈心の思い〉の表現からその伝達に焦点を移動するので、その伝達のチャンネルである「袖」も登場するし、「涙川」も「涙の川」になる。

はやき瀬に見るめおひせばわが袖の涙の河に植へ《ゑ》ましものを　（よみ人しらず、恋一・五三一）

「はやき瀬に見るめおひせば……植へ《ゑ》ましものを」《もし急流にも〈みるめ〉が生えるなら、……植えてみたいものだ》という歌のフレームは、ミメティック・レベルで意味づけられ、海松布《みるめ》という海草が浅い海底に生えるという〝事実〟を踏まえながら、その浅い海底を「はやき瀬」に対立させているが、それを異化するのは「わが袖の涙の川」である。

「海松布」に「見る目」を掛けると、歌は恋のメッセージとして読み取れるのだが、その「見る目」にもまた一通りの解釈しかないとは思えない。〝人を見る〟目でもあれば、〝人が見る〟目でもあると考えられるのである。それに対応して、《あなたに逢いたい》のほかに、《あなたに私の涙を見てほしい》という、〈袖の涙〉の伝達力を示唆する解釈も可能になる。(10)

一方、この歌に「涙川」ではなく「涙の川」が登場するのは、「川」が「涙」の誇張ではなく、その意味(記号内容)を解明する比喩となっているからだと考えられる。前に引用した「かがり火」の歌(五二九)においても「涙の川」は同じような役割をはたしている。注釈書などでは「涙川」と「涙の川」は普通同じ表現として取り扱われているが、歌の意味作用における働きが違うので、二つの表現、少なくとも二つの異なるヴァリアントと見なすべきであろう。それゆえ、本書のなかでは「涙川」と「涙の川」の登場を比較しながら、それらの差異を追究していくことにする。

右に試みた「涙(の)川」の分析を考慮しながら『伊勢物語』(百七段)にも入っている藤原敏行と在原業平との「涙川」の贈答歌を読んでみれば、それが「物名」の贈答歌と同様に、詩的弁論にもなっていることに気づく。次に、『伊勢物語』のテクストも踏まえながら、その贈答歌の意味を探ってみよう。

つれ〲のながめに増さる涙河袖のみぬれて逢ふよしもなし　(敏行、六一七)

浅みこそ袖は漬つらめ涙河身さへながると聞かばたのまむ　（業平、六一八）

『伊勢物語』によると、「つれぐ\れの」歌は、敏行がある若い女性に贈ったものだが、その女性が「文もを《お》さぐ\しからず、こともいひ知らず」という人だったので、代わりに彼女のあるじが返し歌を作ってくれたという。なお、古今集はその「あるじ」を業平と指定するが、二人の主人公の本名より重要に思われるのは、二人とも歌の本質を知りえた名歌人だったという前提である。言い換えれば、この二首の歌がモデルとして捉えられるので、その意味を、内容のレベルにとどまらず、詩的言語の視点からも吟味すべきであろう。このようなアプローチの妥当性（もしくは必要性）をさらに示唆するのは、業平の歌が女の代わりに詠まれたという〝事実〟であるが、「かの女に代りて、返しに、よめる」という古今集の詞書もそれに焦点をあてている。貫之の『土佐日記』の冒頭と同様の技法を使うこの言葉は、次のような両義的な役割を果たしていると考えられる。つまり、テクストを〝現実〟に見せかけようとするミメティック・レベルでは、それは注意を逸らすために働いているが、詩的レベルにおけるその役割は、注意を促すことである。言い換えれば、視点はテクストの内容からテクストそのものへと、作者から作歌過程へと移動させられるのである。

一方、たとえ『伊勢物語』の説明や古今集の詞書がなかったとしても、この贈答歌はミメティック・レベルのみでは意味づけられない。問題は、敏行の歌に登場する「涙川」と「逢ふよしもなし」との関連である。注釈は普通、「結局、袖が濡れただけで、逢う手だてはありはしない」（完訳・古典文学全集）、「その涙の川で袖だけが濡れるばかりで逢うすべもありません」（新日本古典文学大系）というような現代語訳を付けて、この問題に触れないが、新潮日本古典集成の注釈は「その涙の川を渡ってあなたのもとへ行こうにも、袖が濡れるばかりで、これといって逢う手だてもありません」と、「涙の川を渡る」という説明を加えて、ミメティック・レベルで意味づけようとしている。しかし、この歌に登場するのは「涙の川」ではなく「涙川」であり、上に取り上げた例が示しているように、その〝川〟の水上が「物思ふ時の我が身」であることを考慮すれば、「涙川」を「渡る」という解釈は詩的約束からはずれているように思われる。

さて、《あなたをずっと思っているので、逢いに行きたかったけれども、あいにくの雨で逢えなくなって、寂しい》という敏行の歌の内容は、確かに色好みの〝bon ton〟（しきたり）の規準からずれている。実際の行動は別にして、恋の歌のなかでこのような〝言い訳〟を使ってはいけなかったからである。『伊勢物語』の章段の最後に敏行が「蓑も笠も取りあへで」（実際には考えられない行動）女性のところへ走ったことは、何よりの証拠であるが、彼をそうさせたのは、業平の歌（「浅みこそ」の歌と、前に取り上げた「身を知る雨」の歌）である。言い換えれば、このエピソードは、『伊勢物語』の他の章段と同じように、詩的コード合わせ、すなわち詩的コードの調整になっている。しかもそれが歌の場と内容との適合性のみならず、表現と内容、すなわち歌ことばの使用にも及んでいるので、敏行と業平との贈答歌を詩的弁論としても読み取ることができる。

敏行の歌に登場する「袖のみ濡れて」と「逢ふよしもなし」とを関連づけるのは、〈逢ふよし〉としての〈袖の涙〉の詩的意味であり、それは「涙」の誇張という「涙川」の機能とも繋がっている。それに従って「袖のみ濡れて」と「逢ふよしもなし」との対立は、詩的レベルでは矛盾として捉えられるが、面白いことにその矛盾は歌の場と内容との〝ずれ〟をも反映している。

つまり、四季の歌や離別歌の分析で取り上げたように、詩的カノンに応じて、〈袖濡る〉が「涙」を表し、「涙」が悲しみのみならず逢いたいという思慕をも表現しているので、〝袖が濡れたから、逢うすべはない〟とは、すでに定着した詩的約束からずれているというわけである。まして、自然の涙と受け取られうる「涙」ではなく、歌語として定着した「涙川」を使った場合にはなおさらそうである。

このように、「つれ〴〵のながめ（眺め、長雨）にまさる涙川」という、ミメティック・レベルでもポエティック・レベルでも見事に流れている上句に対して、「袖のみぬれて逢ふよしもなし」という下句は明らかに劣っている。敏行が相手の力を見くびったか、それとも試したかったのか、判断できないが、業平はこのようなミスを見落とさなかった。〈袖濡る〉と「涙川」を対比させながら、敏行の歌の欠点を次のように明らかにしたと思われる。

ここまで取り上げた歌が示しているように、〈袖ひつ（濡る）〉は、「涙」の最も古い表現であり、万葉集から伝わっているので、ごく月並みなものだったと推定できるが、敏行の「袖のみ濡れて」を「袖はひつらめ」と解釈した業平は、このような常識を指摘していると考えられる。[11] 他方、「涙川」という平安時代の歌語は、感情ばかりでなく、「涙」という詩語をも誇張する、すなわちその詩化過程の展開を発動させるので、「身さへながる」など、それに相当する新しい発想も可能となる。

このような観点に従って、さらに「見」、「身」を連想させる業平の「浅みこそ」（浅いからこそ）を「浅き身」、また「浅く見る」、「浅く見える」と解釈すれば、次のような遊戯的で、しかも理論的なメッセージを読み取ることができる。

《「袖ひつ」という表現がすでに月並みなので、「涙川」の意味をそれに絞るあなたの感情も、表現力も、歌についての知識も〝浅い〟ものと見えてしまう。もし、「涙川身さへながる」というような新しい発想を使ってくれるなら、あなたの恋のメッセージも纏まるし、あなたを歌人として認めることもできるだろう》と。

「いといたうめでて」と、この歌に感動した敏行は、「今まで巻きて文箱に入れてあり」（伊勢物語）というのだが、この贈答歌は、他の歌人にとっても〈袖ひつ（濡る）〉と「涙川」の使用のモデルとなったにちがいない。

（ロ）〈いつはりの涙〉

ここまで取り上げた例が示しているように、平安文化においては袖が〈色〉、〈香〉などの情報を伝えていたのと同様に、平安文学においては〈袖の涙〉が様々な詩的情報を伝達するようになったので、やがてその〝偽り〟の可能性もあらわれてきた。U・エーコが主張しているように、「嘘をつくことが可能であれば、必ず記号機能が存在する。つまり、現実に対応するものがないのに、あることを意味する（そしてそれを伝達する）ことができるということである」（一九八〇、I・九二）。したがって、「いつはりの涙」が他のどの詩語よりも〈袖の涙〉の記号化過程を証明すると思われるので、次にその登場の条件を探ってみることにする。

〝偽り〟の前提となっているのは〝真実〟なのだが、それは心の表現としての「涙」の定着の前提でもある。つまり、忍ぶ思いを打ち明けるということである。言い換えれば、〝真実〟をあらわすという前提がなければ、それを〝偽る〟こともできない。一方、日本語の「あらわす」も示唆しているように、それは、「現す」、「顕す」、「表す」、すなわち〝真実〟を表現することから始まる。それに従って、「涙」の〝偽り〟の過程は、まずミメティック・レベル（事実対虚構）で行われるが、歌の意味作用がポエティック・レベルへ移動するにつれて、それは〝偽り〟の分析になり、詩的言語の働きそのものをあらわすようになる。このような〝偽り〟の過程を例示するのは、一つには「涙」の誇張であると思われる。敏行と業平の「涙川」の贈答歌もその証拠であるし、後撰集に登場する〈偽りの紅の涙〉の歌も、それを顕示している。(12)

他方、〝偽り〟の過程は〈知る／知らせる涙〉という発想の展開に沿って進んでいくが、その例として、前に取り上げた「かず〳〵に思ひおもはず問ひがたみ身を知る雨は降りぞまされる」（業平、七〇五）と、「枕より又しる人もなき恋を涙せきあへず漏らしつる哉」（平貞文、六七〇）という、在中と平中の歌などを挙げることもできる。しかし、これらの歌が示しているように、「涙」が詩語としても〝実体的〟な指示物としても働いている場合には、その

〝偽り〟はミメティック・レベルでも意味づけられるが、それに対して詩的発想として生まれてきた〈袖の涙〉の〝偽り〟の対象となるのは、詩語の使用と働きである。〝偽り〟の場で詠まれた次の贈答歌はそのもっとも代表的な例であろう。

つゝめども袖にたまらぬ白玉は人を見ぬめの涙なりけり　（清行、恋・五五六）

を《（お）》ろかなる涙ぞ袖に玉はなす我は塞《せ》きあへずたぎつ瀬なれば　（小町、五五七）

この歌は、歌学書のなかで恋の贈答歌のモデルとして取り扱われているけれども、詠まれた場は色好みの〝モデル的〟な場ではなく、法会なのである。詞書によると、阿倍清行が下出雲寺で真静法師の説経を聞きながら「道師にて言へりける言葉を、歌によみて」、同席していた小野小町に贈ったが、小町もまたその場で返歌を詠んだという。

この説明の〝信憑性〟を問わずにおけば、贈答歌が色好みの通常ではない〈場〉で詠まれたという〝詩的事実〟の意味は次のように解釈できると思われる。まず、当代の世界観において、色好みと仏教との間に矛盾的な対立はなかったと判断できる。そして、説経に使用された言葉を〝違和感なく〟恋の歌に織り込んだことは、その二つの接続性を指し示していると考えられる。それはさらに、詩的言語の認知力と倫理力をも示唆すると同時に、当代びとの暮らし方と考え方における歌の重要性を主張していると思われる。言い換えれば、法華教の「無価の宝珠」が歌の「白玉」になりえたのは、その「白玉」も「無価」だからである。

一方、モデルとなる歌がモデル的ではない場で詠まれたことは、〝現実性〟を解消し、歌を作る場から歌の作り方に焦点を移動させる。上野理はこの贈答歌を「文学的な挑戦」と見なし、次のように論じている。「清行は実際には涙を流してはいまい。実際に恋愛感情を抱いていたかどうかも疑問だ。彼は、小町に恋愛感情を抱いたと仮定し、その感情を涙を流す恋と美化し、『無価の宝珠』に関連させて美的な世界を構成し、小町や小町周辺の人々の賞賛を期待したのであろう。(中略) 清行の求愛は、現実の求愛ではないが、現実の求愛よりも価値があり、とする立場からなされ、小町もその文学的挑戦をうけて懸命に返歌したのである」(藤平春男編、一九八一、二六―二七頁)。

上野が指摘している通り、清行と小町の贈答歌は、確かに恋の誓いではなく、文学的競技であり、〝涙比べ〟であるので、歌ことばの使用についての弁論としても捉えられる。

〈白玉を袖につつむ〉という発想は、前に分析した「物名」の贈答歌 (四二四、四二五) などによっても取り上げられているので、流行のテーマの一つだったと思われる。清行はそれを踏まえて、「袖にたまらぬ白玉は人を見ぬめの涙なりけり」と、隠喩的次元と範列的次元を連辞的にあらわすことによって、〈袖の白玉〉の意味と機能を顕示している。すなわち、《白玉が、袖に包んでもたまらないのは、あなたに見てもらいたい (分かってもらいたい) 涙を表しているからだ》という意味になるが、それは、〈涙の白玉〉を〈逢はむ日までの形見〉とする他の歌 (四〇〇、四〇一) から判断すれば、ただ詩的常識を繰り返したにすぎないと思われる。まして、小松英雄、片桐洋一などが指摘しているように、「なりけり」が、「みずからが気付き、納得したことを詠嘆的に表現している」(片桐、一九九一、一四四頁) という〝発見〟の助動詞だったとすれば、同席した人の高い評価を求めた清行の期待が、いかにはずれていたかが想像できる。つまり、清行は、法華経の「無価宝珠」を「涙の白玉」と連関させることで、法会に出席した人を驚かせたかもしれない (少なくとも真静法師を) が、詩的挑戦になるはずだった彼の歌は、けっきょく凡庸なものになってしまったので、小町にかっこうの話題を提供したのである。

小町は、「をろかなる《お》」(つまらない、へただ、期待はずれだ) という厳しい批判を下し、清行の「をろかなる《お》」(未熟な、おろそかな) 涙」に自分の〈たぎつ瀬の涙〉を対立させる。つまり、〈涙が袖の上に玉をなす〉というようなつまらない、当たり前の表現とはちがって、わたしの「涙」(感情、詩的力) は、激流のように流れているので、とてもせきとめることはできない、と。

このように、清行と小町の詩的競技は、〈袖の涙〉を通して、詠歌の場、感受性と美的反応、詩的発想と表現力という、和歌制作の三つの次元に触れるものだが、それは〈袖の涙〉の記号化過程がその三つに及んだということを証明してもいる。それに対応して、「をろかなる涙」という新しい表現の登場は、感情を評価する「涙」が自ら評価の対象になったことを示し、〈袖の涙〉の記号化過程における転換期の徴として捉えられる。それに倣って次の歌に使用された「いつはりの涙」も、ミメティック・レベルでも、ポエティック・レベルでも意味づけられ、この転換期のさらなる証拠と見なされる。

いつはりの涙なりせば唐衣しのびに袖はしぼらざらまし　（藤原忠房、恋二・五七六）

この歌は、「いつはりの涙」とともに、〈唐衣（袖）をしぼる〉というもう一つの新しい表現を登場させるが、二つは〝空間的〟にだけではなく、機能的にも繋がっている。

〈袖を絞る〉は、「袖」が、せき止められない「涙」を宿し、「絞る」ほどに濡れてしまったという〈袖濡る〉の展開を指し示している。他方、それは、「袖」を〝絞る〟ことによって、そこに託された多様な「涙」を区別し、特定の意味を〝選ぶ〟ことができる、という意味作用の徴としても受け取られる。したがって、〝偽る〟こともできるというわけである。さらに、前者の意味がミメティック・レベルを、後者の意味がポエティック・レベルを踏まえているので、このような〈袖を絞る〉の両義性は、二つのレベルを対立させ、〝偽り〟の過程をも顕在化する。そして、それは「しのびに」と〈袖を絞る〉との矛盾を通して〈表〉にあらわれる。

確かに注釈通りに、忠房の歌は、誠実な恋の訴えだったと想像できる。あなたを思慕する涙でなければ、袖を絞ることはなかっただろう、と。しかし、このような〝真心〟のメッセージに疑いの影を投げかけるのが、「しのびに」の強調である。袖を本当に〝忍びに〟絞るなら、見えるはずもないし、宣伝もしないだろう。一方、詩的カノンに従って、「しのびに」は、〈袖を絞る〉を〈袖の涙〉の誇張と特定し、忍ぶ思いを顕示するというその詩的使用を指し示しており、〝隠す〟と正反対の〝見せる〟という意味作用に参加している。言い換えれば、「しのびに」は、自然の涙と詩語としての「涙」とを区別しているわけであるので、その詩的意味の視点から歌のミメティック・レベルでの内容を考察してみれば、〈しのびに袖を絞る〉という強調は〝偽り〟になるのではないか。

まさか、真心を訴えようとした忠房がこのような疑問の種をわざと自分の歌のなかに植えつけたとは考えられない。ただ「涙」の詩的規範に忠実に従うことで、〝無意識的〟にその新しい機能も移植してしまっただけであろう。しかし、それは、後撰集の〈偽りの涙の色〉などを通して進められた〈偽る涙〉に関しての弁論の出発点になった。

(ハ)「せばき袖」

〈袖を絞る〉が、〈袖の涙〉の詩的意味と機能が増加してきたので、それを〝絞らずに〟は使えなくなったということを示唆しているのと同様に、「せばき袖」も、「涙」の多様な意味を担わされた「袖」がそれを〝宿しきれなく〟なったことを指し示している。一方、〈袖濡る〉に由来する〈袖を絞る〉が〈袖の涙〉の記号化過程の重ねを踏まえているのに対して、「せばき袖」は、それを〈横〉に並べて顕在化していると言える。いずれにしても、「せばき袖」は、古今集以降の歌においては〈袖の涙〉の新しい機能の定着を印す表現の一つとして働くようになったので、ここでは、『伊勢物語』にも載っている業平の「せばき袖」の歌を、二つの文脈を引きながら、なるべく詳しく分析してみたい。

抜き見たる人こそあるらし白玉のまなくも散るか袖のせばきに　（業平、雑上・九二三）

詞書によると、業平がこの歌を詠んだのは、布引の滝の下に人が集まった時とされるが、この歌にも、他の歌と同様に、ミメティック・レベルでの読みと、ポエティック・レベルでの読みがあり、歌の意味は二つの絡み合いのなかから生ずる。

　前者に従って、「白玉」をそのまま指示物として取り扱うと、「糸を抜いてみて乱れ散らしている人があるらしい。白玉が次々と乱れ散っていることよ。包み取ろうにも私の袖は小さいのに」（新日本古典文学大系）という読みになる。

　しかし、「白玉」を「涙」という詩語の隠喩として取り上げると、詩的表現の使用に関してのメッセージを読み取ることができる。この歌の前に並び、しかも、同じ場所で（同じ時かもしれない）詠まれた「**こき散らす滝の白玉ひろひを《お》きて世のうき時の涙にぞかる**」という行平の歌（九二二）も、そうした解釈のための文脈を与えている。それに従えば、《糸を抜いて、白玉を散らばらしてみようとする人があるらしいが、「涙の白玉」を宿すはずの「袖」は、このようにまなくも乱れ散る「白玉」に倣って、絶え間なく流れる多様な「涙」を宿しきれず、狭く感じられるのだ》という、多様な「涙」を宿しきれない〈せばき袖〉の詩的意味に注目を促す解釈になる。さらに、「抜き見たる」という綴り方に重点をおいて、「（詩的約束から）抜いてみる」ことは「乱れて見る」ことであると、「乱る」→「見たる」の連想を異化してみれば、次のような遊戯的な読みにもなりうる。すなわち、《「白玉」を詩的約束から〝抜いてみよう〟としている人があるらしい。このような〝乱れた見方〟の人の「袖」は狭くて、まなくも散る「白玉」に倣って絶え間なく流れる「涙」（「涙」の多様な意味）を宿しきれない（理解できない）》と。[13] それに対応して、「袖のせばき」は、「抜き見たる人こそ」と関連づけられ、詩的知識や詩的能力が足りないという意味を担わされるのだが、こうした解釈の可能性は、『伊勢物語』（八十七段）におけるこの歌の登場によって裏付けられているように思われる。

　ある男の住んでいる所に衛府の佐たちが集まり、山の上にある布引の滝を見にのぼったが、そこに、滝につき出している石があり、その石の上に落ちかかっている水は、小さな柑子の実か栗の実ほどの大きさでこぼれ落ちていた。滝の美しさに感動した男たちは歌を詠むことにした。最初に衛府の督が「わが世をばけふかあすかと待つかひの涙の滝といづれ高けん」(今日か明日かと、実力を認めてもらうことを待っているが、その甲斐もない。私の涙の滝とこの滝とはどちらが高いのだろうか)という歌を作り、それに対して、ある男が「抜きみたる」の歌を詠むと、「かたへの人、笑ふことにや有けん、この歌にめでてやみにけり」(まわりの人は、男の歌が笑いを誘うほどに面白いと思ったのだろうか、彼の歌を高くほめて、他の歌を作らなかった)という。

業平の歌を聞いた人が笑い出した理由は、それが衛府の督の歌の欠点を抜き出し、皆に見せたからだと思われるので、その欠点とは何かを探ってみよう。まず、出世の野心を歌ことばに包むことなく、直接にあらわすことは、社会的規範はともかく、和歌制作の規準からはずれている。さらに「涙の滝」という隠喩も共有された知識になっていたので、「涙の滝といづれ高けむ」は、あまりにも単純すぎて、笑いを誘うことだったにちがいない。したがって、ある男の「抜き見たる人こそあるらし」という言葉を、衛府の督の知識不足への指摘と見なし、その歌を《現在の歌のなかには涙が絶え間なく流れているが、あなたの袖は狭すぎるようなので、あなたにはそれが分からないのだろう》と、パロディとして読むことができる。つまり、このような読みに対応して、「せばき袖」は詩的能力の足りない人を指していると考えられるわけである。

他方、面白いことに、『伊勢物語』のなかで他人の歌をパロディ化するための手段になっている「せばき袖」の歌は、〝自立〟して、自らの作者の欠点もパロディ化しはじめる。つまり、感情の表現としての「涙」と、その多様な意味作用を託された「袖」の詩的機能を踏まえると、業平の歌を次のように読むこともできるのである。《私の感情が溢れるほど湧いてくる(涙の白玉のまなくも散る)からであろうが、それを歌のなかで表現しきれない(せばき袖)》と。

このような解釈は、業平自身の意図には即していないかもしれないが、「在原業平は、その心余りて、言葉足らず」（仮名序）と書いた貫之は、業平の「せばき袖」をどう思っていたのだろうか。少なくとも、それを『伊勢物語』のストーリーから切り離して、全くちがうコンテクストに置いたことは、きわめて示唆的だと考えざるをえない。

以上、古今集と『伊勢物語』との間を往き来しながら、〈せばき袖〉の様々な解釈を試みたが、そのいずれにおいても、「袖のせばきに」は「涙」と関連している。したがって、解釈の差異は、ほかでもない、「涙」の多様な意味と機能を反映するということになるが、筆者自身も「抜きみたる」人であり、あらゆる意味において〈せばき袖〉の人間であるので、見落とした点が多いにちがいない。それゆえ、時代とともに移り変わる〈袖の涙〉をさらに考察しつづけ、どの機能が、いつ、どうやって〈表〉にあらわれてくるかを追究していくことにしたい。

袖書草紙 I

本来ならここで「まとめ」を書かなければならないのだが、上に試みた考察が一種の纏めであるので、それをさらに纏めるよりも、そのなかで取り上げた〈袖の涙〉の詩化過程の重要点について〝袖書的な〟コメントを付け加えたい。なお、コメントのみの配列が、「草紙」を想い起こさせるので、それを「袖書草紙」と呼ぶことにしたが、日本の古典文学の他のどの様式よりも〈開かれた〉構造をもっている草紙と同様に、このコメントも完成された「まとめ」ではない。

「涙」は、悲しみにとどまらず、様々な〈心の思ひ〉をあらわす詩語として形式化され、「恋ふる涙」、「物思ふ涙」、「わかるる涙」、「昔を恋ふる涙」などがその記号内容の幅の広さを示しているのに対して、「雨」、「露」、「時雨」、「春雨」、「滝」などの隠喩は、その記号表現の多様性を証明している。

「雁の涙」は、「涙」の詩化過程の象徴として受け取られる。「なき」の一般性に由来する「涙」の普及を明らかにするとともに、「仮」や「借り」と響き合うことで、〃かりの名〃としての詩語の本質をも指摘しているからだ。それに対応して「いなおほせ鳥」という〃身分不明〃の鳥の名も、「名おほす（仰す、負ほす、思す）」を連想させ、〈異化〉としての詩化過程の特徴を示唆する一方で、このような〈異化〉は、言葉の響きに根ざす日本語の詩的潜在力を生かすことを通して進んでいくと示唆している。

言葉の響き合いからすれば、さらに注目すべきは、「白」の意味作用の可能性である。古今集のなかではそれがまだ〈表〉にあらわれてはこないが、「涙」の他のどの隠喩よりもよく使用され〈包む〉対〈散らす〉に沿って意味づけられる「白玉」と、「身を知る雨」という「こころ」を知りうる「涙」の働きをあらわす表現は、古今集以降の詩的言語の展開のなかで次第に関連づけられていくと予想できる。

（さらに、想像にすぎないので、こうして括弧のなかに書いておくが、当代びとの美的意識においては「涙の白玉」と「白たへの袖」は、白紙の上の〈白〉を通しても結び付けられるのではないだろうか。一方、「涙」は、紅の色を付けられることで、目立つようになると同時に、袖も紅の色で染められることもあったので、このような〃色遊び〃は、「涙」の詩的「色」を〃濃く〃するための手段になりえたと考えられる。たとえば、「紅の振りいでつゝ泣く涙には袂のみこそ色まさりけれ」〔五九八〕という貫之の歌は、染色で染められた袖と、「心の色」に染まった「涙」という、二つの「紅の色」の対照に従って、日常語と詩語を区別し、〃実体性〃と詩的約束の差異を示唆しているのだが、それは古今集以降の歌において〃色遊び〃を通して展開していく「涙の色」の詩化過程の見通しをも示している。）

古今集以降に歌語として定着した「涙の色」とはちがって、「涙川」は最初から「涙」の詩化過程を伴い、その展開を印づけている。古今和歌六帖において「涙川」という項目が設けられたことも、その証拠として捉えられるし、そこに入っている歌が必ずしも「涙川」を登場させていないことは、「涙」の誇張としての「涙川」の機能を指し示していると思われる。それと呼応して、古今集に載っている「涙（の）川」の八首の歌は、古今集における「涙」の意味作用を纏めている。「火」との対照を通じて詩語としてのその本質を解明し、「冬もこほらぬ」と、それをさらに強調しながら、その詩的「流れ」（「泣かれ」）に注目を促し、「みるめ」を遊ばせることによって「思ひ」の伝達者としてのその機能を示唆し、「涙川」の「水上」と「おき火」を問うことで、その詩的意味と働きを追究していく。そして、このような意味生成のなかで「涙の川」と「涙川」の使用の差異も窺える。つまり、流れる「涙」の比喩として使われる「涙の川」は、自然の涙と「涙」という詩語を区別し、「涙」の詩的潜在力を発動させるのに対して、「涙」の誇張と見なされる「涙川」は、その詩的意味の定着を強調していると思われる。

「袖」は、「涙」の隠喩を宿し、その「色」に染められ、「涙川」を〝せき止めよう〟とすることで、その意味と機能を〝せき止めて〟いる。言い換えれば、古代の信仰に従って「心振り起こす」機能を担わされた「袖」は、「心の思ひ」をあらわす「涙」の詩的力を振るい起こし、その意味生成の場としても手段としても働くようになる。いずれにしても、平安文学において「袖」は必ずと言ってもよいほど、「涙」と関連づけられ、〈せばき袖〉という発想も、「涙」の多様な意味を託された「袖」の〝詩的負担〟を示していると考えられる。それに対して「袖濡る」は、「涙」の指示的意味から詩的意味への変遷を映し出し、古今集以降にもその詩化過程の展開を刻印しつづけるのである。

一方、「袖ひつ」→「袖ひちて乾かぬ」という〈濡れた袖〉の強度の高まりと同様に、「春雨」、「時雨」などの、指示的な季語から「涙」の譬喩へという機能の展開も、歌の配列に沿って進んでいくことから判断すれば、古今集の構造は、歌の内容のみならず、歌ことばの意味生成の展開をも反映していると考えられる。つまり、平安文化における詩的コミュニケーションの中心をなす恋歌は、詩的カノンの特徴を顕示するのに対して、四季の歌などのそれ以前の巻は、詩的コード合わせの働きをして、雑歌は、纏め役を果たしているというわけである。古今集以降の勅撰集の分析のなかでもこのような捉え方を取り入れることによって、その妥当性をさらに証明していきたい。

ところで、歌の配列に対応する、歌ことばの指示的意味から詩的意味への変遷に伴って、その意味生成の技法も「言葉」そのものに注目するようになるので、言葉遊びも焦点化されるが、「物名」という詩的ゲームの巻が示しているように、日本語の詩的潜在力は、異なる言葉の響き合いに由来し、既定の掛詞に限定されない。

他のどの歌より詩的働きそれ自体に照明をあてるのは、「問い」と「答え」のゲームとして枠づけられた贈答歌であるにちがいない。そして、古今集においてそのメインテーマになっていると見なされるのは、〈いつはりの涙〉である。他方、詩的弁論として読みうる贈答歌は、歌の連続的な読みの可能性も示唆しているが、古今集以降の勅撰集のなかで徐々に増えていく、一つの表現を取り上げた歌群は、それに対応していると思われる。

古今集の〈袖の涙〉の分析のなかで提出した歌の読みも、後で試みたその読みの説明も、疑問を残すものかもしれない。しかし、和歌制作は、当代びとの感情の深さを示すだけでなく（あるいは、だからこそ）、活発な知的活動であったにちがいない。だから、貫之の自作の歌も、他の歌人の歌の撰択と配列も、仮名序に劣らないほど（あるいは、その続きとして）、彼の詩的思想をあらわしていると考えられる。これに対して、伊勢のような感情的な歌人は、言葉の〝息〟にきわめて敏感であるように思われるので、本章の最後に『伊勢集』からいくつかの例を追加しておきたい。

追歌　「涙の歌人」の伊勢（『伊勢集』における〈袖の涙〉）

『伊勢集』に収められた四八三首のうち一〇〇首以上（他の人の歌も含めて）が、「涙」か「袖」、あるいは〈袖の涙〉の歌であるので、「花の歌人」の西行と「月の歌人」の明恵に倣って、伊勢を「涙の歌人」と呼ぶこともできるだろう。彼女自身、「みしらぬ心地に、いとかなしう物のみあはれにおぼえて涙は滝におとらず」（平安私家集、五頁）と、自分の「涙」を強調している。そして、古今集に続いて後撰集は伊勢の数多くの「涙」の歌を登場させるが、ここでは二つの勅撰集を繋ぐものとして、『伊勢集』に載っているいくつかの歌を引用して、〈袖の涙〉の詩化過程におけるその役割に焦点をあててみたい。

「涙の色」という新しい歌語を登場させた古今集の伊勢の長歌（一〇〇六）に続いて、『伊勢集』における〈袖の涙〉の歌の一割以上が「涙」の〈紅の色〉を取り上げて、その和語化の方向を指し示している。なかでも後撰集のメインテーマの一つとなる「もみぢ葉」との比較を踏まえた次の歌は注目されるべきである。

（二）

涙さへ時雨にそひてふるさとはもみぢの色も濃さぞまされる

後撰集にも採られたこの歌は、故郷との別れを嘆き悲しむ王昭君の「紅涙」を想い起こさせるが、「時雨」と「もみぢ」の登場は、焦点を自然の描写、また表現そのものに移動させるので、中国詩とは異なる意味生成過程を発動させる。

「紅葉」に続いて、次の歌は、「常夏《とこなつ》＝撫子」を通して〈紅の涙〉の記号内容の幅をさらに広げ、中国詩の「紅涙」と差異化していく。そればかりでなく、「袖の色」という、〈袖の涙〉の歌語としての「涙の色」の展開を示唆する表現さえも登場させる。

一人のみ寝る常夏の露けきは涙にさへや色はそふらん　（一二一）
濃き限りことは摘み入れて撫子にうつれる袖の色ぞ見せまし　（三四九）

一首目の歌に登場する「常夏の露」は、「床」を連想させることで、恋愛関係の表現としての「涙」の意味を指し示しており、上に引用した「紅葉」の歌と同様に、〈紅の色の濃さがまさる〉という発想によって、「涙」の誇張としての〈涙の紅の色〉の機能を示唆しているように思われる。それに対して、二首目の歌で「常夏」の代わりに使用された「撫子」は、中国詩の「紅涙」＝「血涙」という激しい表現に、〝撫でる〟かのような和語的なやさしさを付き添わせ、「紅の涙」→（「いろにいづ」）「涙の色」→（「そでのなみだ」）「袖の色」、というその和語化の過程を、どの理論よりも精密に捉えて、あらわしている。「袖の色」が千載集以降に普及したことは、〈テクスト志向型〉の文化における〝表現志向〟の歌人の前衛的な役割について考えさせる。

「涙の色」→「袖の色」という、「紅涙」の和語化の展開を見通したこの歌のほかに、「匂ふ香」を「雫」を通して「袖」の上に染みつかせる「匂ふ香の君思ほゆる花なれば折る雫にも袖ぞ濡れぬる」（三三五）という歌も、感覚の合流を反映しながら、平安末期に顕在化する「袖の香」と〈袖の涙〉との結びつきを示唆しているので、伊勢は〈袖の涙〉の詩的潜在力を徹底的に生かすことによって、その詩化過程の行方も詠み印すことができたと言える。

このように伊勢は、共有の知識になっている詩的約束を、自分の心を通して、自分の詩的想像力によって染めるので、その歌は、独特の個人的な〝色〟を持っているが、他のどの歌よりも彼女を「涙の歌人」として特定しているのは、次の〝告白的〟な歌であると思われる。

いせわたる河は袖より流るれどとふにとはれぬ身は浮きにけり　（二七七）

「袖」より流れる〈涙川〉の「いせ」（五十瀬）に自分の名前を織り込み、その早き瀬に心と表現力を流したので、「涙川」には「問ふに問はれぬ身」が浮かび上がってくる。それに従ってこの歌は、片思いのせつなさに歌人としての不満をことよせ、女流日記の作者を想い起こさせる、認めてほしいというメッセージを伝えるようになる。《私のすべてを呑み込んでしまった「涙川」を見てほしいが、……結局「問はれぬ」、だれも聞いてくれない》と。

後撰集の撰者は伊勢の歌を数多く選び、貫之の次に並べることによって、当代の代表的な歌人として認めたのだが、その歌の中心になっているのは、〈聞いてほしい〉という呼び掛けを託された彼女の〈袖の涙〉である。

後撰和歌集

後撰集の約一四〇〇首のうち〈袖の涙〉の歌は一六〇首前後で、一割以上を占め、古今集よりも高い比率になっている。巻別から言えば、古今集と同じように、〈袖の涙〉は恋歌、哀傷歌、離別歌の巻に集中しているが、その登場率が最も高いのは、第六の秋中の巻（七九の一九）である。

また、後撰集をはじめとする古今集以降の勅撰集には、撰進当時の歌人の歌とともに、それ以前の歌も含まれるようになり、その選択の基準は、詩的言語の展開を反映しているので、それぞれの和歌集の特質を知るための鍵になりうる。片桐洋一は、後撰集における和歌重出の現象を当時の和歌伝承の実態に結びつけて、「当時、和歌はまさしく生活の場を支配する〈場の文学〉であり、文によって伝えられる〈書簡文学〉であり、噂話となって人々の口の端にのぼる口誦文学であったが、このような当時の和歌の本性に即して考えれば、『後撰集』ほど当時の貴族社会における和歌の実態をそのままに反映している勅撰和歌集はなかったと言える」（片桐洋一編、一九九一、三七頁）と述べ、さらに後撰集の「歌物語性」と関連づけている。

この「歌物語性」は詩的カノン作りの政策と見なされ、その中心になっているのは、歌ことばである。言い換えれば、主要な歌題やそれぞれの歌題に相応しい表現を取り上げた古今集に続いて、後撰集は、表現そのものに照明をあてたと考えられる。たとえば、全歌数のほぼ半分がよみ人しらずの歌であることは、集団生活の要素になった和歌の普及を示していると同時に、内容の〝実体性〟から、歌ことばとして定着した表現の多様化の可能性への、焦点の移動でもある。

以下では、右の前提に基づいて、後撰集における〈袖の涙〉の考察を、その主要な詩語の分析を通して進めていくことにする。その際、分析のフレームとして使いたいのは、表現の視点から観た「歌物語性」の、次の二つの問題である。すなわち、後撰集の選歌の基準を示す古今集の歌の重出と、後撰集の歌の〝歌物語的〟な配列という問題である。

差異づけられた反復としての重出——〈紅にうつる涙の色〉

後撰集には、四十四人の古今集の歌人の歌が入っているが、その大部分は古今集以降に作られたものだと思われる。一方、両方の和歌集に載っている歌も約十五首あり、それらの間には様々なずれが見られる。たとえば、古今集で歌人の名前が指定されている十首の歌のうち七首は、違う歌人の名前、あるいはよみ人しらずの歌として再登場する。小野小町の歌（古今、七八二）がよみ人しらずの歌（後撰、四五〇）に変わったり、元方の歌（古今、四八〇）が貫之の歌（後撰、六八七）にされたり、躬恒の歌（古今、六一四）が業平の歌（後撰、九六七）になったりするのである(1)。

重出とそれに伴う変更の理由はさまざまであろうが、少なくとも、同じ歌人の名前で再登場する三首の歌のケースは、意図的な反復と見なされるべきである。三首とも伊勢の作であり、そのなかの二首は〈袖の涙〉を取り上げている。したがって、まずその歌の意味作用を分析することによって、差異づけられた反復としての重出の役割を吟味し、差異の上にあらわれてくる〈袖の涙〉の詩化過程の展開を追究してみよう。

逢ひに逢ひて物思ふ頃の我が袖は宿る月さへ濡るゝ顔なる　（古今、恋五・七五六／後撰、雑四・一二七〇）

〈袖の月〉という新しい詩的発想を提出したこの歌は、「物思ける頃」という詞書に伴われ、恋歌の巻から雑歌の巻に移っている。歌の「物思ふ頃」が詞書の「物思ける頃」になっていることに注目した片桐洋一は、この歌を「〈ある女〉の歌として歌物語的に伝えられていた資料」（一九九一、二八頁）と見なしているが、巻の変更は、注意を記号内容から記号表現へと移動させてもいると思われる。すなわち、歌の〈恋〉の意味ではなく、表現そのものに重点をおくのである。古今集の「袖に」が「袖は」に変わったという〝小さな〟違いもそれを指し示しているように思われる。言い換えれば、意味の焦点は、「袖にやどる月さへ濡るゝ顔なる」という、〈袖の涙〉を「月」と関連づけていく意味作用の過程から、《「涙」で濡れた「袖」は、月さえ映し、〝濡らして〟いる》と、〈袖の涙〉に由来する〈袖の月〉という新しい発想そのものへ移っているわけである。三首の「涙」の歌（一二六七〜一二六九）に続くという再登場の位置も、このような視点の変更を示唆していると考えられる。

一方、「わたつみとあれにし床を今更にはらはば袖や泡とうきなん」（古今、恋四・七三三／後撰、恋三・七五七）というもう一首の歌は、部立こそ変わらないが、詞書付きの贈答歌の返歌に〝変身〟している。宮仕えした女（伊勢）が、長い間つきあっていた男のところへ話しに言ったが、遅くなってから退出したので、男（枇杷左大臣）は「夜《よ》ゐ《ひ》の間にはや慰めよいその神ふりにし床もうちはらふべく」（今夜のうちに早く私を慰めておくれ。古くなって塵がつもっている床を払い、関係を再開しよう）という歌（七五六）を贈り、伊勢は返歌として「わたつみとあれにし……」と詠んだ、という。それに対応して、二首の歌の意味作用は、男女関係の再開の意味をもつ〈床をうちはらふ〉という表現に集中しているが、この表現が詩的弁論の対象にもなっており、この贈答歌は、前章で取り上げた古今集の贈答歌と同様に、歌ことばに関する弁論として解読できる。

付け加えておけば、伊勢も枇杷左大臣（藤原仲平）も古今集の歌人であるにもかかわらず、二人の贈答歌が実際に行われたものか、それとも後になって二つの歌が贈答歌に仕立てられたのかは不明である。いずれにしても、興味の焦点が返歌として再登場した伊勢の歌の再解釈の可能性であるので、それを追究してみよう。

さて、指示レベルで分かりやすく流れているこの贈答歌を、表現の詩的連想の視点から読んでみれば、まず目につくのは、「いその神ふり」と「わたつみ」という万葉集の歌ことばの使用である。

「いそのかみ」（石上）は、もともと大和国の歌枕であったが、万葉集の「**石上布留の神杉神さぶる恋をも我は更にするかも**」（巻十一・二四一七。石上布留の古い神杉のように、私も古くなったが、あらためて恋をしている）などの歌以降に「ふる」の枕詞として用いられるようになり、この万葉歌を喚起する仲平の歌においても〈古くなった床〉と繋がっている。

伊勢の歌は、「ふれにし床」に「あれにし床」を対照させることで仲平の歌の〝答え〟になっていると同時に、「今更に」を通して、仲平の歌が喚び起こす万葉歌とも関連づけられる。他方、「わたつみ」（海、海神）は、〈涙の海〉を示唆するとともに、万葉集の「**海神《わたつみ》の手に巻《ま》き持てる玉故に磯の浦廻《うらみ》に潜きするかも**」（巻七・一三〇一。海の神が手に巻きつけている玉だとわかっていながら、それを取ろうとして、岩の浜辺で水に潜っている）という歌も連想させる。そして、面白いことに、仲平と伊勢の贈答歌によって喚起される二つの万葉歌も、「いそ」と「するかも」という共通の語を通じて響き合ってくるのである。

このように、伊勢の歌は、仲平の贈歌のみならず、二つの万葉歌によっても意味づけられ、〈海の神の玉〉→〈袖の玉（涙）の海〉という、〈袖の涙〉の詩化過程の出発点を踏まえるとともに、「浦廻（うらみ）」→「恨み」という連想を通して、《寝床には塵がかかるほどに、永く逢わなかったのに、今さらに〈慰めてほしい〉とは……》と、仲平の恋愛関係の復活への訴えを拒否しながら、〈恨みの涙〉という〈袖の涙〉の新しい詩的使用をも示唆している。

右に試みた読みが示しているように、後撰集の歌物語性は、歌の場を踏まえる〈横〉の次元にとどまらず、歌ことばの詩化過程をたどる〈縦〉の次元にも及んでいる。前者は撰進当時の「和歌の実態」を反映しているのに対して、後者は和歌制作の過程を振り返って、撰者の詩の捉え方をあらわしていると考えられる。つまり、万葉集の訓釈者でもあった「梨壺の五人」の撰者は、後撰集の撰進にあたって、当時の歌の実態を詩的伝統と結びつけて、詩的言語の展開の立場から分析すると同時に、自分の歌を入れなかった代わりに、選択を通じて和歌制作の規範を作りだそうとしたと思われる。そして、歌の配列によって発動される詩的連想、付け加えられた詞書、仕立てられた贈答歌、重出する歌の変容などは、そのための〝わざ〟と見なされる。

もう一つの具体的な例として、伊勢集にも入っている〈紅の涙〉の二首の〝改作〟を吟味してみよう。

つれなく見えける人につかはしける（よみ人しらず、八一一）

紅に涙うつると聞きしをばなどいつはりとわが思ひけん

返し（よみ人しらず、八一二）

くれなゐに涙し濃くは緑なる袖も紅葉と見えまし物を

まず伊勢集との差異を纏めてみれば、後撰集は歌の登場順を変えて（伊勢集は「紅に涙しこくは」が先に来る）、贈答歌に仕立てた上、「よみ人しらず」の歌に見せかけている。それに、〝返歌〟の「くれなゐの涙し濃く」が「くれなゐに涙し濃く」になったという〝小さな〟相違点も付け加えられる。

そもそも「よみ人しらず」の印は、〝作者不明〟ばかりでなく、〝多数の作者〟、すなわち一般性の高い歌であることを示していると考えられるが、数多くの「よみ人しらず」の歌を登場させた後撰集の撰者は、この印に後者の意味を内包させたと思われる。また、よく知られている歌の作者の名前を〝消す〟ことは、作歌の具体的な状況を〝消す〟ことにもなるので、歌の意味を一般化させると同時に、重点を詩的言語そのものに移動させる役割もはたしている。

確かに、この贈答歌を恋のメッセージの交換として取り上げてみても、贈歌の「紅に涙うつる」は、具体的な内容を指示しないので（その「涙」は歌を贈った人のものでもなく、贈られた人のものでもない）、詩的話題としか受け取れない。

新日本古典文学大系は、〈紅の涙〉を相手の心を試す手段として取り扱い、次のように解釈している。「涙が紅に変色することがあると聞いたことは、あの時は偽りだとどうして私は思ったのでしょうか。今ならよくわかりますのに」（八一一）、「おっしゃるとおり涙が濃く紅色のようになったならば、あなたの緑色の袖も紅葉のように見えることでしょうに。しかし、そうなってはいませんね」（八一二）と。

二人が別れる前に〈紅の涙〉の誓いを交わしたとすれば、このような解釈は可能であろうが、「つれなく見えける人につかはしける」という詞書とは結び付きにくい（「つれなく見えける人」とはいったい誰なのだろうか）ように思われる。(2)

この二首の歌が問題なしに贈答歌として意味づけられるとすれば、それを恋についての〝会話〟ではなく、恋の表現についての〝弁論〟と見なすメタ詩的レベルでの読みによってなのである。つまり、

問い：「紅に涙うつる」という表現を聞いたとき、なぜそれが偽りだと疑わしく思ったのだろうか。愛情の深さを表すはずの表現になっているのに。

答え：それは多分〈紅の涙〉だけでは物足りなくなったからだろう（〈紅の涙〉という発想は表に出れば出るほど、愛情の深さとしての意味が浅くなっていくから）。その説得力を高めようと思えば、「緑なる袖も紅葉」の色になったなどの新しい表現を使わねばならない。

このような読みの妥当性をさらに支持しているのは、贈答歌に先立つ〈紅の涙〉のもう一首の歌である。「紅に袖をのみこそ染めてけれ君をうらむる涙かゝりて」（八一〇）というその歌は、「よみ人しらず」であるばかりか、「題しらず」にもなっているので、題を考えさせるという効果を狙っていると思われるが、その題は〈紅の涙〉にほかならない（後撰集には〈紅の涙〉を取り扱った歌が二〇首以上もあることを考慮すれば、それはこの勅撰集全体のメインテーマの一つだったと言い添えることもできよう）。この歌は「袖だけを紅色にそめてしまいましたよ。つれないあなたを怨む私の血の涙がかかりまして」（新日本古典文学大系）と解釈されているが、これでは「のみ」の使用が根拠づけられないと思われる。

他方、「のみ」に焦点をあわせてみれば、この歌は、「のみ」によって喚起される「紅の振りいでつゝ泣く涙には袂のみこそ色まさりけれ」（古今、恋二・五九八）という貫之の歌や、「袖のみ濡れて」についての敏行と業平の贈答歌（古今、六一七・六一八）に関連づけられ、それらと同様に〈袖の涙〉の詩化過程の観点から解読できるようになる。つまり、《涙が袖を濡らすばかりだというのと同様に、その紅の色が袖を染めるばかりだということは、表現として物足りない。〈怨む涙〉などを掛けたら、（「紅涙」の意味も変わるのではないか）》と。そうすれば、「紅に涙うつる」の贈答歌はその続きということになり、三首を繋いで、詩的言語における〈紅の涙〉の意味と使用についての弁論として読むことができる。そして、このような読みのなかで特に注目すべきは、この三首の歌にも、〈紅の涙〉を取り上げた後撰集の他の歌にも、「紅の涙」という表現そのものが登場しないということである。それに即して、伊勢集の「くれなゐの涙し濃くは」が後撰集の「くれなゐに涙し濃くは」に変わったことも、ただの〝異伝〟であるよりも、求められた差異づけとして捉えられ、紅にうつる「涙の色」という「紅の涙」の和語化の過程と結び付けられるのである。

前に引用した古今集の伊勢の長歌（一〇〇六）に続いて、後撰集においては「涙の色」が二首の歌に登場するが、その一首は、伊勢集の歌の〝改訂版〟である。

題しらず

世の常のねをし泣かねば逢ふ事の涙の色もことにぞありける　（藤原治方、恋二・六六九）

題しらず

濃さまさる涙の色もかひぞなき見すべき人のこの世ならねば　（よみ人しらず、恋四・八一七）

まず、二首とも「題しらず」になっていることは、前にも述べたように、「題を考えなさい」という指標として受け取られるが、その題とは「涙の色」であるにちがいない。

治方の歌は、詩語としての「涙」の異化に注目し、忍ぶ思いの表現としての「涙の色」の意味を顕示するが、二つの〝世の常〟、すなわち日常生活の習いと詩的カノンの習いとの対比の基盤になっているのは、〈逢ふ事の無み〉（逢うことがないので）を内包している「逢ふ事の涙」であると思われる。つまり、日常生活のなかでは〈音をし泣く涙〉が逢わないことのつらさを表すのに対して、「涙の色」という詩語は、「ことにぞありける」（普通とはちがうことである）ので、「音」が聞こえなくても感情を表現すると同時に、〈逢いたい〉という忍ぶ思いのメッセージをも伝えていく。

伊勢集にも載っている二首目の歌は、メッセージの受信者に焦点をあてて、詩的コミュニケーションの手段としての「涙の色」の機能をさらに一般化していく。作者の名前が〝消された〟ことも、そのためのわざと見なされる。

さらに、伊勢集においてもこの歌には詞書が付いておらず、詠歌事情不明とされているが、後撰集の「題しらず」という印は、〝詠歌事情〟からさらに歌の表現へと焦点を移動させていると思われる。そこで、「こさまさる」につれて〝増幅〟していく「涙の色」は、悲しみという具体的な感情よりも、感情とその表現の強度を計るようになる、という「涙の色」の詩化過程を踏まえれば、この歌は、《「涙」を誇張する「涙の色」がどんなに濃くても、それをだれかに見せることができなければ（それを見せるはずのある人がこの世にいなければ）、かいがない》と、再解釈できるようになる。

このように、よく知られている歌の再登場は、中国詩の「紅涙」と、その和語化の結果である「涙の色」との間の差異化を顕示しているが、それをさらに進めて、〈紅〉にうつる「涙の色」の歌語としての定着を認定しているのは、「紅葉」との対比であると思われるので、次に代表的な歌を引いて、その〈紅の色比べ〉を考察してみたい。

題しらず

唐衣たつたの山のもみぢ葉は物思ふ人の袂なりけり　（よみ人しらず、秋下・三八三）

もみぢ葉に留まれる雁の涙には月の影こそ移るべらなれ　（よみ人しらず、同・四二二）

紅葉と色濃きさいでとを女のもとにつかはして

君恋ふと涙に濡るゝわが袖と秋の紅葉といづれまされり　（源の整、同・四二七）

「題しらず」の印を付けられた一首目の歌においては、「涙」が登場しないにもかかわらず、「物思ふ人の袂」に内包されているので、「もみぢ葉は物思ふ人の袂なりけり」とは、「紅葉」は〈袖の涙〉であるという意味になり、歌の「題」と見なされる。

さらに、万葉集以降に「もみぢ」の場として詠まれた「から衣たつたの山」も、「雁がねの来鳴きしなへに韓衣竜田の山はもみちそめたり」（万葉、巻十・二一九四）などの歌が示しているように、「衣」と〈雁がねのなき〉を通して「涙」を連想させるので、この歌は、昔の「から衣たつたの山のもみぢ」は今の「物思ふ人の袂（＝〈袖の涙〉）」であると、二つの詩的発想の対照として解読できる。そして、その対照の基盤になっているのは、感情の強度をあらわす〈紅の色〉である。

それに対して「紅葉」と「涙」を重ねた二首目の歌は、その詩的力を比較するのではなく、両者の相互関係に注目しながら、歌ことばの絡み合いという詩化過程の展開の特徴を焦点化する。つまり、「涙」が「紅葉」の上におくことでその〈紅の色〉を〝借りる〟一方、「雁（仮、借り）の涙」のおかげで「紅葉」は「月の影」を宿しうるというわけである。言い換えれば、「涙」を通して「紅葉」と「月の影」という秋の代表的な季語が繋がってくるのである。

そして「いづれまされり」という問いを提出する三首目の歌は、恋の表現としての〈涙の色〉の詩的ステータスが秋の季語としての〈紅葉の色〉に相当することを示唆すると同時に、「涙」の詩的〈色〉を自然の色に対照させてもいる。それに対応して、詞書の「さいで」もその印として読み取れるように思われる。つまり、「『裂きで』の音便形」（新日本古典文学大系）という説明に、「さ出で」、すなわち「出づ」の美化形と詩化形という解釈を付け加えることもできるので、ただ「分ける」だけでなく、〝詩的使用を分ける〟という意味になりうるからだ。《どちらの表現がまさっているのだろうか。あなたを思慕する〈涙の色〉か、秋を美化する〈紅葉の色〉か（また、秋の紅葉の自然の色か）》、と。

このように〈紅の涙〉と「紅葉」の対照は、両者の重要な差異を顕在化するとともに、「涙の色」の詩的潜在力を示唆している。そもそも色を持っている紅葉が美化の対象となり詩語として公認されたのとは事情がちがって、「涙」の紅の色は、その詩化過程のなかで色が付けられたので、美的象徴としての「紅」の意味を担わされるとともに、〈色に出づ〉という詩的発想とも関連づけられたのである。それゆえ、「涙の色」は、忍ぶ思いの表面化と感情の強度ばかりでなく、詩的過程そのものも反映し、表現力の強度と歌ことばの詩的働きをあらわすことができるが、それが詩的言語における「涙の色」の展開の主要な方向になったと考えられる。

詩化過程の伝播――「涙の川」と「涙川」

〈紅の涙〉の詩的イメージと、「涙の色」というその歌語のほか、歌の表現のレベルに注目していたと考えられる後撰集は、「涙川」をも二十首の歌のなかで取り上げ、「涙」の詩化過程、および詩的言語におけるその役割を焦点化している。「涙川」も、〈紅〉にうつる「涙の色」と同様に、「涙」の誇張であるが、その詩的機能は異なっている。「涙」の表現力の強度を計り顕在化していく「涙の色」とはちがって、「涙（の）川」はその〝流れ〟、すなわちその伝達力を強調し、詩化過程の伝播を示している。このような差異は、二つの詩的発想を合流させた次の歌によって裏付けられる。

消えかへり物思ふ秋の衣こそ涙の河の紅葉なりけれ　（深養父、秋中・三三二）

「紅葉」を「涙」の〈紅の色〉の象徴として読めば、この歌は、《消えてしまうほどに物思う秋の頃の衣（衣手）》

が、《涙の川を流れる紅葉そのものである》、すなわち《紅の涙を伝える川そのものである》と解釈できる。それは、「涙（の）川」と「涙の色」の詩的機能だけでなく、「涙川」と「涙の川」の使用をも区別している。

つまり、「涙」が〈物思い〉の表現であるので、その〈紅葉の色〉は「消えかへり物思ふ」頃の「涙」、すなわちその表現力の強度を表すのだが、「涙の川」の方は〈思い〉も、このような詩的働きも伝達するのである。「涙川」ではなく、「涙の川」が用いられたこともそれと関連づけられるように思われる。「涙の川」は、ミメティック・レベルで意味づけられる（川を流れる紅葉）と同時に、「涙」の誇張よりも、その川のような流れに重点をおくことになるからである。

「思ひ（火）」→「紅」→「涙」→「涙の川」、という連想の連続は、次の「よみ人しらず」の歌のなかにも浮かび上がってくる。

篝火にあらぬ思ひのいかなれば涙の河にうきて燃ゆらん　（恋四・八六九）

この歌のヴァリアントは古今集にも入っている（恋一・五二九）が、二首の間に、詩的言語における「涙の川」の展開を反映する差異が見られる。つまり、古今集の「かゞり火にあらぬ我が身のなぞもかく」が「篝火にあらぬ思ひのいかなれば」になったことは、「涙」の〝深さ〟（表現力）からその〝流れ〟（伝達力）に焦点を移動させ、「思ひ」→「火」→「紅（緋）」という連想を喚び起こしていると考えられる。それに従って、《我が身は、篝火ではないのに、どうしてこのように涙の川に浮いて燃えるのだろうか》という問いは、《思いは、篝火ではないのに、どうして涙の川に浮いて燃えているのだろうか》という、「涙」の詩的働きの一般化に注目を促す詩的謎々に変わってくるのである。

〈思いを流す（伝える）〉という「涙」の機能は次の歌のなかにもあらわれるが、「涙の川」の代わりに「涙川」が登場するのは、なぜなのだろうか。

みな神に祈るかひなく涙河うきても人をよそに見る哉

（よみ人しらず、恋一・五八五）

《神々に祈る甲斐なく、涙川に憂き思いが浮いても、伝わらない。あなたを離れた状態で見る》という恋のメッセージを告げるこの歌は、神々に「涙川」の思いを伝えてもらうよう訴えていると同時に、「みな神」に「水上」を掛けることで、「涙川」の詩的力を神の力に譬えてもいると考えられる。「涙の川」ではなく、「涙川」が使用されているのは、それが「涙川なに水上をたづねけむ」（古今、五一一）という連想を喚び起こし、この連想が歌の意味作用に参加しているからであろう。言い換えれば、この歌は「涙」の〝流れ〟を「川」に譬えるのではなく、「涙の色」、「涙の川」などの意味を内包している「涙」の詩的力を強調しているのである。

「涙川」を登場させた次の歌も、ただ思いの伝達だけではなく、「涙」の詩化過程や詩的コミュニケーションにおけるその役割についての説明として読み解ける。

涙河身投ぐばかりの淵はあれど氷とけねばゆく方もなし

（よみ人しらず、冬・四九四）

「涙川」には身を投げるほどの深さ（愛情の強度、表現の深さ）があっても、「氷とけねば」（相手の心が溶けねば、相手が「涙川」の意味を解けなければ）、「ゆく方もなし」（愛情は伝わらない、歌のメッセージは伝わらない）、と。古今集における敏行と業平の贈答歌（六一七、六一八）を踏まえたと思われるこの歌の、恋のメッセージと詩的メッセージとの平行性は明らかであろう。それでは、この恋の歌はなぜ冬歌の巻に載せられているのだろうか。

それは、後撰集を特徴づける表現志向の意味作用の証拠と見なされると同時に、勅撰集の構造と、歌ことばの詩化過程との「平行性」の印としても捉えられるであろう。つまり、恋歌の巻の直前に載っているこの歌は、その主要な詩的表現についての予備知識を与えていると考えられる。恋歌の巻における「涙（の）川」のメインテーマが、その「淵瀬」と「行方」であることは、それを裏付けていると思われる。そこで次に、この冬歌を参考にして、恋歌の「涙川」を取り上げることにする。分析の中心にしたいのは、詩的問答としても意味づけられる贈答歌である。

題しらず

わび人のそほづてふなる涙河おりたちてこそ濡れ渡りけれ　（橘敏仲、恋二・六一〇）

返し

淵瀬とも心も知らず涙河おりやたつべき袖の濡るゝに　（大輔、六一一）

又

心みになほおり立たむ涙河うれしき瀬にも流れ合ふやと　（敏仲、六一二）

「題しらず」の印を付けられたこの詩的会話のテーマは〈袖を濡らす涙川〉であり、その意味作用のキーワードは「おりたつ」という言葉である。それは、「おりる」と〈身を入れて事に当たる〉のほかに、〈涙川におりる〉と〈恋人を積極的に思う〉という意味も担わされ、意味生成の手段としての〈言葉遊び〉の潜在力を顕示している。

敏仲の最初の歌は、《わび人（つらい思いをしている人、嘆き悲しむ人）の袖を濡らすといわれる涙川だが、それ（涙川、思い）に下り立つと、袖も身も濡れつづけるのだ》と、〈哀しみ〉の表現としての「涙川」の意味を踏まえて、議論のテーマを提供する。

《深いのか浅いのか、心も知らないので、きっと涙川に下り立つしかないだろう。袖が濡れているのに》という大輔の返歌は、〈哀しみ〉という「涙」と「涙川」の一次的な意味に、〈心〉の一般的な表現としての意味を付け加える。

それに対して、敏仲の二首目の歌は、「心みに」（心見に、試みに）という言葉を遊ばせ、「浅瀬」を「逢瀬」と置き換えることで、〈真心を試す〉という「涙川」の詩的働きに重点をおく。つまり、《心を見る（試みる）ために、涙川に下り立ってみよう（心の思いを積極的に追究してみよう）。嬉しい逢瀬にも流れ合うかもしれない》と。

さらに、敏仲と大輔との会話は、古今集の敏行と業平との贈答歌に続いて「涙川」についての弁論にもなっているので、それを次のように纏めることができる。

「涙」の詩的意味と機能を〝増幅〟し誇張していく「涙川」は、まず〈哀しみ〉という「涙」の一次的な意味を担い、〈袖濡る〉と一緒に用いられた。しかし、「涙」が〈心の思ひ〉をあらわすようになるに従って、〈袖濡る〉の記号内容も変容し、「涙川」の「淵瀬」も感情の強度とその表現の深さを計り、それを〝試す〟手段となったので、「涙川」の〈流れ合ひ〉は、〈心の流れ合ひ〉（恋のメッセージ）、また〈コードの流れ合ひ〉（詩的コミュニケーションにおける〈袖の涙〉の使用）の「うれしき瀬」をも意味するようになった。

このように、敏仲と大輔の詩的会話は、「涙」の誇張としての「涙川」の記号化過程をたどり、哀しみから嬉しさへと、〈心の思ひ〉の表現としてのその展開を纏めているが、大輔が道風と交わした次の贈答歌は、「涙川」の「瀬」の意味をさらに遊ばせて、その詩的情報の〝正確さ〟を問うのである。

帰るべき方もおぼえず涙河いづれか渡る浅瀬なるらん　（道風、恋四・八八八）

涙河いかなる瀬より帰りけん見なるゝみお《（を）》もあやしかりしを　（大輔、八八九）

《早く帰ってほしい、と言われても、涙川に流されて、帰る方向が分からなくなった。渡る浅瀬はどこにあるのだろうか》という道風の歌は、「涙川」のおびただしい流れ（自分の心の思い）と、それを渡るための「浅瀬」（逢瀬）とを対立させる。

それに対して大輔は、「浅瀬」を「逢瀬」ではなく、文字通り「涙川」（愛情と表現力）の〝浅さ〟と見なし、「水慣るる」に「見慣るる」を、「水脈（みおも、みをも）」に「身をも」を掛けて、相手の〝真心〟に疑いをよせている。《「おぼえず」とおっしゃいますが、涙川のどの瀬（浅瀬か、逢瀬か）を通って帰ろうとしたのでしょうか。「涙川」を見慣れた私には、その「水派」に映るあなたの「身」が分からないのです》と。

それと呼応して、次の贈答歌は、川の淵・瀬と、「涙川」の「淵」・「瀬」の詩的意味との対立をさらに強調し、パロディ的な効果を作りだしている。それは「川を渡る」という日常語と、心と心の間の距離を渡る「涙川」の詩的使用をも区別している。

女のもとにつかはしける

堰きもあへず淵にぞ迷ふ涙河渡るてふ瀬を知るよしも哉　（よみ人しらず、恋五・九四六）

返し

淵ながら人通はさじ涙河渡らば浅き瀬をもこそ見れ　（よみ人しらず、九四七）

《堰き止めることのできない涙川の深い淵に惑っている。それを渡るための瀬が知りたい》という男の歌の上句は、愛情の深さの徴としての「涙川」の基準的な使用に従っているのだが、ミメティック・レベルでしか意味づけられない下句は、詩的カノンをやぶっている。それゆえ、女は、「淵」と「瀬」の指示的意味と詩的意味とを対立させることで、男の恋のメッセージの内容を逆転させ、その歌の欠点を見抜くことに成功する。《淵のままでいい。あなたを通わせたくはない。涙川を渡るような瀬（逢瀬）があれば、あなたの心の浅瀬も（あなたの詩的知識の不足も）見えてくるのだから》と。

右に引用した贈答歌が証明しているように、和歌制作は特定の内容をあらわすと同時に、歌ことばを楽しむゲームでもあったにちがいない。それに対応して、次の歌は、「早瀬」という「瀬」のもう一つの意味を発動させることによって、「涙川」の流れそのものに重点をおき、「浅瀬」と「逢瀬」との矛盾を解消している。

せきもあへず涙の河の瀬を早みかゝらむ物と思ひやはせし　（よみ人しらず、恋六・一〇五八）

忘るなと言ふにながるゝ涙河うき名をすゝぐ瀬ともならなん　（平高遠妻、離別・羇旅・一三三四）

「思ふ人にえ逢ひ侍らで、忘られにければ」（詞書）という状況で詠まれた一首目の歌は、川の深さをその早き瀬と対立させ、このような対立のない「涙の川」を異化している。「涙川」ではなく、「涙の川」が使用されたのは、自然の川との対照が意味作用の焦点になっているからだと思われる。《確かに、せき止めることのできない涙は川のように流れて、その瀬は早いが、まさかそれにこのような（斯かる）意味、すなわち〈早く忘れる〉という意味がかかっているとは思ってもみなかった》と。

「涙」の流れを川に譬えた一首目の歌とはちがって、二首目は「涙川」を登場させ、「忘れるな」というその意味を発動させる。「涙」の誇張として働く「涙川」は、恋の誓いであり、憂き（浮き）名を濯ぐことさえもできる。《忘れるな、という誓いを籠めて流れる（泣かれる）涙川は、あなたの汚名をすすぐ早瀬になってほしい》と。

このように、「涙川」の〝流れ〟、すなわち感情の伝達と詩化過程の連続性を象徴する〈早瀬〉の歌は、「涙川」の使用の効果と目的の問題にも触れるのだが、それを直接に取り上げているのは、「涙（の）川」の「ゆく方」と「ゆく末」を問う歌である。たとえば、次の歌は、「涙川」の使用そのものに焦点をあてて、詩的コミュニケーションの手段としての働き、またその詩的潜在力を指し示している。

題しらず

流れてはゆく方もなし涙河わが身のうらや限りなるらん　（藤原千兼、恋二・六四二）

「流れてはゆく方もなし涙河」という上句は、自然の川との差異を通して「涙川」の詩的性質を強調している。それに対応して「ゆく方もなし」は、片思いの表現としてばかりでなく、「涙川」という詩語の意味と表現力の展開には限界はない、という示唆としても受け取られるように思われる。下句の「限りなるらん」という言葉も、限りのない「涙川」の詩的潜在力に注目していると考えられるが、ここで、唯一の〝限り〟になりうる「わが身のうら」とは何を意味しているのだろうか。

「わが身の憂」を「浦」に掛けたとすれば、それは「つらい思いの我が身」である（新日本古典文学大系）。さらに「裏」と「浦」との響き合いを考慮すれば、〈我が涙の裏〉、すなわち〈表に見えない心の思い〉という意味になる。一方、「わが」を「わか」とすれば、「和歌の浦」というアナグラムすら読み取れるので、歌の詩的メッセージを次のように纏めることができる。《感情の流れと歌の流れを象徴する「涙川」の詩的力は、無限であるので、限りがあるとすれば、それは心の〈裏〉と、和歌の浦であろう》と。

そして、次の「よみ人しらず」の歌は、「涙」の詩化過程の伝播力を踏まえ、他の「名」を詩化するという、その「川」の「ゆく方」、すなわちその詩的働きの効果を例示しているのである。

題しらず

流れいづる涙の河のゆくすゑはつゐに近江の海とたのまん　（恋五・九七二）

男の伊勢の国へまかりけるに

君がゆく方に有りてふ涙河まづは袖にぞ流るべらなる　（離別・羇旅・一三二七）

《(愛する心から) 流れ出す涙は川のように流れ、その行く末は結局近江(逢ふ身)の海になると期待しよう》という一首目の「題しらず」の歌に登場する「近江」は、「けふわかれあすはあふみとおもへども夜やふけぬらむ袖の露けき」(古今、利貞)などの前例が証明しているように、地名(歌枕)よりも、「逢ふ身」を連想させる詩語として使われていた。〈逢いたい〉というメッセージの伝達者として定着した「涙の川」は、このような詩的使用を顕在化する一方、「あふみ」もまた〈逢うよし〉としての「涙の川」の意味を強調している。「涙川」ではなく、「涙の川」が用いられたことは、ミメティック・レベルでの〝正当性〟を保ち、「涙」の〈流れ〉(伝達力)に重点をおくためである。また、それは二つの詩的約束の〈流れ合ひ〉をも示唆していると考えられる。

そもそも歌ことばとして使われた「近江」とはちがって、二首目の歌の「涙川」という伊勢国の地名が詩的ステータスを得られたのは、詩的言語における「涙」と「涙川」の働きのおかげであると思われる。言い換えれば、この歌は、「涙」の詩化過程の伝播の証拠として受け取られるのである。《あなたが旅立つ方にあるという涙川(伊勢の歌枕としての意味)の先にあるのは、「袖」に流れる「涙川」(歌語としての機能)であるにちがいない》と。

一方、次の歌は、「涙川」を「天河」に重ねることによって、他の詩語の働きを補助し、その意味を解明するという、「涙川」の詩化過程の伝播のもう一つの側面を顕示していると思われる。この歌もやはり「よみ人しらず」、すなわち総括的な歌である。

天河流て恋ふるたなばたの涙なるらし秋の白露　(秋上・二四二)
天河恋しき瀬にぞ渡りぬるたきつ涙に袖は濡れつゝ　(同・二四五)

前者は「流れて」に「泣かれて」を掛けて、「天河」を「涙川」と関連づける。「たなばたの涙なるらし」もそれを明示しているし、「白露」も、七夕と同様に秋の季語でありながら「涙」の隠喩でもある。こうして、「涙」によって繋がる「天川」→「涙（川）」→「白露」という詩的連想の連鎖は、二つの秋の季語を結び付けると同時に、恋の表現としての共通の記号内容をも強調している。また、「秋の白露」は、〈飽きの知らず〉を喚び起こしていると考えられるので、〈飽きを知らぬ〉七夕の恋と、〈飽きを知らぬ〉「涙（川）」の意味作用の連続の徴としても捉えられるように思われる。

それに対して、後者は、文字通りに「涙川」を「天河」と置き換えることで、その詩化過程を「天河」に〝被せて〟七夕のテーマを詠んでいる。《逢いたいという思慕で満ちた心から滝のように流れ出す「涙」は、天河を「涙川」に変えて、その「逢瀬」が天河を渡る「恋しき瀬」になったので、〈涙に濡れた袖〉の意味はさらに変容してきた》と。

このように、「涙川」は、「涙」の詩的意味にかぎらず、その詩化過程の誇張としても働くようになる。また、「天河」の歌が示しているように、「涙」の詩化過程のなかでその隠喩の機能も変わっていくので、次に〈袖の涙〉をあらわす歌ことばの変容に焦点をあわせてみよう。

和歌制作の〈知るべ〉としての〈袖の涙〉の表現

（イ）「露」から「白露」へ

「露」と「白露」の歌は秋歌の巻、特に秋中の巻に集中しているが、その歌は秋の風景と雰囲気を詠むと同時に、「涙」の隠喩としての「露」の機能の展開をも反映している。そこで、歌を登場順に取り上げて、それに沿って意味づけられていく「露」から「白露」への変遷をたどることにする。

物語や日記文学などにおいて恋のディスクールが主導的であるのと同様に、歌ことばの展開も恋の表現を基準として進んでおり、それは恋歌にかぎらず、すべての巻を特徴づけていると思われる。それに対応して、後撰集のなかで恋歌の巻が四季の歌の直後に並んでいることは、その二つの部節における記号の働きの規準が接続していることを示唆すると考えられるが、その象徴として挙げられるのは、次の「秋虫の涙」の歌である。

風寒み鳴く秋虫の涙こそ草葉色どる露と置くらめ　（よみ人しらず、秋上・二六三）

〈虫の音〉と「涙」を対比させた「虫のごと声に立ててはなかねども涙のみこそ下にながるれ」という古今集の歌（深養父、恋二・五八二）に続いて、この歌は、〈虫の声〉を「涙」と置き換えて、その声を〈涙の色〉と対照させる。(3)「秋虫の涙」が「露と置く」のは、二つとも「涙」の詩語になっているからであり、その「露」が「草葉色どる」のは、人の「涙」と同様に「秋虫の涙」も〈紅の色〉に染められたからである。言い換えれば、「草葉色どる」のは、秋だからではなく、「秋虫の涙」のせいであるので、この歌は、恋の表現の詩的規準が恋歌以外の歌も〝染めている〟という指摘として捉えられるのである。したがって、それを、次に試みる秋歌と恋歌における「露」の分析の基準として借りておくことにする。

母の服にて、里に侍けるに、先帝の御文たまへける御返りごとに

五月雨に濡れにし袖にいとゞしく露を《お》きそふる秋のわびしさ　（近江更衣、秋中・二七七）

「五月雨」を登場させ、母の服喪の際に詠まれたこの歌が秋歌の巻に入っているのは、「秋のわびしさ」のためであろうが、「秋のわびしさ」もまた、「今夜かくながむる袖の露けきは月の霜をや秋と見つらん」（よみ人しらず、夏・二

一四）、「唐衣袖くつるまで置く露はわが身を秋の野とや見るらん」（よみ人しらず、秋中・三一三）などの歌が示しているように、季節問わずの〈憂き身〉の譬えとして詠まれていた。だから、詞書を変えれば、この歌は恋歌にも哀傷歌にも雑歌にもなりうる。一方、「五月雨」も「露」も季語でありながら、「涙」の隠喩でもあるので、「五月雨に濡れにし袖にいとゞしく露を《お》きそふ（を着そふ、置き添ふ）」は、多様な感情をあらわす「涙」の記号内容の範囲を指し示すと同時に、「涙」の二重化としても働き、感情とその表現の強度を高めていく。

感情の表現としての〈袖の涙〉の一般性を強調するこの歌とはちがって、〈女郎花に置く露〉をテーマにした次の〝会話〟は、感動の「涙」にさらに「露」のエロチックな意味を付き添わせていると思われる。

大輔が後涼殿に侍けるに、藤壺より女郎花を折りてつかはしける

折て見る袖さへ濡るゝ女郎花露けき物と今や知るらん　（藤原師輔、秋中・二八一）

返し

万世にかゝらむ露を女郎花なに思ふとかまだき濡るらん　（大輔、二八二）

又

起き明かす露の夜な〳〵へにければまだきぬるとも思はざりけり　（師輔、二八三）

返し

今は早打ちとけぬべき白露の心置《お》くまで夜をやへにける　（大輔、二八四）

この贈答歌には様々な読みがありうると思われる。たとえば、藤壺には師輔の娘（村上天皇の中宮の安子）がいたことを考慮すれば、それは我が子を思う親の心に関する会話として読み取れる。あるいは、「露」のエロチックな意味に焦点をあわせれば、師輔と大輔の恋歌の交換として捉えられる。さらに、「桜麻の麻生《をふ》の下草露しあれば明かし

てい行け母はしるとも」（万葉、巻十一・二六八七）などの歌に従って、[4]この二つの意味を結び付けることもできると考えられる。つまり、

《折って（おりて→折る、おり、瀬）みれば、（我が子を思う、あなたを思う）袖さえ濡れる。女郎花の上に露がこんなに多く置くとは今初めて知ったことだ》

《露はこの世の数多くの事物（様々な感情、男女関係）にかかるであろうが、それにしても女郎花は何を思ってこんなに早くから濡れたのだろうか》

《いや、露は、置き明かすばかりでなく、起き明かす、すなわち寝ずに夜を過ごしたあかしにもなりうるので、早く濡れたとは思わない》

《早くとけてしまう白露は、今回は心の奥が打ち解けるまでに、すなわち二人の関係を知るまでに、夜を重ねて置いたのだろうか》。

このように、二人の会話は、藤壺から贈られた女郎花をきっかけに、師輔の娘に関する話から出発し、師輔と大輔との関係に移っていくが、それは「露」と「白露」の多様な意味をも〝打ち明けて〟いるのである。

〈知らず／知らす〉を連想させる「しら露」の詩的潜在力は、古今集の歌のなかにも窺われるが、他のどの勅撰集よりも「白露」を数多く登場させた後撰集は、その潜在力を発動させ、「白露」の記号化過程を吟味していると思われる。たとえば、「かゝりける人の心を白露のを《お》ける物ともたのみける哉」（敦忠、恋二・六一三）、「を《お》きて行人の心を白露の我こそまづは思ひ消えぬれ」（よみ人しらず、恋四・八六三）などの歌に詠まれた「心を白露」は、「白露」が〈知らず／知らす〉との連想を通して意味づけられたことを証明している。それに従って、三人の優れた歌人（貫之、康秀の息の朝康、忠岑）によって詠まれた次の歌を連続的に読んでみれば、それは「白露」に関する詩的弁論として

捉えられる。

秋の野の草は糸とも見えなくに置く白露を玉と貫くらん　（貫之、秋中・三〇七）

白露に風の吹き敷く秋の野はつらぬきとめぬ玉ぞ散りける　（朝康、三〇八）

秋の野に置く白露を今朝みれば玉やしけるとおどろかれつゝ　（忠岑、三〇九）

《秋の野の草が糸に見えないのに、その草の上に置く白露が糸を通した玉のように見えるのはなぜだろうか》という貫之の詩的問いに答えようと思えば、「玉」が「白露」の譬喩であるからだ、ということになるだろう。朝康の歌は返歌ではないので、その「つらぬき」と「つらゆき」との遊戯的な響き合いが狙われた効果であるかどうかは判断できないが、二首を並べた後撰集の撰者はこのような〝偶然〟を楽しんだにちがいない。それに対応して、《秋の野の白露に風が吹きあたると、「白露」を〝敷いて〟、草にとめないだろう。玉が散ってしまうのだ》という解釈に、《たとえ、貫之がそれをつらぬきとめようとしても》という遊戯的なコメントも付け加えることができよう。

それに続いて、「敷く」ことのできないはずの〈白露の玉〉が、忠岑の歌のなかで「しける」のは、それが「今朝」によって連想させられた違う意味を持っているからである。つまり、その「白露」は男女関係を〝知らせる〟〈朝露〉なのであり、「敷く」が喚起する〈衣手を敷く〉もこのようなエロチックな意味を裏付けていると考えられる。

このような「露」の意味は、次の「よみ人しらず」の歌によって一層明瞭に纏められている。

朝毎に置く露袖に受けためて世のうき時の涙にぞ借る　（秋中・三一五）

「朝毎に置く露」は、自然の露に男女関係を〝明かす〟「露」を掛けたと思われるし、「世」も〈世の中〉にかぎらず、〈男女関係〉をも意味しているので、次のように解釈することができる。すなわち、《二人で過ごした夜を〝明かす〟「露」を「袖」に受けとめて、つらい時（世の中のつらい時、二人の関係のつらい時）の慰めの〈思い出の涙〉にする》と。

さらに、次の秋歌は、「白露」のエロチックな意味を踏まえながら、その〝知らず／知らす〟との響き合いに光をあてていると思われる。

秋深みよそにのみ聞く白露の誰が言の葉にかゝるなるらん

（伊望女、秋下・四二五）

きわめて長い詞書によると、伊望女とつきあっていた男は、しばらくの間彼女の所へ通わなかったので、親に叱られ、やっと姿をあらわすと、彼女がこの歌を詠んだという。それに即すれば、《私に対する飽きの気持ちが深くなり、よそへ通っていると聞いたが、誰の言葉のおかげでまた姿をあらわしてくれたのだろうか》という、実体的な読みになる。一方、〝あやしい〟ほどの長い詞書を〝消して〟みれば、次のような一般的な詩的メッセージも聞こえてくる。《飽きてしまって、関係のないものとしてのみ聞いていたのだが、言の葉におく「白露」には、いったいだれのために、どういう意味がかかっているのだろうか。知りたいものだ》と。

有名な歌人の歌すら「よみ人しらず」にした撰者が、この歌の作者（一首しか採録されていない）の名前をなぜ残したかも興味深く思えるが、秋歌の最後（秋下）の巻に載せられたこの歌は[5]、秋中の巻における「露」から「白露」への展開を踏まえて、恋歌におけるその登場の予備知識を与えていると考えられるので、次にそれを参考にして、「白露」の意味作用を追究してみよう。

たとえば、次の「よみ人しらず」の歌は、「白露のをきて《お》（置きて）」に「起きて」を掛けて、うつつと夢との間を通いながら、恋のメッセージを伝えると同時に、〈白露の掟〉、すなわちその使用の規則についての詩的メッセージにもなっている。

遠き所にまかりける道よりやむごとなきことによりて京へ人つかはしける

ついでに、文の端に書きつけ侍ける

我がごとや君も恋ふらん白露のを《お》きても寝ても袖ぞかはかぬ　（恋二・六二六）

題しらず

白露のおきてあひ見ぬ事よりは衣《きぬ》返しつゝ寝なんとぞ思ふ　（恋四・八二六）

《私と同じようにあなたも私を愛してくれているのだろうか、それを知りたいが知りえない。しかし、起きても寝ても、袖には、思いの真実と偽りを〝知る／知らせる〟〈涙の白露〉が置いて、乾かない》という一首目の歌の「白露」は、うつつと夢のみならず、「知る」と「知らない」、また「真」と「偽り」の境界も書き印していると考えられる。「空なき露」（空の露ではない、空言の露ではない）という言葉を遊ばせている「ゆきやらぬ夢地にまどふ袂には天つ空なき露ぞ置きける」（よみ人しらず、恋一・五五九）という後撰集の他の歌も、このような解釈の可能性を支えているように思われる。また、詞書が「文の端に書きつけ侍ける」と、この歌を〈袖書き〉、すなわち重要なコメントとして特定していることから判断すれば、〈偽りを知る〉という「白露」の機能は、詩的約束になっていたと言えよう。

それに対して、「見し夢の思ひ出でらるゝ宵ごとに言はぬを知るは涙なりけり」という伊勢の顕示的な歌（恋四・八二五）の後に載っている二首目の「白露」は、相手の気持ちにかぎらず、自分の思いを相手に知らせるためのすべでもあると思われる。「衣返しつゝ寝なん」は、普通「何度も衣を裏返して寝て夢でお逢いしたい」（新日本古典文学大系）と訳されるが、《衣を裏返して寝てほしい》というその直訳を踏まえれば、〈恋の使者〉としての「白露」の役割を一般化させる次のような読みになりうる。《私の思いを〝知る／知らせる〟「白露」は、どんなに多く置いても、起きて逢えない（見てもらえない）ので、衣を裏返して寝てもらえれば、あなたの夢にあらわれて、その思いを伝えよう》と。

このように、うつつにも夢にも滲出する「白露」は、次の歌のなかでは「袖」の奥にも外にも置くことで、〈涙の白露〉の〝知る／知らせる〟範囲をさらに広げていく。

いさやまだ人の心も白露のを《お》くにも外《と》にも袖のみぞひつ　（よみ人しらず、恋五・九六四）

我ならぬ草葉も物は思ひけり袖より外《ほか》に置ける白露　（藤原忠国、雑四・一二八一）

一首目の歌の詞書によると、ある男が女のところを訪ねようとしても、いつも門前を通るだけで帰らされたが、ある日やっと簾のもとに呼び寄せられ、「かうてさへや心ゆかぬ」（このままでは満足できないのですか）と言われたので、歌を詠んだという。

「心も白露」に〈心も知る（知らず、知らす）〉の意味を持たせて、「白露のをく」に「奥」（家の奥、心の奥）を掛けたこの歌は、「袖のみぞひつ」を通して、古今集の「袖のみぬれて逢ふよしもなし」という敏行の歌と、〈愛情が伝わらない〉、〈逢うことができない〉というその意味を喚び起こしていると思われるので、次のような解釈になりうる。《どうしたらいいだろうか。人の心も知らなければ、また自分の心の奥の思いも知らせられない。奥にいても外にいても、愛情が籠もった白露の涙は、袖ばかりを濡らし、〈外〉には伝わらない》と。

一方、藤原忠国が左大臣の家で「かれこれ題を探りて歌よみけるに、露といふ文字を得侍て」（詞書）詠んだという二首目の歌は、心の思いではなく、露→「涙」→「白露」という、〈涙の白露〉の詩化過程について〝知らせて〟いるので、恋歌ではなく雑歌になっている。すなわち、《私のみならず、草葉も物思いをしているのだろうか。〈涙の白露〉は「袖」の外にも、すなわち〈男女関係の外にも〉置いていることだよ》と。

以上、「露」から「白露」への展開をたどり、〃知らず／知らす〃というその機能を追究してみたが、「白露」に倣って、「白浪」も同じようなコノテーションを持っていると考えられるので、次にその例を取り上げることにする。

(ロ)〈知らぬ思い〉の「白浪」

「涙」の代表的な隠喩である「露」とはちがって、「浪」は〈涙の川、浦、海の波〉を通してその換喩として捉えられるが、日本語の「浪」は、「涙」と響き合ってもいるので、その掛詞的な縁語とも見なされる。また、「浪」は、「無み」、すなわち「無いので」を喚び起こすことで「涙」の悲しさと関連づけられており、「白浪」も「知らぬ」、「知らぬ身」を連想させるので、「白浪」は他のどの表現よりも〈知らぬ涙〉の空しさを感じさせると思われる。

〈涙の浪〉のイメージは古今集の歌のなかにもあらわれるが、後撰集において「浪」、特に「白浪」の歌が数多く登場することは、その表現の類型化を証明していると考えられる。二つの贈答歌を通して「白浪」の意味作用を吟味してみよう。

大輔がもとにまうで来たりけるに侍らざりければ、帰りて、又の朝につかはしける

いたづらに立ち帰りにし白浪のなごりに袖の干る時もなし　(朝忠、恋四・八八四)

返し

何にかは袖の濡るらん白浪のなごり有りげも見えぬ心を　(大輔、八八五)

大輔の所を訪ねたら、留守で逢えずに帰ったと、贈答歌の場を具体化する詞書に従って、朝忠の「白浪」が「無み」も「知らぬ身」も連想させるので、「袖の干る時もなし」は、このような恨みだけでなく、切ない恋の「なごり」としても捉えられる。それに対応して、「いたづらに」は、〈逢わずに帰った〉のみならず、片思いのむなしさも示唆していると思われる。

「涙」の〝専門家〟である大輔は、謝るより責めるという弁論の技術を使い、「白浪」の「なみ」にさらに「並」を掛けて、「何（に）かは」（かは→川、疑問の助詞）を遊ばせることで、朝忠の「白浪のなごり」（愛情、詩的力）が「見えぬ」と非難している。《どうして、どの川にあなたの袖が濡れたのかは知らない。あなたの歌には真心の「涙」のなごりなんか見えないのに》と。

次の「よみ人しらず」の贈答歌も、同じような事情を踏まえているが、女が男の愛を拒否したので、「白浪」は「あだ浪」になってしまうのである。

男の物言ひけるを、騒ぎければ、帰りて、朝につかはしける

白浪のうち騒がれて立ちしかば身をうしほにぞ袖はぬれにし　（雑二・一一五八）

返し

とりもあへず立ち騒がれしあだ浪にあやなく何に袖の濡れけん　（一一五九）

男は、「打つ」、「騒ぐ」、「立つ」、また「潮（うしほ）」という「浪」の縁語を発動させ、心を打ち明けても断られたので帰ったという「憂し」の気持ちをあらわし、「白浪」↕「袖は濡れにし」というフレームに嵌め込むが、恋の告白はともかく、このような詩的表現の使用は、あまりにも率直で、単純すぎるように思われる。

だから、女は、「とりもあへず立ち騒がれ」（ばたばたして、たちまち帰った）と、彼の相応しくない（取り合へず

行動を批判し、さらに「浪」が「あやなく」（筋がたたない）〝立って〟しまったので、むだに立ち騒ぐ「あだ浪」になったと、彼の心と表現力の〝浅さ〟を批判している。《夕べ騒がしく立ち帰ったのと同じように、あなたの歌もやはり〝騒がしくて〟工夫されていない。あなたの「涙」の「白浪」が恋も表現も〝知らぬ身〟の「あだ浪」にすぎないので、お袖がいったい何に濡れたのだろうか》と。(6)

このように、「白浪」は、「知らぬ身」と「無み」を連想させて、片思い、不安、はかなさなどをあらわすと同時に、「並」を喚び起こすことによって、歌の工夫の評価にもなっている。一方、このような新しい意味作用を宿し〝登録〟しているのが、〈濡れた袖〉であることからすれば、〈袖濡る〉は、〈袖の涙〉の記号化過程を反映し、その展開を書き印す最もダイナミックな表現であると言える。したがって、次に「袖」に焦点をあわせて、後撰集におけるその登場の特徴を考察してみたい。

(ハ)〈袖の(涙の)かはかず〉

「涙の色」という歌語の定着に注目する後撰集は、感情やその表現の強度を計るという〈紅の色〉の詩的機能をも発動させていた。前に取り上げた「秋虫の涙」の歌などに続いて、次の歌も、〈紅の色〉を通して「袂」の機能を説明している。

大輔につかはしける

色深く染めした本のいとゞしく涙にさへも濃さまさる哉　（藤原師輔、恋一・五八七）

「色深く染めした本」は〈紅の涙〉で濡れた「袂（袖）」を指しているが、それが「涙にさへも濃さまさる」とは、いったい何を言わんとしているのだろうか。前に取り上げた師輔と大輔との贈答歌から判断すれば、二人の詩的コミュニケーションは活発であり、工夫されてもいたので、この歌の読みも「深い私の思いをこめて色深く染めた袂が、さらにその上、血の涙によって濃さまさることであるよ」（新日本古典文学大系）という意にとどまらないと思われる。ましてや〈血の涙〉は和歌のなかでは普及していなかったし、その変わりに定着した「（紅の）涙の色」という歌語は、異なる意味作用を持っていたのである。(7)

忍ぶ思い、および〈裏〉の意味が〈表〉にあらわれるという〈色に出づ〉の二重の働きに沿ってこの歌を解釈してみれば、〈紅の涙〉で染められた「袂（袖）」にさらに「涙」を付け加えると、その意味を誇張することができるという〈袖の涙〉についての説明を読み取ることができる。他方、「まさる（増さる）」に「優る」を掛けると、この歌は、「袂」すなわち〈袖の涙〉と、「涙」との比較としても捉えられる。つまり、「涙」も、それを宿した「袂（袖）」も〈紅の色〉に染められるが、「袂（袖）」にはその他の意味も託されているので、それは「涙」より〝優る〟という遊戯的な読みになりうる。「た本」という変わった綴り方も、このような解釈の可能性を支えているのではないだろうか。

確かに、「た本」は、〈手の本〉を指し示し、「袂」の語源を踏まえているにちがいないが、「たもと」を登場させた後撰集の十首の歌のうち三首も「た本」を使っていることを考慮すれば、この綴り方は歌の意味作用とも関連づけられていると推定できる。とすると、一つに考えられるのは、「だも」（だけでも）という連想であり、《「袂」だけでも「涙」をあらわすことができる、すなわち、「袂」は、「涙」の〝本〟であるので、「涙」に〝優る〟》という、歌の多様な意味を示唆するメッセージが〈表〉に滲出してくる。

このように「たもと」を〈袖の涙〉の詩語と特定し、その意味の多様性を指摘しているこの歌とはちがって、〈袖濡る〉を取り上げた歌は〈袖の涙〉の展開を踏まえ、それを具体化していく。後撰集におけるその類型表現の一つとして挙げられるのは、〈袖のかはかず〉である。それは、「涙」の〝増量〟を示すとともに、その記号化過程の連続性をも示唆しているが、その意味作用は、〈乾くことのない袖〉というイメージのほかに、〈袖の涙のかは〉との連想にも基づいているのではないだろうか。いくつかの例示的な歌を登場順に取り上げて、このような意味作用の可能性を追究してみよう。

君がため山田の沢にゑぐ摘むと濡れにし袖は今もかは《（わ）》かず　（よみ人しらず、春上・三七）

この歌は万葉集の「**君がため山田の沢にゑぐ摘むと雪消の水に裳の裾濡れぬ**」（巻十・一八三九）という歌の異伝とされるが、異伝というよりも、本歌取りを想い起こさせる。下句の「濡れにし袖は今もかはかず」が、万葉歌の下句を、〈袖の涙〉という平安時代に定着した詩的発想に応じて〝詠み直した〟ものと見なされるからだ。

「君がため山田の沢にゑぐ摘むと」は、具体的な指示内容を伝えるのに対して、「袖は今もかはかず」は、〈物思いの涙〉を喚起し、《沢でえぐを摘もうとして袖は濡れてしまった》というミメティック・レベルでの意味に、《袖はあなたを思う涙で濡れてしまった》という詩的意味を付き添わせる。それは、〈衣（裳の裾）濡る〉→〈袖濡る〉という〈袖の涙〉の詩化過程を示しているばかりでなく、「濡れぬ」の代わりに登場する「かはかず」は、「かは（川）」を連想させることで、その詩化過程の連続的な〝流れ〟をも示唆しているように思われる。《あなたのために山の田の沢でえぐを摘もうとして濡れてしまった袖の上には、あなたを思う涙も川のように流れているので、今になっても乾いてはいない》と。

〈袖濡る〉の恋の意味を発動させるこの春歌とはちがって、「濡れにし袖の乾かぬ」と、〈袖濡る〉→〈袖の乾かぬ〉

という詩化過程そのものを顕示している次の恋歌は、その恋以外の意味に焦点を移動させている。

君恋ふと濡れにし袖の乾かぬは思ひの外《ほか》にあればなりけり　（よみ人しらず、恋一・五六二）

「思ひの外に」は、「思ひ」に「火」を掛けて、相手の心の火が外に移ったことを示唆すると同時に、〈男女関係以外に〉という一般的な意味も内包していると考えられる。したがって、〈濡れた袖〉が〝乾かなく〟なったのは、「袖」を濡らす「涙」には恋以外の意味も担わされたからであるという解釈になりうる。

次の贈答歌も、雨とは無関係に〈濡れた袖〉、すなわち〈袖濡る〉という詩語をテーマにして、〈袖のかはかぬ〉の使用を説明している。そして、右の二首と同様に、「かはかぬ」と「かは」との連想を示唆していると思われる。

雨の降る日、人につかはしける

雨降れど降らねど濡るゝわが袖のかゝる思ひに乾かぬやなぞ　（よみ人しらず、恋五・九七三）

返し

露ばかり濡るらん袖の乾かぬは君が思ひのほどや少なき　（よみ人しらず、九七四）

この贈答歌の解読のキーワードは、「斯かる」に〈露が掛かる〉や〈思いが掛かる〉を掛けた「かゝる」という言葉である。しかし、このような連想の〝掛かり方〟が、ここまで取り上げた歌が示しているように、凡庸すぎるので、返歌は、〈袖濡る〉と〈袖の乾かぬ〉の、ミメティック・レベルでの意味とポエティック・レベルでの意味を反転させながら、相手の〈浅い心〉だけでなく、その詩的能力の乏しさをも批判していると思われる。それに対応して、贈歌の「雨」の代わりに、男女関係を示唆する「露」が登場することは、相手による〈袖の涙〉の捉え方の〝狭さ〟への指摘とも見なされる。つまり、

《雨が降っても降らなくても濡れている我が袖は、思ひの〈火〉が燃えているのに、なぜ乾かないのだろうか》《「涙の川」ではなく、「露」にしか濡れないあなたの「袖」が乾かないのは、あなたの〈人を思う〉火も、〈歌を思う〉火も小さいからであろう[8]》。

このように、「涙の川」を連想させたと思われる〈袖のかはかぬ〉は、〈袖濡る〉の詩化過程の〝流れ〟を強調しているが、他方、その類義語である〈袖の干る時もなし〉は、「袖ひつ」を踏まえ、「濡衣」の多義性に注目していると考えられる。

たとえば、「人のもとより暁帰りて」（詞書）詠まれた次の歌は、男女関係の印としての「濡れにし袖」の意味を通して「濡衣」のエロチックなコノテーションを顕示する。

いつの間に恋しかるらん唐衣濡れにし袖のひる間ばかりに　（藤原冬嗣、恋三・七二九）

《昼になっても濡れた袖に〝干る間〟がない》と、「干る間」に「昼間」を掛けたこの歌も、古今六帖に入っている「**いつのまに恋しかるらん白露のけさこそおきてかへりきにしか**」というそのヴァリアントも、コメントのいらないほど、エロチックな意味が明らかであり、〈濡衣〉が男女関係の噂という意味を担わされていたことを明示している。

それに従って「濡衣」を登場させた次の贈答歌は、〝夫婦喧嘩〟にさえ見えてくる。

異女に物言ふと聞きて、元の妻の内侍のふすべ侍ければ

目も見えず涙の雨のしぐるれば身の濡衣は干るよしもなし　（小野好古、恋五・九五五）

返し

憎からぬ人の着せけん濡衣は思ひにあへず今乾きなん

（中将内侍、九五六）

「見」と「身」を戯れさせている好古の歌の「目」が、彼自身の目でも、元妻の内侍の目でもありうるので、次の二つの読みが可能になるが、それらはともに〈噂が立つ〉と、〈悲しさと恨みの涙で濡れる〉という「濡衣」の二つの意味に基づいている。つまり、《あなたに疑いをかけられて、涙が時雨のように降っているので、とんでもない噂の濡衣は乾くことができない》と、《嫉妬の時雨の涙であなたの目には真実がみえないので、わたしの濡衣は乾くすべはない（無実を証明するすべはない）》という二つの読みである。

それに対して、女の返歌は、「濡衣」のエロチックな意味を強調し、それはただの噂ではないと、夫を責めているが、この歌にもやはり少なくとも二とおりの読みがありうる。つまり、《その濡衣は、私ではなく、憎からぬ人（異女）によって着せられたと思われるので、あなたの情熱の火のおかげでもう乾いてしまったのだろう》、あるいは《その濡衣は、憎からぬ人によって着せられていなければ、今はもう乾いていただろう（つまり、噂がもう静まっていただろう）》と。

このように、男女関係の噂が立つという「濡衣」の意味は、色情の〈涙の時雨〉、「身を知る」〈涙の雨〉、秘密を漏らす〈涙の白露〉によって顕示されるのだが、次の雑歌が示しているように、「濡衣」の疑いを打ち払えるのも、やはり「涙」しかない。

なき名立ち侍ける頃

世とともに我が濡衣となる物はわぶる涙の着するなりけり

（よみ人しらず、雑三・一二〇二）

「世」の二つの意味（男女関係、世の中）を踏まえ、「着する」に「記する」を掛けたこの歌は、〝なき名立つ〟という「濡衣」の意味を、「わぶる涙」で濡れた「衣（袖）」という意味に対立させ、詩的言語における〈袖の涙〉の展開と結び付けている。つまり、《世とともに私の濡衣の意味となるのは、浮名の噂ではなく、「涙」で濡れた「袖」なのだ》と。

歌の配列

ここまで取り上げた例が証明しているように、贈答歌はもとより、単独で登場する歌の意味も、隣の歌を考慮せずには分析できない。もともと関係のなかった歌を贈答歌に仕立てることでその詩的潜在力を生かそうとした撰者は、想像以上に歌の配列について配慮したかもしれないのである。そこで次に、その失われた意味の跡を求めながら、巻第十三（恋五）を〝結ぶ〟「よみ人しらず」の歌の連鎖（九八八〜九九三）を連続的に読んでみよう。男女の贈答歌に仕立てられたこの六首の歌は、「思ひ」の「火」や「涙」で書かれた熱烈なストーリーを物語っているが、それは、その表現の機能と連想のネットワークについての〝物語〟にもなっている。

女のもとにつかはしける

よそなれど心ばかりはかけたるをなどか思ひに乾かざるらん（九八八）

題しらず

我が恋の消ゆる間もなく苦しきは逢はぬ歎きや燃えわたるらん（九八九）

返し

消えずのみ燃ゆる思ひは遠けれど身もこがれぬる物にぞ有りける　（九九〇）

又、男

上にのみをろかに燃ゆる蚊やり火のよにもそこには思ひ焦がれじ　（九九一）

又、返し

河とのみ渡るを見るになぐさまで苦しきことぞいやまさりなる　（九九二）

又、男

水まさる心地のみして我がために嬉しき瀬をば見せじとやする　（九九三）

「女のもとに」贈られた最初の歌は、《遠くに離れても思いをあなたに寄せている。にもかかわらず、その火が袖を乾かすことができないのはなぜだろうか》と、ストーリーのテーマと詩的弁論の題を提供している。そして、続いての二つの贈答歌は、「火」の言葉遊びによって、燃えたり消えたりする二人の関係をたどると同時に、〈乾かぬ袖〉の意味をも追究していくのである。

「題しらず」の印を付けられた一つ目の贈答歌は、「恋（こひ）」→「火」に、「歎き（なげき）」→「木」という連想を付け加え、〈消える〉と〈燃える〉との対立を通して〈乾かぬ袖〉の理由（すなわち、その詩的約束）を取り上げている。しかし、《私の恋の火が消える間もなく、苦しいのは、ずっと逢わないために、嘆きの〈木〉が燃えつづけているからであろうか》という男の贈歌が〝実体的〟にすぎるので、女は返歌のなかに「こがれる」を登場させることで、このような〝実体性〟をパロディ化している。《消えないままでずっと燃えている思いであれば、あなたの身がもう焦がれてしまったはずでしょう。遠くにいても私の身も焦がれてしまうはずですよ》と。

情熱の恋のメッセージを贈ったにもかかわらず、このようにからかいの返し歌をもらった男が、苛立ちを覚えたとしても無理はないだろう。そこで男は、「上にのみ……」という歌のなかで、《蚊遣火のように上辺だけがいいかげんに燃えているあなたの心は、絶対に思い焦がれないだろう》と、女の〈浅い心〉を批判すると同時に、《蚊遣火のように上辺だけが燃えているという浅い表現なら、焦がれるはずはない》と、自分が使った表現を弁解しようとしている。

すると、今度は「河とのみ……」という〝変わった〟返歌が届く。新日本古典文学大系の注釈は「前渡りする男に対して詠んだ歌で、九八九—九九一の歌群と続かない。錯簡であろうか。あるいは位置すべき場所がはっきりせぬままに、とりあえず巻末に置いたのだろうか」と推定しているが、はたして前の歌と無関係であろうか。確かに、この歌を前の歌と結び付けるのは、「のみ」のみのようだが、しかし、「河とのみ渡る」を、恋愛関係のみならず、歌ことばの使用においても「前渡りする」、すなわち〝率直すぎる〟と解釈すれば、この歌は、二人の会話の筋に即して、前歌と関連づけられるのではないだろうか。

「河とのみ渡る」は、恋を遂げて、前渡りする人のイメージを描いているのだが、「おもへども人目つゝみの高ければ河と見ながらえこそわたらね」（古今、よみ人しらず、恋三・六五九）、「あやなくてまだき無き名のたつた河わたらで止《や》まむ物ならなくに」（古今、御春有助、恋三・六二九）などの前例からすれば、それはすでに通常化した表現になっていたと考えられる。そして、前に取り上げた後撰集の「涙河」の贈答歌（九四六、九四七）などが示しているように、「涙河渡る」はパロディの対象となっていた。こうしたコンテクストに従って見れば、また「河」によって喚び起こされる「彼は」（あのひとは、あれは、あれはあのひとだ！）という連想をも考慮すれば、返歌は、《あなたらしい言い方ですね。恋のゲームと言葉の磨きに気をつかわずに、前渡りのみしようとしているあなたを見ると、心が慰まず、苦しい思いがますます増えていきます》と解読できるようになる。

他方、「苦しき」が男の最初の贈歌（九八九）を喚起し、「河」が「皮」を連想させることによって、《燃えつづけると、焦がれてしまう》という女の最初の返歌（九九〇）を喚び起こしているので、この歌は、男の歌を非難する女の立場からも解釈できると思われる。《あなたは、歌を〈前渡りをする〉手段としか見ていないので、燃えつきた皮のように焦がれてしまい、慰まずに苦しい思いを増やしていく》と。ここで、「涙の川」を踏まえた「河……まさりなる」というフレームは、このようなメッセージをさらに強調していると考えられる。つまり、それは、川のように〝溢れる〟男の感情と、「涙の川」のように流れていない、すなわち洗練されていない彼の表現との〝ずれ〟を示唆していると思われる。

さらに、「(涙)河……まさる」は、二人の詩的コミュニケーションのテーマを提出した男の歌（九八八）の「などか思ひに乾かざるらん」という問いとも繋がっているので、この歌は、男が取り上げた〈消える〉対〈燃える〉という〝実体的〟な弁論に、《乾かぬのは、涙川がまさるからだ》という、詩的カノンに対応した説明を対立させているとも考えられる。

いずれにしても、「水まさる……」（九九三）という男の最後の歌は、「水まさる」と「嬉しき瀬」を登場させ、したがって「涙川」を踏まえているにちがいないが、その解釈によってストーリーのフィナーレは次のように変わってくる。

「水まさる心地」をミメティック・レベルで読むと、《悲しき涙の川の水がまさる》という意味になるのだが、男が女の言うほど下手ではなかったとすれば、「水（みつ）」を「見せじ」と関連づけて、「みつ→見つ」、「みづ→みず（見ず）」という連想をも読み取ることができる。それに従って男の歌は、《何もかも〝見た〟と、自分が〝優る〟ことを主張しているあなたは、私の気持ちを〝見ずに〟すませたので、二人がお逢いできる「嬉しき瀬」の可能性を見せなかったのだろう》と解読できる。それは、恋愛物語の枠内で〝悲しきフィナーレ〟として受け取られるのだが、わけである。

〈乾かぬのはなぜだろうか〉という詩的弁論の立場からは〝嬉しきフィナーレ〟として捉えられる。つまり、男は、感情よりその表現の〝正確さ〟にこだわる女の態度を最後まで拒否しつづけると同時に、結びの歌のなかで「涙川」を踏まえることによって、《袖が乾かぬのは、「涙川」のためである》という詩的約束を認めざるをえなかったというわけである。

男の歌に登場する「嬉しき瀬」は、「うれしきを何につゝまむ唐衣たもとゆたかに裁てといはましを」（古今、よみ人しらず、雑上・八六五）という歌を喚起するとともに、詩的言語における「涙川」の展開を指し示す、後撰集の「涙川」の〈淵瀬〉についての考察とも呼応している。つまり、悲しみの表現として発生した「涙」が嬉しさをも表すようになったのは、それが心そのものの表徴として公認されたからである。他のどの歌よりもこのような意味作用を纏めているのは、次の雑歌である。

物思ひ侍ける頃、やむごとなき高き所より問はせたまへりければ

うれしきもうきも心はひとつにてわかれぬ物は涙なりけり

（よみ人しらず、雑二・一一八八）

《嬉しき時も、悲しき時も、心は一つである。それを別れぬ（区別しない）のは、涙である》と提唱しているこの歌は、感情を表す「涙」の一般性を指摘しており、「心」との繋がりを主張している。言い換えれば、嬉しい時も、悲しい時も、心は一つであるのと同じように、「心」そのものを表現する「涙」も、嬉しさも悲しさも表すことができる。これは「人の心を種とした」和歌の象徴としての「涙」の役割を示唆しており、さらに歌が「やむことなき高き所」へ贈られたことは、その〝詩的公認〟として受け取られるのである。

後撰集のもっとも代表的な特徴は、歌の表現のレベルに焦点をあてたことであるように思われる。それは当時の「和歌の実態」を反映しているのだろうが、実態そのものであるよりも、その実態が、〝言葉の研究会〟とも呼ばれうる「梨壺の五人」の目に映った姿にほかならない。

三代集以降の勅撰集においては、後撰集の歌を踏まえた和歌は、古今集の歌に言及する和歌より少なくはないと思われる。にもかかわらず、文学史のなかで後撰集は〝目立たない〟存在になっている。これは二代目のさだめであるかもしれないが、その理由の一つは、後撰集の特徴を見落としている〈内容志向〉の読みにあると考えられる。それゆえ、本書のなかでは後撰集における〈袖の涙〉の分析を、〈表現志向〉の立場から試みたのだが、ここで表現を促すその技法を纏めてみたい。

それは先ず「よみ人しらず」の印である。漢語の「作者不明」の和語と見なされ、それと同様に"anonymous"と訳される「よみ人しらず」は、そもそも「作者が知られていない」という意味のみには絞られないと考えられる。少なくとも、後撰集は、よく知られた作者の名前を〝消す〟ことによって、〝よみ人を知らずに、歌を読んでみなさい〟というその意味を発動させ、「よみ人しらず」の印を歌の表現に焦点をあわせるための手段として使っている。作者の名前の置き換えも、具体的な理由(不注意、異伝など)は別にして、作者の名前から歌へと、重点を移動させる働きをしている。また「題しらず」の印も、〝題は知られていない〟というよりも、〝題を考えなさい〟という意味を持ち、題を通して意味作用そのものに注目を促す役割をはたしていると思われる。

それと呼応して、〝実際には〟関連していない歌を贈答歌に仕立てるという技法は、読者を和歌制作という集団ゲームに引き入れるための手段と見なされる。当代の〝よみ（詠み、読み）びと〟の集団は、入集された歌の〝実状〟を知っていたと想像されるので、このような仕立てをあくまでも技法として受け取っていたと考えられる。さらに、この技法は、贈答歌に仕立てられた二首の歌にとどまらず、二首以上の詩的会話としても形式化されており、歌の配列という、後撰集における意味生成の重要な特徴として捉えられるのである。つまり、勅撰集などの和歌集に載せられた歌は、その隣の歌、また隣の隣の歌などと接続され、単独での登場とは異なる意味も担わされるというわけである。それに従って、後撰集の「物語性」は、歌詠みと歌ことばを焦点化する歌物語の働きを連想させると同時に、歌の配列に潜在している〝作り物語〟的な創作の可能性をも示唆している。そして、その可能性は早くも拾遺集のなかで実現される。

このように、配列、「よみ人しらず」、「題しらず」などの技法のおかげで、再登場する歌は、ただの重出ではなく、差異づけられた反復として意味づけられてくる。それはすべての再登場のケースについて言えるであろうが、なかでも特に差異化された反復と見なされるのは、〈紅にうつる涙の色〉である。再登場の歌は初登場の歌と同様に、「涙の色」という歌語の定着を強調しているばかりでなく、〈心の思ひ〉を顕示することから歌ことばの意味や詩的技法を顕在化することへ、というその機能の展開の見通しをも示唆している。したがって、反復における差異は、撰進当時の歌を分析するための手掛かりになりうるとともに、詩的言語の展開を指し示す印としても捉えられるのである。

こうして後撰集によって公認された「涙の色」とはちがって、それ以前から歌語として定着していた「涙川」は、〈袖の涙〉の詩化過程をたどり、その意味作用の特徴に注目を促している。「涙川」の「水上」、「淵瀬」、「ゆく方」の実体的意味と詩的意味との対立は、相手の〝真心〟を試すとともに、その詩的能力を問う手段でもある。また、その対立によって発動させられる指示的レベルと詩的レベルとの往復は、歌における意味作用の主要なメカニズムと見なされる。そして、このような意味作用に従ってあらわれてくるパロディ的な効果は、その対象になっている「涙川」

も〈袖の涙〉も詩的基準になっていることを証明すると同時に、和歌制作は、特定の内容を伝える詩的コミュニケーションの手段であるだけでなく、言葉を楽しむ洗練されたゲームでもあったことを示している。

言葉を楽しむゲームとしての和歌の本質を顕示しているのは、何よりもまず「言葉遊び」であるにちがいない。それは、歌ことばの潜在力を生かし、その詩化過程の展開を進めていくという、きわめて〝真面目な〟役割をはたしている。後撰集は、「白露」→〈知らず／知らす〉、「白浪」→〈知らぬ／知らぬ身〉という連想に沿って〈身（また、世の中、歌）を知る〉という「涙」の機能を指摘しており、「かはかず（乾かず）」と「かは（川）」との響き合いを通して、「涙」→「涙川」、また「袖濡る」→「袖のかはかず」という、二つの詩的流れを合流させ、〈袖の涙〉という詩的概念を纏めている。それに対応して、「た本」という「袂」の変わった綴り方も、〈他の本〉などの連想を喚び起こし、〈袖の涙〉の多様な働きに注目を促す印として受け取られるのである。

このように、和歌制作は、活発な知的活動であったので、そのなかには様々な傾向があらわれていたと推測できるが、それらを大きく〝知性派〟と〝感覚派〟という二つに分けることもできるだろう。そこで、最後に余録としてそれぞれの〝派〟の代表者と見なされる貫之と伊勢の「涙」を比較して、詩的言語の展開の方向を考えてみたい。このような対比は、後撰集の撰者の〝意図〟に対応するかどうかは判断できないが、二人の歌を最も多く撰択したという事実は、あらゆる角度から解釈されるべきであることはまちがいない。

追歌　貫之vs伊勢

後撰集に選択された二人の全歌数における〈袖の涙〉の歌の割合が大分異なる（貫之＝八二の八、伊勢＝七〇の一五）ことも、[9]貫之の「涙」の歌の半分が、〝理論的な〟秋中の巻に入っているのに対して、伊勢の「涙」のほとんどが、恋、離別、哀傷など、感情的な歌にあたるということも、注目すべき点ではあるが、二人の差異は歌のなかでもっとも明瞭にあらわれるので、以下、二つの例を通してそれを追究してみたい。

まず、〈袖の涙〉に宿る〈月の影〉を取り上げた次の二首である。この詩的発想は、後撰集の時代にはまだ類型化しておらず、それ以降に詩的言語の展開においてきわめて重要な役割をはたすようになるのだが、貫之も伊勢もその潜在力を見逃さなかったことは、二人の詩的知識のレベルを裏付ける証拠と見なされる。

衣手は寒くもあらねど月影を
たまらぬ秋の雪とこそ見れ
（貫之、秋中・三二八）

逢ひに逢ひて物思ふ頃の我が袖は
宿る月さへ濡るゝ顔なる
（伊勢、雑四・一二七〇）

〈袖の涙〉と〈月の影〉を関連づけるこの二首は、字余りという共通点すらもっているが、貫之は二つの表現を間接的に結び付けて吟味しているのに対して、伊勢はそれらの融合を直接に感じさせる。

「雪」を「月」に見立てた「あさぼらけ有明の月と見るまでによしのの里にふれる白雪」（古今、是則、冬・三三二）という歌のイメージをひっくり返す貫之の歌は、「秋の雪」という、常識とも詩的カノンともずれている表現を登場させる。それは、「明き」を連想させることで、月影の明るさと白さを強調すると同時に、「飽き」、「行き」などとの響き合いを通して〝行き去った〟人の〝飽きることのない〟面影を漂わせ、「月影」という詩語の意味作用を解き明かしている。一方、「月影」が「秋の雪」と見えるのは、それが「衣手」の上に宿る、つまり、その「衣手」が「涙」に濡れているからである。したがって、この歌は、〈袖の涙〉に宿る〈月の影〉という詩的発想の意味生成の可能性をも指し示しているということになる。

このように一つの読みに〝たまらない〟ほどの詩的連想を連ねる貫之の歌とはちがって、伊勢の歌は、印象的で、強度の高い感情的なインパクトを与えるので、自分と同じように泣いている「月」との一体感をもたらすとともに、〈袖の涙の月〉という詩的発想にも〝自然に〟馴染ませる。

それに対して、次の二首は、それぞれ違うテーマを取り上げているにもかかわらず、似た構造をもっており、その詩的働きも類似しているので、二人の差異をさらに浮き立たせている。

秋の野の草もわけぬをわが袖の
物思ふなへに露けかるらん
（貫之、秋中・三一六）

鳴く声にそひて涙はのぼらねど
雲の上より雨と降るらん
（伊勢、慶賀・哀傷・一四二三）

二首とも否定と対立法を使って、「涙」の隠喩を取り上げている。貫之の〈涙の露〉に、伊勢の〈涙の雨〉である。また、二首とも、「露けかるらん」や「雨と降るらん」という疑問形で終わることで読者を招き寄せるのだが、招き寄せられた読者の反応は、合理的な「のに」（草もわけぬを）と、経験的な「けれども」（涙はのぼらねど）に応じて、変わってくる。

「秋歌とてよめり」という貫之の歌の詞書は、それが秋歌ではないという指示として捉えられ、それに対応して

「秋の野の草もわけぬを」と「露けかるらん」との対立は、その「露」が草葉の露ではなく、言の葉におく「露」という詩語であることを顕示している。「袖」の登場は、その「露」をさらに〈涙の露〉と特定し、「物思ふなへに」(物思うと、物思うにつれて)は、その詩的意味を指し示している。したがって、《秋の野の草を分けないのに、物思うと、なぜ袖の上に露がおくのだろう》という詩的問いになっているこの歌は、その答えをも内包している。つまり、《物思う時に袖の上に露が置くのは、それが野原の露ではなく〈涙の露〉であるからだ》と。

それに対して、伊勢の歌は、友をなくした鶴の悲しい鳴き声を聞きながら、雨が降りだした時に詠まれたとあるが、詞書がなくても、「鳴く声」の連想に従ってこのような状況が十分に想像できるので、詞書の目的は、具体的な出来事を通して読者の感情を動かすことであると考えられる。それに対応して、この歌は、「涙」の感情移入力を示すと同時に、〈涙の雨〉という、紋切り型と化しつつある表現に新たな魅力を与え、「雲の上」まで昇った「涙」の普及を〝感じさせる〟という効果をもたらす。《涙の「なく声」は空まで昇らないけれども、「なく」の連想に沿って「涙」は、雲の上より降る「雨」になりうるのだろう》と。

以上、歌ことばを〈知る/知らせる〉貫之と、それを〈感じる/感じさせる〉伊勢との差異に簡単に触れてみたが、ここまで取り上げた二人の他の歌も考慮すれば、このような差異は、「色」を通してもあらわれてくると言える。「白露」、「雪」などを登場させた貫之の歌が示唆しているように、彼が冷静な「白」の無限定性を好んでいたのは、それが「知る」を連想させるからでもあると推定できる。それに対して、「涙の色」に魅せられた伊勢は、その感情的な「紅」のなかに「愛」をも聞き取れたのではないだろうか。

いずれにしても、二人の〈袖の涙〉の歌がそれぞれの歌人としての特徴を顕示していることは、心の表現としての「涙」を通して「心」の違いがあらわれてくるからだと思われる。さらに、それは、〈袖の涙〉が「心を種」とした歌の流れを反映するようになったという証拠としても捉えられるのである。

拾遺和歌集

拾遺集の約一三五〇首の歌のうち〈袖の涙〉を取り上げた歌は一〇五首にすぎないので、これは、古今集よりも、またもちろん、古今集の「涙」を上回った後撰集よりも、低い登場率になる。その理由の一つは、〈袖の涙〉という詩的発想がまだ発達していない万葉集の歌が多数採録されたからであろうが、それより重要だと思われるのは、拾遺集における取捨の基準とその狙いである。つまり、後撰集が歌ことばの記号表現のレベルを発動させたのに対して、拾遺集はその記号内容に重点をおいたと思われるのである。

しかし、〈袖の涙〉の登場が前の勅撰集より低いにもかかわらず、撰歌の数が多い歌人には〈袖の涙〉の歌も多いという法則性が窺われ、これは詩的言語における〈袖の涙〉のステータスの向上を反映していると考えられる。人麿の作とされる歌のうちにさえ「袖（衣手）」、「涙（泣く）」を取り扱うものが七首もあることは、〈袖の涙〉がいかに重視されたかの証拠として挙げられる。

採られた歌の全数から言えば、貫之（百七首）、人麿（百四）、能宣（五十九）、元輔（四十八）というように、それ以前の歌集の代表的な歌人が中心になっているのだが、(1) それは、詩的伝統の展開をたどり纏めようとする選択の基準を示していると思われる。それに対して、撰進当時の歌人のうち一首か二首のみで紹介される人が五十人以上もあることは、その伝統の普及を証明しようとする試みとして捉えられるだろう。

権威ある歌人の歌を中心とした撰択の基準と呼応して、〈袖の涙〉の記号内容の拡大も、新しい指示物の記号化というよりも、伝統的な歌ことばとの組み合わせを通して行われており、なかでも特に目立つのは、「ひさかたの」、「あしひきの」、「玉の緒」、「草枕」、「ます鏡」など、万葉時代の枕詞である。こうした〝権威ある〟詩語との接続によって、〈袖の涙〉の詩的ステータスが向上すると同時に、枕詞の意味と機能も変わってくる。言い換えれば、そもそも神のことばと人の歌との〝媒介役〟をはたした枕詞が、歌ことばの働きに注目を促すようになるのだが、〈袖の涙〉がそれによって焦点化されることは、その詩的機能の公認として捉えられるというわけである。また、「涙」によって〝濡れた〟枕詞は、感情をあらわすようになり、〝ただ〟の歌ことばとして生まれ変わってくるのである。一方、このような差異化＝再異化の過程は、特定の表現にとどまらず、歌の配列をも特徴づけ、それは、詩的伝統を纏めるという拾遺集の全体的な方針と見なしうるように思われる。したがって以下、拾遺集における〈袖の涙〉の詩化過程の考察は、詩語の接続と歌の連続に見られる詩的伝統の再解釈という問題を中心に行うことにする。

〝権威ある〟詩語との接続

(イ) 枕詞を〝取り巻く〟〈袖の涙〉

〝権威ある〟詩語の再解釈は、権威ある歌人の名前を通して実施されるが、その代表的な例として、人麿の作とされた次の歌が挙げられる。

久方の雨には着ぬをあやしくも我が衣手の干る時もなき　(人麿、雑上・四七六)

刊行案内

＊ 2000.8 ～ 2001.2 ＊

名古屋大学出版会

極北の迷宮　谷田博幸著
男同士の絆　セジウィック著　上原早苗他訳
小説の考古学へ　藤井淑禎著
イギリス国民の誕生　コリー著　川北稔監訳
ヨーロッパの奇跡　ジョーンズ著　安元稔他訳
第三帝国の音楽　リーヴィー著　望田幸男監訳
自国史の行方　近藤孝弘著
思想の国際転位　水田　洋著
論理学をつくる　戸田山和久著
教育言説の歴史社会学　広田照幸著
顕示的消費の経済学　メイソン著　鈴木信雄他訳
キャッチアップ型工業化論　末廣　昭著
帝政ロシア司法制度史研究　高橋一彦著
遺伝子医療　齋藤英彦／吉田純編
乳腺病理学　市原　周著

■お求めの小会の出版物が書店にない場合でも、その書店に御注文くださればお手に入ります。
■小会に直接御注文の場合は、左記へお電話でお問い合わせ下さい。宅配もできます（代引、送料３８０円）。
■表示価格は税別です。
■小会の刊行物は、http://www.unp.or.jp でも御案内しております。

◎第一三回和辻哲郎文化賞受賞　絵画の東方（稲賀繁美著）　４８００円

〒464-0814　名古屋市千種区不老町一名大内　電話〇五二(七八一)五三五三／FAX〇五二(七八一)〇六九七／E-mail: up@coop.nagoya-u.ac.jp

谷田博幸著
極北の迷宮
―北極探検とヴィクトリア朝文化―
四六判・368頁・3800円

一九世紀、近代的な装備の下、英国は北極探検をリードした。本書は、従来極地を舞台とした栄光と挫折の物語として探検史の文脈でしか語られることのなかった或る失踪事件を、新たに社会的想像力の問題として捉え直すことによって、ヴィクトリア朝の文化と文明意識を鮮やかに描き出す。

4-8158-0395-1

イヴ・K・セジウィック著　上原早苗／亀澤美由紀訳
男同士の絆
―イギリス文学とホモソーシャルな欲望―
A5判・392頁・3800円

シェイクスピアからディケンズにいたるイギリス文学の代表的テクストを読み解くことによって、近代における欲望のホモソーシャル／ヘテロセクシュアルな体制と、その背後に潜む「女性嫌悪」「同性愛恐怖」を摑み出し、文学・ジェンダー研究に新生面を拓いた画期的著作。

4-8158-0400-1

藤井淑禎著
小説の考古学へ
―心理学・映画から見た小説技法史―
四六判・292頁・3200円

明治四十年前後における小説技法の革命的転換を、グローバルかつ領域横断的な目配りによって考古学的に跡づけた労作。特に心理学・映画からの理論上・技法上の影響を中心に、小説技法成立史上まれに見る百花斉放期を、同時代読者の読みに即して描き出す。

4-8158-0401-X

リンダ・コリー著　川北稔監訳
イギリス国民の誕生
A5判・462頁・5800円

広範なプロテスタント文化、長期に及ぶ対仏抗争、海外帝国の膨大な利益が「イギリス国民」の創生にもたらした意味を多彩な文書・図像史料から解明、国王、支配階層、諸民族、男性・女性が「イギリス人」へと参画し多層的に再構成されていくあり方を、ニュアンスに富む歴史記述により描出。

4-8158-0387-0

E・L・ジョーンズ著　安元稔／脇村孝平訳
ヨーロッパの奇跡
―環境・経済・地政の比較史―
A5判・290頁・3800円

持続的経済成長はなぜヨーロッパで始まったのか？　アジアとの対比による比較史的方法と超長期的視野による分析を導入し、地理、気候、災害等の環境要因と、帝国、諸国家併存体制等の固有の政治システムの規定的役割を解明、経済史の中心的議論に強いインパクトを与えた名著の翻訳。

4-8158-0389-7

エリック・リーヴィー著　望田幸男監訳　田野大輔／中岡俊介訳

第三帝国の音楽

A5判・342頁・3800円

二〇世紀文化史上の暗黒時代における音楽と政治の曖昧な関係を、同時代の諸資料や新聞・雑誌等を博捜することによって明らかにした労作。現代にいたるまでのドイツ音楽の連続性を念頭におきつつも、従来の伝記的叙述から踏み出し、ナチ時代における音楽のあり方をトータルに把握する。

4-8158-0397-8

近藤孝弘著

自国史の行方
—オーストリアの歴史政策—

四六判・262頁・3200円

ハイダー現象をもたらした歴史認識の深刻な歪みを、ナチズムへの加担をめぐる自己理解の問題として、「犠牲者神話」の闇に取り組む歴史教育の葛藤に満ちた現場から浮き彫りにするとともに、歴史意識と国家像、ネーションと極右主義の清算されざる関係を鋭く問い直す。

4-8158-0398-6

水田　洋著

思想の国際転位
—比較思想史的研究—

A5判・326頁・5500円

ユートピア思想に始まり、抵抗権や宗教的寛容、あるいはヴォルテール、スミス、ミルなどの近代を形作る諸思想が、国境を越え時間を遍歴する中で交流し位相を変えていく姿を捉えることで、変化を促した社会的文脈と、転位を可能性として持っていた思想の本質を、二つながら追究した労作。

4-8158-0388-9

戸田山和久著

論理学をつくる

B5判・442頁・3800円

論理学って、こんなに面白かったのか！　出来あいの論理学を天下り式に解説するのでなく、論理学の目的をはっきりさせた上で、それを作り上げていくプロセスを読者と共有することによって、考え方の「なぜ」が納得できるようにした傑作テキスト。初歩の論理学が一人でマスターできる。

4-8158-0390-0

広田照幸著

教育言説の歴史社会学

四六判・408頁・3800円

「教育」の氾濫は何を物語っているのか？　少年犯罪、校則、親子関係、個性、能力などの事例をもとに、〈教育的なるもの〉が生み出される過程を鮮やかに描き出すとともに、教育言説の固有の正当化形式が見えなくさせていた歴史的・社会的文脈を浮き彫りにし、現代教育論の再考を促す労作。

4-8158-0396-X

顕示的消費の経済学

ロジャー・メイソン著　鈴木信雄／高哲男／橋本努訳

A5判・268頁・3600円

奢侈、見栄、スタイルへの配慮などに示される消費の本質を、自己顕示、社会的承認の獲得、優越性へのあくなき欲望などの「非合理的な」人間本性のなかに見出し、18世紀から現代にいたる顕示的消費論の丹念な跡付けを通じて、主流派経済学による消費分析の限界を提示した好著。

4-8158-0391-9

キャッチアップ型工業化論
―アジア経済の軌跡と展望―

末廣　昭著

A5判・386頁・3500円

製造業を中心とする経済発展とその危機を、タイの事例を導きの糸に日本との比較も行いながら、工業化の担い手、イデオロギー、制度・組織を焦点として、「まるごと」捉えたアジア経済論。経済のグローバル化・自由化・IT化が喧伝される中、「モノ作り」と「ひと」の問題を見つめ直す。

4-8158-0394-3

帝政ロシア司法制度史研究
―司法改革とその時代―

高橋一彦著

A5判・424頁・9000円

ロシアに近代的な司法制度を導入した試みと言われる一八六四年の司法改革を軸として、帝政ロシアの司法制度の展開過程を一次史料に基づき分析―これによって制度史研究の欠落を埋め、従来の「非法社会」というイメージには収まりきらない帝政末期のロシア法の動態的な姿を提示する。

4-8158-0399-4

遺伝子医療
―基礎から応用へ―

齋藤英彦／吉田純編

B5判・292頁・6500円

本書は、遺伝子治療を中心に、遺伝子の基礎から遺伝子診断、生殖医療などの臨床応用の最先端までを系統的に解説。特に名古屋大学医学部での国産独自技術による遺伝子治療や北大、東大、岡山大などでの臨床研究を盛り込んだ。国内外での遺伝子医療の現状をトータルに知る上で必携。

4-8158-0385-4

乳腺病理学
―細胞・組織・画像―

市原　周著

B5判・120頁・4800円

本書は、欧州乳癌検診ガイドラインの分類法と考え方を基本に、乳腺疾患の概念、病理診断のコツ、細胞像、臨床画像、病理発生などを簡潔・明快にまとめたテキストである。一四七点のカラーアトラスを掲載する。マンモグラフィによる乳癌検診がはじまり、医療従事者に必携の書。

4-8158-0393-5

万葉集の第七巻には、「ひさかたの雨には着ぬを怪《あや》しくも我が衣手は干る時なきか」（一三七一）という、類似した歌が載っている。しかし、それは人麿ではなく、作者未詳になっており、このことは少なくとも次の二つの問題をもたらしている。つまり、もしこの歌が人麿の作でなければ、なぜ彼の名前が付けてあるのか、また二首の差異は、ただの異伝にすぎないのだろうか、それとも意図的な試みなのだろうか、という二つである。

作者の名前に関しては、後撰集の前例も証明しているように、勅撰集の撰者にとっては、真実よりも、詩的〝真実〟の方が重要だったと思われる。また、昔の秀歌の引用（反復）の目的は、新しい文脈によってその潜在力を生かすとともに、詩的伝統を通じて新しい表現と技法を〝正当化〟することでもあったと考えられる。そして、女性の作と思われる歌も含んだ『人麻呂集』のあり様から判断すれば、人麿が他のどの歌人よりも詩的オーソリティの象徴として取り扱われていたと言えるので、拾遺集における〝人麿〟の歌もこのような役割をはたしているにちがいない。

これに即して考えてみると、万葉集の歌とその再登場の差異は、僅かとはいえ大きな意義を持っていると思われるので、それを精密に追究してみよう。まず「時なきか」という疑問が「時もなき」という断定に変わったことは、王朝びとにとって「衣手の干る時なき」が詩的約束になった印と見なされ、それに従って「あやしくも」の意味も変わってくる。万葉集の歌の場合、それは、雨に降られていないのに、衣手が濡れたという矛盾に注目を促し、「涙」を示唆するのに対して、拾遺集の歌は、〈袖の涙〉という詩的発想の定着を反映して、心の思いを〝漏らす〟という「涙」の機能に重点を置いているのである。

万葉集の歌の変容を通して「ひさかたの雨」を「涙」と関連づけ、詩的カノンの展開を示しているこの歌とはちがって、「あしひきの山」を登場させる次の歌は、拾遺集歌壇の歌人によって詠まれたものである。しかし、輔相というその歌人は、物名の巻に入っている歌のほぼ半分の作者であると同時に、『人麻呂集』巻末の国名物名歌群の作者ともされているので、それは、新しい時代の「物名」、すなわち歌ことばが、詩的伝統の再解釈の結果であるという徴としても受け取られる。

あしひきの山下水に濡れにけりその火まづたけ衣あぶらん　（輔相、物名・三九六）

「山川の水に濡れてしまった。その火をまず焚いておくれ。着物を焙って乾かそう」（新日本古典文学大系）という内容になるこの歌の解読の鍵は、「その」という言葉である。それは、側にあった「火」ばかりでなく、「あしひきの山下水に濡れにけり」という上句とも関連しているように思われる。古今集の「あしひきの山下水の木隠れてたぎつ心をせきぞかねつる」（よみ人しらず、恋一・四九一）や、「逢ふことの……あしひきの　山下水の　木隠れて　たきつ心を　誰にかも　相語らはむ　色に出でば　人しりぬべみ……衣のそでに置く露の……」（よみ人しらず、雑体・一〇〇一）という前例に従って、「あしひきの山下水」は、「たぎつ心」の底から表に漏れてくる思いをあらわしているが、「焙ぶる」に「溢ぶる」を掛けた「衣あぶらん」（衣を焙って乾かそう、衣をすみずみまで濡らそう）という表現は、さらに〈思ひ（火）の涙〉の意味作用を発動させるので、歌は、次のように解釈できると思われる。《あしひきの山の下水のように、〈たぎつ心〉の〈思ひ〉も表に滲出しているので、火を焚いて衣を乾かそうとしても、〈思ひ〉の火のため、衣は一層濡れてしまうだろう》と。

（ロ）「玉の緒ばかり」から「涙の玉の緒」へ

右に取り上げた「あしひき」や「ひさかた」が、「下水」、「雨」などを通して「涙」と関連づけられ、〈袖の涙〉の詩化過程の展開を指し示すようになったのとはちがって、「玉の緒」は、「玉」によって直接に「涙」と繫がっている。言い換えれば、「玉の緒」と「涙」との接続は、「涙」の隠喩としての「玉」の新しい詩的意味によるものなので、それは「玉の緒」の伝統的な使用の変化をも示しているというわけである。「涙の玉」と「玉の緒」とを登場させる次の歌は、このような意味作用を明瞭に説明している。

貫き乱る涙の玉もとまるやと玉の緒ばかり逢はむと言はなん　（よみ人知らず、恋一・六四七）

この歌は、「死ぬる命いきもやすると心見に玉の緒ばかりあはむと言はなむ」（古今、興風、恋二・五六八）、「下にのみ恋ふればくるし玉の緒の絶えてみだれむ人なとがめそ」（古今、友則、恋三・六六七）などの前例に対応して、「貫いてある緒を抜き取って乱れ落ちる涙の玉も留まるかと、玉の緒ほどの短い間でも、逢おうと言ってほしい」（新日本古典文学大系）と読み取れるが、他方、それは、「ぬき乱る涙もしばしとまるやと玉の緒ばかりあふよしもがな」（貫之集、六六〇）という歌をも喚び起こし、その反論としても受け取られる。つまり、「涙もしばしとまるや」→「涙の玉もとまるや」という変更は、「しばし＝たまに」という説明を通して、「短き」を連想させる「玉の緒」の伝統的な意味を顕示しているのに対して、「逢ふよしもがな」の代わりに使用された「逢はむと言はなん」は、「逢ふよし」としての〈袖の涙〉の意味に沿って異化された「玉」の意味の変化を示していると考えられる。さらに業平の「抜き見たる人」についての歌（古今、九二三）も考慮すれば、この歌は《「涙の玉」という詩語が、「玉の緒」の「絶ゆ」や「短き」などの連想にかぎらず、「逢ふよし」としての〈袖の涙〉の意味をも表していることを〝抜き取って〟見ているのか。そうでなければ、玉の緒ほどの短い間でも逢おうと言ってほしい》という読みにもなりうるのである。

それと呼応して、「たなばたの涙の玉の緒」を登場させる次の歌の意味作用も、「玉の緒」と「涙の玉」との対立に基づいていると考えられる。また、それが醍醐朝内裏屏風歌として貫之集（二三〇）に入っているにもかかわらず、拾遺集においては「題知らず」、「よみ人しらず」の歌になっていることは、このような意味作用の一般化の印として捉えられる。(2)

世をうみて我がかす糸はたなばたの涙の玉の緒とやなるらん　（雑秋・一〇八七）

「玉の緒」は、「絶ゆ」、また「長き」や「短き」などに掛けられるとともに、「玉」→「魂」の連想に沿って、魂を貫き通して繋いでおく「命」をも示唆するので、「涙の玉の緒」は、〈恋ふる心〉を繋いでおく緒と読める。「世をうみて」の「世」も、男女関係を指し示しているが、「うみて」は、「倦む」（飽きる、疲れる、いやになる）と「績む」（紡ぐ）との響き合いを通して、〝絶える〟「玉の緒」と、〈逢ふよし〉や〈形見〉になりうる「涙の玉」とを対立させ、「涙の玉の緒」という表現の多様性を示していると思われる。したがって、その「涙の玉の緒」を七夕に「かす」とは、このような「涙の玉の緒」の詩的力を試すということにもなる。すなわち、《世の憂さを見て疲れてきた私は、心の糸を紡いで、織女に貸してあげよう。この糸は〈恋ふる涙の玉（魂）〉を繋いでおく緒になって、恋人に逢う機会を与えるだろうか》と。

「涙の玉の緒」を登場させる次の「よみ人しらず」の歌も、古今集の忠岑の哀傷歌の重出と見なされるが、二首を並べてみると、その〝重出〟は、削除と追加を伴う再登場、すなわち差異づけられた反復として捉えられるようになる。

藤衣はつるゝ糸は君恋ふる涙の玉の緒とやなるらん　（拾遺、哀傷・一二九二）

藤衣はつるゝ糸はわび人の涙の玉の緒とぞなりける　（古今、哀傷・八四一）

確かにこの二首は似てはいるが、同じ歌の異伝というよりも、本歌取りを思わせる。両者の差異が[3]、詩的言語における「涙」の移り変わりを反映しているからだ。忠岑の歌は「わび人の涙」、すなわち、悲しみを表す「涙」の本来的な意味を踏まえているのに対して、拾遺集の「恋ふる涙」は、心の思いの総括的な表現として定着した「涙」の展開を纏めており、「とぞなりける」の代わりに使用された「とやなるらん」は、「恋」を問うと同時に、このような詩的約束の変化にも注目を促していると考えられる。《「涙」の意味は悲しさから恋しさに変わったのだが、あなたを思う涙でほつれてきた衣の糸は、わび人の涙の玉を貫く藤衣の糸のように、長くたなびくことができるだろうか》と。

（八）「草枕」を異化した〈袖の涙〉

このように、「玉の緒」は「涙の玉」と接続することによって、その枕詞的な機能が変わってくるが、そもそも「旅」の枕詞として使われ、その代理ともなった「草枕」は、〈涙の露〉を宿すことで、離別の悲しさと再会の約束を表す詩語として独立する。

次の三首の歌の連鎖は、「草↓露」、「露けき↓涙」、「枕↓袖」という、共通の知識となった連想を連ねて、後撰集の「草枕結ふ手ばかりは何なれや露も涙もを《（を）》きかへりつゝ」（よみ人しらず、離別・羇旅・一三六六）という歌の「露」と「涙」を文字通り置き換えることで、「草の枕↓涙」という関連のネットワークを描き、「草枕」の新しい機能を顕示していると考えられる。

難波に祓し侍て、まかりかへりけるあか月に、森の侍けるに、郭公の鳴き侍けるを聞きて

郭公ねぐらながらの声聞けば草の枕ぞ露けかりける （伊勢、別・三四四）

（不如帰、塒でないているあなたの声を聞くと、旅の仮寝の草の枕に涙の露がおくのだ）

物へまかりける道にて、雁の鳴くを聞きて

草枕我のみならず雁がねも旅の空にぞ鳴き渡るなる （能宣、三四五）

（涙で濡れた草枕。私のみならず、旅の空を渡っている雁も泣いているのだ）

題知らず

君をのみ恋ひつゝ旅の草枕露しげからぬあか月ぞなき　（よみ人知らず、三四六）

（あなたのことばかりを思いながら旅に出たので、草の枕が涙の露で濡れていない暁はない）

具体的な状況を踏まえた一首目の歌の詞書から、「なく」の多義性を喚び起こす二首目の詞書を通して、三首目の「題知らず」へという詞書の一般化の過程は、〈袖の涙〉を示す詩語としての「草枕」の定着過程を反映していると思われるが、その段階を次のように纏めることができる。

「時鳥の鳴く音」→「我が仮寝の泣く音の涙」（共通点と差異を踏まえた連想）

「草枕の露」→「なく（鳴く、泣く）音のかり（雁、仮、借り）の涙」（共通の詩的約束）

「草枕（旅）の露」＝「恋ひつつ（こひつつ）袖の涙」（新しい詩的約束の定着）

このように、既定の詩語を接続させることによって、新しい連想を呼び起こし、新しい詩的約束を作るという意味作用のパターンを示しているこの歌と呼応して、「かるかや」を詠み込んだ次の「物名」の歌も、〝借る〟の技法を示唆しているように思われる。

白露のかゝるがやがて消えざらば草葉ぞ玉のくしげならまし　（忠岑、三六七）

「玉のくしげ」を「宝石や真珠で飾った櫛箱」と解読すれば、この歌は「白露のかかったのがそのまま消えずに残っているならば、草葉は玉飾りの櫛箱のように美しいことだろう」（新日本古典文学大系）という意味になる。しかし、「玉」が「白露」の隠喩であるとともに、二つとも「涙」の譬喩でもあること、また万葉集の「玉櫛笥《たまくしげ》明けまく惜しきあたら夜を衣手離《か》れてひとりかも寝む」（巻九・一六九三）などの歌が示しているように、「玉くしげ」が「ひらく」、「あく」に掛かる枕詞として用いられたことを考慮すれば、異なる解釈の可能性も見えてくる。つまり、《もし草葉にかかった白露が消えなければ（つまり、それが自然の露ではなく「涙の露」であれば）、〈恋ふる涙〉の「玉のくしげ」は、私たちの関係もひらいてくれるだろう》と。

（二）増す「涙」の「ます鏡」

ここまで取り上げた例を纏めて、他のどの枕詞よりも「涙」と枕詞との接続による意味作用の特徴を例示するのは、「涙のます鏡」である。「ます（まそ）鏡」は「見る」と「影」に掛かるので、それが〈みるめの涙〉、〈面影の涙〉と組み合わされてきたことは、当然のことと思われる。一方、その組み合わせが「ます鏡の涙」ではなく、「涙のます鏡」という形を取ったことは、詩的言語における「涙」のメタ機能の証拠として受け取られる。

「涙のます鏡」を登場させる次の歌は、説話文学においてもよく引用されるので、詞書をも含めて、その解釈の範囲をあらゆる角度から考えてみよう。

大江為基がもとに売りにまうで来たりける鏡の包みたりける紙に書きつけて侍ける

今日までと見るに涙のます鏡なれにし影を人に語るな　（よみ人知らず、雑上・四六九）

詞書は、物語的に組み立てられ、ストーリーは、売りに出された鏡の包み紙に何かが書いてあった、という謎から始まる。鏡を預けた人の名前が挙げられていることは、ストーリーの〝真実らしさ〟を高めているのに対して、鏡を売りに出した人の名前が不明であることは、謎を深めて好奇心を刺激している。また、鏡の反映力自体にも読者を引きつける力が潜んでいる。だれが鏡を売りに出したのだろうか、なぜ手放さなければならなかったのだろうか、包み紙には何が書いてあったのだろうか、と。歌のなかに登場する「語る」も詞書の〝物語性〟と呼応して、伊勢物語などで見られる散文と韻文の〈組み合わせ〉の例と見なされる。

ストーリーの可能性を孕んでいるこの歌は、今昔物語、古本説話集、古今著聞集、沙石集などでは、発心譚として使われている。ある女性が貧しくなって鏡を売りに出した、と。それに従って小町谷照彦は、「この鏡が私の持ち物であるのも今日までだ、と思って見ると、流れる涙の増すことだ。鏡よ、貧しいこの身を人に知られるのは恥ずかしいから、これまで映し慣れてきた姿を、人に語ることがないように」（新日本古典文学大系）という解釈を提出している。

確かに、説話におけるこの歌の取り扱い方は、後の人によるその読みであることにはまちがいないが、それは他の読みの可能性を否定することにはならない。そこで、説話の影響力を〝消して〟、この歌を拾遺集の詩的言語の立場から、すなわち詩的言語のストーリーとして読んでみることにする。このような読みは、〝前向き〟（ストーリーの続き）ではなく、〝後ろ向き〟（「ます鏡」の詩的コノテーション）なので、詩的言語のストーリーは、詞書の指示的レベルから、「ます鏡」の連想を喚起する歌の詩的レベルへと、またそれらを総括する「涙」のメタ詩的レベルへと、向かっていくのである。

そもそも日本文化における「鏡」は、古代ギリシャの神話に根ざした西洋のナルシシズムとはちがって、自分の姿を映すよりも、相手の姿（影）を見させてくれる呪具であり、相手の「形」を「見」るための〈形見〉である。つまり、〈我〉は〈他〉に変わり、「かがみ（影見）」は「かたみ」になる。「真澄（まそ）鏡」という歌ことばは、心が透き通るという記号内容を通じて、形見としての「鏡」の本来的な意味を顕在化するとともに、さらに洗練している。したがって、万葉集の数多くの歌のなかに登場する「まそ鏡」は、主として「見る」や「とぐ」などに掛かる枕詞として使われるが、それに映っているのは、人や物ではなく、恋、心、思い出などである。たとえば、

まそ鏡直にし妹を相見ずは我が恋止まじ年は経ぬとも　（作者未詳、巻十一・二六三二）

（まそ鏡、直接に彼女に逢わないとしても、恋は消えないだろう。年が流れても）

まそ鏡見飽かぬ君に後れてや朝夕にさびつつ居らむ　（沙弥満誓、巻四・五七二）

（まそ鏡、飽きないままに君に残されたので、いつまで見ても飽きなくて、朝も夜もさびしく思いつづけているのだろう）

まそ鏡磨ぎし心をゆるしてば後に言ふとも験あらめやも　（坂上郎女、巻四・六七三）

（まそ鏡、しっかりひきしめた心を一度ゆるめてしまったら、後になってなんと言おうとも甲斐がないのだろう）

まそ鏡見ませ我が背子我が形見持てらむ時に逢はざらめやも　（作者未詳、巻一二・二九七八）

（まそ鏡を見てください。私のこの形見を持っているなら、逢わないということがあるでしょうか）

それに対して古今集では、「まそ鏡」は「ます鏡」になり、「増す」とも響き合うようになる。そして、そこには、〈面影〉ばかりでなく、自分の「影」も映るようになる。

ゆく年のおしく《を》もある哉ますかゞみ見る影さへにくれぬとおもへば　（貫之、冬・三四二）

（この年も去ってゆくのは惜しいことだよ。ます鏡に映っている姿にさえも、「暮れ」が訪れてくると思えば）

「見る」のなかに「身」を響かせ、〈他〉を映す「ます鏡」に〈我が身〉とその思いを託した貫之の歌に続いて、後撰集の次の二首においては、それはさらに恋を告げる道具になり、相手に自分を思い出させるような〈形見〉にされている。

身を分くる事の難さにます鏡影ばかりをぞ君にそへつる　（則善、離別・羇旅・一三一四）

（身を二つには分けられないと、辛い思いが増す中で、少なくとも私の代理としてこのます鏡をあなたに添わせて行かせることにした）

ふたご山ともに越えねどます鏡そこなる影をたぐへてぞやる　（よみ人しらず、離別・羇旅・一三〇七）

（ふたご山を一緒に越えないが、このます鏡を、そこに映る影とともに、あなたにつれ添わせてやるのだよ）

言うまでもなく、これらの歌の「影」は、鏡に映った像だけでなく、移った心をも指し示すのだが、このような意味は「ます（まそ）鏡」の詩的連想とともに、「おもへども身をし分けねば目にみえぬ心をきみにたぐへてぞやる」（古今、離別・三七三）などの前例からも伝わってくる。

それ以前の詩的伝統を纏めようとした拾遺集は、「ます鏡」の歌を五首も登場させており、その歌は「ます鏡」の意味作用の展開をたどっている。たとえば、人麿の作とされた「ます鏡見しがと思ふ妹にあはむかも玉の緒の絶えたる恋のしげきこの頃」（雑下・五六六）と、「ます鏡手に取り持ちて朝な〳〵見れども君に飽く時ぞなき」（恋四・八五七）とは、〈相手をうつす〉という万葉集の「まそ鏡」の意味を踏まえて、飽くことのない思いを告げている。[4]また、「ます鏡底なる影にむかひゐて見る時にこそ知らぬ翁にあふ心地すれ」（雑下・五六五）という旋頭歌は、「ます鏡」のなかで老いの訪れを眺めている貫之の歌を想い起こさせる。

さらに、「影絶えておぼつかなさのます鏡見ずは我が身の憂さも知られじ」（よみ人しらず、恋四・九一五）という歌は、後撰集の離別歌を連想させ、今の恋人ではなく、自分を忘れた人に送り返された「ます鏡」は、相手の気持ちを取りもどそうとする道具になっている。

一方、「思ひます人しなければます鏡うつれる影と音をのみぞ泣く」（よみ人しらず、恋四・九一六）という歌は、「ます鏡」の「ます」を強調し、〈心なき〉に〈泣き声〉を添えながら、思いと思い出によって増す「涙」の詩的イメージを描き出している。《私に対して愛情をます人がいないので、身の〈ます鏡〉にうつる面影を見ながら、声を立てて泣いている》と。

さて、上に追究してみた「ます鏡」の詩的連想は、〈相手の心を招き寄せる〉ことから出発して、老いと片思いの悲しみ、別れの時の形見、〈逢いたい〉、また〈戻ってほしい〉という念願などを通して、「涙」の記号化過程をも反映している。言い換えれば、それは、「涙のます鏡」という表現の詩的根拠を提出して、「涙」が「ます鏡」の詩的連想の形見、およびその伝達者として働いていることをも示している。それに対応して「涙のます鏡」の歌（「今日までと見るに涙のます鏡なれにし影を人に語るな」）は、次のように解読できると思われる。

「ます鏡」は、思いと思い出が増すにつれて、「涙」が増すことをあらわすと同時に、年月が増すという連想を通して時間の流れも感じさせる。「今日まで」という制限的な言葉はその〝流れ〟のインパクトを強調する一方で、「今日までと見る」とは、〈今日までと見ることにする〉と、〈今日までの身〉すなわち〈今日までの恋、愛情などの心の思い〉を示唆している。それに伴って「ます鏡」に映る「影」は、自分の像ばかりでなく、心のなかに移った人の面影でもあり、「なれにし影」は、〈これまで映し慣れてきた私の姿〉のみならず、〈心のなかに保存してある親しい人の面影〉という意味にもなる。したがって、歌の解釈の範囲は次のように広がる。《今日までだと思うと、この鏡を見ながら涙が増すのだ。我が涙よ、我が身や、このます鏡に映って、形見になった親しい人の面影について、他人に語らないでおくれ》と。この歌を登場させる説話によると、鏡を手に入れた人は、歌を読んでから、元の持ち主に返したそうだが、それは、彼女の貧しさに同情したからばかりでなく、このような詩的メッセージも読み取れたからではないだろうか。

一方、「語る」ようになった「涙」の伝達力を顕在化するこの歌は、「涙」に照明をあててみれば、次のような解釈にもなりうる。つまり、《今日までに数多くの心の思いを見てきた「涙」は、それを「ます鏡」のように映しているが、さらに「増す」につれて、抑えられなくなり、親しい人の面影を漏らしはじめる。我が涙よ、心の秘密について語らないでおくれ》と。

しかし、〈語らないでおくれ〉と頼んでも、せき止められない「涙」の流れを抑えることはできそうもない。そして、「涙のます鏡」の歌が証明しているように、語りはじめた「涙」は、心の思いにかぎらず、他の詩語についても、自分の詩化過程についても〝物語る〟ようになる。次にいくつかの歌群を中心に、〈袖の涙〉の語りを追究してみるが、出発点は、他のどの表現よりも拾遺集における〈袖の涙〉の詩化過程を反映している〈袖の露けさ〉にすることにしたい。

〈袖の涙〉の詩化過程を書き印す〈袖の露けさ〉

まず、〈袖の涙〉の譬喩である「袖の露けさ」は、〈草葉をわける袖の露けさ〉と、ミメティック・レベルでも意味づけられており、二つの意味の対立が、詩化過程に注目を促す役割もはたしている。その代表的な例の一つとして次の歌が挙げられる。

題しらず

秋の野の草葉も分けぬ我が袖の露けくのみもなりまさるかな

（よみ人知らず、恋三・八三二）

《秋の野の草葉を分けてはいないが、我が袖は涙の露で濡れてばかりいて、その露はますますまさっていく》という この歌の意味は、「**秋の野の草もわけぬを我が袖の物思ふなへに露けかるらん**」（後撰、秋中・三一六）という貫之の歌との対照によって一層明瞭に伝わってくる。両者とも〈袖の露けさ〉を「秋の野の草葉も分けぬ」に対立させることで、〈袖の涙〉の詩語としての意味を示唆しているが、「袖の物思ふなへに露けかるらむ」（物を思うにつれて袖に露がこぼれるのだろう）を「袖の露けくのみもなりまさるかな」と置き換えた拾遺集の歌は、このような詩的意味の優越性をさらに強調していると思われる。すなわち、《秋の野の草葉を分けなくても、物を思うと、「袖」に〈涙の露〉がこぼれるので、それが〈袖の露けさ〉の意味となり、「涙」が増すにつれてこの意味もまさっていく》と。

〈袖の露けさ〉を「涙」と関連づけたこの歌は、〈袖の露けさ〉を登場させる拾遺集の他の歌の解釈のモデルになりうるが、このような意味作用を一層詳しく解明しているのは、別れの歌である。たとえば、「**時しもあれ秋しも人の別るればいとゞ袂ぞ露けかりける**」（よみ人しらず、別歌・三〇八）という歌は、「露」の指示的意味（自然の露）と詩的意味（涙の露）を対立させ、「時しもあれ秋しも」、すなわち〝季節問わず〟の後者に重点をおいており、「人の別るれば」という言葉は、〈別れの名残、別れた後の形見〉というその記号内容を指摘している。《時もあろうに、秋のせいでもあろうが、愛しい人と別れる時に、袖は草葉の露ではなく、涙の露で濡れてしまうことだ》と。

また、詩的会話として読める次の四首のシリーズは、〈袖の露けさ〉の詩化過程をたどり、詩的言語におけるその役割に注目していると思われる。

行く人をとゞめがたみの唐衣たつより袖の露けかるらん

（よみ人知らず、別・三二一）

惜しむともかたしや別れ心なる涙をだにもえやは留むる　（御乳母少納言、三二二）
あづま地の草葉を分けん人よりも遅るゝ袖ぞまづは露けき　（女蔵人参河、三二三）
別るればまづ涙こそ先に立ていかで遅るゝ袖の濡るらん　（よみ人知らず、三二四）

最初の歌の「とどめがたみ」は、「行く人」を留めることができない、また〈袖の涙の露〉を留めることができない、という二つの意味をあらわしているが、「がたみ」は、「かたみ」を連想させ、形見としての「唐衣」と、「形見」という〈袖の涙〉の詩的機能を指し示してもいる。また、「唐衣たつ」は、「装束賜ひけるに添へられたりける」という詞書に応じて「唐衣を裁つ」という意味になっていると同時に、「立つ」との響き合いを通して〈旅に立つ〉をも喚び起こしている。つまり、《行く人を留めることができないので、形見の唐衣を裁つのだが、旅に立つあなたよりも、私の袖の方が濡れてしまい、涙の露を留めることはできない》と。

二首目の歌は、「心なる涙」、すなわち〈心の中にある涙〉を登場させ、「だにも」によって特定することで、〈袖の露けさ〉の詩的意味を確認している。さらに「えやは」によって強調された「留める」の二つの意味、すなわち〈行く人を留める〉と〈涙を留める〉との対立は、抑えられなくなった「涙」の伝達力を示唆していると考えられる。《どんなに惜しんでも留められない、別れというものを。袖の露となる心の中の涙は、留めることはできはしないものだ》と。

三首目と四首目の歌は、その前の二首に内包されている〈旅立つ人の袖〉と〈見送りの人の袖〉との対比に焦点をあわせて、その〈袖の露けさ〉を比較している。〈草葉をわける袖の露けさ〉よりも、残された人の「袖」の方が〈涙の露〉で濡れるということは、「露」の詩的意味に重点をおいているということであり、歌の詩的レベルの主導的な働きを強調しているのである。

三首目に登場する「あづま地」は、詩的伝統のなかで「中山」を連想させるので、「草深い」を喚び起こし、〈露けさ〉を誇張しているが、それは自然の〈露けさ〉にまさる〈涙の露〉の強度を高める効果になる。つまり、《あづま路の深い草葉を分けて行く人よりも、残された人の袖の方が、別れの辛さと思慕の涙で、はやく、またひどく濡れてしまう》と。

それに続いて「題知らず」の印を付けられた四首目の「よみ人知らず」の歌は、〈別れの涙〉というこの四首の連鎖における〝詩的言説〟の主題を纏めて、「涙こそ先に立」つ、と断言している。それは、旅立つ人の「袖」と「遅るゝ袖」との対比であると同時に、草葉をわけて行く〈袖の露けさ〉と、〈袖の涙〉の譬喩としての意味との対照にもなっている。そして、歌の問いの形は、このような対立を意識させるものとなっており、読者との共同体、すなわち歌のメッセージの共通性を示していると思われる。《別れる時に、まず涙が先立ち、旅立つ人よりも、見送りの人の袖が先に濡れてしまうのは、なぜなのだろうか》と。(5) この詩的問いは、別れの心の心理分析にもなっているので、当代びとにかぎらず、「涙の露」を知らなくても別れを知っている私たち現代人にも通じるのである。

以上、いくつかの〈袖の露けさ〉の歌を引用して、〈草葉をわける袖の露〉から〈袖の涙の露〉へと、詩的言語におけるその展開をたどってみたが、次の歌は、その二つの意味をさらに転回させ、パロディ化しているので、〈袖の涙〉の譬喩としての〈袖の露けさ〉の意味が詩的約束、もしくは〝詩的オーソリティ〟になったことを証明していると思われる。

いな折らじ露に袂の濡れたらば物思けりと人もこそ見れ　（寿玄法師、雑下・五三二）

詞書によると、寿玄法師は、説経していた法師の従者が花を折ろうとしたのを見て、この〝説経〟の言葉を贈ったというのだが、女性を指し示すという「花」の両義性や〈袖の露〉のエロチックなコノテーションをも考慮すれば、歌の見事なユーモアに感嘆せざるをえない。《いや、花は折るまい。袂が露に濡れると、人がそれを〈袖の涙〉と見ることに決まっているのだから》と。

ついでに述べれば、この歌を含めてここまで引用した歌が示しているように、拾遺集の〈袖の涙〉の歌には、実に目立つほど、「こそ」や「のみ」のような、意味を限定するか強調する言葉が使われている。それは、〈袖の涙〉をあらわす表現の数が増えて、その記号内容がいかに広がってきたかを反映していると考えられる。言い換えれば、〈袖の涙〉の詩的コンテクストの密度が非常に高まってきたので、詩的コミュニケーションが行われるためには、度々〝コードの打ち合わせ〟をする必要があったのである。

それに対して、「のみ」も「こそ」も登場させる次の歌は、「涙」のいずれかの意味を特定するのではなく、その普遍性を強調している。

憂き世にはある身も憂しと嘆きつゝ涙のみこそふる心地すれ　（朝光、哀傷・一三〇六）

哀傷歌としてのこの歌には、具体的な意味が担わされているにちがいないが、詞書から離れてそれを読んでみれば、次のような総合的なメッセージも伝わってくる。《世の中の寂しさや悲しみ、また自分の辛い思いを表すには、涙しかない。人生の流れとともに流れていく「涙」は、雨のように降りつつ、人もその〈涙の雨〉とともに、世を経ていくのだ》と。そして、「涙のみこそふる心地すれ」という下句に「物名」的に詠み込まれた「そふる（添ふる）」は、こうした〈増す「涙」〉のメッセージをいっそう強調していると思われる。

上に取り上げた〈袖の露けさ〉の歌は、〈袖の涙〉の新しい記号化過程を発動させるというよりも、ミメティック・レベルとポエティック・レベルとの区別を通して、その詩化過程の歴史を振り返っているが、それは、万葉集以来の詩的伝統を纏めようとする拾遺集の撰進の意図とも呼応しているように思われる。それに対して、「涙の露」という詩語を登場させる次の歌は、撰進当時の特徴を反映し、〈袖の涙〉の〝社会性〟という新しい展開を示唆すると同時に、〈袖の霜〉という新しい詩語の可能性をも提示していると考えられる。

限なき涙の露にむすばれて人のしもとはなるにやあるらん　（佐伯清忠、雑上・五〇三）

詞書によると、この歌は、清忠が二条左大臣の期待に応ええず、悔しさと悲しさのなかで詠まれたとあるので、「人のしもと」は「下」を喚び起こし、不遇の身の愁嘆を強調している。しかし、表現の視点から見れば、「しも」を「霜」と読み、「露」→「霜」という、〝限りのない〟〈袖の涙〉の詩化過程の展開を示唆するメッセージをも読み取ることができる。《限りのない「涙」は、〈涙の露〉に倣って、〈霜〉とも結ばれるのだろうか》と。

さて、上に試みた〈袖の露けさ〉の分析が示しているように、「涙」の語りは一首か二首の歌にとどまらず、歌の配列に沿っても展開していく。なかには短い〝会話〟もあれば、長い〝ストーリー〟もあるのだが、そのいずれも〈袖の涙〉の詩化過程をたどり、その特徴を解き明かしている。したがって、次にいくつかの歌の連鎖を取り上げて、拾遺集における〈袖の涙〉のパノラマを見渡してみよう。

（イ）〝音無〟の会話

次の二首は、贈答歌でもなく、贈答歌に仕立てられてもいないので、内容のレベルでは会話していないけれども、「音無」という共通の言葉によって結ばれ、「涙」の伝達力に関しての弁論として捉えられる。

恋わびぬ音をだに泣かむ声立てていづこなるらん音無の里

（よみ人知らず、恋二・七四九）

しのびて懸想《けさう》し侍ける女のもとに遣はしける

音無の川とぞつゐに流れける言はで物思人の涙は

（元輔、恋二・七五〇）

この時代には「音無の里」と「音無の川」は、具体的な地名としてよりも、詩的比喩として使われていたと思われる。[6] そして、能因法師の「都人聞かぬはなきを音無の滝とはなどかいひはじめけむ」（能因集）という歌が証明しているように、「音無の滝」、「音無の川」などの名は、静かに流れる川、音も聞こえぬ隠れ里などの連想に沿って、忍ぶ思いか片思いの意味を表していた。一方、拾遺集歌壇の輔親の家集のなかに「音無の里とは見れど声立てて泣くべきまでになれる我が恋」（輔親卿集）という歌が入っていることからすれば、当時の詩的コンテクストにおいては、「音無の里」や「音無の川」は「涙」とも関連づけられていたと判断できる。

それを踏まえて一首目の歌を見てみると、〈表〉では「泣き声」と「音無の里」を対立させながら、〈裏〉では詩的コンテクストに内包されたその共通点である「涙」に呼びかけている。《もう耐えられなくなって、恋を隠しきれないので、泣くことにしようか、恋の声を立てながら。いったいどこなのだろうか、あの音無の里とは》と。

それに対して二首目の歌は、「音無の里」を「音無の川」に置き換えて、忍ぶ思いの伝達者としての「涙の川」との連想を喚び起こすことによって、恋を訴える「泣き声」と「音無の里」との関連性を提示している。さらに、「言はで物思ふ」は、古今六帖の「**心には下行く水の沸き返り言はで思ふぞ言ふにまされる**」という歌を浮かび上がらせ、その「下行く水の沸き返り」と、「涙」に言及している「音無の川」との対比を通して、〝音〟がなくても川のように流れる「涙」は、言葉に変わって恋のメッセージを届けていくと示唆している。《泣きに泣かれて、ついに音無の川のように流れ出した人の涙は、言葉で言うよりも物思いを伝えていく》と。

そして、二首を繋いで読んでみると、《忍ぶ思い（音無の里）を「涙」（泣き声をたてて）であらわしはじめると、その「涙」がついに川（音無の川）となり、言葉に変わって人の思いを伝えるようになった》という、「涙」の詩的機能の展開を纏めたメッセージが聞こえてくるのである。

（ロ）「雨ふる川」は「涙の川」になる

〝音無〟の会話は川のように流れる「涙」の意味に注目しているのに対して、次の最も長いシリーズの一つは、「涙の川」という詩語の定着過程をたどりながら、〈袖の涙〉の詩化過程そのものに焦点をあてる。人麿の歌から始まり「よみ人知らず」の歌で終わるこのシリーズは、虚構の技法も使い、文字通りの〝物語〟になっている。

かき曇り雨ふる河のさゞら浪間なくも人の恋ひらるゝ哉　（人麿、恋五・九五六）
我がごとや雲の中にも思ふらむ雨も涙も降りにこそ降れ　（人麿、九五七）
降る雨に出でても濡れぬ我が袖の蔭にゐながらひちまさる哉　（貫之、九五八）
これをだに書きぞわづらふ雨と降る涙を拭ふいとまなければ　（よみ人知らず、九五九）

君恋ふる我も久しくなりぬれば袖に涙もふりぬべらなり　（よみ人知らず、九六〇）
君恋ふる涙のかゝる袖のうらは巌なりとも朽ちぞしぬべき　（よみ人知らず、九六一）
まだ知らぬ思ひに燃ゆる我が身哉さるは涙の河の中にて　（よみ人知らず、九六二）

作者からだけでも判断できるように、人麿の二首と貫之の一首に、四首の「よみ人知らず」の歌から織りなされたこのシリーズは、詩的伝統の成り立ちと成り行きをたどるストーリーに仕立てられていると言える。詩的オーソリティを象徴する人麿と貫之によって詠まれた最初の三首が、詩的伝統の基盤を築き、模範を提示するのに続いて、「よみ人知らず」の四首は、その基盤から出発して「よろづの言の葉」になった詩的伝統の普及と展開を書き印している。そして、この詩的言説の材料になっているのは、「雨ふる川」から「涙の川」に移り変わった、「涙」の歴史である。

まず、人麿の作とされる二首の歌とも、実際に人麿によって詠まれたわけではないので、人麿の名前を付けることは、歌の詩的ステータスを高める役割をはたしていると思われるが、それぞれの歌にはそれ以外の効果も窺われる。最初の歌は、万葉集の「**との曇り雨ふる川のさざれ波間なくも君は思ほゆるかも**」（巻十二・三〇一二）という作者未詳の歌を喚び起こすので、人麿の名前は万葉集時代を指し示す印として働いていると考えられる。一方、万葉集の詩的コンテクストにおいては、それは「涙」と結ばれていなかったにもかかわらず、その可能性を孕んでいたので、平安時代における「涙」の詩化過程のなかでこのような潜在力が発動させられ、拾遺集においては「涙」の歌として捉えられるようになっている。言い換えれば、この歌は、詩的伝統が進むにつれて昔の歌は再解釈の対象となり、その差異づけられた再解釈がまたもや詩的伝統を発動させる刺激になるという、詩的言語の展開のメカニズムを指摘していると思われる。「雨」、「川」、「浪」は、「涙」の表現のネットワークに属しており、「恋ひらるゝ」は、恋をあらわすというその主要な詩的意味を示している。また「ふる」は、「雨ふる」→「涙ふる」という〈涙の雨〉の見立て過程を喚起すると同時に、「経る」を連想させることでその過程の展開をも示唆しており、〈袖の乾く間もなく〉を思い起こさせる「間なく」も、〈袖の涙〉の詩化過程の連続性を強調していると思われる。

それに続いて二首目の歌は、「雨も涙も降りにこそ降れ」と、〈涙の雨〉の見立て過程を顕在化し、「思ふらむ」というその条件をも明示している。《物思いの時の雨は、涙を思わせ、涙のように降る》と。さらに、「我がごとや」(私と同じように)は、読者(聞き手)に呼びかけており、〈物思いの時の雨＝涙〉という詩的知識の共通性を強調していると同時に、読者を「涙」についてのストーリーに招き寄せる働きもしていると考えられる。

この歌も人麿の作とされたのだが、前歌とはちがって、その原型は万葉集ではなく、伊勢集に入っている。いや、原歌がなくても、この歌の表現のレベルは明らかに平安時代のものであると判断できるが、当代びとにとってはこのような〝事実〟は自明だったはずである。とすると、なぜ人麿の歌に〝見せかける〟必要があったのだろうか、その目的は何であったのだろうか、という興味深い問題が浮かび上がってくる。

一つには、同じ人麿の作とされた前歌との関係が考えられるだろう。すなわち、「涙」を登場させる二首目の歌も人麿のものであれば、一首目における「涙」の潜在的存在の説得力が高まってくるというわけである。

他方、シリーズ全体の視点から観れば、次のような仮説もたてることができる。つまり、前に触れた『竹取物語』の代表的な前例に従って、[7]よく知られている〝事実〟の偽りが物語の〈虚構〉の技法として捉えられていたことを考慮すれば、伊勢集の歌を人麿のものに〝見せかけた〟ことは、〈虚構〉の期待範囲を作り、現実の〝事実〟から詩的事実、すなわち、「涙」についてのストーリーへと、注目を移動させていると考えられるのである。

三首目の歌は、『人麿集』より著作の確実性の高い『貫之集』(六三九)にも入っているので、貫之のものであることにまちがいないだろう。にもかかわらず、ここでは貫之の名前も、人麿と同じように、詩的オーソリティとして働いていると考えられる。ましてやこの歌の意味作用の中心をなす「袖ひつ」と「袖ぬる」との対比は、古今集における「涙」についての詩的弁論の主要な問題であった。

ところでこの歌の意味作用の焦点は「降る雨に出でて（？）も濡れぬ我が袖の」という上句であるのだが、その解読に関しては注釈者の意見が一致しない。

小町谷照彦は、それを「降る雨に出でても濡れぬ」と読み、「降る雨に出て濡れたわけでもない私の衣の袖」（新日本古典文学大系）と解釈しているのに対して、田中喜美春と田中恭子は、「出でても」を「出ででも」として、上句を「降る雨の中に出て行かなくても濡れてしまったよ。私の袖が」と読んでおり、「〈出でてもぬれぬ〉として、外に出ても濡れない、と解するむきもあるが、屋外に出て降る雨に濡れない道理はない。〈ぬ〉は完了の助動詞、終止形」（貫之集）という説明を与えている。

このような意見の対立は、濁点の不在、文法の特徴などによる言葉遊びの尽くせないほどの可能性を示しているが、貫之のような歌人がこのような可能性を見逃したはずはないと思われるので、二つの解釈を妥協させる読みを提出してみよう。

まず、「出でて（で）も」は、〈出ても〉か〈出なくても〉かのどちらか一つではなく、二つとも内包しており、後撰集の「雨降れど降らねど濡るゝわが袖のかゝる思ひに乾かぬやなぞ」（よみ人知らず、恋五・九七三）という歌は、その証拠である。(8) それに倣って、〈濡れた／濡れない〉という「濡れぬ」の対立による言葉遊びもからませてみれば、次のような、前の二首における〈雨↓涙〉という弁論とも繋がる解釈が提出できる。《降る雨に出ても、出ていなくても、我が袖は、物陰にいながら、（あなたのおかげで流す、面影のために流す）涙で濡れつづけているのだよ。涙の雨に降られても袖の濡れない、心なしの人（あなた）とはちがって》と。

歌道の立法者と呼びうる人麿と貫之の歌の次に並んでいる四首の歌が「よみ人知らず」であることは、偶然ではないだろう。詩的モデルと〝ストーリーの論理〟に従って、歌人の前に開かれてきた作歌の可能性を追究していくこれらの歌は、〝無名〟というよりも、〝複数名〟の意味を持っていると考えられるからだ。その最初の歌の「これをだに書きぞわづらふ」(「玉章を書煩ふとなるべし」八代集抄)という言葉は、なによりの証拠であると思われる。

「これをだに書きぞわづらふ雨と降る涙を拭ふいとまなければ」というその歌は、〈雨→涙〉のテーマに沿って「雨と降る涙」を登場させ、〈涙の雨〉という譬喩を顕在化すると同時に、「雨」の新しい機能をも示唆している。「涙を拭ふいとまなければ」という誇張は、貫之の「ひちまさる袖」に変わって〈まさる涙〉そのものに焦点を移動させており、それに即して「雨と降る涙」が〝まさる〟のは、「涙」の隠喩である「雨」がその代理となり、「涙」を増やす(二重化する)働きをしているからだと解釈できる。一方、このように増えつつある「涙」が「書く」と対照されたことも、きわめて興味深く思われる。すなわち、「書く」の二つの意味(文字を書くと歌を詠む)に従って、次の二つの読みが提出できると思われる。つまり、《涙が溢れて見えなくなるので、この歌(手紙)さえも書きにくい》と、《感情が溢れて、言いたいことがいっぱいあるので、それを整理して上手く書けない》という二つである。

続いて「君恋ふる我も久しくなりぬれば袖に涙もふりぬべらなり」という「よみ人知らず」の二首目の歌は、「ふる」の連想(降る、経る、古)を発動させ、さらに「恋ふる」と連想させることで、〈まさる涙〉の理由を突き止めている。《年とともに絶え間なくふりつづける「涙」の恋のメッセージが伝わらなければ、ふる「涙」も、それを宿し伝達している「袖」も古くなる》という意味になる。

「君恋ふる涙のかゝる袖のうらは巌なりとも朽ちぞしぬべき」というその次の歌も、同じような内容になっているかのように見えるが、その詩的レベルを考察してみれば、重要な差異があらわれてくる。

「袖のうら」は、「裏」と「浦」を響き合わせ、〈袖の裏〉に流れる〈涙の浦〉を連想させる。「巌」は、〈浦の岩〉

を指示するとともに、「言ふ」、「言はぬ」を喚び起こすことで、歌の意味をさらに異化しているのだが、それに即して「朽ちぞ」も「口ぞ」と解読できるように思われる。つまり、《「恋ふる涙」は、「袖」にかかり、年月が経るにつれて、また忍ぶ思いの表現としての〈袖の涙〉の意味が古くなるにつれて、「袖」の裏で浦となり、何も言わなくても、〝袖の口〟が「恋ふる涙」の情報を伝えるだろう》と。

そして、「まだ知らぬ思ひに燃ゆる我が身哉さるは涙の川の中にて」という結びの歌は、「さるは涙の川」（それというのは、涙の川である）と、「雨ふる川」から「涙の川」までの〈袖の涙〉の詩化過程を纏めて、「燃ゆる」と「川」との対立を通してその詩的本質を強調している。一方、「まだ知らぬ思ひ」は、〈知らぬ思い〉を伝達する〈袖の涙〉の機能に注目すると同時に、その「まだ知らぬ」意味作用の可能性をも示唆していると思われる。《まだ知らない思いの〈火〉に燃えている我が身には、その思いが表現できるような、まだ知らない可能性が見えているのだよ。この「涙の川」の中に》と。

右に試みた分析が示しているように、この七首の歌のシリーズは、「雨ふる川」から「涙の川」へと、〈袖の涙〉の歴史をたどり、その自己反映力も顕示している。その（「涙」のストーリーの）詩的事実の確認のため、次に「人知れぬ我が物思ひの涙をば袖につけてぞ見すべかりける」（後撰、よみ人知らず、恋三・七六二）や、「人しれず物思ふ頃の我が袖は秋の草葉に劣らざりけり」（同、貞数親王、恋五・九〇一）などの歌を踏まえ〈袖の朽ちぬ〉と対比させた三首の歌を取り上げてみる。三首ともやはり「よみ人知らず」の歌である。

（八）「袖」のくちにけり

女のもとに遣はしける

人知れぬ涙に袖は朽ちにけり逢ふよもあらば何に包まむ（恋一・六七四）

返し

君はたゞ袖ばかりをやくたすらん逢ふには身をもかふとこそ聞け（六七五）

題知らず

人知れず落つる涙は津の国のながすと見えで袖ぞ朽ちぬる（六七六）

「人知れぬ」の五首のシリーズの後半をなすこの三首の歌は、「人知れぬ」に「袖の朽ちる」を対比させることで、忍ぶ思いを〝隠しきれなく〟なった〈袖の涙〉の機能の展開を提示しているが、面白いことにこのメッセージはミメティック・レベルでもポエティック・レベルでも意味づけられている。というのも、「袖ぞ朽ちぬる」が「袖濡る」の誇張であるとともに、「口」を連想させ、〝語る〟ようになった〈袖の涙〉の役割を示唆しているからである。一方、歌の遊戯的な調子は、このような意味が共通の知識になったことを示していると思われる。(9)

「女のもとに遣はしける」最初の歌は、詩的カノンに従って読まれた恋の告白として読める。新日本古典文学大系の中で提出されている「あなたを恋い慕って人知れず流した涙で、私の衣の袖は朽ち果ててしまった。もしも恋の思いが通じて、あなたに逢える折があったならば、いったいその嬉しさを何に包もうか」という解釈は、こうした読みに基づいている。しかし、言葉の指示的意味と詩的意味を戯れさせ、また言葉の響き合いの連想——「朽ちにける」と「口」、「包む」と「人目を慎む」——を生かすことで、歌をさらに異化してみれば、次のように、なにもかも表現できるようになった〈袖の涙〉についてのパロディ的なメッセージを読み取ることができる。すなわち、《人知れぬ涙に袖は朽ちてしまって（〝口〟のように語りはじめて）、ぼろぼろになったので、今度、もし願いが叶い、逢うことができたら、嬉し涙を何に包む（どのように隠す）のだろうか》と。

女の返歌は、「くたす（朽ちさせる、腐す）」を戯れさせ、さらに、「袖」を「身」に対比させることで、「袖のみぬれて」→「身もながると聞かば」という、敏行と業平の有名な弁論を喚び起こし、「袖」ばかりを朽ちさせている男の贈歌が詩的伝統を〝腐す〟（おとしめる）ことになるという、厳しい批判を下している。それは贈歌のパロディ的な意味を強める働きもしている。

そして、「題知らず」の三首目の歌は、言葉選びに焦点をあてて、〈袖ぞ朽ちぬる〉の意味を解釈している。「津の国」は、きわめて〝顔の広い〟歌ことばであり、「生田」、「昆陽」、「住吉」、「長柄」、「難波」などの地名とともに枕詞的に使われているのだが、そのリストには「流す」と響き合う「長洲」も入っている。「見えで」も、詩的伝統に従って、〈見えて／見えで〉という対立を内包しており、それについて『八代集抄』は、「見えでを清めば長洲《ながす》と斗也《ばかり》。てもし濁れば流すとは見えずして也」という、まことにすばらしい〝記号論的な〟説明を付与している。

言葉遊びをさらに追究しつづければ、見えない「涙」が見えるようになることを示し、「人知れず落つる涙」と「袖の朽ちぬる」との対立を示唆する〈見えて／見えで〉に倣って、「なかす」のなかにも、「長洲」と「流す」のほかに、「泣かす」や「泣かず」を読み取ることができる。このような、対立を含む実に多様な情報を一つの現代語訳に絞って纏めることは不可能に近いが、おおざっぱに言えば、次のような意味になるだろう。

《人知れず落ちる涙は、見えないので、〈泣かず〉とも間違えられるが、袖は津の国の長洲の浜でもないのに、「涙」で濡れて朽ちてしまうと、「袖」の〝口〟のおかげで、流す涙も見えて（聞こえて）くる》と。

（二）　ある愛の物語

以上、「雨ふる川」→「涙の川」という長いシリーズの結びの歌の続きとして、人知れぬ「涙」に濡れ朽ちてしまった「袖」の詩的意味を取り上げてみた。他方、「涙」の歴史をたどるそのシリーズが「涙の川」を焦点化することは、〈袖の涙〉の詩化過程におけるその優越的な役割を強調していると思われるので、次に二つの連鎖を通して拾遺集における「涙川」の意味作用の特徴を吟味してみたい。

涙河のどかにだにも流れなん恋しき人の影や見ゆると　（よみ人しらず、恋三・八七五）

涙河落つる水上はやければ塞《せ》きぞかねつる袖の柵　（貫之、八七六）

万葉集和し侍ける歌

涙河底の水屑《みくづ》となりはてて恋しき瀬ゞに流れこそすれ　（源順、八七七）

〈涙川を見つめる〉、〈涙川に身を流す〉、〈涙川に身を沈める〉と、感情の強度を高めていくこの三首の歌は、ある愛の物語として解読できるし、「涙川」についての語りとしても読み取れる。

最初の歌は、「涙」の反映力と〈形見〉としての機能を合流させ、川のように流れてくる思い出や恋しい人の面影を浮かび上がらせると同時に、〃物語〃らしく劇的緊張の効果をも作り上げている。「のだかにだにも流れなん」（せめてのどかに流れてくれれば）という言葉は、関係がスムーズに進めばという願いを表しながら、「涙川」の静かな水面と、その下水の激流との対立も示唆しているからだ。

二首目の歌は、前歌が暗示する「涙川」の〈早瀬〉を明示し、抑えられない「涙」のイメージを描き出している。そして、それは、感情が抑えられないばかりでなく、〃語りはじめた〃「涙」が抑えられないという意味も持っていると考えられる。

「涙」が抑えられないのは、「水上早ければ」、すなわちその水上が早いからだが、古今集の「涙川なに水上をたづねけむ物思ふ時のわが身なりけり」（よみ人しらず、恋一・五一一）という前例が示しているように、「涙川」の「水上」は、〈心の思い〉、また「心」そのものであるのだ。一方、「みなかみ」を「身・中・見」と読んでみれば、〈身の中を見る〉という意味がそもそもこの言葉に潜在していたとも言い添えられるのである。

「抑えられない涙」のイメージと密接に繋がっているのは、それをせき止めることのできない「袖」であり、「袖の柵」という歌語はその〝詩的契り〟をあらわしている。しかし、小町の「を《お》ろかなる涙ぞ袖に玉はなす我は塞《せ》きあへずたぎつ瀬なれば」（古今、恋二・五五七）や、伊勢の「押さえ《へ》つゝ我は袖にぞせきとむる舟越す潮になさじと思へば」（後撰、離別・羇旅・一三四八）、「しがらみに袖を借らめどせきとめずこぼるゝものは涙なりけり」（伊勢集、一二七）などの前例を踏まえた「せきぞかねつる袖の柵」は、〈抑えられなくなった涙〉を強調するばかりでなく、「涙」の伝達チャンネルとしての「袖」の機能にも注目していると考えられる。つまり、〈止める〉ことができるなら、〈通す〉こともできる。だから、〈止める〉ことができなくなったら、〈通す〉ようになる、と。

「万葉集和し侍りける歌」（万葉集の歌に追和したもの）という詞書を付けられた三首目の歌の本歌として、『袋草紙』は三首の歌を挙げているが、[10]そのいずれも万葉集に入っていないことからすれば、「万葉集和す」とは、万葉集の歌の返歌を作るというよりも、万葉集から流れてくる詩的伝統を受け継ぐという意味を持っていると考えられる。

この歌のキーワードと見なされる「水屑《みくづ》」は、拾遺集の他の四首の歌にも登場しており、いずれも「身」を〈沈むみくづ〉に例え、あるいは相手の思いを〈浅き瀬の水屑〉と見て、失恋か失望の気持ちを詠んでいる。一方、『大鏡』は、菅原道真が太宰府に流された時に天皇に奉った「流れ行く我は水屑となり果てぬ君柵となりてとどめよ」という歌を引用しているが、面白いことにそこには「水屑」も「柵」も登場している。「万葉集和し侍りける歌」の作者の順が道真の歌を踏まえていたかどうかは判断できないが、拾遺集の配列から言えば、撰者はそれを連想していたと考えられる。
順の歌の「水屑」は、しかし、失望をあらわしている他の拾遺集の歌とはちがって、激しい恋の告白として解釈できる。このような意味の転回を可能にしているのは、「瀬」の登場である。つまり、「逢瀬」という「瀬」の詩的意味を働かせることによって、「水屑」は、〈落ち込んで底の水屑になった〉ということから〈恋しき逢瀬〉に変わったのである。

右に簡単に分析してみた三首の歌を連続的に読んでみよう。まず、次のような情熱の愛のディスクールになる。《涙川がのどかに流れたら、そこに浮かんでくる恋しい人（あなた）の面影を静かに眺めることもできただろうが、たぎつ心の水上の早き瀬から沸いてくる私の〈恋ふる涙〉の川は、普通の川ではないので、「袖」を柵にしてみても、せき止められない。恋しい人（あなた）に逢えるなら、憂き身を涙川の底に沈めて、その水屑となってもかまわない》と。

さらに、それらを〈表現志向〉の観点から読んでみれば、次のような詩的メッセージになる。《静かなる川のように流れたら、「涙川」は恋しき人の面影を浮かび上がらせる表現になっていたのだろうが、下水の激しい流れと同様に、「涙川」にも様々な意味が潜在している。〈たぎつ心〉とその表現力を水上とした「涙川」の早き瀬は、その柵にされた「袖」さえもせき止められない。だから、メッセージが伝わるために、川に身を沈めるのと同じように、「涙川」の詩的意味と機能をよく見て、身に付けるしかない》と。

（ホ）「衣川」の「衣」を脱いでみれば？

「涙川」を登場させ、その意味作用の範囲を吟味している上の連鎖とはちがって、次の四首のシリーズは、「涙川」の詩化過程を連想させることによって、他の言葉を詩化するという〈袖の涙〉の詩的創造力を証明している。「袖の涙」それ自体もようやくここで姿を現すのは、このような主役をはたしているからだと考えられる。

題知らず

我が思ふ人は草葉の露なれやかくれば袖のまづそほつらむ　（よみ人知らず、恋二・七六一）

袂より落つる涙は陸奥の衣河とぞ言ふべかりける　（よみ人知らず、七六二）

衣をや脱ぎてやらまし涙のみかゝりけりとも人の見るべく　（よみ人知らず、七六三）

しのびて物言ひ侍ける人の、人しげき所に侍ければ

人目をもつゝまぬ物と思ひせば袖の涙のかゝらましやは　（実方、七六四）

恋歌であるこの四首は、恋の意味を持っているにちがいないが、最初の歌の前に付けられた「題知らず」という印はその〝他の意味〟にも注目を促しており、その歌に詠まれた「かくれば」という言葉も、「掛く」に「隠る」を掛けて、〝隠された〟解釈の可能性を示唆していると思われる。

それに対応して、一首目の歌は、〈草葉にかかる露〉と〈隠れない涙〉との対立として捉えられ、《私の思いが草葉にかかる露とはちがって、隠れない（消えない）「涙」になっているので、何よりもさきに「袖」が濡れてしまうのだろう》という読みになる。それは、「袖」と「涙」の不可分の関係を顕在化すると同時に、〈袖の露〉の詩化過程を踏まえることによって、日常語に「涙」をかけると、それが歌ことばになりうることをも示唆していると思われる。

そして、「衣川」を登場させる二首目の歌は、このような詩的働きの実例と見なされる。

《袂より落ちこぼれる涙は、陸奥の衣川というべきだったのだよ》というその歌は、〈内容志向〉のレベルではやや解釈しにくいのに対して、〈表現志向〉のレベルでは分かりやすく意味づけられる。つまり、それは後撰集の「君がゆく方に有りてふ涙河まづは袖にぞ流るべらなる」（よみ人しらず、離別・羇旅・一三二七）という、伊勢国の「涙川」

を歌枕として認定した歌に倣って、陸奥の「衣川」の詩的潜在力を生かして、歌枕に異化しているのである。その根拠は、「涙川」の場合と同様に、詩的言語における〈袖の涙〉の機能なのだが、二首の歌とも「よみ人しらず」であることは、その一般的な公認として捉えられよう。一方、今回は「袖」ではなく、〈袖の涙〉に言及する「袂」が登場していることは、詩的言語のなかで「袖」が「涙」と融合したことによって、その類似語も、すなわち「袂」や「衣（手）」も「涙」と関連づけられるようになったという印として受け取られるのである。

「まさか」という疑問を抱いた人を説得するために、三首目の歌がある。それを前の歌と関連させずに、〈内容志向〉で読んでみれば、「衣を脱いで、あの人に贈ろうかしら。涙ばかりこのように衣に懸かっているのだとあの人が見て、『こんなに思い悩んでいるのだ』と分かるように」（新日本古典文学大系）という説明になる。他方、歌の配列に沿って表現そのものを読んでみれば、《「袂」、また「衣川」から「衣」を〝脱いで〟みようか。そうすれば、「涙」しかかかっていないことを人が見るにちがいない》という、きわめて〝真面目な〟詩的戯れになる。

三首の「よみ人知らず」の歌の後に載っている実方の歌は、一見それらとは無関係のように見えるし、詞書も〝分割線〟を引いている。しかし、すでに触れたように、どの〝分割線〟も〝接続線〟になりうるし、「袖の涙」の登場も前の三首と呼応しているので、関連性を表現のレベルで考えてみよう。

「よみ人知らず」の最初の歌が示唆した〈隠れた意味〉という問題に応じて、「袖の涙」は、三首における詩的弁論の〝隠し題〟の顕在化と見なされ、歌はその弁論の纏めとして解釈できると思われる。つまり、《「袖の涙」は、人目を憚らずに思いを表面に表すようになったので、このように多く流れかかり、他の言葉にも〝掛かる〟ようになったのではないだろうか》という総括的な意味になる。それと呼応して、〝分割線〟の詞書も、「しのびて物言ひ」に「人のしげき」を対立させることによって、忍ぶ思いをあらわすという「袖の涙」の機能ばかりでなく、詩的言語におけるその機能の〝表面化〟をも示唆して、前の三首との〝接続線〟として捉えられるようになる。

袖書草紙　III

後撰集は〈袖の涙〉を記号表現のレベルで展開したのに対して、拾遺集におけるその意味生成は記号内容のレベルに集中していると思われるが、いずれも、言うまでもなく、その表現力を高めているのである。

一方、平安時代前半における詩的伝統の流れを纏めようとした拾遺集は、和歌制作の〝現状〟より、詩的言語の展開に重点を置いているので、その主要な技法は「通時性」、また「連続性」に基づくものである。

「ひさかた」、「あしひき」などの万葉集の枕詞を〈袖の涙〉に付き添わせることによって、詩的伝統の連続性を示す一方で、枕詞を以て〈袖の涙〉の詩的ステータスを強調している。また「涙の玉」を「玉の緒」と接続させることで、心と心を結ぶ「涙」の機能を顕示しており、「草枕」を「涙の露」で濡らしながら、「言の葉」におく「涙」を、「草葉」におく「露」にたとえて、その普及を指摘している。そして「涙のます鏡」という〈鏡のなかの鏡〉には、詩的言語の展開を反映する〈袖の涙〉の無数の映像が映ることになる。

さらに、後撰集の「涙川」の「淵」と「瀬」に続いて、拾遺集の〈袖の露けさ〉の歌は、ミメティック・レベルとポエティック・レベルでの意味を対立させ、両者の矛盾を遊戯的に追究することによって、〈袖の涙〉の詩化過程を振り返ると同時に、パロディを通してその基準的な役割をも証明している。

このような「通時的」な技法と呼応して、拾遺集のもっとも代表的な特徴と見なされるのは、その物語性であるように思われる。「歌物語性」から「作り物語性」への展開は、後撰集のなかにも窺えるのだが、拾遺集はそれを徹底的に追究し、あらゆる〝物語〟の可能性を発動させている。詩的分析として意味づけられる〈音無の会話〉（七四九、七五〇）に続いて、「雨ふる川」から「涙の川」への流れをたどっていく七首のシリーズ（九五六〜九六二）は、虚構という〝純粋な〟物語的技法すら使っている。「袖はくちにけり」の歌群（六七四〜六七六）は、「袖濡る」↓「袖の乾かぬ」↓「袖の朽ちぬ」という〈袖の涙〉の詩化過程の展開を示すと同時に、「くちぬ」と「口」との響き合いを通して、〝語る〟ようになった〈袖の涙〉の詩的働きそのものに注目している。それに対応して「涙川」の連鎖（八七五〜八七七）は、恋の告白と、「涙川」の意味と機能についての説明、という二つのストーリーを語っており、「衣川」を取り上げた歌群（七六一〜七六四）は、伊勢国の「涙川」に続いて陸奥の「衣川」にも歌枕のステータスを与えた〈袖の涙〉の詩的力を例示している。

このような〝物語〟は、勅撰集の読みの快楽を高めるとともに、撰進過程がいかにまとまった理論的な立場から行われていたかをも証明している。一方、それは、平安文化の〈流れの構造〉と関連づけられ、テクスト生成の根本的な特徴をあらわしていると思われる。つまり、前に取り上げた平安文化のリゾーム的な意味作用のパターンに従って、散文と韻文との境目がはっきりしていない平安文学においても、歌と物語との間にはテクストの規準などの情報が絶え間なく交わされており、それはその規準の交換にも至ったと考えられる。そのため、和歌の技法、歌ことばの詩的連想などが物語言説に投射されたのと同じように、勅撰集などの和歌集における歌の配列も物語言説の特徴を反映しているのである。それぞれの和歌集のなかで〝物語性〟の程度は異なっているが、拾遺集以降の勅撰集においてはそれが意味生成の基準となるので、歌は、その配列を考慮せずには分析できなくなると思われる。

後拾遺和歌集

『後拾遺和歌集』という題名は、後『拾遺和歌集』のみならず、古今集、後撰集、拾遺集の三代集に対する「後」、すなわちポスト三代集という意味も包含しており、古今集に倣って備えられた序文はそれを直截に指摘している。(1) 言い換えれば、歌の「ひとへにをかしき風体」、「歌の道を少しづつ変りゆける有様」をめざすこの勅撰集は、新古今集へ向かう転換点とも呼びうるのだが、それは、歌の展開にかぎらず、『枕草子』、『源氏物語』、『和泉式部日記』なども生み出した時代の結果であろう。

他方、撰進が藤原摂関時代から院政期へと転換する時期にあたるので、当時の文学には政治的な要素も滲出し、いわゆる〝社会性〟、〝写実性〟の効果をもたらしたと思われる。また、不安が高まったなかで仏教の思想がさらに普及し、歌にも及んだ。

このような文化的および政治的な転換期は、世の中と我が身を考え、アイデンティティを求めようとする傾向に伴われていると容易に想像できるし、後拾遺集には「問う」、「知る／知らぬ」などの言葉が目立つほど多く登場することも、その印として捉えられるように思われる。したがって、後拾遺集における〈袖の涙〉の考察を、文化的アイデンティティの観点にも留意しながら進めていくことにする。

後拾遺集の全一二一八首のうち〈袖の涙〉の歌は約一三〇首あり、古今集によって規定された一割前後という基準に対応していると言える。しかし、和泉式部の「かぎりあらん仲ははかなくなりぬらん露けき萩の上をだにとへ」(秋上・二九九)という歌が示しているように、詩的カノンにおける〈袖の涙〉の表現の定着に伴って、「袖」も「涙」も登場しなくても、それに言及している歌が増えていることを考慮すれば、〈袖の涙〉を踏まえた歌の数は一割を超えると判断できる。言い換えれば、詩的言語の展開につれて、共通知識になった表現と発想は、表面から姿を消し、詩的コンテクストとして連想的に喚起されるようになるが、その直接の登場は、原則として、新しい意味作用の過程にかぎられると考えられる。したがって、右に挙げた数字は、〈袖の涙〉についての情報を尽くせないとはいえ、その展開を表していることはまちがいないだろう。

巻別から言えば、三代集と同様に、「涙」は恋歌と哀傷歌に最も多い。一方、詩的カノンの予備知識を与える四季の巻においてはその登場が比較的少ないのに対して、総括的な雑歌の巻においては目立つほどの存在になっていることは、詩的言語における〈袖の涙〉の定着を反映していると考えられる。

このデータをさらに具体的に述べれば、〈袖の涙〉の登場率が最も高いのは、半分近くの歌を「涙」で濡らした第十四の恋歌四の巻(五二首中の二四首)なのだが、その次に、三割に近い哀傷歌の巻(六八の二二)、二割を越える雑歌三(七〇の一六)、二割の恋歌二の巻(五〇の一〇)という順番になっている。また、四季の歌は、「涙」の伝統的な〈場〉である秋歌が基準の一割をたもっているのに対して、冬歌におけるその不在は、後撰集と拾遺集との相違点を示し、古今集と同様である。一方、「涙」を漏らさなかった賀歌に「袖」を通してそれが浸透していることは、そもそも悲しみの表明だった「涙」が心の表現となり、嬉しさも表すようになったことを顕在化していると解釈できる。

このように、後拾遺集における〈袖の涙〉のもっとも活発な場は、哀傷歌、恋歌、雑歌の巻なのだが、その直前に載っている（離）別歌の巻（一割）と羇旅歌の巻（一首）が詩的カノンの変化に関しての〃打ち合わせ〃の役割をはたしていると思われるので、まずそれを取り上げてから、〈袖の涙〉の〃本場〃である巻々における〃知る／知らせる〃「涙」を問うてみる。

〈袖の涙〉のコード合わせ

（離）別歌の〈袖の涙〉は、拾遺集の「あづま地の草葉を分けん人よりも遅るゝ袖ぞまづは露けき」（女蔵人参河、別・三三三）などの歌が提出した「遅るゝ袖」の〈露けさ〉の問題を取り上げて、その〈涙の露〉の意味をさらに発展させる。一方、別れてもいずれまた逢えるという前提に基づいた拾遺集の（離）別歌とはちがって、流罪などのための別れも踏まえた後拾遺集の別歌は、不安と不満に満ちているので、恨みや同情の「涙」を登場させるとともに、〈逢いたい〉というメッセージの伝達者としての機能にも強く訴えている。

たとえば、次の歌は恋人との別れを対象にしているが、詞書によると、それは、親しく交際していた女性が急に遠い所へ行くことを決心した、というきわめて不安な折に詠まれたものである。

物言ひける女の、いづこともなくて遠き所へなん行くと言ひ侍りければ

いづちとも知らぬ別れの旅なれどいかで涙のさきに立つらん　（中原頼成、四九二）

《行く先も分からない別れの旅なのに、どうして涙が先に立つのだろうか》というこの歌の「いづちとも知らぬ」は、旅の行く先も、二人の関係の行く先も示唆しているにちがいないが、問題は詞書の「いづこ」と呼応した「いか

で」という言葉である。

〈別れるのに、涙が流れだす〉という発想は、指示的レベルでは明らかに矛盾しており、それを妥協させるのは、「涙」の詩的意味から織りなされている歌の詩的レベルである。つまり、《別れるのに、「涙」が先に立つのは、その「涙」には悲しみにかぎらず、まだ愛していて、またお逢いしたいという意味なども内包されているからだ》という答えになる。

それに対して次の歌は、個人的な関係を超えて、京へ帰る人が筑紫の人々の「別れ惜しみ侍けるに」詠まれたことになっているが、先に出る「涙」は、前歌と同様に、〈またお逢いしたい〉という気持ちを託された「涙」であると思われる。

つくし船まだともづなも解かなくにさし出づる物は涙なりけり　（連敏法師、四九五）

《つくし船の引き綱がまだ離れないのに、先に出るのは涙なのである》というこの歌の「つくし舟」は、「筑紫通いの舟」を指し、旅の不安を伝えるものだが、「尽くし」は、まだ尽くせない思い、もしくは話を示唆するとも推測できる。それに対応して、「解かなくに」は《艫綱を解かない》ばかりでなく、〝解かない〟話題が残っていることをも踏まえているのではないだろうか。

いずれにしてもこの歌は、再会の約束のない別れの不安を内包しているにちがいないが、「白河」を登場させ、「白河のしらず」（古今、六六六）を想い起こさせる次の歌は、その不安を直截にあらわし、「涙」の記号内容として特定する。

かりそめの別れと思へど白河のせきとゞめぬは涙なりけり　（中納言定頼、四七七）

「白河のせきとゞめぬ」は、「白河の関」に「せき止めぬ」を掛けて、拾遺集の「行く人をとゞめがたみの唐衣たつより袖の露けかるらん」（三二一）などの歌に従って、《行く人を止めがたく》と《涙を止めがたく》という二つの意味を関連づけている。

一方、「たよりあらばいかで宮こへ告げやらむ今日白河の関は越えぬと」（拾遺、兼盛、別・三三九）、「都をば霞とともに立ちしかど秋風ぞ吹く白河の関」（後拾遺、能因、羈旅・五一八）などの歌が示しているように、当時の文脈においては「白河の関」が都を離れる不安も連想させるので、定頼の〈せき止められない涙〉は、恋の関係の範囲を越えて、社会的な意味をも担わされており、文化人＝恋人から、文化人＝社会人へ、という歌人の立場の移動を反映していると思われる。

当代の都びとにとっては都との別れは悲しいことだったにちがいないが、都を離れる理由も、それに伴う悲しさも様々であったので、その「涙」も変わっている。たとえば、「出雲の国に流され侍りける道にて」（詞書）詠まれた次の歌のように。

さもこそは都のほかに宿りせめうたて露けき草枕かな　（中納言隆家、羈旅・五三〇）

《いかにも都以外の宿らしいだろう。旅寝の枕はますます露で濡れていく》と、表面上はいかにも普通の羈旅歌のように見えるこの歌の裏には、激しい恨みの「涙」が流れている。「せめ」が「せめ」（責任）と「せめて」（しいて）を連想させ、「うたて」が「ますます」とともに、「いやらしく、情けなく」という意味も喚び起こしているからだ。それと呼応して、「露けき草枕」も、〈露の命〉を想い起こさせ、恨みと失望の意味を担わされるのだが、それは〈袖の涙〉の新しい記号化過程への指示として捉えられるのである。

纏めて言えば、そもそも悲しみの表明として発生した「涙」は、数多くの譬喩と連想を通じて、心そのものの表現として公認され、総括的な意味と機能を担わされたので、新しい指示物も記号化できるようになった。このような、具体化↓一般化↓具体化という転回は、既定の意味をデコンストラクトしながら新しい意味を作りだすという、意味作用の主要なメカニズムの一つであると同時に、当時の転換期の特徴を反映してもいると考えられる。それと呼応して、後拾遺集には、三代集より地名が数多く登場し、きわめて詳しい詞書[2]のなかで人物の名前がよく挙げられることは、転換期の性格を映し出し、それに伴う歌ことばの意味の変化を指し示しているように思われる。

たとえば、右に取り上げた歌と同じように「露けき」を登場させる次の哀傷歌の表現のネットワークは、具体的な事情を具体的に説明する詞書にまけないほど具体的である。それを証明するため、まず詞書を無視して歌を考察し、その後に詞書と結び付けてみる。

よそに聞く袖も露けき柏木の森のしづくを思ひこそやれ　（小左近、哀傷・五五二）

「よそに聞く袖も露けき」は、《よそながら、他人事でも袖は濡れる》という意味をあらわしていると同時に、「よそ」を通してそれが「涙」の新しい（「よそ」の）意味であることをも示唆していると思われる。それと呼応して、「思ひこそやれ」は〈思いやり〉というその内容を解き明かし、「柏木の森のしづく」と関連づけている。一方、「柏木の森のしづく」は明らかにコード化された表現であるので、まずそのコードを解読して、「涙」の新しい意味との関連性を探ってみよう。

「柏木の森」は、『大和物語』の「かしはぎに葉守の神のましけるを知らでぞ折りしたゝりなさるな」（六十八段）と、「かしはぎのもりの下草老いぬとも身をいたづらになさずもあらなむ」（二十一段）という歌に詠まれた〈守り↓森〉の連想を喚び起こし、拾遺集の「人知れず頼めし事は柏木のもりやしにけむ世にふりにけり」（右近、雑恋・一二二二）という前例に従って「漏り」をも想い起こさせる。それに対応して、小左近の歌の「柏木の森」に続く「しづく」という言葉に注目すると、〈袖の雫〉という「涙」の新しい隠喩が窺われるのだが、同じ後拾遺集には、同じように「よそに」で始まる「よそにふる人は雨とや思ふらんわが目にちかき袖のしづくを」（高明、恋四・八〇五）という、「袖のしづく」を直接登場させる歌も載っている。さらに、「思ひやる子恋の森の雫にはよそなる人の袖も濡れけり」（拾遺、元輔、哀傷・一三〇三）という前例のなかで、「袖」を濡らす「森の雫」は、〈思いやりの涙〉の意味を担わされているので、「柏木の森のしづく」は、〈柏木のもり→漏り〉→〈もり（森、漏り）のしづく〉という、〈思いやりの涙〉の詩化過程を反映しているということがわかる。

一方、『大和物語』の「柏木の森の下草」（二十一段）という連想を考慮すれば、その〈同情の涙〉の相手は、目上の人であると推測できる。それに、詩的伝統において「柏木」が近衛府の異称として詠まれたことを付け加えれば、その相手の身分がさらに具体化してくる。

このように、詞書がいらないほど、歌を織りなす詩的連想は、その具体的な事情（死別などの哀傷）だけでなく、送信者と受信者の関係についての情報を提供している。そして、それが「左近衛の督経成《つねしげ》、みまかりけるその忌に、いもうとのあつかひなどせんとて、師賢朝臣こもりて侍りけるにつかはしける」という詞書と完全に〝一致〟しているので、詞書の役割は、このような詩的連想の期待範囲を開いて、詩的コードを確認することであると考えられる。他方、その連想が詞書と呼応して、きわめて具体的であることは、後拾遺集における詩的表現の〝写実性〟の例と見なされる。

上に取り上げた詩的表現の〝写実性〟は、詩的言語の記号化範囲が多分野に及び、一般的な思想とともに、具体的な事実をもあらわすようになったことを証明しているのだが、それは平安文化の発展におけるきわめて重要な段階の表徴として捉えられる。つまり、平安文化も、その主要な認知手段ないし表現方法である詩的言語も、纏まった世界観と価値観のシステムとして発達し、独自の視点から世の中を評価したり、表現できるようになったということである。それをさらによく示しているのは、中国詩の詩語の解釈であると思われるので、次にいくつかの代表的な例に注目してみたい。

世の中の転換期を書き印す〈袖の涙〉

(イ)〈旧里の涙〉と〈老いの涙〉

中国詩との関係は日本の詩的伝統の形成を特徴づけているが、その関係の具体的なあり方は詩的伝統の展開につれて変わっていく。たとえば、ここまで取り上げた、三代集における「紅涙」→「涙の色」という変化は、中国詩の詩語を和語化するという、平安初期の傾向を例示していると考えられる。それに対して、平安後期の仮名文学では、漢字の使用とともに中国文学からの引用も見られるようになり、それは、日本の文化的アイデンティティを支えている和文の〝熟成〟の結果と見なされるように思われる。言い換えれば、平安後期の文学における中国文学からの借用は、〝中国詩、漢詩文の影響〟ではなく、中国詩の和語化でもなく、積極的な参照行為である。それは、二つの文化、二つの詩的伝統の差異を顕示することによって、平安文化とその詩的言語の〝自立〟を示していると思われる。〈袖の涙〉の詩化過程においてこのような展開が〈旧里の涙〉と〈老いの涙〉を通してあらわれてくるのは、きわめて象徴的な意味をもっている。二つとも人間のアイデンティティにかかわると同時に、文化的アイデンティティの問題をも反映しているからである。

〈旧里の涙〉は中国詩および漢詩における「涙」のもっとも類型的な表現の一つであるが、次の歌は、このような伝統を踏まえているばかりでなく、〈涙の露〉という歌語を通して、王昭君の伝承とその「涙」を解釈している。

王昭君をよめる

なげきこし道の露にもまさりけりなれにし里を恋ふるなみだは

（赤染衛門、雑三・一〇一六）

王昭君の伝承は、西京雑記、白氏文集などのテクストのなかで紹介されており、晩唐の詩人の温庭筠《おんていいん》も「紅涙文姫洛水春」と、旧里との別れを嘆き悲しむ王昭君の悲劇的な「紅涙」を詠んでいる。前漢の宮女の王昭君は、優れた美人だったにもかかわらず、宮女の似顔絵を任された絵師に賂を贈らなかったので、醜く描かれ、帝に疎まれるようになった。それゆえ、対匈奴和親政策を進めるにあたって、帝は王昭君を王女の身代わりとして匈奴に送り、呼韓邪単于《こかんやぜんう》の妻にしたが、その遠い地で王昭君は故郷との離別を嘆き悲しみながら死没したという。

確かにこのような悲劇は、噂を含めて様々な情報が自由に流れた平安社会のなかでは起こりえず、王昭君は、楊貴妃とともに、王朝びとの心と創造力を刺激したにちがいない。しかし、中国の様々な伝承のなかからこの二人の哀れな美が平安びとを最も感動させ、中国の数多くの詩人のうち、二人の悲劇を詠んだ白楽天が日本で最も高く評価されて、しかもその伝承が歌にかぎらず、物語、日記、『枕草子』などで広く取り上げられたのは、平安前半に作り上げられてきた日本文化の価値観に適合していたからだと思われる。

また、匈奴の地に送られた王昭君の伝承は、政治的な転換期のなかで遠くに流された貴族たちの運命とも響き合っていたと想像できるので、右の赤染衛門の歌にはこのような連想も内包されていると考えられる。

「なげきこし道」（なげきながらやって来た道）と「なれにし里」との対立は、王昭君だけでなく、流罪などを含む当代の〈別れの場〉も踏まえており、「道の露」は、恋と男女関係の表現としての〈草葉の露〉の「なれにし」（馴染み）の意味から、〈露の命〉を連想させるその新しい意味に重点を移動させる。そして、それに従って「なれにし里を恋ふるなみだ」は、〈人を恋ふる涙〉から〈旧里を恋ふる涙〉へという、記号化過程の変遷を指し示している。

　このように、赤染衛門の歌は、詞書がなければ、当代の社会歌として受け取られ、「**旧里を恋ふる袂もかはかぬに又しほ《を》たるゝ海人も有りけり**」（拾遺、恵慶法師、雑恋・一二四六）などの前例とも関連づけられる。したがって、詞書は、二つの詩的伝統を差異化し、和歌の詩的伝統の視点から「王昭君をよめる」、また〈旧里の涙〉をよめる、という意味をもっていると考えられる。

　赤染衛門の「なれにし里を恋ふるなみだ」の歌と同様に、元輔の次の歌に登場する「おいのなみだ」も、中国詩と漢詩における「涙」の類型的詩語に由来している。また、同じように「なみだは」という纏めの形で終わっており、総括的な雑歌の巻に載っている。

　　紀時文がもとにつかはしける

返しけむむかしの人のたまづさを聞きてぞそゝくおいのなみだは　（雑四・一〇八六）

　紀貫之の息子の時文に贈られたこの歌の意味は、その前に載っている恵慶法師と時文との贈答歌と関連している。恵慶法師が時文から借りた貫之集を返した際に詠まれたその贈答歌に従って、元輔の「返しけむ昔の人のたまづさ」は、貫之を示唆し、彼の「歌聖化の一端」と見なされる[3]。

　「たまづさ」は、そもそも「玉あづさ」から発生し、使者が梓の杖を持って手紙を運んだことから「使者」また「手紙」（玉章）を表すようになったのだが、さらに、匈奴の地から二十年にわたって雁に手紙を付けて都に送りつづけ、ついに帰還できたという、蘇武《そぶ》の故事にも言及している。そして、その故事が「**白頭走懐君、唯将老年涙、一灑**

古人文」（白氏文集、五一）と詠まれているので、『奥儀抄』は元輔の歌の「老いの涙」を白氏の「老年涙」と関連させている。一方、それは貫之の「白玉と見えし涙も年ふれば唐紅にうつろひにけり」（古今、恋二・五九九）などの歌に内包された〈年ふれば、「涙」が変わる〉、また〈それを知るのは「老いの涙」である〉というメッセージをも想い起こさせているのではないだろうか。いずれにしても、元輔は、白楽天の「老年涙」に貫之の「老いの涙」を重ねることによって、二人の「古人文」（「昔の人の玉づさ」）、また二人が代表している詩的伝統を対比させていると考えられる。つまり、《返却された文とともに、貫之もよみがえったのだろう。白楽天の「老年涙」を想い起こさせる、その魂を宿した〈老いの涙〉の玉づさを通して》と。(4)

（ロ）〈衣の玉〉

ここまで取り上げた（離）別歌も、赤染衛門の「なれにし里を恋ふるなみだ」の歌も、〈涙の露〉に〈露の命〉という連想を付き添わせることによって、時代の不安と儚さの思いを漂わせ、〈恋の涙〉や〈無情の涙〉から〈無常の涙〉への変化を刻印していると思われる。このような展開をさらによく示しているのは、〈衣の玉〉である。古今集における清行と小町の〈袖の玉〉の贈答歌（五五六、五五七）などが証明しているように、三代集に登場する〈袖（衣）の玉〉は、「衣裏繋宝珠」と「涙の玉」という二つの意味の対立による言葉遊びを通して、後者の優越的な役割を強調している。それに対して、次の歌は、それらを対比させながら、融合させてもいる。

けふとしも思ひやはせしあさごろもなみだの玉のかゝるべしとは　（読人不知、雑三・一〇二七）
思ふにもいふにもあまることなれやころもの玉のあらはるゝ日は　（伊勢大輔、一〇二八）

この贈答歌は伊勢大輔集にも入っているが、そこでは贈歌は伊勢大輔詠で、返歌は出家した成順（伊勢大輔の夫）

詠とされている。作者の変更の理由は様々であろうが、その結果として、焦点は成順と伊勢大輔の別れという具体的な出来事から、出家による人間の別れ、また「衣の玉」という詩的表現に移動させられ、「あさ（麻）ごろも」も、「朝露」の連想を喚起することで、「涙の玉」と仏性の「珠」という「衣の玉」の二つの意味を示唆するようになっている。歌を、詞書を除いて引用したのは、こうした解釈の可能性を強調するためである。つまり、《いつか出家するだろうと思ってはいましたが、その時が来てからも（出家してからも）麻衣に涙の玉がかかってくるとは思ってもみませんでした》、《様々な思いも、言いたいことも、溢れるほど多く残っているのでしょう。衣の珠の上に、涙の玉があらわれてきたこの日に》と。

このように、「衣裏繫宝珠」を「涙の玉」と置き換えた古今集の贈答歌とはちがって、この贈答歌の「衣の玉」は、時代の変化に従って二つの意味を内包している。それと呼応して、中宮内侍の出家の際に交わされた次の贈答歌の〈衣の裏なる玉〉にも〈涙の玉〉がかかっていると考えられる。

中宮の内侍尼になりぬと聞きてつかはしける

いかでかく花のたもとをたちかへて裏なる玉を忘れざりけん　（加賀左衛門、雑三・一〇二四）

返し

かけてだにころもの裏に玉ありと知らですぎけんかたぞくやしき　（中宮内侍、一〇二五）

詞書に続いて、「花のたもとをたちかへて」、すなわち女官の華やかな衣裳を墨染め衣裳に着替えて、という言葉も出家の意をもっているので、新日本古典文学大系は「どうしてこのように華やかな衣裳の袂を墨染め衣の袂に着替えて、あなたは衣の裏に繫がれている宝珠（仏性）をお忘れにならなかったのでしょうか。感動されます」、「私の衣の裏に宝球がある（私も仏性を備えている）と、全く気付かないで過ごしてきたことが悔しく思われます」という解釈を提出している。

確かに、この解釈は詞書にも時代の傾向にも即している。しかし、後拾遺集の歌人は、衣とその意味を〝変える〟ことができたとしても、〈袖の裏〉に掛かった〈涙の玉〉の意味を容易に〝消す〟ことが果たしてできたのだろうか。少なくとも、このような連想が不可避的に詩的コンテクストに包含されていたと思われるので、それを生かしてみれば、俗性と仏性との対立を通して、出家の動機などについて考えさせる次の読みの可能性が見えてくる。すなわち、《どうしてこのように華やかな衣裳を着替えたのでしょうか。その袂に掛かっている涙の玉を忘れることができなかったからでしょうか（出家しなければ、忘れられないからでしょうか）》、《涙ばかり衣にかけて、衣の裏に他の玉もあるとは知らずに今まで過ごしてきたことが、悔しく思われます》というように、《華やかな衣裳を着ていても、仏性を忘れることはなかった》という解釈に《世の中のつらさを忘れられなかったので、出家を決心した》という読みを付け加えることができる。このような読みに対して違和感を抱く人もいるかもしれないが、女性の出家をめぐる心理的な事情からすれば、時代の精神にもそむいていないと思われるし、詩的言語における意味生成のプロセスにも対応したものだと考えられる。

以上、（離）別歌と羇旅歌に見られる〈袖の涙〉の記号内容の多様化に続いて、中国詩との対比、また仏教的な表現を通して、詩的言語の転換点としての後拾遺集の代表的な特徴をたどってみた。次に〈袖の涙〉の詩化過程それ自体に焦点をあわせて、その主要な表現の変遷を取り上げることにしよう。

〈袖の涙〉の意味作用の転換期

（イ）主要な特徴

ここまで分析したすべての歌は〈袖の涙〉の意味作用の展開を示しているのだが、〈袖の涙〉を焦点化する恋歌四（第十四）の巻に載っている次のシリーズは、それをさらに具体化し、概念化している。

忍びて物思ひける頃よめる

あやしくもあらはれぬべきたもとかな忍び音にのみ泣くと思ふを　（和泉式部、七七七）

うち忍び泣くとせしかど君こふる涙は色に出でにけるかな　（高明、七七八）

承暦二年内裏歌合によめる

こひすとも涙の色のなかりせばしばしは人に知られざらまし　（弁乳母、七七九）

題不知

人知れぬ恋にし死なばおほかたの世のはかなきと人や思はん　（道済、七八〇）

忍びたる女に

人知れず顔には袖をおほひつゝ泣くばかりをぞなぐさめにする　（頼宗、七八一）

冬夜恋をよめる

思ひわびかへすころものたもとより散るや涙のこほりなるらん　（国房、七八二）

題不知

なぐさむる心はなくて夜もすがらかへすころもの裏ぞぬれつる　（元輔、七八三）

このシリーズの歌はそれぞれ具体的な意味をもっているが、歌ことばに重点をおいて七首を連続的に読んでみれば、「忍び音にのみ泣く」から「ころもの裏ぞぬれつる」までの〈袖の涙〉の記号化過程を振り返ることができる。

前半の三首の歌は、「こふる涙」という〈袖の涙〉の既成の意味を取り上げて、恋の伝達者としての機能の展開をたどっている。一首目は、「忍び音」と、「あやしくも」それを顕示する「袂」とを対立させて、忍ぶ思いを表面化するという〈袖の涙〉の詩的使用に照明をあてる。二首目は、「こふる涙は色に出でにける」と、それを〈色に出づ〉と関連づけて、「涙」が〈色に出づ〉ことによって、忍ぶ思いが知られるようになり、その思いの表現としての「涙」の意味が定着してきたと説明している。そして、「涙の色」という歌語を登場させる三首目の歌は、《「涙の色」がなければ、恋のメッセージは人に知られなかっただろう》という詩的説明を通して、「袖」を濡らす「こふる涙」の意味と機能を纏めている。

四首目の歌は、「袖」も「涙」も登場させず、それらを踏まえてもいないので、一見無関係のように見える。しかし、それを前歌の続きとして読んでみれば、《人知れぬ恋で死んだら、はかないことである》と、恋を知らせる〈袖の涙〉の重要性の強調として捉えられる。また、「はかなき」は、無情と無常を連想させ、「はかなき」時における〈袖の涙〉の変化を示唆してもいるので、この歌は後半の三首への〈流れ線〉、すなわち〝接続線〟としても働いている。

五首目の歌は、『八雲御抄』のなかで堀河右大臣（頼宗）の「凡俗の境」の例として挙げられているが、七首のシリーズにおいてはこの歌も重要な役割をはたしている。確かに「顔には袖をおほひつゝ」は、あまりにも〝実体的〟

で、批判を喚ぶ表現ではあるが、それは別にして、「泣くばかりをぞなぐさめにする」とは、前歌の「はかなき」と繋がって、あきらめを感じさせる〈なぐさめの涙〉という、七首の詩的連鎖の流れにとって必要なイメージを描き出している。

それに対応して、六首目の歌に登場する「涙のこほり」は、〈心を凍らせる〉という連想を浮かび上がらせ、「たもとより散る」によって喚起された〈涙の白玉〉と対照される。また、「年を経てきえぬ思ひはありながら夜のたもとはなほこほりけり」（古今、よみ人しらず、恋一・五九六）、「思ひつゝ寝なくに明くる冬の夜の袖の氷はとけずもある哉」（後撰、よみ人しらず、冬・四八一）、「君恋ふる涙のこほる冬の夜は心とけたる寝やは寝らる、」（拾遺、よみ人知らず、恋二・七二七）という詩的前例に従って、「涙のこほりになるらん」には、〈とけて（溶けて、解けて）ほしい〉という意味も内包されていると考えられる。

結びの七首目の歌は、「なぐさむる心はなくて夜もすがらかへすころも」と、後半のすべての歌を纏めて、「ころもの裏ぞぬれつる」と、〈衣の裏の涙〉という発想を提出するが、それは前歌における〈涙の玉〉と「涙のこほり」との対比の説明としても読める。つまり、〈袖の上にかかる涙の玉〉とはちがって、「涙のこほり」は「袖」の上にも裏にもかかっているということである。他方、それは「あやしくもあらはれぬべきたもと」という最初の歌と呼応して、「袖」の表にあらわれた「涙」はその裏も濡らしてしまったというように〈袖の涙〉の詩化過程を纏めてもいる。

上に取り上げた七首のシリーズは、〈はかなさ〉や〈慰めの涙（同情の涙）〉という後拾遺集における〈袖の涙〉の主要なテーマを踏まえて、〈衣の裏の涙〉という発想に注目すると同時に、〈袖の涙〉の詩化過程における「袂」と「涙の色」の重要性をも強調している。それに従って、次にこの二つの表現に集中して、後拾遺集におけるその意味作用を追究してみる。

（ロ）〈袖濡る〉から〈袂濡る〉へ

前に触れたように、「袖」と「衣手」とはちがって、「袂」の詩的ステータスが「涙」によるので、「袂」はたんに「袖」ではなく、〈袖の涙〉を示している。[5] したがって、「袂濡る」という表現は、〈濡れた袖〉がさらに濡れるという「涙」の二重化、また〈袖の涙〉の誇張と見なされる。それは、「涙」が「涙」を喚ぶというその新しい働きを反映するとともに、詩的言語における〈袖の涙〉の散種[6]の印としても捉えられる。

たとえば、次の「題不知」の歌は、〈同情の涙〉を通してこのような〈袖の涙〉の意味作用の変更を指し示している。

題不知

よそにのみ見つゝはゆかじ女郎花折らん袂は露にぬるとも　（道済、秋上・三一六）

《関係がないかのように見ることはできるまい、女郎花の露を。花を折ろうとする袂が露で濡れても》というこの歌の読みは、様々な連想に沿って具体化したり、変化していくが、そのうちの一つをたどってみよう。

すなわち、この歌は、拾遺集に載っている「かりにのみ人の見ゆれば女郎花花の袂ぞ露けかりける」（秋・一六六）という貫之の前例を喚び起こしているので、その詩的弁論の続きとして受け取られる。そうであるとすれば、《人が〝仮り〟にのみ女郎花の「露」を見ている（すなわち男女関係などを示す涙の露として見ている）ので、女郎花の花の袂が涙で濡れてしまった》という貫之の遊戯的なメッセージに倣って、道済の歌は、《いや、私には関係がないかのように女郎花の涙を通りすぎることはできるまい。たとえ、花を折ろうとする私の袂（自分の涙で濡れた袖）はその涙の露でさらに濡れるとしても》と、〈袖の涙〉の感情移入力やそれによる「涙」の二重化の例として解読できるのである。

それに対して、他の男と愛し合うようになった女に贈られた「いかにせんかけてもいまは頼まじと思ふにいとゞぬるゝたもとを」（為時、恋一・六三九）という歌に登場する「ぬるゝたもと」は、「ぬるゝ袖」の誇張として働き、悲しみと恨みをあらわすと同時に、恋の使者としての〈袖の涙〉の機能に訴えている。《どうしたらよいのか。今は期待できることがあるまいに、袂は一層涙に濡れていく》と。

次の歌も「ぬるゝたもと」を登場させるが、その意味はまた異なっている。

題不知

忘れなむと思ふにぬるゝたもとかな心ながきは涙なりけり　（良成、恋三・七六〇）

「忘れなむと思ふにぬるゝたもと」とは、消えぬ恋、また思い出を保存する「涙」の形見としての意味を踏まえ、「涙」の上に「涙」を重ねるというイメージを浮かび上がらせており、「心ながきは涙なりけり」は、その形見の役割を纏めている。《忘れてしまうだろうと思っていたのに、濡れた袂は忘れはしない。やはり涙は心の思いを長く保存するのだよ》と。

また、次の雑歌は、〈ぬるゝたもと〉の記号内容の範囲を「世の中」と規定し、「涙」の感情移入力を概念化する。

大納言公任宰相になり侍らざりける頃よみてつかはしける

世の中を聞くにたもとのぬるゝかななみだはよそのものにぞありける

（大江為基、雑二・九七四）

「世の中を聞くにたもとのぬるゝかな」という上句は、世の中の何もかもが自分と関係があるということを述べ、それを表現しうる〈袖の涙〉の一般性を主張している。そして、「なみだはよそのものにぞありける」という下句は、「涙」の普遍性を支えるその感情移入力と〝表現移入力〟に焦点をあてている。《世の中の物事について聞くたびに袂が濡れるのは、涙が我が思いにかぎらず、他人事でも濡れるからだ》と。

このように、〈袖濡る〉とはちがって、「涙」の〝重ね合い〟となっている〈袂濡る〉は、我が心の思いばかりでなく、他の人を思うなど、〈袖の涙〉の〝他〟の意味もあらわしている。それと呼応して、後撰集の「た本」に続いて、後拾遺集のなかで「たもと」が主として仮名で書かれている（恋歌と雑歌はほとんど）のは、「他も」を連想させるためではないかと考えられる。

（ハ）〈たもとのあやめ〉

〈袖の涙〉の多義性とその連想の多様性を象徴しているのは、「袂」にかかる「あやめぐさ」であると思われる。それは視覚映像としても、また掛詞的な言葉遊びとしてもきわめて面白い詩的手段になっている。

まず、五月五日に薬玉を軒につるしたり屋根を葺いたりするために使われた菖蒲草は、詩的伝統のなかでは、「軒端」の「端」（つま）に「妻」を懸けることによって、男女関係の意味を担わされており、(7)「菖蒲草の根」によって喚起される「寝」もその連想を支えている。

一方、他の草よりも長い根茎（リゾーム）をもつ菖蒲草は、根合（ねあわせ）という、根の長さを競い合うゲームの対象にもなっていたが、貫之の「あやめ草根ながきとれば沢水の深き心は知りぬべらなり」（貫之集、二二七）という歌が証明しているように、その長さが心の深さを計るものと見なされたので、「涙」の〝音合〟という連想をも喚起するようになった[8]。

それに、菖蒲草の植わる「埿《うき》」（泥深い所）が「浮き」や「憂き」と響き合っていることを加えれば、その根茎は、実に〈袖の涙〉の表現と連想のリゾームを象徴していると言える。五月五日に詠まれたいくつかの歌を取り上げて、それを吟味してみよう。

陽明門院皇后宮と申しける時、久しく内に参らせ給はざりければ、

五月五日内よりたてまつらせ給ける

あやめぐさかけし袂のねを絶えてさらにこひぢにまどふころかな

（後崇徳院、恋三・七一五）

「袂」に「根」、「寝」、「音」をかけて、「こひぢ」（泥、恋路）を戯れさせ、「絶えて」の両義的な意味（菖蒲草の根、恋愛関係）を発動させているこの歌は、〈袂の菖蒲草の根〉の詩的潜在力をことごとく動員し、さらに「あやめぐさかけし」も「かけし（かけた）」対「かけじ（かけないだろう）」という対立を喚び起こし、「絶えて」も「絶えで」と読めるので、解釈が一つに纏められないほど、多義的になっているのである。それでも、あえて纏めてみれば、《袂にかけた菖蒲草の根に〈泣く音〉をかけても、〈共寝〉をかけなかったからだろう、菖蒲草の根が切れると同じように、袂の涙の音も尽きてしまったと思ったが、それは逆だった。かけなかった〈ね〉を求めながら恋路にさらに惑っているのだ》とでもなろう。

これに対して、次の雑歌は「うき」を焦点化し、「ひきたがへたる根」の連想を通して〈袖の涙〉の意味の変化に注目している。

事ありて播磨へまかりくだりける道より、五月五日に京へつかはしける

世の中のうきにおひたるあやめ草けふはたもとに根ぞかゝりける　（隆家、九九四）

五月五日服なりける人のもとにつかはしける

けふまでもあやめも知らぬたもとにはひきたがへたる根をやかくらん　（小弁、九九五）

この二首は贈答歌ではないし、内容的にも異なっているが、表現のレベルで繋がり、連続する詩的メッセージを織りなしている。

一首目の歌は、「うき」が〈浮草〉と〈憂き身〉を喚び起こし、「生ひたる」が「負ひたる」と「老い」を連想させるので、その「あやめ（菖蒲、文目）」は、人生の道筋として捉えられる。すなわち、《今日袂にかかった〈ね〉は、泥《うき》に植えられている菖蒲草の根ではなく、世の中の憂さを背負い、老いに向かっている我が身の「涙」の音である》と。

一方、「事ありて」流罪にされたという詞書は、世の中の道理を問うという「あやめ」のもう一つの意味をも浮かび上がらせるのだが、それは二首目の歌のなかで顕在化される。「しのべとやあやめも知らぬ心にも永からぬ世のうきに植へ《ゑ》けん」（拾遺、道兼、哀傷・一二八一）を下敷きにしたこの歌は、「あやめも知らぬ心」を「あやめも知らぬたもと」と置き換えて、心の表現としての「袂」（袖の涙）の機能を明示している。そして、「ひきたがへたる根（↓音）」は、その意味の変更とともに、意味作用のメカニズムすら示唆しているのである。つまり、引きながら（例を挙げながら、連想しながら）違わせる、と。このように、一首目の歌における〈人生の道筋〉に続いて、二首目は

〈世の中の道理〉という「あやめ」の連想をさらに〝引きながら〟〈袖の涙〉の意味の変遷をたどっている。《今日まで物のあやめ（「善悪也云々」、八代集抄）も知らなかった「袂」が変わったのは、それに菖蒲草の根ではなく、引き違えられた「音」をかけたからだろう》と。

右に引用した歌が「たもと」を登場させ、「袖濡る」→「袂」→「袂濡る」という、〈袖の涙〉の〝増加〟を示しているのとはちがって、和泉式部の次の歌のなかでは「あやめ」は「袖」にかかっているが、その「袖」もまた「ひたすらに」濡れている。

ひたすらに軒のあやめのつくぐ〵と思へばねのみかゝる袖かな　（和泉式部、恋四・七九九）

〈軒につく菖蒲草の根〉に〈つくづくと思う涙の音〉をかけて、「ね」の連想過程を顕示したこの歌は、「のく（離す、離れる）」対「つく」という対立を通してそれらを区別してもいる。また、「ねのみかゝる袖」は「身かかる」を響かせ、「ひたすらに」は「ひたす」を喚起することによって、〈袖のみ濡れて（ひたす）〉から〈身もかける〉までの〈ひたすらに濡れた袖〉の詩化過程を示唆していると思われる。したがって、《似ていても、しっかりと軒につく菖蒲草の根とはちがって、つくづくと思う涙の音が〝のき〟も知らないので、袖にかかるのは、〈泣く音〉にほかならない》ということになる。

この歌に詠まれた「ひたすらに」という、ただ一つの言葉が、〈袖ひつ〉→〈袖濡る〉→〈袂濡る〉という流れを纏めていることは、詩的言語の潜在力を示し、歌ことばの詩化過程の展開がその潜在力の開発によることを証明していると思われる。一方、和泉式部の次の歌が、同じように「ひたすらにぬるゝ袖」を登場させるだけでなく、「ひたす」と「ひたすらに」との連想も顕示していることを考慮すれば、それは意識された詩的工夫でもあったと判断できる。

さま〴〵に思ふ心はあるものをおしひたすらにぬるゝ袖かな

（和泉式部、恋四・八一七）

「あるものをおしひたす」に「ひたすらにぬるゝ袖」を重ね掛けたこの歌は、「ひたす」と「ひたすらに」との響き合いに注目すると同時に、「おしひたす」、すなわち〈積極的に濡らす〉を登場させることによって、詩的コミュニケーションの手段としての「ひたすらにぬるゝ袖」の機能を強調してもいる。それに呼応して「さまざまに思ふ心」は、〈袖の涙〉が〈様々な思い〉の伝達者になったという印として受け取られる。そして、「あるもの」は、心には様々な思いがあるから、その表現として定着した〈袖の涙〉も様々な思いをあらわしうると指摘しながら、その数多くの思いのうちの「あるもの」、すなわち一つの特定の思いを「袖」の上に〃押し出し〃伝えることができるとも示唆しているのではないだろうか。すなわち、《心には様々な思いがある。「袖」を「涙」で濡らし〈袖の涙〉にその様々な思いを担わせたので、「袖」がひたすらに濡れてしまったが、〃あるもの〃を伝えたいなら、積極的に「袖」を〃押し浸す〃べきだ》と。

右に引用した「菖蒲草」のすべての歌が五月五日に詠まれたにもかかわらず、そのテーマは、端午の節句ではなく、菖蒲草の根合にかけられた〈音合〉、すなわち〈涙比べ〉であり、その〈涙比べ〉は、それぞれの歌人の感情と詩的能力にとどまらず、詩的言語における〈袖の涙〉の表現力と伝達力の展開にも及んでいる。一方、和泉式部の二首の歌が示しているように、このような展開は「袖」が「ひたすらに」濡れた結果であるが、それをさらによく示すのは、次に取り上げる、「身を知る雨」で〈袂のくちる〉である。

(二)〈くちにける袖のしるし〉

「さまぐ〵に思ふ心」を表現する〈袖の涙〉は、その思いを知りうる手段でもある。古今集にも『伊勢物語』にも入っている「身を知る雨」の歌を踏まえた次の二首は、このような働きに注目をよせている。

見し人に忘られてふる袖にこそ身を知る雨はいつもをやまね（和泉式部、恋二・七〇三）

忘らるゝ身を知る雨は降らねども袖ばかりこそかはかざりけれ（読人不知、七〇四）

前に取り上げた「あやめぐさ」についての詩的会話（九九四、九九五）と同様に、この二首も、贈答歌ではなく、それぞれに違う詞書も付いているが、「身を知る雨」によって関連づけられ、〝話し会う〟ようになる。『八代集抄』などの「身の辛さを知る雨」という解釈に従って、「身を知る雨」は、「我が身の不運を思い知らせる雨」（新日本古典文学大系）、「我が身の程を知らせる雨」（和泉古典叢書）と見なされる。しかし、そのモデルとなった「**かずぐ〵に思ひおもはず問ひがたみ身を知る雨は降りぞまされる**」（古今、七〇五）という、業平の歌の分析のなかで触れたように、この表現は、「身の辛さ」や「不運」よりも、「身の程を知らせる」という、〈涙の雨〉のコミュニケーションの手段としての役割を示唆していると考えられる。だから、「身の辛さ」も、他の「さまぐ〵に思ふ心」も伝えることができるというわけである。このような意味は古今集から後拾遺集までの詩的言語の展開のなかでさらに強調されるようになったと思われるので、後拾遺集の「身を知る雨」の歌は、片思いの辛さという内容にとどまらず、「身を知る雨」という表現そのものについての議論としても受け取られる。(9)

最初の歌の「ふる」は、「古」と「経る」を踏まえるとともに、「袖振る」や〈涙が降る〉をも喚び起こしており、「ふる袖にこそ身を知る雨」は、《身を知る雨は涙であり、その涙が降っている〈場〉は、袖にほかならない》という、常識になった〝古い〟詩的約束を振り返っていると解釈できる。それに対応して「見し人に忘られて」は、

《逢った人に忘れられた》以外に、このような詩的約束が忘れられていることをも示唆していると推定できるし、「いつもをやまね」も〈袖の涙〉の詩化過程の連続性についての指摘と見なされる。《人に忘れられている。身を知る「涙」が「袖」にこそ降り、その〈涙の雨〉が時間がたってもやみはしないことだ》と。

そこで、《雨が降らなくても袖は乾かない》、すなわち〝知る／知らせる〟「涙」の機能は共通の知識になったと纏めている二首目の歌を、その続きとして読んでみれば、次のような解釈になる。《忘れられて、「身を知る雨」という表現は使われなくなったが、その〈涙の雨〉で濡れた「袖」は乾いてしまいはしなかった（すなわち、その意味を宿し保存している）》と。

「袖」が「身を知る雨」という「涙」の意味を担ったことは、「涙」が登場しなくても〈乾いてはいない袖〉がその意味を伝えていくことを指し示していると思われるが、次の贈答歌の「朽ちにける袖のしるし」はその象徴として捉えられる。

唐衣むすびし紐はさしながらたもとははやく朽ちにし物を　（能宣、恋一・六四九）
朽ちにける袖のしるしは下紐のとくるになどか知らせざりけん　（読人不知、六五〇）

この贈答歌の「紐」は、長い詞書で〝結ばれて〟いる。それによると、賀茂祭の時に能宣の衣の紐が落ちてしまったので、ある女が自分の唐衣の紐をはずして能宣にくれたが、女の名前は分からなかったという。歌は、一年後に偶然再会した時、女が「いづら、付けし紐は」と尋ねて、交わされたことになっている。女の返歌が「読人不知」であることから判断すれば、能宣は彼女の名前を知るチャンス（恋愛関係を結ぶチャンス）を再び逃したようだ。その代わり、〈袖のくちる〉と〈下紐とく〉を戯れさせている二人の贈答歌は、遊戯性に溢れた詩的ゲームになっている。

《結び付けてくれた唐衣はそのままだよ。恋の涙で濡れてしまった袂は早くも朽ちてしまったのに》という能宣の歌は、〈恋ふる涙〉で濡れてしまった「袂」（詩的約束）と、〈朽ちてしまった袂〉（指示的意味）を対比させる。女も遊びの調子にのって、〈紐結ぶ〉に〈下紐とく〉、すなわち男女関係を結ぶという意味を対立させ、《紐は結んだが、男女関係は結ばなかった》と指摘すると同時に、「しるし」と「知る」との響き合いを通して、思いを知らせるという〈袖のくちぬ〉の詩的意味をも発動させている。《知る（知らせる）涙で濡れてしまい、朽ちた（その〃口〃となった）袖の印なら、私の下紐がとけるはずだったのに。どうしてその「袖」が何も教えてくれなくて、恋を告げなかったのだろうか》と。

そして、二首の「くち」をあわせてみれば、「たもとははやく朽ちにし物」は「朽ち（「口」）にける袖のしるし」であるという説明を読み取ることもできる。

「身を知る雨」を「朽ちにける袖のしるし」とするこの贈答歌に続いて、次の歌は「うらみぬ袖」を〃知る／知らせる〃「涙」と関連づけているが、その方法も、言葉遊びと連想の連続である。

蘆の根のうき身のほどと知りぬればうらみぬ袖も波はたちけり　（公円法師母、恋四・七七一）

この歌のほとんどの言葉が二重、もしくは三重の読みができることは、〈袖の涙〉の詩化過程の展開が日本語の潜在力の開発として特徴づけられることを証明していると思われる。したがって、「菖蒲草」の歌の分析のなかで取り上げた「ね」と「うき」の連想の連鎖のほか、「身」に「見」を、「蘆」に「悪し」をかけて、「うらみぬ」のなかで「恨みぬ」と「うら（裏、浦）見ぬ」を響き合わせ〈袖の涙の浪〉と関連づけているこの歌を、現代語か外国語に訳そうと思えば、長いエッセイかポエムになるだろうが、ここでは簡単にその意味作用を纏めておこう。《涅《うき》に植わった、浮く葦の長い根ほど、暗い思いで濁っている心の憂さが長く続くことを、（音に）泣きながら知らされたので、恨みのあまり袖の裏さえ濡らしてしまった涙がたまり、その涙の浦で並ならぬ波がたった》と。

右のように、「朽ちにける袖」も「恨みぬ袖」も〝知る／知らせる〟「涙」の機能を担わされ、〈袖の涙〉の詩化過程を通して関連づけられる。それに従って、二つの表現を登場させた相模の次の歌が小倉百人一首にも選ばれたことは、その感動的な内容と歌ことばの使用の工夫のみならず、詩的レベルでのメッセージのためでもあると考えられる。

永承六年内裏歌合に

うらみわびほさぬ袖だにあるものを恋にくちなん名こそをしけれ

（相模、恋四・八一五）

「うらみ」は〈うら（裏、浦）み〉を連想させ、「うらみわび」は、〈思ひわぶる涙〉→〈恨むる涙〉→〈恨みわぶる涙〉という変遷を踏まえつつ、「思ひわび」を喚起し、「ほさぬ袖」は〈袖の乾くまもなく〉を通して「恋にくちなん」と呼応している。それに従って「うらみわびほさぬ袖」という、三つの動詞を繋ぎ、その数多くの連想を重ねた表現は、《恋しく思うことにも飽きて、恨むことにも疲れて、〈涙の浦〉ができるほど、〈袖の裏〉も濡れてしまい、乾かない》と解読できる。そして、《袖は恋の涙で朽ちてしまったのだろうという噂が広まる》という意味になっている「恋にくちなん名」は、「袖の乾くまもなく」をさらに誇張すると同時に、「朽ち」→「口」という言葉遊びを通して、人々の口→噂→「名」という、その詩的働きの展開をも示唆していると思われる。

こうして、《もう恋しくも思わず、恨むことにすら飽きるほど流してしまった涙で濡れた袖なのに、朽ちてしまった袖が恋の印に決まっているので、いやな噂が広まることがくちおしいのだよ》と、内容のレベルで対立構造をもっているこの歌は、表現のレベルでは〈袖の涙〉の連想の連続として読むことができる。〈うらみの涙〉→〈袖の裏〉まで濡らす〈涙の浦〉→〈袖くちぬ〉→思いの〃口〃としての〈袖の涙〉、と。[10]

このように、〈袖朽ちぬ〉という表現の指示的意味と詩的意味は、対立しているとともに、呼応してもいる。つまり、濡れてしまった袖が朽ちてしまい、使えなくなるのと同様に、何もかも知らせるようになった〈袖の涙〉も用いられなくなるというわけだ。それに応じて、次の歌に詠まれた「かぎりぞと思ふ」という言葉も、このような限界を示す印として捉えられるのだが、他方、「つきぬ涙」は、〈袖の涙〉の記号化過程の尽きせぬ可能性への示唆と見なされる。

かぎりぞと思ふにつきぬ涙かなおさふる袖も朽ちぬばかりに

（盛少将、恋四・八二八）

恋歌の巻に載せられたこの歌の「かぎりぞ」とは、そもそも〈二人の恋の終わり〉をあらわしているにちがいないが、珍しく詞書も付いていないので、指示的レベルにとどまらず、詩的レベルでの解釈をも提出すべきである。そこで、〈尽きてしまった〉と〈尽きはしない〉という「つきぬ」の二つの対立的な意味を生かしてみれば、次のような読みになる。《「かぎりぞ」と、「涙」が尽きてしまったと思ったけれども、「おさふる袖」が朽ちてしまっただけで、「涙」は尽きはしないことだよ》と。

したがって、後拾遺集における「袂」の〃濡れ跡〃を追求していくには、「つきぬ涙」を求めるべきであるが、「涙」に焦点をあてる前に、〈表〉も〈裏〉も濡れてしまった「袂」のもう一つの側面に触れておきたい。

（ホ）〈せばきたもと〉

多様な「涙」を宿し、我が思いのみならず、他者の思いへの同情もあらわすようになった「たもと」が、段々〝狭く〟なっていくことは当然のように思われる。また、「うれしさをけふは何にかつゝむらん朽ちはてにきと見えしたもとを」（孝善、雑四・一〇九四）という歌は、古今集の「うれしきを何につゝまむ唐衣たもとゆたかに裁てといはましを」（八六五）を下敷きにして、「袂ゆたかに裁て」を「朽ちはてにきと見えし袂」に置き換えることによって、〈せばき袖〉と〈袂（袖）の朽ちぬ〉の詩的機能の類似性に注目してもいる。

さらに、〈せばきたもと〉を取り上げた次の歌は、〈袖の涙〉の記号化過程を踏まえ、その範囲の拡大を指し示しながら、〈せばき袖〉が「涙」と連関していることをはっきりと顕在化している。そして、この歌が『栄華物語』にも『今鏡』にも載っていることは、その詩的メッセージの重要性を強調していると考えられる。

二条院東宮にまいり給て藤壺におはしましけるに、前中宮の
この藤壺におはせしことなど思ひ出づる人など侍ければ
しのびねのなみだなかけそかくばかりせばしと思ふころのたもとに　（大弐三位、雑五・一一〇〇）

「涙」も「たもと」も登場させたこの歌は〈袖の涙〉の誇張として捉えられる。詞書が示しているように、それは新中宮（章子）の結婚の喜びと、故中宮（章子の母の威子）の追慕の悲しみという対立的な「涙」を合流させているので、「忍び音に泣いて流す涙を掛けないでください、喜びを包むにはこれほど狭いと思う今の私の袂に」（新日本古典文学大系）という読みになる。

他方、詞書を無視して、「なかけそかくばかり」が喚び起こしている「掛く」、「斯く」、「書く」、「欠く」という連想からすれば、〈せばき袂〉の意味を解き明かす次のような解釈になる。《忍び音の涙を掛けないでおくれ、と言って

も、それがもう〈袖の涙〉の欠かせない意味になっているので、このように、数々の「涙」で濡れた「たもと」を狭いとばかり考えている》と。

纏めて言えば、この歌は、上に引用した古今集の「うれしきを何につゝまむ」（八六五）を喚起し、そもそも〈悲しみの涙〉で濡れている「袂」には嬉しさを宿す〝余裕〟がないというその意味をひっくり返し、悲しみ（限られた意味）→我が心の思い（意味の一般化）→他者の思いへの同情（機能の一般化と意味の散種）→他者を思う喜びと悲しみ（再具体化）、という〈袖の涙〉の意味作用の展開を反映している。

〈せばき袖〉が「涙」に言及しているという詩的約束を顕在化するこの歌に従って、次の賀歌に登場する〈せばき袖〉もそれを連想させていると考えられる。また、その〈せばき袖〉が地位の印としても働いていることは、後拾遺集における〈袖の涙〉の意味作用の〝社会性〟と関連づけられるように思われる。

後朱雀院生まれさせ給ひて七日の夜、よみ侍ける

いとけなき衣の袖はせばくとも劫《こふ》の上をば撫でつくしてん

（公任、賀・四三四）

孫の幼きを、周防内侍見侍りて後、鶴の子の千代のけしきを思ひ出づるよし、言ひにおこせて侍ける返しにつかはしける

思ひやれまだ鶴の子の生ひ先を千代もと撫づる袖のせばさを

（藤三位、四四四）

この二つの歌の〈せばき袖〉は、謙譲表現として用いられ、特に後朱雀院の誕生を祝う一首目のなかでは相手に対して自分の低い地位を示すという意味が強調されていると思われる。しかし、もし〈せばき袖〉がこれだけの意味を担わされたのだとすれば、なぜ八代集の他の賀歌には登場していないのだろうか。他方、詩的伝統に応じて〈せばき袖〉が嬉しさなどの感情の「涙」と関連づけられていることを考慮すれば、この歌は、礼儀どおりの祝辞にとどまら

ず、心の喜びもあらわしていると判断できる。歌に詠まれた他の表現もこのような読みの可能性を裏付けていると思われる。

二首とも皇族や上流貴族の大人ではなく、子供を祝う歌であり、両者に登場する〈撫づる〉は、賀歌の本来的な〝荘重さ〟に可愛らしい響きを付き添わせている。川村晃生は、周防内侍より贈られたお祝いの歌への返歌である藤三位の歌（四四四）に関して、「我身の袖の狭さを詠むことで、相手に我孫への愛情深きことを訴えてもいる」（和泉古典叢書）と指摘しているが、愛情が伝わるのは、その「撫づる袖のせばさ」に「涙」が掛かっているからである。「思ひやれ」という言葉も、当代びとに詠まれた〈思いやりの涙〉を想い起こさせ、「涙」の感情移入力の纏めとして捉えられる。

〈つきぬ涙〉を求めて

（イ）音に泣く涙の音

忍ぶ思いが〈袖の涙〉を通して〈表〉にあらわれ、忍ぶ思いの表現としての〈袖の涙〉の働きが顕在化されるにつれて、「忍び音」は、見えるだけでなく、聞こえるようにもなる。次の歌に登場する「涙の音《おと》」は、〈泣く音〉ではなく、〈袖の涙〉の機能を響かせる詩的声と見なされる。

人しれずおつるなみだの音をせば夜はのしぐれにおとらざらまし　（少将井尼、雑一・八九六）

この歌は、後撰集の「人知れず物思ふ頃の我が袖は秋の草葉に劣らざりけり」（九〇一）という歌を下敷きにして、他の〈人知れぬ涙〉をも踏まえている。また、〈AはBに劣らない〉というその構造は、「白浪のうちかくるすのかはかぬに我が袂こそ劣らざりけれ」（拾遺、輔相、物名・三七七）などの前例が示しているように、詩化過程のメカニズムの一つである。

さらに、「わが袖にまだき時雨のふりぬるは君が心に秋やきぬらむ」（古今、七六三）、「涙さへ時雨にそひてふるさとは紅葉の色も濃さまさりけり」（後撰、四五九）、「時雨ゆへかづく袂をよそ人は紅葉を払ふ袖かとや見ん」（拾遺、二二二）など、数多くの例が証明しているように、詩的伝統において「しぐれ」は、ただの「涙」の隠喩ではなく、「秋」→「紅葉」という連想を通して「涙の色」を指し示す詩語である。したがって、「涙の音」を「しぐれ」に比べたこの歌は、「涙」→「時雨」という見立てのもう一つの側面を生かすばかりでなく、「涙の色」を連想させることで、「忍び音」を〈表〉にあらわすという「涙の音」の機能をも強調していると考えられる。それに対応して、「おと」と「おとらざらまし」との響き合いは、「涙の音」が「しぐれ」にかぎらず、「涙の色」にも劣らないだろうと解釈できる。つまり、《人に知られず落ちる涙が音を立てれば、その「涙の音」は、夜半の時雨にも「涙の色」にも劣らないだろう》と。

纏めて言えば、「涙の音《おと》」は、声を出して激しく泣く「音《ね》」ではなく、忍ぶ思いを表現し伝達する〈袖の涙〉の機能を書き印す詩語として捉えられる。それと呼応して、そもそもこのような役割と結び付けられた「涙の色」の働きも活発化していくので、次にその展開に焦点をあててみよう。

（ロ）〈おなじ色の涙〉

「涙の色」を詠んだ歌は十首以上もあり、それが後拾遺集における〈袖の涙〉の歌の約一割を占めていることだけから考えても、この歌語が「涙」の他のどの表現よりも注目されていたと判断できる。その主要な理由は、「涙の色」

の顕在的な機能が、忍ぶ思いにとどまらず、詩語の働きにも及んでいるからだと思われる。

たとえば、前に取り上げた七首のシリーズ（七七七〜七八三）に入っている〈涙の色〉の二首の歌のほかに、「夜もすがら契りしことを忘れずは恋ひむ涙の色ぞゆかしき」（哀傷・五三六）という、中宮定子が一条天皇に捧げた辞世の歌が挙げられる。この歌は、〈恋ひむ涙の色を見たい〉と、恋の徴としての「涙の色」の意味を踏まえていると同時に、「恋ふる涙」に「恋ひむ涙」を付け加えることによって、恋の伝達者、また詩的コミュニケーションの手段としての〈袖の涙〉の役割をも顕示している。その機能をさらによく示しているのは、後拾遺集以前の勅撰集には見られない、「涙」の〈おなじ色〉という発想であり、この発想が三首の歌のなかで取り上げられていることは、その類型化の証拠と見なされる。

思ふ人二人ある男、なくなりて侍りけるに、末に物言はれける人に代りて、もとの女のもとにつかはしける

深さこそ藤の袂はまさるらめ涙はおなじ色にこそ染め　（伊勢大輔、哀傷・五八〇）

伊勢大輔が、亡くなった男の妻の代わりに「もとの女」に贈ったというこの歌は、「藤の袂」（喪服）の色と〈涙の色〉を対立させ、二つの「こそ」によって強調している。それは、二人の女の恋と悲しみの深さにはちがいがないという具体的な意味を持っているとともに、その意味をあらわす〈涙の色〉の普遍性をも指し示していると思われる。《あなたの藤衣の方がもっと深い色であろうが、あなたの袂も私の袂も同じ「涙の色」に染まっているのだ》と。

二つの「こそ」を通して「色」の二つの意味と機能を区別し対立させる伊勢大輔の歌に倣って、次の歌の意味作用も同じような対立に基づいているが、それが上句と下句との対比という一層明瞭な形になっているので、詞書の必要もない。(11)

うすくこく衣の色は変れども同じ涙のかゝる袖かな
（平教成、哀傷・五九〇）

《薄く、濃く、衣の色は変わっているけれども、袖にかかる「涙の色」には変わりがないことだよ》という意味になるこの歌の「衣の色」は喪服の色ではあるが、それを文字通りに読んでみると、変わらぬ〈涙の色〉を強調する〈様々な衣の色〉と見なすこともできる。

哀傷歌である右の二首は、〈涙の色〉を〈衣の色〉と対立させるのに対して、次の歌は、雑歌であるので、「涙」の〈同じ色〉を違う側面から取り上げている。しかし、その詩的メッセージは類似している。

思ふこと侍りける頃、紅葉を手まさぐりにしてよみ侍ける
いかなればおなじ色にておつれどもなみだは目にもとまらざるらん
（和泉式部、雑三・一〇〇九）

詞書に従ってこの歌を読んでみれば、それは「涙」と「紅葉」との〈色比べ〉として捉えられ、《どういうわけで涙は紅葉と同じ色をして落ちるのにもかかわらず、目にはとまらないのだろうか（人に見えないのだろうか）》という意味になる。その遊戯性に魅せられて、「とまらざるらん」が〈せき止められない涙〉の連想を喚び起こしていることを考慮すれば、次のような解釈も付け加えることができる。すなわち、《紅葉が土に落ちてとまるのに対して、落ちる涙は目にとまらないのと同じように、〈涙の色〉の詩的働きをとめることはできない》と。いずれにしても、詞書の付いていない和泉式部の次の歌は、目より流れる涙と、詩語としての「涙」とを区別し、日常の言葉を異化した詩的言語の本質を示していることはまちがいないだろう。

涙川おなじ身よりはながるれど恋をば消たぬものにぞありける
（和泉式部、恋四・八〇二）

新日本古典文学大系の注釈者は、恋を「涙川」の比較対象として、「涙川は恋と同じ身体から流れ出るけれども、恋の火を消さないものであったよ」という解釈を提出している。確かに、「恋をば消たぬもの」は、「こひ（おもひ）↓火」という連想に従って、恋の表現としての「涙川」を異化する発想であり、〈涙川のかがり火〉などを通して共通の知識になっている。また、上に取り上げた哀傷歌における「涙」の「おなじ色」も、「涙」と恋を比較し〈変わらぬ恋〉をあらわしている。

しかし、「おなじ色」は恋の深さをはかる詩語であるのに対して、「おなじ身」は日常語である。しかも、もしこの歌の意味作用が〈「涙川」＝恋の表現〉という詩的約束だけに基づいているとすれば、それらを対立させる必要はないだろう。

したがって、このような疑問を踏まえて、また「恋をば消たぬ」が「涙川」を詩語として特定する言葉であることを考慮すれば、「涙川おなじ身よりは流るれど」という上句は、普通の涙と「涙川」という詩語を対比していると見なされ、次のように解釈できる。

《涙も「涙川」も同じ身より流れ出るけれども、普通の涙や川とはちがって、歌の「涙川」は恋の火をけっして消さないことにきまっているのだよ》と。

ここまで、「たもと」と「涙の色」を中心に後拾遺集における〈袖の涙〉の詩化過程をたどってみたが、〈あやめ草のね〉や上に引用した和泉式部の歌などが示しているように、その過程の重要な技法が〈遊び〉であるので、最後に〈袖の涙〉のいくつかのゲームを付け加えておきたい。

料金受取人払

千種局承認

2242

差出有効期間
平成14年11月
30日まで

郵便はがき

464-8790

092

名古屋市千種区不老町名古屋大学構内

財団法人 名古屋大学出版会 行

ご注文書

書名	冊数

ご購入方法は下記の二つの方法からお選び下さい

A. 直　送	B. 書　店
「代金引換えの宅急便」でお届けいたします 代金＝定価（税込）＋手数料380円 ※手数料は何冊ご注文いただいても380円です	書店経由をご希望の場合は下記にご記入下さい ＿＿＿＿＿市区町村 ＿＿＿＿＿書店

読者カード

(本書をお買い上げいただきまして誠にありがとうございました。
このハガキをお返しいただいた方には図書目録をお送りします。)

書のタイトル

住所　〒

TEL（　　）　—

名前（フリガナ）　年齢

歳

務先または在学学校名

心のある分野　所属学会など

書ご購入の契機（いくつでも○印をおつけ下さい）

. 新聞広告(紙名　　)　B. 雑誌広告(誌名　　)　C. 小会目録

. 書評(　　　)　E. 人にすすめられた　F. テキスト・参考書

. 店頭で現物をみて　J. その他(　　　)

購入店名　都道府県　市区町村　書店

書並びに小会の刊行物に関するご意見・ご感想

〈袖の涙〉のゲーム

（イ）問いと答えのゲーム

問いと答えのゲームは、歌ことばの働きに注目を促し、コード合わせを通して詩的カノンの定着を進めていく。そして、ここまで取り上げた歌が示しているように、このような役割をはたしているのは、何よりもまず贈答歌である。贈答歌の詩的ゲームとしての可能性を発動させた古今集に続いて、後撰集は、もともとは関係のなかった歌を贈答歌に仕立て、〝実体性〟を解消する詩的弁論の技法として使用していた。それに対して、後拾遺集の次の贈答歌は、「露けき」、「涙川」、「思ひやる」、「袖は朽ちぬ」という表現を通して〈袖の涙〉の詩化過程を踏まえると同時に、「問ふ」を登場させることで、問いと答えのゲームとしての贈答歌の機能をも顕示していると思われる。

とはばやと思ひやるだに露けきをいかにぞ君が袖は朽ちぬや　（相模、哀傷・五四九）
涙川ながるゝみをと知らねばや袖ばかりをば人のとふらん　（大和宣旨、五五〇）

藤原妍子の葬送の際に交わされたこの歌は、悲しみの「涙」に〈同情の涙〉を付け加える哀傷歌であることにまちがいはない。しかし、「問はばや……問ふらん」という枠のなかに挟まれ、しかも「袖のみぬれて」対「身さへながる」という、敏行と業平の「涙川」に関する会話を踏まえたと思われるこの贈答歌は、詩的弁論になっていることも確かであろう。

《お聞きしましょう。思いやりだけでも〈袖の露けき〉と言うのですから、あなたほどの涙を流せば、〈袖の朽ちぬ〉と言うのでしょう》

《〈涙川に流るる身〉という表現を知らないので、人は「袖」に絞って「涙」を尋ねているのでしょう》と。

他方、このような問いと答えのゲームが贈答歌にかぎらず、詩的シリーズはもちろん、ただ一首の歌でもできることは、早くも古今集の「音になきて漬ちにしかども春雨にぬれにし袖と問はばこたへん」（大江千里、五七七）という歌によって例示されていた。しかし、詩的言語の展開につれて歌ことばの意味と使用が定着し、ゲームのルールも変わったはずである。次の歌が示しているように、それはコード合わせというよりもその〃見合わせ〃となった。

忍びたる男の、雨の降る夜まうできて、濡れたるよし、
帰りていひおこせて侍りければ

かばかりにしのぶる雨を人とはばなにぬれたる袖といはまし（和泉式部、雑二・九二五）

「忍びたる男」はどういう答えを出したかが分からないが、詞書は間違いなく『伊勢物語』の「身を知る雨」のエピソード（第一〇七段）を呼び起こしており、しかもそれが共通の知識になっていることからすれば、真に答えようもない困った状態であるにちがいない。たとえ「袖」が本当に雨に濡れたのだとしても、それが「涙」のせいにされることにきまっているのだから。

(ロ) 地名遊びのゲーム

地名を、特定の場所の名としてよりも、言葉の「名」として取り扱い、その面白さを生かすことによって異化していくという技法は、日本語の〃掛詞的〃なゲームの一つである。三代集におけるその最も代表的な例は「逢ふ身」と響き合う「近江」であり、後撰集の「流れいづる涙の河のゆくすゑはつゐに近江の海とたのまん」（九七二）に続い

て、後拾遺集の「涙こそ近江の海となりにけれみるめなしてふながめせしまに」(恋四・八三〇)という相模の歌も、「近江」を、琵琶湖ではなく、〝逢ふよし〟の「涙」と関連づけている。

それにしても、三代集のなかで「近江」以外の例がきわめて少なく、後拾遺集において地名遊びがはじめて目立つようになることから判断すれば、それが集団のゲームになったのは、平安時代の後半からだと考えられる。さらに、『枕草子』が示しているように、このゲームは歌枕にもおよび、そのステータスを変えていったが、後拾遺集のなかでゲームの対象になっているのは、〝遊びやすい〟地名である。〝権威ある〟歌枕を変えるためには、先ずそれほど有名ではない地名を通して力を伸ばす必要があったのだろう。

三つばかりの例を取り上げて、地名遊びをしてみよう。

やむごとなき人を思かけたる男に代りて
尽きもせず恋になみだをわかすかなこやなゝくりの出湯なるらん　(相模、恋一・六四三)

詞書によると、相模は、「男に代りて」、しかも「やむごとなき人」に贈るためにこの歌を詠んだので、工夫を凝らしたにちがいない。

「尽きもせず」は、恋のみならず「涙」にも関連しており、それと呼応して「涙をわかす」は、「恋」の「火」や〈袖の泡〉などの連想を浮かび上がらせ、伊勢の「人恋ふる涙は春ぞぬるみけるたえぬ思ひのわかすなるべし」(後撰、恋一・五四六)などの歌を喚び起こしている。他方、「わかす(沸かす)」に「わかず(分かず)」をかけると、歌の上句は、《消えることのない恋の「火」は「涙」を沸かすのでしょうか》だけでなく、《尽きることのない恋のため、「涙」を区別できなくなったのでしょうか》とも読める。それに対応して下句はどのように意味づけられるのだろうか、「ななくりの出湯」の使用はどのように根拠づけられるのだろうか。注釈によると、「ななくりの出湯」は、「涙をわかす」の縁語と見なされるのだが、それにかぎってみれば、他の湯の地名も使用できたので、「七栗の必然性は不明」（和泉古典叢書）という疑問が生じてくる。

　実はこの「ななくりの出湯」は、そもそもが〝身元不明〟である。『和歌初学抄』と『八雲御抄』はそれを信濃とし、『八代集抄』もそれに従っているのに対して、『未木抄』に即して、この歌を引用している日本歌語辞典（大修館書店）は三重としている。さらに、新日本古典文学大系と和泉古典叢書の注釈は伊勢国の榊原温泉とする説を踏まえている。ここでは場所の特定の問題には深入りせず、「ななくり」という言葉自体に集中することにしたい。

　この言葉のなかには「なく」も隠されているが、意味生成の中心になっているのは、「くり」であると考えられる。「繰る」に「来る」と「苦し」をかけ、糸を手繰り寄せることに相手の心を引き寄せる意味を担わせて、歌人たちは古今集以来「くる」を恋歌のなかで使用してきた。そして、「ねぬなは」（蓴菜の古名）に「寝ぬ名」をかけた忠岑の「**隠れ沼《ぬ》の下より生ふるねぬなはのねぬなは立てじくるないとひそ**」（古今、一〇三六）[12]という誹諧歌が示しているように、「くる」は必ずと言ってよいほど言葉遊びの対象になっている。また、後拾遺集が他の勅撰集よりも「くる」を数多く（十四首）登場させることから判断すれば[13]、それは当代歌壇の〝はやり言葉〟の一つだったと推測できる。なかでも相模の歌と呼応する「**出づる湯のわくにかゝれる白糸はくる人たえぬものにぞありける**」（重之、雑四・一〇六一）などの歌が挙げられる。

　このように、「ななくりの出湯」を登場させた相模の歌は、纏められないほど数多くの言葉遊びと連想の糸を手繰り寄せて、〈尽きもせぬ思ひ〉だけでなく、それをあらわす〈尽きもせぬ涙〉の、〈分かず〉になるほど絡み合った意味の連鎖をも詠み印していると考えられる。それでも、相手が「やむごとなき人」だったので、通じたのであろう。

　相模が「男に代りて」この歌を詠んだのに対して、次の歌は「女に代りて」詠まれたものだが、「読人不知」であるので、作者が女であるか男であるかは分からない。

人の娘の親にも知られで物言ふ人侍りけるを、親聞きつけて言ひ侍りければ、男まうで来たりけれど帰りにけると聞きて、女に代りてつかはしける

知るらめや身こそ人目をはゞかりの関になみだはとまらざりけり

（恋二・六九四）

歌の長い詞書に従って、また、清少納言の「ただ越えの関は、はばかりの関にたとしへなくこそおぼゆれ」（枕草子・一〇七段）という対比と呼応して、「はばかりの関」を登場させたこの歌の「とまらざりけり」は、〈せきとめられない涙〉とともに、〈男が泊まらなかった〉という意味をも内包している。(14) 娘は、自分の気持ちを聞かずに、親に言われたとおりに帰ってしまった男のことをどう思ったかは分からないが、歌の言葉遊びからすれば、〃人目を憚った〃男を責めていたと思われる。つまり、濁点の箇所を変えて句切りを守らずに「ひとめをばはかり」を「物名」的に遊ばせてみれば、〃人目をば計り〃（だまして、あざむいて）、また〃泊めをば計り〃、を読み取ることができるので、娘の気持ちは次のように解読できるようになる。《ご存知でしょうか。私が人目を憚っていると思いこみ、あなたは「はばかりの関」を越えずに、とまりませんでしたが、その関には、〃人目を憚る〃だけでなく、〃泊めをば計る〃という意味もあるのですよ。図った結果にならなくて、涙がせきとめられません》と。

このように、地名遊びは、言葉の響き合いに潜在している連想の作用を促し、万葉集以来の歌枕の差異化＝再異化の過程を発動させるのだが、それは既定の意味の脱構築を通して詩的言語を展開させるという、平安後半の歌における意味作用の主要な特徴を反映している。こうした意味作用を〃憚らず〃にあらわしているのは、「言ふ」を戯れさせている「岩代」、「磐余野」の歌枕である。たとえば、〈秋萩の露〉（二九四〜三〇四）を取り上げたシリーズと、〈白

露の涙〉（三〇六〜三〇七）を取り上げたシリーズとの間に挟まれている次の歌の「磐余野《いはれの》」は、〈草葉の露〉に関する「涙」の〝言われ〟を説明して、二つのシリーズを結び付けるというきわめて真面目な役割を果たしている。

世をそむきてのち、磐余野といふ所を過ぎてよめる

磐余野の萩の朝露分けゆけば恋ひせし袖の心地こそすれ　（素意法師、秋上・三〇五）

〈草葉を分けなくても、袖に朝露がおく〉という「涙」の詩的〝言われ〟を踏まえたこの歌は、昔の恋の回想として解釈できると同時に、「恋ひせし」と「恋ひせじ」との対立を通して〝恋を知らせる〟という「白露」の機能をも喚起している。《磐余野の萩の朝露を分けて行くと、昔の言われのように、「愛しているか、愛していないか」を知らせる〈しら露の涙〉で濡れた袖の気持ちが偲ばれる》と。[15]

また、「岩代のもりのいはじと思へどもしづくにぬるゝ身をいかにせん」（恵慶法師、恋四・七七四）という歌は、「岩代」→「いはじ」という連想を直接に明示することによって、「森」と「漏り」との響き合いに注目を促し、心の思いを〝漏らす〟ようになった「涙」の機能を強調していると思われる。それに即して、下句の「しづくにぬるゝ身」は、その機能を担わされた〈袖のしづく〉という表現の説明として解読できる。[16]《「岩代のもり」に倣って、〝言はじ〟と思ったけれども、森の雫のように、〈袖のしづく〉が何もかも〝漏らす〟ので、見えるようになった身の忍ぶ思いをどうすればよいのだろうか》と。

後拾遺集は、あらゆる点からみて、〈転換期〉の勅撰集と呼ばれうるものであるが、そのいずれの転換点も歌のなかに反映され、〈袖の涙〉にうつしだされている。

政治的・社会的転換に即して、歌は社会的な問題も取り上げるようになり、歌人は「恋人」のみならず「社会人」としても登場する。また、社会的不安は仏教の普及のための基盤にもなっており、出家などを詠んだ歌の増加は、その証拠と見なされる。さらに、このような特徴は、内容だけでなく、恋歌の比率などが示す後拾遺集の構造にもたどられるし、「ひきたがへたるねの涙」と直接に顕示される〈袖の涙〉の意味の変化などにもあらわれている。「問ふ」の高頻度（四五）も、その印として捉えられる。

そもそも勅撰集において、恋歌が賀歌を圧倒的に上回って、詩的流れの中心をなすということは、他の文化伝統との比較から言えば、きわめて例外的である。それは、漢文と和文の共存とその専用分野の区別などによるのだろうが、〈テクストないし表現志向〉の平安文化の価値観や意味作用のメカニズムとも呼応しているにちがいない。

したがって、後拾遺集における恋歌の比率の減少は、(17)〈転換期〉としての時代の特徴と関連づけられるだろう。他方、その代わりに詩的技法や歌ことばの使用のモデルとしての恋歌の規準が他の歌にも及んでくるので、恋の表現として定着した〈袖の涙〉はあらゆる思いをあらわすようになる。「涙」と無関係である賀歌にさえも「袖」を通して〈感情の涙〉が滲出してくるのである。

後拾遺集はまた、文化的アイデンティティの強化を伴う文化的転換期にもあたり、ポスト三代集であるだけでなく、ポスト『源氏物語』でもある。和文の頂点と見なされる後者のテクストの後に、物語には漢語もだんだん入っていくのと同様に、後拾遺集においても「題知らず」「よみ人知らず」は「題不知」「読人不知」に変わるのだが、このような現象のもっとも代表的なあらわれは、「王昭君をよめる」赤染衛門の歌に見られる、中国詩の評価的な引用であると思われる。

また、時代の流れに沿って、「衣裏繫宝珠」を「涙の玉」と置き換えた古今集に続いて、後拾遺集は、「涙の玉」にまたもやその「珠」を重ね、男女関係を指し示す〈袖の露〉の上に、世の中の儚さを思わせる「露」を置き、「袖」の裏まで濡らしてしまった、忘れられた身の「うらみの涙」に、流罪にされた恨みを付き添わせ、〈同情の涙〉をメインテーマの一つとする。それは「涙」の感情移入力に焦点をあてるとともに、「涙」が「涙」を喚ぶという詩的言語における〈袖の涙〉の散種をも示唆している。他人に「代りて」詠まれた歌も、それと関連していよう。

さらに、「涙の色」に続いて「涙の音」も聞こえるようになる一方、変わる「衣の色」と「涙のおなじ色」との対立を通して、特定の詩的約束に基づくその働きが一層強調される。パロディ的な読みの対象になりうる歌も、〈袖の涙〉が詩的基準になったことを証明しているのである。

このような〈袖の涙〉の詩化過程の多様性と連続性を象徴し、主張しているのは、「菖蒲草」の歌である。数多くの掛詞的な連想を発動させるその表現のネットワークが、日本語の詩的潜在力を顕示し、〈袖の涙〉の意味作用の展開と結び付けているからだ。

そして、拾遺集における枕詞の機能の変化に続いて、後拾遺集においては「磐余」、「岩代」などの歌枕が、言葉遊びの対象となり、地名とは異なる意味を担わされていく。それは詩的言語の〈転換期〉における言葉遊びの重要性を示す一方で、〈ぬるる袂〉がこのような差異化＝再異化の意味作用の〈場〉になっていることは、〈袖の涙〉が心の思いのみならず、心の表現を中心とした詩的言語の展開をも反映するようになったという印と見なされる。

金葉和歌集

金葉和歌集の撰進が二回も見送りになったことは、院政期の様々な問題を反映していると同時に、下命者の白河院と撰者の源俊頼との意見の衝突にもよるであろう。

摂関家の権力の強大化のなかで天皇の復権を目指した白河天皇が、出家してから、後拾遺集に続いて再び勅撰集の撰進を下命し、しかも撰者として、摂関家のせいで後拾遺集の撰者になれなかった源経信の息子の俊頼を選んだことは、その撰進にいかに大きな期待を寄せていたかを証明している。一方、父の〝敵討ち〟を狙った俊頼は、自分自身も当代歌壇の指導的な人物だったので、自己主張の意欲を十分にもっていたと想像できる。そうでなければ、自分の歌（三五首）と父経信の歌（二七首）を最も数多く入集し、しかも巻末や歌群末に主として自詠の歌か身内の歌を載せるはずはなかっただろう。(1)

このように、二人の目的には共通点もあれば、大きな相違点もあったように思われるが、三奏本の段階で削られた俊頼の歌は、その証拠の一つと見なされる。(2)

他方、二度本と三奏本との差異は、勅撰集に対する二人の詩的立場の違いもあらわしており、それに従って主な争点となったのは、選歌の時代範囲である。当代歌人を中心とした二度本には、それ以前の勅撰集（特に後拾遺集）との区別を付けようとした俊頼の意図がうかがわれ、『金葉集』という題名も、『万葉集』のほかに公任の『金玉集』をも連想させており、十巻という巻数もまた『金玉集』と同様である。それに対して、白河院によって嘉納された三奏本の対象歌人が後撰集や拾遺集の時代にまで遡っていることは、天皇政権の力の継続を目指した院の目的に対応するように思われる。

しかし、世上に流布したのは、白河院がみとめた三奏本ではなく、俊頼が承認をもとめた二度本なのである。それは歌人の勝利を意味しているのだろうか、それとも白河院自身がそう決めたのだろうか、様々な仮説が提出されてはいるが、確実には断定できない。

この二人のみならず、数々の歌人の思いと狙いを託された「涙」はと言えば、二度本においても三奏本においても同じようなペースで流れているので、疑問を解く目安にはならないが、どの時代にもその時代特有の「涙」があることを疑いなく明示している。

本書では、新日本古典文学大系に従って二度本を使用したけれども、三奏本にあって二度本にない〈袖の涙〉のほとんどの歌が詞花集に入っているので、「涙」の流れる方向を見失うおそれはあるまい。

二度本の全七一七首のうち〈袖の涙〉を登場させる歌は、一割たらずの六五首前後なのだが、「涙」を連想させる歌の数はそれを大きく上回っている。

巻別の視点からも大きな変化は見られず、〈袖の涙〉の登場率の最も高いのは恋部である。一方、その次は後拾遺集とはちがって、雑部ではなく、〈七夕の涙〉に重点をおいた秋部であることは、金葉集の特徴と見なされる。また、〈袖の涙〉の高頻度にかぎらず、その不在も重要な情報を与えている。というのも、日常語や俗語を取り入れた雑部下の連歌に「涙」が一滴もこぼれていないことは、「涙」があくまでも貴族たちの王朝文化の詩的言語の表現であることを証明していると思われるからだ。

さらに、以前の勅撰集とはちがって、「涙」の得意な歌人の名前が特定できず、「涙」の頻度は歌人の入集歌数と平行していないのだが、〈袖の涙〉の表現のうち「涙川」を取り上げた歌（七首）が最も多いことは、〈袖の涙〉の詩化過程の主要な流れを反映していると同時に、「涙川」より「涙の色」に焦点をあてた後拾遺集との区別点としても捉えられる。それゆえ、金葉集における〈袖の涙〉の考察を、「涙川」から、しかも俊頼の歌から始めることにする。

〈名を流す涙川〉

俊頼の三十五首のうち〈袖の涙〉を詠んだ歌は一首しかないが、その「涙の川」には、他のどの歌よりも、彼の歌人としてのプライドが映し出されている。

下﨟に越えられて嘆き侍けるころよめる
せきもあへぬ涙の川ははやけれど身のうき草は流れざりけり　（俊頼、雑下・六〇九）

詞書には、この歌は「下﨟に越えられて」、すなわち身分の低い人に位を越された際に詠まれたとあるが、そこに詠み込まれた恨みは具体的な出来事を越えているように思われる。

「せきもあへぬ涙の川」は、思う人に忘れられた悲しみをあらわす「せきもあへず涙の河の瀬を早みかゝらむ物と思ひやはせし」（後撰、一〇五八）などの歌を喚び起こしており、「身のうき草」は、小野小町の「わびぬれば身をうき草の根をたえて誘ふ水あらば去なむとぞ思ふ」（古今、雑・九三八）などの前例に従って、頼りのない憂き身の「泣く音」を連想させる。一方、〈涙川〉が、古今集における敏行と業平との贈答歌以来、感情とその表現のみならず、歌人の詩的能力の表徴としても捉えられるので、「せきもあへぬ」と「流れざりけり」との対立は、湧いてくる詩的創造力は、認めてもらわなければ〝流れなく〟なる、と解釈できる。《せき止められないほど〈涙〉の川の流れが早いけれども、浮草とはちがって、頼りのない憂き身は、歌人としての名も世に流れてはいない》と。

俊頼の歌に「涙川」ではなく、「涙の川」が登場する理由は、文字数というよりも、その歌が先に引用した後撰集の「せきもあへず涙の河の」（一〇五八）という歌と同様に、「涙」の流れを強調しているからであると考えられる（俊頼のような歌人にとって文字数は解決できない問題ではなかったはずである）。〈抑えられない涙〉をテーマにした次の歌群には、「涙の川」も「涙川」も使用されているので、歌の分析を通してそれらの差異をさらに追究してみよう。

恋わびておさふる袖や流れいづる涙の川の堰《ゐせき》なるらん　（道経、恋上・三七五）

流れての名にぞ立ちぬる涙川人めつゝみをせきしあへねば　（公教母、三七六）

題不知

涙川袖のゐせきも朽ちはてて淀むかたなき恋もするかな　（皇后宮右衛門佐、三七七）

三首の歌とも恋歌として解読できるとともに、〈袖の涙〉の詩化過程に関する詩的弁論としても読み取れるので、その二つ目の読みの可能性を考えてみたい。

最初の歌は、「涙河落つる水上はやければ塞《せ》きぞかねつる袖の柵」（拾遺、八七六）という貫之の歌を踏まえ、「涙川」の水上（たぎる心）からその流れ（心の思いの伝達）に重点を移動させており、それに従って「塞きぞかねつる袖の柵」という断定は「おさふる袖や……堰なるらん」という疑問形に変わっている。《人（私）が恋に苦しむのと同じように、忍ぶ恋の「涙」を抑えようとしている「袖」も〝困っている〟ようだ。そうであればなおさら、「涙」が川のように流れ出すと、はたしてその堰になりうるだろうか》と。

二首目の歌は、「たぎつ瀬のはやき心を何しかも人めつゝみの塞きとゞむらむ」（古今、よみ人しらず、六六〇）という歌を下敷きにして、「たぎつ瀬のはやき心」という「涙川」の〈名〉の詩的意味を顕示している。さらに、「流れての名」は、前歌の「流れいづる涙の川」とも呼応して、二つの歌を連関させるが、「涙の川」と「涙川」の使用がそれらの意味作用を差異づけている。つまり、「涙」の流れを川にたとえ、その流れをせき止められない「袖」によって、「涙の川」を普通の川から異化している一首目の歌に続いて、二首目は、「涙川」が「涙」の流れを強調し誇張する歌語（「名」）として定着したことを指摘している。《「涙川」という詩語は、「涙」の「流れての名」として定着したのだが、それは「涙」が人目を慎んでせき止められなくなったからだ》と。

続いて三首目の歌は、噂によってさえ汚されないような、淀むことのない恋を訴えると同時に、「朽ち」→「口」という連想を発動させることで、〈袖の涙〉が〝淀むことなき〟恋を伝えるようになったという詩的メッセージを構成している。よく似た三首のうちこの歌だけが「題不知」と特定されたことは、この詩的メッセージに注目を惹くためであると思われる。《涙川、その堰だったはずの袖も、朽ちてしまい、まるで口のようにそのメッセージを伝えはじめたので、淀むことなく、恋を訴えることができるのだよ》と。

確かにこのような「涙川」と〈袖朽ちぬ〉の詩的意味は新しくはないけれども、金葉集以前の歌との差異は、それが「淀むかたなく」明示されていることである。次の歌のメッセージも、きわめて透明で、分かりやすい。

題読人不知

恋すてふ名をだにながせ涙川つれなき人も聞きやわたると　（恋上・三五九）

《恋する心の名になっている〈涙川〉よ、評判（詩的約束）通りに、せめて恋をしているという情報を流しておくれ。つれないあの人も聞いて、訪れてくれるかもしれない》と。

それに対して、「心がはりしたりける人のもとへ」（詞書）贈られた次の歌は、〈恋する心〉の表現としての「涙川」の詩的意味を脱構築することによって、変わっているのは心ではなく「涙川」の流れだけだよ、と自分から離れていく恋人を連れ戻そうとしている。

目の前にかはる心を涙川流れてやとも思ひけるかな　（江侍従、恋下・四七一）

《あなたの心が目の前で変わっていくのに、それを、流れ変わる「涙川」のせいにしてもいいと思って、自分をだまそうとしたのかもしれません》と。

一方、親しい人に死なれた頃、流罪にされた人が許されて帰ってきたという話を聞いて詠まれた次の歌は、その二つの運命の〝流れ〟と〝泣かれ〟を対立させると同時に、〈消えぬ思い〉の表現としての「涙川」の既成の意味を脱構築し、「泡」のように消えてしまった人生のはかなさという、「涙川」の新しい意味を示唆している。

安房守基綱に後れて侍りけるころ、流されたりける人の
許されて帰りたりけるを聞きてよめる

流れても逢瀬ありけり涙川きえにし泡をなににたとへん　（藤原知信、雑下・六一二）

《遠くに流されても、音に泣く涙の流れは「涙川」となり、その「涙川」には〝逢瀬〟もあるのだが、この「涙川」の消えてしまった泡を何に譬えたらいいのだろうか》と。(3)

上のように、金葉集の「涙川」は、「涙」の流れ、すなわち伝達力に重点をおき、さまざまな「名」を〝流す〟ようになったというその機能を強調している。このような意味作用は、「名をもふらしつるかな」と呼びかけている「つゝめども涙の雨のしるければ恋する名をもふらしつるかな」（忠隆、恋上・三九四）という歌にも見られ、金葉集における〈袖の涙〉の詩化過程の特徴と見なすべきである。その類型化をさらに示しているのは、次に引く「あまる涙」と〈袖の雫〉である。

〈あまる涙のしづく〉

あるまじき人をおもひかけてよめる

いかにせん数ならん身にしたがはで包む袖よりあまる涙を　（読人不知、恋上・三八四）

を《お》さふれどあまる涙はもる山のなげきに落つる雫なりけり　（忠隆、恋下・四四七）

一首目の歌の「いかにせん」という質問は、「あるまじき人」、すなわち愛してはいけない人を愛してしまったという具体的な状況を踏まえていると同時に、詩的問いにもなっており、「数ならぬ」も、相手にかなわない我が身だけでなく、抑えられない「涙」をも示唆している。[4] それに対して、「包む袖よりあまる涙」の意味は、二つの読みにおいて変わらない。《どうしたらよいのだろうか。力のたりない身に従わず、包み隠すはずの「袖」をこえてこぼれる「涙」を》と。

この歌の詩的メッセージも十分に明瞭であるが、二首目の「を《お》さふれどあまる涙はもる……落つる雫なりけり」

という説明は、あまりにも透明すぎることによって、間に挟まれている「もる山のなげき」に注目を促している。そこで、その詩的前例を探ってみれば、まず「旅行かば袖こそ濡るれ守山のしづくにのみは負せざらなん」（拾遺、よみ人知らず、別・三四二）という、〈袖のしづく〉の定着を示唆する歌が浮かび上がってくる。それに従って、さらに「しらつゆも時雨もいたくもる山は下ばのこらず色づきにけり」（古今、貫之、秋下・二六〇）という歌に遡ると、その「しづく」を、〈知る／知らせる〉を連想させる「しらつゆ」や、〈涙の色〉に言及している「時雨」と関連づけることもできるので、三つの表現の詩的機能の類似性も窺えるのである。

「あまる涙」を登場させた右の二首を繋いで読めば、〈袖よりあまる涙はもる山の雫なりけり〉という、〈袖のしづく〉の詩化過程についての説明になるので、次の歌に登場する「袖のしづく」も「山のしづく」も、「涙」に言及しているにちがいない。一方、それらは類似する表現でありながら、その具体的な詩的働きが異なっており、それぞれ「あまる涙」の違う側面に注目している。

　　堀河院御時艶書合(5)によめる

思ひやれとはで日をふる五月雨のひとり宿もる袖のしづくを　（皇后宮肥後、恋上・四〇六）

　　旅宿恋といへる事をよめる

恋しさを妹知るらめや旅寝して山のしづくに袖ぬらすとは　（顕季、恋下・四八二）

一首目の「思ひやれ」は、後拾遺集のなかに頻出した〈同情の涙〉を踏まえているが、艶書合に詠まれたので、具体的な意味よりも、感情移入というその機能に焦点をあてていると思われる。「ひをふる」は、「火」、また「降る」と「経る」の響き合いに加えて、「おふる」（つくす）などをも連想させており、「さみだれ」も、「みだれ」、「たれ」

を喚び起こしている。そして、「宿もる袖」は、このような思いと連想が「袖」に宿ることを示している。《思いやってください（想像してください）。むなしく経っていく日々とともに降りつづける五月雨のなかで、乱れた思いの火を尽くして独りで宿を守り、誰も訪れてくれない時の「袖のしづく」を》と。

それに対して二首目に登場する「山のしづく」は、「旅宿恋」というテーマと呼応しているばかりでなく、「もり」をも喚起して「知るらめや」と対立させるのだが、「袖濡る」の代わりに使用された「袖ぬらす」も、このような意味作用の特徴に対応している。つまり、〈袖の涙〉の表現力の展開を刻印している「袖濡る」→「袂濡る」に続いて、「袖濡らす」は、託された思いと意味を〝漏らす〟という伝達力に重点を移動させているのである。《妻は知っているだろうか。旅寝の山で袖を濡らす雫は、恋を漏らす〈涙の雫〉であるとは》と。

次の二首は、「しづく」を登場させていないが、〈岩代のもり〉を通して、後拾遺集の「岩代のもりのいはじと思へどもしづくにぬるゝ身をいかにせん」（七七四）という歌を喚び起こし、情報を〝漏らす〟という〈袖の涙〉の機能を強調している。

大峰の生の岩屋にてよめる
草の庵なにつゆけしとおもひけん漏らぬ岩屋も袖はぬれけり（行尊、雑上・五三三）
忍恋の心をよめる
物をこそしのべば言はぬ岩代のもりにのみもる我が泪かな（親房、補遺・六九六）

一首目の歌は、〈草葉の露けさ〉と〈もるしづく〉を対比させて、〈あらわす↓もらす〉という〈袖の涙〉の意味作用の展開を示している。《今まで、どうして草の庵にばかり露がおいていると思っていたのだろう。露の漏らない岩屋でも、袖は「言はじ」と思っても〈涙の雫〉で濡れるのだった》と。

それに対して、詞書の「忍」に「しのべば」を、〃言はじ〃を内包している「岩代」に「言はぬ」を、「もり」に「もる」を付き添わせて、しかも「こそ」と「のみ」によってこのような繰り返しをさらに強調している二首目の歌は、意味の重層化にいたる曖昧さを重んずる和歌表現の特徴からすれば、意外にも明瞭すぎる。したがって、その狙いは、それぞれの連想を確定するばかりでなく、それらを接続させることでもあると考えられる。つまり、〈もりにもる涙〉の、〈言わぬこと〉すなわち言葉の代理としての働きに注目することである。《物を思い忍んで何も言わない時にこそ、岩代の森の雫のように〈もりにもる涙〉は、言わないことも、言うまいと思ったことも漏らしているのだよ》と。

以上、「あまる涙」が「袖」より漏れて、「言はぬ」も「言はじ」も〃漏らす〃ようになったという〈あまる涙のしづく〉の詩化過程をたどってみたが、それは、「涙」が忍ぶ思いを顕示していくなかで、みずからの詩的働きをも〃漏らす〃ようになったことを示唆している。それゆえ、次に「涙」と「袖」に順に照明をあてて、〈袖の涙〉の意味作用におけるそれぞれの特徴を取り上げてみる。

〈たがふ涙なりけり〉

ここまで分析してきた歌が示しているように、平安文学の詩的言語においては「袖」と「涙」が不可分の関係になっているので、そのどちらかが登場しなくても意味作用のなかに内包されている。したがって、「涙なりけり」で終わる次の五首の歌も、「袖」とは無関係ではないが、その焦点は、〈袖の涙〉の詩化過程の展開における「涙」の意味と機能の変遷にある。それに対応して詞書も、内容志向の読みにかぎらず、表現志向の読みをも支えている。

重尹帥になりて下り侍ける頃、餞し侍ける時よめる
帰るべき旅の別れとなぐさむる心にたがふ涙なりけり　（頼宗、別・三三六）

院の熊野へまい《ゐ》らせおはしましたりける時、御迎へにまい《ゐ》りて
旅の床の露けかりければよめる
夜もすがら草の枕にを《お》く露は故郷こふる涙なりけり　（長実、恋上・三八五）

大峰の神仙といふ所に久しう侍ければ、同行ども皆限りありて
まかりければ心細さによめる
見し人はひとりわが身にそはねども遅れぬ物は涙なりけり　（行尊、雑上・五七六）

題読人不知
身の憂さを思ひしとけば冬の夜もとゞこほらぬは涙なりけり　（雑上・五八四）

摂政左大臣家にて、寄《スル》レ花《ニ》恋といへる事をよめる
吹く風にたえぬ梢の花よりもとゞめがたきは涙なりけり　（雅光、補遺・六九三）

最初の歌は、別れの涙と、逢う約束を担わされた「涙」という詩語を対比させて、「心にたがふ」と、その異化に注目している。一方、詞書が提示する具体的な状況、すなわち五十九歳の重尹が太宰権帥に任じられ、その任期が五年であること、また作者の頼宗も当時五十歳だったということは、再会の可能性に疑問符を付しているので、逢う約束としての「涙」の意味は再び逆転し、歌の意味作用はミメティック・レベルとポエティック・レベルとの往復に

よって形づくられる。《そもそも（歌に詠まれた）「涙」は、心とはちがって、帰るべしという再会の約束をあらわしているのに、今回の涙はそれとまた違うのだよ》と。

二首目の歌の方法も詩的約束の脱構築なのだが、そのメカニズムは異なっている。「夜もすがら草の枕にを《お》く露」は、〈涙の露〉のエロチックな意味を喚び起こし、男女関係を指し示しているのに対して、「故郷こふる涙なりけり」という下句は、その期待地平を崩し、「こふる涙」と異なる意味をあらわしている。それは詞書がなくても十分に伝わるので、後者の意味を特定している詞書は、このような意味の変化に注目する働きをしていると思われる。《一晩中、旅寝の草枕に置く露は、恋人ではなく故郷を思う「涙」なのだよ》と。

続いて三首目の歌は、詞書と歌との対立によって意味づけられているように思われる。つまり、「同行ども皆」と「ひとり」との対立に倣って、「限り」ある出会いと〝限りのない〟「涙」も対照させているのである。一方、「遅れぬ」によって連想させられる「贈れぬ」は、「ひとり」と呼応するとともに、詩語としての「涙」から心細さの涙へと、意味の転換をも印づけている。《お逢いした人が一人もいなくなったので、我が身に付き添っているのは、思う人に贈る「涙」ではなく、孤独さの涙である》と。

「溶けば」に「解けば」を掛けた四首目の「題読人不知」の歌の「涙」も、詩語よりも憂き身の涙であるが、その意味が伝わるのは、〈こほる涙〉という詩的約束のおかげである。《身の憂さの思いを解けば、冬の夜でも滞らないのは、恋しい人を思う「涙」ではなく、悲しさの涙である》と。

そして、「涙」の〝実体的〟な意味と詩的意味との間の往復として捉えられる右の歌に続いて、「花に寄せる恋」という題を詠んだ五首目の歌は、「涙」の既成の意味を脱構築するという意味作用の過程をさらに進めて、〈とどめがたい涙〉を「吹く風にたえぬ梢の花」に譬えることによって、〈はかなさ〉という新しい意味を漂わせている。

〈あやしきまでも濡るる袖〉

「心にたがふ涙」と呼応して、「あはればむと思ふ心は広けれどはぐゝむ袖のせばくもあるかな」（仁覚、雑上・五九四）という歌が示しているように、〈さまざまに思ふ心〉の「涙」を宿し包む「袖」は、いっそう「せばく」感じられるようになるが、〝あやしきまでも〟濡れることによって、〈袖の涙〉の意味作用の範囲の拡大を刻印しつづけるのである。

たとえば、「涙」を散っている梢の花に譬えた雅光は、同じ摂政左大臣家において、同様の雅びやかな軽みをもって「さもこそは都恋しき旅ならめ鹿の音にさへぬるゝ袖かな」（秋・二二五）という歌も詠み、〈あわれに濡れた袖〉の感情移入力を読者に提起している。

それに続いて次の二首は、〈同情の涙〉を踏まえ、見るにも聞くにも「袖濡る」という、〈袖の涙〉の感動力に重点をおく。それは、「やまと歌は、（中略）心に思ふことを、見るもの、聞くものに付けて、言ひ出せるなり」という古今集の仮名序の言葉を想い起こさせるし、『源氏物語』の蛍巻に載っている「見るにも飽かず聞くにもあまることを、（中略）心にこめがたくて言ひをきはじめたるなり」（II・四三九頁）という物語論とすら呼応しているのである。

　　これを御覧じてかたはらに書きつけさせ給ける
別路をげにいかばかり嘆くらん聞く人さへぞ袖はぬれける　（彰子、別・三三九）

　肥後内侍お《（を）》とこに忘られて嘆きけるを御覧じてよませ給ける
忘られて嘆く袂を見るからにさもあらぬ袖のしほ《（を）》れぬるかな　（堀河院、雑・五六〇）

両者とも、コメントや現代語訳を付けなくても内容が十分に伝わるものだが、注目すべきは、その表現である。特に「袂」も「袖」も登場させる二首目の歌を考慮すれば、その使い分けについて次のように言えるだろう。つまり、「袂」は、「袖濡る」→「袂濡る」という、古今集から後拾遺集にいたる〈袖の涙〉の詩化過程に従って、我が身の経験に基づく「涙」の強度をあらわしているのに対して、「袖」は、〝涙の移入〟、すなわち自分と直接にかかわりのない「涙」をも宿し、見ることや聞くことによって流れる〈袖の涙〉の伝播力や詩的言語におけるその散種を指し示しているということである。「袖（袂）濡る」の代わりに詠まれた「袖のしほ《(を)》れぬる」というその誇張もこうした意味作用に対応していると思われる。

一方、次の二首は、「袖」に寄り掛かる〈涙の浪〉を焦点化して、〈袖の涙〉の声域、またその〝誠実さ〟の問題に触れている。

寄《スル》二水鳥《ニ》一恋といへることをよめる

水鳥の羽風にさはぐさゞ波のあやしきまでもぬるゝ袖かな　（師俊、恋上・三六四）

音に聞く高師の浦のあだ波はかけじや袖のぬれもこそすれ　（一宮紀伊、恋下・四六九）

一首目の歌の「水鳥」は、万葉集のなかで「浮き」、「立つ」などにかかる枕詞として使われ、「言はず」の〝よそひ〟としても詠まれたのだが、[6] 拾遺集の「水鳥の下安からぬ思ひにはあたりの水もこほらざりけり」（よみ人知らず、冬・二二七）が示しているように、平安時代では〈「思ひ」の「火」のせいで凍らない〉という、「涙」と類似する意味で用いられたこともある。このような連想に従って、「水鳥の羽風にさはぐさゞ波」の下で、〈言わず〉の〈思ひの火〉のために「涙」が沸騰しているので、「袖」は「あやしきまでも」、すなわち不思議に思うほどにその「涙」で

〈濡れている〉、という解釈になる。

二首目の歌は、「人しれぬ思ひありその浦風に波のよるこそ言はまほしけれ」（俊忠、四六八）という歌の返歌になっているが、「堀河院御時の艶書合」に詠まれたことからすれば、恋を告げるよりも、恋の表現を論じていると考えられる。贈歌が「荒磯（ありそ）の浦」を「思ひありその浦」として、そこに寄る「波」に「夜」をかけたことに倣って、返歌の意味作用の中心も「高師の浦」の「波」にある。しかし、それはなぜ「あだ波」になるのだろうか、また、〈袖ぬる〉とはどのように関連づけられるのだろうか。

「あだ波」は、むだに立ち騒ぐ波を意味することから、恋歌のなかでは相手の浮気心をあらわすが、それを歌ことばの使用の観点から読んでみれば、相手の詩的知識や表現の工夫に関しての判断としても解読できる。「音に聞く（高し）」も、〈かけし／かけじ〉という言葉遊びもそれと呼応している。一方、「高師の浦」は「高師の浜」という万葉集の歌枕に由来していると思われるが、そもそも和泉国の歌枕だった「高師の浜」は『更級日記』のなかでなんと三河の国に移動している。したがって、その働きを、特定の場所と関連させずに、歌ことばとしての詩的連想を通して考えるべきであろう。

「高師の浜」を初登場させた万葉集の「大伴の高師の浜の松が根を枕き寝れど家し偲はゆ」（万葉、巻一・六六）という歌がそれを「高し」と連想させたのに続いて、貫之の「おきつ浪たかしの浜の浜松の名にこそ君を待ちわたりつれ」（古今、雑上・九一五）という歌はそれをさらに「浪」と関連づけたばかりでなく、その「浪たかし」のなかには「なみだ」という「物名」を読み取ることもできる。詩的言語の流れのなかで「波」は「涙」と密接に繋がってきたので、それは一宮紀伊の歌における〈袖ぬる〉の使用を根拠づけ、「浦」も〈袖の裏〉まで濡らしてしまった〈涙の浦〉を連想させると思われる。さらに、三河国の歌枕とされる「高師の山」も、「あふことを遠江《とほとほみ》なるたかし山高しやむねにもゆるおもひかな」（古今六帖、第二）と、〈思ひの「火」〉の強調として詠まれ、「涙川」に消すことのできない〈心の思ひ〉という詩的約束と関連づけられるので、「高師の浦」は、「高師の浜」と「高師の山」の詩的伝統を合流させた歌ことばであるとさえ考えられる。

このように数多くの連想を喚び起こす一宮紀伊の歌には様々な読みがあり、百人一首にも選ばれたのは、そのためであろう。読みの一つの例として、贈歌の「ありその」と「よる」の掛け方が平安後半の詩的カノンからすればあまりにも単純すぎると思われるので、次のような解釈を提出することができる。《常識になった掛詞を使い（「音に聞く高し」）、恰好を付けようと思えば（評判〝高し〟）、むだに立ち騒ぐ「あだ波」のような結果になる（「かけし」）。そうならない（「かけじ」）ためには、「高師の浦」を、歌ことばの連想に従って、〈袖ぬる〉〈袖の裏〉まで濡らした〈涙の浦〉と関連させ、こうした新しい〝響き合い〟を通して言葉の新しい意味を追求すべきである》と。

〈うらみて袖濡る〉

上に取り上げた表現と直接に連関しているのは、〈海人の袖〉であると思われる。当代びとが「あまの涙」に「あまる涙」を連想していたかどうかは判断できないが、そもそも濡れている海人の袖をさらに〝濡らす〟ことは、〈袖の涙〉の詩化過程を指し示す徴と見なされる。

人のもとより、せめて恨みて袖のぬるゝさまを見せばや、
と申ければよめる
恨むとも見るめもあらじ物ゆへになにかは海人の袖ぬらすらん
（皇后宮少将、恋下・四八一）

ながゐする海人のしわざと見るからに袖のうらにもみつ涙かな　（康貞女の娘、雑上・五五二）

二首とも〈海人の袖〉を登場させ、「うら（浦、裏）」→「恨む」という連想を発動させる。また、いずれも八代集におけるそれぞれの作者のただ一つの入集歌であることは、歌そのものの価値を強調しているように思われる。

一首目の詞書が示しているように、歌のテーマは恋に関する特定の内容ではなく、「恨みて袖のぬるゝ」という詩的表現であるので、「いくら恨んでも、逢うことなどありますまい。それゆえ、海松布のない海人が袖を濡らすことがないように、見る目（逢うこと）のないあなたの袖がどうして濡れましょう」（新日本古典文学大系）という読みに、歌ことば自体に重点をおいた解釈を付け加えることができる。

つまり、「見る目」→「海松布」に従って、詞書の「恨みて（うら見て）」も歌の「うらむ」も「うら（浦、裏）」を連想させており、また「袖濡る」の代わりに登場する「濡らす」が、前に触れたように、詩的コミュニケーションの手段としての〈袖の涙〉の役割を主張しており、「なにかは」が「何川」とも読み取れるので、次のような〝裏〟の読みが考えられる。《〈涙の浦〉が〈袖の裏〉まで滲出したとはいえ、人がそれを〝見る目〟をもっていなければ、いくら恨んでも、何も伝わらないだろう。〈海人の袖〉に〈みるめ〉が生えるため、それを何川に濡らせばよいのだろうか》と。

それに続いて「磯菜つむいり江の波のたちかへりきみ見るまでの命ともがな」（康貞女、五五一）という歌の返歌である二首目の歌は、「袖のうらにもみつ涙」という〈海人の袖の涙〉の詩的意味を顕示し、「うらみ」→「うら（浦、裏）」の連想のほか、「満つ」→「見つ」の響き合いをも働かせている。《長く居ついて磯菜を摘む海人のしわざに倣って積み重ねた〈海人の袖〉の意味を見つめているので、「袖のうら」にも満ちる「涙」が見えてきたのだよ》と。

他方、次の歌の作者が「須磨の浦」に掛けた「うらみ」は、自分のものにかぎらず、「浦人のしほくむ袖」よりも濡れている源氏の「袖」の恨みでもあると考えられる。したがって、それは、心と心、表現と表現との仲介役をはたす〈袖の涙〉が、テクストとテクストとの間にも〝流れる〟ようになったことを示していると言える。

思ひやれ須磨のうらみて寝たる夜のかたしく袖にかゝる涙を　（長実、恋上・三五七）

《思いやってください（想像してください）。須磨の浦を見ながら、独り寝の夜の源氏と同じように、かたしく袖にかかっている私の恨みの涙を》と。

〈知らず／知らす〉を「おりつる袖」

源氏物語を踏まえた右の歌に続いて、次の歌のなかに長実は万葉集を引用し、〈思いを知らせる〉という意味を担わされた表現の移り変わりを追究している。

しらすげの真野の萩原つゆながら折りつる袖ぞ人なとがめそ　（長実、秋・二二九）

この歌は、万葉集の「白菅の真野の榛原《はりはら》心ゆも思はぬ我し衣に摺りつ」（巻七・一三五四）という歌を下敷きにしたものであるが、二首を結び付けているのは、ただ「白菅の真野」だけでなく、詩的言語の流れそのものでもある。

万葉集のなかで〈忍ぶ恋〉の噂がたったという意味で詠まれた「しらすげ」は、〝知らす〟を響かせて、[7]平安時代の歌において同じような役割をはたしている〈涙の白露〉を連想させるのだが、「つゆ」の登場はそれをさらに強調するものである。また、「榛原」→「萩原」という置き換えも、〈はり→はぎ〉という文字遊びのほか、二つの詩的機能の類似性によっても根拠付けられる。つまり、「榛原……衣に摺つ」（榛の染料を衣に染め付けた）が万葉集のなかで〈色に出づ〉をあらわしているのと同様に、〈萩の露〉も、「なきわたる雁の涙やおちつらむ物思ふ宿のはぎのうへのつゆ」（古今、二二一）、「庭の面の萩のうへにて知りぬらん物思ふ人のよはのたもとは」（後拾遺、七九四）などの前例に従って、〈忍ぶ思い〉が〈表〉にあらわれたことを意味しているのである。

このように、二首の歌はほぼ同じような内容になるけれども、それらを差異化するのは、使用された表現である。つまり、長実の歌は、万葉集の「しらすげ」の歌を下敷きにしたと言うよりも、平安時代の詩的言語に〝訳した〟と言える。そしてその際、〝翻訳〟の手段になっているのは〈袖の涙〉である。

万葉《白菅の真野の榛原で色付いた衣なのに、それは〈心を知らせる色〉だと、思ってもみなかった噂がたった》。

金葉《白菅の真野の萩原で露が置いた袖なのに、それは〈心を知らせる白露〉だと、責めないでおくれ》。

〈袂にやどる月〉

万葉集の歌を〝書き換えた〟右の歌に続いて、顕季の次の歌も、「松が根」と「妹みる」という万葉集の表現を平安文学の詩的伝統と結びつけている。そして、その解釈の手段が、〈人の思い〉とともに〝詩的面影〟をも宿した〈袖の月〉であるので、この顕季の歌に、同じイメージを踏まえた歌を二首付け加え、「袖」に映る「月」が何を映しているのかを見てみよう。

月前旅宿といふ事をよめる
松が根に衣かたしき夜もすがらながむる月を妹みるらむか　（顕季、秋・二一一）

多聞といへるわらはを呼びにつかはしけるに、
見えざりければ月のあかゝりける夜よめる
待つ人の大空わたる月ならばぬるゝ袂に影は見てまし　（永縁、恋下・四五三）

山寺に月のあかゝりけるに、経の尊きを聞きて
涙のおちければよめる
いかでかは袂に月のやどらまし光待ちとる涙ならずは　（康貞女、補遺・七〇二）

「松が根」に「待つ」の「音」をかけた一首目の歌は、〈袖の涙〉を登場させていないが、「衣かたしき」もそれを連想させるし、「ながむる月」も、〈人がながむる月〉と〈人をながむる月〉という、〈袖の涙に宿る月〉の詩的働きと呼応する両義的な意味を持っているばかりか、「泣かむ」さえ響かせてくれる。したがって、《「ながむる月」は片敷いた袖の涙に映り、待つ妻の面影を浮かび上がらせてくれるのと同様に、同じ月を眺めている妻の袖にも、月の影とともに、自分を思っている夫の姿が見えているだろうか》という読みになる。

二首目の歌は、「ぬるゝ袂に影は見て」と、「袖（衣）」の代わりに「涙」に言及する「袂」を登場させ、「月影」に「面影」をかけて、〈袖の涙〉に託された思いの伝達者としての「月」の役割を解き明かしている。さらに「大空にわたる月」は、その一般化を示唆しているように思われる。《待っている人が大空をわたる月であれば、月影に倣って、濡れている袂に宿り、そこに宿されている思いを見るはずだろう》と。

そして、三首目の歌は、「月影」から「涙」に焦点を移し、その「涙」を通して「光」という「月影」の異なる意

味を求めている。つまり、「いかでかは袂に月のやどらまし」という上句の答えが「涙」にほかならないので、「光待ちとる涙ならずは」という下句の焦点は、「涙」ではなく「光」になる。《どうして月が袂に宿るだろうか。袂を濡らす「涙」がその光を求める「涙」でなければ》と。

この「光待ちとる涙」の登場は、〈心の面影〉から、その儚さを知りえた〈心の光〉へ、という〈袖の涙〉の意味の展開を示唆しており、「あはればむと思ふ心は広けれどはぐゝむ袖のせばくもあるかな」(仁覚、雑上・五九四)という歌に詠まれた〈心の広さ〉と〈袖のせばさ〉との対立も、このような意味作用の拡大を反映している。しかし、「光」を求めていると言っても、〈袖の涙〉は何よりもまず恋をあらわしているので、次に〈恋の光〉を象徴する「七夕の涙」を取り上げることにしよう。

〈七夕の涙の色〉

「露は別れの涙なるべし」という、七夕を詠んだ菅原道真の詩句に続いて、後撰集が「たなばたの涙」を登場させ、「天の川」を「涙の川」と連想させていたので、それは早くから詩的約束になっていたと思われる。したがって、〈七夕の涙〉を踏まえた次の三首の歌群の意味は、このような詩的約束を前提にして見るべきであろう。

七夕の後朝《きぬぎぬ》の心をよめる

七夕に貸せる衣の露けさに飽かぬけしきを空にしるかな　(国信、秋・一六三)

限りありて別るゝ時も七夕の涙の色は変らざりけり　（有仁、一六四）
七夕の飽かぬ別れの涙にや花のかづらも露けかるらん　（師時、一六五）

この三首の歌が「七夕」を詠んだ長いシリーズ（一五八〜一六七）に入っており、そのシリーズの前に登場する歌（一五七）が「白露を吹きなみだれそ秋の初風」という言葉のなかに「なみだ」を隠し詠んだことを考慮すれば、〈七夕の涙〉はシリーズの焦点であると判断できる。シリーズを結ぶ「帰るさは浅瀬もしらじ天の川あかぬ涙に水しまさらば」（越後、一六七）という歌もそれを証明している。

一首目の歌の「衣の露けさ」が〈袖の涙〉にほかならないので、それを〈七夕に貸す〉ということは、自分の思いを七夕に譬えるだけでなく、恋の表現としての〈袖の涙〉の働きを七夕の〈飽かぬ恋のけしき〉とする意味にもなっている。つまり、この歌は、人の「涙」を〈七夕の涙〉に譬えて、飽きることのない恋を詠んでいると同時に、七夕の「飽かぬ恋」を〈袖の涙〉によって説明してもいる。《七夕に貸してあげた〈袖の涙〉のために、空が（の）飽きることのない恋のけしきを知りえたのだよ》と。

次いで二首目の歌は、「涙の色」という、〈恋を知る／知らせる〉機能をはたしている〈袖の涙〉の歌語を登場させ、「変らざりけり」と、後拾遺集の〈涙の同じ色〉に続いて、その普遍性を指摘している。《逢う時も限られているので、別れる時の七夕の涙の色が変わらないのは、恋を知らせる「涙の色」に変わりがないからだ》と。

そして、別れの瞬間に焦点をあわせた三首目の歌は、〈草葉の露〉という〈袖の涙〉のもう一つの表現を喚び起こし、七夕の「花のかづら」にその連想を付き添わせる。したがって、《七夕の飽きることのない恋をあらわす「涙」のため、きっとその花かづらにも〈涙の露〉がおいたのだろう》という意味になるのだが、それは織女星の孤独な光が〈涙の露〉であるという、哀れな美しさに溢れたイメージも浮かび上がらせている。

〈紅の涙にそむるもの〉

上に引用した歌に登場する「飽かぬ」が「飽く」→「灰汁」（染色と色抜きのために使われたうわずみ）という連想を踏まえていたかどうかは判断できないが、次の歌がその連想を通して〈涙の色〉の変わらぬ機能を主張していることはまちがいない。

恋の心を

あくといふ事を知らばや紅の涙にそむる袖やかへると（琳賢法師、雑下・七一六）

八代集における「紅の涙」の唯一の登場箇所であるこの歌が「紅の涙」を「あく」とともに詠んだことは、真に象徴的な意味をもっているように思われる。「血涙」に言及している中国詩の「紅涙」ではなく、〈紅に染まった衣〉、また「紅にそめし心」を喚び起こし、「紅涙」と〈紅に移った涙の色〉との差異を示唆しているからである。[8] 一方、「紅の涙にそむる袖」は、『源氏物語』の「くれなゐの涙にふかき袖の色をあさみどりにやいひしをるべき」（少女）という歌に続いて、「袖」の紅の色がベニバナの染色ではなく「涙」の色であることを顕示し、平安末期の歌に広く詠まれるようになった「袖の色」という歌語の定着を指し示していると考えられる。《「飽く」ということを知っていれば、灰汁を使って、「紅の涙」で染まった袖の色を変えることができたかもしれません》と。

上に取り上げた歌は、〈袖の涙の色〉の意味を解明すると同時に、「紅にそめし心」→「紅に涙うつる」→「紅の涙にそむる袖」という、「紅」の詩化過程の展開をも纏めているので、それに従って次の歌に登場する「紅の筆」にもこのような詩的意味が内包されているのではないかと推測される。

文ばかりつかはして言ひ絶えにける人のもとにつかはしける

ふみそめて思ひ帰りし紅の筆のすさみをいかで見せけん　（小大進、恋上・三七三）

「紅の筆」は、彤管《とうかん》、すなわち、古代中国の女官が用いた赤い筆の訓読語と見なされるが、〈紅の涙〉の場を想い起こさせる詞書が示唆しているように、それだけではないだろう。また、「踏み」に「文」を、「初めて」に「染めて」を掛けたこの歌は、文字通りに「筆のすさみ」、すなわち〈筆の働き〉に注目しているので、その「筆」の「紅」の色も、実際の色のみならず、このような働きのなかで定着した詩的「色」でもあるはずだと考えられる。したがって、「紅」の詩的連想を考慮すれば、《心の思いと「涙の色」で染まって、その文（詩的前例）を踏まえた〈紅の筆〉の働きを、どうやって見せたらいいだろうか》という読みになりうる。

「紅」をもって「涙」と「筆」を連想させたこの歌に続いて、次の歌もそれらを関連づけているが、その関係は掛詞を通してあらわれてくる。

女のがりつかはしける

する墨も落つる涙にあらはれて恋しとだにもえこそ書かれね　（永実、恋下・四四三）

「あらはれて」は、言うまでもなく「洗われて」という具体的な意味をもっているにちがいないが、「現はれて、顕はれて」との響き合いを生かしてみれば、「すっている墨も落ちる涙に洗われて、恋しいとさえ書くことができません」（新日本古典文学大系）という読みは、《（忍ぶ思いに続いて）すっている墨も「涙」にあらわれたので、恋しいとさえも書くことができなくなった（「涙」が代わりにそれを告げているのだから）》と、差異化されるのである。

袖書草紙 V

金葉集における〈袖の涙〉の最も代表的な特徴は、詩的言語におけるその意味と機能のシステムが纏まり、詩的文法として働くようになったことだと思われる。〈あまる涙のしづく〉に「袖を濡らす」、聞くにも見るにも「あやしきまでもぬるゝ袖」などの発想はそれを印づけており、〈名をながす涙川〉という類型表現は、その表徴と見なされる。このような〈袖の涙〉の働きは、あらゆる角度から取り上げられるのだが、ここでは三つの側面に限って焦点をあわせてみる。

《引用行為》の手段

平安後半の文学はそれ以前のテクストの引用を通して意味づけられるようになるので、引用の密度が高まるにつれてどの表現も多重化される。しかし、〈袖の涙〉は〝昔の涙〟を喚び起こすだけでなく、引用過程そのものをも刻印するようになる。それは千載集と新古今集において〈袖の涙〉の主要な機能として定着するのだが、その前触れは金葉集のなかに窺えるのである。『源氏物語』を浮かび上がらせる「思ひやれ須磨のうらみて」（三五七）の歌もそうであるし、万葉集の「白菅の真野の榛原」（一三五四）の歌を平安の詩的言語に〝訳した〟「しらすげの真野の萩原」（二二九）の歌もその明示的な例である。さらに、「高師の浦」の歌（四六九）が示しているように、引用行為の手段としての〈袖の涙〉の働きは、歌枕を再解釈し再び異化するという、平安後半の詩的言語の展開を特徴づける重要な傾向とも密接に繋がっている。

詩的議論の手段

金葉集以前の歌の分析も示しているように、〈袖の涙〉の歌は、詩的議論としても受け取られており、詩的言語の展開につれてこのような読みの可能性はだんだん〈表〉にあらわれてくる。それに沿って千載集と新古今集においては〈袖の涙〉が詩的言語の自己言及および自己説明の機能を担わされるのだが、「心」とそれを表現する〈袖の涙〉とを対比させる「心にたがふ涙」(三三六)、「心は広けれど……袖のせばくもある」(五九四)などの歌は、〈袖の涙〉それ自体についての問答から、「人の心を種」とした歌に関しての説明へ、という議論の変遷を示唆していると考えられる。

美的〝悟り〟の手段

詩的カノンの形成過程のなかで、読みは歌そのものに集中されるのに対して、詩的文法が出来上がると、歌ことばは自らの働きのみならず、詩的カノンを特徴づけている価値観や人生観についても語りはじめ、歌の読みの焦点は〈外〉へと、詩的レベルからメタ詩的レベルへと移っていく。美的〝悟り〟のようなインパクトを与え無常を漂わせる「七夕の涙の色」(一六四)、「梢の花」(六九三)などの金葉集の歌は、このような展開を指し示す印と見なされるように思われる。

一方、〈あまる涙〉から〈あかぬ涙〉へと、詩的言語とともに流れている「涙川」の尽くせない詩的力を顕示する金葉集は、「する墨も落つる涙にあらはれて」と、「水茎の跡」のメタファーとしての〈袖の涙〉の機能さえ示唆しているが、それが〈表〉に顕れるのも、もはや時間の問題である。

詞花和歌集

詞花和歌集は、勅撰集の歴史のなかで最も批判されたものであるし、最も弁護されたものでもある。その撰進が金葉集の成立から二十年も経たないうちに開始されたことを考慮すれば、対象となりうる歌も少なく、撰択の基準を作り上げるのも困難だったと想像できるが、詞花集が批判の的になった理由は、その詩的水準よりも、当時の政治的な混乱と歌壇の争いのためであるように思われる。

撰者の顕輔は、ライバル意識で覆われていた当代の歌壇を治めることができないまま、奏覧四年後に亡くなったので、勅撰集撰者として歌壇に睨みをきかせることができなかった。(1) その翌年に、下命者の崇徳院も保元の乱で敗れ讃岐に配流されたので、詞花集は、勅撰集でありながら、だれからも批判しやすい敗者的な存在になってしまった。

亡くなった顕輔の代わりに詞花集の最も熱烈な弁護者になったのは息子の清顕だが、寄せられた非難がかならずしも根拠づけられたものにかぎられなかったのと同様に、弁解側の論証にも疑問を残すところがある。しかし、清顕の判断が完全に〝客観的〟ではないとしても、「末代に及びて歌仙無し、金葉の撰に随ひて以後、年序幾ならずしてこれを為すは如何」(袋草紙)という言葉は、詞花集の撰進をめぐる問題を正当に纏めているばかりか、自分の歌を入れてもらえなかった恨みのために詞花集を批判した人に対しても適当な答えを提出していると思われる。

一方、詞花集の約四百首の歌のうち六十首もが金葉集の三奏本の重出であるという〝あやしい〟事実を説明しようとした、「金葉集は流布の本に付きて第三度の本は除かず、件の本は知る人無き故なり」という言葉は、真実であるか口実であるか判断しがたいが、流布されたと思われる二度本との重出が少ないことは事実である。(2)

「中古より以来の勅撰の集に入らざる外の和歌等、宜しく撰集せらるべし」という院宣に従って、顕輔は、後撰集以来の歌を数多く取り入れたのに対して、当代びとの歌を一首程度ずつしか収めなかったので、当然なことに歌壇の反発を招いたが、十三首対十三首と、昔と今の歌の間で分けられている〈袖の涙〉は、彼がいかにバランスのとれた撰択をめざしたかを証明している。確かに、そのなかに金葉集に参加せず詞花集初出の歌人は少ないけれども、二つの撰集が近すぎたので、やむをえないことであろう。

他方、三十首たらずの〈袖の涙〉の全歌数は、一割の平均登場率を大きく下回っているが、千載集と新古今集のなかで〈袖の涙〉が著しく増加することを考慮すれば、詞花集においてその存在が薄くなったのは、詩的言語の流れではなく、撰歌の複雑な状況のせいであると思われる。つまり、金葉集と詞花集との間の時間が短すぎた上に、政治的な混乱のなかで顕輔は、歌にかぎらず歌人の名前をも気にしたので、当時の歌の現状を全面的にカバーする余裕がなかったと考えられるのである。それにしても、詞花集の〈袖の涙〉は、詩的伝統を踏まえながら新しい動きも示しているので、清顕とともに、詞花集の特有な価値を証明している。

ここでは、詞花集の全歌数に対応して〈袖の涙〉の歌数も八代集の他の勅撰集より少ないことを有利に使い、歌を登場順に取り上げることにする。それは、古今集の分析のなかで提出した、勅撰集の構造と表現の詩化過程との平行性をめぐる仮説を確かめる機会にもなるだろう。

四季の歌　「虫のおもふこころ」

「雨」、「露」、「時雨」など、季語でありながら「涙」の隠喩でもある歌ことばが、恋をあらわすようになるにつれて、それらを登場させる歌が四季歌から恋歌の巻に移る傾向が見られることはすでに述べたとおりだが、詞花集の四季歌における〈袖の涙〉の限られた登場も、このような詩的カノンの定着と連関しているように思われる。また、金葉集が「七夕の涙」を取り上げて、〈袖の涙〉の典型的な分野である秋歌におけるその展開を追究したことを考慮すれば、詞花集の対象になりうる歌の数の問題は別にして、金葉集とはちがう問題を提出することはきわめて困難だったと想像できる。そのなかから顕輔は〈虫の涙〉を選び、拾遺集歌壇の歌人（好忠）と、当代歌壇の歌人（正通）の歌を一首ずつ載せており、正通のその歌が、詞花集のみならず勅撰集に採られた彼のただ一つの入集歌であることからすれば、〝一人一首ずつ〟という、当代びとに対する顕輔の撰進の方針は、歌人の名前だけでなく、詩的言語の展開の概念化にも基づいていると判断できる。

〈虫の涙〉を登場させる二首の歌の間に挟まれた三首の歌もその意味の展開をたどっているので、歌群の連続性のなかで〈虫の涙〉の意味作用を考察してみる。

題不知

秋の野のくさむらごとにをく《(お)》露は夜なく虫のなみだなるべし　（好忠、秋・一一八）

八重葎《やへむぐら》しげれる宿はよもすがら虫の音きくぞとりどころなる　（永源法師、一一九）

なく虫のひとつ声にもきこえぬはこゝろ〴〵にものやかなしき　（和泉式部、一二〇）

陸奥の国の任果てのぼり侍けるに、尾張の国の鳴海野に鈴虫の鳴き侍けるをよめる

ふるさとにかはらざりけり鈴虫の鳴海の野べのゆふぐれのこゑ　（為仲、一二一）

天禄三年女四宮歌合によめる

秋風に露をなみだとなく虫のおもふこゝろをたれにとはまし　（正通、一二二）

五人の作者が、拾遺集（好忠）、後拾遺集（永源法師、和泉式部、為仲）から、（金葉集を飛ばして）詞花集歌壇（正通）へと、時代を下っていくのに従って、その歌の配列も〈虫の涙〉の詩的流れを反映している。

一首目の歌は、「をく（お）露は夜なく虫の涙なるべし」と、「虫の涙」という詩語に焦点をあてて、〈夜もすがら袖の上におく「涙の露」〉という、恋歌によく詠まれるモチーフを喚起することによって、恋の表現としての連想を発動させる。それに対応して、「秋の野のくさむらごとに」という最初の二句は、このような意味の普及の印として捉えられる。

次いで二首目の歌は、葎《むぐら》という、山野や道ばたに繁茂する草を登場させ、荒れ果てた宿の悲しい雰囲気を感じさせており、「葎しげれる」の響きによって連想させられる「むく（向く、付き添わせる）」と「くらし（暗し）」も、このような気持ちを強調している。それと呼応して、「虫の音を聞くぞとりどころなる」は、描写された景色の趣をさらに洗練するとともに、寂しさを漂わせるという、「涙」の表現としての「虫の音」の詩的特徴にも注目していると考えられる。

三首目の和泉式部の歌は、《なく虫の声が同じように聞こえないのは、それぞれの虫の心にはそれぞれの悲しさが

あるからだろう》と、《なく虫の声が同じように聞こえないのは、聞いている人の心の悲しさがそれぞれ違うからだろう》という二つの読みを通して〈虫の涙〉の意味と働きを説明している。

〝苦労なく〟流れている和泉式部の歌とはちがって数多くの掛詞を働かせる為仲の歌は、〈変わらぬ虫の声〉を通して変わらぬ心を詠んでいる。「尾張」に「終はり」を、「鳴海」に「なる身」を掛けたと思われる詞書に従って、歌の「野べ」も「述べ」を連想させており、故郷へと進むにつれて、「鈴虫」とともに秋の「ゆふぐれ」に涼しさをおぼえる気持ちを伝えている。そして、その「声」が「ふるさとにかはらざりけり」とは、鳴海の野べで鳴く鈴虫の声が故郷の鈴虫と変わらないという意味をあらわしているので、歌のメッセージは、《鈴虫になってその変わらぬ声をもって、故郷を思う私の心も変わらないことを述べたい》と解読できるようになる。

「鈴虫の鳴海（なる身）の野べ（述べ）」という連想の流れに沿って、最後の歌は〈虫の涙〉に〈涙の露〉を付き添わせ、最初の歌に詠まれた「を《お》く露は夜なく虫のなみだなるべし」という言葉を反響させ、強調している。一方、「虫のおもふこゝろ」は、〈虫の心の思い〉に〈虫を思う心〉、また〈虫とともに泣く心の思い〉という連想の連鎖を連ねることによって、〈虫の涙〉の意味作用を纏めている。《秋風が吹くなかで露を涙に変えるほど泣いている「虫の思ふこころ」を、誰にお尋ねしましょうか。虫とともに泣いている私の心の思いを、誰に尋ねてもらいましょうか》と[3]。

「なく」の多様性に根ざした「涙」の詩化過程の出発点を踏まえて、〈心の思い〉の表現としてのその普及を示す秋の〈虫の涙〉の歌に続いて、（離）別部の歌の焦点になっているのは、「袖」の詩的働きである。

別歌「関」の〝よそ〟の意味

詩的伝統のなかで（離）別歌は、〈草葉をわけぬ袖の露〉、また〈旅立つ前の袖の露〉を通して〈袖の露〉を異化し、〈袖の涙〉の詩化過程を進めていくのだが、詞花集の「**別れ路の草葉をわけむ旅ごろもたつよりかねてぬるゝ袖かな**」（有禅、別・一七九）という歌もこのような意味作用のパターンに従い、「かねて」によって強調している。一方、「衣の関」を登場させた和泉式部の次の歌は、[4]詩化過程のメカニズムそのものに照明をあてて、他の言葉を詩化するという〈袖の涙〉の機能に注目していると思われる。

道貞、わすれてのち、陸奥の国の守にてくだりけるに、つかはしける

もろともにたゝましものを陸奥の衣の関をよそにきくかな　（和泉式部、別・一七三）

詞書に続いて、歌のなかにも「陸奥」が登場するので、「衣の関」がその歌枕であることはまちがいないが、問題はその意味である。確かに、「衣の関」を地名として捉えて、しかもその地名が陸奥でも最北端に位置することを考慮すれば、地理的な距離は道貞（和泉式部の旧夫）と和泉式部の心がいかに離れたかの象徴として捉えられる。

しかし、前に触れたように、万葉時代の歌枕が様々な故事と連関しているのに対して、平安時代に定着した歌枕は詩的連想によって意味づけられていると考えられる。そして「衣の関」の場合は、それが〈袖の涙〉にほかならないのである。その根拠は、「衣川」（拾遺、恋二・七六二）の前例だけでなく、せき止められない「涙」の「袖のゐせき」との連想にもある。この連想は、「**直地ともたのまざらなん身に近き衣の関もありといふなり**」（後撰、よみ人しらず、雑二・一一六〇）という、八代集における「衣の関」の初登場の歌においてはまだ〈表〉にあらわれていないが、伊

勢大輔の娘の康資王母の「つらけれどうらなく落つる涙かな衣の関もとどめがたくて」（康資王母集）という歌から判断すれば、平安後半の詩的言語においては、「衣の関」が〈袖の涙〉を喚び起こす歌ことばとして働いていたにちがいない。そこで、〈旅立つ人〉を見送る人の「袖」に〈涙の浪がたつ〉という、離別歌の既成の連想をも考慮すれば、和泉式部の歌は、次のような読みになりうる。

《縁を絶つことがなかったら、あなたが旅立つとともに、「袖」に〈涙の浪〉が立っただろう。そんなことはなかったにもかかわらず、他人になったあなたの旅先にある陸奥の衣の関が、なぜか〈涙川の衣の堰〉として聞こえてくるのだ》と。

「衣の関」に倣って、次の歌に登場する「清見が関」も、〈袖の涙〉と関連づけられることによって〈心の思ひ〉をあらわすようになった。しかも、それは、万葉集に詠まれた「清見」という地名の使用と正反対の意味になっているので、差異化＝再異化としての歌枕の意味作用の変化を裏付ける証拠と見なされるのである。

題不知

胸は富士袖は清見が関なれやけぶりもなみも立たぬ日ぞなき　（平祐挙、恋上・二一三）[5]

「廬原の清見の崎の三保の浦のゆたけき見つつ物思ひもなし」（万葉、巻三・二九六）という歌のなかで〈物思ひもない〉ほどの絶景として詠まれた「清見」は、なぜ〈物思ひ〉を託されるようになったのか。それは、平安時代の後半の歌に再び姿をあらわした「清見」が、顕輔の「よもすがら富士の高嶺に雲きえて清見が関にすめる月かな」（詞花、雑上・三〇三）などの歌が示しているように、「月」と詠まれるようになり、その〈月の影〉に心の面影が付き添わされているからであろう。さらに、「いもしるや清見が関にみる月のくもる涙はたれゆゑぞさは」（拾玉集、一三一一）

という歌が顕示しているように、「清見が関にみる月」が面影を連想させるのは、それが「涙」に映っているからである。万葉歌の「清見の崎」の歌に登場している「浦」も平安時代において「涙」と関連づけられたし、祐挙の歌に詠まれた「なみ」も「涙」の音を響かせている。そして、このような変更をさらに根拠づける印と見なされるのは、「衣の関」の場合と同様、〈袖のゐせき〉と響き合う「関」の登場である。言い換えれば、万葉集の「清見の崎」が平安後半の歌において「清見が関」に変わったのは、それが〈袖の涙〉と関連づけられたからだと考えられる。右に挙げた例のほかに、その初登場の「嘆きつつ片敷く袖にくらぶれば清見が関の浪はものかは」（藤原師氏『海人手子良集』）という歌も、なによりの証拠である。

「清見が関」のこのような意味は、祐挙の歌において〈富士の煙〉との対比によって一層明瞭に伝わってくる。つまり、駿河国の歌枕とされている「清見が関」は富士山と地理的に近いのと同時に、『竹取物語』以来、富士の煙が〈消えぬ思ひ〉の象徴として詠まれているので、二つの地名の歌ことばとしての詩的機能も類似しているのである。

〈袖の涙〉の詩化過程の伝播を示しているこの歌枕の歌に続いて、恋歌と雑歌は詩化過程そのものに照明をあてて、〈袖の涙〉の既定表現の働きを追究しているが、その中心をなすのは「落つる涙」の多様性である。

恋歌　「落つる涙」の色々

上に取り上げた「胸は富士袖は清見が関」の歌は、恋の表現の二つの詩的伝統を融合させることで、歌ことばの具体的な意味からその機能に重点を移動させて、詩的言語の概念化の過程を指し示している。その流れに沿って次の歌は、古今集の二首の恋歌を〝縫い合わせて〞おり、引用行為としての平安後半の和歌制作の特徴を明示すると同時に、本歌取りの〈組み立て〉のメカニズムも示唆している。

わびぬればしゐ《ひ》て忘れむと思へどもこゝろよはくも落つるなみだか　（読人不知、恋上・二〇三）

わびぬればしゐ《ひ》て忘れむと思へども夢といふ物ぞ人だのめなる　（古今、興風、五六九）

つれなきをいまは恋ひじと思へどもこゝろよはくも落つる涙か　（古今、道真、八〇九）

古今集の二首の歌を詠み合わせたこの歌は、残された部分のみならず、落とされた部分と、それらの関係によっても意味づけられている。つまり、「わびぬればしゐて忘れむ」の裏に「つれなきをいまは恋ひじ」が滲出し、「こゝろよはくも落つる涙」は「夢といふものぞ人頼めなる」を連想させるのである。このような〈横〉の読みと〈縦〉の読みを組み合わせれば、次のような解釈になる。つまり、《あの人の無情な態度に疲れきってしまい、もう恋しくない、と無理して忘れようとしているが、なんと気弱くも落ちる涙なのだろう。その「涙」は、〈人頼めなる夢〉のようであろうか、それとも「夢」にも頼めなくなった人の思いを託されているのだろうか》と。

金葉集が「涙川」を通して詩的言語における〈袖の涙〉の流れをたどっていたのに対して、詞花集は「涙の色」によってその主要な特徴に注目している。次の歌群は、「涙の色」→「袖の色」という展開を示唆し、〈「袖の涙」の「色」〉の普遍的な機能を強調している。

中納言俊忠家歌合によめる

くれなゐの濃染の衣うへにきむこひのなみだの色かくるやと　（顕綱、恋上・二一八）

題不知

忍ぶれどなみだぞしるきくれなゐにものおもふ袖は染むべかりけり　（道済、二一九）

文つかはしける女の、いかなることかありけむ、いまさらに返事をせず侍ければいひつかはしける

くれなゐになみだの色もなりにけり変るは人のこゝろのみかは　（雅光、二二〇）

まず作者だけから判断すれば、撰者の顕輔が歌の配列をどれほど考慮したか、金葉集との〝差異化〟をどれほど狙ったかが窺われる。一首目の顕綱の歌は勅撰集における彼のただ一首の入集歌であるのに対して、雅光の歌は金葉集の二度本にも三奏本にも数多く入っているが、この配列の三首目の歌は詞花集のみに登場している。一方、二首目の道済の歌は、金葉集の三奏本（四一二）にも載っているにもかかわらず、詞花集の配列のおかげでそれとは異なる意味を担わされている。したがってここでは、三首の歌を連続的に読んでみよう。

「涙」の〈色遊び〉の詩的伝統を踏まえている一首目の歌は、〝隠れん坊〟のようなゲームを通じて、〈涙の色〉の詩語としての本質に触れている。「くれなゐに涙し濃くは緑なる袖も紅葉と見えまし物を」（後撰、よみ人しらず、恋四・八一二）、「墨染にあけの衣をかさね着てなみだの色のふたへなるかな」（後拾遺、輔親、雑一・八九二）などの前例が示しているように、ゲームのルールは、「涙」の〈紅の色〉を、「緑色」か「墨染」などの色を上に重ねて試すことである。それに対して、顕綱は、試練を一層難しくして、同じ「紅」、しかも「濃染の紅」で〈涙の色〉を確かめている。《紅の濃く染めた衣を上に着てみて、試してみよう。恋の「涙の色」が隠れるだろうかと》と。

金葉集（三）にも載っている二首目の歌の再登場は、「忍ぶれば」が「忍ぶれど」に変わったという差異に伴われている。それは異伝のせいであるとはいえ、ゲームの対立法を強調する効果をもたらしている。また、「恋の歌とて

よめる」という詞書が「題不知」になったことも、ゲームの雰囲気に適合している。

詩的ゲームのルールを紹介した一首目の歌に続いて、この歌は、後拾遺集の「うち忍び泣くとせしかど君こふる涙は色に出でにけるかな」（高明、恋四・七七八）、「おほかたに降るとぞ見えしさみだれは物思ふ袖の名にこそありけれ」（小弁、恋四・八〇四）などの前例を喚び起こし、「袖の色」の指示的意味（紅に染まった衣）と詩的意味（紅の涙で濡れた袖）を対比させることで、ゲームの内容と特徴を説明すると同時に、その最終的な結果をも発表する。《忍び泣きしても、心を知る涙が忍ぶ思いも知らせるので、袖はその〈物思いの紅の色〉で染まるにちがいない》と。

このように衣の染色と「涙」の詩的「色」の使い分けを指摘している最初の二首に続いて、三首目の歌は、〈心の色〉とそれを表現する〈涙の色〉に焦点をあてて、《心と同じように「涙の色」も紅にきまっているが、変わるのは人の心の「色」だけだな》と、それらを区別することによって、詩語としての「涙の色」の働きをさらに特定している。つまり、心の「色」は思いの移り変わりに沿って変わっていくけれども、その表現としての「涙の色」の機能には変わりはない、と。

思いの伝達者としての「涙の色」の普遍的な働きを纏めた、上の歌群に倣って、次の歌も「涙」の伝達力に注目しているが、鮮やかな「涙の色」の遊戯性とはちがって、そのメッセージは〝おとなし〟く流れている。

家に歌合し侍けるによめる

恋ひわびてひとり伏せ屋によもすがら落つるなみだやを《お》となしの滝　（俊忠、恋上・一二三二）

拾遺集の「音無の里」（七四九）、「音無の川」（七五〇）の分析のなかで触れたように、「音無」は、特定の場所の歌枕としてよりも、〈聞こえない声〉、〈言えない思い〉をあらわす詩語として働いている。「音無の滝」はそれらに類似していると同時に、「ことならば事の葉さへもきえななむ見れば涙のたぎまさりけり」（古今、友則、八五四）などの前例に従って〈たぎる〉を連想させることで、〈たぎる心〉の思いを伝えるという「涙」の機能をさらに誇張してもいる。それに対応して、詞花集における〈袖の涙〉の特徴と見なされる「おつる涙」に耳を傾けてみれば、「怖づ（はばかる）」と「連る」が聞こえてくるのではないだろうか。[6] そうだとすれば、作者俊忠だけでなく、その歌を恋上の巻末に載せた撰者の顕輔の〈音無の涙の滝〉も聞こえてくるのではないだろうか。《恋の切なさで落ち込み、伏せ屋（粗末な家）で身と心を隠そうとしている私が、一晩中流す〈はばかりの涙〉は、〈たぎつ心〉のおとなしの滝なのです》と。

「おとなしの滝」で結ばれている恋上の巻に続いて、恋下の巻は〈忘らるゝ身〉の歌群（二六五～二七一）で終わるのだが、そのテーマを提出しているのは次の歌である。

心変りたるおと《を》こにいひつかはしける
忘らるゝ身はことは《わ》りとしりながら思ひあへぬはなみだなりけり　（清少納言、恋下・二六五）

一目で分かるように、この歌の面白さは、連想表現ではなく、〝単純さ〟と、明瞭な対立構造によるものである。それゆえ、古今集の「世の中の憂きもつらきも告げなくにまづ知る物はなみだなりけり」（よみ人しらず、雑下・九四一）、後撰集の「うれしきもうきも心はひとつにてわかれぬ物は涙なりけり」（よみ人しらず、雑二・一一八八）などの歌を喚び起こすこの歌の「涙」は、個人的な経験をこえて、人生そのものを象徴しているとともに、「ことはり」と「こころ」との対立を通して詩的言語における「涙」の役割も纏めている。《忘れられるのはこの世の理だと分かっていながら、理解できないのは、「ことは《わ》り」に従わない「涙」である》と。

雑歌「いにしへを恋ふる涙」

前に触れたように、詩的言語における〈袖の涙〉の普及と一般化につれて、「雨」などの季語を登場させる歌は四季歌の巻から恋歌の巻に移っていくのだが、〝総括的な〟雑歌の巻に載っている次の歌はこのような〝移動〟をたどっている。

かき絶えたるおと《を》この、いかゞ思ひけん、きたりけるが、帰りける
あかつきに、雨のいたく降りければ、あしたにいひつかはしける
かづきけむたもとは雨にいかゞせし濡るゝはさてもおもひしれかし
（江侍従、雑上・三一七）

もの思ひけるころよめる
ふる雨のあしともおつるなみだかなこまかにものを思ひくだけば
（道綱母、雑上・三二三）

一首目の歌は、『伊勢物語』の「身を知る雨」の場面（百七段）を想い起こさせると同時に、「かづく（被く、潜く）」を通して「海人」→「みるめ」という連想をも喚び起こし、〈袖の涙〉の詩化過程を振り返っている。《袂は、頭に被ったせいで雨に濡れてしまったのだろうが、雨に降られなくても、海人のように海に潜らなくても、「袂」がいかに濡れているかを想像してごらんなさい》と。[7]

それに対して二首目の歌は、「雨のあし」という新鮮な表現を登場させ、「涙」の早瀬を〝こまかに〟描いている。「ものを思ひくだけば」は、様々な思いに悩む心をあらわすとともに、「雨のあし」のようにはっきり見えてきた心の表現としての「涙」の働きをも示唆していると思われる。《「涙」はふる雨のあしのように落ちるのだなあ。様々な物

思いに悩む心をこまかく砕き、こまかく表現していく》と。

続いて次の二首は、忍ぶ思いをあらわすという「涙」の伝統的な機能を取り上げて、〈心の色〉と〈涙の色〉を対立させた雅光の歌（二二〇）と同様に、〈忍ぶ思い〉と〈忍ぶ涙〉とを区別することによって、詩語としての「涙」、また詩語の働きそれ自体に注目を促している。

忍びにもの思ひけるころよめる

忍ぶるもくるしかりけり数ならぬ身にはなみだのなからましかば　（出羽弁、雑上・三二五）

小野宮右大臣のもとにまかりて、昔の事などいひてよめる

老てのちむかしをしのぶなみだこそこゝら人目をしのばざりけれ　（元輔、雑上・三四四）

一首目の歌は、〈忍ぶ思い〉と、それを表現する「涙」を対照させ、「数ならぬ身」、すなわち〈人並みではない身〉によってそれらの対立を強調する。つまり、《忍ぶことも苦しいが、せめて人並みではない我が身の「涙」がなかったらまだましであるのに》と、忍ぶことよりも苦しいのは、その忍ぶ思いを知らせる「涙」であると指摘している。

二首目の歌は、「忍ぶ」に「偲ぶ」をかけて、年を重ねるにつれて〈忍ぶ思いの涙〉が人目を〝忍ばずに〟〈昔を偲ぶ涙〉に移り変わっていくことを述べているが、それは「涙」の詩化過程をも偲ばせる。つまり、《老いてからは、忍んで涙を流した昔を偲ぶ涙は、人目をはばからずにあらわれてきたのだよ》と、個人的経験の流れと、詩的言語における〈袖の涙〉の展開の流れを合流させている。

それに倣って、古今集に続いて〈涙川の水上〉を尋ねる次の歌も、忍ぶ思いに悩む立場ではなく、〝老いてのち〟の観点から詠まれたと思われるので、「涙川」は人の心にとどまらず、それをあらわす〈袖の涙〉の詩的流れをも象

徴していると考えられる。

題不知

なみだ河その水上をたづぬれば世をうきめよりいづるなりけり　（賢智法師、雑下・三六八）

なみだ河なに水上をたづねけむ物思ふ時のわが身なりけり　（古今、よみ人しらず、恋一・五一一）

二首の上句の差異は、〈涙川の水上〉という発想が詩的約束になったことを示しており、それに対して、「物思ふ時のわが身」を「世をうきめよりいづる」と置き換えた下句は、その内容の変化を顕示している。さらに、「めよりいづる」に「世をうき」を付けたことによって、日常の涙と歌の「涙」との差異をも強調している。《涙川、その水上を尋ねたら、なんと、憂き身の目に見える世の中のはかなさだった》と。

このように、人生の流れと歌ことばの展開を平行的に書き印している歌の配列に沿ってさらに進めば、次の二首が登場する。

三条太政大臣みまかりてのち、月をみてよめる

いにしへを恋ふるなみだにくらされておぼろにみゆる秋の夜の月　（公任、雑下・三九二）

一条摂政みまかりにけるころよめる

ゆふまぐれ木繁き庭をながめつゝ木の葉とともにおつるなみだか　（義孝、雑下・三九六）

二首とも哀傷歌でありながら雑歌巻に入っているのは、金葉集に続いて詞花集においても哀傷歌の巻が設けられていないからであるが、それは歌の配列が人生の流れに従うという効果をさらに強めていく。それに即して、二首とも

悲しみの涙と詩語としての「涙」がはっきり区別されていないことは、人間の経験的な時間の流れと〈袖の涙〉の詩的流れとの合流の象徴として働き、〈世の中のはかなさ〉をあらわすという〈袖の涙〉の新しい意味を考えさせる。

具体的な出来事を示唆する「昔」の代わりに一首目に詠まれたもっと一般的な「いにしへ」も、こうした合流を強調すると同時に、詩的伝統に力を求めた詞花集の懐旧的な雰囲気をも伝えている。それに対応して「いにしへを恋ふる涙」は、詞書どおりの意味をこえて、詩的伝統の連続性を示しており、「言の葉」を連想させる二首目の「木の葉とともにおつるなみだ」は、詩的伝統に沿って流れていく〈袖の涙〉をあらわしている。そして、「なみだにくらされて」、「おぼろにみゆる」、「ゆふまぐれ」という、〈光〉と〈闇〉との中間領域を描き出す言葉は、当代びとの人生観や美意識も提示し、「ながめつゝ……おつるなみだ」を意味づけるのである。(8)

以上、詞花集における〈袖の涙〉の歌を登場順に取り上げて、それが人生の流れと〈袖の涙〉の詩化過程の展開に対応していることを示してみたが、すべての歌のなかで「なみだ」が仮名で書かれていることも、このような「浪」のイメージを強調している。そして〈袖の涙〉の最後の歌は、〈くちぬる「袖」〉を「身」と置き換えて、二つの流れの合流を顕示すると同時に、「袖」→「身」という、「涙川」などに関しての詩的弁論のパターンに従って、〈袖の涙〉が心と身の〝口〟になったことをも纏めている。

なみだのみたもとにかゝる世の中に身さへ朽ちぬることぞかなしき　（有信、雑下・四〇四）

《涙がひたすらに袂に流れかかっている（袂にかかるのは涙しかない）この世の中では、身さえも朽ちてしまった（身そのものの口になり、何もかも知らせる）ことが悲しい》と。

袖書草紙 VI

詞花集の〈袖の涙〉の歌を登場順に取り上げてみると、その配列は人生の流れと、それを詠み印す〈袖の涙〉の詩化過程の展開に沿っていることが分かる。このような平行性は、古今集の考察のなかで提出した勅撰集の構造に関する仮説の証拠と見なされるとともに、顕輔の工夫を示してもいると思われる。

経験を重ねるにつれて、感受性とセンスが洗練され、詩的知識と能力が向上し、言葉のあやが〃色に出ていく〃という構造的なパターンは、『伊勢物語』によって定着され、それ以降の歌物語にかぎらず、勅撰集の構造にもあてはまるというわけだが、詞花集においては、歌の数が少ないからであろうか、他のどの勅撰集よりも詩的言語の流れと人生の流れとの対応性が見えてくるのである。

したがって、「なみだとなく虫のおもふこころ」(一一二)から「いにしへを恋ふる涙」(三九二)へというその流れを纏める「なみだのみたもとにかかる世の中」(四〇四)は、世の中の悲しさと儚さをあらわすとともに、詩的言語における〈袖の涙〉の普及をも指し示していると思われる。最後に、その流れのなかで特に目立った言葉のあやの例を三つばかり選んで、その効果をもう一度味わってみたい。

「胸は富士袖は清見が関」(二一三)

「火」と「川」という、心の表現としての〈袖の涙〉の詩化過程を特徴づける対立を踏まえて、空にたなびく煙と絶え間なく寄せては返す浪を通して、その意味作用の〈縦〉の次元と〈横〉の次元を映像化し、心の深さが〃清らかに見える〃というその働きを象徴している。

「ふる雨のあしともおつるなみだ」(三二三)

心に沁み入るような映像を通して、詩的言語における〈袖の涙〉の普及と密度を描き出し、「こまかにものを思ひくだく」というその働きを焦点化している。

「ゆふまぐれ……木の葉とともにおつるなみだ」(三九六)

「ゆふまぐれ」という、〈光〉と〈闇〉の〝間〟を満たす詩語を通して、夢と現実との境目をくらましている、歌の「影」と「面影」の世界を描き、「言の葉」とともに「おつる涙」の働きを映像化している。

千載和歌集

千載和歌集の撰進と奏覧の時期が貴族社会の政権の黄昏に伴う混乱の時代にあたっていたにもかかわらず、そこに政治的な影響が目立たないことは、その詩的価値の何よりの証拠であろう。金葉集や詞花集との比較によっていっそう明瞭に見えてくるこの特徴は、撰進過程をめぐる様々な条件や詩的言語の展開に基づいているにちがいないが、それはまた、時代を越える普遍的な意味も持っている。

歌人の名前にこだわった顕輔とはちがって、俊成は「歌をのみ思ひて、人を忘れにけるに侍るめり」(古来風体抄、歌論集、四六五頁)と宣言しているが、この言葉は〝人を忘れた〟という、文字通りの意味には絞られない。千載集における「よみ人しらず」の歌は詞花集より少なく、初出歌人数が六割も占めているという数字的データのみから判断すれば、俊成は人を忘れたどころか、当代歌人のパノラマを提示するために、かなりの努力をついやしたと言える。したがって、「人を忘れにけるに侍るめり」という言葉は、歌人の選択が名前よりその歌のレベルに基づいたものであると解釈できる。

一方、このような撰歌の基準は、俊成の理念に対応するとともに、詩的能力に重点をおいた平安末期の貴族社会の価値観をも反映していると思われる。政治的な土台が揺らぎはじめた貴族社会にとっては、長年を通じて洗練されてきた言の葉の芸術がかけがえのない支えになっていたと考えられる。「敷島の道もさかりにを《(お)》こりて、言葉の泉いにしへよりも深く、言葉の林むかしよりも繁し」（六頁）という序文の言葉は、当代歌人の自信とプライドを反響しながら千載集の撰進の目的についても物語っている。

序のなかで二回も用いられ、久しぶりに歌のなかにも登場する「敷島」は、千載集のキーワードとして、撰者の俊成のみならず、下命者の後白河院の狙いとも結び付けられる。「磯城島《しきしま》の大和の国は言霊の助くる国ぞま幸くありこそ」という万葉歌（巻十三・三二五四）に従って、そもそも大和の国の歌枕だった敷島は、「大和の歌の伝はり」とその力を表すようになったが、千載集の撰進を崇徳院などの保元の乱以来の死者の鎮魂と平和回復のための一連の施策として仕組んでいた後白河院は、「言霊の助くる」ことに大きな期待をよせていたと想像される。[1]

千載集がこのような期待をかなえたかどうかは別として、その多様性と表現力は、長年の間に溜まった詩的エネルギーの噴火に譬えられるが、それが実現できたのは、俊成の徹底的な努力のおかげである。どの勅撰集の撰進も下命の瞬間から始まったというわけではないけれども、千載集は、俊成の方から御白河院に撰集を進めたと言われるほど、撰進の準備が前もって整えられていた勅撰集である。

「近古以来和歌」と、撰歌範囲を規定した院宣に従って、俊成は後拾遺集以来の歌人を取り上げ、詩的伝統と当代びとの歌との連続性を通して「共同体的曼陀羅的和歌世界」（和泉古典叢書、一四頁）を描き出し、当代びとの価値観を纏めることができた。歌数上位歌人の、俊頼（五二首）、俊成（三六首）、基俊（二六首）、崇徳院（二三首）、俊恵（二二首）、和泉式部（二一首）、清輔・道因（二〇首）という順番も、入集歌の範囲を示すとともに、撰進当時の価値観に対応する歌道家の理念を顕示していると思われる。[2]

上に簡単に紹介した千載集の特徴は〈袖の涙〉の登場にどんな影響を与えたのだろうか、また、〈袖の涙〉がどのようにして、どこまでこうした特徴を反映しているのだろうか。以下、このような問題を中心に千載集における〈袖の涙〉の展開を吟味していきたいが、まずはその登場率のデータから考察してみよう。

前に述べたように、〈袖の涙〉のネットワークが拡大するにつれて〈袖の涙〉に言及する表現が増えていくので、三代集以降はその存在を確実に特定することは段々難しくなる。したがって、このような傾向のなかにあって千載集の全一二九〇首のうち一八〇首以上もが〈袖の涙〉を明示的に取り上げていることは、きわめて注目すべきである。これは時代の不安も反映しているだろうが、それより重要に思われるのは、詩的言語における〈袖の涙〉の機能である。つまり、心の表現、他の表現の仲介者、メッセージの伝達者などの機能をはたすようになった〈袖の涙〉が、詩的言語の自己言及の働きとも結び付けられたので、本歌取りなどによってこの働きが活発化されるに従って、「涙」の詩的役割も高まっていったと考えられる。

〈袖の涙〉がいかに詩的言語そのものと関連づけられたかは、それを詠んだ歌人のリストからも窺える。歌数からすれば、俊頼（九首）、頼政（六首）、基俊・和泉式部・清輔（四首）、崇徳院・俊成・俊恵・守覚（三首）と、全歌数上位に大体対応する順番になるが、これは詩的言語における〈袖の涙〉の普及の印と見なされる。一方、それぞれの歌人の歌における〈涙〉の比率は、頼政、守覚、清輔、和泉式部、俊頼と、詩的言語の展開を代表する歌人の名前を示している。すなわち、和泉式部（後拾遺集）、俊頼（金葉集）に続いて、清顕は詞花集と千載集との〝繋がり〟として捉えられ、頼政と守覚は、千載集歌壇のなかで武家の歌と仏教関係の歌という二つの新しい詩的傾向を代表しているというわけである。

巻別から言えば、千載集以前の勅撰集と同様に、「涙」は恋歌の巻（恋一の約四割、恋二・三の約三割、恋四・五の約二割）に集中しているが、それは「涙」が恋の専用表現であるからだけでなく、詩的言語の展開において主導的な役割をはたしている恋歌がその自己言及の場になったからでもある。

ここまで考察してきた勅撰集の構造と詩的表現の展開との関連に従って、恋歌の中心的な地位に対して、四季の歌など、その前の巻は予備知識を付与し、終わりの雑歌の巻は纏めになっているので、千載集における〈袖の涙〉の分析をこのような役割分担の立場から進めていくことにする。

「涙」の〈置き添へ〉の構造

千載集における〈袖の涙〉の意味作用を特徴づけるのは、その〈置き添へ〉の構造であると思われる。それは、濡れた袖に「露」を、時雨の「色」に「音」を付き添わせること、あるいは、衣を着重ねることによって「涙」を重ねることから、本歌取りまでと、歌のあらゆるレベルに及び、既成の意味を〈置き添へ〉ることに基づく意味作用のメカニズムを示している。〈袖の涙〉を取り上げた最初の歌（一四）がそのモデルとして捉えられるので、考察の出発点にしよう。

(イ)「つみそへ」と「をきそへ」の意味作用

堀川院御時、百首歌[3]たてまつりけるうち若菜の歌とてよめる

春日野の雪を若菜につみそえ《へ》てけふさへ袖のしほ《を》れぬるかな　（俊頼、春上・一四）

「雪」と〈袖の涙〉とを関連させた前例として、「あしひきの山ゐに降れる白雪はすれる衣の心地こそすれ」（拾遺、伊勢、冬・二四五）、「散りかゝるけしきは雪のこゝちして花には袖の濡れぬなりけり」（金葉、藤原永実、春・六四）など、「袖」の〈雪の心地〉を詠んだ歌、また〈老いの涙〉を示唆する「ふりにける頭の雪を見る人もおとらずぬらす

あさの袖かな」（源氏物語、末摘花巻）などの歌が挙げられるが、俊頼の歌はその範囲をさらにこえている。

まず〈袖のしほる〉は、千載集における〈袖の涙〉のもっとも独特な表現の一つであり、「袖濡る」→「袂濡る」→「袖朽つ」に並んで、その詩化過程の展開を示している。それに対応して、「つみそへて」は、「摘みそへて」のみならず、「積みそへて」とも「集みそへて」とも読み取れ、詩的前例の〈つみ添へ〉という意味作用の技法と関連づけられる。このような解釈をさらに支えているのは、俊頼が踏まえたと思われる、「かすが野のわかなつみにや白たへの袖ふりはへて人のゆくらむ」（古今、春上・二二）という貫之の歌との比較である。「若菜つみ」に「雪」を〝つみそへて〟、「白妙の袖のふりはへて」と「袖のしほれぬる」を対照させることで、俊頼が文字通りに歌ことばの使用を重ねて、その連続性を指摘しているからである。したがって、「正月七日、春日野の雪を若菜に摘み添えて、祝うべき今日でさえも袖がぬれることだよ」（新日本古典文学大系）という解釈に次のような読みも付け加えることができると思われる。《「春日野の若菜」の和歌に「雪」をつみ添えると、今日までかすかにしか見えなかった「袖のしほれぬる」という、数多くの「涙」を〝集み添えた〟表現の意味が表にあらわれてくる》と。

〈つみ添へ〉に倣って、〈置き添へ〉も歌の意味作用の技法として受け取られる。〈濡れた袖〉に露を置き添えた次の歌を通してその働きを追究してみよう。

歎く事侍ける時、女郎花を見てよみ侍ける

女郎花涙に露やを《お》きそふる手折ればいとゞ袖のしほ《を》るゝ　（公光、秋上・二五三）

崇徳院に百首歌たてまつりける時よめる

はかなさを我が身のうゑ《へ》によそふればたもとにかゝる秋の夕露　（待賢門院堀川、秋上・二六四）

霧の歌とてよめる

夕霧や秋のあはれをこめつらむわけいるそでに露のをき《お》そふ　（宗円、秋下・三四三）

一首目の歌の「露やをき《お》そふる」は、後撰集の「五月雨に濡れにし袖にいとゞしく露をき《お》そふる秋のわびしさ」（二七七）という歌を喚び起こし、二首の比較を通して意味づけられている。両方の歌においてこの表現が「涙」の増加を示していることは間違いないが、後撰集の歌が「五月雨」や「露」を「涙」の隠喩として取り上げているのに対して、〈女郎花を手折る袂が「涙の露」に濡れる〉という詩的約束を踏まえた千載集の歌の「露」は何をあらわしているのだろうか。〈露→涙→露〉という、「露」の指示的意味と詩的意味との往復は、指示的な意味を取り戻すのではなく、既成の詩的約束の脱構築を通して定着した新しい詩的約束を示しているが、それは〈涙の露〉に置き添えられた儚さの象徴としての「露」の意味であると考えられる。一方、「をきそふる」のなかに内包されている「きそふる（着そふる）」は、このような意味作用が〝重ね〟の構造を持ち、新しい意味の〝下〟にそれ以前の意味が潜んでいることを示唆しているのではないだろうか。

二首目の歌は、「はかなさ」を登場させ、〈袖の露〉の新しい意味を顕示していると同時に、「秋の夕露」という、その新しい意味を担った詩語を特定してもいる。さらに「よそふれば（寄そふれば）」→「そふれば（添ふれば）」→「ふれば（降れば）」という連想の連鎖は、それが〈涙の露〉の詩的過程の流れのなかで〝置き添えられた〟譬えであることを示唆している。

そして、三首目の歌は、「わけいる」をもって〈草葉をわけいる袖の露〉を喚起し、その〈袖の露〉にまた〈儚さの露〉を〝置き添え〟れば、哀れのこもった「夕霧（夕露）」になるという、〈露のをき添へ〉の意味作用を纏めている。

このように、哀れをこめた「夕露」は、ただ悲しみの涙を喚ぶのではなく、「露」の〈置き添へ〉による「涙」の新しい記号内容を示している。それは、「露」を詠んだ千載集のすべての歌にたどられるのだが、証拠として二首ばかりを付け加えておこう。

題不知

草木まで秋のあはれをしのべばや野にも山にも露こぼるらむ　（慈円、秋上・二六三）

おほかたの露にはなにのなるならんたもとにを《お》くは涙なりけり　（円位、秋上・二六七）

一首目の「秋のあはれをしのべば」は、「忍ぶ」と「偲ぶ」のほかに、「のぶ」すなわち「延ぶ（押し延ぶ）」や「述ぶ」をも連想させていると思われる。それに従って、「秋のあはれ」が「草木まで」に及んだので、野にも山にもそれを物語る〈涙の露〉が零れているのだろう、という意味になる。

二首目の「なにのなるならん」のなかにも「なにのな（何の名）」が詠み込まれていると考えれば、《大方の露は、いったいどうなったのだろうか、何の名になぞらえられるのだろうか。袂におくのは、（昔も今も）「涙」にほかならない》という解釈になるのだが、[4] それは、〈心の思ひ〉を表現する「涙」の既成の機能を強調すると同時に、〈思ひ〉の変化をも示唆している。

（ロ）〈また降るしぐれ〉

「秋の夕露」と「夕霧」に倣って、千載集における「涙」の隠喩のうち最も頻度の高い「しぐれ」も、「くれ」（日の暮れ、秋の暮れ）を連想させ、〈夕暮れの涙〉をあらわしていると思われる。十月に降る「しぐれ」は、主として冬歌に登場しているが、「空のけしきの、時雨のする折のけしきなりければ」（俊頼髄脳、一二一頁）、秋歌にも詠まれるし、また心が時雨の空模様になれば、恋歌にも滲出する。それは、時雨が早くから〝自然のもの〟よりも「心のありさま」を表すようになり、その専用表現である「涙」と結び付けられたからであろう。

たとえば、「わが袖にまだき時雨のふりぬるは君が心に秋やきぬらむ」（古今、よみ人しらず、恋五・七六三）、「涙さへ時雨にそひてふるさとは紅葉の色も濃さまさりけり」（後撰、伊勢、冬・四五九）、「明日よりはいとゞ時雨や降りそはん暮れゆく秋を惜しむ袂に」（後拾遺、範永、秋下・三七二）などの「しぐれ」の歌は、それぞれ違う巻（恋、冬、秋）に入っているが、感情の深さを表すというその意味には変わりがない。

千載集において「しぐれ」は秋歌にも冬歌にも登場している。秋歌の「しぐれ」は「紅葉」を通して「涙の色」と関連づけられるのに対して、冬歌の「しぐれ」はその「音」を響かせ、視覚感に続いて聴覚感を発動させている。冬歌巻の全歌数の約二割を占める「しぐれ」のシリーズ（四〇一～四一七）を連続的に読んでみれば、このような意味作用を具体的にたどることができるが、ここではその始めの三首と結びの歌だけに注目しておこう。

「時雨」というテーマを紹介する最初の歌に続いて、「ねざめしてたれか聞くらんこのごろの木の葉にかゝるよはの時雨を」（馬内侍、冬・四〇二）という二首目の歌は、「ねざめ」と「聞く」をもって〈しぐれの音〉に焦点をあてており、「木の葉」と「言の葉」との連想を通して、その詩語としての働きを強調している。そして、「を《（お）》とにさへたもとをぬらすしぐれかなまきの板屋のよはのねざめに」（源定信、四〇三）という、金葉集にも載っている三首目の歌は、[5]「をとにさへたもとをぬらすしぐれ」と、「色」から「音」への移動を明瞭に示しているが、千載集にはそれ以前の勅撰集の歌がほとんど入っていないことを考慮すれば、俊成がいかにこの歌を重視していたかが想像できる。

シリーズのテーマと詩的弁論の問題を提出している最初の三首の歌に対して、「あか月のねざめにすぐるしぐれこそもらでも人の袖ぬらしけれ」（康宗、四一七）という結びの歌は、そのまとめ役をはたしている。「もらで」によって「袖」を濡らす〈しぐれの音〉に注目を促し、「すぐる」をもってその〈名残〉を響かせている。

このように、「色」から「音」への移動は、〈恋ふる心〉から寂しい心地への移動でもあり、前に取り上げた〈涙の夕露〉と呼応している。それと同様に羇旅歌においても〈草枕におく涙の露〉は〈寝覚めのしぐれに濡れる袖〉に変わり、恋人を思うのではなく、寂しさと儚さを伝えるようになる。千載集の〈袖の涙〉の羇旅歌のほとんどが「しぐれ」を登場させていることは、このような展開を強調していると思われるが、その例の一つとして、浦の磯屋の寂しさに満ちた次の歌群を考察してみよう。

もしを草《ほ》草敷津の浦の寝覚めにはしぐれにのみや袖はぬれける　(俊恵、羇旅・五二六)

玉藻葺く磯屋が下にもるしぐれ旅寝の袖もしを《ほ》たれよとや　(仲綱、五二七)

草枕おなじ旅寝の袖に又よはのしぐれも宿は借りけり　(小侍従、五二八)

万葉集に遡る一首目の「敷津の浦」は、八代集においてはこの歌のみに登場しているが、新古今集は「敷津の浪」を詠んだ実方の歌（九一六）を登場させており、「敷津」の意味作用の変化を裏付けている。つまり、いずれの歌においても、それは住吉付近という特定の場所を示すのではなく、〈袖を敷きつ〉を連想させており、「浦」と「浪」を通して「涙」と関連づけられているのである。

「もしほ草」も万葉集以来「海人」、「波」、「潮」などとともに詠まれているので、平安時代の詩的言語においては「涙」と結び付けられており、二首目の「玉藻」の「玉」も〈涙の玉〉を喚び起こしている。また、「もしほ草」は、〈かき（掻き、書き）つむ（積む、集む）〉という連想をもたらすことによって、詩語の使用を〝書きつめた〟この三首の歌群の意味作用をも示唆していると思われる。

三首目の「草枕」も羇旅歌の詩的伝統に従って〈袖の涙〉をあらわしているので、「おなじ旅寝の袖」すなわち〈露で濡れた袖〉に、「又夜半の時雨」を重ねることは、「涙」を〝置き添える〟ことになる。

このような連想をすべて生かして、一つの読みに纏めるのは、きわめて困難であるが、三首を連続的に読んでみれば、次のような解釈になりうる。

《数多くの連想を浮かび上がらせる藻塩草を敷いた敷津の浦での寝覚めのときに、袖はしぐれのみに濡れていたのだろうか》

《「涙の玉」も引いている玉藻で葺いた海人の小屋の下にまでもるしぐれよ、旅寝の袖も海人の袖と同じように裏まで濡れよと言いたいのか》

《草枕の旅寝をしている私と同じように、時雨も草枕の宿を借りたのだろうか。〈涙の露〉で濡れている袖の上にまた〈涙の時雨〉も加わってきたことだ》と。

〈旅寝の時雨〉を取り上げた次の二首も、このような〝置き添え〟として意味づけられており、羇旅歌における〈袖の涙〉の意味の変容を示している。

旅の歌とてよめる

旅寝する木の下露の袖にまたしぐれふるなり佐夜《さよ》の中山　（覚弁、羇旅・五三八）

摂政右大臣家の歌合に旅の歌とてよめる

旅寝する庵を過ぐるむらしぐれ名残までこそ袖はぬれけれ　（資忠、五三九）

一首目の歌は、上の三首の歌群の結びの歌と同様に「また」を登場させ、同じように「涙」が「涙」を喚ぶという意味作用の特徴を示している。一方、その「袖」は、〈草枕の露〉ではなく、「木（言）の下露」に濡れているので、その上に「またしぐれふる」ということは、「涙」が木（言）の葉の〈表〉も〈裏〉も濡らしてしまったと解釈できる。しかし、それは「佐夜の中山」とどのように関連づけられるのだろうか。

古今集の東歌に出てくる「佐夜《さや》の中山」は、「清《さ》やにも」と「なかなか」の同音語に付き添われ、《逢いたいけれど、なかなか逢えない》という遊戯的な気持ちで詠まれていたのだが、平安末期には「命なりけり」と呼ばれるほど、きわめて深い意味を担うようになった。[6] 一方、「旅寝するさよの中山さ夜中にしかも鳴くなり妻や恋しき」（為仲集、一三四）という歌が示しているように、それは「さや」から「さよ」に変わり、「小夜」との響き合いを通して男女関係を表意するようになった。そこでさらに「さよの中山」のなかに「世の中」という「物名」を読み取れば、〈露に濡れた袖〉（男女関係）の上に「またしぐれふる」（世の中）という、〈袖の涙〉の意味の〝置き添え〟を裏付けるメッセージになると考えられる。

いずれにしても、「旅の歌とてよめる」という詞書は、この歌が具体的な旅ではなく「旅の歌」のモデルを詠んだものであることを指摘していよう。それに対して、二首目の歌は、「旅の歌とてよめる」ばかりでなく、摂政右大臣家の歌合の際に詠まれたので、なおさら詩的工夫をこらした試みであったにちがいない。

「旅寝（音）」も「草の庵」も旅の歌によく使用された表現であり、[7] 詩的伝統のなかで「涙」と結ばれている。「しぐれ」の代わりに登場する「むらしぐれ」という新しい表現も、ひとしきり強く降っては通りすぎる時雨を示すことによって、〈袖の涙の名残〉を映像化すると同様に、「旅の歌」の詩的伝統が〈涙の時雨〉に濡れてしまったことをもあらわしている。この歌を高く評価した俊成は「なごりまで袖はぬれけれ、といへる、いと宜しく聞ゆ」（歌合俊成判詞）という判詞を下し、表現の面白さを褒めたが、この歌の〈涙の名残〉は耳でも捉えられる。つまり、歌を朗詠してみれば、ラ行の文字がきわめて多いことに気づくので、それを連ねると、「る―り―る―ら―れ―り―れ―れ」

と、むら時雨の音の波が聞こえてくるのである。

（八）〈袖にかかる思い出の波〉

「涙」の〈置き添へ〉の構造をさらに解き明しているのは、「袖」に寄り掛かる「波」という発想である。その「波」は、詩的伝統の流れを象徴し、歌ことばの意味の変遷を示していると思われる。

あはれなる野島が崎の庵かな露を《お》く袖に波もかけけり　（俊成、羇旅・五三一）

よしさらば磯の苫屋に旅寝せむ波かけずとてぬれぬ袖かは　（守覚、五三二）

この二首の歌は、贈答歌ではないが、〈波かける〉対〈波かけず〉という対比によって関連づけられ、詩的弁論として捉えられる。

「野島が崎」は、淡路国の歌枕として万葉集の「玉藻刈る処女を過ぎて夏草の野島が崎に廬《いほ》りす我は」（作者不詳、巻十五・三六〇六）、「玉藻刈る敏馬《みぬめ》を過ぎて夏草の野島の崎に舟近付きぬ」（人麿、巻三・二五〇）、「淡路の野島の崎の浜風に妹が結びし紐吹き返す」（人麿、同・二五一）などの歌に詠まれており、人麿に続いて、千載集においても俊頼、顕輔、俊成、すなわち三つの歴代の勅撰集の撰者の歌に再登場してくる、真に注目すべき歌枕である。(8)

万葉集の前例が示しているように、「野島が崎」はそもそもは「涙」と連関していないが、平安時代の詩的言語のなかで「玉藻刈る」、「海人」、「浜」などを通して「涙」と結び付けられたのである。それに沿って俊成の「露をく袖に波もかけけり」の「波」がこのような詩的連想の「波」と解釈できるので、「野島が崎」に「波」を掛けることは、「あはれなる」というその意味を掛けることにもなる。

万葉集に根ざす「野島が崎の庵」とはちがって、「苫屋」は平安時代の歌ことばであり、「海人の苫屋」として詠まれているので、[9]もともと〈袖の涙〉の連想の連鎖と繋がっている。また、後撰集に初登場するこの言葉は、数多くの「涙」で書かれた『源氏物語』の「須磨」と「明石」の巻でもよく使われており、なかには「年経つる苫屋も荒れてうき波のかへるかたにや身をたぐへまし」（明石巻）という、「波」を詠んだ歌もある。

それに対応して守覚の歌の「波かけず」は、詩的伝統の「波」にさらに浦の波を対比させ、俊成の「波もかけけり」への反論として捉えられる。反語の「かは」も「よしさらば」（そうならいいが）も、このような議論の調子を強調しているので、二首を繋いで読むことができる。すなわち、

《野島が崎の庵が「あはれ」の気持ちをあらわしているのは、〈露の涙〉で濡れた「袖」にその詩的連想をかけたからだ》

《おっしゃる通りだろうが、（野島が崎の庵ではなく）磯の苫屋の旅寝としてみよう。「波」をかけないからといって、「袖」は濡れないのか》と。

それに対して、次の定家の歌に登場している「須磨の浦」にはどういう「波」がかかっているのだろうか、どのような連想を浮かび上がらせてくれるだろうか。

旅寝する須磨の浦路のさ夜千鳥声こそ袖の波はかけけれ　（定家、羇旅・五三六）

金葉集の「思ひやれ須磨のうらみて寝たる夜のかたしく袖にかゝる涙を」（三五七）という歌の分析のなかで触れたように、平安末期の文学においては『源氏物語』がモデル・テクストとして働いていたので、定家は、この金葉集の歌とともに、源氏の須磨巻をも踏まえていたにちがいないだろう。「こそ」で強調された「千鳥」は、「友千鳥もろ声に鳴くあか月はひとり寝さめの床もたのもし」という須磨巻の歌を喚び起こしているばかりか、筆跡のメタファー

としても使用されたので、このような関連性の印として受け取られる。したがって、定家の歌の旅寝の寂しさに源氏の名残が詠み込まれているとすれば、《旅寝する須磨の浦路で小夜に聞こえてくる千鳥の鳴き声とともに、袖の上には源氏の涙の波もよりかかっている》という読みになりうる。

このように、〈袖にかゝる波〉は、〈袖の涙〉の詩化過程を振り返ると同時に、テクストとテクストとの〝接続線〟としての新しい機能をも示していると思われる。それをさらに顕示しているのは、次に取り上げる〈涙のかさね〉の哀傷歌である。

（二）〈袖の涙にむかしをかけて〉

つねよりもまた濡れ添ひし袂かなむかしをかけてをち《お》し涙に（赤染衛門、哀傷・五六六）

限りありてふたつは着ねば藤衣なみだばかりをかさねつるかな（貞憲、同・五九二）

二首の歌とも、具体的な事情を踏まえ、それに即して解釈できると同時に、表現の観点からも読めるので、ここでは、この二つ目の読みの可能性を追究してみたい。

前者の「つねよりもまた濡れ添ひし」は、「涙」の連続性を強調し、「つね」に濡れている「袂」の上に「また」も「涙」が降り重なったと、〈袖の涙〉の〈置き添へ〉の意味作用を指し示しており、「昔をかけて落ちし涙」という明瞭な表現を通してその働きを指摘している。さらに、「濡れ添ひし」のなかで〈干し→干じ〉を読み取ることができるので、次のような解釈になる。《常に濡れていた「袂」が乾いたどころかそれ以上に濡れてしまったのは、今落ちている「涙」に昔の「涙」をかけたからだ》と。

それに対して、後者は、「限りありて」（底本「かぎりあれば」）をもって「限りあれば今日脱ぎ捨てつ藤衣果なき物は涙なりけり」(拾遺、道信、哀傷・一二九三)という前例を喚起し、下敷きにしているので、文字通りに〝昔をかけた〟歌である。つまり、《限りがあるので藤衣を脱いだが、衣を変えても〈袖の涙〉には限りがない》と、時間的な限界を踏まえた拾遺集の歌に続いて、千載集の歌は、《藤衣にかかることのできる涙には限りがあるが、衣を二つ着ることは出来なくても、「涙」の上に「涙」を重ねることはできる》と、空間的な限界を考慮している。したがって、本歌の意味を生かして、次のように読める。《〈袖の涙〉の意味が時とともに変わりつつあり(各意味の時間的な〝限界〟)、そのすべての意味は、並べることができない(〈せばき袖〉の空間的な〝限界〟)ので、重ねていく》と。襲衣を想い起こさせるこの〈涙の重ね〉は、平安文化における意味作用のパターンを反映し、引用行為としての本歌取りの特徴を示していると思われる。

上に取り上げた例が示しているように、千載集における〈袖の涙〉の意味作用は詩的伝統の〈置き添へ〉のプロセスに従い、詩的言語の〈重ね〉の構造をあらわしている。つまり、それは、特定の作者によって決められた技法ではなく、詩的言語の展開のなかで定着した条件と見なされるので、このような働きを直接に顕示している歌にかぎらず、すべての歌に共通するはずである。したがって、次の歌も、ただ「からくれなゐの涙」を詠んだのではなく、中国詩の「紅涙」を差異化した「涙の色」の詩的伝統の上に〝詠み重ねた〟のだと考えられる。

成尋法師入唐し侍ける時よみ侍ける

忍べどもこの別れ路を思ふにはからくれなゐの涙こそふれ (成尋法師母、離別・四九一)

この歌は、〈から紅にうつろひにける袖の涙〉の本来的な意味に絞って解釈すれば、《忍んでいるけれども、この別れ路を思うにつけて、紅の涙が落ちることだ》と、平安初期にこそふさわしい意味になるので、それだけでは、なぜ千載集に選ばれたか疑問に思われる。

しかし、「こそ」で強調された、八代集における「からくれなゐの涙」のこの唯一の登場を、詞書に従って〈唐の国〉と結び付ければ、千載集らしい意味を見つけることもできる。つまり、それを中国詩の「紅涙」と和文の〈くれなゐの涙〉との〝別れ路〟の徴として捉えて、両者の差異（〈美女の涙〉としての「紅涙」に、悲しさや儚さなどをあらわす〈袖の涙〉の顕示的な表現としての〈くれなゐの涙〉）を考慮すれば、次のような解釈になりうる。《忍んでいるけれども、〈唐の国〉に渡った我が子との別れ路を思うと、唐土の「紅涙」ではなく、世の中の悲しさと儚さを覚えさせる「からくれなゐの涙」が降ることだ》と。

このように、恋歌巻に先立つ巻における〈袖の涙〉の〈置き添へ〉の意味作用は、詩的言語の展開を振り返り、その自己言及の機能を示している。何百年にわたって連続的に発達してきた詩的伝統は、まさしく襲衣のように歌ことばの使用の重ねから織り成されてきたので、本歌取りの歌にかぎらず、平安末期に詠まれたすべての歌は、このような〝重ね〟を通して意味づけられているのである。次に恋歌における〈袖の涙〉の働きを分析して、その意味作用のプロセスをさらに追究していきたい。

詩的伝統の〝重ね〟を書き印す〈袖の涙〉

平安末期の詩的言語の〝重ね〟の構造は、あらゆる技法をもって顕示されている。千載集以前の歌の分析のなかで取り上げた詩的約束の脱構築はその一つであるにちがいないし、上に考察した歌のなかで使用されている〈つみ添へ〉、〈置き添へ〉、〈かさね〉などの言葉も、それを印づけている。さらにこのような〈縦〉の重ねを〈横〉に陳列しているのは、一つの詩語を踏まえた歌のシリーズである。そもそも配列が歌ことばの詩化過程を反映しているのだが、詩的伝統の展開につれてその役割が次第に高まっていくので、歌のシリーズは詩的言語の自己言及の働きをも担わされるようになる。それゆえ、ここでの分析はシリーズを中心にして進めていくことにするが、他方、詩的言語のなかで散種されてきた〈袖の涙〉を徹底的に吟味しようとすれば、切りがなくなるので、いくつかの歌についてはシリーズからはずして引用することも、やむをえないだろう。

（イ）「涙の色」の系譜

千載集における〈袖の涙〉の表現のうち登場率が最も高いのは、〈涙の色〉である。それは、〈色に出づ〉という発想に根ざすこの詩語が、感情の表現としての〈袖の涙〉の詩化過程をたどり、詩的言語の自己言及の働きと呼応しているからであろう。千載集歌壇の歌人の歌から織り成されている次のシリーズ（六八七〜六九四）は、その代表的な例になっている。

人知れず思ひそめてし心こそいまは涙の色となりけれ　（源季貞、恋一・六八七）
色見えぬ心のほどを知らするは袂を染むる涙なりけり　（祐盛法師、六八八）
我がとこは信夫の奥のますげ原露かゝるとも知る人のなき　（定雅、六八九）
君恋ふる涙しぐれと降りぬれば信夫の山も色づきにけり　（成仲、六九〇）
いかにせむ信夫の山の下紅葉しぐるゝまゝに色のまさるは　（常陸、六九一）

いつしかと袖にしぐれのそゝくかな思ひは冬のはじめならねど　（重延、六九二）
あさましや抑ふる袖の下潜る涙の末を人や見つらん　（頼政、六九三）
忍び音の袂は色に出でにけり心にも似ぬ我が涙かな　（皇嘉門院別当、六九四）

このシリーズに入れられた歌は、それぞれ異なる前例を喚び起こしているが、シリーズ全体が踏まえているのは、「色に出でて恋すてふ名ぞ立ちぬべき涙に染むる袖の濃ければ」（後撰、よみ人しらず、恋一・五八〇）、「恋すてふ我が名はまだき立ちにけり人知れずこそ思ひそめしか」（拾遺、忠見、恋一・六二一）、「色みえぬ心ばかりはしづむれど涙はえこそしのばざりけれ」（金葉、国信、恋下・四四四）などの歌によって築かれた〈涙の色〉の詩的伝統である。

まず一首目の歌は、「涙の色」という歌語の定義になりうるほど、心の思いが〈色に出づ〉という、その本来的な意味を明瞭にあらわしている。

それに続いて二首目の歌は、「涙」の伝達チャンネルとしての「袖」に注目を促し、〈涙の色〉→〈袖（袂）の色〉という展開を映像化している。

次の三首の歌（六八九〜六九一）は、「信夫」と「忍ぶ」の響き合いを通して、忍ぶ思いをあらわす〈袖の涙〉の働きを追究していくが、その働きの結果として「信夫」の意味も変わってくる[10]。

一つ目の歌に登場する「知る人のなき」は、〈忍ぶ思い〉を喚び起こし、「信夫」と「忍ぶ」を関連づけるとともに、「涙」の伝達の問題をも取り上げている。つまり、「信夫の奥のますげ原露かかる」は、「信夫」と「忍ぶ」のほか、「奥」と「置く」、「ますげ」と「増す」を響き合わせ、また「信夫」と「菅原」を詠んだ前例を連想させることによって、〈涙の露〉は忍ぶ心の奥までかかってきたという意味をあらわしている。したがって、それを「知る人のなき」ということは、むなしさを感じさせると同時に、〈忍ぶ思い〉を表現する「涙」を伝えなければ、その思いも伝わらないと、〈涙の色〉の詩的働きに気づかせてもいる。

二つ目の歌（六九〇）は、〈忍び音の露〉の代わりに「涙の色」に言及する「しぐれ」を登場させ、「信夫の山も色づきにけり」、すなわち「涙の色」のおかげで〈忍ぶ思い〉が伝わるようになったと指摘している。

三つ目の歌（六九一）は、「下紅葉しぐるゝまゝに色のまさる」と、「涙の色」の詩化過程の展開を踏まえて、〈色づいた涙〉が思いの〈表〉も〈裏〉もあらわすようになったというその働きを纏めている。そして、「いかにせむ」は、この働きの〝自動化〟、すなわち詩的約束としての定着を示している。

三首の「信夫」の歌の後に並んでいる歌（六九二）は、「しぐれ」に焦点をあわせて、「冬のはじめ」のものではない「袖のしぐれ」が〈袖の涙〉の詩語であるという説明を付き添わせている。

「しぐれ」の二つの意味を区別したこの歌に続く歌（六九三）は、〈涙の色〉を直接取り上げてはいないが、「抑ふる袖の下潜る涙」を通して、思いをあらわし伝達するというその機能を確定している。

そして、結びの歌（六九四）は、〈心の色〉によって染められた「涙」は、その「心にも似ぬ」ということを指摘し、「似ぬ（似ている、似ていない）」の両義性を通して、現代の文学論に劣らないほど、詩語としての「涙」の特徴を解き明かしている。つまり「涙」は、「心」をあらわしているので、〈色に出づ〉ことによって、「心」の思いを伝えていくが、他方、「涙」が心そのものではなく、それを表意する詩語であるので、二つは〝似て〟いても、〝似て〟はいない、と。

このように、〈涙の色〉を取り上げたこのシリーズは、その詩化過程を振り返って、歌論書を想い起こさせるほど徹底的に分析している。すなわち、

《「涙の色」は、人に知られない思いで染められた心を表現しているのである》

《「色」の見えない心とはちがって、「涙」の「色」は、それを託した「袂」を染めて、心の思いを知らせていく》
《〈涙の露〉が心の奥までかかり、その忍ぶ思いをあらわしているが、それを伝えることができなければ、人には知られない》
《しかし、恋をあらわす「涙」が〈「色」づけられた時雨〉と降れば、その忍ぶ思いも〝色づけられ〟、伝わるようになる》
《しかも〈涙の色〉が忍ぶ思いの〈表〉も〈裏〉も染めて、「涙」が増えるにつれて、その「色」も濃くなったので、隠しきれない》
《いつのまにか季語として使用された「しぐれ」が、「袖」に注ぐ「涙」の「色」を意味するようになったからだ》
《その結果、そもそも「涙」を隠した「袖」がそれを抑えられなくなり、その「涙」を通して心の思いが見えたのだろう》
《こうして忍ぶ思いを託された〈袖の涙〉は、「色」のおかげでその思いを漏らすようになったが、それは、見えない〈心の色〉とはちがって、〈涙の色〉が心を表現している歌ことばであるからだ》と。

右のシリーズが示しているように、「涙」の「色」は、忍ぶ思いをあらわすばかりでなく、「涙」を詩語として特定してもいるが、〈涙の露〉と「涙の色」を対比させた次の二首はこのような意味作用をさらに解き明かしている。

衣手に落つる涙の色なくは露とも人にいはましものを　（参川、恋二・七四〇）
旅衣涙の色のしるければ露にもえこそかこたざりけれ　（覚雅、恋三・七九一）

一首目の歌で使用された「衣手」は「袖」の最も古い言葉であり、〈袖の涙〉の詩化過程の出発点を示しているのに対して、二首目の「旅衣」は、その詩化過程のなかで「涙」の隠喩として定着した〈草葉の露〉という表現を浮かび上がらせている。そして、両者において「涙の色」は、忍ぶ思いをあらわすのでなく、自然の露と、「涙」の隠喩としての「露」を区別して、《衣手に落ちる涙に色がなければ、それは露だと人に言いまぎらしただろうに》から、《旅衣の涙の色（という表現の意味）が共通の知識になったので、（昔とは違って）露に濡れたのだよ、と託つけることができない》へと、「涙」の詩化過程を書き印している。

一方、次の歌は、「袖の色」を登場させ、「涙」の詩化過程を特徴づける「袖」との不可分の関係を顕示している。

袖の色は人の問ふまでなりもせよ深き思ひを君し頼まば　（式子内親王、恋二・七四五）

前に触れたように、「袖の涙」と「涙の色」との融合によって形成された「袖の色」は、早くも伊勢集（三四九）に詠まれていたが、歌語として定着したのは、平安後期である。したがってそれは、詩的言語の自己言及の働きと呼応して、感情の強度のみならず、思いの伝達者としての〈袖の涙〉の詩的機能の強化をもあらわしていると思われる。つまり、恋しく思う相手に〈忍ぶ思い〉を知らせる「涙の色」に続いて、「袖の色」は、《人が尋ねるほどに染まってほしい。あなたが私の深い思いを信じてくれるようになるなら》と、慕い思う相手（君）ばかりか、すべての人に見えるようになるのである。このメッセージは、時代をこえて、「袖の色」を歌語として取り扱っていない私たち現代人にもそれを気づかせようとしているのではないだろうか。

さらに、「くれなゐにしほれし袖」を登場させた次の歌は、〈袖の涙の色〉の詩的機能に焦点をあてて、〈袖の朽ちる〉との類似性を示している。

くれなゐにしほ《を》れし袖も朽ちはてぬあらばや人に色も見すべき　（若水、恋三・八三二）

《「涙」で濡れ萎れてしまった「袖」がその「色」に染まってしまったので、「口」を連想させる「朽ちぬ」と同様に、何もかも〝漏らす〟ようになった。さもなければ、恋しい人だけにその色を見せて、忍ぶ思いを打ち明けることができたはずなのに》と解釈できるこの歌は、感情をあらわす「色」の働きを強調すると同時に、〈袖の涙〉の詩化過程を顕在化するというその新しい機能にも注目を促している。また、「朽ちはてぬ」の「はて」や「くれなゐ」の「くれ」も、作者の意図は別にして、このような「色」の働きの転回を印づけている。

以上、〈心の色〉→「涙の色」→「袖の色」を通して〈袖の涙〉の詩化過程の展開をたどってみたが、最後に引用した歌が示しているように、詩的言語の自己言及の働きと呼応した〈袖の涙の色〉の機能が、〈しほれし袖の朽ちぬ〉とも類似しているので、次に「しほる」の意味作用を取り上げてみることにする。

（ロ）「潮たる〜袖」を絞る

最初に引用した俊頼の「春日野」の歌（一四）の分析のなかで触れたように、〈袖濡る〉に由来する〈袖のしほ《を》れぬる〉は、千載集における〈袖の涙〉の詩化過程を示す表現の一つであるが、「しをる」／「しほる」というその綴り方からすれば、「袖の潮（潮たる、潮干など）」や〈袖を絞る〉を連想させたと考えられる。さらに、三つの表現（萎る、潮たる、絞る）とも、詩的伝統において〈海人の袖〉と結び付けられているので、それらの連想的な関係が、そのいずれかを登場させた歌の意味作用のなかで発動したと思われる。それぞれの表現の例を取り上げて、このような働きを追究してみよう。

数多くの歌に詠まれた〈袖の潮〉は、「我袖の潮の満ち干る浦ならば涙の寄らぬをりもあらまし」（頼政、恋二・七五四）という「題不知」の歌が例示しているように、〈袖のうら〉を連想させ、「袖」によりかかる〈涙の波〉のイメージを描き出すことで、〈袖の涙〉の詩化過程のパターンを書き印し、詩化過程の連続性を示している。

一方、「旧里を恋ふる袂もかはかぬに又しほたるゝ海人も有りけり」（拾遺、恵慶法師、雑恋・一二四六）などの前例が示しているように、〈潮たる〉は、そもそも二重に濡れた〈海人の袖〉を示しているので、〈袖の涙〉を詩語として特定してもいる。それに従って、「潮たるゝ袖」を取り上げた次の三首の歌は、〈潮たる〉のこのような働きをたどり、〈袖の涙〉の詩化過程を振り返っている。

潮たるゝ伊勢をの海人や我ならむさらばみるめを刈るよしもがな　（実国、恋二・七一九）
潮たるゝ袖の干るまはありやともあはでの浦の海人に問はばや　（法印静賢、同・七五五）
潮たるゝ伊勢をの海人の袖だにもほすなるひまはありとこそきけ　（親隆、恋三・八一五）

「伊勢の海人」は、すでに万葉集の恋歌のなかで詠まれており、平安文学においては、後撰集の「鈴鹿山伊勢をの海人の捨て衣しほなれたりと人や見るらん」（伊尹、恋三・七一八）という歌が示しているように、恋をあらわす〈袖の涙〉と関連づけられている。それに対応して、一首目の歌では、「みるめ（海松布、見る目）」と「かる（刈る、借る）」という掛詞を通して、〈逢ふよし〉としての〈袖の涙〉の詩的意味を「潮たるゝ伊勢をの海人」に担わせ、《海人ではない私の「袖」を濡らす「涙」も、見えるようになり、逢う機会をあたえてくれれば》と訴えている。

二首目の歌は、〈逢ふ／逢はで〉という対立を戯れさせ、〈濡れた袖／乾いた袖〉と関連づけることによって、〈逢ふよし〉の表現としての「潮たるゝ袖」の普遍的な働きを問うている。すなわち、《「潮たるゝ袖」には〝干る間〟がありうるのだろうかと、〝逢はで〟を知っている粟手の浦の海人に聞きたいものだ》と。

そして、三首目の歌は、海人の「袖」の「ほすなるひま」を問うことによって潮水に濡れた袖と「潮たるゝ袖」をはっきりと区別し、詩的言語における後者の意味を強調している。いつも〝濡れている〞「伊勢をの海人」の登場もその比較の誇張として働いている。《潮水に濡れて雫のたれる伊勢の海人の袖にさえ乾く間があると聞いたが、「涙」の「潮たるゝ袖」には乾く間はない》と。

このように、〈潮たるゝ袖〉は、「海人」、「みるめ」、「干る間」などの連想を通して〈袖の涙〉の詩化過程を説明している。したがって『百人一首』に選ばれた次の歌の意味作用もそれに対応していると思われる。

寄《スル》レ石《ニ》恋といへる心を

我袖は潮干《ひ》に見えぬをき《(お)》の石の人こそ知らねかはく間ぞなき　（讃岐、恋二・七六〇）

この歌と、「**わが袖は水の下なる石なれや人にしられで乾はくまもなし**」（和泉式部集）という本歌の差異は、〈袖の涙〉の深さを測る「石」によって意味づけられている。和泉式部の「水の下なる石」は、〈人に知られない涙〉のイメージを踏まえながら、変わらぬ恋心と、その表現としての「涙」の不変の価値を表している。さらに、〈知られで／知られて〉という対立を内包する「しられで」は、〈知られてはいないが、知られてほしい〉と、「涙」の〝知らせる〞力に訴えている。

それに対して、「沖の石」の讃岐は、(11) まず本歌における「水」の静止した映像を動かし、「潮の満ち干る」と、〈涙の波〉を浮かび上がらせる。それは、「沖の石」との対照としても働き、常に濡れている「袖」にも注目を促している。それに従って、引き潮の時にさえ見えない「沖の石」は〈袖の涙〉の深さを誇張しており、「乾く間ぞなき」はその普遍的な働きを強調している。他方、和泉式部の歌の「しられで」に倣って、「見えぬ」も、〈見えてしまった、見えない〉という対立を内包しており、「人こそ知らね」の「人」も、世の人とも、恋人とも受け取られるので、歌は次のように読める。《乾くことなく萎れるほど涙で濡れている我が袖は、引き潮の時にも見えない沖の石のように奥深いものであるが、沖の石とはちがって心の思いを皆に見せてしまった。にもかかわらず、あの人だけが〈萎れ濡れた袖〉について知らないのは、悔しいことだよ》と。

このように、「潮たるゝ袖」は、「浦」、「海人」、「みるめ」、「かはく間なき」などとともに詠まれ、さらに「袖」が裏まで濡れてしまったことを意味しているので、恋のメッセージに続いて、恋のメッセージの伝達者としての〈袖の涙〉の機能もはっきりと見えてきたことをあらわしている。それに対して、〈しほるゝ袖〉は、「朽ちぬ」と結び付けられることによって、感情のみならず、詩的連想や詩的伝統そのものについても〝語りはじめた〟〈袖の涙〉の働きをたどっている。それゆえ、ここまで取り上げた〈しほるゝ袖〉の歌（一四、二五三、八三二）のように、それは〈雪をつみそへて〉（一四）、〈露をきそふる〉（二五三）、〈くれなゐに〉（八三二）などに添えられ、〈袖の涙〉の詩化過程の展開におけるそれらの役割に注目させる、という補助的な役割をはたすこともあるのだが、次の歌は「しほるゝ袖」自体に焦点をあてて、その詩的働きを解き明かしている。

いたづらにしほ《（を）》るゝ袖を朝露にかへる袂に思はましかば　（俊恵法師、恋二・七六七）

この歌の意味の中心は「涙」であるが、「涙」という言葉は直接登場せず、「袖」と「袂」によって代表されており、意味作用は、それらの使い分けに基づいている。〈袖の涙〉の詩化過程のなかで詩語として定着した「袂」は、恋の表現としてのその役割と結び付けられたのに対して、「袖」はそれ以外の意味も担い、「涙」の新しい意味生成の場になっている。[12] それに従って、この歌の「しほるゝ袖」も、慕い思う人を待つ夜の〈悲しき涙〉の意味をこえていると思われる。つまり、この歌は、独りで過ごした夜と、恋人と袖を重ねた夜の「涙」の対立にとどまらず、〈恋の涙〉と、恋以外の意味をあらわす「涙」との対比としても受け取られ、《むなしいことだ、「しほるゝ袖」が様々な意味をもっているのに、人はその意味を、恋をあかす〈袂の朝露〉に絞っていると思えば》と解読できるようになる。

右に取り上げた歌の対立的な構造に対応して、「しほる」は「しぼる」との連想を喚び起こしてもいたと推定したが、〈しぼる〉を〈朽つ〉とともに登場させた次の歌は、このような意味作用の証拠と見なされる。

白河院三条殿にをはしましける時、男ども恋歌よみ侍けるによめる

かゝりける涙と人も見るばかりしぼらじ袖よ朽ちはてねたゞ　（雅兼、恋二・七〇七）

この歌は、「思ひあまり」に染まった「涙」を取り上げた三首の歌（七〇四～七〇六）の後に並んでいるので、「斯かり」に「懸かり」をかけた「かかりける涙」は、《このようにかかってきた涙》と解釈できるのと同時に、この歌における「涙」の表現の掛かり方の印としても捉えられる。そこで、〈世の人〉と〈あのひと〉という「人」の二つの意味も生かしてみれば、《このようにして（こういうわけで）懸かった涙だと、あの人も見るまで絞らずにおこう。袖よ、ますます濡れて朽ちはててしまえ（涙の〝口〟になってしまえ）》という解釈になる。

一方、詞書に従って、この歌は、恋歌のモデルのみならず、恋歌の表現についての議論とも見なされるので、さらに次のようなユーモラスな読みを付け加えることもできる。《このように絶え間なく流れる〈涙〉で〈袖〉が萎れるほど濡れてしまったので、それをこのままにしておいて、〈袖の涙〉の意味を絞らなければ、〈袖〉は朽ちてしまう（何もかもばらしてしまう）のだよ》と。

〈朽ちぬ〉を通して「しぼる」→「しほる」という連想を顕示するこの歌に続いて、「濡るゝ袂」を登場させた次の歌の「しぼる」も、「しほる」や「潮たる」を連想させ、〈袖の涙〉の詩的働きの〝自立〟を示している。

歌合し侍ける時よめる

しばしこそ濡るゝ袂もしぼりしか涙にいまはまかせてぞみる　（清輔、恋三・八一六）

「まかす」は、古今集以降によく詠まれた、詩的言語の働きを指し示す言葉の一つである。「A」に「B」を任せるとは、「A」が「B」を伝えていくという意味になるので、普通その役割をはたしているのは「風」、「水」、「駒」、「心」、「月の光」などである。「まかせてぞやる」、「まかせてぞ行く」などに続いて後拾遺集以降には「まかせてぞ見る」が特に普及したと思われるが、「もみぢ葉を風にまかせて見るよりもはかなき物は命なりけり」（古今、大江千里、哀傷・八五九）、「池水のみくさもとらで青柳の払ふしづえにまかせてぞ見る」（後拾遺、経衡、春上・七五）、「蜩の声ばかりする柴の戸は入日のさすにまかせてぞ見る」（金葉、顕季、雑上・五六八）などの例が示しているように、いずれの歌においても、何にまかせるかにとどまらず、何を任せるかということも明示されている。それに対して清輔の歌のなかでは何をまかせるかが特定されていないことは、〈袖の涙〉には何もかも、感情の表現から他の歌ことばの伝達まで、まかせられることをあらわし、詩的言語におけるその普及を示していると思われる。《しばらくの間涙に濡れた袂も（その意味も）絞ってはみたが、今はもう（濡れ萎れた袖の潮たるゝ）涙にまかせて、ただ見ることにする》と。

萎れるほど濡れてしまった「袖」を絞らないままにしておくという発想は、またさらに「潮たるゝ袖」の「たる（垂る）」を連想させ、「しづ（垂づ）」を喚び起こす「袖のしづく」とも呼応している。一方、「袖のしづく」は、「しづく（底に沈む）」を想い起こさせることよって、〈袖の涙〉の違う側面にも焦点をあてているので、次にその点について見てみよう。

（八）「袖のしづく」を問う

後拾遺集の「よそにふる人は雨とや思ふらんわが目にちかき袖のしづくを」（八〇五）という歌に初登場する「袖のしづく」は、濡れてしまった「袖」から「涙」が漏れるというイメージを通して〈袖の涙〉の伝達力を顕示する表現として使われており、金葉集の〈あまる涙の山のしづく〉の歌[13]における意味作用もそれに従っている。それに対して、「袖のしづく」も「よそ」も登場させた千載集の次の二首は、何をあらわしているのだろうか。それ以前の歌とどう違うのだろうか。

よそ人に問はれぬるかな君にこそ見せばやと思ふ袖の雫を　（実快、恋一・六九九）
よそにしてもどきし人にいつしかと袖のしづくを問はるべきかな　（顕輔、恋三・八〇一）

《他人だけが聞いてくれたのだよ。あなたに見せたいと思ったこの袖の雫を》と、《関係ないと言って恋を無視する人（あなた）に、いつか袖の雫を尋ねられるだろう》という内容になっているこの二首の歌は、それぞれ〝よそ〟の巻に入っているにもかかわらず、共通点が多いので、このように並べると、連続するストーリーを語るようになる。

二首とも対比法を使い、「袖のしづく」のほかに「よそ」や「問う」も登場させているので、この言葉が意味作用のキーワードであるにちがいない。まず、二首を先に引用した後拾遺集の歌と比較してみれば、それらの差異は「袖のしづく」が〈語る涙〉を意味する歌語として定着したことにあると判断できる。「問う」もそれを強調している。つまり、「涙」が心の思いを〝語る〟ようになったので、それを〝問う〟こともできるのである。

また、ここまで取り上げた歌が示しているように、「問う」が表現の意味と使用に注目を寄せる働きもしているので、「よそ」と「問う」を〈言葉の〝よそ〟の意味を問え〉という指摘として読み取ることもできる。それに従って「袖のしづく」の〝よそ〟の意味を問うてみれば、「しづく（沈く）」という言葉が浮かび上がってくる。この言葉は、「藤波の影なす海の底清み沈く石をも玉とそ我が見る」（万葉、巻第十九・四一九九）という歌に詠まれ、「底に沈む」ことを表していたが、古今集の「水の面にしづく花の色さやかにも君が御かげのおもほゆる哉」（篁、哀傷・八四五）という歌においては、それは「海の底」ではなく、「水の面」に限定されている。『僻案抄』のなかでこの二つの歌を比較した定家は、「しづく」の意味について「しづくといふ詞、しづむといはゞ、沈にあらず。沈はそこへいりたるも、又水にいる也。しづくといふは、水にあらはれども、水にいりはてず。又水のしたなる石も、浪よりいづるやうなれど、あらはれもはてず、かくれもはてぬやうなるを云也」（別巻、三二〇頁）と述べている。篁の歌以外、「沈く」は八代集において使用されていないが、定家の言葉を借りれば、それが「あらはれもはてず、かくれもはてぬ」ようなものになったのではないだろうか。つまり、〝姿を消した〟「沈く」は、〈袖のしづく〉によって連想されるようになり、「水の面」、すなわち〈見える〉というその意味は、〈語る涙〉の印としての〈袖のしづく〉の役割を強調するようになったと考えられる。それと呼応して、「しづく」のなかで「告ぐ」を読み取ることもできるのではないだろうか。いずれにしても、「雫」がほとんどの場合、仮名で綴られていることからすれば、このような推測は無理ではないだろう。[14]

それに対して、「涙の底に身は沈む」を登場させた次の歌は、〈涙川に身を流す→沈む〉という「涙川」の詩化過程に従い、「涙」の意味作用の範囲の広がりを示している。

恋ひわぶる心は空に浮きぬれど涙の底に身は沈む哉　（実房、恋五・九四七）

この歌の意味作用は、上句と下句との対比から、登場する言葉におよぶまでの徹底的な対立法によるものである。「心」と「身」、「空」と「底」、「浮く」と「沈む」という反対語は、強力なテンションを作り上げ、宇宙も詠み込める詩的言語の無限の表現力を示している。そして、それを一つの歌のなかで纏めているのは「恋ひわぶる涙」である。「恋ひわぶる涙」はまた、「火」と「涙（水）」という指示的レベルで対立している言葉を、詩的レベルで恋の表現として融合させ、「浮き」に「憂き」をかけることで、「涙の底」に沈んだ身と結び付けている。そして、「空」は、心の鏡である「涙」の「底」の深さを誇張し、その無限性を象徴している。

このように、「潮たるゝ袖」や〈袖しほる／絞る〉に続いて、「袖のしづく」も、〈袖の涙〉の伝達力の向上を顕示すると同時に、〈袖の涙〉が既成の意味を〃こえた〃ことをも示している。しかし、他のどの表現よりもこのような意味生成のプロセスを明瞭に示しているのは、次に取り上げる〈涙川のしがらみ〉である。

（二）〈しがらみ〉をこえた「涙川」

〈涙川の袖のしがらみ〉は、「涙河落つる水上はやければ塞《せ》きぞかねつる袖の柵」（拾遺、貫之、恋四・八七六）という歌のなかで詠まれ、〈涙を包む袖〉から〈涙を漏らす袖〉への転回を踏まえている。それに対して千載集の「涙川」の歌は、「しがらみ」の意味に焦点をあわせて、〈袖の涙〉の詩的〃自立〃を示している。たとえば、

洩らさばや忍びはつべき涙かは袖のしがらみかくとばかりは　（有房、恋一・六八〇）

「忍ぶ」、「袖のしがらみ」、「洩らす」は、「涙川」の意味作用の過程をたどっており、仮名の綴り方によって注目を促されている「かは」という反語は、その意味作用をさらに解き明かしている。つまり、それは、既成の意味を問い

ながら新しい意味を構築していくというメカニズムを示唆していると同時に、「忍びはつべき」（忍びきるはず）と「洩らさばや」（洩らしたい、洩らしてほしい）という「涙川」の転回を示す二つの意味の対立をも強調しているのである。「かく」も、〈袖の柵を掛ける〉という伝統的な使い方を喚起する一方で、「斯くばかりは」（これほどだよ）と、その変化を指摘している。《洩らしてほしい、涙川よ。忍びきることのできた涙に袖の柵を掛けるのは、ここまでにしよう》と。

それに対して、次の歌は、「涙川」の「しがらみ」からその「水上」に焦点を移し、「涙川」が「袖のしがらみ」をこえた理由を突き止めている。

人知れぬ涙の川のみなかみやいはでの山の谷のした水　（顕昭法師、恋一・六六七）

目の前に浮かんでくるかのような景色の〝写実的〟な描写は、詩的〝現実性〟にも伴われている。言い換えれば、この歌は、歌ことばの詩化過程の普及につれて、意味作用のミメティック・レベルとポエティック・レベルの往復の結果として作り上げられてきた、両者の〝重ね合い〟を示しているのである。

「人知れぬ涙の川のみなかみ」とされている「山（谷）の下水」の前例をたどってみれば、「**あしひきの山した水の木隠れてたぎつ心をせきぞかねつる**」（古今、よみ人しらず、恋一・四九一）、「**磐瀬山谷の下水うちしのび人の見ぬ間は流れてぞふる**」（後撰、よみ人しらず、恋一・五五七）、「**人知れず越ゆと思ふらしあしひきの山下水に影は見えつゝ**」（拾遺、貫之、雑上・四九二）、「**思ひあまりいかでもらさん小野山のいはかきこむる谷の下水**」（金葉、公実、恋上・三八二）などと、長い連鎖がたなびいてくるが、そのいずれの歌も、恋に溢れた心（「たぎつ心」、「流れてぞふる」、「越ゆ」、「思ひあまり」）の忍ぶ思い（「木隠れて」、「うちしのび」、「人知れず」、「もらさん」）をあらわしており、また「磐瀬山」と「岩垣」を通して〈言わぬ／言う（言わせる）〉という連想を発動させている。それに従って、「人知れぬ涙の川のみなかみ」は、「たぎつ心」の忍ぶ思い、すなわち〈言えない思い〉であるという、恋の表現としての「涙」の総括的な役割を解き明かすメッセージになる。

続いて、次の三首の歌は、〈逢う〉約束としての〈袖の涙〉の意味を踏まえ、〈涙をせき止める〉から〈逢瀬になる〉へ、という「しがらみ」の機能の転回をたどっている。

恋ひわたる涙の川に身を投げむこの世ならでも逢ふ瀬ありとや　（宗兼、恋二・七一五）
堰きかぬる涙の川の早き瀬は逢ふよりほかのしがらみぞなき　（顕政、同・七二三）
思ひ堰く心中のしがらみも堪え《（へ）》ずなりゆく涙川かな　（親盛、同・七六九）

一首目の歌における意味作用のキーワードは「わたる」であろう。川をわたるという日常的な使用から出発した〈涙川（を→が）わたる〉は、心の表現としての「涙」の機能に即して、〈心と心の距離をわたる〉という意味を担うようになったが、金葉集の分析のなかで取り上げた「流れても逢瀬ありけり涙川きえにし泡をなににたとへん」（金葉、知信、雑下・六一二）という歌が「逢瀬」としてのその働きを現世に制限したのに対して、宗兼の歌は、現世から来世へ「恋ひわたる」と、それをさらに延長している。すなわち、《人生をわたる恋の「涙」の川に身を投げよう。その川が来世へわたり、この世でなくても、逢うことができるなら》と。それに対応して、「涙の川」の使用は、「涙」の流れを強調すると同時に、来世での「逢瀬」によって喚起される「三瀬川」をも連想させていると考えられる。

二首目の歌は、「涙の川」の早瀬と逢瀬という二つの「瀬」の対立を通して、人生の限界さえわたるその流れに焦点をあてる。つまり、せき止められなくなった「涙」の川に〝しがらみ〟があるとすれば、それは「涙」による〈逢瀬〉にほかならない、と。(15)

そして、三首目の歌は、「思ひ堰く心中のしがらみも堪えず」と、心の思いの〝しがらみ〟、またその思いの表現という既成の役割の〝しがらみ〟から脱出した「涙川」を描き出し、「ナーミーダーガーワーカーナ」と、その波の音自体を響かせている。

既成の範囲をこえた「涙」の新しい意味をさらに求めていくと、「堰きかぬる涙の川」と呼応する〈堰きあえぬ涙〉を登場させた「水茎はこれを限りとかきつめて堰きあえ《(へ)》ぬものは涙なりけり」(頼政、恋四・八六八)という歌を挙げることができる。金葉集の「する墨も落つる涙にあらはれて」(恋下・四四三)に続いて、この歌は、〈せき止まった水茎〉と〈せき止められない涙〉を対立させながら、関連づけてもいるので、「水茎」の代理としての「涙」の機能に注目を促していると思われる。つまり、《これを限りと、水茎の流れが止まっても、せき止められないのは、書きあつめた文から流れ出す、「涙」なのだ》と。このメッセージは、詩的言語における〈袖の涙〉の概念化の展開を裏付けてもいるので、後にもっと詳しく取り上げることにする。

このように、〈袖の涙〉の最も典型的な歌語である「涙(の)川」は、その詩化過程の流れ自体を象徴するようになる。それに対して、〈袖の涙〉の最も古い詩語の一つと見なされる〈袖濡る〉は、まるで鏡のように、他の歌ことばの意味の変遷をも映し出し、詩的言語における〈袖の涙〉の散種を顕示するようになる。次に〈濡るる袖〉に映し出された詩的映像を眺めながら、〈袖の涙〉の働きをさらに追究していきたい。

〈濡るる袖〉に映る詩的言語の展開

〈濡るる袖〉は、〈袖の涙〉の詩化過程の出発点にあたる詩語でありながら、最も一般的でもあるので、〈濡るる袖〉→〈濡るる袂〉→〈朽ちぬる袖〉などの連鎖を通して〈袖の涙〉の詩化過程の対象になっていると同時に、「春雨」、「露」、「時雨」など、「涙」の隠喩をも宿し、明示している。それに従って、次の歌における〈濡るる袖〉の〝涙くらべ〟は、〈袖の涙〉の詩化過程の段階くらべ、また歌人の詩的能力くらべとして捉えられるのである。

恋ひわぶるけふの涙にくらぶればきのふの袖は濡れし数かは　（後白河院、恋二・七一七）

《恋い悩む今日の涙に比べれば、昨日の涙で濡れた袖は、濡れたという数に入るのだろうか》という内容になっているこの歌は、恋歌としても受け取られるが、平安末期の歌人にとっては、今日の「涙」と昨日の「涙」の〈くらべ〉は、〈詠歌くらべ〉でもあったと思われる。このような読みの妥当性は、序文の「敷島の道もさかりにをこりて、言葉の泉いにしへよりも深く、言葉の林むかしよりも繁し」という言葉との呼応によっても支持されるし、歌の配列によっても根拠づけられる。この歌から巻末まで、〈今日の涙〉の深さを示す当代歌人の歌が並んでいるからである。

したがって、詠まれた歌から詠歌過程へという焦点の移動に対応して、「恋ふ」を同音語の「請ふ（求める）」と置き換え、〝やりにくい〟という「わぶ」の意味を生かしてみれば、新しい表現を請い求める「今日」の歌人の詩的試みの苦痛さえ窺える。

他方、〈今日の涙〉と〈昨日の涙〉との対比は、歌ことばの差延（differance）、すなわち遅延作用による差異に注目し、既成の意味の脱構築を通して展開していく詩化過程のメカニズムを示していると思われる。その具体的な例として、「濡るゝ袖」に映る歌枕の変容を考察してみよう。

玉藻刈る野島の浦の海人だにもいとかく袖は濡るゝものかは（雅光、恋二・七一三）

伊勢島や一志の浦の海人だにもかづかぬ袖は濡るゝものかは（道因法師、恋四・八九三）

一首目の「野島の浦」は千載集初出の歌枕なのだが、俊成の「あはれなる野島が崎の庵かな露をく袖に波もかけけり」（羇旅・五三一）という歌の分析のなかで触れたように、「野島が崎」の使用は万葉集に遡る。似た構造を持つ二首目の歌に詠まれた「伊勢島」の背景も同じである。つまり、それも「野島の浦」と同様に千載集初登場の歌枕であるが、「伊勢の海」、「伊勢の海人」などは万葉集以来使用されているのである。

千載集のなかで万葉集の歌枕やそれらに由来する歌枕が数多く登場することは、万葉集研究がさかんになった当代の特徴と見なされるが、他方、それは歌の表現そのもの、なかでも「名」に対する関心をあらわしており、その関心もまた引用によって特徴づけられる平安末期におけるテクスト制作の事情を反映していると考えられる。「よろづの草子、歌枕、よくあない知り、見尽くして、その中の言葉を取り出づるに」（II・三七〇頁）という『源氏物語』（玉鬘）の指摘も、「言葉」としての歌枕の捉え直しを示しているし、「一には、名所を取るに故実あり。国々の歌枕、数も知らず多けれど、其歌の姿に随ひてよむべき所のある也」（無名抄、九一頁）という鴨長明の議論も、それを物語っている。

言い換えれば、平安末期における引用行為と関連づけられる歌枕の再解釈は、歌人の個人的な関心というよりも、詩的伝統の連続的な流れのなかで発生した必然的な条件なのである。このような引用の必然性についてM・バフチンは次のように述べている。「作者の直接的な言葉はいつの時代でも可能だというわけではなく、また時代という時代がすべて文体を所有しているというわけでもない。というのも文体は、権威ある視点と権威ある安定したイデオロギー評価の存在を前提としているからである。(中略)時には、芸術的な課題そのものが、総じて複声的な言葉によってのみ実現可能であるようなものである場合もしばしばである」(一九九五、三八七頁)。「そうした時代、特に条件づきの言葉が支配的な時代には、直線的で、無条件な、屈折化されない言葉は、野蛮で未熟で粗野な言葉とみなされるのである。そこでは文化的な言葉とは、権威ある安定した媒体を通して屈折させられた言葉のことなのである」(同、四〇八頁)[16]。

王朝文化の黄昏を反映している平安末期の文学は、正しくバフチンの言うような「作者の直接的な言葉」が不可能になりつつあるという条件に規定され、次の鎌倉時代の文学は、王朝文化の文体模写と文体外的形式という二つの極点の間の中間領域のなかで形作られていくと思われる。しかし、作者の直接的な言葉が不可能になることは、決してオリジナリティが不可能になることを意味してはいない。ただ、新しい意味生成の過程は、条件付きで、権威あるモデル・テクストの屈折に集中するので、オリジナリティはその屈折の程度に対応して評価されるようになるというわけである。

他方、このような他者の言葉の屈折は、平安末期に突然現れてきたのではなく、王朝文学の詩的言語の展開に伴う代表的な傾向でもある。言い換えれば、それは、そもそも〈テクスト志向〉ないし〈表現志向〉の文化としての王朝文化における意味生成のプロセスを特徴づけており、そして「条件づきの言葉」や「権威あるモデル・テクスト」の定着に従って表面化し、テクスト制作の主導的な原則になっていったということである。

権威あるモデル・テクストの役割は、他のどの作品よりも、王朝文化の独自のアイデンティティを求める運動の頂点をなした『源氏物語』と、そのアイデンティティの根源と見なされた万葉集がはたしていたので、あらゆる文学形式のテクストはそれらを引用せざるをえなかったのだが、和歌の世界では、言うまでもなく、特に万葉集が模範として取り扱われたのである。それに従って、千載集に再登場する万葉集の歌枕のみならず、それらに由来する千載集初出の歌枕も、バフチンの言う他者の言葉の屈折として捉えられ、平安末期の文学における引用パターンの例と見なされる。言い換えれば、それは、nommer（命名）というよりも、renommer（再撰択、称賛などを含む再命名＝差異命名）[17]の過程である。

さて、万葉集をモデルとして千載集に初登場する「野島の浦」や「伊勢島」、また金葉集の「高師の浦」（四六九）、詞花集の「清見が関」などが、いずれも〈袖の涙〉と関連づけられているのは、なぜなのだろうか。歌ことばの具体的な働きからすれば、その理由は、「海人」、「みるめ」、「浪」などの連想のネットワークにある。他方、「胸は富士袖は清見が関」（金葉Ⅲ、三九七／詞花、二一三）という歌が顕示しているように、「再命名」の過程を条件づけたのが恋の表現であるので、その過程は、〈恋の表現〉それ自体の記号として働くようになった〈袖の涙〉を通して行われていったと考えられる。以下、「野島の浦」と「伊勢島」の歌を、このような「再命名」の観点から分析してみよう。

「玉藻刈る野島の浦の海人だにもいとかく袖は濡るゝものかは」という雅光の歌は、内大臣忠通歌合に詠まれたものであるが、その記録によると、最初は「野島の浦」ではなく、「しのぶの浦」だったという。したがって、「野島の浦」との置き換えは、撰者の俊成の改作入集の結果と見なされ、特定の詩的効果を狙った変更として捉えられるべきであろう。

確かにこの歌は「しのぶの浦」でもよかった。「海人」の袖より濡れている「袖」は、紛れもなく「涙」の誇張であるし、「玉藻刈る」も「玉」という「涙」の〝仮（借り）の名〟と関連づけられる。さらに、「しのぶ」は、忍ぶ思いの表現としての「涙」の機能を示すばかりでなく、前に取り上げた「信夫」の歌（六八九〜六九一）が証明しているように、当代歌壇の話題の歌ことばでもあったと考えられる。しかし、「しのぶの浦」のもととなった「信夫の山」

は、万葉集ではなく、『伊勢物語』に初登場しており、「言はじ」を連想させる岩代国の歌枕として定着していたので、そもそも言葉の面白さに注目を促すという平安時代の基準に応じていたのである。したがって、それを踏まえた「しのぶの浦」は、詩化過程の流れを反映してはいるが、あまりに明瞭すぎて、新たな歌枕作りとして捉えにくい。それに対して「野島の浦」は、「しのぶの浦」と同じように「海人」の連想の連鎖を働かせると同時に、「**玉藻刈る敏《みぬ》馬《め》を過ぎて夏草の野島の崎に船近付きぬ**」（万葉、巻三・二五〇）という、「玉藻刈る」で始まる人麿の「野島が崎」の歌を喚び起こし、〈みぬめ／みるめ〉という言葉遊びを発動させてもいる。つまり、「しのぶの浦」の代わりに「野島の浦」を登場させることによって、恋の表現としての〈袖の涙〉の詩化過程をたどるだけでなく、意味作用の技法としての言葉の響き合いに注目を促すこともできる。そして、それは歌を読む快楽をいっそう高めるとともに、言葉に重点をおくという「再命名」の本質をも強調していると考えられる。

　他方、「野島の浦」のこのような「再命名」は、俊成の「あはれなる野島が崎」の歌（五三一）などに見られる「野島が崎」の差異化＝再異化とも繋がっている。もともと淡路の歌枕として詠まれたこの歌枕は、平安末期から近江に移動しており、「**近江路や野島が崎の浜風に夕浪千鳥たちさわぐなり**」（顕輔集）のほかに、「**淡路の野島の崎の浜風に妹が結びし紐吹き返す**」（万葉、巻三・二五一）という人麿の歌の「淡路」を「近江」に置き換えた「**近江路の野島が崎の浜風に妹が結びし紐吹きかへす**」（玉葉集、巻八）というきわめて明示的な例が挙げられる。この移動をめぐっては様々な解釈が提出されているが、[18]ここでは、よろずの歌枕のうちの「言葉を取り出づる」、またそれらを「歌の姿に随ひてよむ」という、平安末期の立場から考えてみたい。つまり、「近江」が「逢ふ身」を連想させたのと同様に、また「粟手（あはで）の浦」（金葉、四五六／千載、七五五）に倣って、「淡路」も「逢はじ」を喚び起こしたのではないだろうか。確かに、「淡路」は、「**あはちにてあはと雲ゐに見し月のちかきこよひは所からこも**」（古今六帖）、「**あはと見る淡路の島のあはれさへ残るくまなく澄める夜の月**」（源氏、明石の巻）などの用例が示しているように、「あは」→「あはれ」という連想を通して意味づけられていたのだが、それに「逢はじ」を付け加えても無理はない。ましてや「淡路」は「待つ」ことの記号であった「住吉の松」と一緒によく詠まれたし、さらに歌枕名寄の「島」の項目には、「右過敏馬浦（みぬめの浦）時、山部宿禰赤人作歌」という詞書を付された「わぎもこをゆきてはやみむ淡路島雲ゐにみえぬ家つくらしも」という、「みぬめ」→「みむ」→「みえぬ」の連想を連ねていく歌が載っている。したがって、「淡路」から「近江」へという「野島が崎」の所在の移動を、「逢はじ」→「逢ふ身」という変更として解釈してみれば、そこには〈袖の涙〉の詩化過程の流れが見えてくる。〈逢わないだろう〉という、ミメティック・レベルで意味づけられた悲しみの「涙」から、逢う約束としての、そのポエティック・レベルでの役割へ、と。

「野島の浦」と同様に、「伊勢島や一志の浦の海人だにもかづかぬ袖は濡るゝものかは」に登場する「伊勢島や一志の浦」も、「海人だにも……袖は濡るゝものかは」という、〈袖の涙〉の詩化過程を踏まえたフレームによって意味づけられており、しかも「野島の浦」の歌の「いとかく」に対して使われた「かづかぬ」（水中をくぐらぬ）は、〈濡れた袖〉が〈袖の涙〉の詩語であることをいっそう明瞭に裏付けている。さらに「伊勢島」も「一志の浦」も千載集初出の枕詞であるにもかかわらず、そのモデルとなった「伊勢の海」は、万葉集の「伊勢の海の沖つ白波花にもが包みて妹が家づとにせむ」（万葉、巻三・三〇六）、「伊勢の海の海人の島津が鮑玉取りて後もか恋の繁けけむ」（同、巻七・一三二二）という歌が示しているように、万葉集のなかで「海人」とともに詠まれたばかりか、すでに恋の表現として取り扱われていた。「伊勢の海人」自体も「伊勢の海人の朝菜夕菜に潜くといふ鮑の貝の片思ひにして」（同、巻十一・二七九八）のように、「片思ひ」の詩語として用いられた。それゆえ、両者とも古今集以来、恋歌に詠まれており、〈袖の涙〉と関連づけられた〈海人の袖〉の意味生成過程のモデルとさえ見なされるのである。

それに従って、「伊勢島や一志の浦の海人」の歌は、浦に潜る〈海人の袖〉と、「かづかぬ」時の「袖」すなわち「涙」で濡れた「袖」との比較にかぎられず、次のような詩的問いとしても受け取られる。《伊勢の海人の袖は、海に潜らなければ濡れないのだろうか》と。答えは、言うまでもなく、《海人の袖は、海に潜っても潜らなくても「涙」で濡れているのだ》であるが、問題は、歌枕の「ことば」としての面白さに重点をおいた平安末期の立場から「伊勢島や一志の浦」をどう解釈すればよいのかということである。

「一志の浦」は、この歌以来、主として〈伊勢島の海人〉とともに登場していることからすれば、その「名」に「一時」を掛けて、少しの間潜らなくても〈伊勢の海人の袖〉は「涙」で濡れているという誇張として捉えられるであろう。一方、「いせしまや」は、「狭し（せし）」を連想させるとともに、「寝（い）せしま」（寝ているうち）と「寝せじ」（寝ないだろう）という遊戯的な対立をも思い起こさせるのではないだろうか。いずれにしても、「玉藻刈る」のではなく「磯菜つむ」海人を詠んだ俊成の「けふとてや磯菜つむらん伊勢島や一志の浦の海人のをとめ子」（新古、雑秋中・一六一二）という歌も、後鳥羽院の「伊勢島やいちしの浦のあまをとめ春をむかへて袖やほすらむ」（後鳥羽院御集、六一二）という歌も、詩的戯れとして受け取られるので、「伊勢島や一志の浦」も、言葉遊びの対象になっていたにちがいないだろう。(19)

以上、「野島の浦」と「伊勢島や一志の浦」の再命名過程を吟味して、平安末期の文学における意味作用を特徴づける引用行為のパターンをたどってみたが、それは歌枕にかぎらず、他の表現のレベルでも見られる。たとえば、次の歌に登場する「ひさかたの月」という万葉語も再解釈されており、恋の表現としての〈袖の涙〉と関連づけられている。

ひさかたの月ゆえに[36]やは恋ひそめしながむればまづ濡るゝ袖かな　（寂超法師、恋五・九三〇）

「天」、「雨」、「月」の枕詞として用いられた「ひさかた」は、万葉集の数多くの歌に登場し、そして「ひさかたの月夜を清み梅の花心ひらけて我が思へる君」（紀女郎、巻八・一六六一）などの歌が示しているように、「ひさかたの月」は、具体的な映像を描写するとともに、〈恋ふる心〉を映し、その思いを伝えていくのである。

この伝統を受け継いだ平安時代の和歌においては、「ひさかたの月」は「心」を照らすことによってその思いの真と嘘を区別している。たとえば、「ひさかたの月」の登場率の最も高い拾遺集から、「久方の天照る月も隠れ行く何によそへて君を偲ばむ」（人麿、恋三・七八九）、「久方の月をさやけみもみぢ葉の濃さも薄さも分きつべらなり」（よみ人しらず、雑秋・一一二七）、「来ぬ人を下に待ちつゝ久方の月をあはれと言はぬ夜ぞなき」（貫之、雑賀・一一九五）などの例を挙げることができる。

一方、伊勢の「逢ひに逢ひて物思ふ頃の我が袖に宿る月さへ濡るゝ顔なる」（古今、恋五・七五六／後撰、雑四・一二七〇）という歌は、「月」と〈袖の涙〉を結び付けて、「月」が〈袖の涙〉に宿るようになったので、心を映すという詩的働きも〈袖の涙〉に移ったことを示している。

このような詩的伝統を踏まえた寂超法師の歌は、四人の法師の〈物思い〉の歌のシリーズ（九二七〜九三一）に入っているので、さらにその配列によっても意味づけられているが、この配列もまた詩的伝統の流れを反映している。「君やあらぬ我身やあらぬ」（俊恵法師、九二七）で始まる最初の歌は、業平の「月やあらぬ春や昔の春ならぬ……」を喚び起こし、シリーズの意味作用のパターンを確定している。続いて、二首目の歌（円位法師、九二八）は、「物思へどもかゝらぬ人もあるものを」と、歌ことばやその意味の〝掛かり方〟に注目をよせ、次の「なげゝとて月やはものを思はするかこち顔なる我涙かな」（九二九）という円位法師（西行法師）のもう一首の歌は、「月やあらぬ」

に「涙」を〝掛けて〟いる。《嘆けといって、月は物思いをさせるのだろうか、それとも月のせいでもないのに、それを言い訳にして私の涙が流れることだよ》と。

その次に並んでいる寂超法師の「ひさかたの月」の歌（九三〇）は、〈月か涙か〉という問いを、さらにそれらの詩的使用と結び付けている。「恋」に「濃」を、「始めし」に「染めし」を掛けて、忍ぶ思いをあらわす「涙」の機能を踏まえつつ、〈眺める〉と〈物思いにふける〉という「ながむ」の二つの意味を通して「涙」に「月」を付き添わせ、〈袖に宿る月〉を浮かび上がらせると同時に、「詠む（ながむ）」を連想させることによって、〈歌を詠む〉過程そのものに注目を促しているのである。それに従って、《ひさかたの月のせいだろうか、そうでもないだろうか、人を恋しはじめて（思いを濃い色に染めて）恋しい人の思いにふけると、先ず袖が濡れるのだよ》という解釈に、《「ひさかたの月」を宿したからだろうか、人を恋しはじめて、恋しい人の思いを詠むと、まず使われるのは〈濡るる袖〉なのだよ》という、歌ことばの使用を中心とした読みを付け加えることができる。

「袖」に包まれた「涙」の意味

〈袖濡る〉と同様に〈袖に包む〉という表現も〈袖の涙〉の意味生成のプロセスをたどり、詩的言語の展開を反映している。しかし、上に取り上げた歌が示しているように、〈袖濡る〉は他の歌ことばとの関連を通して〈袖の涙〉の詩化過程の伝播を書き印しているのに対して、〈袖に包む〉は「涙」の意味とその伝達に焦点を合わせている。「包めども」ではじまる千載集の三首の歌に前例を二首付け加えて、その意味作用の展開を追究してみよう。

包めども袖にたまらぬ白玉は人を見ぬめの涙なりけり　（古今、清行、恋二・五五六）
包めども涙の雨のしるければ恋する名をもふらしつるかな　（金葉、忠隆、恋上・三九四）
包めども涙に袖のあらはれて恋すと人に知られぬる哉　（千載、雅定、恋一・六四八）
包めどもたえ（へ）ぬ思ひになりぬれば問はず語りのせまほしき哉　（千載、成通、同・六四九）
包めども枕は恋を知りぬらん涙かゝらぬ夜半しなければ　（千載、雅通、恋三・八一二）

〈袖に涙を包む〉という発想は、〈体を包む〉と〈思いを包む〉という〈袖に包む〉の二つの意味を包み込んでいるので、「涙」に託された、身体の声と思いの声を響かせているが、次第に形式化されて、歌そのものの声もあらわすようになる。他方、〈包めども、包みきれない〉というモチーフは、〈袖の涙〉の伝達力に注目を寄せるとともに、既成の意味の脱構築を通して新しい意味を作り上げていくという、その意味作用のパターンを示してもいる。

安倍清行の歌は、「袖」の本来的な〈招魂〉の呪力を踏まえ、「見ぬめ」と「しら玉」との対立を通して、心の思いを〝知る〟という〈袖の涙〉の機能を示唆している。

金葉集の歌は、「涙の雨のしるければ」と、このような機能が共通の知識になったことを指摘し、「名をもふらしつる」と、〈思いを知る〉から〈思いを知らせる〉へというその変容を示している。

それに基づいて千載集の雅定の歌は、「つつむ」と「あらはる」を対比させることで、そもそも恋を隠すはずだった〈袖の涙〉がそれを顕すようになったと、〈袖に涙を包む〉の意味の逆転を書き印し、〈袖が涙に濡る〉ということはそこに包まれている忍ぶ思いが「知られぬる」ことであると、その詩的機能を顕在化している。すなわち、《包み隠そうとしても、「袖」に託された思いが「涙」を通してあらわれてくる（〈袖の涙〉の働きが共通の知識になった）ので、恋をしていることが人に知られてしまった》と。

〈袖の涙〉が「人に知られぬる」という詩的約束を顕在化したこの歌の直後に載っている成通の歌は、「袖」や「涙」を登場させないにもかかわらず、〈袖の涙〉に言及しているので、「問はず語りのせまほしき哉」と、〝問わず〟に語りはじめた〈袖の涙〉と関連づけられている。したがって、《包み隠そうとしても、思いがこらえきれなくなったのと同様に、「涙」もせき止められなくなったので、問わず語りの「涙」を以て、問わずに語りたくなった》という読みになる。[20]

そして、最後に引用した雅通の歌は、雅定と成通の歌を組み合わせ、「涙かゝらぬ夜半しなければ」と、訴えつづける「涙」の反復性に重点をおくことによって、〈思いを知らせる〉というその機能の一般化を強調している。詩的伝統に定着した「夜」と「世」との連想もそれを支えている。つまり、《包み隠そうとしても、手枕の袖は恋を知っているのだろう。涙がかからない夜がないのと同様に、涙がかからない思いもないからだ》と。

〈包みきれない涙〉の伝達力を書き印した「包めども」の類型のほかに、詩的伝統において〈袖に包む〉は、古今集の「うれしきを何につゝまむ唐衣たもとゆたかに裁てといはましを」（八六五）という歌以来、〈うれしさを包む〉という形式でも詠まれており、「涙」の意味と機能を宿しきれない〈せばき袖〉を連想させている。それゆえ、「袖」に包まれた「涙」の意味の纏めとして、この表現を踏まえた三首の歌を分析してみることにするが、その入集巻が恋歌と雑歌とに分けられているので、歌の分析を通して二つの巻における意味作用の差異も見えてくるであろう。

恋ひ〳〵て逢ふうれしさを包むべき袖は涙に朽ちはてにけり　（公衡、恋三・八〇八）
うれしさを返す〴〵もつゝむべき苔の袂の狭くもあるかな　（雅兼、雑中・一一五六）
うれしさをよその袖までつゝむ哉立ち帰りぬる天の羽衣　（季経、同・一一五七）

一首目の公衡の歌は、後拾遺集の「うれしさをけふは何にかつゝむらん朽ちはてにきと見えしたもとを」（孝善、雑四・一〇九四）という歌と、その歌が踏まえた拾遺集の「人知れぬ涙に袖は朽ちにけり逢ふよもあらば何に包まむ」（よみ人しらず、恋一・六七四）という歌を喚び起こし、〈人知れぬ思いを包み隠すべき袖〉と〈朽ち（口）ぬる袖〉との対立を通して、思いの伝達者としての〈袖の涙〉の機能が一般化されたことを指摘している。つまり、公衡の歌は、〈何に包むのだろうか〉という問いを通して〈袖の涙〉の伝達力、またそれをあらわす〈袖の朽ちぬ〉という表現に注目をよせる前例に続いて、「袖は涙に朽ちはてにけり」と、それが共通の知識になったことを主張している。したがって、《恋い続けてやっと逢える嬉しさを包むはずの袖は、今まで流した涙ですっかり朽ちてしまった》という解釈に、《恋い続けてやっと逢える時の嬉しさを包み隠すはずの「袖」は、今までの「涙」のせいで何もかも口に出してしまっていることだよ》というパロディ的な読みを付け加えることもできる。それは、ここまで試みた他の歌のパロディ的な読みと同様に、〈袖の涙〉が形式化され、詩的規準として働いていたことを証明している。また、前に取り上げた「かゝりける涙……袖よ朽ちはてねたゞ」（七〇七）などの歌と同じように、ミメティック・レベルとポエティック・レベルの〝重ね合い〟をも示している。つまり、朽ちてしまった袖は使えなくなるのと平行して、託された思いを〝口に出してしまう〟〈袖の涙〉も、恋しい人だけに〈忍ぶ思い〉を伝えるという詩的役割を果たせなくなったということである。

〈忍ぶ思いを包み隠す〉と〈うれしさを包む〉という二つの詩的使用の類型を踏まえ、恋を伝達するという〈袖の涙〉の機能を顕在化している公衡の恋歌とはちがって、二首の雑歌の意味作用は〈せばき袖〉に基づいているので、「包む」の意味も変わっている。

「袂の狭く」を登場させた一首目の雑歌（一一五七）は、「返すぐ〳〵」と、「涙」の様々な意味、およびその反復性を指し示す一方で、〈形見〉としての「袖」の本来的な観念を喚起してもいるので、その〈包む袖〉は、思いを〝隠す〟のではなく〟保存する〟「袖」である。《「涙」を返すがえすも包んできた「袖」は嬉しさも包むべきなのだが、感情を捨てた「苔の袂」さえも狭くて、それを包みきれないことだよ》と。

この歌の直後に置かれている二首目の雑歌は、「せばき袖」の問題を〟解決する〟方法として、「よその袖までつゝむ」という、後拾遺集の〈思いやりの涙〉を連想させる新しい表現を提出している。それに対応して、「立ち帰り」は、詞書の「還昇して侍りける人」に従って再び昇殿を許された人を示すばかりでなく、〈裁ち更へり〉を連想させることで、「袖」の新しい意味生成過程の徴としても捉えられる。すなわち、〈せばき袖〉や〈包む袖〉から、〈よその人の袖を濡らす思いやりの涙〉を通して、〈よその袖までつつむ〉へと。

一方、「天の羽衣」は、天上界の人を示し、昇殿を許されたなどのめでたいことを表すと同時に、『竹取物語』が語っているように、そもそもそれは悲しみも喜びも知らない天人の〈裁つこと知らぬ〉無縫の衣であった。したがって、〈裁ち更へりぬる天の羽衣〉は、〈袖の涙〉に託された思いは感情を知らない天人の心すら動かすことができるという意味になるのだが、「羽衣」のこのような変容が可能になったのは、詩的伝統のなかで〈織女の天の羽衣〉がすでに「涙」で濡れていたからである。[21]《「涙」で濡れている「袖」に宿しきれない嬉しさは、感情を知らない「袖」にまで伝わるのだよ。裁つことを知らない「天の羽衣」さえ〟裁ち更えて〟》と。

上に取り上げた三首の歌は、〈うれしさを袖に包む〉という詩的約束を踏まえ、「隠す」→「保存する」→「伝達する」と、〈袖に包む〉という表現の意味の移り変わりをたどることによって、〈袖の涙〉の詩化過程の展開をも反映している。つまり、忍ぶ思いの「涙」で濡れた「袖」は、ついに朽ちてしまい、その思いを伝えるようになる一方で、その思いを形見として保存してもいるので、だんだん〟狭く〟なり、託された「涙」で〟よその袖〟も濡らしはじめ、感情を知らない「天の羽衣」にさえ「涙」が伝わった、と。

「袖」に包まれた「涙」の意味作用と呼応して、次の「題不知」の歌も、〈悲しみの涙〉と〈嬉し涙〉の区別をこえて、詩的言語における「涙」の普遍的な役割を強調している。しかもそのメッセージは、歌のミメティック・レベルでもポエティック・レベルでも同じように意味づけられており、二つのレベルの〝重ね合い〟を示してもいる。

憂きよにも嬉しきよにも先に立つ涙は同じ涙なりけり　（顕方、雑中・一一一七）

この歌の本歌として「うれしきもうきも心はひとつにてわかれぬ物は涙なりけり」（後撰、よみ人しらず、雑二・一一八八）という歌が指摘されているが、〈AもBも（同じ）涙なりけり〉というその構造からすれば、「世の中の憂きもつらきも告げなくにまづ知る物はなみだなりけり」（古今、よみ人しらず、雑下・九四一）、「うすくこく衣の色は変れども同じ涙のかゝる袖かな」（後拾遺、平教成、哀傷・五九〇）などの歌もその前例として挙げられる。そして、すべての前例との大きな違いは、「先に立つ涙は同じ涙なりけり」という「涙」の反復であるので、歌の意味作用をそれに従って吟味すべきであろう。

「先に立つ涙」は、羇旅歌における〈別れの涙〉を想い起こさせると同時に、「先に立つ涙を道のしるべにて我こそ行きて言はまほしけれ」（後拾遺、読人不知、六〇三）という哀傷歌をも喚び起こし、「先に立つ涙」は「道のしるべ」であるというそのメッセージを浮かび上がらせてくれる。そこで、「道のしるべ」を、他界への道というこの哀傷歌の具体的な意味に絞らず、感情の道、また感情を詠む歌の道として捉えると、顕方の歌は、《憂き世にも嬉しき世にも先に立つ涙は、道のしるべになりうる涙なのである》と解釈できるようになる。

他方、「先に立つ」そのものに重点をおいて、また「涙」の反復を考慮すれば、歌は「涙」の比較、すなわち「涙」の詩化過程の展開の立場からも解読できるようになる。「先に立つ涙は同じ涙」であるが、その後の「涙」は変わっていく。つまり、感情の表現としての「涙」の機能には変わりはないが、それぞれ異なる感情を伝えていく「涙」の内容は変わっているという意味になる。

したがって、二つの解釈を組み合わせてみれば、「涙」の普遍性と多様性を示す次のようなメッセージを読み取ることができる。《憂き世にも嬉しき世にも先に立つ「涙」は、感情や歌の道のしるべである〈涙〉なのだが、それぞれ違う感情と内容を伝えていくなかで、「涙」の意味は多様化する》と。

袖書草紙 VII

「敷島の道」の力に訴えながら言葉それ自体に注目し、その潜在力を活発化させようとした千載和歌集において、〈袖の涙〉の登場率が顕著に高まってきたのは、それが他のどの表現よりも詩的言語の働きを書き印しているからだと思われる。

〈袖の涙〉は、自らの詩化過程を振り返りながら詩的言語の展開をも反映し、意味作用のメカニズムを解き明かす一方で、〈表現志向〉の平安文化においては詩的言語が主要な認知手段でもあるので、当代びとの形而上の思想を映し出してもいる。詩的言語のすべての次元に流れ込んだ〈袖の涙〉の無限の表現力とその使用の限界とのせめぎ合いは、世の中の儚さについて考えさせ、「今」と「此処」を超え出るような歌のメッセージを意味づけているのである。

「涙」は「涙」を喚ぶという、平安後半に広がった〈同情の涙〉と呼応して、「涙」の〈つみそへ〉や〈おきそへ〉は、意味生成の〝重ね〟の構造を顕示し、詩的伝統の連続性を示している。それに即して、「名残まで」濡れてしまった「袖」に寄り掛かる「浪」も、心の面影のみならず、〝詩的思い出〟をも浮かび上がらせ、平安末期のテクストを特徴づける引用行為のパターンを書き印している。

また、〈今日の涙〉と〈昨日の濡れた袖〉との対比は、差延としての意味生成のプロセスを指摘しており、既成の意味のパロディ化は詩的カノンを裏付けている。そして、〈しがらみを越えた涙川〉という発想も、このような脱構築的な意味作用の象徴として捉えられる。

差延の明示的な例として、万葉集の歌枕の再解釈、またその歌枕をモデルとした新しい歌枕の「再命名」の過程が挙げられる。金葉集の「高師の浦」や詞花集の「清見が関」と「衣の関」に続いて、千載集においてもこの過程は〈袖の涙〉と関連づけられ、〈袖の涙〉を通して行われている。それは、〈袖の涙〉がたんに心の表現であるだけでなくその象徴でもあり、他方、心を表現することが詩的言語の展開を動かす主導的な力となっているためである。また、淡路（逢はじ）から近江（逢ふ身）へ所在を移した「野島が崎」が示しているように、歌枕の再解釈と再命名は、〈袖の涙〉の詩化過程の流れに従っているので、詩的言語の自己言及の働きとも結び付けられ、〈袖の涙〉がその働きを担わされたことを顕示してもいる。

千載集以前の勅撰集と同様に、〈袖の涙〉の意味と機能の変容、またその変容が映し出している詩的言語の特徴は、〈涙の色〉を通してあらわれる。まず「袖の色」という歌語の定着は、「心の色」→「涙の色」→「袖の色」という〈袖の涙〉の詩化過程をたどり、「人の心を種」とした和歌におけるその役割を顕在化している。一方、八代集における「からくれなゐの涙」の唯一の登場は、「色も見すべき」と、「血涙」に由来する中国詩の「紅涙」と、〈色に出づ〉という発想に即して発達した〈袖の涙の色〉との差異に注目すると同時に、〈涙の色〉、「しほれし袖」、「袖も朽ちはてぬ」の詩的機能の類似性をも顕示している。

〈包めども袖にたまらぬ〉という発想の流れも、「袖の（涙の）色」や〈しがらみをこえた涙川〉と呼応して、〈体を包む〉→〈思いを包む〉→〈意味作用を包む〉という〈袖の涙〉の詩化過程の展開を振り返っており、〈うれしさをつつむべき袖〉を取り上げた歌は、〈隠す〉→〈保存する〉→〈伝達する〉という〈袖の涙〉の詩的役割のみならず、詩的言語の働きそれ自体も解き明かしている。

そもそも〈濡れた袖〉の指示的意味と詩的意味を区別し、〈袖の涙〉の詩化過程に焦点をあてる「海人の袖」も、恋の表徴としての〈袖の涙〉によって〝条件づけられた〟歌枕の「再解釈」の〈場〉になっているとともに、「潮たる」、「しほる」、「しぼる」の連想のネットワークを通して、詩的コミュニケーションそれ自体を例示するという〈袖の涙〉の働きを明示してもいる。また、「潮たる」の「垂る」が「垂づ（しづ）」を喚び起こしているのと同様に、「袖のしづく」の働きも「潮たる」、「しほる」、「しぼる」の連鎖と呼応して、〈袖の涙〉の顕示的な役割を物語っている。一方、「しづむ」が「垂づ」や「しづく」と響き合いながら、〈涙川に身を流す→沈む〉という意味作用をも踏まえているので、「涙の底に身は沈む」と〈空に浮く心〉（九四七）との対比は、歌に詠まれた感情の深さを示すとともに、その感情をあらわす〈袖の涙〉の無限の表現力をも示唆している。

このように、歌ことばの詩的潜在力および詩的伝統のなかで定着したその連想のネットワークを活発化させた千載集においては、〈袖の涙〉のすべての詩語が絡み合い、機能的に関連づけられて、自らの詩化過程を振り返ると同時に、詩的言語の展開そのものを顕示している。それは、「人の心を種」とした平安時代の和歌のなかに「心」の表現が主導的な役割をはたし、他方、〈袖の涙〉が心の象徴として意味づけられ、よろずの表現の規準として働くようになったからである。それゆえ、詩的言語の自己言及の機能を担わされ、その認知手段としての働きを反映するようになった〈袖の涙〉を通して、当代びとの哲学が見えてくるのだが、それは、次に試みる新古今集の考察を通して追究していくことにしたい。

新古今和歌集

平安時代の詩的流れの「栅」となった新古今集は、その「涙」のながれも集めてきた。〈袖の涙〉を踏まえた歌の数は三六〇首以上にものぼり、全歌数の二割近くを占めている。さらに〈木の葉のしたに色変わる〉など、詩的約束に従って「涙」に言及している表現も付け加えれば、詩的言語が〝ひたすらに〟「涙」で濡れてしまったことがわかる。

その主要な理由は、意味生成過程が詩的伝統の内なる空間に集中し、引用がその主要な手段になったなかで、〈袖の涙〉の詩的反映力がきわめて重要な役割をはたすようになったことにあると思われる。まず「涙」を通して、〈袖の涙〉の様々な表現とそのネットワークの意味作用の過程が〈見える〉ようになる。さらに「涙」は、詩的言語の展開を反映しながら、既成の意味の脱構築や規準のパロディ化、歌ことばの詩的意味と指示的意味との往復、本歌取りなどの詩的技法を〈見せる〉のである。そして、〈なかるゝ涙〉が〈ながるゝ墨〉と合流することによって、仮名文字の映像（graphic image）のメタファーとしての〈袖の涙〉の機能も顕在化され、〈書く〉行為を書き徴すその総合的な働きが明瞭に〈見られる〉ようになる。

詩的言語をコミュニケーションの主要な手段とした王朝びとにとっては、歌の内容志向の読みが必然的な条件だったにちがいない。しかし、詩的カノンが定着するにつれて、表現志向の読みが主導的な役割をはたし、新しい内容はそれを通して意味づけられるようになる。さらに、千載集について見たように、歌のミメティック・レベルでの意味とポエティック・レベルでの意味が重ね合わされていくことによって、メタ詩的レベルでの意味作用が〈裏〉から〈表〉にあらわれ、歌のメッセージを特徴づけるようになる。しかも、平安初期の歌においてはそれがコード設定の役割を果たしているのに対して、平安末期においては歌ことばの詩化過程と意味の変化についての説明を与えることによって、平安文化における意味生成のパターンを解き明かし、当代びとの形而上的な思想を描き出すようになる。

ここまで試みた分析が示しているように、心の表現として定着した〈袖の涙〉の詩化過程は、「人の心を種」とした歌の展開と平行して、詩的伝統の流れそのものと絡まり合ってきたので、〈袖の涙〉は他のどの表現よりも詩的言語の機能を反映しているが、それらの機能は区別できるとしても分解はできない。それゆえ、新古今集における〈袖の涙〉の考察は、小見出しをもって分割せずに、連想の連綿的な流れに従った方が適当であると思われる。しかし、それではあまりにも研究の〝常識〟と対立するので、やむをえず、いくつかの節に分けることにする。

新古今集初出の〈袖の涙〉の歌語

(イ)〝むすばれた〟意味をとく「涙のつらら」

新古今集に登場する〈袖の涙〉の表現のなかには、「時雨」、「露」などの伝統的な詩語や、「袖の色」のような、〈袖の涙〉の詩化過程に沿って定着した歌語のほか、八代集初登場のものも見られる。そのうちの一つは、平安初期から使われている〈涙のこほり〉を踏まえた「涙のつらら」である。

類義語と見なされるこの二つの表現の差異は、〈袖の涙〉の詩化過程の展開を提示している。「涙の玉」を連想させる〈涙のこほり〉に対して、「涙のつらら（垂氷）」は「潮たるゝ袖」などを喚び起こし、「涙」の流れを強調しながら詩的言語におけるその意味作用の連続性を象徴していると思われる。こうした二つの違いは、それぞれが響き合う言葉によっても印づけられている。つまり、「こほる」が「こぼる」を連想させるのに対して、「つらら」は「つら（列→連）」を想い起こさせるのである。また、「面」というもう一つの連想は、心の思い、あるいは〈涙のこほり〉に包含された意味を、〝表面化〟するという「涙のつらら」の詩的働きとも平行していると考えられる。

「涙のつらら」自体は新古今集初出の歌語であるが、金葉集に初登場する「つららゐる」は、「涙」の歌群（六九三〜六九六）に入っている「山里の思ひかけぢにつらゝゐてとくる心のかたげなるかな」（経忠、六九五）という歌が示しているように、「溶く」に「解く」をかけて、「とくる心」をあらわしている。一方、それがそもそも「涙のこほり」に潜在している詩的意味なので、「涙のつらら」は「涙のこほり」を顕在化する表現として捉えられる。したがって、俊頼などを困らせた「鶯のこほれる涙」を下敷きにした次の歌も、このような観点から分析してみることができる。

鶯の涙のつらゝうちとけて古巣ながらや春をしるらん　（惟明親王、春上・三一）

本歌　雪の内に春はきにけり鶯のこほれるなみだいまやとくらむ　（古今、春上・四）

《鶯の涙の氷はとけたが、古巣に籠もったままで、春（が来たこと）を知っているのだろうか》という内容の新古今集の歌は、本歌の《春が来たので、鶯のこおった涙も溶けるだろうか》という意味を逆転させているが、これは指示レベルと詩的レベルとの逆転でもあるので、〈鶯の涙の氷〉という表現そのものに重点をおく結果になる。

本歌取りの本質とも呼ばれうる詩的戯れの精神をさらに生かし、言葉を異化してみれば、「降る」（降る涙）と「経る」（年を経る）を喚起する「古巣」を〈古い伝統〉と見なし、「春」に「晴る」をかけることもできる。また、上に取り上げた「つらら」の連想をも考慮すれば、この本歌取りの歌は、本歌の「鶯のこほれる涙」をめぐる問題の纏めとして読み取れる。すなわち、《詩的伝統の流れにしたがって、〈裏〉の意味が〈表〉にあらわれてきたので、「鶯のこほれるなみだ」の謎もやっと解けたのだ。昔のままであれば、晴れてこなかっただろう》と。

それと呼応して、俊成の「年くれし涙のつらゝとけにけり苔の袖にも春やたつらん」（雑上・一四三六）という歌も、思いの〝固まり〟の表現としての〈涙の氷〉の解釈と結び付けられ、「苔の衣」は、〈とけた涙のつらら〉の流れが、〝心なき身〟にも及んだことの印として捉えられる。《長い年月の流れのなかで心の戸惑いの〈涙の氷〉がとけると、苔の袖にも春が訪れて、心が晴れてくるだろう》と。

「涙のつらら」の例は上に引用した二首の歌に限られているが、〈袖の涙〉の「氷」を踏まえた歌は十首以上もある。そして、藤原良経の次のシリーズが示しているように、その歌における意味作用の過程を発動させるのは〈むすぶ／とく〉という対立である。

きえかへり岩間にまよふ水のあは《わ》のしばし宿かるうす氷かな　（冬・六三二）
枕にも袖にも涙つらゝゐてむすばぬ夢をとふ嵐かな　（六三三）
みなかみやたえぐ〳〵こほる岩間より清滝河にのこる白浪　（六三四）
かたしきの袖の氷もむすぼほれとけて寝ぬ夜の夢ぞみじかき　（六三五）

この四首の歌は、心の思いから仏教思想に至るまで、様々な観点から解釈できるが、それを可能にしているのは、〈袖の涙〉のネットワークの〝詩的記憶〟である。「水のあは《わ》」、「氷」、「涙つらゝゐて」、「みなかみ（涙川）」、「清滝河」、「白浪」、「袖の氷」などの歌ことばは、〈消える→迷ふ→結ばぬ→問ふ→残る→結ぶ→解ける〉という、〈心の思ひ〉や詩的議論の〝迷い〟をたどる対立関係によって結ばれ、「岩間」は〈言ふ／言はむ／言はぬ〉を、「白浪」は〈知る／知らぬ／知らせる〉という連想の過程を発動させる。それに従って、四首を連続的に読んでみれば、詩的言語における〈袖の涙〉の記号化過程を省みる次のようなストーリーを読み取ることができる。すなわち、

《言えない思いに迷う、泡のような世の中は、たよりになりうる氷が薄くて、夢が結ばれないほど儚いものである。だから、「枕」（男女関係）にも、「袖」（身体と心の様々な問題）にも「涙のつらら」がかかっているが、清滝のような「涙川」の水上から絶え間なく流れかかる「白浪」は、それを知りうるための手がかりになり、「言わぬ」ことを知らせてくれる。結ばれた氷がいつか溶けるのと同じように、「袖のつらら」のなかで結ばれた意味が解ける時も来るので、〝迷い〟の夢は短いものであろう》と。[1]

(ロ)〝不知〟をしらせる「袖の淵」

「袖の淵」も新古今集初出の詩語だが、「涙のつらら」が主として平安末期の歌人の歌に詠まれたのに対して、「袖の淵」は後拾遺集の歌人である相模の歌に登場する。しかし、新古今集に取り入れられたこの歌は、後拾遺集以降の詩的声の余韻を漂わせており、詩的伝統の再解釈が本歌取りの技法に限られず、意味作用の一般的な原則であることを示している。

流れ出でんうき名にしばしよどむかな求めぬ袖の淵はあれども　（恋五・一三九五）

新古今集において「題しらず」になっているこの歌には、相模集のなかでは「この人に淵など尋ねおきて逢はむといひしかば」という詞書が付いている。詞書がはずされたのは、そこに入っている説明がいらなくなったからである

とも考えられるが、前に述べたように、本来「題しらず」は、題が知られていないというよりも、〈題を考えよ〉という指標として働き、歌の表現に注目を促すものである。それに従って、新古今集の「題しらず」は、さらに〈題を考え直せ〉と呼びかけており、歌の再解釈の印として働きかけていると考えられる。

そもそも相模の歌は、後撰集の「**涙河身投ぐばかりの淵はあれど氷とけねばゆく方もなし**」（四九四）、「**淵ながら人通はさじ涙河渡らば浅き瀬をもこそ見れ**」（九四七）などの前例を踏まえ、そこに内包されている「氷」対「ゆく方」、「淵」対「瀬」という対立に、さらに「よどむ」対「流る」を付け加えている。

一方、新古今集に再登場した相模の歌は、〈詠み〉と〈読み〉との差延のおかげで、実際に詠まれた時以降の詩的伝統の流れも反映するようになる。なかでも、金葉集の「**谷川のよどみに結ぶ氷こそ見る人もなき鏡なりけれ**」（冬・二七二）という歌は、「よどみに結ぶ氷」を「鏡」に譬えて、「見る人もなき」と対立させており、また、同じ金葉集の「**涙川袖のゐせきも朽ちはてて淀むかたなき恋もするかな**」（恋上・三七七）という「題しらず」の歌の「淀むかたなき」も、〈留まるかたなき〉と〈見る／見えるかたなき〉との対立として捉えられる。それに従って、相模の「求めぬ袖の淵」は、「涙川……ゆく方もなし」、「見る人もなき」、「淀むかたなき」という詩的連想の連続と繋がり、歌は、情熱的な恋にとどまらず、恋のメッセージの伝達についての議論としても解釈できるようになる。つまり、《涙川は絶え間なく流れ出るが、「うき名」の〝浮く〟のために、よどむかのように見えるのだろうか。〈よどみの鏡〉を「見る人もな」いのと同様に、「涙川」にもだれも求めぬ「袖の淵」があるのに》と。

このように、新古今集以前の歌であっても、新古今集のなかに取り入れられると、時代の移り変わりを反映しながら、作歌当時とは異なる意味をも担わされ、再解釈すなわち差異化＝再異化の対象になる。しかし、それは、そもそもその歌になかった意味を〝押しつける〟のではなく、歌の潜在的な意味を顕在化することである。言い換えれば、新古今集以前の撰歌は、詩的言語の働きに重点をおいた新古今集の立場に従って、再解釈の可能性のために選ばれたと考えられ、詩的言語の展開を顕示する働きをしている。次に、いくつかの例を通して、このような再解釈による意味生成を吟味してみよう。

差異化＝再異化としての〈袖の涙〉の伝統的な詩語の再解釈

新古今集以前の時代からの撰歌は、大きく次の二つに分けられるように思われる。つまり、秀歌と評価され、従うべきと考えられた規範的な歌と、本歌にならなくても新古今集歌壇の詩的思想と呼応している歌という二つであるが、いずれも、詩的伝統の展開を概念化しようとした新古今集の主導的な傾向の枠内で働いているので、その再解釈は新古今集の主要な技法を顕示している。

たとえば、『伊勢物語』（第六段）にも載っている次の歌は、歌の詩的レベルと指示的レベルとの往復の例として取り上げうる。

白玉かなにぞと人のとひし時つゆとこたへて消なまし物を　（業平、哀傷・八五一）

『伊勢物語』の文脈のもとではこの歌は十分な〝実体性〟をもっているが、文脈からはずされると、「白玉か何ぞと人の問ひし時露と答へて」という言葉は、『俊頼髄脳』の「草むらの露をば、つらととのはぬ玉かとおぼめき、風にこぼるるをば、袖の涙になし」という説明に劣らないほど、「似物」すなわち「涙」の見立て過程を明示するようになる。(2)「消なまし物を」も、歌ことばの「露」から自然の露へと視線を移すことで、その二つの意味を区別し、「露」

も「白玉」も「涙」の隠喩であることをさらに強調している。《白玉か何だろうか、と人が尋ねた時、「涙の露」ではなく、草葉の露と答えて、露のように消えてしまえばよかったのに》と。

この歌を踏まえた「白玉か露かと問はん人もがなもの思ふ袖をさして答へん」（恋二・一一一二）という、後拾遺集の歌人である元真の歌の（メタ）詩的メッセージは、新古今集のコンテクストのなかでいっそう明示的になり、教科書に載せうるほどの、〈袖の涙〉の隠喩としての「白玉」と「露」の定義的用法を提供している。「題しらず」の印も、この歌が詩語に関しての説明であることを示し、〈問いと応え〉の構造もそれと呼応している。つまり、《白玉か露かと聞いてくれる人があれば、「もの思ふ袖」すなわち〈物思ふ涙〉で濡れた「袖」を指して、これだと答えよう》と。

右の歌が示しているように、〈問いと答え〉の技法は、歌ことばの意味や用法を明らかにするとともに、読者を詩的会話に招き寄せるゲームでもある。「玉」→「涙」←「露」を取り上げた次の歌も類例的な役割をはたしており、それもやはり「題しらず」の歌のシリーズ（四五四〜四六五）に入っている。

草葉にはたまとみえつゝわび人の袖の涙の秋のしら露
（道真、秋下・四六一）

「草葉の露」という歌語の「露」を「玉」と置き換え、「白玉」に倣って「しら露」を登場させたこの歌は、「袖の涙」という、このような置換を根拠づける表現のみならず、「見えつゝ」という、その根拠すら指摘しているので、見立て過程それ自体を書き印していると言える。すなわち、《草葉におく露が、しだいに「玉」に見えるようになったのは、わび人の〝あき〟（秋の寂しさ、飽きの辛さ）を知らせる「袖の涙」の「しら露」の意味を担わされたからだ》と。

日本語では、和歌ばかりでなく日常語においても、英語などの西洋語とはちがって、"as"や"like"のような譬えを示す言葉があまり使われないので、見立て過程は自然に〝流れて〟いる。言い換えれば、見立ての対象は、平行しているというよりも、一つの流れをなしているのである。したがって、「とぞ見る」、「とぞする」などの言葉の使用は、文法的な必然性ではなく、見立てに注目する必要性によるものであると考えられる。そして、これらの言葉は、詩化過程の初期においては特定の見立ての定着を目的としているのに対して、その見立てが詩的約束になってからは、顕示的な役割をはたしている。道真の歌は、「袖の涙の秋のしら露」と、「玉と見えつゝ」という、見立て過程の二つの印し方を使ったのだが、「見えつゝ」を使わなくても、すなわち〈草葉には玉とおきしはわび人の袖の涙の秋のしら露〉などと詠んでも、草葉におく露を玉に譬えた、という内容は変わらない。したがって、「見えつゝ」は、それ以外の役割を果たしているのであり、しかも、平安朝初期と末期におけるその役割は異なっていると考えられる。つまり、道真の歌が詠まれた当時、「見えつゝ」は、「涙」の隠喩としての「玉」と「露」の使用に注目を促していたのに対して、新古今集における再登場の場合には、それが読者に見立てを共感させるための働きをしていると思われる。

他方、このように見立て過程に参加する言葉を連ねることは、襲衣の〈縦〉の重ねを〈横〉に並べ表示する〈袖口〉を想い起こさせ、特定の詩語を取り上げた歌のシリーズの働きとも呼応しているので、これを〈配列的なメタファー〉と呼びうるだろう。道真の歌のほかに、「春雨」、「落つる涙」、「花の散る」を並べた「春雨のそほふる空のをやみせず落つる涙に花ぞ散りける」（春下・一一九）という重之（後拾遺集の歌人）の歌や、また、平安時代後半における〈袖の涙〉の詩化過程の伝播を指し示す〈木の葉のしぐれ〉↓〈袖の涙（の色）〉という譬えに注目を促した「時雨ふる冬の木の葉のかは《わ》かずぞもの思ふ人の袖はありける」（読人しらず、恋一・一〇五四）という歌なども挙げられる。そのいずれも「題しらず」になっていることは再解釈への印として受け取られるし、「読人しらず」という文字遣いも、道真の歌における「見えつゝ」の働きの変化と呼応して、作者から読者へと視点を移動させ、歌の（再）解釈が「読人」によって変わっていくことを示唆しているように思われる。

上に引用した業平、元真、道真の歌は、それぞれ異なる技法を使って、〈袖の涙〉の隠喩としての「露」と「玉」の詩的働きを顕在化していたのに対して、出家した中宮彰子と枇杷皇太后宮（妍子）との間に交わされた次の贈答歌は、「衣の玉」という表現を取り上げ、その仏教的な意味と詩的意味の〝見間違い〟の問題に迫っている。

かはるらん衣の色を思ひやるなみだや裏の玉にまがはん　（妍子、雑下・一七一四）

まがふらん衣の玉に乱れつゝなを《ほ》まださめぬ心ちこそすれ　（彰子、一七一五）

「かはる」、「まがふ」、「乱れつゝ」を以て〈衣の（裏の）玉〉の両義的な意味に注目を促しているこの贈答歌は、そのどちらの解釈を選ぶかは視点（「衣の色」）によると示唆しているが、〈袖の涙の玉〉↓〈衣の裏の珠〉↓〈袖の涙の玉〉という往復は、「衣の玉」の詩的使用が必ず「涙」に言及することを示していると思われる。つまり、《変わっているでしょう、「衣の玉」は。衣の色を変えたあなたは、この「思ひやるなみだ」を〈衣の裏の珠〉と見間違うのでしょうか》という妍子の問いに、彰子は、出家した後も〈涙の玉〉を忘れることができないと答えている。すなわち、《おっしゃる通りです。見間違えるでしょう。乱れている私の心は、いまだ覚めず、衣の裏の「宝珠」に〈涙の玉〉がかかっているような気がします》と。

上に取り上げた歌はいずれも新古今集撰進以前の歌であるにもかかわらず、そこに使われた、詩的レベルと指示的レベルとの往復、問いと答えのゲーム、〈配列的なメタファー〉、歌ことばの往復的な〝意味のひっくり返し〟などは、新古今集における意味作用の技法であり、詩的言語のメタ詩的働きを提示している。その技法の一覧の纏めとして、本歌取りの歌とその本歌を登場させた〈露のまがい〉の小歌群を考察し、本歌取りの働きを吟味してみたい。

思ひあれば露は袂にまがふとも秋のはじめをたれに問はまし　（七条院大納言、雑上・一四九六）
袖の浦の浪ふきかへす秋風に雲の上まですゞしからなん　（中務、一四九七）
秋や来る露やまがふと思ふまであるは涙のふるにぞ有りける　（有常、一四九八）

〈袖の涙〉のシリーズ（一四九一〜一四九八）を結ぶこの小歌群は、最初の歌が本歌取りで、最後の歌がその本歌（『伊勢物語』の第十六段）であるというように、本歌取りの歌とその本歌を〝置き換えた〟ものである。このような配列は、詩的伝統に遡ってその展開を省みるという新古今集の狙いを象徴するとともに、本歌取りによって本歌そのものも再解釈されることを示している。

大納言の歌は、「秋や来る露やまがふ」という、「露」→「涙」の見立て過程の初期段階を踏まえた本歌に対して、「露は袂にまがふ」、すなわち《露は袂の涙と混じる》と、「露」が「涙」の隠喩として定着したことを示し、「思ひあれば」（物思いをすれば、物思いをしているので）というその理由を明示している。一方、「とも」というたった二文字がその詩的約束をひっくり返してもいるので、意味作用は、指示レベル→詩的レベル→二次的指示レベルという〝往復〟として形成され、その二次的指示レベルは、「恋の涙」を内包し、しかもそれに絞られない「露」の差異化の過程を刻印している。すなわち、《物思いをしている時の露は袂を濡らす恋の涙に譬えられるが、それにしても〈秋のはじめ〉をだれに尋ねればよいのだろう》と。

それに対応して、仲介役を果たす中務（後撰集の歌人）の歌の「袖の浦の浪ふきかへす秋風」は、〈袖の涙〉の既定の意味をひっくり返す「秋風」と解釈され、「浪」は本歌取りの働きの象徴と見なされる。そして、「雲の上まで」は、〝雲〟まで広がった詩的言語の意味作用の範囲を示すアレゴリーとして捉えられる。

このような登場順のおかげで、一首目の本歌取りの歌の後に並んでいるその本歌の意味も変わってくる。〈露→涙〉という見立て過程を示唆する初登場の時（『伊勢物語』の第十六段）の意味から、人間関係も秋の寂しさも表現できる「涙」の総合的な働きを纏めた意味（再解釈）へと。《秋が来て露が置いたのだろうか、それとも秋の露ではなく〈袖の露〉が置いたのだろうか、区別できなくなるほど、年月の流れとともに「涙」が降りつづけたので、そのいずれの意味も「涙」にあるのだよ》と。

このように、本歌取りの歌とその本歌を並べたこの三首の配列は、本歌取りの〈秋風の吹きかえし〉のような往復的な働きを顕示している。本歌を踏まえた歌は本歌から出発して新しいメッセージを作り出していくが、その過程のなかで本歌が詠まれた当時にははっきり見えなかった連想と意味が喚び起こされ、本歌の再解釈の可能性が生まれてくる。しかもその再解釈は、本歌の潜在力を生かすとともに、他の数多くの歌から織りなされる詩的伝統の流れをも鏡のように反映しているので、本歌を異化した再解釈、すなわち差異化＝再異化の過程として意味づけられる。

他方、本歌取りによる本歌の再解釈は、本歌にかぎらず、その当時の他の歌を考え直すための手がかりにもなっている。また、本歌取りの歌の意味生成過程は、それと同じ時代に詠まれた他の歌へのアプローチの参考にもなりうる。またさらに、本歌取りの過程のなかで連想される第三者の歌も、再解釈の過程に巻き込まれてくる。つまり、本歌取りは二つか三つの歌にとどまらず、再解釈の連続的過程を発動させる脱構築的な行為なのである。言い換えれば、本歌取りの働きは、「間テクスト性」（intertextuality）などの用語で知られる引用行為の模範的な例として捉えられるほど、その主要な原則をよくあらわしている。(3)

これまでに引用した新古今集の歌は、詞書が付いているものもあったにもかかわらず、詞書を考慮せずに分析してきたので、その理由についてここで簡単に説明しておきたい。新古今集以前の勅撰集の分析のなかで触れたように、歌における意味作用の変化に伴って、また詩的言語の展開に従って詞書の働きも変わっていく。三代集においてはそれが、歌の具体的な〈場〉を特定し、歌ことばの使用の規準を作り上げるという、詩的コード設定の役割を果たしているが、詩的カノンが定着するにつれて、詞書は表現そのものに焦点を合わせるようになり、金葉集の分析のなかで取り上げたほとんどの歌の詞書が「恋といへることをよめる」などのように、「よめる」でおわっていたことは、それを示している。そして、詩的カノンに対応して歌ことばのネットワークが完成され、詩的言語によって表現できない事物がほとんどなくなった平安末期においては、詞書は主としてその無限にちかい表現力を制限し特定の内容に絞るための働きをするようになった。その例の一つとして次の歌を考察してみよう。

袖ぬらす萩のうはばのつゆばかり昔わすれぬ虫の音ぞする　（忠実、哀傷・七八四）

詩的伝統に従って〈袖の涙〉に言及している「萩のうはばの露」は、〈涙の色〉を連想させる〈萩のうはばのしぐれ〉を喚起するとともに、〈はかなさ〉という〈袖の涙〉の新しい意味を示唆しており、「袖ぬらす」は、〈袖の涙〉の意味の変容に焦点をあてる「袖濡る」とはちがって、その詩化過程の伝播、すなわち他の歌ことばの意味を変えるというその働きに注目を促している。さらに、〈萩のしぐれ〉→〈萩の露〉が平安時代後半に定着した〈袖の涙〉の詩語であるのに対して、「虫の音（涙）」がその初期の段階にあたる詩語であることから、歌は両者の比較としても解釈できる。《「袖を濡らす」と言えば、今の「萩のうはばの露」に劣らないほど、昔の忘れられない「虫の音」があるる》と。

あるいは、これらの詩語があらわす感情に重点をおけば、《袖を濡らす「萩のうはばの露」は、世の中の寂しさと僥さを覚えさせるので、昔の忘れられない「虫の音」の孤独な響きを想い起こさせてもいる》と、解釈をさらに具体化することができる。

このような広い意味範囲に及ぶ歌を一つの特定の内容に絞るためには、詞書が必要であるにちがいない。また、〈内容志向〉の読みのためにはその詞書も読み込まれなければならない。したがって、「従一位源師子（作者忠実の妻）かくれ侍りて、宇治より新少将がもとにつかはしける」というこの歌の詞書に解釈を合わせてみれば、次のような長い説明が出てくる。「傍らに立つと、袖をぬらす萩の上葉の露。その露にぬれて悲しげに鳴く虫の声が聞こえる秋、わたしも、妻とともに暮らした昔を、つゆばかりも忘れず、袖をぬらし声をあげて泣いているのです」（新日本古典文学大系）と。

〈袖の涙〉のメタ詩的機能（A）――詩的伝統の流れを書き印す〈袖の涙〉

上に引用した業平（八五一）、元真（一一一二）、七条院大納言（一四九六）などの歌の〈問い〉の形は、王朝びとにとって歌が集団ゲームだったことを示すものであるとともに、詩的言語の働きを顕在化する主要な技法の一つでもあったにちがいない。それは、古今集の「音になきて濆ちにしかども春雨にぬれにし袖と問はばこたへん」（五七七）などの歌で使われ、後拾遺集以降、〈袖の涙〉の詩化過程の展開に注目を促す手段としてパターン化するので、〈問い〉の歌だけを通してその過程をたどることもできるし、また、それぞれの勅撰集の重点と狙いも把握できる。新古今集は、〈袖の涙〉の特定の詩語を問うそれ以前の勅撰集とはちがって、主として思いを語る〈袖の涙〉の総合的な働きを問うているが、その問い方が、「問はぬ」、「問ひし」、「問はば」、「問ふらん」、「問はまし」、「問へかし」、「言問へ」、「問ふまで」などと、きわめて多様であることは、その働きの範囲の広さを示している。

なにごとを思ふ人ぞと人問はばこたへぬさきに袖ぞぬるべき　（慈円、雑下・一七五四）

めずらしく「人」を二回も登場させたこの歌は、人と人とのコミュニケーションそのものを取り上げており、「こたへぬさきに袖ぞぬるべき」とは、コミュニケーションの手段としての〈袖の涙〉の役割を纏めるものである。つまり、《何を思っているのだろうかと人が人に尋ねたら、答える前に袖が濡れるべきだ》と。

八代集のどの歌より〈言の葉〉の〝代理〟としての〈袖の涙〉の詩的機能を顕示しているこの歌のメッセージがはっきりと伝わるのは、「袖朽ちぬ」、「袖のしづく」などの伝統のおかげでもあるが、その伝統の顕在的な例としては次の歌が挙げられる。

もの思ふといはぬばかりはしのぶともいかゞはすべき袖のしづくを　（顕仲、恋二・一〇九二）

この歌は、〈忍ぶ（包み隠す）〉対〈言ふ〉、〈言ふ〉対〈忍ぶ（耐える）〉という対立を「いはぬ」によって解消すると同時に、「いはぬ」をさらに「袖のしづく」と対立させることによって、抑えられなくなった「涙」を漏らすという「袖のしづく」の詩的意味の生成過程を解き明かし、〈袖の涙〉の伝達力を強調した詩的カノンの働きを促している。すなわち、《思いを隠そうとして、たとえ言葉を抑えることができても、どうしたらいいのだろうか、「袖のしづく」を》と。

金葉集の歌人によって詠まれたこの歌が新古今集に選ばれたのは、物思いの「涙」を漏らす「袖」という発想が、詩的伝統を振り返ろうとする新古今集の趣旨に適合しているからだと思われる。たとえば、「黄楊（つげ）」に「告げ」をかけて、〈涙をもらす袖（枕、床）〉が〈恋を告げる〉ことを示している式子内親王の「**わが恋は知る人もなし**

いる。

ているが、問いは、詩的コミュニケーションの手段としての機能から詩的メッセージのやりとりに焦点を移動させて

次の二首も、「森」→「漏り」という連想、また〈つつむ〉対〈言ふ〉という対立を通して〈告ぐる涙〉を踏まえ

堰く床の涙もらすなつげの枕」（恋一・一〇三六）という歌は、その代表的な例の一つとして挙げられる。

うつせみのなく音やよそにもりの露ほしあへぬ袖を人の問ふまで　（良経、恋一・一〇三一）

思ひあれば袖に蛍をつゝみてもいはばや物を問ふ人はなし　（寂蓮、一〇三二）

良経が下敷きにした「うつせみの羽にをく露の木がくれて忍びしのびに濡るゝ袖かな」という本歌は、『伊勢集』にも『源氏物語』（空蟬）にも載っているので、きわめて有名だったにちがいない。一方、新古今集に入っている良経の他の「涙」の歌からすれば、彼が詩的カノンをひっくり返そうとしている、歌遊びの名人だったと判断できるので、有名な本歌を踏まえたこの歌も詩的議論の観点から考察すべきであろう。

「よそ」は、「うつせみのなく音」の〝よそ〟の意味、すなわち〈悲しみの涙〉以外の意味の可能性を指摘し、「もり」は、本歌の「忍ぶ恋」を喚び起こしながら、〈忍ぶ思い〉から歌ことばの詩的意味や機能までを〝漏らす〟ようになった〈袖の涙〉の顕示的な働きに注目している。さらに、「問ふまで」の「まで」（まで、ほど）は、その強度（ほど）と結果（まで）を指し示していると解釈すれば、歌は次のような読みになる。すなわち、《「空蟬のなく音」から〈森の木（言）の葉におく露〉を通して忍ぶ思いを〝漏らす〟〈涙の露〉へと、「袖」は乾くことがないほど、また、人がその「涙」を聞くようになるほど（まで）、濡れてしまったのだ》と。

良経の歌の後に並んでいる寂蓮法師の歌は、返歌ではないが、その詩的議論の続きとして捉えられる。「蛍」を登場させることで〈光↓火↓思ひ〉という連想の連鎖を振り返り、〈つつむ（包む、慎む）〉と〈言ふ〉との対立を通し

て、〈物思い〉を包むはずだった〈袖の涙〉がそれを告げるようになったと述べているからだ。さらに良経の歌の「人の問ふまで」の代わりに「問ふ人はなし」を登場させることによって、詩的コミュニケーションに欠かせない「問ふ人」の審級に焦点を合わせている。つまり、《もの思いの「袖」(すなわち〈袖の涙〉)は、蛍が包まれたかのように光って、その思いを伝えることができるが、〈聞く人〉がいなければ(物思いが伝わらない)》と。

それと呼応して「袖のうへにたれゆへ《ゑ》月は宿るぞとよそになしても人の問へかし」(秀能、恋二・一一三九)という歌は、「月の影」→「面影」という連想を浮かび上がらせ、「人の問へかし」と呼びかけている。また、「人」が、この歌が贈られた相手にかぎらず、〈歌をよむ人〉という一般的な意味も持っていると考えられるので、「よそになしても」は、〈自分とは関係ないと思っても〉という具体的な意味に絞られず、歌を作った人と、それを読む人はそれぞれ異なる面影を思い浮かべるということをも示唆しているのではないだろうか。そうだとすれば、この歌は〝読者論〟の立場からも解釈できるようになる。《関係がないと思っても、月がだれのために、だれのおかげで「袖」に宿るのかと、聞いておくれ。たとえ答えがそれぞれ異なるのだとしても》と。

それに対して、次の歌は、〈訪れてくれない〉と〈尋ねてくれない〉という「人の問はぬ」の二つの意味を通して、一方的な恋の辛さと一方的なコミュニケーションの悔しさを対比させている。

ならはねば人の問はぬもつらからでくやしきにこそ袖はぬれけれ　(教盛母、恋五・一四〇〇)

この歌は、非常に詳しい詞書に従って、訪れてくれない人を愛しつづける悔しさの表現として捉えられるが、詞書を〝消して〟、また「ならはねば」(慣ふ、習ふ)の多様性を生かしてみれば、新古今集に相応しい、異なる読みの可能性が見えてくる。つまり、《歌の習いに慣れていなければ、人がそれを問わないことも辛くなかっただろうが、今は悔しさのため袖が濡れている》という意味になりうる。そして、「袖はぬれけれ」は、〈心の思い〉や詩的習いを伝えつづける（それを問わない人のために）という詩的意味のほか、文字通り悔し涙を流しているとも解釈できる（詩的習いが定まっているのに、それを「問わぬ」人がまだいるので）。

こうして、詩的問いをさらに追究してみれば、「よそへつゝ見れど露だに慰まずいかにかすべきなでしこの花」（恵子女王、雑上・一四九四）という歌のなかに、我が子に会えなくなった母親の悲しみのほか、《撫子を我が子に準えて、露を涙に譬えているが、似ているにもかかわらず、〝よそ〟のものであるので、慰められない》と、「よそふ」と「よそ」との響き合いを通して、現代のメタファー論と呼応するメッセージを読み取ることもできる。(4) また、「後の世をなげく涙といひなしてしぼりやせまし墨染の袖」（重家、恋二・一一〇二）という歌に詠まれた「言ひなし」に焦点を合わせてみれば、《〈墨染の袖の涙〉は必ずしも「なげく涙」ではない》というメッセージのほか、《歌ことばの使用は〝言ひなし〟、すなわち詩的約束に基づいているものである》という理論的な説明を見て取ることもできる。

このような読みがそれぞれの歌の範囲に絞られず、その配列に沿ってさらに展開していくことを考慮すれば、新古今集を歌学書として読むこともできるのではないかと思われる。その試みの一つとして、次に平安末期の歌人の歌から織り成されたシリーズを一つ取り上げて、連続的に読んでみよう。

涙河たぎつ心のはやき瀬をしがらみかけて堰く袖ぞなき（讃岐、恋二・一一二〇）
よそながらあやしとだにも思へかし恋せぬ人の袖の色かは（右衛門佐、一一二一）
しのびあまりおつる涙を堰《お》きかへしをさふる袖ようき名もらすな（よみ人知らず、一一二二）

くれなゐに涙の色のなりゆくをいくしほまでと君に問はばや
(能因、一一二三)

夢にても見ゆらんものを歎きつゝうちぬるよゐ《ひ》の袖のけしきは
(式子内親王、一一二四)

最初の歌は、「涙川」という〈袖の涙〉の最も典型的な歌語を通してその詩的意味を纏めている。すなわち、「涙」は目からではなく、心から流れ出すので、「涙川」の「はやき瀬」は「たぎつ心」そのものである。「袖」はその「しがらみ」とされるが、「涙」をせき止められず、〝通す〟ようになった、と。

二首目の歌は、「川」になるほどの「涙」(量)にさらに「色」を付けて、「袖」をその「色」に染めることによって、抑えられない「涙」を映像化しているとともに、「袖」と「涙」の不可分の関係も明示している。また、「よそ」と「あやし」によって強調された「袖の色」は、思いを〝知らせていく〟という〈袖の涙〉の機能を顕在化している。そして、「よそながらあやしとだにも思へかし」という日本の詩歌にきわめて珍しい脚韻的な音遊びは、遊戯的な雰囲気を作り、歌ことばの戯れとしての詠歌の特徴を示していると同時に、読者をその戯れに誘ってもいると思われる。《関係がなくても、せめて不思議だと思ってください。恋せぬ人の「袖の色」を》と。面白いことに、この呼びかけは時代をこえて、「涙の色」と「袖の色」という歌語を見逃している私たち現代人にも訴えているのではないだろうか。

三首目の歌は、一首目の歌と呼応して、また、二首目における「袖の色」の機能を踏まえて、「しのびにおつる涙」とそれを「おさふる袖」という〈袖の涙〉の本来的な意味を〝ひっくり返して〟いる。すなわち、「涙」を「おさふる袖」は、「うき名をもらす袖」に変貌し、〈袖の柵〉に集まっている「涙」の情報を伝えるようになった、と。

続いて四首目の歌は、「色」に焦点をあてて、「いくしほ」と、「涙の色」の意味の変遷に注目を促している。つまり、「いくしほ(幾入)」は、染め汁に布を浸す度数を示すと同時に、忍ぶ思いの表面化→感情の深さ→「涙」の表現力と伝達力の強度→詩的言語の自己言及ないし自己説明の役割など、「涙の色」の展開を示唆してもいると思われる。それに従って、その「いくしほ」の「まで」を問うことは、「涙の色」の意味作用の〝限界〟を問う意味にもなる。《「涙」に紅の色をつけて「涙の色」という歌語が発生し、感情の深さと表現の強度をはかるようになった。「涙の色」をますます濃くしながらその意味と機能をさらに展開させたが、いつまで続けられるのか、とあなたにお聞きしたいものだ》と。

そして、式子内親王の歌に登場する「袖のけしき」という新しい表現は、「涙川」、「涙の色」、〈名をもらす袖〉、「袖の色」という、〈袖の涙〉の詩化過程を示す詩語を纏めるとともに、王朝文化の詩的言語の展開を特徴づける〈夢の寝覚め〉と〈袖の涙〉という二つの発想を結び付けてもいる。また、「打つ」と「濡る」を合流させた「うちぬる」(寝る、眠れる)という言葉も、その繋がりの象徴として捉えられるのではないだろうか。《せめて夢のなかにでも見えたら、数々の「涙」に濡れた、嘆きつつある宵の「袖のけしき」が》と。この二つの発想の結びつきについては、次にもっと詳しく吟味してみよう。

〈袖の涙〉のメタ詩的機能(B)——世の中を書き徴す〈袖の涙〉

(イ)「寝覚め」

〈夢の寝覚め〉と〈袖の涙〉との結びつきは、詩的言語における〈袖の涙〉の意味生成のプロセスにおけるきわめて重要な段階を示していると思われる。そもそも歌が夢とうつつの境目を占めるので、〈夢の寝覚め〉は〝現実〟に目覚めるのみならず、〈歌の現実〉に目覚めるという意味も内包しており、平安末期における詩的言語の自己言及と自己説明の働きに従ってそれが〈表〉にあらわれたと考えられるのである。新古今集の歌のなかで「夢」、「うたたね」、「たびね」、「ねざめ」などの言葉が〝あやしい〟ほど数多く登場していることは、その何よりの証拠であろうが、「寝覚め」が「袖のけしき」となったのは、「寝」と「音」との響き合い、〈片敷く袖〉や〈裏返す袖〉などの詩的伝統にかぎらず、その伝統を書き印すようになった〈袖の涙〉の機能のためでもあると思われる。

式子内親王の歌は、〈夢の寝覚め〉と〈袖の涙〉を関連づけるばかりでなく、それぞれの表現を取り上げた二つの歌群の接続線にもなっているが、〈夢の寝覚め〉の歌群を結ぶ歌もやはり〈袖の涙〉を踏まえている。

夢にても見ゆらんものを歎きつゝうちぬるよゐ《ひ》の袖のけしきは　（式子内親王、一一二四）
さめてのち夢なりけりと思ふにも逢ふは名残のをしくやはあらぬ　（実定、一一二五）
身にそへるその面影もきえななん夢なりけりと忘るばかりに　（良経、一一二六）
夢のうちに逢ふとみえつる寝覚めこそつれなきよりも袖はぬれけれ　（実宗、一一二七）

式子内親王の「うちぬるよゐ《ひ》の袖のけしき」に続いて、二首目と三首目の歌は、夢とうつつの境目をぼかし、二つの場を置き換えている。それは夢より頼りのないうつつの儚さを象徴しているとともに、〈夢かうつつか〉と、二つを紛らわす歌の働きにも〝目覚めさせ〟ている。一方、二首目の「名残」が「名残までこそ袖はぬれけれ」（千載、五三九）を連想させ、三首目の「身にそへるその面影」が〈袖の涙にやどる月かげ〉を浮かび上がらせるので、四首目の歌が指摘しているように、このような「寝覚め」が〈濡れた袖〉に映し出されていると言える。

〈涙の寝覚め〉という発想は新古今集以前の歌にも詠まれ、寂しさや悲しさのあまり、眠れない夜の気持ちをあらわしていたが、新古今集のなかで再び登場する際には、「涙」の〝詩的目覚め〟という意味を担わされるようになる。

たとえば、後拾遺集の歌人である藤原通俊の「とへかしなかたしく藤の衣手になみだのかゝる秋の寝覚めを」（哀傷・八四六）という同情を求める歌は、文字通り「涙のかゝる寝覚め」という表現を聞いてくれるよう呼びかけている。また、後撰集時代の歌人である源信明の「ものをのみ思ひねざめのまくらには涙かゝらぬ暁ぞなき」（哀傷・八一〇）という歌も、〈ものおもひ〉を通して「涙」と「寝覚め」を結び付けるが、その〈ものおもひ〉は、歌で詠まれた〈生と死〉の思いにかぎらず、それを詠んだ歌に関する思いとしても捉えられる。さらに、和泉式部の「ねざめする身をふきとお《ほ》す風のを《お》とを昔は袖のよそにきゝけん」（哀傷・七八三）という歌も、《昔は「ねざめ」を「袖」と無関係に聞いたものだ》と、二つ詩語の関係を取り上げており、それに対応して「身をふきとお《ほ》す風」は、詩的言語の流れを〝ふきとおす風〟という象徴として受け取られる。

〝詩的目覚め〟としての「寝覚め」の意味は、詩的伝統と〝話し合って〟いる新古今集歌壇の歌人の歌においてはいっそう明瞭に窺える。[5] なかでも特に興味深く思えるのは、式子内親王の次の歌である。

ちたびうつ砧のを《お》とに夢さめてものおもふ袖の露ぞくだくる　（秋下・四八四）

「砧（きぬた）」に「衣（きぬ）」をかけ、〈寝覚め〉の音を響かせる「うつ」によって「うつつ」を連想させるこの歌は、「衣うつ」歌の長いシリーズ（四七五〜四八五）の終わりに載っている。そして、その他の歌のなかに「雁なき」、「月かげ」、「手枕」など、〈袖の涙〉のネットワークに属する表現が登場しているので、式子内親王の「袖の露ぞくだくる」は、〈袖の涙〉の表現が詩的言語のなかに〝砕き散らされた〟（散種された）ことの象徴として捉えられ、「きぬたの音に夢さめて」は、〈寂しい寝覚め〉のみならず、〈「涙」への目覚め〉とも解読できるように思われる。すなわち、《千声万声打ちつづける砧の音に夢がさめるのと同じように、詩的言語のなかで散らばされている

〈物思ふ袖の涙〉の無数の声に目覚めてきたのだ》と。

また、「夢」の長いシリーズ（一三八〇〜一三九一）に入っている寂蓮法師の「涙河身もうきぬべき寝覚めかなはかなき夢のなごりばかりに」（恋五・一三八六）という「題しらず」の歌は、「涙川」の「寝覚め」のなかに「夢のなごり」を浮かび上がらせ、儚い「夢」の跡を保存し伝えていく「涙川」の詩的機能を示唆している。しかし、新古今集の歌は、やはり配列を考慮せずには分析できないほど、密接に繋がっているので、次に「寝覚めの涙」で始まる四首の歌群を取り上げて、〝詩的目覚め〟としての解釈の可能性をさらに追究してみよう。

人しれぬ寝覚めの涙ふりみちてさもしぐれつるよはの空かな（謙徳公、恋五・一三五五）
涙のみうきいづる海人のつりざほ《を》の長きよすがら恋ひつゝぞ寝る（光孝天皇、一三五六）
枕のみうくと思ひし涙河いまはわが身のしづむなりけり（坂上是則、一三五七）
思ほえず袖に湊のさはぐかなもろこし舟のよりしばかりに（読人しらず、一三五八）

この四首の歌とも平安初期の歌人によって詠まれたものだが、「海人の袖」、「涙川」、「袖の湊」という、〈袖の涙〉の歌ことばの表現力と伝達力の強度に従って配列されることによって、詩的言語の展開を反映し、平安時代末期の詩的概念をあらわすようになる。

最初の歌の「涙ふりみちて……しぐれつるよはの空」は、詩的言語の次元を満たすほど広がってきた〈袖の涙〉の詩化過程の範囲を示す徴として捉えられるので、「人しれぬ寝覚め」は、その〝詩的目覚め〟として再解釈できる。続いて二首目の歌は、「涙のみうきいづる海人」から出発した、「つりざほ《を》の長き」ほどの詩化過程のアレゴリーとして受け取られ、それに即して、うつつから夢に流れ込む恋をあらわす「恋ひつゝぞ寝る」は、恋を表現しつづけた

〈袖の涙〉の詩化過程の譬えとして読める。

三首目の歌は、前歌の「涙のみうきいづる」のうちから「身うきいづる」を取り上げ、「枕のみうく」から「身のしづむ」までの〈袖の涙〉の詩化過程を描き出しており、「涙川」は、「涙」の誇張やその詩化過程の流れの譬えとしても働いている。

そして、結びの歌の「袖に湊のさはぐかな」は、「涙」→「涙川」→〈袖の湊〉（水門、川口）という〈袖の涙〉の展開を纏めており、「思ほへず」は、一首目の「人知れぬ」と呼応して、このような展開が、「涙」の使用を重ねるにつれて〝思ひがけずに〟あらわれてきたことを示唆しているように思われるが、問題は「袖の湊」による「もろこしの舟」の解釈である。

この歌を初登場させた『伊勢物語』（二十六段）においては、それが同情してくれた友人に対する「ある男」の感謝を表しているので、「もろこし舟」は、感謝の「涙」をあつめた「袖の湊」の深さの誇張と見なされる。しかし「涙の湊」を、前歌の三首に対応して、古今集から新古今集に至るまでの和歌の流れをあつめた「湊」として再解釈すれば、「もろこし舟」の登場の意味も考え直さなければならない。そこで、唐舟とも呼ばれたその舟が、唐土に通う大きな舟だけでなく〈唐風の舟〉をも意味したことを考慮すれば、〈袖の湊〉に寄る「もろこし舟」は、和文の詩的伝統の前進に刺激を与えつづけた中国詩の表徴として捉えられるのではないだろうか。そうだとすれば、この歌は次のように再解釈できるようになる。すなわち、《「人の心を種」とした歌は、心から流れ出す「涙」を集めた〈袖の湊〉となり、中国詩の「もろこし舟」がそこによるたびに、〈袖の湊〉がさわぎだし、歌の〈泣き声〉が高まってきたのである》と。(6)

上に試みた分析が示しているように、新古今集に数多く登場する「寝覚め」は、詩的言語の自己言及および自己説明の働きと呼応して、〝詩的目覚め〟として捉えられる。他方、その〈目覚め〉は、詩的伝統の展開をたどり、文化的アイデンティティを問うと同時に、世の中を考え直させる宗教的な目覚めにもなっている。代表的な例の一つとして挙げられるのは、〈寝覚めの露〉を取り上げた次の歌である。

風そよぐ篠のをざさのかりの世を思ふ寝覚めに露ぞこぼるゝ　（守覚、雑上・一五六三）

「しの（に）」は、「露」の縁語で、「しっとりと濡らす」、「しみじみと沁みる」を表しているが、「しげくひまなし」（俊頼髄脳）というそのもう一つの意味が、世の中のシンボルとしての篠竹の笹のイメージを浮かび上がらせている。「かぜそよぐ篠のをざさの」のなかに織り込まれている「ぜーそーしーざーさ」という音の浪は、吹く風のように流れていく〈露の命〉について考えさせ、小雨のように静かにこぼれる〈涙の露〉のささやき声を響かせており、「そよぐ」のなかの「そよ↓其よ（それだよ）」は、相槌のようにも聞こえてくる。それに従って「かりの世を思ふ寝覚め」は、儚さを覚えさせる仏教的な〈目覚め〉と見なされると同時に、このような意味を担わされた〈涙の露〉の〝詩的目覚め〟としても捉えられる。

（ロ）「露」

ここまで取り上げた新古今集の歌が示しているように、新古今集における「涙」の隠喩のうち登場率が最も高いのは「露」である。それは、恋の印から儚さの徴へと変化した「露」が他のどの表現よりも時代の移り変わりを反映し、詩的伝統の流れをあらわしているからであろう。他方、儚い〈露の命〉と、なからん後の跡さえ保存できる〈涙の露〉との対比は、形見を宿す〈袖の涙〉の本来的な機能を強調し、〝詩的形見〟としての働きの延長を示してもいると思われる。次にいくつかの例を取り上げて、「露」のこのような意味作用を追究してみたい。

をくと見し露《お》もありけりはかなくて消えにし人をなにになたとへん

（和泉式部、哀傷・七七五）

おもひきやはかなくをきし《お》袖のうへの露をかたみにかけん物とは

（彰子、七七六）

小式部内侍（和泉式部の娘）が他界した際に交わされたこの贈答歌は、母和泉式部の悲しみと彰子の同情をあらわしているにちがいない。しかし、具体的な事情から離れて、歌ことばの意味に焦点をあててみれば、この哀傷歌は〈袖の露〉に関するディスカッションとしても読める。

「消えにし人を何にたとへん」という問いは、拾遺集の「秋風になびく草葉の露よりも消えにし人を何にたとへん」（哀傷・一二八六）という村上天皇の歌にも使われ、〈草葉の露〉と〈露の命〉との比較を通して露よりはやく消えてしまった命の儚さをあらわしていた。それに基づいて、「おく」と「消ゆ」を対比させた和泉式部の歌は、このような意味をさらに強調するとともに、〈形見におく〉という、〈袖の涙〉に由来する「露」のもう一つの意味をも浮かび上がらせているので、新古今集の観点からは次のように再解釈できると思われる。すなわち、《「袖」におく「露」が草葉におく露とちがうものでなければ、露よりはやく消えてしまった命の儚さを何に譬えることができるだろうか》と。それに対応して、「形見」を登場させた彰子の歌も、《思ってもいなかったが、おっしゃるとおりでしょう。袖の上においた儚い「露」に〈涙の露〉をかけると、「形見」になるのでしょう》と読める。

この贈答歌から〈袖の露〉を取り上げた長いシリーズ（七七五〜七九四）が始まり、詩的ディスカッションがさらに進んでいく。そして、その直後に並んでいる「浅茅原はかなくきえし草のうへの露をかたみと思かけきや」（周防内侍、七七七）と、「袖にさへ秋のゆふべはしられけりきえし浅茅が露をかけつゝ」（徽子女王、七七八）という歌が、「形見」としての〈袖の露〉の機能を「浅茅」と関連づけているので、〈草葉の露〉の意味がそれぞれの草葉の名によってどのように違うのかを次に吟味してみよう。

新古今集における他のどの草より登場率が高いのは、「浅茅」（「浅茅原」、「浅茅生」、「浅茅末」など）なのだが、それは万葉集以来、歌のなかで最もよく詠まれる草葉の一つでもある。「我がやどの浅茅色付く吉隠《よなばり》の夏身の上にしぐれ降るらし」（万葉、巻十・二二〇七）、「思ふよりいかにせよとか秋風になびく浅茅の色ことになる」（古今、よみ人しらず、恋四・七二五）、「ふるさとは浅茅が原と荒れはてて夜すがら虫の音をのみぞ鳴く」（後拾遺、道命、秋上・二七〇）などの例を考慮すれば、万葉集のなかで〈秋の色〉をあらわした「あさぢ」が、古今集以降は〈色に出づ〉という発想の展開につれて恋の表現として使われるようになり、〈虫の音〉、〈涙の色〉などを通して〈袖の涙〉とも関連づけられたことが分かる。そして、新古今集においては主として「露」とともに詠まれ、「浅し」と「朝」を連想させることで〈涙の露〉の意味の展開に注目を促すようになったのである。右に引用した二首の歌のほかに、次の贈答歌も挙げられる。

ある所に通ひ侍りけるを、朝光大将見かはして、
夜一夜物語して、又の日

しのぶ草いかなる露かをき《お》つらんけさは根もみなあらはれにけり
（右大将済時、雑下・一七三四）

浅茅生をたづねざりせばしのぶ草思ひをき《お》けん露を見ましや
（左大将朝光、一七三五）

この贈答歌は『朝光集』にも入っているが、贈歌は朝光がある女に贈った歌であり、返歌はその女からの文になっている。それに対して、新古今集の詞書は、歌の場ばかりでなく、済時が贈歌を、朝光が返歌をと、作者も変えるのだが、その狙いを考えていくと、きわめて面白い遊びに気づかされる。つまり、右の贈歌は右大将済時、左の返歌は

左大将朝光が詠んだという〝右左〟の遊びなのだが、それが詩語の戯れとしての歌へのアプローチを示していると思われるので、それに従って歌を〝戯れ的〟に読んでみよう。

「しのぶ草いかなる露かを《お》きつらん」（しのぶ草にいったいどんな露がおいたのだろうか）という問いは、〈涙の（白）露〉を喚び起こし、〈知る／知らせる〉というその機能を発動させる。すなわち、堰き止められない「涙」が何もかも〝漏らす〟ようになったので、忍ぶ思いを隠すことができない、と。一方、「根もみなあらはれにけり」は、「根」↓「寝」↓「音」という連想を働かせ、草葉におく露のため、その〝根〟も、すなわち恋の秘密（寝）や「涙」の意味（音）も、あらわれてきたことを示している。

それに対応して二首目の歌は、「しのぶ草」に「浅茅生」を対立させ、「根もみな」ではなく、男女関係を〝漏らす〟「朝露」を連想させる〈浅茅生の露〉が、秘密訪問を知らせていると指摘している。したがって、《朝のうちにあの女の所を訪れなければ、あそこに忍び込んだあなたを見なかっただろう》という解釈に、《「浅茅生」を尋ねなければ、「しのぶ草」においた〈知らせる露〉を聞かざる、見ざるままにすんだだろう》という遊戯的な読みを付け加えることもできる。

「浅茅」が「朝露」を浮かび上がらせ、男女関係を示唆したのに対して、「蓬」は「夜」と「世」を連想させたと思われる。それに対応して「**しめをき《お》ていまやと思ふ秋山のよもぎがもとに松虫のなく**」（雑上・一五六〇）という俊成の歌は、夜もすがら恋人の訪れを待つという片思いの表現として読み取れるし、「**これや見し昔住みけん跡ならんよもぎが露に月のかゝれる**」（雑中・一六八二）という西行の歌の「よもぎが露」は、「跡ならん世」の儚さの表現として捉えられる。また、「**庭の面にしげる蓬にことよせて心のまゝにを《お》ける露かな**」（基俊、秋下・四六七）という歌は、「夜」と「世」という「蓬」の二つの連想を発動させ、「蓬にことよせて」すなわち〝なぞらえ、かこつけて〟、〈心の思い〉をあらわすという〈涙の露〉の詩的働きそのものに注目している。そして、次の「題しらず」の歌は、「蓬の露のかこと」(託言、言い訳、恨み言)を登場させることで、歌ことばのそれぞれの意味が詩的約束によることを示している。

たづねても袖にかくべきかたぞなきふかき蓬の露のかことを　(通光、恋四・一二八八)

この歌は、『源氏物語』の「たづねてもわれこそとはめ道もなく深き蓬のもとの心を」(蓬生巻)と「ほのかにも軒端の荻を結ばずは露のかことを何にかけまし」(夕顔巻)という二首の歌を下敷きにし、「袖」をもって結び付けているので、「袖にかく」とは、〈袖に露をかける〉のみならず、「袖」に以前の歌をかけるという意味も示唆していると考えられる。さらに、「懸く」と「書く」との響き合いは、このような読みを支持するとともに、詩的前例を懸けて「書く」という、平安末期の文学における創作の特徴を顕示してもいる(少なくとも、現代人の立場から見れば)。したがって、片思いの悲しさで萎れてしまった「袖」の上にはいささかの恨み言の露もかける場所はない、という読みのほか、源氏の〈涙の露〉で濡れてしまった「袖」の上には、新しい「露」を掛けて、新しい意味を「書く」場所はない、あるいは「袖」が長い詩的伝統のなかで〈涙の露〉で濡れてしまったので、いまさらその「露」を「蓬の露」に見せかけて言い訳する余裕はない、という解釈も提出することができる。

「浅茅」と「蓬」のほか、「文目」を連想させる「菖蒲」も、歌ことばの使用の〈あや〉を示している。また、後拾遺集の「あやめ」の歌の分析のなかで触れたように、その「根合わせ」は〈袖の涙〉の意味生成に注目を促す〝音合わせ〟でもあり、新古今集においても、詩的言語における〈袖の涙〉の働きを吟味する技法の一つとなっている。たとえば、

うちしめりあやめぞかほ《(を)》る郭公なくや五月の雨の夕暮　（良経、夏・二二〇）

けふは又あやめのねさへかけそへて乱れぞまさる袖の白玉　（俊成、二二一）

良経は「ほとゝぎす鳴くやさ月のあやめ草あやめも知らぬ恋もする哉」（よみ人しらず、恋一・四六九）という古今集の歌を下敷きにして、菖蒲草の乱れた根のような「あやめも知らぬ恋」の切なさを、菖蒲の香を通して〈涙の雨〉で湿っている五月の夕暮の空気に漂わせている。

それに続いて俊成は、「あやめ」の根茎の網のように乱れている思いの迷路を「袖」の「文目」（模様）にして、「白玉のまなくも散るか袖のせばきに」（古今、九二三）を喚起することで、「袖のせばき」に「あやめのね」を懸け添えれば〈涙の白玉〉はいっそう乱れ散らされると、詩的言語のなかで〈袖の涙〉がいかに散種してきたかを示していると思われる。

また、次の哀傷歌のシリーズは、「菖蒲の根」の連想をさらに〝引きながら〟〈忍ぶ思ひの涙〉に〈昔を偲ぶ涙〉を重ねて、意味の〝置き添え〟としての〈袖の涙〉の詩化過程の特徴を顕示している。

あやめ草たれしのべとかうへ《(ゑ)》を《(お)》きて蓬がもとの露ときえけん　（木綿四手、七六九）

けふくれどあやめもしらぬ袂かな昔をこふるねのみかゝりて　（兵衛、七七〇）

あやめ草ひきたがへたる袂には昔をこふるねぞかゝりける　（九条院、七七一）

さもこそはおなじ袂の色ならめかはらぬねをもかけてける哉　（皇嘉門院、七七二）

最初の歌は〈あやめ草の露〉と〈蓬の露〉を対比させ、「あやめもしらぬ恋」の忍ぶ思いから、世の中の儚さを

〈蓬が露にことよせて〉までの〈涙の露〉の意味作用の範囲を描き出している。一方、「蓬がもとの露」が内包している「もとの露」を、「うへを《お》きて」と結び付けると、「もとの露」の上に新しい「露」を置き添えるという、〈涙の露〉の詩化過程の展開を示すメッセージを読み取ることもできる。

二首目の歌は、「あやめもしらぬ袂」を通して「あやめ」によって喚起される〈袖の涙〉の意味に焦点を合わせ、一首目の「もとの露」に〈昔をこふる涙〉を付け加えることによって、〈忍ぶ思いの涙〉から〈昔を偲ぶ涙〉への展開を示している。

三首目の歌も、「昔をこふるね」を取り上げ、詩語の使用の重ねとしての意味作用の特徴を踏まえているが、さらに「ひきたがへたる」は、それがただ〈もとの涙〉を引くのではなく、引きながら差異化する、すなわち差延する行為であることを示唆している。

そして「袂の色」を登場させた四首の歌は、菖蒲草の緑色と〈袂の涙〉の紅の色との対比を通して二つの「ね（根、音）」を区別し、「かはらぬね」、すなわち「根」ではなく「音」を掛けると、「袂の色」も変わらないと、〈袖にかける菖蒲草のね〉の詩的使用を解き明かしている。さらに、前に引用した「蓬にことよせて」（四六七）、「蓬の露のかこと」（一二八八）の歌と呼応して、歌ことばの特定の意味が詩的約束の結果であることをも示している。

上に取り上げた草花の歌が、〈草葉の露〉を踏まえながら、それぞれの「名」によって異なってもいることは、そもそも「ことごとくに能く物語有」る（日本書紀）草は、詩語としてもそれぞれ違う連想を喚び起こし、違う「言葉」をもっていることを示唆していると思われるが、その「言葉」が〝聞こえて〟くるのは、詩的伝統の流れのなかで〈知る／知らせる〉という機能を担わされた〈涙の露〉のおかげである。ましてや新古今集において「しら露」の登場率がきわめて高いこと（二二例）は、〈知らせる涙〉の役割を強調していると思われる。次に万葉集と三代集の歌人の歌から織り成された「しら露」のシリーズの一つを取り上げて、詩的言語の自己説明の働きの観点から再解釈してみよう。

草葉にはたまとみえつゝわび人の袖の涙の秋のしら露　（菅原道真、秋下・四六一）
わがやどのお《を》ばなが末にしら露のを《お》きし日よりぞ秋風もふく　（家持、四六二）
秋といへば契りを《お》きてやむすぶらん浅茅が原のけさのしら露　（恵慶法師、四六三）
秋さればを《お》くらし露にわがやどの浅茅が上葉色づきにけり　（人麿、四六四）
おぼつかな野にも山にもしら露のなにごとをかは思ひを《お》くらん　（天暦、四六五）

「袖の涙」を登場させた道真の歌は、〈袖の涙〉の詩化過程というシリーズのテーマを示し、〈草葉のしら露〉と「玉」という「涙」の譬喩を通してその出発点を詠み記している。

二首目に登場する「をばな（ススキ）」は、『枕草子』の「昔思ひいで顔に風になびきてかひろぎ立てる、人にこそいみじう似たれ」（六十四段）などの描写が示しているように、人の心の象徴として詠まれていたので、「をばなが末にしら露のをきし日より」は、〈袖の涙〉の詩化過程が恋を表現することから始まったという指摘として捉えられる。

三首目の歌は、「浅茅が原のけさしら露」と、「朝露」、すなわち男女関係の印としての〈浅茅の露〉の意味を喚起しているので、それに対応して「契りをきてやむすぶらん」（かねての約束で結ぶのだろう）は、恋の契りのみならず、詩的約束の〝契り〟としても受け取られる。

続いて、四首目の歌は「色」を付け加え、「白」と「紅」との対比を通して、草葉におく露と、言の葉におく〈涙の露〉との区別を目で確かめさせている。また、「白露」によって「浅茅が上葉色づきにけり」すなわち「紅」の色に染まった、という逆説は、その「露」が自然のものではなく、詩語の〈涙の露〉であることを明示している。こうした逆説の前例として「白露は上より置くをいかなれば萩の下葉のまづもみづらん」（拾遺、伊衡、雑下・五一三）などの歌も挙げられるが、「下葉」に続いて「上葉」が染められたことは、このような詩的働きが〈表〉にあらわれたことを示している。

そして、「しら露」を以て〈袖の涙〉の詩化過程をたどっていくこの四首の歌に従って、結びの歌は、そのメッセージが伝わったかどうかを確かめるために、「しら露」の意味と機能を問うている。《わかっただろうか、気になっている。野にも山にも置く白露は、どんな思いを知っており、何を知らせているのかが》[7]と。

〈知る／知らせる〉を連想させる「しら露」に倣って、平安時代後半に使われるようになった「夕露」も「言ふ」を喚び起こし、〈涙の露〉の露出的な機能を示唆しているが、それは早くも「夕つゆは浅茅がうへと見しものを袖におきても明かしつるかな」（後拾遺、大輔命女、恋二・六八二）という歌のなかに窺われ、千載集と新古今集においてさらに意識されるようになったと思われる。ところで、新古今集のなかに「夕露」（四例）のほか、「夕霜」（九八二）も「夕時雨」（四三七）も登場していることは、〈秋の夕暮〉の悲しさと儚さのためばかりでなく、このような連想のためでもあるのではないだろうか。いずれにしても、本歌の「しら露」に「夕露」を掛けた次の歌が、二つの意味作用の類似性を示していることは間違いない。

秋はたゞ心よりを《お》く夕露を袖のほかとも思ひけるかな　（越前、秋上・二九七）

この歌は、後撰集の「我ならぬ草葉も物は思けり袖より外に置ける白露」（忠國、雑四・一二八一）を下敷きにして、そこに内包された詩的戯れをさらに進めていく。本歌は、「涙」を「露」に見立てるという約束をひっくり返し、

「露」を「涙」に譬えているが、それに続いて、越前の歌は見立ての方向をもう一度逆転させ、「露」は「袖」を濡らす〈涙の露〉にほかならないと断定している。そして、このように見立ての方向を逆転させるたびに、見立ての対象になっている「露」と「涙」の意味も変化し、「A」は「B」である、「B′」は「A′」である、「A″」は「B″」であるというように、差異づけの反復になり、「露」、「しら露」、「ゆふ露」はその印と見なされる。すなわち、《「しら露」は、物思いが私に限らず草葉にもあるので、「露」が〈恋の思ひ〉に絞られないことを指摘しているが、「夕露」は、その秋の草葉の「露」も、「心より」おく〈袖の涙〉にほかならない、と示しているのだよ》と。

人麿の作とされる「**秋萩のさきちる野辺の夕露にぬれつゝきませ夜はふけぬとも**」（秋上・三三三）という歌も、「野辺（述べ）の夕露」を登場させることで、このような連想を指摘していると思われる。他方、「夜ふけぬ」頃、すなわち〈夜明け〉の「夕露」や〈草の葉を紅の色にそめる「しら露」〉という〝不思議な〟自然現象が、それら二つの表現の指示的意味と詩的意味を区別するばかりでなく、さらにそのメタ詩的働きをも刻印しているので、次にこうした逆説による意味作用の特徴を分析してみよう。

夜はふけてしまっても「夕露」が置く、また「白露」が草の葉を紅の色に染める、などのパラドックスは、〝常識〟を騒がせたP・エリュアールの **"La terre est bleue comme une orange / Jamais une erreur les mots ne mentent pas"**（地球はオレンジのように青い。決して間違いではない。言葉は嘘をつかない）という有名な詩を想い起こさせ、その詩を分析したM・リファテールの「非文法性」(ungrammaticality) という概念を喚び起こす。

ごく簡単に言えば、「非文法性」の出現は、必ずと言ってよいほど、意味生成過程の重点を示唆し、他のテクスト（個人的な経験、文化伝統なども含めて）との接点や、テクストを織りなすレベル間の相互作用を示している。リファテールは『詩の記号論』（二〇〇〇年／*Semiotics of Poetry*, 1978）のなかで次のように述べている。(8)

「ミメーシスのレベルで散見される非文法性は、結局もう一つの体系の中に統合される。それらの非文法性に共通するものを読者が知覚するとき、この共通の特性がそれらを一つの範列にまとめ上げていること、そしてこの範列が詩の意味を変化させることに読者が気づくとき、非文法性の新しい機能によってそれらの性質が変わり、今度は違った関係で結ばれた体系の構成要素としての意味作用を果たす」（七頁）ようになる。

このような、ミメティック・レベルからテクストのもっと高いレベルへの移動、より複雑な記号体系への統合、またそれに伴う機能の変貌を、リファテールは記号化過程の表明と呼び、テクストにおける意味生成過程の解釈の標示として取り扱っている。つまり、非文法性は「文学性（literariness）の印」であり、「詩をゼロ母系から引出し、テクストを単語の変形ではなく、文彩の変形の場」（八四頁）としているものなのである。

他方、非文法性の新しい記号化過程に不可欠なのは、読者の言語能力というよりも文学能力（literary competence）である。つまり、主要なテーマ、修辞法と連想のネットワーク、文学伝統や他のテクストなどについての知識なのである。そこから、P・エリュアールの「オレンジのように青い地球」と平安時代の和歌における〈白露の紅の色〉との間の差異も見えてくる。二つともリファテールの言う非文法性であり、「文学性」の印にほかならないのだが、常識を騒がせたエリュアールの意図的な詩的挑戦とはちがって、和歌の〈白→紅〉などの逆説は、詩的言語の意味生成のプロセスのなかで定着した詩歌の文法の〝遺漏〟にすぎない。言い換えれば、エリュアールの「非文法性」は、すでに言語的に構造化され整序された規則体系に基づく安定した記号活動を乱すための行為の結果であるのに対して、和歌における〝逆説的な〟表現は、言葉の無限の潜在力とそれを拘束しようとする詩的カノンとのせめぎ合いから発生したものである。ただし、エリュアールの表現と同様に、「違った関係で結ばれた体系の構成要素としての意味作用を果たす」ことにちがいはない。すなわち、「白露」や「夕露」は、「露」を「涙」の隠喩として規定した詩的約束から脱出し、「知らす」や「言ふ」との響き合いを通して意味づけられるのだが、それもまた、詩的言語の自己言及ないし自己説明の機能を提示する新しい詩的文法を表明しているのである。

右の考察に従って、次の二首に登場する「ならひ」を詩歌の文法として解釈し、そのなかに「露」以外の印を探ってみることにしよう。

ものおもふ袖より露やならひけん秋風ふけばたへぬ物とは　（寂蓮、秋下・四六九）

露は袖にもの思ふころはさぞなを《お》くかならず秋の習ひならねど　（後鳥羽院、四七〇）

《露は「ものおもふ袖」、すなわち〈袖の涙〉の〝詩的習い〟から習ったのだろうか。秋風が吹けば、堪えられなくなるということを》と問うている前者は、「涙」を「露」に譬えるという「習い」（きまり）を逆転させているが、後者は、弁論の方向をもう一度ひっくり返し、「露」は必ずしも秋をあらわすものとは限らないと主張している。つまり、《確かに「露」はこのように絶え間なく〈物思ふ袖〉に置いているが、それは、「露」が「秋の習ひ」でありながら、その「習ひ」には限られないからだ》と。そして、これらの歌における意味作用の〝ひっくり返し〟を象徴しているのが「風」であるので、次に「風」の働きに焦点をあててみたい。

（八）「風」

ここまで考察してきたように、「寝覚め」に続いて、「しら露」、「夕露」などの〈袖の涙の露〉も、〈昔〉と〈今〉を差異づけ、詩的言語の展開や世の中について物語っている。他方、「ふきむすぶ風はむかしの秋ながらありしにもにぬ袖の露かな」（小町、秋上・三一二）や、前に取り上げた「ねざめする身をふきとお《ほ》す風のを《お》とを昔は袖のよそにき丶けむ」（七八三）などの歌が示しているように、「ふきむすぶ／ふきとおす風」は、詩的伝統の移り変わりに〝目覚め〃させるとともに、その連続性をも象徴している。それと呼応して、『瑩玉集』も「もし道にたへたる人、自らそのさかひに入るといふといへども、事かすかに、むね深ければ、教へ習ふ事は、なほかげをとり、風をむすぶが如し」（日本歌学大系、第三巻、三二一頁）と、詩的伝統の伝達を「かげをとり、風をむすぶ」ことに譬えている。

「秋風」に「春風」、「たよりの風」に「色なき風」、「とふの浦の風」に「夕風」など、新古今集に登場する数々の「風」は、自然や心を動かすとともに、音や香りを漂わせ、様々な詩的メッセージをも運んでいるので、詩的伝統を〃吹き通し〃、詩的言語における〈袖の涙〉の散種を描き出しているのである。

「風」を「涙」と関連づけたのは、何よりもまず「あき（秋、飽き）」の寂しさであろう。次の秋歌は「ことぞともなく」それらの詩的結びつきについて物語っている。

夕さればおぎ《を》の葉むけを吹く風にことぞともなく涙おちけり　（実定、秋上・三〇四）

詩的伝統のなかで「荻の葉に吹く風」は秋の訪れを知らせるとともに、恋人の便りを待つ心をもあらわしている。一方、それが「涙」の意味とも呼応しているので、「葉むけを吹く風」は、「涙」の〃言の葉むけ〃をも吹いているということになる。

〈枕の露をたづねる風〉を取り上げた次の歌は、恋を表現する〈袖の涙〉の〃発信機〃としての「風」の働きをさらに顕示している。

しきたへの枕の上にすぎぬなり露をたづぬる秋のはつ風　（具親、秋上・二九五）

この歌の本歌として「しきたへの枕のしたに海はあれど人をみるめは生ひずぞありける」（古今、友則、恋二・五九五）という歌が挙げられるが、二首の関係を象徴的に示しているのは、「枕の下」から「枕の上」への移動である。それは、〈袖の涙〉の詩的役割が〈裏〉から〈表〉にあらわれたことを指摘し、〝見る〟から〝尋ねる〟へという詩的言語におけるその働きの展開をも示唆している。そして、この移り変わりのメッセージを運んでいくのは、「枕の上」に過ぎた「風」である。つまり、《敷栲の枕の下にある〈涙の海〉がその上に漏洩し「露」となったので、〝見る目〟がなくても手枕を訪れる「秋のはつ風」は〈涙の露〉を尋ねて、その情報を伝えていく》と。

〈たづぬる風〉に続いて次の歌には〈通ふ風〉が登場し、ミメティック・レベルとポエティック・レベルとの往復、歌ことばのあらゆる意味の間での往復、歌ことばと歌ことばとの往復、歌と歌との往復など、意味作用の往復的な行為を象徴している。

風かよふねざめの袖の花の香にかほ《を》る枕の春の夜の夢　（俊成女、春下・一一二）
袖にふけさぞな旅寝の夢も見じ思ふ方より通ふ浦風　（定家、羇旅・九八〇）
知られじなおなじ袖にはかよふともたが夕暮とたのむ秋風　（家隆、恋四・一三二五）

一首目の歌において〈袖の枕〉に通う風は、花の香りを漂わせ春の夜の新鮮な雰囲気を〝嗅がせる〟一方、〈袖の移り香〉を通して夢とうつつとの往復としての詩的行為の本質に〝目覚め〟させてもいる。

二首目の「思ふ方より通ふ浦風」は、『源氏物語』（須磨巻）の「恋ひわびてなく音にまがふ浦波は思ふかたより風や吹くらん」という歌を喚び起こしているので、恋人の間のみならず、二つのテクストの間にも通っており、心の思いを託された〈袖の涙〉が詩的思い出をも宿し、テクストとテクストとの語り合いの場になっていることを示している。

そして、三首目の「おなじ袖にかよふとも」は、「袖」に担わされた意味の移り変わりを印づけているとともに、どの意味が選ばれるのかは「袖」によって違うと示唆してもいる。衣の袖に詩語としての「袖」、歌人の「袖」に読者の「袖」。それに対応して、「ただ夕暮とたのむ」は、ただ片思いの寂しさを感じさせるのではなく、〈昔〉は恋だけをあらわしていた「袖」が、〈今〉は世の中の寂しさと儚さを考えさせる「夕暮」を託されている、という差延による〈袖の涙〉の意味の変化をも示している。

次の「夕暮」の歌も、「風」と〈袖の涙〉との関係を強調し、詩的コミュニケーションにおけるその役割を促している。

秋風のいたりいたらぬ袖はあらじたゞわれからの露の夕暮　（鴨長明、秋上・三六六）

この歌の解釈の手掛かりを与えるのは、「春の色のいたりいたらぬ里はあらじさけるさかざる花の見ゆらん」（古今、よみ人しらず、春下・九三）というその本歌である。そして、《春の色がおよんだり、およばなかったりする里はありえない。春はどこにも同じように訪れてくるのだから。その色が違うかのように見えるのは、咲いている花と咲いていない花があるためであろう》と説明している本歌に倣って、鴨長明の歌は次のように解釈できる。《秋風のおよんだり、およばなかったりする「袖」はないだろう。秋風のおよばない「袖」があるかのように見えるのは、それぞれの「袖」を濡らしている〈涙の露〉が違うからだ（それぞれの〈袖の涙〉が映している「夕暮」の思いが違うからだ）》と。さらに、この歌を、先に引用した鴨長明の「教へ習ふことは、なほかげをとり、風をむすぶが如し」という言葉に即して解釈してみれば、次のようなメッセージすら読み取ることができる。すなわち、《詩的伝統を（踏まえた）踏まえなかった歌はないだろう。そのように見えるのは、それぞれの歌（歌人）の表現力が違うからである》

と。

定家の次の歌も「涙」と「風」の繋がりを取り上げて、「風」を通して〈袖の涙〉の普及の範囲を広げている。また、その後に並んでいる歌と話し合いながら「ふく風」の目的に注目を寄せている。

たまゆらの露も涙もとゞまらずなき人こふる宿の秋風（定家、哀傷・七八八）

露をだにいまは形見のふぢごろもあだにも袖をふく嵐かな（藤原秀能、七八九）

「たまゆら」は、万葉集以来の歌ことばであり、「ほんのわずかな間」という意味をあらわすと同時に、「玉」を通して「露」や「涙」と結び付いてもいるので、新古今集の最も古い注釈書として知られる『新古今集聞書』は、「玉ゆらとは露の枕ことはなから少といふ事也たまゆらといふもおなし事なり露涙もと、めかねたると也露涙といへとも只涙の事也」という解釈を提示している。本居宣長はそれをさらに「玉ゆらく」（触れ合って音をたてる）と連想させ、「露の風にさわぐさま、涙のこぼるゝさま、ともに玉のゆらくに似たれば、其のよしをもかねて詠み給へるにや」（美濃廼家苞）と、この歌の「詞めでたし」を褒めて、歌の「よし」、すなわち技法に焦点をあてている。この二つの解釈に従って、歌に内包された詩的情報を次のように纏めることができる。

《「たまゆらの露も涙もとゞまらず」が、ほんのわずかな間も止まらない「涙」の流れを強調するとともに、「玉」→「露」→「涙」という見立て過程をも示しており、「なき（泣き）」と「こふる（恋ふる、此降る）」が、その詩的意味を指摘しているので、「こふる宿の秋風」は、心の思いのみならず、歌ことばのこのような働きをも告げている。

また、それに「玉ゆらく」の連想を付け加えると、「秋風」が〈涙の露〉の音を遠くまで運んでいくという綺麗なイメージのほかに、「風」が「涙」のメッセージを遠くまで届けていくという〈袖の涙〉の発信機としての「風」の機能も窺える》。

秀能の歌は、対比の連続を通して、〈袖の涙〉と〈袖をふく風〉の詩的意味や機能に関するディスカッションをさらに進めていく。「露をだにいまは形見のふぢごろも」という上句は、儚さのシンボルである「露」と、形見の〈袖の涙〉を対立させ、〈袖の露〉の〃いま〃の意味を纏めている。それに対して、「あだにも袖をふく嵐かな」という下句は、「あだに」を上句の「形見」と対比することで、〈袖の露〉が「形見」になるなら、〈袖をふく嵐〉も何の役にも立たないはずがない、と指摘しており、「風」の代わりに登場する「嵐」自体も、「あらじ」を響かせ、そんなことはありえない、と強調している。


「風（嵐）」の詩的働きがさらに〃見えて〃くるのは「色」のおかげである。〈色に出づ〉も〈吹く風〉も、〈袖の涙〉による思いの伝達を支えているが、忍ぶ思いが〈表〉にあらわれるという意味を担った〈色に出づ〉とはちがって、「風」は「涙の色」ですでに知られるようになった思いの伝達自体を促進するものである。そして、「風」自らが〈色に出づ〉ことによって、その詩的機能も顕在化される。

次に、「風」と「色」を対比させたいくつかの例を取り上げて、このような特徴を追究してみたい。対比、否定など、議論の主要な技法を以て行われるこの〃伝達力比べ〃は、「色」対「風」のみならず、「見える」対「聞こえる」という感覚の比較にもなっている。たとえば、

野辺の露は色もなくてやこぼれつる袖よりすぐるおぎ《（を）》の上風　（慈円、恋五・一三三八）

「野辺の露は色もなくてやこぼれつる」という上句を、ミメティック・レベルで読んでみれば、《野辺の露、すなわち白然の露は、（〈涙の露〉とちがって）色がなくても、こぼれている》という意味になるのだが、それではなぜ〈涙

の露〉は色がなければこぼれないのかという問いが出てこよう。そこで、〈露のこぼれつる〉を、「袖のしづく」や「しら露」などの〝語る涙〟の意味と結び付けてみれば、《野辺の露は、色がなくてもこぼれているが、〈涙の露〉は、色がなければ思いは伝わらない》という読みになる。他方、「野辺」に「述べ」を掛けると、《〝述べる〟ようになった〈涙の露〉は、「色」がなくても、思いを伝えていく》というメッセージを読み取ることもできる。それに対応して、「袖よりすぐるをぎの上風」という下句は、「色」と「風」との詩的競技として捉えられ、「色」がなくても「袖」を吹き通す「風」は、「涙」の情報を運んでいく、と解釈できるようになる。「をぎ(荻)」と「をき(招き)」との響き合いもこうした解釈を裏付けている。さらに、〈袖より過ぐる〉に「優る」を掛けてみれば、「袖」が届かない場合に「風」が「涙」のメッセージを遠くまで届けていくという、〈袖の涙〉の発信機、もしくは増幅器としての「風」の詩的機能についての説明になる。(9)

〈色に出づ〉と〈風(嵐)にまかせる〉との対比は、次の歌においても意味生成の焦点になっている。また、「有けん」の登場は、「嵐」と「あらじ」との響き合いに注目を促している。

初時雨しのぶの山のもみぢ葉を嵐ふけとは染めずや有りけん　(七条院大納言、冬・五六二)

この歌の一般的な解釈は、《初時雨が〈しのぶ〉(忍ぶ、偲ぶ、信夫)の山のもみぢ葉を染めなかったのは、嵐が吹けば無駄になると思ったからであろう》という、常識に基づくものであるが、「嵐」の詩的機能からすれば、「嵐吹け」は正反対の意味になる。

前に述べたように、詩的伝統のなかで、「時雨」はただ「涙」ではなくその「色」にも言及しており、この歌の前に載っている「木の葉ちる時雨やまがふわが袖にもろき涙の色とみるまで」(通具、同・五六〇)という歌も、それをはっきりと顕示している。したがって、《初時雨が「しのぶの山」の紅葉を染める》ということは、「涙」が「色」に出て忍ぶ思いをあらわすという意味になるので、今回「涙」が「色」に出なかった理由は、忍ぶ思いの伝達を「嵐」（あらし吹け）にまかせたからだ、という解釈になる。

この歌は、〈袖の涙〉と「風（嵐）」との関係を追究していく長いシリーズ（五五八～五六九）に入っているが、シリーズの最初の二首は、「色」と「風」との比較の基盤を指摘し、上に試みた解釈を根拠づけている。

を《お》のづからを《お》とする物は庭のおもに木の葉ふきまく谷の夕風　（清輔、冬・五五八）

木の葉ちる宿にかたしく袖の色をありともしらでゆく嵐かな　（慈円、五五九）

両者において〈言の葉〉を連想させる「木の葉」が登場することは、歌ことばに焦点を合わせたという指標として捉えられるので、解釈はそれに即して試みることにする。

「を《お》のづからを《お》とする物」とは、歌ことばが「自ずから」話しかけるようになったことを指摘しており、「おもに」は、それが〈表〉にあらわれたことを示していると思われる。それに対応して、「夕風」も、「夕露」や「夕時雨」に倣って〝言ふ風〟と読めるが、「木の葉ふきまく谷の夕風」は、「夕風」が「を《お》のずからを《お》とする」ばかりでなく、〝自ずから〟語る他の〈言の葉〉の声をも運んでいく、と解釈できる。

二首目に詠まれた「袖の色」は、ここまで取り上げた「色」の歌が示しているように、忍ぶ思いのみならず、自らの働き、また他の詩語の働きをも顕示しているので、「袖の色ありともしらでゆく嵐かな」は、《〈言の葉〉の声を運んでいく〈言ふ風〉は「袖の色」がこのような役割をはたしていることを知らないのだろうか》という問いになる。そして、「しらで」→「嵐→あらじ」という戯れは、歌ことば〝自ら〟の声を響かせて、《いや、そんなはずはないだろう》と、答えてくれる。

しかし、皮肉なことに、「色」より「風」という断言は、「あらし」と「あらじ」との響き合いによってひっくり返される。歌ことばの戯れに沿って言えば、強度を高めて「あらし」となった「風」は、やがて〝自ずから〟の音に負けた。そして、「あらじ」と威張っていてもついに「色」に染められてしまうのである。

ものおもへば色なき風もなかりけり身にしむ秋の心ならひに　（雅実、哀傷・七九七）

確かに言の葉に自らの声はあるけれども、「人の心を種」とした和歌に詠まれると、その「心ならひ」に従わざるをえない。したがって、どの歌ことばも、心とそれを詠んだ歌の「色」に染められるのだ。「ものおもへば色なき風もなかりけり」という上句は、このような詩的習いを纏めており、「身にしむ秋の心ならひに」という下句は、詩的習いが〈心の表現〉を規準としたものであることを示していると同時に、「色」に染められた「風」の「ならひ」は、「身にしむ秋」の気持ちを漂わせることであるとも指摘している。

上に取り上げた「風」と「色」の詩的競技の〈場〉が「袖」であり、競技の規準が「露」、「しぐれ」などの「涙」であることからすれば、〈袖の涙〉は〈詩的なるもの〉自体の表徴として取り扱われるようになったと判断できる。したがって、「春風のふくにもまさる涙」を詠んだ次の歌は、「風」の詩的働きの考察として受け取られる。

春風のふくにもまさる涙かなわが水上も氷とくらし　（伊尹、恋一・一〇二〇）

「春風のふくにもまさる涙」は、「涙」が「春風」に勝る、また「春風」が吹くにつれて「涙」が増すという二つの意味をもっている。前者は詩的言語における「涙」の主導的な役割をあらわしているのに対して、後者は〈袖の涙〉の増幅器としての「風」の機能を示している。「水上」は、「涙川」を喚起し、「増さる涙」のイメージを強調するとともに、前に取り上げた〈身・中・見〉という連想を通して、〈涙川の水上〉は我が身である、「涙川」に我が身が〝見える〟などの詩的約束をも想い起こさせている。そして、結びの「氷とくらし」は、これらすべての意味を結び付けて、歌のメッセージを〝説く〟、すなわち纏めているのである。《春風のおかげで、「氷」が溶けて川が流れ出すのと同じように、凍らされていた「心」の思いが溶けて、それをあらわす「涙川」の流れもせき止められなくなったので、その「水上」である「心」の思いが解けてきて、〈心の思い〉を担わされた「涙」の役割も〝晴れて〟きたのだろう》と。

このように、「袖」を吹き通し、その意味を吹き結ぶ「風」は、〈うつり香〉を運んでいくとともに、〈袖の涙〉に託された思いをも遠くまで届けており、それが「色」に染められることによって、〈袖の涙〉のメッセージの発信機や増幅器としてのその役割が見えてくるのである。他方、「色」と「風」との対比は、「見える」と「聞こえる」との比較としても捉えられ、詩的メッセージの伝達自体に注目を促している。さらに、「夕（言ふ）風」は、歌ことばが「おのづからおとする物」であることを例示しており、意味生成のプロセスにおける歌ことばの響きの重要性を強調している。

次の歌は、「風」を登場させないが、「風」によって刺激された聴覚に働きかけることによって、「ひとりねの涙やそらにかよふらんしぐれにくもる有明の月」（千載、兼実、冬・四〇六）などの歌に続いて、「空」まで広がってきた〈袖の涙〉の意味の範囲を〝響かせて〟くれる。

暁のなみだや空にたぐふらん袖におちくる鐘のおと哉　（慈円、恋四・一三三〇）

六百番歌合の際に詠まれたこの歌の第二句は「涙やせめて」だったが、新古今集がそれを「涙や空に」と置き換えたことで、歌の意味も変わった。つまり、「せめて」の場合は〈涙の音〉と「鐘の音」が「たぐふらん」（連れ添う、なぞらえる）を通して直接に関連づけられていたのに対して、更新されたヴァリアントは、「涙」を「空」になぞらえて、その音を「袖におちくる鐘のおと」とするので、聴覚感のみならず視覚感なども発動させ、〈袖の涙〉を通して歌を無限の空間へと広めていくのである。(10)

以上、〈袖の涙〉にうつされた「寝覚」「露」「風」を通して、詩的言語の働きをたどり、その働きのなかで当代びとの詩的知識と人生観を追究してきたが、それがいっそう明瞭に見えてくるのは、「月かげ」の下である。前に引用した鴨長明の「教へ習ふことは、なほかげをとり、風をむすぶが如し」という言葉と呼応して、家隆の次の歌（一七六二）も「月も秋風も」を登場させ、さらに〈袖の露〉と関連づけている。他方、この歌は、家隆の三首の小歌群の結びの歌であり、その意味が前の二首と繋がっているので、三首すべてを引用しておこう。

おほかたの秋の寝覚めの長き夜も君をぞいのる身を思ふとて　（一七六〇）
和歌の浦や沖つ潮合に浮び出づるあはれわが身のよるべ知らせよ　（一七六一）
その山とちぎらぬ月も秋風もすゝむる袖に露こぼれつゝ　（一七六二）

一首目の「おほかた」は万葉集以来の歌ことばであるが、「おほかたに秋のねざめの露けくはまたたが袖に有明の月」（讃岐、秋上・四三五）などの歌に見られるように、新古今集においてそれが主として「寝覚め」や「露」とともに詠まれているので、前に取り上げた「寝覚め」と「露」の意味作用に対応して、この歌の「おほかたの秋の寝覚めの長き夜」も、人生の長い年月を通じて世の中の価値（君をぞいのる身を思ふ）に目覚めたという意味だけでなく、歌の価値にも目覚めたという意味を内包している。

二首目の「和歌の浦」も万葉集の歌枕であるが、和歌の展開につれて独立し、「歌道」や「歌道家」を示し[11]、歌道の技法に注目を促すようになった。それに対応して、「潮合」も潮流のみならず、詩的流れの合流としても捉えられ、「沖つ」も「掟つ」との響き合いを通して意味づけられる。また、「わが身のよるべ」も、歌の「よるべ」、すなわち〈寄るべき所〉、〈因るべき掟〉と解釈できるので、歌は《和歌の浦よ。その沖(奥)の流れより浮かび出る歌のよるべき掟について私に知らせておくれ》と読める。

こうした予備知識に即して三首目の歌は、「和歌の浦」の「よるべ」として解釈できるようになる。そして、そこに登場する〈袖の露〉、「月」、「秋風」が歌の〝よるべき〟掟として捉えられる。「その山とちぎらぬ」という言葉も、「月」と「秋風」が指示対象(山とちぎる)であるだけでなく、定まった役を演ずる詩的主体(山とちぎらぬ)でもあることを指摘している。したがって、《歌に詠まれた「月」も「秋風」も、〈涙の露〉を通して「袖」の上にあらわれ、そこに託された詩的思い出をたどりながらその表現力をさらに進めていく》という〝しるべ〟になる。それゆえ、この〝しるべ〟を頼りにして、次に〈袖の涙〉にうつされた「月」に焦点をあててみることにする。

(二)「月かげ」

古今集にも後撰集にも載っている伊勢の「あひにあひて物思ふころのわが袖に(は)やどる月さへ濡るゝ顔なる」という有名な歌以降、「袖」に宿る「月」は「かたしく袖」の寂しさと思い出を宿してくれる〝心の友〟になったのだが、詩的伝統の流れを通じて「涙」に映る「月」は次第に、恋しい人の面影とともに、歌ことばの詩的面影をも映すようになった。

日本文化における「月」の存在は、尽くせないほどの意味を持っているので、数多くの研究の対象になっているし、これからも研究者の想像力を挑発しつづけるにちがいない。したがって、「月」と「涙」の関係を徹底的に分析する研究も出てくると思われるが、ここではごく簡単に、しかも「涙」の視点からそれに触れておくことにしたい。

文化における「月」のイメージは、目に映る月の姿に規定されるだろうが、その姿を特徴づけるのは、自然の条件だけでなく、それぞれの文化のなかで育成された〈文化的視覚〉でもある。他方、文学のテクストにあらわれてくる「月」のイメージは、その表現と連想のネットワークのなかで多様化し、使用を重ねるにつれて変貌していく。

「月」の最も日本的な表現は〈月の影〉であろう。そのうつり変わりのなかに日本の風景から日本人の形而上の思想や文化的価値観までが映し出され、日本文化における意味生成のメカニズムや詩的言語の展開すら見えてくる。(12)

万葉集の**「落ち激《たぎ》ち流るる水の岩に触れ淀める淀に月の影見ゆ」**(巻九・一七一四)という歌からすれば、もともと〈月の影〉は言葉通り「月」の「影」(shadow)、すなわち「映像」(reflection)を意味していたようだ。そこにはすでに「水」と同じような反映力をもつ「涙」との関連の可能性も潜在しているが、その最初の出会いの場となったのは『竹取物語』である。かぐや姫との別れを嘆き悲しむ「血の涙」が、彼女の面影を宿したので、「月」が「涙」に映るたびにその面影も浮かび上がらせる。それに倣って、〈袖の涙〉の「月」という詩的表現は、心の思いとともに詩的言語の働きをも反映するようになる一方で、「月」のおかげで詩的言語における〈袖の涙〉の機能が見えてくるのである。

まず「月」は、〈袖の涙〉に映ることで「涙」の反映力を明示し、詩的表現としてのその特徴を示している。さらに〈月の影〉が〈袖の涙〉に映るたびにそこに託された面影が浮かび上がることは、「涙」の記憶力と反復力を顕示しており、「宿る月さへ濡るる顔なる」という発想は、「涙」の感動力と感情移入力を強調している。一方、〈袖の涙〉に映る「月」はその意味と機能を照らすのと同様に、〈袖の涙〉もまた〈月の影〉の意味と機能を映しているので、それは、〈袖の涙〉が〈心の思い〉のみならず他の詩的表現をも伝えていくことを示し、その伝達力を例示している。(13)

歌ことばの無限性と世の中の無常を知りえた平安末期の人にとっては、こうした「月」と「涙」の〝映し合い〟は、この二つの知識をあらわす手段になったにちがいない。したがってまず、千載集に入っている西行（円位法師）の次の歌が示しているように、その手段を打ち合わせておく必要があった。

知らざりき雲居のよそに見し月のかげを袂に宿すべしとは　（千載、恋四・八七五）

詩的コードを踏まえながら〈袖の月〉という詩的発想を説明するこの歌は、和歌の教科書や百歌辞典に載せることができるほど、分かりやすい定義を提出している。「雲居のよそに見し月」という言葉は、映された月の映像を描き出し、「かげ」は、〈面影〉を思い浮かべさせることで、その映像をさらに心の思いと結び付けている。そして、〈袖の涙〉に言及する「袂」の登場は、このような「月のかげ」が見られるのは、「涙」に濡れた「袖」の上であると示している。《知らなかった（のか）。雲のよそに見た「月のかげ」を、「袂」（袖の涙）に宿すべきであるとは》。

また、同じ千載集に載っている「**いかにせむさらで憂き世はなぐさまずたのめし月も涙を《お》ちけり**」（雑上・一〇〇四）という定家の歌は、「袖に宿る月さへ濡るゝ顔なる」という発想を、「月も涙をちけり」と、文字通りにあらわしパロディ化しているが、このパロディは世の中の寂しさと歌ことばの楽しさを反映し、心そのものの表現である〈袖の涙〉が「月」まで〝濡らして〟しまったことを強調している。《どうしたらよいのだろうか。憂き世の悲しみが慰まず、涙を流しながら「涙」を詠んでいるが、「涙」に映り慰めてくれた「月」さえ涙を流し出し、もう頼りにならない》と。

右に引用した西行の〈袂の月〉の歌と定家の〈月の涙〉の歌に倣って、〈月のかげ〉と〈袖の涙〉との関係は、新古今集における詩的ディスカッションの焦点の一つとなっており、五十首以上の歌に詠まれている。そして、いずれも両者の結びつきを通して主要な詩的技法を顕示しているので、いくつかの代表的な例を取り上げてみよう。たとえば、「月の影」→「面影」という〈袖の月〉の詩的連想を追究している、後拾遺集の歌人に詠まれた次の贈答歌のメッセージは、「月のかげを袂に宿すべし」という平安時代末期の詩的知識のレベルから言えば、普通のものになっていたはずだが、代わりに注目されたのは、その戯れの技法だと思われる。

見る人の袖をぞしぼる秋の夜は月にいかなるかげかそふらん　（範永、秋上・四〇九）
身にそへるかげとこそみれ秋の月袖にうつらぬ《を》おりしなければ　（相模、同・四一〇）

《見る人さえ袖を絞るほど涙を流しているこの秋の夜は、月にどんな影が付き添っているのだろうか》という範永の歌は、規範に従って「月の影」と「袖の涙」を「恋ふる心」の表現として取り扱っている。それに対して相模は、意味生成の重点をメタ詩的レベルに移し、《〈月〉につきそう〈かげ〉は、身にそう〈面影〉にほかならない。〈月〉が〈袖〉に映るという表現にはそれ以外の意味はない》と、二つの表現の詩的使用を説明している。それは相手の「恋ふる心」をはぐらかすための見事なからくりでありながら、相手の単純すぎる歌に対しての批判にもなっている。

次の歌に用いられた「ちぎる」も、〈恋の契り〉だけでなく、歌ことばの〝契り〟、すなわち詩的約束をも示していると思われる。

うき身世にながらへばなを《ほ》思ひ出でよ袂に契るありあけの月　（経通、雑上・一五一三）

そもそも〈恋の誓い〉を意味する「ちぎる」は、時代を問わず恋歌のなかでよく詠まれているが、千載集と新古今集においてその登場率が顕著に高まったのは、前に引用した家隆の「その山とちぎらぬ月」（一七六二）という歌の分析のなかで触れたように、それに歌ことばの〝契り〟という意味が担わされたからだと考えられる。それに従って、「袂に契るありあけの月」は、〈袖の月〉をめぐる詩的約束を指摘し、「うき身世にながらへば」は、それに寄せられた心の思いを示している。他方、「捩る（千切る）」（ねじ切る、離れる）という「契る」の同音語との響き合いを考慮すれば、どの〈結びつき〉も〈別れ〉になりうるという、当代びとの人生観を見て取ることもできるが、それは、男女関係、ないし人間関係にとどまらず、詩的約束に基づく歌ことばの意味の相対性に関しての説明としても捉えられる。

他方、次の本歌取りの歌の場合、〈袖の涙〉と「月」との〝契り〟は、本歌との接続線として働いている。

秋の田に庵さすしづの苫をあらみ月とともにやもりあかすらん　（顕輔、秋上・四三一）

本歌　秋の田のかりほのいほの苫を荒みわが衣手は露に濡れつゝ　（後撰、天智天皇、秋中・三〇二）

本歌の「わが衣手は露に濡れつゝ」を「月とともにやもりあかすらん」に置き換えたことによって、顕輔は異なる詩的イメージを形成するのだが、それは「露」に濡れた「衣手」と「月」との結びつきを〝漏り明かす〟結果にもなっている。

それに対して、「水の上に思ひし物を冬の夜の氷は袖の物にぞ有りける」（拾遺、よみ人知らず、冬・二三三）という歌を下敷きにした俊成の「ひとり見る池の氷にすむ月のやがて袖にもうつりぬるかな」（冬・六四〇）という歌は、本歌の表現や内容よりもその詩的技法を踏まえ、〈袖の涙〉→〈水〉→「氷」という本歌の連想の連鎖に、さらに

〈氷にうつる月〉↓〈袖の涙にうつる月〉を連ねて、〈袖の月〉の意味を解き明かしている。

このように「涙」の見立てを通して〈袖の月〉という詩的発想を根拠づけた俊成の歌とはちがって、「霜こほる袖にもかげはのこりけり露よりなれしありあけの月」（通具、冬・五九四）という歌においては、逆に〈袖の月〉が「涙」の見立てに焦点をあてる手段となり、比較↓類似↓譬喩というそのメカニズムを顕示している。《〈袖の露〉に倣って「月」は「霜こほる袖」にも掛かり「影」を残したが、それは、「霜」が「露」に倣って「涙」の隠喩になっているからだ》と。[14]

ところで、〈袖の霜〉という、「月」によって注目をよせられた詩的発想は、必ずしも新しいものではないけれども、「ちぎる」と同じように、新古今集において登場率が著しく高まったことは、「なぜ」という疑問を抱かせる。考えられる理由の一つは、〈袖の霜〉が「氷」と同様に〈袖の涙〉のメタファーである上に、その見立て過程の〝固定化〟をも象徴しているからであろう（語句を強調するのに使われる同音語の「しも」という副助詞も、「霜」のこのような働きを強めている）。また「霜」は、感情や表現の強度に伴う「形見」としての〈袖の涙〉の意味を強調してもいる。しかし何よりもまず考えられるのは、「露」との関連である。つまり、平安末期の歌における「露」が〈袖の涙〉の代表として働くようになったことに倣って、「霜」の相対的重要性も高まってきたというわけである。そして、二つとも「涙」の隠喩でありながら季語でもあるので、その使用は、〈袖の涙〉が季節の移り変わりをあらわすことを顕示してもいる。このような働きも、次の歌が示しているように、やはり「月」によって照明される。

を《お》きあかす秋のわかれの袖のつゆ霜こそむすべ冬やきぬらん　（俊成、冬・五五一）

露霜のよはにおきゐて冬の夜の月みるほどに袖はこほりぬ　（好忠、冬・六〇一）

俊成の歌における意味作用の重点は、四季やそれに伴う気持ちではなく、それを表す〈袖の涙〉の表現力である。つまり、冬が来たから〈袖の露〉が「霜」に見えるようになったという〝常識〟をひっくり返し、「露」の代わりに「霜」を詠むと、冬が来たことをあらわすことができると指摘しており、「こそ」によってこの〈表現中心〉のパターンを強調しているのである。

「露」と「霜」を対立させた俊成の歌とはちがって、拾遺集の歌人である曾禰好忠の歌は「露霜」という両義的な表現を登場させるが、それを〈袖の氷〉と特定しているのは、「月」である。万葉集以来の歌ことばである「露霜」は、『能因歌枕』によれば「秋の霜をいふ」のに対して、定家は「露霜とてただ両種をいひつづけたり」（『顕註密勘』）と論じているので、この二つの説明に対応して歌の解釈も別れてくる。つまり、「露霜」が「秋の霜」だとすれば、「冬の夜の月」と〈袖の氷〉は秋の寂しさの誇張として捉えられるが、もしそれが「両種」を言っているとすれば、〈袖の氷〉と「冬の月」は、「露」と「霜」を区別し、「露霜」を「冬」の季語として特定していることになる。この歌を「冬歌」として取り上げた新古今集は、したがって、後者の解釈を強調しているのである。

通具の次の歌における「霜むすぶ袖」の説明も「夜の月」によるものだが、こうした意味作用は歌のリズムを犠牲にするほど強調されている。

霜むすぶ袖のかたしきうちとけて寝ぬ夜の月のかげぞさむけき　（冬・六〇九）

千五百番歌合の際に詠まれたこの歌は、定家の評価基準に達せず、厳しく批判された。「うちとけて」と「寝ぬ」があまりにも密接に繋がっているので、上句と下句との句切りがはっきりせず、休止は守れない、また結句の「さむけき」の「詞づかひ」もよくない、と。

確かに、この歌はスムーズに流れているとは言えないし、定家が指摘した瑕疵にさらに「かたしきの袖」(六一一、六三六など)という規範の倒置も追加できる。したがって、この歌が新古今集に採られたのは、定家とともに撰者の一人だった通具が意地を通したためだと想像されるが、それなりの根拠ももっていたにちがいないだろう。それが表現の工夫でなければ、残されているのは、表現に関する議論としての価値である。

「霜むすぶ袖」は、前に取り上げた「霜こほる袖」(五九四)と呼応して、〈袖の霜〉を表すモデルを作ろうとする(通具の)試みと見なされる。「かたしきの袖」が「袖のかたしき」になったことも、一つにはそのためだと思われる。他方、この倒置の結果として「かたしき」が「うちとけて」と結び付けられ、そして、「うちとけて」が《詩的謎が〝解けた〟》という意味も示唆しているので、「かたしき」が〝片面〟の視点や使用の印として、また「難し」との連想を通して意味づけられるようになり、上句のメッセージがようやく纏まってくる。つまり、休止を守ってそれを読んでみれば、《「霜むすぶ袖」(「霜」と「袖」の繋がり、「涙」の隠喩としての「霜」など)という発想の片面の解釈の問題は解けた》という意味になる。それに対応して、さらに「さむけき」の使用を根拠づけてみれば、「冷む」と「覚む」との響き合いが挙げられるので、下句は《「涙」が「霜」になると、それに宿る「月の影」も冷めてきて、「月のかげ」のおかげで「涙」の表現力に目覚めてくる》と読み取れる。

このように、通具の「霜むすぶ袖」の歌のなかに重要な詩的情報が含まれていることはまちがいない。しかし、この歌が、同じような理論的精神に導かれた「霜こほる袖」の歌より明らかに劣っているのは、通具が歌ことばに〝まかせる〟のではなく、工夫をこらしすぎたからであろう。特に詩的言語の潜在力に対してきわめて敏感だった当代びとを前に、そこまで〝押しつける〟必要はなかったはずだ。たとえば、次の歌も詩的問題を説くという〈袖の月〉の働きを強調しているが、それは〝無理〟に作り上げられたのではなく、「自然に何となく讀みいだされ」たのである。

月野明く侍りける夜、袖のぬれたりけるを

春くれば袖の氷もとけにけりもりくる月の宿るばかりに　（行尊、雑上・一四四〇）

「春」という言葉が登場するにもかかわらず（あるいは、だからこそ）、この歌が春歌ではなく雑歌の巻に載せられたのは、「春」以外の意味もあらわしているからであろう。そして、それを、ここまで試みた〈袖の涙〉の「氷」や「霜」の分析に即して解釈してみれば、《春の訪れとともに袖の氷は溶けて月を宿すようになったが、「月」が「袖」に漏りくるたびに〈袖の氷〉のように〝凝結した〟詩的問題が解けて、〝晴れて〟いくのだ》という意味になる。

上のように、「霜」と「氷」は「袖の涙」のメタファー化過程の〝凝結〟を象徴しているのに対して、「海人」を登場させた歌は、千載集の考察のなかで触れたように、〈濡れた袖〉の二つの意味を戯れさせながら、〈袖の涙〉の詩的働きによる歌枕の再解釈の過程を解き明かしている。しかし、次の新古今集の歌において、歌枕の再解釈の場となった〈海人の袖〉の上にさらに「月」が宿るのだが、それはどういう意味をあらわしているのだろうか。

心ある雄島の海人のたもとかな月やどれとはぬれぬものから　（宮内卿、秋上・三九九）

わすれじな難波の秋のよはの空ことうらにすむ月はみるとも　（丹後、四〇〇）

松島やしほくむ海人の秋のそで月はもの思ふならひのみかは　（鴨長明、四〇一）

こととはん野島が崎の海人衣なみと月とにいかゞしほるゝ　（大納言、四〇二）

万葉集から伝わってきた四首目の「野島が崎」とはちがって、「雄島」と「松島」は、平安時代の歌枕であり、八代集におけるその初登場である「松島や雄島の磯にあさりせし海人の袖こそかくはぬれしか」（後拾遺、源重之、恋四・八二七）という歌が示しているように、もともと〈袖の涙〉と密着しており、心の表現というその働きと関連づけられていた。[15] 一首目の歌に詠まれた「心ある」は、こうした意味作用を顕示するとともに、「をしま」→「をしむ」（愛しむ、惜しむ）という連想による「雄島」の言葉としての面白さを発見するための手掛かりにもなっている。他方、「松島」は、言うまでもなく「待つ」との響き合いを通して意味づけられている。それと呼応して、二首目の「難波」は、「何は」や「名には」を喚び起こし、「名」を問うという、平安末期の詩的実践の特徴に注目を促している。そして、四首目の歌の「こととはん」（異伝「言問へよ」）も、「海人の衣」や「浪と月」だけでなく、「野島が崎」にも向けられているので、「こととはん野島が崎」という最初の二句は、《お尋ねしよう、「野島が崎」という言葉を》と詠めるのである。

しかし、再解釈された「野島が崎」などの歌枕の新しい意味を取り上げた千載集の歌とはちがって、この四首は、〈袖の涙〉に映された「月」に焦点を合わせ、両者の詩的関係を通して、差異化＝再異化のメカニズムそのものを解き明かしている。それゆえ、まず〈袖の涙〉の「月」についての情報を纏めて、歌を連続的に詠んでみよう。

一首目の歌は、普通詠まれた「海人の袖」や「海人の衣」ではなく、「涙」に言及する「海人のたもと」を登場させることで、詩的伝統のなかで〈海人の袖〉が〈袖の涙〉と密接に関連づけられたことを顕示している。それと呼応して、二首目の「ことうら」は、難波とちがう場所のみならず、〈袖の涙の浦〉をも示唆しており、「ことうらにすむ月」は、〈袖の涙〉に映された「月」という詩的表現を指し示している。三首目の「秋の袖」は、「時雨」、「露霜」、「秋風」、「秋の夜の月」などの詩的前例を喚び起こし、〈もの思ひ〉をあらわすというその詩的「ならひ」（約束）を指摘している。したがって、「月はもの思ふならひのみかは」という疑問は、「月」の使用はそれに絞られないという指摘として受け取られる。[16] そして、「なみ」と「月」を対比させた四首目の歌は、「海人の衣」の「しほるゝ」によって、両者の類似的な詩的働きを提示する一方で、「なみ」によって喚起される「並」を通して、それらの差異を示唆している。
こうした意味生成の標識に従って歌を読んでみれば、次のような意味になる。
《雄島の海人の袂は、月を宿すために濡れたわけではないが、「愛しむ」という連想に従ってそれが「心」をあらわしているので、「心」を映す「月」をも宿した》
《決して忘れまいよ、〈浦の月〉にどういう「名」が掛けられたかを。たとえ、それぞれの浦の名が違っていても（それに〈袖の涙の浦〉が掛けられたことだ）》
《「時雨」などに濡れた「秋の袖」と同様に、松島の海人の袖も〈待つ〉ことの寂しさを伝えるのだが、「袖」に宿る「月」には、もの思いをあらわすという詩的「ならひ（使用）」しかないのだろうか》
《お尋ねしよう、〈袖の涙〉を通して意味を変えた「野島が崎」の「海人衣」に。「涙」に濡れた「袖」の上に昔の思い出を浮かび上がらせる「浪」と、〈袖の涙〉の「面影」を映し出す「月」は、どのように違うのかを》。

右に引用した歌においてもそれぞれの歌枕が響き合いによる連想を通して意味づけられているが、歌枕の「ことば」としての面白さの証をさらに追究しようと思えば、次の歌に詠まれた「明石」を取り上げるべきであろう。その差異化＝再異化もやはり〈袖にやどる月〉のおかげで見えてくるのである。

明石潟色なき人の袖を見よすゞろに月もやどる物かは　（秀能、雑上・一五五八）

後拾遺集の「物思ふ心の闇し暗ければあかしの浦もかひなかりけり」（伊周、羇旅・五二九）という前例が示しているように、「明石」は「暗し／明し」という対立によって意味づけられたのだが、秀能の歌に登場する「色」はさらに「赤し」という連想をも喚び起こしている。

他方、「明石」の数多くのヴァリアント（「明石門」、「明石浦」、「明石沖」、「明石瀬戸」など）のうちからなぜ「潟」が選ばれたかを考えれば、その言葉も音遊びの対象にされたと推測できるので、「潟」→「難し」という響き合いに従って「明石潟」は「明明かしがたし」（明らかにしにくい）と読み解けるようになる。『源氏物語』のなかで〈明かしがたし〉が二回用いられたことや、『大鏡』に「証」が登場していることなども、このような連想の可能性を支えている。[17]

しかし、何が〝証明しにくい〟のだろうか、また「色なき人の袖」とは何をあらわしているのだろうか。まず考えられるのは、「色なき」が「心なき」を意味しているということである。これは「心なき海人」の「袖」を問う「涙」の詩的伝統と繋がってくるし、「明石潟」も「海人」を喚び起こしている。他方、「色」を、さらに〈袖にやどる月〉によって喚起される「涙」と結び付けてみれば、この歌は、前に取り上げた「色」と「風」との比較に倣って、次のような詩的議論として捉えられるようになる。すなわち、《「色」が出なければ、「涙」が証明しにくい（〝明かしがたい〟）ので、「すゞろに月もやどる物かは」、すなわち「月」がむやみに（甲斐もなく）「袖」に宿るとは言えない（「色」はなくても、「袖」にやどる「月」が「涙」の〝証〟となる）》と。

このように「色」と「月」の詩的働きを対照させた秀能の歌と呼応して、次の歌のなかでは「色」が「月」の詩的能力をためすための手段になっている。そして、いずれの場合においても「涙」が〈詩的なもの〉の規準として用いられている。

袖にをく《お》露をば露としのべどもなれゆく月や色を知るらん　（通具、雑下・一七五八）

「露をば露」という、自然の露と歌ことばの「露」を区別する言葉は、八代集において二首の歌に詠まれており、二首とも「涙の露」を踏まえたものである。その一首は通具のこの歌で、もう一首は「秋の夜の露をばつゆとをき《お》ながら雁のなみだや野べを染むらむ」（古今、壬生忠岑、秋下・二五八）というその本歌である。

壬生忠岑は（新古今集の観点からすれば）、「雁のなみだ」（仮の涙）を〈をく（置く、招く）露〉に譬え、〈のべ（野辺↓述べ）の色〉によってこの見立て過程を顕示している。それに対して、通具は、「色」のこうした働きをもって、さらに「月」の詩的役割を追究し、詩的問いという歌の形を通して読者に訴えかけている。すなわち、《「袖」に置く〈涙の露〉を自然の露に見せかけて隠そうとすれば、「袖」を訪れ「涙」に馴染んできた「月」は、その「色」を知ることができるのだろうか》と。

答えは《知ることができる》にちがいないが、しかし（それとも、だからこそ）〈袖の涙の色〉を知りえた「月」にもやがて「色」が付くのである。そして、〈袖の涙〉を通して「色」に染められた「風」に倣って、〈月の色〉も、「月」と「涙」との結びつきを反映しながら、「もの思ふならひのみ」に絞られない「月」の意味作用の範囲を示す手段となる。代表的な例として西行の「月」のシリーズに入っている次の歌が挙げられる。

月の色に心を清くそめましや宮こを出でぬわが身なりせば　（西行、雑上・一五三四）

この歌は、「心うかれしいにしへの秋」（一五三二）から「ふけにけるわが身のかげ」（一五三六）まで、〈月のかげ〉によせられた面影をたどっていく西行の五首のシリーズ（一五三二〜一五三六）[18]に入っており、その中心（配列においても、意味作用の視点からも）をなすものである。

シリーズの筋からすれば、「月の色」は、年月とともに変わりゆく「わが身のかげ」の「色」、また我が身に添い「心の色」を反映する「月」と解釈され、〈涙の色〉と関連づけられる。つまり、「月」を見れば「心うかれしいにしへの秋」（心がうきうきした昔の秋）が浮かんでくる、と振り返っている最初の歌に続いて、「よもすがら月こそ袖にやどりけれ昔の秋を思ひ出づれば」(一五三三)という二首目が、〈月の影〉に〈面影〉を掛け、〈空で見る月〉から〈袖の涙に宿る月〉へと「月」の詩化過程を追究していくので、それに沿って三首目のこの歌における「月の色」は、〈心の色〉すなわち〈涙の色〉として捉えられるというわけである。

他方、「清く」という言葉に重点をおいてみれば、「月の色」は、憂き世の俗世界にないような〈清らかな光の色〉と見なされる。最初のヴァリアントの「心を深く」(西行法師家集、宮河歌合)が「心を清く」に直されたことも、この解釈の妥当性を示していると思われる。

そうだとすれば、両者は正反対の意味になるのだが、「月のかげ」が「光」や「陰」を意味しているのと同じように、「月の色」も、〈表〉にあらわれた〈涙の色〉や〈裏〉にきらめいている〈光の色〉を指し示していると考えられる。そして「心うかれしいにしへ」と「宮こを出でぬ(出家した)わが身」という人生の二つの段階を接続させるとともに、詩的言語における「月」の移り変わりをも反映していると思われる。すなわち、《都を離れなかったら(都に残っていたら)、「涙」しか映し出さない「月の(涙の)色」で心を清く染めることができただろうか》から、《都を出なかったら(出家しなかったら)、この限なき「月の(光の)色」で心を清く染めることができただろうか》へと。

それに対応して「捨つとならば憂き世を厭ふしるしあらんわれ見ば曇れ秋の夜の月」(一五三五)という四首目の歌は[19]、〈涙の色〉と〈光の色〉との間をさ迷う「わが身」の苦悩として解釈できるし、「ふけにけるわが身のかげを思ふまにはるかに月のかたぶきにける」(一五三六)という結びの歌も、人生の黄昏、また人生の流れに譬えられる「月」の詩化過程の纏めとして捉えられる。

このように西行の「月の色」は、「涙」の囁きと「光」の輝きを合流させ、「月のかげ」の意味の変容を示している。それと呼応して、次の歌においても、「月かげ」の二つの意味を区別しているのは、「こひわぶる涙」である。

こひわぶる涙や空にくもるらん光もかはるねやの月かげ

（公経、恋四・一二七四）

この歌の詩的メッセージは、注釈が不要なほど、明瞭に伝わってくる。つまり、《「月かげ」が「涙」に映ると、空に輝いている「月かげ」の光も変わる》と。それは、「月」が「涙」を通して見えてくるので、その「影」が「涙」の「面影」に沿って変わっていくことを示していると同時に、「こひわぶる涙」のため「月」の「光」が見えないということをも示唆している。

他方、この歌のメッセージが分かりやすく伝わるのは、一首前の良経の次の歌のおかげでもある。「涙もとめて」という表現を登場させたこの歌は、〈月の影〉と〈袖の涙〉の不可分の関係を強調しているからである。

わが涙もとめて袖にやどれ月さりとて人のかげは見ねども

（良経、恋四・一二七三）

寂しさを微笑みのなかに沈めようとするこの歌の上句は、「月」が「袖」に宿るのはその「涙」を知るためであると説明している。また、「やどれ」という命令形は、「月」との親密感をあらわしているとともに、読者との距離を縮めてもいる。それに即して、下句の「人のかげ」は、〈思う人の面影〉だけでなく、文字通りに「人のかげ」すなわち〈人の姿〉も意味していると考えられる。すなわち、《映ったからと言って、恋しい人の面影は見えるとはかぎらない》、また《映ったからと言って、それを見てくれる人がいなければむなしい》と。したがって、〈月の影〉に付き添わされた「面影」は、自分が見るものにかぎられず、人にも見てもらう、メッセージを届けてもらうためのものでもある。

このような〈月の影〉の意味もまた、一首前の歌によって支えられている。「めぐり逢はん限りはいつと知らねども月なへだてそよその浮雲」（良経、一二七二）というその歌は、「月」を隔てないでくれと「雲」に呼びかけ、使者としての「月」の役割を喚び起こしているからだ。《恋しい人に逢えなくなったら、心の思いを伝えてもらいたい》、あるいは《月にめぐり逢えなくなったら、その〈月の影〉に、なからん後の形見を保存してほしい》と。

この歌もまた、〈見てもらえない月の影はむなしい〉と強調する「わすらるゝ身を知る袖の村雨につれなく山の月はいでけり」（後鳥羽院、一二七一）というその前歌と接続しており、その前歌も〈月の影が曇っているのは、悲しい面影のせいである〉と指摘する一首前の歌（高倉、一二七〇）と繋がっている。そして、このような〝遡行する〟読みに従って次に出てくるのは、「月の色」を登場させた「もの思ひてながむるころの月の色にいかばかりなる哀そむらん」（一二六九）という西行のもう一首の歌である。この歌は、「涙」を登場させないが、またその必要もない。「ながむる」が「泣かむ」を喚び起こしているからだけでなく、詩的伝統のなかで「物思ひてながむる（眺むる、詠むる）ころの月」が「涙」で染まっているからである。そして、この歌の「月の色」も、その前に載っている「くまもなきお《（を）》りしも人を思出でて心と月をやつしつるかな」（一二六八）という、また西行に詠まれた歌に対応して、「涙の色」と「月の光」を内包しており、世を捨てても、その思い出が捨てがたいことを示している。

上に試みた連続的な読みをさらに続けることもできる。しかも両方向に向かって。それは、この連鎖が村上天皇の「月かげのおぼろけに」（一二五六）から定家の「袖こす浪にのこる月かげ」（一二八四）へと続いていく〈月かげ〉の長いシリーズに入っているからだ。二十九の「月」の姿を描くこの歌の流れは、詩的言語におけるその意味と機能を追究していくが、語りや議論を支えているのは「涙」にほかならない。「あはれ」（一二五八、一二六九）、〈乱れ〉（一二六一）、「別れ」（一二六四）、〈離れ〉（一二七一）、「月」に寄せられた思いの流れをたどりながら、〈月かげ〉がそれを反映しているのは、「袖」に宿っているからだ（一二七三、一二七四）と明示している。そして、定家の「袖こす浪にのこる月かげ」という結びの歌（一二八四）は、「月」と「涙」を結び付けるこの非常に長いシリーズの、〝袖越す〟ような重要性を強調しているのである。

このような長いシリーズを連続的に読むことが可能なのは、長い詩的伝統の連続性のためである。その流れのなかで連想が連想を喚びながら歌ことばを結び付けてきたので、詩的言語の〈縦〉の重ねは〈横〉に陳列されるようになり、その〝重ね合い〟のなかで伝統の跡の跡をたどることができるのである。

こうした観点から新古今集以前の勅撰集の歌を新たに読みなおしてみれば、そのなかに内包された詩的伝統の展望への印を読み取ることもできる。[20] 一つの例に絞るなら、〈袖の涙の月かげ〉を問うている、後撰集の次の秋歌が挙げられるだろう。

秋の夜の月の影こそ木の間より落ちば衣と身にうつりけれ　（秋中・三一八）
秋の夜の月の光はきよけれど人の心の隈は照らさず　（秋中・三二三）
月影はおなじ光の秋の夜をわきて見ゆるは心なりけり　（秋中・三二六）
もみぢ葉に溜まれる雁の涙には月の影こそ移るべらなれ　（秋下・四二二）

ここまで試みた読み方に従えば、この歌のメッセージは驚くほど明瞭に見えてくる。また、いずれの歌も「よみ人知らず」であることは、詩的伝統の〝声〟としての「よみ人知らず」という印の働きを証明してもいる。《「木（言）の間」より漏れる「月の影」は「衣と身」にうつり、その〈秋の夜の光〉は〈飽きた世の中〉の「心の隈」を映すのだが、「心」もまた「影」のなかに「光」を見て取り、「涙」を借りて表現しているので、「もみぢ葉」に溜まっている歌ことばの詩的潜在力を借りた「涙」には、「月の影」が「移るべらなり」》と。そして、可能、断定、意志、予想などの意を内包している「べらなり」は、詩的約束の〈昔〉、〈今〉、〈未来〉を象徴しているので、〈袖の月〉という詩的発想の形成ばかりでなく、その展望をも示しており、なかでは西行などの歌に詠まれた、俗なる世の中には見られない「光」の影さえ覗かせているのである。

上のような〝四方八方的〟な詩的働きに対応して、本歌取りの歌も、その本歌とされる歌や他の数多くの詩的前例を喚び起こすことによって、詩的言語における意味生成のプロセスを解き明かしている。その例の一つとして、「わするなよ」と忠告している定家の次の歌を引用しておこう。

わするなよ宿る袂はかはるともかたみにしぼるよはの月かげ　（定家、離別・八九一）

この歌の本歌とされる「忘るなよほどは雲井に成ぬとも空行く月の廻りあふまで」（拾遺、橘忠幹、雑上・四七〇）という歌は、様々な歌学書によって引用されており、それぞれ異なる配列に入れられることによって変容していくという、多面的な歌である。たとえば、鴨長明は、『瑩玉集』（日本歌学大系、第三巻）のなかでそれを「艶なる歌」の例として、その「艶」が「たゞありなるものから」（三二四頁）出されたものであると指摘している。一方、定家は、自らの歌論書においてこの歌を取り上げてこそいないが、それを本歌とした歌を通して、その「たゞありなるものから」の「艶」を歌論的に纏めている。つまり、「袂はかはるとも形見にしぼる」（「袖の涙」が変わっていっても、数々の形見を保存し語りつづける）という〈袖の涙〉の詩的働きの説明を、「宿る……よはの月かげ」のなかに包み、それに「わするなよ」という注意の印を付けることによって、〈袖の涙の月かげ〉の意味生成のプロセスを描き出し、〈形見にしぼる月かげ〉という表現をもって詩的思い出を伝達するというその意味を纏めている。それに従って、「絞る」は、長い詩的伝統を受け継いだ平安末期の歌が、多数の前例と詩的連想の〈形見〉から織り成されたものであるので、一つの読みには〝絞られない〟ということをも示唆しているのではないかと思われる。

定家の「わするなよ」という呼びかけに従って、また「わするなよ」を詠んだその歌における意味作用を参考にして、最後に「月やあらぬ」と「末の松山」という二つの例示的な歌の詩的系統を取り上げ、詩的言語のパノラマを反映している〈袖の涙〉の上の〈月かげ〉の働きを纏めてみることにする。

〈月やあらぬ〉

「月やあらぬ春や昔の春ならぬわが身ひとつはもとの身にして」（古今、恋五・七四七）という業平の歌は、おそらく最も高く評価された古歌の一つであろう。[21] 鴨長明はそれが「餘情内に籠り、景氣に浮びて侍」る（無名抄、歌論集・能楽論集、八八頁）と指摘しており、俊成も、「月やあらぬといひ、春やむかしのなどつゞける程かぎりなくめでたき也」（古来風躰抄、日本歌学大系、第二巻、四七七頁）、また「常に申すやうには侍れど、かの月やあらぬ春や昔といひ、結ぶ手のしづくに濁るなどいへる、何となくめでたくきこゆる」（慈鎮和尚自歌合、同、三〇二頁）と、この歌を称賛しているとともに、「里はあれて月やあらぬと恨みてもたれ浅茅生に衣うつらん」（新古今、秋下・四七八）という自作の歌のなかでその艶を出そうとしている。さらに、江戸後期の『水無瀬の玉藻』は、「神代より當時に至るまでに至極の秀歌三首有り」（第三巻、四五二頁）と述べ、「月やあらぬ」の歌をその秀歌三首の一つとして挙げている。

業平の歌がこのような例示的な役割をはたすようになったのは、その「めでた」い表現にかぎらず、文字通り〝結ぶ手〟を求める、その〝開かれた〟構造のためでもあると考えられる。他方、俊成の歌を含む、それを本歌とした歌の連続が「袖」の上にあらわれ、「涙」によって結ばれるようになったことは、〈袖の涙〉が詩的言語の自己言及ないし自己説明の機能を担わされたことによっている。たとえば、新古今集の三人の撰者によって詠まれた次の歌は、「梅が香を袖にうつしてとゞめてば春は過ぐとも形見ならまし」（古今、春上・四六）と、「色よりも香こそあはれとおもほゆれ誰が袖ふれしやどの梅ぞも」（同・三三）という「よみ人しらず」の古歌に、「春や昔」の〈月かげ〉の連想をかけることによって、「袖の香」を〈袖の涙〉と関連づけ、「月」と「涙」の〝映し合い〟を通して、当代びとの価値観をあらわす感覚についての議論を進めており、その議論のメディアとなった詩的言語の展開を反映している。

梅の花にほひをうつす袖のうへに軒もる月のかげぞあらそふ　（定家、春上・四四）

梅が香に昔をとへば春の月こたへぬかげぞ袖にうつれる　（家隆、四五）

梅の花たが袖ふれしにほひぞと春や昔の月にとはばや　（通具、四六）

定家の歌は、〈うつり香〉と〈月のかげ〉という詩的発想を対比し、〈面影〉を伝達するというその意味に注目している。そして、両者とも「袖」の上にあらわれ、「袖」を通して意味づけられることによって、心の思い、また詩的表現の〈形見〉としての「袖」の機能を顕示している。

〈梅の香〉と〈月の影〉を「袖」の上に重ね合わせた定家の歌に続いて、家隆の歌はそれらをさらに範例化するとともに、その関連性を突き止めている。「梅の香に昔を問へば」、答えてくれるのは〈月の影〉なのだが、その答えは直接ではなく、二つを結び付けた〈袖の涙〉を通して出されるという。

それに従って通具の歌は、「梅の花（の香）」を「月」に問うて、「誰が袖ふれしにひふぞ」と、「袖」の機能に焦点を合わせている。つまり、「梅の花」も〈月のかげ〉も「袖」の上に登場するので、「梅の香」に「昔」を問えば、「春の月」が代わりに答えてくれるのだが、それは、その「月」が、どの「袖」にどういう「香」が移っているかを知っているからだ、と。他方、「誰が袖ふれし」も「春や昔の月」も有名な古歌からの引用であるので、「昔」に関する問いの答えはこのような秀歌にあるという、もう一つのメッセージも窺える。それに即して「誰が袖ふれし」を〈どの古歌〉と解釈すれば、《「誰の袖」に触れるのかによって答えも変わってくる》という本歌取りの技法についての説明を読み取ることもできる。また、「誰が袖」をさらに戯れさせ、「誰」が「昔」を問うのかと読めば、《本歌取りの働きは、どの歌を下敷きにしたかにかぎらず、誰がそれを踏まえたかにもよるのである》という纏めになる。

それに対応して「月やあらぬ」の系統をさらに追究してみれば、千載集に入っている「ながめつゝ昔も月は見し物をかくやは袖のひまなかるべき」（雑上・九八五）という相模の歌のなかに、年月の流れにつれて感受性と〈袖の涙〉の表現力が洗練されていくというメッセージを読み取り、「かくや」を通して「かぐや姫」の〈昔の月かげ〉の面影を見ることもできる。また、新古今集の「面影のかすめる月ぞやどりける春やむかしの袖の涙に」（恋二・一一三六）という、「月やあらぬ春やむかし」を「袖の涙」と接続させた俊成女の歌の「面影」は、詩的言語の「面影」として捉えられ、〈月かげ〉にはこうした「面影」も掛けられていることが分かる。あるいは、新古今集の撰者の一人である雅経の「はらひかねさこそは露のしげからめ宿るか月の袖のせばきに」（秋上・四三六）という歌は、あらゆる〈面影〉を伴う〈月かげ〉が〈袖の涙〉に宿るので、「袖」がさらに〝狭く〟なっていくという説明として読めるが、それは詩的言語そのものについての議論としても受け取られる。すなわち、《木の葉におく露は払えるけれども、言の葉に置く〈涙の露〉は払いきれず、「袖」がだんだん〝狭く〟なってきた。〈月のかげ〉をも宿すことができるのだろうか》と。

〈末の松山〉

上に取り上げた「月やあらぬ」から流れ出していく歌のなかでは「月」と〈袖の涙〉は自らの働きを〈映し合う〉ことを通して、詩的実践の特徴をも反映している。それに対して、「末の松山」の詩的連鎖においては〈袖の涙〉は、詩的伝統の連続性を支えており、意味生成のプロセスを進めていくことによって、自らの詩化過程をも解き明かしている。そして、次に引用する、八代集に載せられた「末の松山」の代表的な歌の連鎖が示しているように、「月」は〈袖の涙〉の働きを〝照らす〟ためであるかのように、最後の段階で加わってくる。

きみをおきてあだし心をわが持たば末の松山浪もこえなん　（古今、東歌・一〇九三）

浦ちかくふりくるゆきは白浪の末の松山こすかとぞ見る　（古今、興風、冬・三二六／拾遺、人麿、冬・二三九）

いつしかとわが松山に今はとて越ゆなる浪に濡るゝ袖哉　（後撰、よみ人しらず、恋一・五二二）

我が袖は名に立つすゑの松山か空より浪の越えぬ日はなし　（後撰、土佐、恋二・六八三）

松山のすゑ越す浪のえにしあらば君が袖には跡もとまらじ　（後撰、土佐、恋五・九三二）

契りきなかたみに袖をしぼりつゝ末の松山波こさじとは　（後拾、元輔、恋四・七七〇）

秋風は波とともにやこえぬらんまだき涼しきすえ《（ゑ）》の松山　（千載、親盛、夏・二二〇）

ふるさとにたのめし人も末の松まつらむ袖に浪やこすらむ　（新古、家隆、羇旅・九七〇）

松山と契りし人はつれなくて袖こす浪にのこる月かげ　（新古、定家、恋四・一二八四）

〈最後まで待つ〉という恋の契りをあらわす「末の松山」（「松山」、「末の松」）は、平安和歌において恋の最も代表的な表現の一つであろう。数多くの歌に詠まれており、『奥儀抄』の「末の松山浪こゆるといふことは、むかし男、女に末の松山をさして、彼山に波のこえむ時ぞわするべきと契りけるがほどなく忘れにけるより、人の心かはるをば浪こゆると云ふ也」（日本歌学大系、第一巻、三四六―三四七頁）という説明以来、数多くの歌論書によって取り上げられている。

現在の国文学者も「きみをおきてあだし心を」という歌から始まる「末の松山」の歌の系統をあらゆる角度から吟味している。たとえば、片桐洋一は、この歌が「異常なほどの影響を与えた」のは、「一夫多妻制の時代『君をおきてあだし心をわが持たば』と契ることは、男女の間では最も重要なことであり、また最も日常的なことでもあったからであろう」（歌枕歌ことば辞典）と指摘しており、小町谷照彦は、それを古今集的美意識の展開の例と見なし、その複数化の過程における視覚的なインパクトや聴覚的な響きを追究している（一九九四、三〇七―三〇八頁）。

このように、「末の松山」が、平安の詩的言語の中心をなす恋の表現の象徴として取り扱われていることからすれば、その意味生成の過程が〈袖の涙〉を通して進んでいくことは、〈袖の涙〉の詩的機能の評価として捉えられるにちがいない。したがって、それぞれの歌の解釈よりもその連続性に重点をおいて、右に引用した連鎖を解釈してみたい。

「末の松山」のパターンを規定した古今集の「きみをおきて」の歌に登場する「浪」は、〈恋の契り〉を試すという役割を担わされているとともに、「涙」の記号化過程の出発点を印づけてもいる。「なみ」→「なみだ」という響き合い、また「川」や「海」などの「浪」の連想が、「涙」の詩的潜在力を示唆しているからだ。

二つの勅撰集に重出している二首目の歌は、視覚的な感動を高めながら「末の松山」を美化していく。他方、「白浪」が、〈知る／知らぬ〉という連想を喚び起こしてもいるので、最初の二首のキーワードを連ねてみれば、「浪」を「白浪……とぞ見る」と、「涙」の意味作用の前進（忍ぶ思いを〝知る〟涙）が読み取れる。

「越ゆなる浪」は〈あだし心〉を知らせると述べている三首目の歌は、〈知る〉から〈知らせる〉へという、「涙」の詩的働きの展開をも踏まえている。また、「濡るゝ袖」の登場が「浪」と「涙」との関連を顕示しているので、「わが松山」を包んでいる「いつしかと……浪に濡るる袖」は、《いつの間にか〈袖の涙〉が「末の松山」を知らせるようになった》と解釈できるようになる。

四首目の歌は、「越ゆなる浪」の〈裏切り〉と〈偽り〉の可能性に注目を促している。「我が袖は名に立つ末の松山か」という言葉は、「名に立つ」→「濡衣」という連想を思い浮かばせ、「末の松山」すなわち男女関係の噂を漏らすという「袖」の機能を喚び起こしており、「知る」→「知らせる」→「漏らす」という、〈袖の涙〉の機能の変遷を指摘している。それに対応して「空より浪」を〈空言の涙〉と解釈し、詩的表現（空言）としての〈袖の涙〉の展開を示す〈偽りの涙〉と結び付けることができる。そして、それに即して、五首目（土佐の二つ目）の歌の「袖には跡もとまらじ」は、「涙」が〈空言〉すなわち詩的表現でなければ、「袖」の上にその「跡」は残らなかっただろうと、日常語と詩語の差異の立場から読めるようになる。

後拾遺集に載っている元輔の歌は、詩的レベルおよびメタ詩的レベルで意味づけられ、三代集における〈袖の涙〉の意味生成の過程を纏めている。前に述べたように、「契り」が〈恋の契り〉とともに〈言葉の契り〉すなわち詩的約束としても捉えられるので、次のような読みになる。《〈袖の涙〉は「末の松山波こさじ」という詩的約束を〈形見〉として保存しているので、「袖」を〝絞る〟ことによってその形見の跡をたどり、新しい連想を連ねていくこともできる》と。

「秋風」を登場させた千載集の歌は、小町谷照彦の指摘どおり（一九九四、三〇七―三〇八頁）「末の松山」の「聴覚化」の例と見なされるにちがいないが、他方、「秋風は波とともに」という言葉は、〈袖の涙〉を「ふきむすぶ風」という詩的発想に従って、「教へ習ふ事」すなわち詩的伝統の伝達における〈袖の涙〉と「風」の役割への示唆としても捉えられる。

そして、このような詩的伝統を受け継いだ新古今集の二首の歌に登場する〈袖こす浪〉は、「末の松山」だけでなく、「涙」の視点からも読み取れるようになる。つまり、〈涙の浪〉は「末の松山」という恋の表現の範囲を〝越えて〟詩的言語の流れそのものをあらわすようになったので、心の面影だけでなく、〈詩的面影〉をも掛けられた「月かげ」が「袖」に残る、と。

上に試みた通時的な読みは、歌人の〝意図〟を問わずに、詩的伝統の展開につれて滲出していく詩的言語の「声」の語りを読み取ろうとしたものである。「末の松山」のシリーズを選んだのは、古今集から新古今集に至るまでのその連続性のゆえなのだが、他のモデル的な恋歌の流れをたどってみても、同じような結果になるだろう。キーワードを連ねて、その結果を纏めておこう。

「浪も……（玉や露などと同様に）白（知る／知らぬ）浪とぞ見る」。

「いつしかと」（いつの間にか）それが普通の波を〝越えて〟「袖」を濡らす〈涙の浪〉を意味するようになったからだ。

言い換えれば、それは「空より浪」すなわち〈空言〉（文学）の表現としての〈涙の浪〉なのだ。

そうでなければ（〈涙の浪〉ではなければ）、「袖には跡もとまら」ないだろう。

「袖」の上に留まる〈涙の跡〉は、詩的契り（約束）の〈形見〉となったので、「袖をしぼる」ことによってその形見の連想を喚び起こすことができる。

「秋風は波とともに」このような〈袖の涙〉の機能の種を詩的言語のなかで散らばらし植えつけていく（散種していく）。

それゆえ、〈涙の浪〉は、心の思いを託された「袖」という本来的な意味を越えて、「月かげ」も宿すことで詩的能力をさらに増やしたのだが、「月かげ」もまた〈袖の涙〉を照らしながらその範囲を拡大している。

以上、様々な読み——前進的な読みに遡行的な読み、共時的な読みに通時的な読み、など——を試みて、新古今集における〈袖の涙〉の展開を考察してみたが、それが〈袖の涙〉とその表現のネットワークを越えて詩的言語ないし平安文学のレトリックについての考察になったのは、詩的言語における〈袖の涙〉の機能のおかげである。

本来〈心〉の表現として意味づけられた〈袖の涙〉は、その「心を種とした」詩的言語の展開を支えつつ、やがてその〈詩的形見〉と〈詩的目覚め〉を宿しながら詩的言語の自己言及および自己説明の機能も担わされたので、〈袖の涙〉の流れは、詩的言語とその意味作用の流れをあらわすようになった。このような〝なかれ〟のなかに、見立てから本歌取りまでの技法、歌の指示的レベルと詩的レベルとの往復、表現の置き換えとひっくり返しなどの意味作用のメカニズムが見えると同時に、「月かげ」を映した〈袖の涙〉を通して当代びとの人生観や価値観も映し出されている。

言い換えれば、詩的言語は自らの働きのみならず、平安文化における意味作用の特徴をもあらわすようになり、それは、詩的言語の展開を反映する〈袖の涙〉に映し出されてきたのだが、こうして〈袖の涙〉が平安文化の詩的言語それ自体のメタファーともなっていることをさらに裏付けるために、もう一つの重要な証拠を挙げておこう。それは文字である。

文字の映像（graphic image）および〈書く〉行為（ecriture）を記号化するという〈袖の涙〉の機能は、金葉集の「する墨もおつる涙にあらはれて」（四四三）という歌以降に浸透しはじめ、新古今集において目立つ〈流れ〉となった。それは、新古今集にとどまらず、また歌そのものの範囲を越えて、平安文学の他のテクストにも及ぶような重要性を持っているので、次に新古今集の歌に他のテクストからの例を付け加えながら、「水茎の跡」を書き徴すという〈袖の涙〉の失われた機能を追究してみることにしよう。

王朝文学を書き徴す〈袖の涙〉

〈水茎の跡〉を書き徴す〈袖の涙〉

(イ)〈水茎のなかれ〉

「水茎」という言葉は、平安時代において〈筆跡〉の意味で詠まれるようになったが、語源が曖昧であるため、なぜこうした意味を担わされたのか、明らかではない。一方、詩的言語の自己言及および自己説明の働きのなかで〈水茎の跡〉が〈袖の涙〉にあらわれてきたことから判断すれば、〈筆跡〉としての意味は歌ことばの表徴としての〈袖の涙〉の機能と関連しているのではないかと推定できる。

語源については、万葉集における「水茎」の五つの使用例のうち四つもが「水茎の岡」になっているので、「水茎」を「岡」の枕詞と見なし、本来「水漬城」(水にひたる城)、すなわち「水城《みつき》」を指した言葉が、城が岡の上にあったとか、岡のように盛り土をされているなどの理由で「水茎の岡」として使われるようになった、という説が提出されている。[1] さらに「水茎」と「筆」との結びつきについて、「ミズグキ」という、筆先に用いられた「コウボウムギ」の別名を踏まえた〝実体的〟な解釈も出されている。[2]

いずれの説も、たとえ他の証拠がなくても、日本語の多数の同音語に由来する掛詞的な意味作用のパターンに即したものなので、説得力があると思われる。そこで、詩的言語としての日本語の最も代表的な特徴でもある言葉の響き合いをさらに追究してみれば、上代語の「くく」という言葉が浮かび上がってくる。〈潜る、潜らせる、漏れる〉などの意味を持っていたこの言葉は、〈筆を潜らせる〉、〈筆の跡が漏れる〉というイメージを喚び起こすと同時に、〈漏れる涙〉との連想をも喚起するのではないだろうか。[3] たとえそれが、なぜ水茎が筆跡をあらわしはじめたかの説明としては成り立たなくても、〈袖の涙〉が〈水茎の跡〉のメタファーとして定着したことと無関係ではないだろう。他方、言葉の響きから物の姿に焦点を移してみれば、「袖」→「紙」、〈涙の流れ〉→〈墨の流れ〉という視覚的類似性（visual similarity）が見えてくる。古代人の認知手段としてのメタファーがもともと視覚的類似性に基づいていたことからすれば、それを〈袖の涙〉と〈水茎の跡〉との連想の根源と見なすことができるだろう。そして、平安文化の〈流れ〉の価値観に対応して発達した連綿体のおかげで、この視覚的類似性がさらに意識化されるようになったと考えられる。残念なことに、歌学書はこの問題を取り上げていないが、『能因歌枕』には「かみをば、ころもでと云」（日本歌学大系、第一巻、七九頁）と、「紙」と「袖（衣手）」を関連づけた記述がある。[4]

仮説から具体的な例に移ると、「涙」と「水茎」の最初の出会いは、**「ますらをと思へる我や水茎の水城の上に涙拭《のご》はむ」**（万葉、旅人、巻六・九六八）という歌だと思われる。ここでは「涙」と「水茎」が比較されているのではなく、接続されていることからすれば、それらがまず縁語の関係で結ばれ、対立を通してメタファー化の過程を発動させたと考えられる。そして、仲介役をはたしている「水城《みつき》」という言葉を戯れさせてみれば、「みつく（見付く→見慣れる）」、「みつぐ（見繋ぐ→見届ける）」、「みづく（水漬く→水に浸る）」など、その過程のメカニズムを示唆する連想を見て取ることもできる。

このように、「水茎」が「筆跡」をあらわすようになった理由は様々な角度から追究できるし、「心」の表現として定着した〈袖の涙〉との関連性も考えられる。それを十分に裏付ける証拠はないが、「筆跡」としての「水茎」の意味が普及したと思われる平安後半の歌のなかには〈水茎の跡〉のメタファーとしての〈袖の涙〉の役割が詠み込まれているので、次にその跡を探ってみることにしよう。

たとえば、「涙」が「水茎」の〝延長〟として働いている**「水茎はこれを限りとかきつめて堰きあえ《(へ)》ぬものは涙な**

りけり」（千載、頼載、恋四・八六八）という歌は、「水茎」と「涙」との並列から両者の配列へという変遷を示し、「かきとむることの葉のみぞ水茎のながれてとまる形見なりける」（新古今、公通、哀傷・八二六）は、数多くの〈形見の涙〉の前例を喚起することで、両者のミメティック・レベル（流れ）とポエティック・レベル（「形見」としての役割）での共通点を示唆している。しかし、どの歌よりもそれらの関係を顕示するのは、「いにしへのなきになかるゝ水茎の跡こそ袖のうらによりけれ」（徽子女王〔斎宮女御〕、哀傷・八〇七）という新古今集の歌だと思われる。馬内侍から贈られた「たづねても跡はかくても水茎のゆくゑ（へ）もしらぬ昔なりけり」（八〇六）という歌への返歌であるこの歌は、贈歌の「水茎のゆくゑ（へ）もしらぬ昔」を踏まえて、具体的な〈場〉にとどまらず、「水茎」という表現の「ゆくへ」をも追究しているからである。(5) つまり、

（鳴き）
いにしへの〈泣き／亡き〉に〈泣かるる／流るる〉水茎の跡こそ袖の〈浦／裏〉により（寄り、拠り、因り、縒り）けれ
（無き）

《いにしえからの水茎の跡が、泣きに泣かれる涙のように流れながら袖の涙の浦に寄るようになったので、〈袖の涙〉は〈水茎の跡〉を表現しはじめ、〈水茎の跡〉（〈書く〉行為）は〈袖の涙〉に拠るようになった》と解釈できるこの歌は、二つの表現の間の関係を、詩的言語の展開と結び付けて解明しているので、「水茎の跡」は〈詩的実践の跡〉としても捉えられる。

ここで「なき（泣き、鳴き、亡き、無き）」、「うら（浦、裏）」、「なかるる（泣かるる、流るる）」は、掛詞の多様性に基づく意味作用の〈横〉の働きを例示しているが、「より」の同音語（寄り、因り、拠り、縒りなど）は、縁語など、

歌ことばの接続の方法について述べ、意味作用の〈縦〉の次元を示している。一方、上句の「亡きに流るる／泣きに泣かるる〈水茎〉」が、歌のミメティック・レベルとポエティック・レベルの絡み合いを顕示しているのに対して、下句の「袖の裏」という読みは、ミメティックではなく擬似ミメティック（quasi mimetic）、すなわち〈詩的現実〉のレベルで意味づけられ、〈袖の涙の「浦」〉の〃裏〃の意味という、メタ・ポエティックな解読の可能性を示唆している。(6)

ところで、国歌大観に載っている「水茎」の歌の半分以上は、「涙」か、「露」「時雨」など、その隠喩を登場させるが、次にその最も顕著な例に焦点をあわせてみたい。

みなせがはながれてとまるみづぐきの見えぬたえまは涙なりけり　（元真集）

水茎のうかりし跡とみなせどもいとど涙のながれそふかな　（為忠朝臣家後度百首）

一首目に詠まれた「みなせがは（水無瀬川）」は、「事にいでて言はぬばかりぞ水無瀬河したに通ひてこひしき物を」（古今、友則、恋二・六〇七）、「思ひあまり人に問はばや水無瀬川むすばぬ水に袖はぬるやと」（千載、公実、恋二・七〇四）などの例が示しているように、〈表面に見えない思いを見せる〉という意味を持ち、「見なせ」を連想させていた。それに対応して、元真の歌に登場する「見えぬ」は、こうした連想を強調するとともに、「見えぬ」ものが〃見なす〃作用を通して〈見える〉ようになることをも示唆していると思われるので、「水茎」が見えない時には「涙」がその代理として働いているというメッセージになる。他方、「みなせ」を直接登場させ、それを通して「水茎のうかりし跡」と「涙のながれ」を接続した二首目の歌は、《水茎の跡と見なせ、涙の流れを》と、明瞭に指摘しているばかりでなく、「うかれし」によって、こうした意味が〃自然に〃浮かび上がってきたことをも示していると思われる。

「水茎の跡」の「はか」（目当て、手がかり）を問う次の二首においても答えとして提出されるのは「涙」である。

みづぐきのあとはかもなきよにふればおつる涙ぞながれそひける　（行宗集）

みづぐきのあとはかもなき言の葉をかき流しつる涙川かな　（俊成、長秋草）

一首目の歌は、「水茎」の流れに「涙」が「流れそふ」と指摘して、二つの流れを合流させており、「よにふれば」（降る、古、経る）の多義性を通して、その〝合流〟をさらに人生の流れや歌の展開の流れと関連づけている。それに対応して、この歌を本歌とした二首目の歌は、「涙川」が「水茎の跡」の目当てであると、本歌のメッセージを顕示するとともに、それは「涙川」が「言の葉をかき流し」ているからだ、という理由も解き明かしている。

また、次の二首は、言の葉をしるす水茎と、言の葉をあらわす「涙」という二つの発想を連関させ、「水茎」と〈袖の涙〉の機能的な類似性を顕示している。

ひとすぢにおなじながれとみつるよりこの水ぐきも袖ぬらしけり　（隆房集）

わすられぬ心ひとつのてならひに涙かきやる水ぐきのあと　（政範集）

《〈一筋に同じ流れと見つる〉ので「水茎」も（「涙」にならって）「袖」を濡らしている》と、コメントが要らないほど明瞭に説明している一首目の歌に続いて、[7] 二首目は〈心ひとつの手習ひ〉と、「水茎」と〈袖の涙〉の視覚的類似性にさらにそれらの機能的な類似性を付け添えている。そして、「涙かきやる水ぐきのあと」の「掻きやる」に

「書きやる」を掛けることで、理論的発想に劣らず、「涙」と「水茎」の関係を纏めている。つまり、「涙」が「水茎」を書き徴すのは、「水茎」が「涙」によって象徴されるようになった心の表現を書き記しているからだ、と。

〈水茎の跡〉↓↑〈袖の涙〉という、両者の相互関係がまるで〃目の前に〃見えるかのようだが、「こぼるらん涙にたぐふ水くきを我が目のまへにかけてこそみれ」（頼政集）という歌は、文字通り「涙にたぐふ水くき」を「目のまへにかけて」、「こぼる」というその譬えの根拠を指摘している。《こぼれるのだろう、〈涙〉になぞらえられた〈水茎〉は。目の前に掛けて、見てみよう》と。

それに対して「へだてつるむかしの跡の水茎は今もながれて涙とぞなる」（長綱百首）という歌は、〈昔の水茎の跡〉は「涙」となる、また「水茎は今もながれて涙とぞなる」と述べ、〈水茎の跡〉をあらわす「涙」の機能ばかりでなく、〈詩的形見〉としての働きも顕示している。さらに、「ながれて」という、〈水茎の跡〉としての「涙」の意味作用の根拠を指摘するとともに、それが見えたのは、「へだてつる」からだ、すなわち時間が流れたからだ、と差延による意味作用の特徴についても説明している。(8)

「へだてつる」という指摘に従って時代をさらに下ると、〈水茎の跡〉を書き徴す〈袖の涙〉の機能が一層明瞭に見えてくる。たとえば、「かきながす袖のみぬれて水ぐきの浪たちかへり跡をみるかな」（久安百首）という歌は、「袖のみぬれて」の「涙」を「水茎」と置き換え、それが〃書きながす〃「浪」の「たちかへり」を通して、詩的連想の連鎖の〈跡の跡をたどる〉という意味作用のメカニズムすら示している。また、「かきくらす涙の跡の水ぐきに深きおもひをあはれともみよ」（文保百首）という歌は、〈水茎の跡〉に「涙の跡」を重ねて、「深きおもひ」を「あはれ」と見るという歌の本質をあらわしている。

上に試みたように「涙の跡の水茎」の跡をさらに追求しつづけると、それぞれの時代における詩的発想の特徴が見えてくるのだが、それは、〈袖の涙〉と〈水茎の跡〉の結合が詩的言語の流れそのものを反映しているからである。言い換えれば、〈袖の涙〉が「書」のメタファーである〈水茎の跡〉を書き徴すことによって、詩的言語のメタ・メタファーとして働いているからである。さもなければ、次に紹介する「玉づさ」などの〈水茎の跡〉の隠喩が〈袖の涙〉にあらわれるはずはなかっただろう。(9)

(ロ)〈水茎の跡〉の隠喩

『能因歌枕』の「筆をば、水くき、はまちどりの跡とも」(七九頁)、「たまづさとはふみをいふなり」(七六頁)という説明に続いて、『八雲御抄』は「書　たまづさ(玉梓とかけり。)もしほ草は跡なり。鳥の跡とも」(日本歌学大系、別巻三、三四四頁)と、「藻塩草」を付け加えて「書」(「手紙」、「水茎の跡」)のメタファーを纏めているが、そのいずれも〈袖の涙〉と関連づけられるのである。

「鳥の跡」は、蒼頡《そうけつ》が鳥獣の足跡を見ながら漢字を作ったという中国の故事に遡るが、「和歌の浦」に取り入れられると、鳥獣は浜千鳥となり、「浜」、「浦」、「浪」、「なぎさ」、また「鳴く」→「泣く」を通して〈袖の涙〉と結び付いた。「白浪の打ち出づる浜の浜千鳥跡や尋ぬるしるべなるらん」(後撰、朝忠、恋四・八二八)という、「浜千鳥跡や尋ぬるしるべ」を問う歌に従って、「かくてのみありその浦の浜千鳥よそになきつゝ恋ひやわたらむ」(拾遺、読人しらず、恋一・六三一)、「逢ふことはいつとなぎさの浜千鳥波のたちゐにねをのみぞ鳴く」(金葉、雅定、恋上・三六一)などの歌もその「しるべ」を求めつづけているが、答えは次の歌のなかに出てくる。

はまちどりわが袖のうへにみえしあとはなみだにのみもまづきえしかな　(宇津保物語)

わが袖に跡ふみつけよ浜千鳥あふことかたし見てもしのばん（新古今、読みし知らず、恋一・一〇五七）

一首目の歌の上句が、「浜千鳥」の跡が「袖」の上に見えた、と直接に指摘しているので、「なみだにのみもまづきえしかな」という下句は、〈浜千鳥の跡〉の意味が〈袖の涙〉に流れ込んだことのアレゴリーとして読める。それに対して、「わが袖に跡ふみつけよ浜千鳥」と呼びかける二首目の歌は、「ふみ」を戯れさせ、「浜千鳥」が「袖」の上に「跡」を踏みつけるという〝実体的〟な描写を通して、「文」としての意味が〈袖の涙〉に付き添わされたことを示唆している。

このように「浜千鳥」は、「袖」の上に「跡」を踏みつけ、「涙」のなかに流れ込んだ。そして、「浪にしく袖に跡ふめはま千鳥あけなば月の影もとまらじ」（後鳥羽院御集、一四〇五）という歌が示しているように、ついには「月の影」をも宿すようになった。

また、「みるめ」→「みぬめ」という連想を喚び起こす「はま千鳥あとだにいまはかきたえてみぬめのうらにぬるそでかな」（続後撰集、基良）という歌を文字通りに読んでみれば、〝書きたえた〟「はま千鳥のあと」の役を〈袖の涙〉が演ずるようになったという、〈裏〉のメッセージを見て取ることができる。それと呼応して、「はまちどりむかしのあとをみるからに涙に袖をぬらしつるかな」（経盛卿家集）や「はま千鳥跡見るからに袖ぬれてなき末までのかたみとぞなる」（従三位為理家集）という、「見るからに」を登場させた歌は、文字の姿を想い起こさせる〈浜千鳥の跡〉と〈袖の涙の跡〉との視覚的類似性を踏まえるとともに、「なき末までのかたみ」と、〈詩的形見〉としての〈袖の涙〉の働きをも強調している。

「浜千鳥」と〈袖の涙〉との合流の跡は平安末期から見られるようになったのに対して、「玉づさ」は早くから

「玉」と「雁」（鳴く）を通じて「涙の玉」と結び付いていた。後拾遺集の分析で触れたように、「玉あづさ」の変形である「玉づさ」（玉章）は、使者が手紙を運ぶ時に持っていた梓の杖から転じて「手紙」をあらわすようになったが、「雁」との連想は、漢の時代の蘇武の故事によるものである。すなわち、匈奴に捕えられた蘇武は二十年にわたって雁の脚に手紙をつけて都に送りつづけていたと言われ、古今集の「**秋風にはつかりが音ぞきこゆなる誰が玉章をかけて来つらむ**」（友則、秋上・二〇七）などの歌はその故事に言及している。

一方、前に引用した「**紅涙文姫洛水春、白頭蘇武天山雪**」（温庭筠《おんていいん》『達摩支曲』）などの詩が示しているように、中国文学においても蘇武の故事は、王女の身代わりとして匈奴に連れて行かれた王昭君の「血涙」とともに詠まれたのだが、和歌のなかでは「雁」の「玉章」と「涙」を関連づけたのは「なく」という言葉であり、それは平安前期から詩的約束として働いていたと思われる。たとえば、「**返しけむむかしの人のたまづさを聞きてぞそゝくおいのなみだは**」という後拾遺集の歌（元輔、雑四・一〇八六）は、「たまづさ」に「涙」、しかも世の中と歌の本質を知りえた「おいの涙」を付け添えることによって、両者の関係のみならず、〈昔の玉章〉を受け継いだ「涙」の詩的働きをも示唆している。また、「**たまづさになみだのかゝる心ちしてしぐるゝ空に雁のなくなる**」（千載、読人しらず、冬・四一五）という歌は、「玉章に涙のかゝる」と明示するのに対して、「露の玉づさ」を登場させた「**たなばたのとわたる舟のかぢの葉にいく秋かきつ露の玉づさ**」（新古今、俊成、秋上・三二〇）という歌は、「玉づさ」→「（涙の）玉」→「（涙の）露」という、その〝掛かり方〟を解き明かしている。そして、拾遺集の次の歌は、「雁がね」→「玉梓」→「書く手」→「便り」→「夕（言ふ）千鳥」→「袖ぬれつゝ」→「水茎の跡」という連想の連続を通して「水茎の跡」の見立て過程を踏まえながら〈書く〉行為そのものを纏めていると思われる。

「今はとも　言はざりしかど（中略）雁がねの　雲のよそにも　聞こえねば　我はむなしき　玉梓を　書く手もたゆく　結び置きて　つてやる風の　便りだに　なぎさに来ゐる　夕千鳥　うらみは深く　満つ潮に　袖のみいとゞ

濡れつゝぞ　あとも思はぬ（中略）今日水茎の　跡見れば……」（よみ人知らず、雑下・五七三）[10]。

「浜千鳥」や「玉梓」とはちがって、「藻塩草」が〈筆跡〉と〈手紙〉をあらわしはじめた理由は、故事ではなく詩的言語の働きである。「掻き集む」に「書き集む」をかけた「つゐにおほむ遊びのあまりに、敷島のやまとうた集めさせ給ふことあり。拾遺集に入らざる中ごろのをかしき言の葉、藻汐草かき集むべきよしをなむありける」（四—五頁）という、後拾遺集の序の言葉はその証拠として挙げられる。

しかし、「藻塩草」がこのような意味を担わされた理由は、「かく」の響き合いに限られているのだろうか。たとえば、後撰集の「はかなくて絶えなん蜘蛛の糸ゆへ《ゑ》に何にか多くかゝんとぞ思ふ」（よみ人しらず、雑二・一一三九）という歌に添えられた「男の『文多く書きて』と言ひければ」という詞書が明示しているように、〈蜘蛛のすがく〉も、〈文書く〉をあらわしている。そうであるとすれば、「藻塩草かく」が〈文書く〉の譬えとして公認されたのは、「かく」にかぎらず、「藻塩草」の連想のためでもあったと推測できる。しかも、焼き付けられた藻塩草は、確かに文字の姿を想い起こさせるのだが、このような視覚的類似性よりも注目すべきは、その〈音遊び〉の可能性であるように思われる。つまり、昔の人は「掻く」に「書く」を掛けたばかりか、「もしほ（を）くさ」のなかにも〈文字置く〉を読み取ったのではないだろうか。「藻塩くむ袖の月かげを《お》のづからよそに明かさぬ須磨の浦人」（新古今、定家、雑上・一五五七）という歌に用いられた「もしほ（を）くむ」も、この仮説を裏付けてくれる。

他方、「藻塩草」が〈書〉の譬えとして定着したのは、それが「浦」、「浜」、「浪」、「渚」など、平安文化の〈流れ〉の構造と、詩的言語におけるメタファー化過程の〈流れ〉のメカニズムと呼応する〈水海〉の歌ことばを連想させたからでもあると思われる。そして、このような連想が〈袖の涙〉との接触点でもあるので、〈書〉の隠喩としての「藻塩草」の定着は、詩的言語における〈袖の涙〉のメタ詩的働きの展開と呼応していると考えられる。「もしを《ほ》草敷津の浦の寝覚めにはしぐれにのみや袖はぬれける」（千載、俊恵法師、羇旅・五二六）という歌も、両者の結び付きを示しているし、上に引用した定家の歌の「藻塩くむ袖の月かげ」も、「藻塩」を〝くみとる〟〈袖の涙〉の上に「月かげ」をかけた、と解読できる。また、「なくなりたる人の数を卒塔婆に書きて、歌よみ侍けるに」という詞書を付けられた「見し人は世にもなぎさの藻塩草かきをくたびに袖ぞしほるゝ」（新古今、法橋行遍、八四三）という歌は、「なぎさ」→「亡き」→「泣き」という連想の連続に沿って、「藻塩草かきをく」と「袖ぞしほるゝ」を関連づけ、〈なからぬのちの形見〉を保存するという、その機能を強調している。そして、「数ならぬわかの浦半の藻塩草かくにつけても袖はぬれつつ」（慶運集）という歌は、「和歌の浦」のなかに両者を合流させ、〝歌を書く〟「藻塩草」の役割と、歌を書くという行為を徴す〈袖の涙〉の働きを纏めている。

上に取り上げた例が示しているように、〈袖の涙〉は、〈水茎の跡〉を比喩的にあらわすばかりでなく、〈文書く〉というその機能を記号化しており、そのため「浜千鳥」、「玉づさ」、「藻塩草」というその隠喩をも表現するようになった。言い換えれば、「たぎつ心」から流れ出す〈袖の涙〉は、「心を種とした」和歌制作そのものの象徴になったので、仮名文字の映像をも表示するようになったのだが、それをさらに顕示しているのが、次に見る〈涙→墨〉という意味生成の展開である。

〈袖の墨〉

「涙」が「墨」になるという変化は、「平中の空泣き」によって顕示されるが、この説話が数多くのテクストのなかに引用されたパロディであることを考慮すれば、〈涙→墨〉という意味作用は、詩的規準に対応したものであると判断できる。したがって、このような詩的規準の働きは、他の表現のうちにもたどりうるはずだが、何よりもまず浮かび上がってくるのは、やはり「袖に墨つく」という表現である。

(イ)「袖に墨つく」

『奥儀抄』のなかで「袖に墨つく」を取り上げた清輔は、「人にこひたるゝ人はそでにすみつく、又こひすればひたひの髪しゞくともよめり。古歌伝、わぎもこがひたひのかみやしゞくらむあやしくそでにすみのつくかな」(日本歌学大系、第一巻、三一三頁)と論じており、それと呼応して『和歌童蒙抄』も同じ古歌を引用し「世諺伝、人を戀る人額の髪しゞく、人に戀らるゝ人袖に墨付といへり」(別巻一、一八九頁)と説明している。また、『八雲御抄』のなかにも「そでにつくすみ(これは人に恋らるゝ事也)」(別巻三、三七六頁)という記述が載っている。(11)

確かにどの説明も「袖に墨つく」を「涙」と連関させてはいないが、当代びとにとってはその必要もなかったように思われる。詩的伝統のなかで「つく」が〈心の思いがつく〉という意味で詠まれており、また、「ひき出でたるほどを思へばあやめ草つくる袂のせばくもあるかな」(和泉式部集)などの歌が示しているように、それが〈袖の涙〉と関連づけられていたからである。

歌学書のなかに引用される古歌については、それ以外の情報はないが、俊忠の次の歌に登場する「袖にすみのつく」が、詩的伝統に従って〈袖の涙〉に言及していることは明らかであろう。

偲ばれむことぞともなき水茎のたびたび袖にすみのつくかな　(帥中納言俊忠集、四五)

この歌の意味作用は、「忍ぶ」と「偲ぶ」との響き合いによって発動する〈忍ぶ思ひ〉と〈昔を偲ぶ〉との連想に基づいており、「しのぶれど色に出でにけり我が恋は物や思ふと人の問ふまで」（拾遺、兼盛、恋一・六二二）、「うち忍び泣くとせしかど君こふる涙は色に出でにけるかな」（後拾遺、恋四・七七八）、「色見えぬ心ばかりはしづむれど涙はえこそしのばざりけれ」（金葉、恋下・四四四）、「色見えぬ心のほどを知らするは袂を染むる涙なりけり」（千載、恋一・六八八）、「君恋ふる涙しぐれと降りぬれば信夫の山も色づきにけり」（同・六九〇）、「もの思ふといはぬばかりはしのぶともいかゞはすべき袖のしづくを」（新古、恋二・一〇九二）など、「しのぶ」の詩的伝統を受け継いだものである。そして、〈忍ぶ思ひ〉をあらわす〈袖の涙〉の機能を追究し、「涙の色」、「しぐれ」、「しづく」などによってそれを顕示してきたこの詩的伝統に従って、俊忠の歌も〈袖の涙〉と関連づけられており、「袖」を染めた「涙の色」に続いて、「袖にすみのつく（漬く、付く）」を登場させることで、〈恋ふる涙〉を詠むという〈袖の涙〉の機能をさらに展開し、「水茎」と結び付けている。『俊忠集』において「袖にすみのつく」の歌の前に載っている「恋ひわびてひとり伏屋に夜もすがら落つる涙や音無しの滝」（四四）という歌も、「しのぶ」の詩的伝統を喚び起こし、「涙」→「墨」という転化を示唆していると思われる。

このように、「袖に墨つく」は、「袖の色」とも呼応して、〈書く〉行為の表徴としての〈袖の涙〉の機能を顕示しているのだが、その最も明示的な証拠は、「涙」を文字通り「墨」と置き換えた「平中の空泣き」であるにちがいない。

（ロ）平中の空泣き

平中の空泣きの話は、『源氏物語』やその注釈書の『河海抄』などで引用され、『今昔物語』、『宇治拾遺物語』、『古本説話集』、『十訓抄』、『世継物語』などの説話集によって取り上げられた、王朝文化の詩的カノンの定着を裏付けるもっとも代表的な滑稽譚であると思われるが、前に触れたように、パロディの焦点が〈袖の涙〉であることは、詩的

言語におけるその規準的な働きの証拠と見なしうる。(12)

「空泣き」を通してパロディ化された「すきもの」の平中は、『大和物語』などにも登場するが、その〝本場〟である『平中物語』においては、〈袖の涙〉は実に〝あやしい〟ほど多い。それは特に、雅びとの在中（業平）を描写した『伊勢物語』との比較の上で目立つのだが、『平中物語』の全歌数の一五三首のうち約五〇首もが、〈袖の涙〉か、「白露」、「白浪」など、それに言及する表現を詠んでいることは、数多くの〈袖の涙〉の歌を載せた新古今集の視点から見ても、やはり〝泣きすぎ〟である。

『平中物語』に詠まれた「涙」は、〈燃ゆる思ひ〉対〈涙川〉、〈涙川の淵〉対〈逢瀬〉、〈袖の乾く／乾かぬ〉、〈袖の紅葉→涙の色〉、〈天の川→涙の川〉、〈露→白露〉など、三代集における〈袖の涙〉の意味作用と呼応している。「臥す床の　涙の川と　なりぬれば　なかれてのみぞ　水鳥の　うき寝をだにぞ　我はせぬ（中略）わが胸をのみ　こがらしの　森の木の葉は　君なれや　露も時雨も　ともすれば　漏りつゝ袖を濡らすらむ　乾る時なき　野路《のち》露に　乾さじとやする（後略）」（三段）という長歌も、そのような意味作用を纏めている。一方、〈袖の涙〉の多様な表現の使用は、恋の思いを伝えるという、ただ一つの機能に絞られているので、〈偽り〉の疑問をもたらし、パロディの可能性を孕んでいる。『平中物語』におけるこのような可能性は、男の「涙」を疑う女の「あな、そらごと。露だにおかざめるものを」（二十三段）という言葉によって、また「見つ」→「満つ」→「みづ（水）」→「見ず」→「見す」を遊ばせる、〈男〉「夏のひに燃ゆる我身のわびしさにみつにひとりのねをのみぞなく」、〈女〉「いたづらにたまる涙のみづしあらばこれして消てと見すべき物を」（二段）などの遊戯的な贈答歌によって示唆されている。(13) さらに、『源氏物語』などにおける平中からの引用が示しているように、〈平中の涙〉は、歌や物語などの具体的なテクストの範囲を越えて、平安文学を特徴づける〈空言〉と〈真〉についての議論とも関連づけられるのである。

他方、「涙」を「墨」と置き換えた「平中の空泣き」の説話は、『篁物語』の第一部のテーマになっている小野篁と異母妹との禁断の恋譚や、『堤中納言物語』の「はいずみ」なども喚び起こしており、それらのストーリーは、「涙」↓「墨」という変化の段階を示すものと見なされる。

「泣く涙雨と降らなむわたり河水まさりなば帰りくるがに」（古今、小野篁、哀傷・八二九）という歌を下敷きにした『篁物語』においては、篁は、母親によって篁と引き離され悲嘆のなかで悶死した妹を弔って、供養に経を写すことにするのだが、「涙つきせず泣く。その涙を硯の水」に使う。つまり、「涙」を「水」と置き換え、「墨」と合流させるのである。

それに対して、「はいずみ」は、「涙川」の歌のおかげで夫の心を取り戻した元の妻と、[14]捨てられた辛さのなかで「白き物」と「掃墨」を間違えて、顔を黒く染めた新妻との対立を通して、〈恋ふる心〉の表現としての「涙」の力を強調している。また、掃墨に染まった顔の上に「涙の落ちかゝりたる所の、例の肌になりたる」という描写は、「する墨も落つる涙にあらはれて」（四四三）という金葉集の歌を喚起し、〈墨の跡〉としての「涙」の働きを示唆するとともに、〈空言〉と〈真〉に関しての議論とも呼応している。

さて、「平中の空泣き」をもっとも詳しく取り上げた『古本説話集』によると、うつろいやすい心を持つ「すきもの」の平中は、色好みと雅びの bon ton（しきたり）に従って「涙」を流せなかったことに悩み、硯の水入れの水で顔を濡らして〈泣き〉を演ずることにしたのだが、結局ある女がしかけた罠にはめられるのである。こうした彼の詐欺の暴露が、詩的言語における〈袖の涙〉の機能の露出にもなっているので、キーワードに焦点をあてながらテクストを引用してみよう。

この平中、さしも心に入らぬ女の許にても、泣かれぬ音を、空泣きをし、涙に濡らさむ料に、硯瓶《すずりがめ》に水を入れて、緒をつけて、肘に懸けてし歩きつ、顔袖を濡らしけり。出居の方を妻、のぞきて見れば、間木に物をさし置きけるを、出でてのち、取り下ろして見れば硯瓶也。また、畳紙に丁子入りたり。瓶の水をいうてて、墨を濃くすりて入れつ。鼠《ねずみ》の物をとり集めて、丁子に入れ替へつ。さてもこの様に置きつ。例の事なれば、夕さりは出でぬ。暁に帰りて、心地悪しげにて、唾を吐き、臥したり。「畳紙の物の故《け》なめり」と妻は聞き臥したり。夜明けて見れば、袖に墨ゆゝしげにつきたり。鏡を見れば、顔も真黒に、目のみきらめきて、我ながらいと恐ろしげなり。硯瓶を見れば、墨をすりて入れたり。畳紙に鼠の物入りたり。いと〳〵あさましく心憂くて、そののち空泣きの涙、丁子含む事、止めてけるとぞ。

(四二四頁)

このテクストにおいては、二つの〈語り〉が流れ、絡み合っている。その一つは、「泣かれぬ音を、空泣きをし」から始まり「そののち空泣きの涙、丁子含む事、止めてけるとぞ」で終わる、平中の「空泣き」についての語りであり、もう一つは、「顔袖を濡らしけり」と「袖にすみゆゝしげにつきたり」との間に挟まれた〈袖の涙〉の詩化過程についての〝語り〟である。「顔袖を濡らしけり」は、〈袖の涙〉の指示的意味と詩的意味との融合を踏まえており、「空泣き」の虚偽の説明は、〝実体性〟を崩すことによって詩的約束を強調する効果をもたらしている。そして、〈暁の別れ〉というその〈場〉は、「空泣き」をあばくとともに、詩的約束の展開も明らかにしている。つまり、「袖に墨ゆゝしげにつきたり」は、一つ目の語りのなかでは虚偽の暴露の滑稽な効果を作り出しているのに対して、〈袖の涙〉を中心とした二つ目の語りにおいては、「袖に墨つく」という表現を解き明かし、「涙」→「墨」という変化を通して、〈書く〉行為を印す〈袖の涙〉の機能の展開を顕示しているのである。

〈袖の涙〉を言問う

ここまでの考察を纏めて言えば、そもそも心の表現として定着した〈袖の涙〉は、「心を種」とした詩的言語の展開につれて、その自己言及および自己説明の機能を担わされ、当代びとの価値観や世界観をあらわすようになるとともに、文字とそのメタファーを表現することによって、〈書く〉行為それ自体をしるすようになった。したがって、〈袖の涙〉は、メタファーを越えて、メタ・メタファーとして働き、（詩的言語におけるメタファー化過程を含む）平安文化における意味生成のプロセスを特徴づける基本的概念を反映している、という仮説を提出することができる。本書で試みた八代集における〈袖の涙〉の分析もこの仮説を裏付けていると思われるが、その結果が、和歌にかぎらず、王朝文化の他のテクストにも及ぶと考えられるので、最後に、〈袖の涙〉のメタ・メタファーとしての機能に焦点を合わせて、この仮説の応用可能性を考察してみたい。

（イ）メタ・メタファーとしての〈袖の涙〉

「メタファーが死んだという噂は、どうやら大げさだったようだ」という、J・カラーの遊戯的な判断どおり、メタファーは今世紀後半の文学論および文化論の一つの中心をなし、様々な角度から解釈されている。「メタファーをめぐる歴史的なパラドックスは、メタファーの問題が、修辞学という、十九世紀の半ばに中等学校の教科目から排除され、死んだ学問を通して、われわれに届いたということである。（中略）こうして、メタファーと死んだ学問との関係が極めて大きな混乱をもたらしたので、現代の思想家にとっては、メタファーへ立ち返り、それを読み返す仕事は、修辞学を灰から復活させようとする無駄な努力ではなかろうか」という疑問を出発点としたP・リクールの『生きたメタファー』（一九八四／*La metaphore vive*, 1975）や、G・レイコフとM・ジョンソンの『生活のなかのメタファー』（*Metaphors We Live By*, 1980／日本語訳『レトリックと人生』一九八六）など、[15]メタファー論の題名に使われた〈生と死〉のメタファーが示しているように、メタファーの研究は実にテクストの〝実存的〟な問題にかかわっている。そして、リクールらが指摘しているように、アリストテレスのレトリック（弁論術）に対して、十八〜十九世紀のレトリック（修辞技法）が装飾技法としての転義法（トロポロジー）に狭められ、〝縮減されたレトリック〟（"la rhêtorique restreinte"[16]）の形をとったので、メタファーの「命」を生かそうとする試みは、すべからく文化史を考え直す試みともなる。

他方、このように西洋の文化の展開自体を反映するメタファー論を、異なる文化の考察に応用する場合、メタファー論をさらにその文化の特徴を通して組み立て直す必要がある。しかも、「隠喩」という、メタファーを一つの修辞技法に限定する日本語訳が示しているように、日本においてはメタファー論が主としてトロポロジーと関連づけられていると思われるので、メタファー論の再構築の必要性は疑いえないが、しかし、直ちにそれを試みることは困難であろう。したがって、以下では、こうした再解釈を試みるというよりも、歌の分析を通して見えてきた王朝文化の詩的言語におけるメタファー化過程の特徴を纏めてみることにする。

「メタファーは、何か別のものを指す名（onomatus）の、あるものへの移送（epiphora）である」というアリストテレスの定義に従って、西洋におけるメタファー論は、まず「移送」、すなわち転義の過程に焦点を合わせ、その主要な方法を分類しており、さらに転義法の働きを語、文章、ディスクールのレベルで分析していくのだが、それは、表現の記号内容を中心に展開していく〈文法志向型〉の文化における意味作用のパターンと呼応しているように思われる。それに対して、本書で試みた分析が示しているように、言葉の潜在力を生かすことによって異化していく日本の王朝文化の詩的言語においては、メタファー化過程の動力は「名」にあると考えられる。言い換えれば、それは、あるものの「名」を、他のものの「名」に譬えることであり、その譬え方は、それぞれの「もの」の類似性のみならず、それらを指す「名」の類似性、すなわち「名」の響き合いにもよるのである。

たとえば、「涙」の隠喩の根源をめぐって述べたように、「雨」を「涙」になぞらえる作用は、もっとも一般的であり、文学的な問題以前に、認知的な問題だったと考えられる。しかし、和歌で詠まれるようになった〈涙の雨〉は、言葉の響き合いを通して展開していく。まず「ふる」は、ただたんに両者ともが「降る」という類似性にとどまらず、さらに「恋ふる」と関連づけられる一方で、「降る」に「経る」、「古」、「振る」、「乾る」を掛けることによって意味づけられていく。「**秋萩を散らす長雨の降る頃はひとり起き居て恋ふる夜ぞ多き**」（万葉、巻十・二二六二）、「**後も逢はむ我には恋ひそと妹は言へど恋ふる間に年は経につつ**」（同、巻十二・二八四七）、「**ぬばたまのその夢にしも見継げりや袖乾《ふ》る日なく我は恋ふるを**」（同、二八四九）などの歌が示しているように、このような掛詞的な意味作用はすでに万葉集のなかにたどられる。一首目の歌は、「恋ふる」に「降る」を掛けることで、「長雨の降る頃」を「恋ふる夜」に譬えており、二首目は、「降る」→「経る」という連想を通して、時の経過につれて高まっていく〈恋ふる心〉の思いの強度をあらわしている。そして、三首目の「袖乾《ふ》る」は、「涙」を示すばかりでなく、「袖振る」を喚起することによって、相手の心を呼び寄せるという〈恋ふる涙〉の意味すら示唆している。

古今六帖において、右に引用した「秋萩」の万葉歌は、「**秋萩をおとすなかめのふる程はひとりおきゐてこふる夜ぞおほき**」（雨部）となっており、「頃」の代わりに登場した「程」が、「長雨ふる」と「恋ふる」との対比を提示しているが、それと呼応して、「ちらす」が「おとす」に代わったことは、「おとす」が「音」を連想させ、こうした対比の本質を示唆しているのではないかと考えられる。さらに、「**もるやいつこふる村雨おほ空も思ひおもはずしられぬるかな**」（雨部）という歌は、「いつこふる村雨」を詠み込み、「空も思ひおもはずしられぬるかな」を通して、「涙」の隠喩としての「(村)雨」という詩語の使用に注目を促している。また、「時雨」→「涙」という見立てを踏まえた「玉だすきかけぬ時なく我こふる時雨はふらばぬれつゝもいかん」(時雨部)という歌は、「ふる」に「こふる」を掛けただけでなく、「かけぬ時なく」と、それが詩的約束になったことを指摘している。さらに、連体形の「なき」ではなく連用型の「なく」が使われたことは、「かけぬ時」と「こふる/ふる時雨」という掛詞をいっそう密接に接続させるとともに、「泣く」を連想させて、「涙」を喚び起こしている。

古今集における「こふる」のほとんどの使用例が「こふる涙」となっており、それ以降の勅撰集や他の仮名文学のテクストにおいても「こふる涙(ね、なく)」、また「こふる袖(袂、衣手)」の登場率がきわめて高い。それは、〈袖の涙〉が〈恋ふる心〉の象徴として詠まれたことを示す一方で、「雨」、「時雨」、「露」などの「涙」の隠喩を通して、〈袖の涙〉の詩化過程をさらに展開していく。たとえば、「きみ恋ふる涙のとこに満ちぬればみをつくしとぞ我はなりける」(古今、興風、恋二・五六七)に詠まれた「恋ふる涙」は、雨→「涙」→「雨」(「涙」の隠喩)という連続的な意味作用を通して「涙」を誇張し〈涙の海〉を連想させるが、〈涙の海〉という「恋ふる涙」の誇張も、「澪標」と「身を尽くし」との響き合いによって意味づけられている。また、「時雨にも雨にもあらで君恋ふる年のふるにも袖は濡れけり」(拾遺、よみ人知らず、恋一・六八八)という歌は、自然の時雨や雨と「涙」の隠喩としての「時雨」や「雨」を区別すると同時に、「恋ふる」に「降る」だけでなく「経る」を掛けることもできると提示し、年月とともに流れていく「涙」のイメージを描き出している。「老いてのち昔をこふる涙こそここら人めをしのばざりけれ」(元輔集、三一)という歌は、「恋ふる」にさらに「古」や「振る」を掛けて、昔を振り返る、形見としての「涙」の働きを解き明かしている。そして、「けふくれどあやめもしらぬ袂かな昔をこふるねのみかゝりて」(新古今、兵衛、哀傷・七七〇)、「あやめ草ひきたがへたる袂には昔をこふるねぞかゝりける」(同、九条院、哀傷・七七一)などの歌は、詩的言語の展開につれて〈昔をこふる涙〉が、心の面影だけでなく、詩的伝統の流れをも振り返るようになったことを示すと同時に、意味生成のプロセスの〈重ね〉の構造をも顕示している。つまり、前者は、「あやめのしらぬ袂〈袖の涙〉」の連想のネットワークが、言葉を連続的に掛けた結果であることを指摘しており、後者は、さらにこうした〈掛け方〉によって言葉の意味が変わっていくことを示しているのである。

　このように、「雨」、「時雨」などの「涙」の隠喩の定着は、「恋ふる」と「降る」との響き合いによって根拠づけられており、さらに「降る」、「経る」、「古」、「振る」という響き合いの連続は、心の思いから詩的言語の自己言及の働きまで、〈袖の涙〉の役割の展開を印づけている。他方、上に引用した歌も示しているように、「長雨」がよく詠まれたのは、それが「眺む、詠む」、また「泣かむ」を連想させたからだと思われる。それと呼応して、「恋ふる涙」の隠喩としての「露」が「しら露」となったことも、**「かゝりける人の心を白露のを《お》ける物ともたのみける哉」**（後撰、敦忠、恋二・六一三）などの歌が示しているように、それが〈知らす／知らず〉と響き合って、〈忍ぶ思い〉を知らせるという「涙」の機能を展開するからであり、「を《お》く（置く）」によって喚起される「招く」もこうした意味作用を支持している。また「涙」の隠喩として使われるようになった「時雨」が「涙の色」と関連づけられたのは、紅葉との連想のためばかりでなく、「くれなゐ」との響き合いのためでもあろう。

　詩的言語の展開につれて〈袖の涙〉の隠喩も展開していくのだが、それも言葉の響き合いによって根拠づけられ、言葉遊びの〈重なり〉を通して意味づけられる。そして、このような言葉遊びの〈重なり〉は、表現に注目を促すというよりも、歌のメタ詩的レベルでのメッセージを強調するための働きをしている。心の思いを知らせるという「涙」の機能をあらわす「白露」は、さらに「野辺の白露」となり、「述べ」を連想させることで、「人の心を種」とした「言の葉」の象徴として働くようになった〈袖の涙〉の役割を顕示している。それと呼応して、後拾遺集に初登場した「夕（言ふ）露」に倣って、新古今集のなかに「夕霜」や「夕時雨」が登場する一方で、「夕露」は、「よそふれば（寄そ〔比〕ふれば）」↑「そふれば（添〔副〕ふれば）」↑「ふれば（降れば）」という連想の連続を発動させた

「はかなさを我が身のうゑ《（へ）》によそふればたもとにかゝる秋の夕露」（千載、待賢門院堀川、秋上・二六四）という歌が示しているように、「たもとにかゝ」った意味作用の連続を示し、メタファー化の過程そのものを言い表すようになる。

このように、言葉の響き合いによる連想の連続を通して展開していく詩的言語の流れに伴って、〈袖の涙〉の隠喩は、詩的言語の自己言及ないし自己説明の機能をはたすようになり、〈袖の涙〉は詩的言語における意味生成のプロセスそのものを徴すメタ・メタファーとして働くようになる。しかも、こうした働きは、「何となく自然に讀みいだせる」（毎月抄）ものであり、「はかなき遊びたはぶれにつけても、けぢかくやさしく見」（瑩玉抄）えるようになるのである。

他方、詩的言語をコミュニケーションの主要な手段とした王朝文化においては、詩的言語の展開は、言葉の無限の潜在力を拘束しようとする作用の結果でもあるので、詩的カノンの定着を特徴づける文化の基本的な価値観にも密着している。また、レトリック（弁論術）と詩学を区別したアリストテレスのメタファー論とはちがって、詩学が弁論術でもあるので、歌は世の中についての議論のメディアでもあり、メタ詩的レベルは、文化のメタ・レベルとしても位置づけられる。それゆえ、本書で試みた歌の分析が示しているように、メタ・メタファーとして働くようになった〈袖の涙〉は、当代びとの形而上の思想をも反映しており、平安文化の意味作用のパターンを特徴づける基本的な概念をあらわしている。

ところで、メタ・メタファーという用語は、G・バシュラールによって提出され、詩学の用語として使われたものだが、J・デリダは、さらにそれを哲学的ディスクールについての考察のなかで使用し、文化の基本的概念と結び付けた（「白けた神話」一九七八／La mythologie blanche, 1971）。

デリダは、「メタファーは、類似の転義法として定義されてきた、それもただ単に能記（記号表現）と所記（記号内容）のあいだの類似ではなく、すでに、一方が他方を指し示す二つの記号＝表徴のあいだのそれである。これがメタファーのもっとも根本的な特徴であり、これこそわれわれに、（中略）象徴的ないし類比的（アレゴリー的）と呼ばれるあらゆる譬喩形象をこのメタファーという一般的な名のもとにとり集めることを許したものである」（一九七八、四二四頁）と論じ、〝生きたメタファー〟と、〝死んだメタファー〟すなわち消滅したメタファーの区別を通して、哲学の典型的要素ないし形而上学の概念としてのメタファーの本質を追究しており、メタ・メタファーの考えによってその本質を纏めている。

この考え方によると、どのメタファーも自然と生（physis）のメタファーでもあり、自然のエレメントへと還元される。それと呼応して、もろもろの詩的イメージもお互いに関連づけられ、投影され合って、〝生のイメージ〟をあらわすグループを織りなすので、詩的想像力はメタファーのシンタクスと見なされる。したがって、このようなシンタクス（意味の統一性と連続性）を支えるそれぞれのグループの意味の焦点は、メタファーのまとまりの根源を指し示し、文化を特徴づける形而上学の基本的概念を示唆する。

このような「投影的モデル」を、バシュラールは、見えざる〝内的な火〟のメタファーを通して提示するのだが、デリダは、さらにそれぞれのグループの主導的（支配的）なメタファー、すなわちグループ内の他のメタファーを関連づけ総括するメタファーに照明をあてて、次のように論じている。「（グループの支配的）メタファーの文法を再構成すること、その論理を、非メタファー的という触れこみの言説、ここでは哲学的体系と呼ばれるものに、概念の意味と理性の領分とに連接すること、しかしまた連続性と恒久性との諸図式、より長い過程を持つ諸体系に連続することと（中略）。なにしろ『同じ』メタファーがここかしこでは別様に機能し得るのであるから」（四八八頁）と。そして、支配的メタファーの内容物（tenor）は、必ず「向日葵」（heliotrope）へと還元されると主張し、そのメタファーをさらに「メタファー＝宿」と呼んで、メタファーの概念それ自体を記号化するメタファー、すなわちメタ・メタファーとして特定している。

確かに、デリダが指摘しているように、「向日葵」(heliotrope) という、すべてのメタファーが還元される根源は、「プラトンのエイドス (eidos) からヘーゲルのイデア (Idea) までのメタファー的旅」(四七三頁) を貫いており、向日葵と楕円のパターンは、思想の世界から日常生活まで、転義法の働きから小説の構造まで、西洋文化のあらゆる分野を特徴づけ、その基本的概念として捉えられるものである。一方、日本文化のなかでそれに相当するのは、出発点と到着点ではなく、その〝間〟に価値をおく〈流れ〉であると思われる。本書のはじめの章で述べたように、〈流れ〉の構造は、寝殿造から連綿態まで、王朝文化のすべての分野を特徴づけている。また、歌の分析や詩的言語の考察のなかで見えてきたように、〈流れ〉のモデルは、勅撰集における歌の配列から歌ことばの詩化過程まで、王朝文化における意味作用のパターンを印づけている(17)。

西洋文化を特徴づける「向日葵」と王朝文化の基本的概念としての〈流れ〉の差異は、さらに時間の経過の捉え方にもたどられる。『生活のなかのメタファー』のなかでレイコフとジョンソンは、メタファーを人間の存在や様々な行動を特徴づける概念と結び付けて、それぞれの文化における主導的な価値観に密着したメタファーの本質を、メタファーの方向づけを通して解釈している。たとえば、英語の “to look back ; to look forward” などの表現から窺えるように、キリスト教に根ざした文化にとっては、過去は「後ろ」と「下」にあり、将来は「前」と「上」を占めている。他方、日本語の「過去に遡る」、「時代を下る」などは、正反対の時間の評価をあらわしている。それに対応して、英語では “time flies” (時間が飛ぶ) というメタファーが使われるのに対して、日本語では「時間」は「流れる」のである。

時間の流れを含む王朝文化の形而上学的思想をあらわす代表的な例としては、何よりも先ず「ゆく河の流れは絶えずして、しかも、もとの水にあらず。淀みに浮かぶうたかたは、かつ消えかつ結びて、久しくとゞまることなし。世の中にある人と栖《すみか》と、またかくのごとし」という『方丈記』の冒頭の文章が浮かび上がってくるが、〈流れ〉の概念はまた、次に引用する『俊頼髄脳』における見立て（似物）についての叙述のなかにも見られる。

また、歌には似物《にせもの》という事あり。さくらを白雲によせ、散る花をば雪にたぐへ、梅の花をば、いもが衣によそへ、卯の花をば、まがきしまの波かとうたがひ、紅葉をば、にしきにくらべ、草むらの露をば、つらととのはぬ玉かとおぼめき、風にこぼるるをば、袖のなみだになし、みぎはの氷をば、かがみのおもてにたとへ、恋をば、ひとりのこに思ひよそへ、鷹のこゐにかけ、いはひの心をば、松と竹との末のよにくらべ、つるかめのよはひとあらそひなどするは、世の中のふる事なれば、今めかしきさまに、詠みなすべきやうもなけれど、いかがはすべきと思ひながら、いひいだすにや。（一〇四―一〇五頁）

当代びとの人生観と世界観に密接に関連した勅撰集の構造に従って見立て過程を解き明していくこの叙述は、具体的な例のみならず、見立て過程を制御する基本的概念をも示唆している。「よせ」、「たぐへ」、「よそへ」、「くらべ」、「たとへ」、「思ひよそへ」、「かけ」、「くらべ」、「あらそひなどする」が、〈ある物を別のものとして見る〉、また〈ある物を別の物と置き換えて言う〉という、文彩としての見立ての本質を指し示しながら、その過程の流れも追究しているからである。つまり、あるものに心を傾けて他の物と関連づける（寄す）、ある物に、別の物を真似て（ミメーシスとしてのメタファー）その名を付き添わせる（類ふ、比ふ）、ある物を別のものと思い比べて、連想的に関係づけて言う（寄そふ、比ふ）、ある物を別のものと比較する（比ぶ）、ある物を、別の物になぞらえ、その引用を通して言う（譬ふ、喩ふ）と、見立て過程の展開を分析してから、ある物を、別の物とひき比べて考える（思ひよそふ）と、認識手段としての働きにも注目を促し、ある物に（を）、別の物を（に）かける（掛く、懸く）ことは、優劣をきそう（比ぶ）、すなわち「あらそひなどする」ことであると、言葉のあやを出せるというその修辞的ないし美的効果を指摘している。それと呼応して、その間に詠み込まれた「波かとうたがひ」、「玉かとおぼめき」、「袖のなみだになし」は、〈疑ふ→おぼめく→なす〉と、認識過程をたどるとともに、〈波→玉→涙〉を通して、〈流れ〉の支配的メタファーである〈袖の涙〉の詩化過程をも踏まえている。そして、「世の中のふる事」は、「降る」、「古」、「経る」を響き合わせることによって、自然の時間と人間の経験的時間の流れの投影としての「降る水（雨など）→涙」のイメージの働きを顕示しているのである。

他方、見えざる〈心の思い〉を表現し、水に由来する「雨」、「露」、「時雨」、「雫」などの〝自然の〟メタファーから織りなされたグループの意味焦点である〈袖の涙〉が、王朝文化の基本的概念である〈流れ〉を徴すようになった理由は、〈泣かれ／流れ〉の融合に根ざしており、それは「なき」の響き合いの連想のネットワークによっても裏付けられる。歌の可能性（「なき」の多義性やことばの響き合いによる詩化過程のメカニズム）そのもの、また当代びとの世界観の基礎（「水」の遍在的な働きや「流れ」の概念）を内包した〈袖の涙〉は、まず根源的メタファーとして意味づけられ、次いで、詩的言語を中心とした〈テクスト志向型〉の王朝文化の展開に対応して、意味生成のプロセスや当代びとの思想をあらわすメタ・メタファーとして機能するようになったのである。[18]

本書冒頭の「泣き」の考察の終わりにスケッチしたネットワークは、「なく（泣く、鳴く）」の多義性に由来する、生き物の共通の「声」としての歌の根源を顕示し、〈泣き→なけ→なげく〉、〈泣き→なみ→なみだ〉、〈泣き→なかむ→ながむ（眺む→詠む）〉などの連想の連鎖は、「涙」の詩的潜在力のみならず、連想の流れの波としての歌詠みの意味生成の可能性をも内包している。それと呼応して「なき」の伝承も、「なき（泣き、鳴き、亡き）」の多義性（哭女）を概念化し、神の言葉から人間の歌への転換（神降しの所作）を踏まえ、言葉の代理としての「泣く涙」の役割（物言わぬ子）を示唆している。

また、〈袖の涙〉の詩化過程も、言葉の響き合いによる連想の〈流れ〉として特徴づけられるばかりでなく、〈流れ〉の概念そのものによっても意味づけられる。〈涙川の水上を尋ねる〉という定型表現は、歌で詠まれた具体的な感情の〈場〉であることにとどまらず、詩的伝統の〝根源〟を問うという意味も包含している。〈袖の涙〉の数多くの表現のうち「涙川」が早くから歌語として定着したこと自体も、また、それぞれの〈場〉（時空）に応じて〈泣かれ／流れ〉の意味を特定している「袖の柵」も、この概念と密接に結び付いていると思われる。

アリストテレスのメタファー論に由来するレトリックとポエティックの対立を越えて、詩学を思想の補助的範囲から脱け出させ、形而上学の基本的概念としてメタファーを捉えているデリダは、〈文字どおりの意味〉と〈譬喩的な意味〉の対立を逆転させることで、「文字言語」に対する「音声言語」の特権的な役割を解消するとともに、西洋文化における哲学的言説と詩的言説の間のギャップを補おうとした。それに対して平安文化においては、詩的言説は優越的な役割をはたし、『古事記』と『日本書紀』のなかで歴史として公認され二重にタブー化された神話と、漢字と仮名の使用の区別によってタブー化された仏教思想の〝不在〟を補いながら展開して、「こころ」と「ことば」の「姿」を通して哲学的言説の代行としても働いた。その働きのなかで、〈流れ〉という古代の形而上学の基本的概念と密接に結び付き、「心を種」とした歌の可能性それ自体を象徴した〈袖の涙〉は、〈書かれた文字〉の「姿」も印し出すことによって、「音声言語」と「文字言語」との対立を越え、さらに「月かげ」などを宿すことで、平安社会における形而上学の歴史をたどり、当代びとの人生観と世界観の一貫したアイディアをあらわすようになったのである。

歌の〈表現志向〉の読みとそのメタ詩的メッセージに焦点をあわせて試みた、八代集における〈袖の涙〉の連続的な分析のなかで、〈流れ〉としての意味生成のプロセスから勅撰集の構造の特徴まで、また、和歌制作の規準から平安文化における詩歌の役割までが見えてきたことは、〈袖の涙〉のメタ・メタファーとしての働きの証拠と見なしうるだろう。そして、その結果は詩歌の範囲に絞られず、王朝文化の他のテクストにも及ぶにちがいない。

(ロ) テクスト分析の手段としての〈袖の涙〉

平安文化の〈流れ〉の構造を分析したときに触れたように、〈テクスト志向型〉ないし〈表現志向〉と、〈文法志向型〉ないし〈内容志向〉という、文化のタイポロジーを提出したY・ロトマンは、そのいずれも文化の主要な動力になりうると想定し、二つの意味作用のパターンが同等であると主張したが、他方で、〈テクスト志向型〉の文化パターンは、文字のような〝危険なシュプレマン[19]〟を付け加えられてからも保存できることを考慮しなかったせいか、メタ・レベルを発展させず、自らの発生と働きを説明しようとしない、という結論をも提出した。それに対して、本書のなかで試みた読みが示しているように、詩歌を中心とした王朝文化においては、メタ・レベルは詩歌を通して発達し、詩的言語は、自らの働きのみならず、意味作用を制御する基本的概念をもあらわすようになる。

たとえば、詩的言説の典型的な例と見なされる、入道大納言隆房卿の『艶詞』は、「昔の跡をたづねれば、ちはやぶる神の御代よりみとのまぐはひして、いもせを忍ぶことたえずぞ有りけらし。それよりこのかた、もゝ世をへて、しぎのはねかきをかぞへ、千束まで錦木をたて、ふじの煙を我思ひより立つかとおどろき、清見が関の白波は、袖しの浦より立ちにけるかとぞさはぎける。せりつむ人もつりする海人も、わぎも子がために心をつくすといへり。(中略)ぬれにし袖はかはく間もなく、またの春秋ゆきかへるぞかし。さゞ浪やあふみの海のみるめなぎさをたどり、又月日の數はつもれども、いやとしのはにをきどころなくせきがたくて、しのびもはてず成りにしを、袖に涙のかゝりけるちぎりのほどをしらずして、ありしその夜のありあけに、おもひしことのはかなさを」(群書類従、巻第四百八十、三六六―三六七頁)と、〈彩ことば〉を例示しながら、「心をつくす」という歌の本質とそれに対応する歌ことばの規準的使用を示すとともに、「ちはやぶる神の御代より」するその〈流れ〉をも強調し、「袖に涙のかゝりけるちぎり」としている。

それと呼応して「なみだのうちにながめやるとも」で終わる『隆房卿艶詞絵巻』の詞書に続く絵は、木の葉と草の葉のなかに言の葉を編み込むことで、平安文化の水平体系に根ざす「心を種としてよろづの言の葉とぞなれりける」という、大和歌の本質を概念化する〈自然のメタファー〉を表現するとともに、「月かげののどかにてらす」、「ふじなみの木たかき色に人しれぬ心をつくしそめしより」、「さてしもぞせむかたもなきこゝちなるとしたちかへるいそぎにも」という、葦手と化した文字を通してその〈流れ〉にも注目をよせている。振りかかった衣と黒髪の波、霞のなかにたなびく浮雲や浮き草は、この美的メッセージをさらに強調し、見る人＝読む人を招き寄せる〈目隠し／目通し〉の簾の縁の模様の反復は、そのリズムをはかり、細かく描かれた格子戸は、「年たちかへ」る瞬間をせき止め、この哲学＝美の体系の投影的モデルを象徴している。そして、霞の海のなかに遠ざかっていく瑞垣、鬱蒼たる木立、雲の向こうの峯は、当代びとの形而上学的概念を纏めた「艶詞」の美のイメージを完成するのである。

このように、詩歌を中心とした〈テクスト志向型〉ないし〈表現志向〉の平安文化は、自らの働きと価値観を説明するより表現している。そして、その主要な科学書は歌学書である。しかし、貫之の仮名序から歌論書までのあらゆるメタ・テクストも同じメタファー的言語を使っているので、その解釈は直接に指示された問題の〝文字通り〟の読みにとどまらず、詩的言説のメタファー性の基礎をなす概念にも及ぶべきであると考えられる。歌のなかで数多く詠まれた〈袖の涙〉が歌論書によって取り上げられていない理由もそこにあるように思われる。つまり、〈流れ〉という平安文化における意味作用の基本的概念と、「心を種」とした歌の本質を象徴する〈袖の涙〉とは、メタ・メタファーの役割をはたしているので、言説の〝対象〟よりも〝主体〟であるというわけである。一つの例として、次に『八雲御抄』から「つやつや歌のゆきかた」についての文章を引用して、〈袖の涙〉の跡をたどってみることにしよう。

昔の在納言は、春のきる霞の衣、涙の滝などよめり。中比（の）俊頼、物いひかはせ、秋の夜の月、心もゆきてかさなるをなどよめり。その外、枕のしたに海はあれどゝいひ、袖にみなとのさはぐかな、おほ空におほふばかりの袖、時鳥なくひところゑにあくるしのゝめ、空にや草枕ゆふらむなどいへるたぐひおほかるべし。（別巻三、四二八頁）

一目で分かるように、この文章は引用のモザイクとして形成されているものである。解読の鍵になりうるのは、その直前に出てくる「いはゞよき詞もなし、わろき詞もなし。たゞつゞけがらに善悪はあるなり」という指摘であると思われるので、それに従って、引用された歌を〝続けて〟読んでみれば、メタファー化過程から〈空言〉まで、「物いひかは」しに関しての弁論を読み取ることができる。そして、その弁論を支えているのは〈袖の涙〉の詩化過程である。

春のきる霞の衣ぬきを薄み山風にこそみだるべらなれ　（行平、古今・二三）
わが世をばけふかあすかと待つかひの涙の滝といづれ高けん　（行平、新古今・一六五一）
思ひぐまなくても年のへぬる哉ものいひかはせ秋の夜の月　（俊頼、千載・二八六）
梅が枝に心もゆきのかさなるを知らでや人のとへといふらむ　（俊頼、千載・一六）
しきたへの枕のしたに海はあれど人をみるめは生ひずぞありける　（友則、古今・五九五）
思ほえず袖に湊のさはぐかなもろこしの舟のよりしばかりに　（よみ人知らず、新古今・一三五八）
大空におほふばかりの袖も哉春咲く花を風にまかせじ　（よみ人知らず、後撰・六四）

夏の夜のふすかとすればほとゝぎすなくひとこゑに明くるしのゝめ　（貫之、古今・一五六）

この配列の「続けがら」が歴史的時間に沿っていないことからすれば、それをメタ詩的レベルで読むべきであると判断できる。しかし、引用された歌によって喚起される詩的連想を徹底的に追究しようと思えば切りがないので、ここでは引用のしかたによって注目されるキーワードを繋いで、そのメッセージを纏めてみることにする。

《春の霞のようにたなびく〈衣〉と、滝のように落ちる〈涙〉を以て様々な物事について語り合うことができる。また、それに〈心の思い〉もよせられているので、〈涙〉の海とその〈袖〉の湊は何もかも表現できる。こうして、〈袖〉は大空を覆い、〈涙〉はすべての〈鳴き声〉と響き合っているので、空に草枕を結うことはできなくても、〈袖の涙〉は〈空言〉を言うことができる》と。

この読みの方法を他の文章にも応用してゆけば、同じような意味の〝重ね合わせ〟の構造を見て取ることができるだろう。また、歌学書のなかでよく提出される秀歌の配列をこのような「続けがら」の観点から吟味してみれば、〈表現志向〉の平安文化のメタ詩的メッセージを読み取ることができると思われる。

それに対応して、メタ・メタファーないしエクリチュールのメタファーとしての〈袖の涙〉の役割は、日記、物語などの王朝文学の他のテクストの解読のためにも有力な手掛かりになりうると考えられる。つまり、それはまさしく「袖書」の注のように、意味生成過程の〝結び目〟に焦点をあわせて〈注意せよ〉という指標として働いていると思われるからである。しかし、本書のなかで試みた具体的な分析が示しているように、〈袖の涙〉は指示的レベル、詩的レベル、メタ詩的レベルで意味づけられるので、それによって印づけられた箇所もさらにあらゆる角度から考察すべきであろう。言い換えれば、〈袖の涙〉を言問えば、答えはそれぞれのテクストによって変わってくる。理由は、〈袖の涙〉が、物語言説を織りなす〈多数の声〉に注目する刻印《マルク》として働いているからだ。たとえば、「ただうち思はせて書き給へるしもぞ、その心え見る人あらば、あはれに悲しかりぬべき。御涙のみみづくきのながれあひつつ、かきもやられ給はず」（浜松中納言物語）、「いとかゝらぬほどのことにてだに、過ぎにし人の跡と見るはあはれなるを、ましていとゞかきくらし、それとも見分かれぬまで降り落つる御涙の水茎に流れ添ふを」（源氏物語、幻巻）などの抒情的な記述と同様に、次に引用するいずれの歌においても、〈袖の涙〉は、〈水茎の跡〉を書き徴すという自らの機能を示しながら、テクストの執筆動機に照明をあててもいる。

涙だに川となる身のとしをへてかく水茎やいづらゆくらん（宇津保物語）
これやさは問ふにつらさのかずかずに涙をそふる水茎のあと（うたゝねの記）
恋すてふなをながしたる水茎のあとをみつつも袖ぬらせとや（弁内侍日記）
する墨は涙の海に入りぬともながれこむするゑにあふせあらせよ（とはずがたり）
残しおく形見と聞けばみるからにねのみなかるる水茎の跡（竹むきが記）

作品の執筆年代順に並べられたこれらの歌は、「涙だに川となる身の……かく水茎」、「涙をそふる水茎」、「なをながしたる水茎のあと……袖ぬらせ」、「する墨は涙の海に入りぬ……ながれこむするゑに」、「残しおく形見……ねのみなかるる水茎の跡」と、〈泣かれ／流れ〉という基本的概念を象徴する〈袖の涙〉のメタ・メタファーとしての役割を解き明していく。そして、そのメタ詩的働きは、詩的言語の自己言及および自己説明の機能の展開につれて強化されつつ、〈引用行為〉を通して意味づけられる平安時代後半と鎌倉時代の王朝文学のテクストのなかで特に目立つようになる。それゆえ、『狭衣物語』、『いはで忍ぶ』、『海人の刈藻』、『忍音物語』、『とはずがたり』など、〈袖の涙〉に言及する題名を付けられた作品に対しては、このようなアプローチは、可能であるというよりも必要であると考えられる（筆者がかつて試みた「とはず（なみだ）がたり」〔一九九四〕の解読はその一つの試みである）。他方、本書で分析した歌が示しているように、〈袖の涙〉の照明的な働きの跡が古今集にもたどられることからすれば、平安朝前半の作品においても、滲出してくる「涙」を通して意味作用の〝盲点〟を解き明かす〝洞察〟の瞬間が得られると思われる。[20]

＊

「わが袖の涙言問へ」と呼びかける『とはずがたり』のなかに次のような〝不思議な〟エピソードがある。出家した二条が伏見の御所で後深草院と再会し、都を離れてからの日々について語っているうち、院は「涙川、袖にあり」と知っている男に対して特にやきもちを焼き、「みなこれ、たゞかりそめの言の葉にはあらじ。深く頼め、久しく契るよすがありけむ」と、二条をせめるのである（二〇七―二〇八頁）。

その男とは、二条に「涙川と申す河は、いづくに侍るぞ」と問うて、さらに「我袖にありける物を涙川しばしとまれと言はぬ契りに」という答えも詠んだ飯沼の左衛門尉であるが（一八八―一八九頁）、院の言葉からすれば、「涙川、袖にある」と知りうることは、恋の証であり、「涙川」を話し合うことは、恋の誓いを交わす意味を持っている。それに従って、後深草院も、「涙川」に触れることによって、二条と飯沼の「契り」を怨むばかりでなく、自分と二条との関係をも振り返っているのである。他方、二つの場面の繋がりは、恋する「名」を流す「涙川」の意味にとどまらず、「かりそめの言の葉」にも及んでいる。

二つの場面は両方とも、ひたすら「涙」で濡れた『とはずがたり』の規準から見ても「涙」が異常に多く、しかも「涙川」の登場は二回とも〈袖の涙〉を「言問ふ」歌によって印づけられている。「鹿の音に又うちそへて鐘の音の涙言問ふあか月の空」（二〇七頁）という歌は、二条の「涙」を問う後深草院の疑いに焦点をあわせているのに対して、「旅の空涙時雨て行袖を言問ふ雁の声ぞ悲しき」（一八八頁）という歌は、その疑いの原因である二条と飯沼の〝袖合わせ〟を示唆している。そして、テクストの自己引用の働きに従って、さらにこの二首の歌を繋いで読んでみれば、

《「涙」を言問ふなら、その名残を保存した「袖」を言問ふべきである》という指摘を読み取ることができる。本書は、この示唆を文字どおりに実行してみたものであるが、もちろんそれは答えの一つにすぎないだろう。

注

はじめに

(1) 文学作品にも人間と同様に運命があるのだろうか。少なくとも『とはずがたり』をめぐる様々な事情は、テクストの運命について考えさせずにはおかない。長い間日本の文学史から消去されていたこの作品は、一九四〇年に再発見されてからも、数十年にわたって〝問われない〟ままの状態だったが、文字通り「とはず」に「語り」続けるテクストなので、様々な不信を乗り越えて、ついに古典文学の代表作の一つとして認められることに成功した。

日本で『とはずがたり』のオリジナリティを問う議論が続いているうちに、この作品は外国の読者の注目を浴びはじめたが、英語訳に続いて出たブルガリア語訳も、このテクストの不思議な運命を語る不思議なエピソードの一つとなった。

当時のブルガリアが〝閉ざされた社会〟だったからであろうか、日本の古典文学の最初の翻訳となった『とはずがたり』は、日本文学の代表作としてベストセラーにさえなり、様々な反応を喚び起こしたのである。それを日本の『デカメロン』と呼んだ人もいたし、二条のストーリーに感動して、その続きを書いた人もいたが、文学研究者と普通の読者によるコメントの一つの共通点になったのは、やはり〈袖の涙〉の〝あやしげな〟頻度の高さである。

(2) 他者に自分の基準を押しつけようとするロゴス中心主義（民族中心主義、音声中心主義）に対する批判を前提としたJ・デリダの『グラマトロジーについて』は、他者としての日本文化と日本文学の解釈のためにもきわめて重要なヒントを与えてくれる。なかでも〈袖の涙〉について考える際に役立ったのは、「アルシ・エクリチュール」や「痕跡」というデリダの基本的な概念に対応する「根源的なメタファー」についての考察である。

王朝文化の詩的言語における〈袖の涙〉の意味と機能の展開を追究していくうちに、デリダのメタファー論を何回も考え直すことになったが、テクストへのアプローチを教えてくれたこの本に出会わなければ、この研究はできなかったと思う。

(3) 一九八七年にベネチアで開催された「日本を考え直す」という国際学会で〈袖の涙〉について初めて発表した時に、バーバラ・ルーシュ、サンドラ・バックリーなどから励ましのコメントをもらったが、なかでも特に興味深かったのは、『日本の古典文学のアンソロジー』の英語訳に「涙」の副題を付けたかったというドナルド・キーンの一言である。

(4) 歌学書によってこの問題が取り扱われていないのはなぜかという問題は、極めて重要であるので、平安文学の詩的言語における

〈袖の涙〉の分析の後に、その理由についてもう一度考えてみたいと思う。

(5) ただし、研究のために、特に散文と韻文とをはっきりと区別する西洋の研究方法を取り入れる場合には、やむを得ず「詩歌」という昔の術語が使われているが、日常語にはなっていない。

(6) 最近のテレビ番組では若者たちが〝外人〟のように泣いたりして、この伝統的なモデルをくずそうとしているが、中年以上の人は、男性も女性も、あいかわらず涙をほとんど流していない。

(7) たとえば、フランスの人類学者マルセル・モースによる「オーストラリア住民の口承の葬式儀礼」についての研究、マルセル・グラネによる中国文化に見られる苦痛の言葉の分析などの例が挙げられる（詳しくは、A・ヴァンサン＝ビュフォー、一九九四、一五頁）。

(8) 普通「涙」の演技と描写には、〈涙を拭く〉ことを象徴するハンカチが使われる。芥川龍之介の「手巾」という短編もそれについて語っているし、「泣く女」という、一九三〇年代後半のピカソの代表的なシリーズにおいてもハンカチは重要なエレメントとして働いている。

一方、日本の伝統的な芸術において「袖」が〈泣き〉の演技の主要な手段であることからすれば、詩的言語のなかで定着した〈袖の涙〉という発想は、日本文化の他の分野にも伝播したと考えられる。

「袖」の歴史をたどることによって日本文化史を書くことさえできるのではないだろうか。いつか誰かがこのような〝異常〟な研究を試みるかもしれない。

(9) 〈言葉遊び〉という私の〝病気〟が、使っているワープロにも移ったのだろうか、ある日「がいじん」という文字を打ち込んだら、「我異人」という、真に記号論的な解釈を提示してくれたので、〝外〟の意味について改めて考えさせられた。

(10) そのなかで目立つのは、『源氏物語』の「涙」、あるいは歌学書で歌語として認められている「紅の涙」や「涙川」の研究、つまり権威あるテクストによって支えられている研究である（論文の題名を参考文献のなかで挙げる）。これらは具体的な例を吟味しており、詩的言語における「涙」の働きの研究に大いに貢献している。一方、〈袖の涙〉を概念化しようとする試みとして、神谷かをるの「〈涙〉のイメジャリ——万葉集から古今集へ」（一九九三）と、「袖」から出発している、海老原昌宏の「袖の時空」（一九九七）という論文は特に注目すべきである。

この機会に、様々な論文を紹介してくれた吉海直人と安藤徹にお礼を述べたい。

(11) 詩的言語という概念を初めて提出した、シクロフスキーらロシア・フォルマリストは、日常の言葉と詩的言語との差異を、「見慣れたものを見慣れないものにする」という〈異化〉(ostranenie) の概念によって説明している。〈側から見る〉、〈不思議なものとして見る〉というそのコノテーションは、私の〈袖の涙〉の研究の数多くのマイナス点に対して、ただ一つのプラスを付与しているかもしれない。そもそも日本語を〝不思議なものとして見る〟のだから。

〈袖の涙〉の根源とその彼方へ

(1) 気象条件と文化の特徴との関連について、他にも例をたくさん挙げることができる。たとえば、日本独自の〈香の文化〉も香の跡を保存する湿気と繋がっているように思われるし、「朧月」という独特な美観も、湿気のために物の姿に霞がかかるという〝実体性〟をもっている。日本語の曖昧さもこの点と全く無関係ではないかもしれない。

(2) この例は「〈涙〉のイメジャリ」（一四三—一四五頁）から引用したものである。

(3) 「レイン・ダンス」を踊る人が、腰に草で編んだスカートのようなものを巻いていることは、その草が太陽の目に当たると、痛みのために涙＝雨を流しはじめるという信仰と結び付けられている（*Encyclopedia Britannica*, "rain dance" を参照）。

(4) ブルガリア語、ロシア語などのスラブ系の言語では「血の涙」も使われるが、それは中国詩における美化された「血涙」とはちがって、復讐を内包する激しい表現である。

(5) "A sleeve is not just a sleeve" (1993) という論文のなかでこの問題をもっと詳しく取り上げている (pp. 297–301 ; 304)。

(6) 日本の古典文学における中国詩の再評価と再解釈は、日本文化の独自の展開を裏付ける重要な問題であることはまちがいないが、このようなコンテクストのなかで使われている「我が国」、「我が文学」、「堂々と」などの言葉に対しては、違和感を覚えざるをえない。中国文化に対するコンプレックスを反映していると同時に、正反対のナショナリスト的な印象をも与えるからだ。

「国文学」という言葉さえ、この二つのニュアンスを包含しているのではないだろうか。最近、伝統的な「国文学科」が「日本文学科」に変わりはじめたことには、様々な理由があるだろうが、極端な言い方をすれば、それは、日本人もやっと自分たちの文学が世界文学としての価値をもっていることに気づいてきたという〝自覚〟を示唆しているように思われる。

(7) 「紅涙」のほかに、『和漢朗詠集』の中国詩と漢詩のなかでもっともよく詠まれた〈ふるさとの涙〉（「郷涙」、「涙の行」など）や〈老いの涙〉（「老年涙」、「流年涙」など）も和歌に取り入れられたが、その表現も日本の詩的言語における「涙」の記号化過程に従って中国文学とは異なる意味を担わされた。

それに対して『和漢朗詠集』の和歌には「涙」そのものはほとんど見られないが、代わりに、〈袖の涙〉に言及する〈袖ひつ〉、〈袖濡る〉のような表現が登場する。たとえば、「袖ひちてむすびし水のこほれるを春立つけふの風やとくらん」（貫之、七）、「君なくて荒れたるやどの板間より月のもるにも袖はぬれけり」（善宗、五三七）などの例が挙げられる。

(8) たとえば、『和漢朗詠集』に載っている「長夜に君先づ去りんたり　残んの年我れ幾何ぞ　秋の風に　襟涙に満つ　泉下に故人多し」（白楽天、七四二）という詩では「涙」は「襟」を濡らし、長恨歌の「君臣　相顧みて　尽く衣を霑し」という詩句は「衣を潤す涙」を踏まえている。

（9）川本皓嗣の『日本詩歌の伝統——七と五の詩学』（一九九一）から数多くのヒントを得て、意味作用のメカニズムと歌ことばの働きをリズムの特徴と結び付けて考える必要性に気づいたのだが、なかでも特に興味深く思われるのは、音節の流れの「切れ目」としての、移動的な休止の役割である。それがあとで取り上げる平安文化の〈流れ〉の構造における記号の働きとどのように繫がっているのか、それぞれの歌の意味生成過程における「アクセント化」された言葉の役割とどういう関係をもっているのか、などの問題が見えてくる。

（10）このような「なき」の連想は、「物語の出で来はじめの親」とされる『竹取物語』のなかですでに概念化されており、王朝文化の美意識と結び付いている。

〝物語的に〟言えば、神は古代びとの前に、もっとも訴える形で姿を現すのだが、古代ギリシャのロゴスに対して、古代日本には「美しきことかぎりなき」かぐや姫が現れた。しかし、完全な美は神のものであり、人間には一度しか見られない。だから、かぐや姫は姿を消してしまうのだが、彼女の美の思い出は消えずに、〈失われた存在〉としての〈不在＝遍在〉という〝無き〟の意味を意識させる。それによって刺激された平安文学は、したがって、かぐや姫の〈失われた美〉を求めつづけ、言の葉を通して表現しようとしたのではないかと考えられる。そして、その切望をあらわすのに、「無き」と「泣き」を合流させた「なき」より適切な言葉はないだろう。

（11）これは、ニューロンの形を真似た、あくまでも〈開かれた〉図の一部にすぎず、「泣く涙」の連想のネットワークを全面的にはあらわしていない。「泣く涙」の詩化過程の出発点を特徴づける「なき」の響き合いの範囲に注目してみたかっただけである。〈袖の涙〉の詩化過程の展開につれてその働きの浪が詩的言語のすべての次元に流れ込み、以前からあった連想の上に新しい連想が重なり、しかもそれが川のように絶え間なく変わる〈流れ〉になったので、それを〝抑えて〟、二次元の紙の上に完成された図として〝止める〟ことはできるはずもない。

（12）たとえば、「**あかねさす紫野行き標野行き野守は見ずや君が袖振る**」（万葉、第一巻・二〇）という歌の「袖振る」について、『古代語誌』は「この歌も、かつて二人の間に充足していた霊威を再来させんがための、祈願の袖振りなのである」（二一九頁）と論じているのに対して、西村亨は「この歌は従来考えられてきたような深刻な恋の歌ではない。池田弥三郎先生が言われるように饗宴の席における軽い諧謔の気持ちを持つもので、大海人の皇子が武骨な舞を舞った、その袖の振りかたを恋愛の意志表示と見立ててからかいかけているのである」（一九八一、二六八頁）としている。

（13）また、『死に別れる——日本人のための葬送論』（一九九五）のなかで「見えなくなった者への通路」としての〈形見〉の意味を追究している哲学者の久野昭は、〈形見〉の概念は、その最も代表的な例である「衣」の範囲を越えて「あくまで形を媒介し、その形を見ながら、その場で見ることのできない事柄や人を、心に偲ぶ」（三五頁）と指摘し、「池の辺の小槻の下の細竹でもよかったし、合歓の木（万葉、巻八第一四六三番）や藤波の花（第一四七一番）でもよかった。阿騎の荒野の草刈り場（巻第一第四七番）のような場所でも構わなかった。日本人にとっては、人の手の一切加わらない自然の造形も、そこに心が投げ入れられることによって、形見たりえた」（三三頁）と纏めている。挙げられた例は主として万葉集からの引用だが、平安文化における〈形見〉としての〈袖の涙〉の機能とも連関づけられるにちがいない。

(14) さらに「我が袖は手本通りて濡れぬとも恋忘れ貝取らずは行かじ」（万葉、巻十五・三七一一）という歌の〈袖濡れぬ〉も「恋忘貝」を通して「涙」と関連づけられており、平安時代の歌のなかで「涙」のおかげで詩語として定着した「袂」の登場も注目すべきである。

(15) たとえば、江戸時代における日本文化の独自の展開と文化的アイデンティティの自覚は、キリスト教とともに入ってきた西洋文化との接触とも結び付けられるのではないだろうか。つまり、それは日本文化の「免疫システム」の働きとも結び付けられるように思われる。

(16) これは、meritocracy（bureaucracy＋merit）という、英語の文献の中で中国の独特な官僚システムを指し示す用語に倣って、artocracy（bureaucracy → meritocracy＋art）という新しい用語を作ってみたのである（Kristeva T., 1993）。

(17) それは次のようなごく簡単なレベルにもあらわれている。英語の “to beautify” と日本語の「美化する」という言葉は、まったく同じような構成をもっているが、その意味のずれは異なる文化パターンの差異を反映していると思われる。英和辞典は “to beautify” を「美化する。美しくする（なる）」と訳しているが、和英辞典では「美化する」に対して “make beautiful ; idealize” などの訳が提示され、“to beautify” は出てこない。それは英語の “to beautify” には「そもそも美しくないものを余分に飾る、美しく見せかける」などのような軽蔑的な意味が強いからであろう。それに対して「美化」という言葉は、「美しく見せかける」というよりも、伝統文化における〈美しく観る〉という意味を今なお内包していると考えられる。

(18) 〈文法志向型〉の文化と〈テクスト志向型〉の文化についての参考文献として、Y・ロトマンの論文（一九六九、一九七一）のほかに、U・エーコの『記号論II』（二二二―二二五頁）も挙げられる。私が調べたかぎりでは、この問題を取り上げているロトマンの主要な論文（その一つは、B・ウスペンスキーとの共著、一九七一）のうち、“O metayazike topologicheskih organizatsii kultur”（文化の類型学的研究のメタ言語について）は日本語にも訳されている（磯谷孝訳、岩波書店）。

　さて、このタイポロジーに従って、日本の古典文化は、〈テクスト志向型〉、すなわち〈表現志向〉の文化と特定できるのだが、具体的な分析の前に、この文化論の内包的な対立の一つを指摘しておく必要がある。

　つまり、ロトマンは、〈テクスト志向型〉の文化は原始社会の特徴であり、文化の進歩につれて〈文法志向〉のタイプへ移っていく傾向が見られると論じると同時に、それが文化的な個体発生（ontogenesis）の問題ではなく、文化の存在論（ontology）にかかわる問題であるとして、〈テクスト志向〉の文化パターンの展開の可能性も否定してはいない。にもかかわらず、実例の不在のためであろうか、その可能性を徹底的に追究しないまま、〈テクスト志向型〉の文化は、モデル・テクストが自動的にメタ・テクストとして働くようになるので、メタ・レベル自体を発達させず、自らの発生の特徴と働きのルールを説明しようとしないとしている。

しかし、もし〈テクスト志向〉のパターンが長年にわたる文化の主導的な特徴になりうるとすれば（日本の古典文化はその実例である）、メタ・レベルも特定せざるをえないと思われるが、それはメタ詩的レベルにほかならないだろう。

本書で試みる〈袖の涙〉の研究の狙いの一つは、このようなメタ詩的レベルの働きを吟味することであるので、ロトマンのタイポロジーを考え直すきっかけにもなるだろう。

(19) その代表的な例の一つとして、日本の古典文化のなかに “higher genres” と “lower genres” の区別が存在していないことが挙げられる。

(20) 日本の古典文学を特徴づける〈言葉遊び〉の調子にのって、この問いをもじってみれば、「日本文化は、とりわけ平安文化は、ガタリの名前と物語の〈がたり〉との響き合いを通して、リゾーム論と〃リゾーム的〃な関係に入りはしないか」という遊戯的な問いも付け加えることができる。

(21) 一方、リゾームは任意の点で切れたり折れたりしても、あるいはその大部分が破壊されても、それを織りなす数多くの線のいずれかにしたがって再形成されうるという、リゾームの特徴から言えば、一つの詩的表現の働きを徹底的に追究することによって詩的言語の展開をたどることができるということになる。それは、「王朝文化の詩的言語」という副題で示したこの研究の狙いをも根拠づけていると思われる。

(22) ドゥルーズとガタリは、蘭と雀蜂のリゾーム関係という分かりやすい例を挙げて、蘭は雀蜂のイメージを模倣しながら脱領土化されていくと同時に、そのイメージの上に雀蜂は再領土化される、また、雀蜂は蘭の生殖機構の一部となることで脱領土化されるのに対して、花粉を運ばれることで蘭は再領土化される、と説明している。

(23) 社会的地位の徴としての「袖」の普遍的な意味に関して、Jill Liddel の *The Story of the Kimono* (1989) を参考にした。

(24) かってな想像にすぎないかもしれないが、江戸時代以来定着した「振り袖」と「留め袖」という着物の二つのタイプは、古代の「袖振る」に根ざした平安時代における「袖」のエロチックな意味を反映しているのではないかと考えられる。そして、結婚していない女性の「振り袖」は、面積が広く、相手を招くのに対して、結婚しているという徴になっている「留め袖」は、男性を〃止める〃のではないだろうか。

(25) R・ヤコブソンなどが提示しているように、選択と組み合わせ（selection and combination）は、詩的創造の基本的なルールでもあるし、美的インパクトを特徴づける主要な条件でもある。

詩的言語における〈袖の涙〉

（1）また、西洋の文学理論が主として物語の研究を通して導入されたので、詩学は、M・バフチンやT・トドロフなどに由来する「散文の詩学」の枠内でしか取り扱われない傾向も見られる。一つだけ例を挙げてみよう。作者からテクストへの移転を特徴づける西洋の文学理論の“writing subject”という概念は、普通「語る主体（＝聞く主体）」と訳され、〝外〟の用語として取り扱われている。しかし、「詠み人＝読み人」という両義的な意味を内包する「よみ人知らず」の「よみ人」は、すでにこのような概念を示唆しているのではないだろうか。これは、さらに日本の伝統的な歌論と西洋の現代的な理論との〝不思議〟な接触点に注目を促し、詩歌を中心とした〈テクスト志向型〉の文化と、学問を中心とした〈文法志向型〉の文化における文学論の展開の差異について考えさせる。

（2）久保田淳の「和歌や歌論の根本課題は、〈心〉と〈詞〉に帰着するが、それはすべての文芸にとっての根本課題であろう」（八頁）という言葉が示しているように、この辞典の目的は、「散文」の研究と「韻文」の研究を結び付けることにある。

（3）ある国文学の学会で「異化」というシクロフスキーの概念を使用した時、八代集の注釈者の一人から、「それは定家の『詞は旧きを慕ひ、心は新しきを求め』に似ているのではないか」というありがたいコメントをいただいた。私が使った理論に反発するのではなく、不十分な説明のために残された「空白」をみずから越えようとされたその質問者の態度に感謝を覚えるとともに、西洋の詩学と日本の伝統的な歌学を結び付ける必要性について改めて考えさせられた。

このような試みとして注目に値するのは、ヤコブソンの詩学を日本のレトリックの考察に応用して、両方とも再解釈している尼ケ崎彬の『歌の道の詩学Ⅰ・Ⅱ』（一九八三、一九九五）である。面白いことに、ヤコブソンは自分の新しいアプローチについてピカソを始めとする二十世紀初期の芸術に刺激されたと指摘しているが、それと同様に、尼ケ崎も美術史の専門家でもあるおかげで、歌の世界を「言葉の芸術」として取り上げて、そのあらゆる次元を捉えることができたと思われる。なかでも特に興味深く思われるのは、「平行性の原理」についての考察である。ヤコブソンが詩の構造を「平行性の連続」と見なし、西洋の詩を特徴づける韻律図式の基本を平行性としたのに対して、尼ケ崎は、「五七五七七の定型は和歌の枠組みであり、韻律図式の一種である」（一九九五、七頁）と述べる一方で、七五調の働きが必ずしも「平行性」に限られないことに注目し、日本の伝統的な修辞技法の考察を通して、和歌における「平行性」の特徴を追究していく。他方、川本皓嗣は、『日本詩歌の伝統――七と五の詩学』（一九九一）のなかで和歌の独特なリズムを分析した上で、さらに、西洋の詩における韻律の働きは、和歌においてそれと同じように「詩的なもの」の象徴として取り扱われる〈言葉遊び〉と比較すべきだという、新しいアプローチを提唱している（一九九九）。

（4）過剰コード化と過小コード化という用語を提出したU・エーコは、「過剰コード化は現存のコードからさらに分析的なコードへと進むのに対して、過小コード化は現存しないコードから潜在的なコードへと進むのである」（一九八〇、二二〇頁）と説明している。さらに、この二つのコード化のパターンを、ロトマンが提出した文化のタイポロジー（前章の注(18)参照）と関連づけ、二つの理論が一致していないとことわりながら、他方で、〈文法志向型〉の文化は主として過剰コード化によって特徴づけられるのに対して、〈テクスト志向型〉の文化においては、儀礼の分野以外に、過小コード化の過程が行われていると述べている。したがって、本書で分析する詩的言語のメタ詩的レベルでの働きは、ロトマンのタイポロジーが内包している矛盾をさらに拡大したこの仮説をも考え直すきっかけになりうるのではないかと考えられる。

(5) 本書ではメタファーを特定の修辞技法（隠喩）というよりも、文化の基本的な認知手段および詩的言語の修辞的働きを示す主要な詩的方法として取り扱っているが、それについては最後の章でもっと詳しく取り上げることにする。

(6)『一般修辞学』のなかでグループμは、「修辞の一領域全体が、言語の冗長性の範囲の中で機能する」（六頁）と主張し、言語の冗長性を次のように説明している。「周知のように言語はそのあらゆるレベルで冗長である。つまり、反復を含んでいる。この不経済な実践の狙いは、言語メッセージに対して、その伝達上の誤りに関する免疫性を与えておくことである」（六〇頁）。この考え方に従って、本書ではさらに詩的言語の修辞的な冗長性を追究し、メタ詩的レベルでの働きと結び付けてみる。

(7) 今さらこのCD-ROMの重要性を喧伝する必要はあるまいが、それは言葉そのものを分析する可能性を飛躍的に増大させることで、日本古典文学の研究方法と研究課題に大きな変更をもたらすように思われる。特に、国歌大観に続いて、他の古典のテクストを含むCD-ROM（たとえば、新日本古典文学大系）ができたとすれば、なおさらのことである。

しかし、日本語の特徴のために、言葉をひらがなで引く際に、その同音の単語のみならず、他の語との組み合わせも出てくる（たとえば、「なみだ」→「なみだに（浪だに）」など）ので、詩語の登場率についての確実なデータを得るにはすべての例を確かめなければならない。それは、高頻度の言葉の場合は不便なところであるが、他方、詩的言語としての日本語の働きにおける掛詞的な戯れの無限の可能性を顕示し、具体的な例に気づかせてくれる重要な手掛かりにもなりうる。

「袖」も「涙」もきわめて高頻度の言葉なので、国歌大観におけるその登場に関するデータを完全に確かめえたわけではないが、重出のケースを含めて、「袖」→一九〇〇九、「そで」→四二六八、「涙」→七二九四、「なみだ」→五三〇三、「袂」→一二二一、「たもと」→二一一一などの数字は、詩的言語における〈袖の涙〉の〝異常な〟役割に注目をひくに十分であろう（それに「涙」の譬喩、「泣き」あるいは〈袖の涙〉に言及する表現を付け加えれば、その数はさらに増える）。

(8) また、ここで納得のゆく説明は提出できないが、「涙河」の「河」の使用にはなじめないので、引用ではそのままにして、分析のなかでは「涙川」になおした。

(9) ついでに付け加えておけば、歌ことばの響き合いに対するこうしたアプローチの妥当性をさらに根拠づけているのは、濁音と清音の相通や、『奥儀抄』に引用された「むら草に草の名はもしそなはらばなぞしも花の咲くに咲くらむ」という回文の和歌に見られる〃同文字異音〃（は→HA と WA）などの例である。

　他方、たとえ定家仮名遣いによって印づけられたそれ以前の勅撰集における連想が、歌が詠まれた当時には意識されなかったとしても、潜在していたことはまちがいなく、歴史的な「事実」として認められなくても、詩的言語の歴史を「誠実に」物語っていると考えられる。

古今和歌集

（1）さらに注目すべきは、「神遊びの歌」を含む第二十巻における〈袖の涙〉の不在である。その理由は、賀歌と同様に、悲しさという「涙」の指示的意味のせいであろうが、それだけではあるまい。古今集以降の勅撰集においても「神」を詠んだ歌には原則として〈袖の涙〉があらわれていないことから見て、それは〈袖の涙〉が「人の心を種とし」たよろずの言の葉を代表するようになったことを示唆していると思われる。〈袖の涙〉のこうした働きを証明するのは、本書の狙いの一つである。

（2）こうした読みの可能性は、言葉の響きに潜在しているばかりでなく、数多くの歌に詠まれた〈涙を借りる／貸す〉という表現の形式化によっても根拠づけられていると思われる。たとえば、「こき散らす滝の白玉ひろひを《(お)》きて世のうき時の涙にぞかる」（業平、雑上・九二二）という歌は、「滝の白玉」は「涙」をあらわすために〃借りた〃詩語であると説明しており、また、「声はしてなみだは見えぬ郭公わが衣手の漬つをからなむ」（よみ人しらず、夏・一四九）という歌は、〈袖の涙〉を借りてほしいと郭公に訴えている。さらに、後撰集には、「朝毎に置く露袖に受けためて世のうき時の涙にぞ借る」（よみ人しらず、秋中・三一五）という歌のほかに、「涙」に濡れた「袖」を〈七夕に貸す〉と詠んだ歌も載っている。そのいずれの歌も後にもっと詳しく分析するので、ここでは参考のために引用しておくにとどめる。

（3）さらに付け加えれば、「解く」は、万葉集の「白たへの袖解き交へて帰り来む月日を数みて行きて来ましを」（第四巻・五一〇）などの歌における「袖解く」との関連で、恋愛関係を結ぶという意味を喚び起こしており、「紐結ぶ」対「紐解く」という対立を通して、その意味をさらに具体化していくと考えられる。「二人して結びし紐をひとりして我は解き見じ直に逢ふまでは」（万葉、第一二巻・二九一九）、「ま玉つくをちこち兼ねて結びつる我が下紐の解くる日あらめや」（同・二九七三）などの歌はその例として挙げられる。したがって、立春を詠んだこの歌は、恋の誓いとしても受け取られるし、「袖ひちて」も「恋ふる心」を表す〈袖の涙〉と関連づけられるのである。

　一方、「鶯のこほれる涙」は、他の歌学書（奥儀抄、古来風体抄、和歌色葉など）のなかでも議論の対象になっており、平安末期においては本歌として注目されるようになる（詳しい例は新古今集の分析のなかで挙げる）ことから判断すれば、その「涙」が溶けるのだろうかという問いは、ぜひとも解かねばならない詩的問題にもなっていたと推測できる。

（4）『八雲御抄』も「身をしる雨（涙也）」（巻第三、天象部）としている。

（5）『竹取物語』のなかでは「涙」より「泣く」の方が多く使用され、しかもそのほとんど（十一）の例がかぐや姫の昇天の段に集中している。「かぐや姫泣く泣く言ふ」、「竹取泣く泣く申」と、かぐや姫と竹取翁との別れの会話は「泣く」を通して行われており、「悲しみ」という「涙」の指示的な意味を強調していることはまちがいない。しかし、「かぐや姫いといたく泣き給。人目も、いまは、つゝみ給はず泣き給」などのように、竹取翁よりかぐや姫の方が多く「泣く」ことは、どう解釈すればよいのだろうか。それは、翁とかぐや姫の「涙」の比較というよりも、かぐや姫と、迎えに来た「心異なる」天人との対比として捉えるべきであると思われる。言い換えれば、かぐや姫の「涙」は誇張されており、「人の心」の象徴として意味づけられているのである。このような意味は、さらに感情を〝消す〟天の羽衣と人の衣との対立によって強調されており、悲しみの表現から「心」そのものの表徴へ、という〈袖の涙〉の概念化を指し示している。それと呼応して、かぐや姫が「うち泣きて書く言葉」のなかで「脱ぎをく衣を形見と見給へ」と書き残すことも、心の思いの「形見」としての〈袖の涙〉の潜在力に注目して、詩的言語におけるその意味作用の展開を示唆していると考えられる。

「血の涙」は、かぐや姫の昇天の後に、「翁・女、血の涙を流して惑へど、かひなし」として登場しているのだが、それは、右に踏まえた「泣き」の機能に応じて、悲しみだけではなく、失われた「この世にない美」への追慕の表現としても捉えられるのである。

（6）〈紅の涙〉を取り上げたこの二首とはちがって、「君こふる涙しなくは唐衣むねのあたりは色もえなまし」（恋二・五七二）という貫之の歌は、〈涙の色〉という、その和語化されたヴァリアントに注目をひき、〈心の色〉を顕示するというその意味を指し示している。

（7）一首目の歌は「霜」を登場させるのに対して、二首目においては「露」が「朝の袖」によって代表されるという差異は、〈袖の露〉と〈袖の霜〉の詩的ステータスを示していると思われる。つまり、〈袖の（涙の）露〉の詩的使用が定着したので、「涙」も「露」も落とされても、「朝の袖」によって十分喚び起こされるのだが、「露」との連想を通して「涙」の譬喩になりうる〈袖の霜〉は、まだ形式化されていなかったということである。

（8）詩的謎々として捉えられる「物名」は、古代から中世（中古）への歌の働きの変遷を書き印していると考えられるが、L・エルマコワ（一九九五）が指摘しているように、このような変遷は、意味のコード化から言葉のコード化への転換を伴い、言葉遊びとして具体化されるのである。

（9）和歌制作の手引書と見なされる『古今和歌六帖』が「涙川」という項目（六帖第四上巻・恋）を特定したことも、歌語としての定着を証明しており、十八首の歌の大部分が古今集、貫之集、伊勢集にも入っていることは、歌語の定着の過程が、それを詠んだ歌の

〝モデル化〟を伴っているという印として捉えられる。一方、十八首のうち六首もが「涙川」を登場させていないことは、「涙」の誇張としてのその働きを示しているのに対して、その六首のいずれの歌（上の注(6)に引用した貫之の歌や、「身をせばみ袖よりもふる涙にはつれなき人もぬれよとぞ思」など）も、「涙」の詩化過程を踏まえていることは、「涙川」がその詩化過程の展開のなかで定着した歌語であることによると解釈できる。

(10) さらに「しきたへの枕のしたに海はあれど人をみるめは生ひずぞありける」（恋二・五九五）という友則の歌も、「枕の下の海」という「涙」の誇張と、生えない「みるめ」を対立させることで、恋のメッセージが伝わるためにはそれを〝見る目〟が必要であると指摘している。つまり、《枕の下に（涙の）海はあるけれども、逢う機会がない》、また《相手が気づいてくれない》という二つの意味を内包しているのである。

(11) 敏行の歌の「袖のみぬれて」を「袖のみひちて」としている異伝（大江切・伝藤原行成筆）もある。

(12) 一方、このような〈偽り〉の過程は、「物語の出で来はじめの親」である『竹取物語』における、くらもちの皇子の蓬萊についての語りに由来していると思われる。「そらごと」として意味づけられたこのエピソード（読者はくらもちの皇子が蓬萊へ行っていないことを前もって知らされている）は、〈事実〉と〈虚構〉との対比と見なされ、『古事記』と『日本書紀』のなかで〝政治化〟され〈真実〉としてタブー化された神話と、物を語る、すなわち偽ることもできる物語との区別として解釈される。それと呼応して、〈いつはりの涙〉も、神のことばから人間の歌へという和歌の転換を示す印として捉えられるのである。

(13) 確かに「見たる」という綴り方は伝本にあらわれるもので、本文にはなかったと考えられるのだが、そのことは、ここで試みた読みとは矛盾しておらず、むしろその妥当性を示していると思われる。つまり、伝本がたんなる〝写し〟ではなく、歌の解釈を伴った〝映し〟であることからすれば、「見たる」の登場はこうした解釈の結果と見なされるので、なおさら見逃してはならない印として捉えられるべきである。

後撰和歌集

(1) 「和歌の異伝──『古今集』『後拾遺集』の重出歌を中心に」（一九九一）という論文のなかで、片桐洋一は、重出歌の理由を次のように纏めている。すなわち、ケアレス・ミスによる重出、事実を説明し直す異伝、歌物語的資料による異伝、古歌の再生と新しい異伝の発生、和歌制作の場における異伝の発生、という五つであるが、本書においては、重出の理由ではなく、その差異による意味作用の特徴に焦点をあててみた。

ついでに付け加えておくなら、後撰集では内部重出のケースも三つあり（三七五と四四三、九二九と一三四二、九三〇と一三四三）、片桐洋一が指摘しているように、「完稿本系ではそのいずれか一方だけになっていたのだろう」（新日本古典文学大系、四四五番の歌の注釈)。本書の立場からすれば、この三つの場合についても、重出の巻がちがうし、「題知らず」(四四三、九二九)という印によって差異づけられている上に、隣の歌との配列のなかでそれぞれの意味は変わっていくのである。

また、一文字しか変わらない歌の再登場(二八六と一二七四、七五二と一〇六七、八九四と一二四七)なども、重出と見なされるのだが、それらもやはり再解釈として捉えられる。

(2) たとえば、もし「つれなく見えける人」に贈られた歌の「紅に涙うつると聞きしをば」という言葉を、《あなたの涙が紅に移ったと聞いた時》と解釈すれば、返歌の意味は成り立たないと思われる。つまり、《(そうだよ。)涙が濃い紅に変わるのなら、緑の袖も紅葉のように見えてくるのだから》という返事は、「あなたをだましたのだよ」という、あまりにも率直な意味になるので、歌ことばの使用の規準ばかりでなく、貴族社会のエチケットとも相容れない。

(3) さらに参考として、「うちはへて音をなきくらす空蟬のむなしき恋も我はする哉」(後撰、夏・一九二)という「題しらず」、「よみ人しらず」の歌も挙げられる。それは、共通の〈なき声〉に由来する「涙」の一般化を踏まえ、「むなしき声」をあらわす詩語としての働きを示している。

(4) 古今六帖にこれを原歌とした「さくらをのをふの下草露しあらはあかしてゆかむ親はしるとも」という歌が載っていることからすれば、この遊戯的な万葉歌は王朝びとにも好まれていたと判断できる。

(5) この歌が後撰集のみならず、勅撰集に採られた伊望女のただ一首の入集歌であることは、「よみ人しらず」や「題しらず」という印と同様な役割をはたしているのではないかと考えられる。つまり、それは、なるべく多くの歌人の歌を載せて当代歌壇のパノラマを紹介するという撰者の意図に対応すると同時に、作者の名前にこだわらず、その歌に注目するというその狙いをも反映していると思われる。そして、このような効果は年月が流れるにつれて、すなわち作者の名前が知られなくなるにつれて、さらに高まり、作者から歌そのものに焦点をあてる役割をはたすようになる。

(6) 「真心」を試すという「白浪」の働きは、さらに「いつしかとわが松山に今はとて越ゆなる浪に濡るゝ袖哉」(よみ人しらず、恋一・五二二)、「我が袖は名に立つすゑの松山か空より浪の越えぬ日はなし」(土左、恋二・六八三)という歌においても跡づけられるのだが、これらの歌は、新古今集の考察のなかで試みる、「きみをおきてあだし心をわが持たば末の松山浪もこえなん」(一〇九三)という古今集の歌から、定家の「松山と契りし人はつれなくて袖こす浪にのこる月かげ」(新古今、一二八四)に至るまでの「末の松山」の詩的伝統の分析のなかで取り上げることにする。

(7) ついでに付け加えれば、『後撰集新抄』の「色深く染めしとは深く逢馴れたる事なるべし」という説明も、〈血の涙〉よりも、感情とその表情の強度をあらわす「涙の色」の詩的働きを踏まえていると思われる。

(8) このような読みの可能性をさらに支持しているのは、贈答歌の直前に置かれ、その意味生成と関連している「流れいづる涙の河の

ゆくすゑはつゐに近江の海とたのまん」という「題しらず」「よみ人しらず」の歌（九七二）である。

（9）全歌数のデータは、作者名の付いている歌にかぎられている。「よみ人知らず」の歌のうちにも伊勢の作とされる歌が入っており、なかには〈袖の涙〉の歌も含まれていることを考慮すれば、この数字は多少変わってくる。

拾遺和歌集

（1）これに対して、〈袖の涙〉の歌の数からすれば、元輔（七首）、能宣（五首）、伊勢（四首）という順になっている。

（2）貫之の歌が「よみ人知らず」とされたケースは、きわめて限られているので、その数少ないケースの意味は何だったのかと考えさせられる。この歌に関しては、貫之集の注釈者は「理由不明」としているが、いずれにしても、その効果は、後撰集における「よみ人知らず」や「題知らず」の働きと呼応して、歌のメッセージの一般化を強調するものであると思われる。

（3）片桐洋一も、「父が喪にて、よめる」という古今集の歌に対して、「服脱ぎ侍るとて」という詞書を付けられた拾遺集の歌は「除服した或る人の歌になっているのに加えて、〈恋ふる心〉も亡父を言うのにふさわしくない感じで状態がかわっているのである」（一九九二、三三頁）と、それらの差異を指摘している。

（4）一首目の歌は、「**まそ鏡見しかと思ふ妹も逢はぬかも玉の緒の絶えたる恋の繁きこのころ**」（万葉、巻十一・二三六六）という人麿の旋頭歌の異伝と見なされるのだが、二首目は、「**まそ鏡手に取り持ちて朝な朝な見む時さへや恋の繁けむ**」（同、巻十一・二六三三）という人麿の歌とともに、「**まそ鏡見飽かぬ君に後《おく》れてや朝夕にさびつつ居らむ**」（同、巻四・五七二）などの歌をも踏まえたものである。

（5）さらに付け加えれば、このような詩的コードの調整は、その後に並ぶ歌の解釈のための手掛かりにもなっている。つまり、それに対応して、なぜ「**旅人の露払ふべき唐衣まだきも袖の濡れにける哉**」（遵子、三二六）という歌のなかで、旅立つ人の「露払ふべき」袖が早くから濡れているのかも分かるし、〈せめて涙を干してから旅立って行け〉と呼びかける「**惜しむとて留まる事こそかたからめ我が衣手を干してだに行け**」（よみ人知らず、三二九）という歌も、旅立つ人を留めようとする訴えとして解釈できるようになる。

（6）「音無」の山、里、滝などは、歌枕として取り扱われてはいるが、その〝所在〟は一定していない。たとえば、『八雲御抄』（巻第五、名所部）は「音無の山」、「音無の河」、「音無の滝」を紀伊国の歌枕としているのに対して、『能因歌枕』は「音無の滝」だけを紀伊国と関連づけ、「音無の山」を尾張、「音無の山」を豊前の歌枕としているのである。したがって、この言葉は、特定の場所を指し示す歌枕としてよりも、特定の詩的意味を表す歌ことばとして働いていたと考えられる。

（7）古今集の注(12)参照。

（8）小松英雄（一九九四）は、近代まで清音と濁音を書き分けなかった文字体系が「遊びの可能性」をさらに増やしていたことを強調して、特に〈なかれて／ながれて〉の響き合いに注目している。このような意味作用の代表的な例として、「見えて／見えで」を戯れさせている「色見えてうつろふ物は世中の人の心の花にぞありける」（古今、小町、恋五・七九七）という歌が挙げられ、拾遺集にも、貫之の「出でて／出でで」の歌のほかに、「言はれで／言はれて」という対立を踏まえた「つらけれど恨むる限ありければ物は言はれで音こそ泣かるれ」（よみ人知らず、恋五・九七四）などの歌が載っている。

(9) その直前に載っている「人知れぬ思ひは年も経にけれど我のみ知るはかひなかりけり」（実頼、六七三）という歌も、読者を引き寄せる働きをしており、また「女のもとに遣はしける」という共通の詞書を通して六七四番の「人知れぬ涙に袖は朽ちにけり」の歌と繋がっている。

(10) すなわち、「わぎもこが我をおくると白妙の袖ひつまでに泣きしおもほゆ」、「思ひいでて音をばなくともいちじるく人のしるべくなげきすなゆめ」、「君恋ふる涙のとこにみちぬればみをつくしてぞわれはなりぬる」（六一―六二頁）の三首なのだが、顕昭の拾遺抄注は「本歌と見ゆる歌無」としている。

後拾遺和歌集

(1) 「拾遺集に入らざる中ごろのをかしき言の葉、藻汐草かき集むべきよしをなむありける」（四―五頁）という、撰集の下命の内容を紹介する言葉の「中ごろ」は、後撰集と拾遺集の間、もしくは古今集以来という意味になっていると考えられる。また、「石上ふりにたることは、拾遺集に乗せてひとつものこさず。（中略）中ごろよりこのかた、今にいたるまでの歌の中に、とりもてあそぶべきもあり」（五頁）という記述の「拾遺集」という言葉を「古今後撰拾遺集」、「後撰古今拾遺集」と置き換えた異伝もあることは、拾遺集が第三勅撰集を指し示すとともに、古今集、後撰集、拾遺集の三代集をまとめて表す名でもあったことを明らかにしている。

(2) 後拾遺集の詞書はきわめて詳しく〝写実的〟である上に、その数も驚くほど多い。たとえば、三代集の（離）別歌と羇旅歌の巻も（他のどの巻よりも）詞書の数が多いのだが、後拾遺集のそれらの巻においては、詞書の付いていない歌は一首もない（「題知らず」の一首を除いて）。また、ほとんどの哀傷歌にも詞書が付いているし、三代集において詞書の使用率の小さい恋歌と四季歌の巻においても、その数が目立つほど多い。

(3) 元輔が踏まえた、

　貫之が集を借りて、返すとてよみ侍ける
一巻にちゞのこがねをこめたれば人こそなけれ声は残れり　（恵慶法師、一〇八四）
　返し
いにしへのちゞのこがねはかぎりあるをあふ許なき君がたまづさ　（時文、一〇八五）

というその贈答歌は、さらに「掛けつればちぢのこがねも数知りぬなぞわが恋の逢ふはかりなき」（古今六帖五、作者未詳）という歌も喚び起こしている。

一方、川村晃生は注釈（和泉古典叢書）のなかで「水くきのあとに残れる玉づさにいとども寒き秋の空かな」（恵慶集、能宣詠）という、貫之集を賞賛する、「たまづさ」のもう一首の歌を引用して、元輔の歌は「貫之の歌聖化の一端を示すか」と述べている。

（4）ついでに付け加えれば、「老いの涙」→「涙の玉」→「玉づさ」（書、手紙）という連想は、〈袖の涙〉と〈水茎の跡〉とを結び付ける第一歩とも見なされる。まだ〈表〉には出てこないが、「わぎもこがかけて待つらん玉づさをかきつらねたる初雁の声」（長能、秋上・二七四）という歌が示しているように、文字（連綿体）を映像化し、譬喩を通してその「姿」を表現しようとする試みが見られるのである。

（5）「衣手」、「袖」、「袂」という三つの類義語の使い分けは、文字数（文字の制約）にもよると考えられるが、前にも触れたように、その言葉の意味、特に詩的言語におけるそれぞれの役割が、異なっていると思われる。「袖」の意味範囲は最も広く、「袖を片敷く」から「袖の香」や「袖の涙」にいたるまでの数多くの意味を表している。「衣手」という最も古い歌ことばは、「頃」と響き合い、主として「衣手すずし」、「衣手さむし」など、「頃」と連関する表現のなかで使われている。それに対して、「袂」は、あくまでも〈袖の涙〉に結び付けられ、「涙」が登場しなくても、それを連想させている。それに従って、後撰集以降に「袂」の比率が高まっていく傾向は、詩的言語における〈袖の涙〉の役割の強化として解釈できると思われる。

（6）J・デリダの本の題名にもなっている「散種」（*La Dissemination*, 1972）という用語は、種子が出生地から離れて、あちこちに撒き散らされるというその言葉の本来的な意味に従って、ある語（表現、またそれを織りなす綴字）が、その最初の場（意味）から離れて、様々な所に撒き散らされることによって、新しい意味作用を作り出していく、というテクストの働きを示すものである。

（7）たとえば、「昨日までよそに思ひし菖蒲草今日わが宿のつまと見る哉」（拾遺、能宣、夏・一〇九）などの例が挙げられる。

（8）「根」と「音」の響き合いの明示的な例として、さらに「いつかとも思はぬ沢の菖蒲草たゞつく〴〵と音こそ泣かるれ」（拾遺、よみ人知らず、恋二・七六七）などの歌も挙げられる。

（9）このような読みの可能性は詞書によっても支持されている。「涙の雨」を登場させた「雨のいたう降る日、涙の雨のなどいひたるに」という和泉式部集の詞書に続いて、後拾遺集は「雨のいたく降る日、涙の雨の袖になどいひたる人に」と、それをさらに「袖」と関連づけて、歌が詠まれた場というよりも、表現そのものに注目を促している。

（10）「うらみ」と「うら」との連想は、この歌の直前に載っている「焼くとのみ枕のうへにしほたれてけぶり絶えせぬ床のうちかな」（八一四）という、「藻塩焼く」から「浦」を連想させた相模のもう一首の歌によって強調される。

一方、「あるものを」を通してこの歌は、前に取り上げた和泉式部の「さま〴〵に思ふ心はあるものをおしひたすらにぬるゝ袖かな」（八一七）という歌とも呼応しているが、二首の間に入っている「神無月よはのしぐれにことよせて片敷く袖をほしぞわづらふ」（八一六）という相模の三首目の歌は、「うらみ」→「うら」→「ひたすらにぬるゝ袖」という連鎖の〝接続線〟として働いていると思われる。

(11) この歌の直後に載っている「思ひかねかたみに染めし墨染の衣にさへも別れぬるかな」（五八九）という歌が、教成の兄弟である棟成によって詠まれたものなので、「父の服脱ぎ侍りける日よめる」というその詞書は、教成の歌にも及ぶと考えられるが、それが記されていないことは、具体的な〈場〉を越えたこの歌の一般的な意味への指示として捉えられる。

(12) この歌を、言葉遊びによって発動させられた連想の連鎖を踏まえて、現代語に訳してみれば、次のような長い説明になる。「水面の見えない沼の下から生い育つ『ねぬなわ』、その『寝ぬ名』という名のようにひそかに通うだけで共寝もしないなんて評判は立てませんよ。大体『ねぬなわ』は手繰ってこちらに来るのを採るもので、だから、わたしが来るという評判を嫌がって下さいますな」（新日本古典文学大系）。

(13) ちなみに、古今集は三つ、後撰集は四つ、拾遺集は三つになっている。

(14) このような「とまり」による言葉遊びは「帰りしはわが身ひとつと思ひしになみださへこそとまらざりけれ」（師賢、恋二・六八六）という歌をも意味づけている。追い出された男の立場から詠まれたこの歌は、《とまらず（泊まらず）に帰ってきたのは私の身体だけだと思ったが、涙までもとまらなく（止まらなく）なったことだ》というユーモラスな読みになる。

(15) この歌の前例と見なされる「鶉なく磐余の野べの秋萩をおもふ人とも見つるけふかな」（和漢朗詠集、二二八）、「なき事をいはれの池のうきぬなはくるしき物は世にこそ有りけれ」（拾遺、よみ人知らず、恋二・七〇一）などの歌も、「なく（なき）」を登場させているので、素意法師の歌は、「なき」の多様性に由来する「涙の露」の「いはれ」の纏めとしても捉えられる。

(16) 勅撰集における「袖のしづく」の初登場は、同じ後拾遺集に載っている「よそにふる人は雨とや思ふらんわが目にちかき袖のしづくを」（高明、恋四・八〇五）という歌であるが、その前例として「秋ならでを《（お）》く白露は寝覚めするわが手枕のしづくなりけり」（古今、よみ人しらず、恋五・七五七）などの歌が挙げられる。

(17) 恋歌の比率の減少は拾遺集から始まっているとも言えるが、拾遺集には雑恋歌の巻も設けられたので、恋歌の全数は最も多いということになる。一方、古今集の分析のなかで述べたように、雑歌が総括的な役割をはたしていることからすれば、恋歌と雑恋歌の分け方は、（雑春、雑秋、雑賀とともに）歌の内容からその表現への重心の移動としても捉えられる。

金葉和歌集

(1) 金葉集の注釈者（新日本古典文学大系）の川村晃生と柏木由夫は、解説のなかで「俊頼自身とその関係の和歌が（中略）構成上の要とも言える箇所に配されている」ことを指摘し、巻末とその直前に位置する歌、歌群末に位置する歌の例を挙げている（四四四頁）。一方、俊頼と経信の入集歌数については、三二首と二六首（四三九頁）としている。本書で挙げた数字は、「補遺歌」、すなわち二度本の精撰過程のなかに切り出されたと思われる歌を含めたものである。

（2）最も代表的な例として、身の不遇を天皇に直訴している「十七にみちぬる潮の浜楸ひさしく世にもむもれぬるかな」（雑下・六六五）という、雑部下の巻末の歌が挙げられるが、後で分析する「せきもあへぬ涙の川」（六〇九）などの歌にも、プライドを傷つけられた俊頼の恨みが窺える。

（3）この歌の前例として、注釈者が指摘している「秋風になびく草葉の露よりも消えにし人を何にたとへん」（拾遺、天暦、哀傷・一二八六）のほかに「行く水の泡ならばこそ消え返り人の淵瀬を流ても見め」（拾遺、よみ人知らず、八八二、一二三二）という歌も挙げられる。それらを踏まえた知信の歌は、一首目の「消えにし人を何にたとへん」の「人」を「泡」と置き換え、二首目の「淵瀬を流れても見め」と対立させている。

（4）参考歌として、「数ならぬ」を登場させ、「しぐれ」を通して「涙」の連想を浮かび上がらせる「いかばかりきみなげくらん数ならぬ身だにしぐれし秋のあはれを」（後拾遺、出雲、哀傷・五五一）という歌が挙げられる。

（5）康和四年（一一〇二）閏五月二日及び七日に、堀河天皇の命により、清涼殿で披講された上卿侍臣と女房達の懸想文を番わせた、勝敗は付けない変則的な歌会である。

（6）「水鳥の立たむ装《よそ》ひに妹のらに物言はず来にて思ひかねつも」（万葉、巻十四・三五二八）、「水鳥の発ちの急ぎに父母に物言ず来にて今ぞ悔しき」（同、巻二〇・四三三七）などの例が挙げられる。

（7）たとえば、その明示的な例として「白菅」と「知らせむ」を並べた「葦鶴《あしたづ》の騒く入江の白菅の知らせむためと言痛《こちた》かるかも」（万葉、巻十一、二七六八）という歌が挙げられる。

（8）このような意味はさらに「紅にそめし心もたのまれず人をあくにはうつるてふなり」（古今、よみ人しらず、雑体・一〇四四）、「限りなく思ひそめてし紅の人をあくにぞかへらざりける」（拾遺、よみ人知らず、恋五・九七八）という、〈心の色〉を踏まえた前例によっても支持される。

詞花和歌集

（1）このような悲劇は、「死」を響かせる「詞花集」の題名とも関連づけられたのだが、皮肉なことに、それは日本語における同音語の響き合いがいかに重視されたかをも証明している。

（2）金葉集IIの「補遺歌」、すなわち精撰過程において削られた歌のうちの二首が、詞花集に入っているが、その再登場は様々な変更に伴われている。「白菊のかはらぬ色も頼まれず移ろはでやむ秋しなければ」（公実、金葉、六九一／詞花、二一七）は、詞花集のなかでは「返し歌」になっており、「身の程を思ひ知りぬる事のみやつれなき人の情なるらん」（金葉、七一五／詞花、二〇九）という歌の場合は、歌人の名前も変わっている（金葉、隆覚法師／詞花、隆縁法師）。

（3）「虫のおもふこゝろ」と「なみだ」に焦点をあてたこの歌のインパクトは、「蓑虫の音をききにこよ草の庵」（芭蕉）など、「虫」を詠んだ俳句の余情に類似しているのではないかと思われる。

（4）この歌は金葉集Ⅲ（三四〇）にも入っているが、詞花集が、「道貞朝臣陸奥へ下るとき」というその詞書を「道貞、わすれてのち、陸奥の国の守にてくだりけるに、つかはしける」に直し、和泉式部と道貞との関係を説明しているのは、なぜだろうか。金葉集と詞花集の撰進の時期がそれほど離れていなかったことからすれば、読者の知識のレベルもほとんど変わらなかったはずである。したがって、「わすれてのち」という言葉は歌の解釈と関連していると推測できるので、ここで試みた読みのなかではこの特徴を考慮してみた。

（5）この歌は金葉集Ⅲ（三九七）にも含まれているが、「女のがりつかはしける」というその詞書に代わって、詞花集においてはそれが「題不知」になっているので、焦点は男女関係から歌の表現へと移動される。

（6）このような連想の可能性は、前に取り上げた「わびぬればしゐ《ひ》て忘れむと思へどもこゝろよはくも落つるなみだか」（二〇三）という歌にも内包されていると思われる。

（7）このような連想は、「おぼろけの海人やはかづく伊勢の海の浪高き浦に生ふる見るめは」（後撰、恋五・八九二）という伊勢の〝日記的〟な歌や「袖濡る、荒磯《あらいそ》浪と知りながらともにかづきをせしぞこひしき」という『更級日記』の歌などの前例を通して浮かび上がってくる。

（8）「夕暮」を意味する「ゆふまぐれ」は、「言ふ」と「眩る（まぐる）」（目がくらむ）の連想を発動させ、言えないような悲しみのために目が眩むほど落ちる「涙」を示唆しており、また、「長雨」の「眺め」も、「木繁き」も、時間の流れとともに散る「木の葉」も、このような静かな儚さのリズムを作り上げている。

千載和歌集

（1）「敷島」は、古今集の「しきしまの大和にはあらぬから衣ころも経ずして逢ふよしも哉」（貫之、恋四・六九七）に続いて、「敷島や山との歌の伝はりを　聞けば……」（一一六二）という千載集の短歌に再登場しており、しかも、その短歌の作者が崇徳院であることは、真に象徴的な意味を持っていると思われる。

（2）情報源としての「名」の比率の重要性に気づかせてくれたのは、T. A. Sebeok の *Semiotics in the United States*, 1991（アメリカの記号論）である。人名索引を調べてみれば、トップのシービオク（九三）とCh・S・パース（六四）は、著者とテーマを指し示しているが、その次のCh・モリス（シービオクの先生、四九）、R・ヤコブソン（先生、三六）、J・ユミカー＝シービオク（妻、二六）は、著者についての情報を漏らしている。しかし、このような点は本の内容のレベルではけっして目立たない。やはり〈書く〉という行為のなかで（たとえ歴史的なテクストであっても、勅撰集の撰進であっても）、人間は必ず自分自身を〝露出〟しているのだが、その印は、テクストの〈表〉ではなく、名（言葉、地名、人名など）の比率、表現の〝癖〟などを通してその〈裏〉に滲出してくるのである。

（3）竹下豊（小町谷照彦／三角洋一編、一九九八）などが指摘しているように、『堀河百首』は、和歌の伝統を解釈し積極的に発展させようとした試みとして評価される。

（4）このような読みは、「おほかたに置く白露も今よりは心してこそ見るべかりけれ」（後撰、よみ人しらず、秋中・二九一）、「おほかたに降るとぞ見えしさみだれは物思ふ袖の名にこそありけれ」（後拾、道済、恋四・八〇四）などの前例によっても支持されている。

（5）初度本は同じで、二度本は「音にさへ」が「音にだに」となっている。

（6）古今集の「あづま路の小夜の中山なか〳〵に何しか人を思そめけむ」（友則、恋二・五九四）、「甲斐が嶺をさやにも見しかけゝれなく横ほり伏せるさやの中山」（東歌・一〇九七）などの例に対して、西行の「年たけて又こゆべしと思きや命なりけり佐夜の中山」（新古今、羇旅・九八七）という歌においてはそれが「命」と呼ばれている。

（7）「わが袖は草の庵にあらねども暮るれば露の宿りなりけり」（伊勢物語、五十六段）、「草の庵なにつゆけしとおもひけん漏らぬ岩屋も袖はぬれけり」（金葉、僧正行尊、雑上・五三三）などの例が挙げられる。

（8）八代集では「野島が崎」は千載集に初登場し、俊成の歌や、「潮満てば野島が崎のさ百合葉に波越す風の吹かぬ日ぞなき」（俊頼、一〇四五）、「東路の野島が崎の浜風にわが紐ゆひし妹がかを《（ほ）》のみ面影に見ゆ」（顕輔、一一六六）という三首の歌に詠まれている。一方、この登場は「野島が崎」の再解釈にもなっているが、それについては「野島の浦」を詠んだ歌（七一三）の分析のなかで取り上げることにしたい。

（9）「物思ふと行きても見ねばたかゞたの海人の苫屋は朽ちやしぬらん」（後撰、よみ人しらず、雑二・一一九三）、「世の中はかくても経けり象潟《きさかた》の海士の苫屋をわが宿にして」（後拾、能因法師、羇旅・五一九）などの例が挙げられる。

（10）「信夫」（山、森、里など）という歌枕は、「陸奥のしのぶもぢずり誰ゆへにみだれむと思我ならなくに」（古今、融、恋四・七二四）、「君をのみしのぶの里へゆく物を会津の山のはるけきやなぞ」（後撰、滋幹女、離別・羇旅・一三三一）など、千載集以前の勅撰集の歌にも詠まれているが、千載集におけるその高頻度（一四例）は、「忍ぶ音の涙」の顕在化という千載集のメインテーマと関連づけられるように思われる。

(11) この歌によって讃岐は「沖の石の讃岐」と呼ばれるようになったが、それは、この歌、なかでも特に「沖の石」という表現がいかに高く評価されたかを示している。

(12) ついでに付け加えておけば、「しほるゝ袂」が八代集において一度も使われていないことは、このような「袂」と「袖」の使い分けと関連しているのではないだろうか。

(13) すなわち、「思ひやれとはで日をふる五月雨のひとり宿もる袖のしづくを」（四〇六）、「を《（お）》さふれどあまる涙はもる山のなげきに落つる雫なりけり」（四四七）などの歌である。

(14) 一方、言葉の響き合いの連想をさらに追究していけば、「よそ」を「よそふ」と関連づけることもできるのではないだろうか。そうだとすれば、《あるものを他のものになぞらえながら、それと異なる意味をあらわす》という、現代のメタファー論に劣らないほどの説明になる。また、一首目の「見せばや」や二首目の「もどき」は、視覚的類似性からパロディへという、メタファーの展開すら示唆しているのである。このような連想は、当代びとによって意識されたかどうかは判断できないが、潜在していることはまちがいない。

(15) このような意味は、「堰きもあへず淵にぞ迷ふ涙河渡るてふ瀬を知るよしも哉」（後撰、恋五・九四六）、「淵ながら人通はさじ涙河渡らば浅き瀬をもこそ見れ」（同・九四七）、「絶えぬとも何思ひけん涙河流れあふ瀬も有ける物を」（同・九四九）など、「涙川」の「淵瀬」の長い詩的伝統に基づいている。

(16) ところで、ここで「言葉」として訳されているバフチンの"slovo"は、言葉のほかに、ディスクール、言語、詩的言語という意味も内包している。

(17) **J. Derrida, *On the Name* (1995)** より。

(18) たとえば、奥村恒哉（一九九五、七三—八三頁）は、万葉集以降の歌において〈野島崎〉の所在があいまいになり、淡路、近江、安房の三か国の歌枕として使われるようになったことは、枕詞が特定の場所よりも、詩的ムードを表すようになったからだと指摘し、その区別の基準として「夏」（淡路）と「秋」（近江）というテーマを提出している。しかし、季節、あるいはそのムードを特定しない歌もあることを考えると、このような〈内容志向〉の基準よりも、言葉遊びなどを含む歌ことばの働きの方が基準として頼りになると思われる。

(19) 上に引用した「野島の浦」や「伊勢島や一志の浦」の歌と同じように、「我袖の涙や鳰の海ならむかりにも人を見るめなければ」（上西門院兵衛、恋四・八五五）という歌も、〈袖の涙〉の表現のネットワークを通して意味づけられている。千載集初出の「鳰の海」は、琵琶湖にそそぐ息長川《おきなかがわ》を登場させた「にほ鳥の息長川は絶えぬとも君に語らむ言尽きめやも」（万葉、巻二〇・四四五八）という歌に従って、近江の歌枕と見なされており、また、長時間水中に潜ることのできる「にほとり」は、「にほ鳥の潜く池水心あらば君に我が恋ふる心示さね」（同、坂上郎女、巻四・七二五）、「思ひにし余りにしかばにほ鳥のなづさひ来しを人見けむかも」（同、人麿、巻十一・二四九二）などの歌が示しているように、隠しきれない〈忍ぶ思い〉に対立させられたものである。

したがって、「鳰の海」は〈忍ぶ思い〉の〈涙の海〉として捉えられ、歌は《私の〈涙の海〉は、（水に潜っている）鳰の海のように、忍ぶ思いを伝えないのだろうか。あの人がかりそめにも〈みるめ〉を借りて、逢ってくれることがないのだから》と解読できるようになる。そして、「鳰の海」を詠んだ千載集以降の「にほのうみや月の光のうつろへば浪の花にも秋はみえけり」（新古今、家隆）、「にほの海や霞のをちにこぐ舟のまほにも春のけしきなるかな」（新勅撰集、式子内親王）、「鳰の海の氷の隙はなけれどもうち出づる波や秋の夜の月」（兼好法師集）などの歌も、〈袖の涙〉の意味作用と関連づけられる。

(20) ところで、他のどの作品よりも「涙」を数多く登場させ、筆者を〈袖の涙〉の重要性に気づかせてくれた『とはずがたり』は、この歌を踏まえているのではないだろうか。たとえ作者の後深草院二条自身がこの歌を意識していなかったとしても、少なくとも、彼女のテクストに『とはずがたり』という題名を付けた後の世代は、「問はず語り」のこのような意味を考慮したにちがいないだろう。

(21)「いとゞしく露けかるらん織女の寝ぬ夜にあへるあまの羽衣」（後拾遺、大江佐経、秋上・二三九）という歌に、「かぎりあれば天の羽衣ぬぎかへてをりぞわづらふ雲のかけはし」（同、経任、雑三・九七八）などの例である。

新古今和歌集

(1) 四首目の歌を、「とけてねぬ寝覚めさびしき冬の夜にむすぼほれつる夢のみじかさ」（源氏物語、朝顔）というその本歌と比較して、新日本古典文学大系は「ほとんど本歌と変わらないが、わずかに感傷の詞を捨てたところに工夫が見える」と注釈しているが、密接に繋がった歌のシリーズのなかに入っているこの歌の意味は〝孤立〟したものではないのと同時に、本歌取りの働きも「一対一」ではなく、シリーズ全体に及んでいると考えられる。

(2) この歌に詞書が付いていないのは、それを載せた『伊勢物語』のエピソード（六段）がよく知られていたからだとも考えられる。他方、それは歌を再解釈する自由を与えてもいる。また、その前に載っている小野小町の歌（八五〇）の「題しらず」という印は、この歌にも及び、こうした再解釈の可能性（もしくは、必要性）を指摘していると思われる。

(3) つまり、「間テクスト性」は、二つのテクストの間の関係に限定されず、他の数多くのテクストをも内包している。また、それはテクストとテクストとの関係にかぎられず、フェノ＝テクスト（現象としてのテクスト）とジェノ＝テクスト（生成としてのテクスト）との関係でもあるということである。バフチンの「対話・ポリフォニー」、「テクストの複数声」（mnogoglasie）の概念に基づいて、J・クリステヴァによって提唱された「間テクスト性」（「テクスト相互連関性」）の理論は、一般的に使われるようになり、平安文化の分析においても応用されている。しかし、平安文化のような〈閉ざされた〉〈表現志向型〉の文化における〈引用行為〉は、本歌取りなどの技法が示しているように、明示的引用（explicit citation）として意味づけられるので（それに限られないとしても）、inter-textuality というよりも、メタ・テクスト的な働きと見なすべきであろう。そして、それをあらわす用語としては、メタ・テクスト的な働きを分類した、タルトゥ・グループのP・H・トロップによるintext（一九八一）の方が適合していると思われる。しかも日本語のなかでは「インテクスト」という言葉は、その対象になっているテクストの働きを示唆する同音語の連想の連続さえ喚び起こすのである。「引テクスト」→「印テクスト」→「因テクスト」→「隠テクスト」などと（Kristeva, T., 1988 参照）。

（4）つまり、千載集の分析のなかで述べたように、〈あるものを他のものになぞらえながら（よそふ）、それと異なる（よその）意味をあらわす〉というものだが、ほかにも「風吹けばまづやぶれぬる草の葉によそふるからに袖ぞつゆけき」（後拾遺、公任、雑五・一一八九）と、「袖」を「草の葉」に準えながら「露」の〝よそ〟の意味、すなわち〈涙の露〉を示している、という歌も挙げられる。また、その「よそふる」という言葉をさらに戯れさせてみれば、「よそ」に「ふる」という実に象徴的な指示を見て取ることもできる。〝戯れ〟は別にして、恵子女王の歌が〝よそひ〟の連鎖に入っていることも、このような解釈の可能性を強調しているにちがいない。「ひとり寝る宿のとこなつ朝な〳〵涙の露にぬれぬ日ぞなき」（華山院、一四九三）というその前歌は、「床」に「常夏」という撫子の〝よそ〟の言葉を掛け、「涙の露」を示唆しており、また、「思ひあらばこよひの空はとひてまし見えしや月の光なりけん」（和泉式部、一四九五）というその直後に載っている歌も、〈月の光〉を〈蛍の光〉に譬えたものである。

（5）たとえば、「風かよふねざめの袖の花の香にかほる枕の春の夜の夢」（俊成女、春下・一一二）という歌は、六つの「の」を通して、「風」、「寝覚め」、「袖」、「香」、「香る枕」、「春」、「夜」、「夢」という連想の連続を結び、「袖の香」の詩的〝通い〟をたどっている。また、古今集の「さつきまつ花たちばなの香をかげば昔の人の袖の香ぞする」（よみ人しらず、夏・一三九）を本歌とした「たちばなのにほふあたりのうたゝねは夢も昔の袖の香ぞする」（夏・二四五）という俊成女のもう一首の歌は、「昔の袖の香」を夢のなかに漂わせている。

（6）この歌の直後に載っている「読人しらず」の歌群は、さらに「涙」の詩的創造力の証拠を提出している。「妹が袖わかれし日よりしろたへの衣かたしき恋ひつゝぞ寝る」（一三五九）から始まり、「今までに忘れぬ人はよにもあらじを《お》のがさま〳〵年の経ぬれば」（一三六六）で終わるこのシリーズは、〝ある愛の物語〟として解読できるのだが、語りの流れを支えているのは〈袖の涙〉の意味作用のネットワークである。

（7）ところで、現代の日本語で使われる「露わす」、「露出」、また「露知らず」など、きわめて〝不思議な〟言葉は、「白露」の連想を反映しているのではないだろうか。

（8）ここで、M・リファテールの *Semiotics of Poetry*（1978）の日本語訳（『詩の記号論』、二〇〇〇年）は本書の原稿が出来上がった後に出版されたので、原本に従って引用した文章をその訳に完全に合わせることが不可能だったことをお断りしておきたい。

(9) その直前に載っている「思ひいる身は深草の秋の露たのめし末やこがらしの風」（家隆、一三三七）という歌の「たのめし末やこがらしの風」（最後のたよりのこがらしの風）という言葉も、このような読みの〝たより〟になりうる。

(10) 俊成もこの歌に詠まれた「袖におちくる鐘のおと」というオリジナルな表現を、「限りなく侍るべし」と高く評価した。

(11) その代表的な例として「美作《みまさか》や久米のさら山とおもへどもわかの浦とぞいふべかりける」（師頼、雑上・二八三）と「和歌の浦といふにてしりぬ風ふかば波のたちことおもふなるべし」（長実、二八四）という詞花集の贈答歌が挙げられる。

(12) 古代日本文化の形而上の思想をあらわす「月かげ」は、プラトンのファルマコン（pharmakon）と比較できるように思われる。薬でも毒でもある（ない）ファルマコンは、「対立するものが対立させられる場であり、対立するものが関連づけられ、転倒させられ、一方が他方の中へと流れ込む動きや戯れである（魂／体、善／悪、内／外、記憶／忘却、パロール／エクリチュールなど）」（Derrida, 1972 : 147）。それと呼応して、光でも陰でもある（ない）「月かげ」は、空と土、生と死、形見と忘却、心と体、精神と身体などの対立項の融合や分裂を表現する美的場でありながら、表情や表現の鏡になっている「涙」に（を）映り（映し）、「袖」の〈表／裏〉をひっくり返すことによって、日常の言葉と詩的言語を差異づけており、また差延による詩語の意味作用の変化を跡づけてもいるのである。

(13) このような「月」を〝ただ〟の言葉として取り扱おうとすれば、怒りを招くかもしれないが、言葉の「声」にきわめて敏感だった平安びとにとっては「つき」という音自体も様々な連想を喚起したのではないだろうか。

「つき」と連関できるのは「つく」であろう。万葉集の「夕月夜心もしのに白露の置くこの庭にこほろぎ鳴くも」（第八巻・一五五二）など数多くの歌に詠まれた「夕月夜」、「月よみ」などの表現の「月」のよみは「つく」となっている。

そして、「つく」の連想の連続は驚くほど「月のかげ」の詩的働きと呼応している。「心尽くし」の「木の間」の「月」（古今集の「木の間よりもりくる月の影みれば心づくしの秋はきにけり」一八四、など）から、「袖」に宿り（付く）「涙」で濡れる（漬く）という意味生成過程を通して、心と言の葉を「告ぐ」（新古今集の「手枕にかせる袂の露けきはあけぬとつぐる涙なりけり」一一八一、「あか月とつげの枕をそばたてて聞くもかなしき鐘のをと哉」一八〇九、など）という〈袖の涙の月〉まで。

(14) 比較→類似→譬喩という見立て過程のメカニズムを纏めているこの歌は、それに従って展開していった〈袖の霜〉の詩的伝統も反映している。古今集の「笹の葉にをく霜よりもひとり寝るわが衣手ぞさえまさりける」（友則、恋二・五六三）という歌における〈笹の葉の霜〉と片敷く「袖」との比較に続いて、後撰集の「人知れず君につけてし我が袖の今朝しもとけずこほるなるべし」（よみ人しらず、冬・四六三）という歌において「霜」は「涙」の隠喩として詠まれている。そして、後拾遺集の「白妙の衣の袖を霜かとて払へば月の光なりけり」（国行、秋上・二六〇）という遊戯的な歌は、「霜」と「月の光」という、「涙」を指す二つの歌ことばを「袖」の上に並べ、その表現力を比べているのに対して、「霜こほる袖にもかげ」という通具の歌は、「霜」と「月」の機能を区別しながら、その〝涙比べ〟を調和させてもいる。

(15) 二つを登場させた後拾遺集の歌のほかに、「松島」は詞花集（一首）と新古今集（二首）に、「雄島」は千載集（一首）と新古今集（六首）のなかに詠まれている。

(16) 〈袖の涙〉以外の「月」の意味は、後で取り上げる西行の「月の色」の歌（一五三四）によって表明されている。

(17) 『古典対照語い表』による。

(18) 題しらず

月を見てこころうかれしいにしへの秋にもさらにめぐり逢ひぬる （一五三二）
よもすがら月こそ袖にやどりけれ昔の秋を思ひ出づれば （一五三三）
月の色に心を清くそめましや宮こを出でぬわが身なりせば （一五三四）
捨つとならば憂き世を厭ふしるしあらんわれ見ば曇れ秋の夜の月 （一五三五）
ふけにけるわが身のかげを思ふまにはるかに月のかたぶきにける （一五三六）

(19) 《出離するからには憂き世を厭うしるしがなくては叶うまい。秋の夜の月、曇っておくれ。私がそのようにあなたを見たら（あるいは、そのような私を見たら）》と。

(20) 文学研究が「学問」ではないという理科系学者の批判の〝根拠〟の一つは、それには「予測的」な価値がないということであるが、テクスト分析のなかで見えてくる詩的言語の働きはこの〝根拠〟を覆そうとしている。

(21) たとえば、国歌大観においてこの歌を本歌とした八〇首以上の例が載っている。

王朝文学を書き徴す〈袖の涙〉

(1) 平安時代に入ってからも、「水くきの岡の屋形に妹と我れとねての朝けの霜のふりはも」（古今、大歌所御歌・一〇七二）という歌が示しているように、「水茎の岡」の使用が見られる。『五代集歌枕』、『和歌初学抄』、『八雲御抄』など、平安末期から鎌倉時代にかけての文献では「岡」が地名として取り扱われており、奥村恒哉は、それを『日本書紀』の神武紀に見える「筑紫国岡の水門《みなと》」と関連づけている。

(2) また、平安時代末期の『類聚名義抄』のなかで「潠」という漢字に付けられた「選、遜ニ同。歕《ふく》水。水クキ」という注釈に基づいて、片桐洋一は、「当時〈噴水〉のような仕掛けがすでにあって、それを〈水クキ〉といった、ただ文献に現れることがなかったから知られていなかったのだが、それがスムーズに書ける〈筆〉の意に比喩的に用いられるようになったと考えてはいかがかと思うのである」（歌枕歌ことば辞典）と推定している。

(3) ちなみに、筆跡としての「水茎」の説とは関係がないが、天稚彦の葬送儀礼の「哭女」の役を演ずる「ミソサザイ」に「ミズクグリ」という別名もあることは、不思議な〝偶然〟の一つであろう。

(4) そして、たとえそれが「かみをば、しろたへ、いそぎぬといふ」(八九頁)、「かみをば、いろのかみ、蟲のす、しろたへといふ」(七九頁)、また「紙をば、しろたへといふ」(一〇五頁)という記述に従って共通の「しろたへ」に基づいているものだとしても、〈紙→衣手〉という連想には変わりがない。

(5) 斎宮女御集によると、馬内侍から贈られた「たづねても跡はかくても」という歌に対して、斎宮女御は「いにしへのなきになかるゝ」歌のほかにも二首の返歌を詠んだ。しかも契沖が指摘しているように、内容的には「**水茎のはかなき跡も消えなくにゆくへ知らぬは昔なりけり**」という返歌の方が適切であることからすれば、新古今集の撰者は、内容より表現を重視したと判断できる。

(6) ついでに付け加えれば、鎌倉時代の佐竹本三十六歌仙絵のなかには〈袖の涙〉と〈水茎の跡〉を関連づける次のような女歌人の絵がある。

源氏物語絵巻の俯瞰の角度とはちがって、この絵は、前の「空白」の効果のせいであろうか、下から上を仰ぎ見る印象を与え、〈昔に遡る〉という視点を映像化しているかのようである。

左側にある几帳の後ろに座っている女性の盛装は、長々と張り伸ばされ絵の大部分を占めているので、袖口と襟の襲合がはっきりとディスプレイされている。黒髪の波も衣と合流し、その模様のように見えている。

女性は体を前の方に強く傾けており、衣の誇張された描写もその身振りを強調している。片袖で軽く顔のあたりを押し包み、袖の「柵」から向こうの何かを見つめているかのようだが、その視線をたどっていくと、硯がある。

不思議なことにこの女性は、ほかならぬ斎宮女御である。「引目鉤鼻」という共通の面貌表現法とはちがって、彼女の描写は珍しく個性化され、わずかに曲がっている目の線のおかげでその顔には悲しみも嬉しさも含むような謎の微笑みの跡が漂っている。

(7) この歌も含めて隆房集に入っている大部分の歌を登場させた『艶詞』の散文でも〈袖の涙〉が「ことばのあや」を示す主要な手段になっているが、それについては後でもっと詳しく考察する(四三五―四三六頁)。

(8) 「**かたみともなに思ひけんなかなかに袖のみぬるる水(見つ)くきのあと**」(続後撰集)や「**かたみぞと見れば涙のたきつせもなほながれそふ水(見つ)くきのあと**」(秋夢集)という歌も、「形見」を登場させ、「水茎」に内包されている「見つ」の連想を発動させているると思われるし、「**うづもれぬ名をかきつくる水くきのあとに涙の流れそふかな**」(実材母)という歌の「うづもれぬ」もこのような意味を示唆している。

(9) ついでに付け加えれば、「書」のメタファーがこれほどたくさんあるということ自体、きわめて重要な意味を持っており、他の文化においてその相似例はないものと思われる。

(10) この歌は（古今集の分析のなかで取り上げた伊勢の短歌（一〇〇六）などとともに）、勅撰集に採取された数少ない短歌（長歌）は歌ことばの連想のネットワークを描き出し詩的カノンを解き明かす働きをしている、という仮説を支持していると思われる。

(11) さらに、歌の配列に注目してみれば、『和歌童蒙抄』のなかで「袖に墨つく」の次に「血の涙」が取り上げられていることは、二つの関連を示す印として受け取られる。

(12) さらに付け加えれば、この滑稽譚の系譜は、古代にとどまらず、谷崎潤一郎の「少将滋幹の母」と芥川龍之介の「好色」においても取り上げられている。

(13) 「見む」、「見せじ」を遊ばせる会話の後に交わされ、さらに「あかす」という語を戯れさせている、〈男〉「ことならば明かしはててよ衣でにふれる涙の色も見すべき」、〈女〉「衣でにふれる涙の色見むとあかさば我もあらはれぬとや」（二十五段）などの贈答歌も付け加えられる。

(14) 新しい妻に夫を〝譲ろう〟として遠くに行ってしまった妻は「いづこにか送りはせしと人問はば心はゆかぬ涙川まで」という多義的な歌を残し、それに感動して妻を追いかけていった男も「涙川そことも知らずつらき瀬を行きかへりつゝながれ来にけり」と、「涙川」の返歌を詠んだ。こうして、共に「泣くことかぎりな」きおかげで、夫婦は再び結ばれたのである。

(15) 以下に引用する日本語訳について一言付け加えておきたい。原則として、なるべく既存の訳をそのまま引用しようとしたのだが、翻訳がすでに解釈でもあるので、何カ所か変更せざるをえなかった。まず metaphor という言葉の訳語としては「隠喩」が定着しているが、文彩（フィギュア）の一つとしての metaphor をあらわす「隠喩」という用語は、広義の metaphor の意味を縮減してしまっており（たとえば、metaphor を基本的な認知手段として取り上げる場合、「譬喩」という訳語の方が適切であろう）、また、そもそも「隠喩」以外の用語を使った翻訳もある（篠田一士がデリダの「白けた神話」の翻訳のなかで「暗喩」を使っている）。したがって、本書では、誤解を招かないように、すべての引用において統一的に「メタファー」を使うようにし、また、訳者の解釈に賛成できない場合には、多少引用を修正したところもある。その例の一つは、G. Lakoff と M. Johnson の *Metaphors We Live By* (1980) という題名を『レトリックと人生』（一九八六）とした訳である。「人生」という、〝運命的な〟コノテーションを持つ言葉は、メタファーをあくまでも日常の生活のなかで追究していこうとするこの研究にそぐわないし、「レトリック」という語の使用も、焦点をぼかすことになっていると思われる。「訳者あとがき」のなかで「隠喩がこのように人間の行為や思考に影響があるという見方、そしてまた広義の隠喩は修辞学（rhetoric）の中心であるという事実から、Metaphors We Live By を『レトリックと人生』と意訳してみた」（三三四頁）と書いてあるが、結果はレイコフとジョンソンが主張しているメタファーの主導的な役割を見えにくくするものになったのではないだろうか。いずれにしても、「レトリックと人生」という訳にはなかなか馴染めなかったので、「生活のなかのメタファー」という、直訳に近いものにした。

(16) この用語は、G・ジュネットの "La Rhétorique restreinte" (1970) という論文の後に広く使われるようになった。

(17) それと関連して、野村マスヒロの "The Ubiquity of the Fluid Metaphor in Japanese : a Case Study" (*POETICA*, 1996 / 46) という論文に注目したい。現代の日本語におけるメタファー化過程の例を取り上げて、認識言語学の観点から次のように纏めている。
"(. . .) the fluid metaphor is ubiquitous in Japanese in such domains as SOUND, THOUGHTS, and FEELINGS, (. . .) the ubiquity of the fluid metaphor might be correlated to general characteristics of Japanese grammar and Japanese culture ; the ubiquity may be regarded as a manifestation of the BECOME language features" (72-73).

(18) 「根源的メタファー」と「メタ・メタファー」という二つの概念を発展させたデリダ自身は、それらを関連づけてはいないが、ここで試みた分析のなかでこの二つの考えがつながった理由は、著者の意図的な〝志向〟は別にして、〈文法志向型〉と〈テクスト志向型〉の文化における意味生成過程の差異のためであると思われる。

(19) シュプレマン (supplement)、すなわち「補足」+「代理」=「代補」(デリダ)。書き言葉を話し言葉の「補足物」として、後者の優位性を主張するルソーのアプローチに対して、デリダは、"suppleer" (代補する) という言葉の意味を生かし、「補足物」というその意味のほかにそれを完全に転覆する「代理物」という意味をも内包していることを提示し、それを書き言葉と話し言葉との対立を解消するための理念として提出した。

(20) 『盲点と洞察』(*Blindness and Insight : Essays in the Rhetoric of Contemporary Fiction*, 1971) においてP・ド・マンは、特定のアプローチによって照明をあてられた「洞察」の向こうに思わぬ「盲点」が見えてきて、「盲点」を意識化することで思いがけない「洞察」が得られると、テクスト解釈の過程を「盲点」と「洞察」の連続として取り上げている。

あとがき

本書を書きはじめてから、「やめたい」と思ったことが、しばしばありました。歌を調べれば調べるほど、そこに詠み込まれた言の葉の力に魅せられる一方で、自分の言葉の乏しさに悩みを覚えたからです。ほんとうに悔しいことです。しかし、ふつう行われている歌の解釈とは違う読みの可能性が見えてきた以上、〈しがらみをかける〉こともできなくなりました。まさしく「ならはねば人の問はぬもつらからでくやしきにこそ袖はぬれけれ」という歌に詠まれているように、《こうした和歌の習いに慣れなければ、人がそれを問わないことも（自分がそれについて上手に書けないことも）辛くはなかっただろうが、今は悔し涙で袖が濡れている》という状態です。

「よしさらば」なぜ英語で書かなかったのか、と聞く人もいるかもしれません。英語も母国語ではないという理由も挙げられますが、もっと重要な理由がまだほかにあります。それは、言の葉に潜んでいるエネルギーを生かし、和歌におけるその異化の過程を問うためには、日本語を使うしかないということです。そうしなければ、「言の葉」が問いを聞いて、答えてくれないからです。

かくして、悔しさと寂しさのつれづれに「つれづれのながめにまさる涙川」に身を投げ、「たぎつ心」というその水上を追究しながら、「言の葉ごとに置く露」の意味を通して、「世とともに」流れていく詩的言語の展開をたどってみましたが、聞こえてきた多数の声の浪は、「袖を越す」ほどの結果となりました。しかも著者の「せばき袖」だけでなく、研究の出発点で予想した〝余白〟の「袖」さえも。それゆえ、「涙川」に「淵」と「瀬」があるのと同様に、本書においても、深いところもあれば、「浅瀬」も数多いにちがいありません。なかでも特に批判の的になりそうなのは、「言葉遊び」という本書で試みた解釈のアプローチでしょう。いずれの歌の解釈をもなるべく根拠づけようとしたにもかかわらず、具体的な読みのレベルで納得の行かない説明がありうることは十分に覚悟してはいますが、言葉遊びを無視して歌を読むことは、「おのづから音する」言の葉に含まれた情報を見落とすことになると確信しています。しかも歌を調べれば調べるほどこの確信は強まり、今は解釈の際に〝やりすぎ〟たどころか、想像力が足りなかったとさえ思っています。「涙」の向こうに、「うれしき涙」はもちろん、笑いさえ聞こえてきて、世の中の悲しさや儚さのみならず、楽しさをも内包する当代びとの人生観が見えてきたことは、その何よりの証拠でありましょう。

しかし、このあとがきの目的は、読者に右のような言い訳の言葉を捧げて、〝同情〟の「涙」に訴えることではありません。そうではなく、「涙川」のおかげで恵まれた「逢瀬」について書き留めておきたかったのです。はっきり言えば、もし数多くの人からの支援と協力がなかったなら、「数ならぬ身」の著者は、いまだに「浮き草」のように悔し涙の川に流されていたにちがいありません。感謝の気持ちでいっぱいのあまり、あらためて「うれしき涙」と「せばき袖」の密接な関係の〝実体性〟について考えさせられました。やはり王朝びとの歌にあるように、「さまざまに思ふ心」をあらわすのは簡単ではありませんが、悲しさよりも嬉しさの方が表現しにくいものです。

「本を書きなさい」と最初に言い出し、勇気を与えてくれただけでなく名古屋大学出版会にも推薦してくださったのは、高橋亨氏です。さらに高橋氏からは本の構成に関して重要なコメントをいただくと同時に、原稿の最初のヴァリアントに対して厳しい批判も丁戴しました。表現力の乏しさを下手な駄洒落によって補おうとした私の無駄な試みを止めさせてくださったことを、本当にありがたく思っています。

他方、研究をはじめてから川本皓嗣氏と相談し、本書の原稿が仕上がったら博士論文として提出することを決めましたが、それは夢にも見なかっためぐり合わせをもたらしてくれました。川本氏をはじめとする五人の優れた学者に原稿を丁寧に読んでもらうことができ、数多くの〝致命的な〟間違いを指摘していただいたからです。

久保田淳氏には、テーマの選択の段階からあたたかく励ましていただき、言葉の誤解などに由来する解釈の失敗を教えていただくと同時に、詞書を無視して歌を解釈してみる必要性について心強い支持をいただきました。

竹内信夫氏からは、理論的なアプローチに関するコメントやアドバイスをいただき、参考文献に関しても注意していただきました。「がんばれ」という氏の声はいまだに心のなかに響いています。

三角洋一氏には、歌の引用から曖昧な解釈まで、様々なミスを指摘していただくとともに、強調すべきアイディアに目覚めさせていただきました。しかも論文の審査が終わった後にも様々なアドバイスを丁戴しました。

以前に一度も会ったことのなかった山中桂一氏からも、非常に詳しいコメント（原稿の一割ほどの枚数の）を送っていただき、詩的言語へのアプローチから文体の細部にいたるまで、そのコメントの内容のみならず、「冷静になれ」という氏の呼びかけによっても元気づけられました。

このように、審査の際に五人の優れた学者の知恵を借りることができて、私は本当に恵まれていたと思います。ですから、こうしたチャンスを与えてくださっただけでなく、心理的な支えや学問的な指導から文章の訂正まで、労力と時間を惜しまずに協力してくださった川本皓嗣氏に対しては、感謝の言葉がありません。「うれしき涙」の恩人です。

しかし、感謝したいと思う人のリストは、右に挙げた六人の名前では終わりません。原稿の最初のヴァリアントに目を通してくださった真崎光春氏にも、書き直したヴァリアントをさらに直してくださったばかりか校正刷さえチェックしていただいた関根賢司氏にも心から感謝しています。

二回も私の〈袖の涙〉についての発表を聞いて、刺激になったコメントやアドバイスをしてくださった吉海直人氏、久保田孝夫氏、高木信氏、安藤徹氏など、古代文学会のメンバーにも感謝しています。

私を和歌文学会に紹介し、著書や論文を送ってくださった片桐洋一氏にも感謝しています。〈歌のしるべ〉について話し相手になってくださった田中喜美春氏にも、和歌以外の文学における「涙」について教えてくださった菊田茂雄氏にも、デリダの『散種』からの翻訳を手伝ってくださった稲賀繁美氏にも、中世文学会のメンバーの前で「涙」について話す機会を与えてくださった山下宏明氏や久保朝孝氏にも感謝しています。

私の「涙」を借りてレポートや卒業論文を書いてくれた宮城学院女子大学の学生、そのほか、「涙」についての講義や講演を聞いてくれた数多くの学生たちにも感謝しています。

久野昭氏をはじめとして、この研究が出来あがるまで私の日本での滞在を保証してくださった中京女子大学にも感謝しています。私の長年の「涙」に我慢強く耐えてくれた夫の〈袖の広さ〉にも感謝しています。

今この本を開いてくださったあなたにも、心より感謝します。

この本ができたのは、名古屋大学出版会の橘宗吾氏のおかげです。まだ未熟な段階だった私のプロジェクトに耳を傾け、「本を出しましょう」と言ってくださった橘氏が、戸惑ったり落ち込んだりする私を最後まで信頼し、一生懸命に励ましてくださったことは、かけがえのない支えとなりました。原稿を書き直すたびに文章を直していただいたばかりか、内容に対しても興味深いコメントをいただき、行き詰まった時には話し相手になってくださった橘氏の協力は、編集者の「義務」の範囲をはるかに越えたものです。

また、本書の刊行に際して、第十回財団法人名古屋大学出版会学術図書刊行助成を与えられたことについて、名古屋大学出版会関係各位に厚く御礼申し上げたいと思います。

このように、〈袖の涙〉のおかげで、数多くの素晴らしい人にめぐり会い、学生時代に不思議に思っていた「仕合わせ」という綴り方の意味がやっと分かってきました。他方、数多くの人から協力していただいたにもかかわらず、本書のなかに数多くの弱点や欠点が残っていることは、著者の「わがまま」のせいです。言い換えれば、もし本書に興味深いところがあるとすれば、それは協力していただいた方々のおかげですが、間違いは、あくまでも著者の責任です。

それゆえ、つつしんで本書を読者に捧げるとともに、著者を厳しく批判しかつ完全に無視していただいて、なるべく「言の葉」の声そのものに耳を傾け、どんなに時間が流れてもけっして古くならない「大和の歌」の読みの快楽を味わってみていただくよう、お願いする次第です。

二〇〇〇年九月八日

著　者

《著者略歴》

ツベタナ・クリステワ（Tzvetana Kristeva）

1954年　ソフィア（ブルガリア）生まれ

1978年　モスクワ大学アジア・アフリカ研究所日本文学科卒業

1980-81年　東京大学文学部国語・国文学科研究生

1984年　ソフィア大学文学博士

ソフィア大学東洋語・東洋文化センター日本学科主任教授，

中京女子大学教授等を経て

現　在　東京大学大学院人文社会系研究科客員教授

著　書　『水茎の跡』（ブルガリア語，ソフィア大学出版会，1994）

他に『とはずがたり』『枕草子』のブルガリア語訳等もある。

涙の詩学

2001年3月30日　初版第1刷発行

定価はカバーに
表示しています

著　者　ツベタナ・クリステワ

発行者　平　川　宗　信

発行所　財団法人　名古屋大学出版会

〒464-0814　名古屋市千種区不老町1名古屋大学構内
電話(052)781-5027/FAX(052)781-0697

印刷・製本 ㈱クイックス　ISBN4-8158-0392-7

乱丁・落丁はお取替えいたします。

事項索引

＊詩語は歴史的仮名遣いで表記し，例えば
「淡路」は「あはぢ」の箇所に置いた。

ア　行

カ　行

サ　行

タ　行

ナ　行

ハ　行

マ　行

ヤ　行

ラ 行

ワ 行

引用歌初句索引

ア

イ

ニ

ヌ

ネ

ノ

ハ

ヒ

フ

ヘ

ホ

マ

参考文献

I　本文と注釈

『古今和歌集』　小島憲之/新井栄蔵校注，新日本古典文学大系，岩波書店，1989 年

『古今和歌集』　小沢正夫校注・訳，日本古典文学全集，小学館，1971 年

『古今和歌集』　奥村恆哉校注，新潮日本古典集成，新潮社，1968 年

『古今和歌集』　片桐洋一訳・注，全対訳　日本古典新書，創英社，1995 年

『後撰和歌集』　片桐洋一校注，新日本古典文学大系，岩波書店，1990 年

『後撰和歌集』　工藤重矩校注，和泉古典叢書，和泉書院，1992 年

『拾遺和歌集』　小町谷照彦校注，新日本古典文学大系，岩波書店，1990 年

『後拾遺和歌集』　久保田淳/平田喜信校注，新日本古典文学大系，岩波書店，1994 年

『後拾遺和歌集』　川村晃生校注，和泉古典叢書，和泉書院，1991 年

『金葉和歌集・詞花和歌集』　川村晃生/柏木由夫/工藤重矩校注，新日本古典文学大系，岩波書店，1989 年

『詞花和歌集』　松野陽一校注，和泉古典叢書，和泉書院，1988 年

『千載和歌集』　片野達郎/松野陽一校注，新日本古典文学全集，岩波書店，1993 年

『千載和歌集』　上條彰次校注，和泉古典叢書，和泉書院，1994 年

『新古今和歌集』　田中裕/赤瀬信吾校注，新日本古典文学大系，岩波書店，1992 年

『新古今和歌集』　上・下，久保田淳校注，新潮日本古典集成，新潮社，1979 年

『新古今和歌集』　峯村文人校注・訳，日本古典文学全集，小学館，1964 年

『新古今和歌集全評釈』　九巻，久保田淳，講談社，1986-87 年

八代集総索引　久保田淳監修，新日本古典文学大系，岩波書店，1995 年

八代集総索引　片桐洋一監修，ひめまつ会編，大学堂書店，1986 年

『八代集』　CD-ROM 版　岩波書店，1995 年

『勅撰集　作者索引』　名古屋和歌文学研究会編，和泉書院索引叢書，1986 年

『新古今和歌集聞書』　室町時代後期　（翻刻・影印）荒木尚『幽斎本　新古今集聞書—本文と校異—』，九州大学出版会，1986 年

『八代集抄』　北村季吟，天和二年（1662）刊　（翻刻）山岸徳平『八代集全註』全三巻，有精堂，1960 年

『古今集遠鏡』　本居宣長，寛政五年（1793）刊　（翻刻）『本居宣長全集』第三巻，筑摩書房，1969 年

『美濃の家づと』　本居宣長，寛政七年（1795）刊　（翻刻）『本居宣長全集』第三巻，筑摩書房，1969 年

『日本歌学大系』 全十巻，佐佐木信綱編（総索引　久曽神昇，樋口芳麻呂編），風間書房，1986-96 年
『日本歌学大系』 別巻一〜十，久曽神昇編，風間書房，1989-97 年
『歌論集』 橋本不美男/有吉保/藤平春男校注・訳，日本古典文学全集，小学館，1975 年
『歌論集・能楽論集』 久松潜一/西尾實校注，日本古典文學大系，岩波書店，1961 年
『袋草紙』 藤岡忠美校注，新日本古典文学大系，岩波書店，1995 年
『新編　国歌大観』 CD-ROM 版　角川書店，1996 年

『萬葉集』 1-4，小島憲之/木下正俊/東野治之校注・訳，新編日本古典文学全集，小学館，1994-96 年
『古今六帖』 上・下，石塚龍麿稿，田林義信編，有精堂，1984 年
『平安私家集』 犬飼廉/後藤祥子/平野紀子校注，新日本古典文学大系，1994 年
『中世和歌集・鎌倉篇』 樋口芳麻呂他校注，新日本古典文学大系，1991 年
『中世和歌集・室町篇』 伊藤敬他校注，新日本古典文学大系，1990 年
『貫之集全釈』 田中喜美春/田中恭子共著，風間書房，1997 年
『和漢朗詠集・梁塵秘抄』 川口久雄/志田延義校注，日本古典文學大系，1965 年
『長秋詠藻・俊忠集』 川村晃生/久保田淳共著，和歌文学大系，明治書院，1998 年
『艶詞』 入道大納言隆房卿　群書類従第二十七・輯雑部，續群書類從完成會訂正三版，1960（1931）年
『葉月物語絵巻　枕草子絵詞　隆房卿艶詞絵巻』 日本絵巻大成 10，中央公論社，1988 年
『日本書紀』 上・下，坂本太郎/家永三郎/井上光貞/大野晋校注，日本古典文學大系，岩波書店，1965-67 年
『竹取・伊勢・大和・平中物語』 片桐洋一/福井貞助/高橋正治/清水好子校注・訳，日本古典文学全集，小学館，1972 年
『竹取物語・伊勢物語』 堀内秀晃/秋山虔校注，新日本古典文学大系，岩波書店，1997 年
『篁・平中・濱松中納言物語』 遠藤嘉基/松尾聰校注，日本古典文學大系，岩波書店，1964 年
『枕草子』 上・下，石田穣二訳注，角川日本古典文庫，1993（初版 1973）年
『土佐日記・蜻蛉日記・紫式部日記・和泉式部日記』 長谷川政春/今西祐一郎/伊藤博/吉岡曠校注，新日本古典文学大系，岩波書店，1989 年
『源氏物語』 1-5，柳井滋他校注，新日本古典文学大系，岩波書店，1993-97 年
源氏物語索引，柳井滋他，新日本古典文学大系，岩波書店，1999 年
『宇津保物語』 1-3，河野多麻校注，日本古典文學大系，岩波書店
『方丈記　徒然草』 佐竹昭広/久保田淳校注，新日本古典文学大系，岩波書店，1989 年
『堤中納言・とりかへばや物語』 大槻修他校注，新日本古典文学大系，岩波書店，1992 年
『宇治拾遺物語　古本説話集』 三木紀人他校注，新日本古典文学大系，岩波書店，1990 年

『無名草子』 桑原博史校注，新潮日本古典集成，新潮社，1976 年
『とはずがたり　たまきはる』 三角洋一校注，新日本古典文学大系，岩波書店，1994 年

II　辞典

『大漢和辭典』 諸橋轍次，修訂版，大修館書店，1955-60 年
『佩文韻府』 万有文庫，清聖祖敕撰，商務印書館
『角川　古語大辭典』 1-5，中村幸彦/岡見正雄/坂倉篤義編，角川書店，1982-99 年
『和歌大辞典』 犬養廉/井上宗雄/大久保正，明治書院，1986 年
『日本古典文学大事典』 大曾根章介/檜谷昭彦/堀内秀晃他編，明治書院，1998 年
『日本古典文学研究史大事典』 西沢正史/徳田武編，勉誠社，1997 年
『日本歌語事典』 佐佐木幸綱/杉山康彦/林巨木編，大修館書店，1994 年
『歌ことば歌枕大辞典』 久保田淳/馬場あき子編，角川書店，1999 年
『日葡辞典』（*VOCABVARIO DA LINGOA DE IAPAM*），日本語訳，岩波書店，1980 年

III　研究書

A）日本語

尼ケ崎彬　1988 『日本のレトリック』，筑摩書房
――――　1990 『ことばと身体』，勁草書房
――――　1995（1983 初）『花鳥の使　―歌の道の詩学 I ―』，勁草書房
――――　1995 『縁の美学　―歌の道の詩学 II ―』，勁草書房
池上嘉彦　1992 『詩学と文化記号論』，講談社学術文庫
ヴァンサン＝ビュフォー，アンヌ　1994 『涙の歴史』，持田明子訳，藤原書店
エーコ，U.　1980 『記号論　I・II』，池上嘉彦訳，岩波書店
海老原昌宏　1997 「袖の時空　―『六百番歌合』の定家詠を中心に―」，日本文學論究第五十六冊，國學院大學國文學會編
太田あいみ　1994 「源氏物語における〈泣き〉の効用」，『国文鶴見』29
奥村恒哉　1995 『歌枕考』，筑摩書房
小沢正夫　1989 『平安の和歌と歌学』，笠間書院
片桐洋一監修，ひめまつの会編　1972，『平安和歌歌枕地名索引』，大学堂書店
――――　1983 『歌枕歌ことば辞典』，角川書店
――――　1985 『伊勢　恋に生き，歌に生き』日本の作家　7，新典社
――――　1991a 「和歌異伝　―『古今集』『後拾遺集』の重出歌を中心に―」，『王朝の文学とその系譜』片桐洋一編，和泉書院
――――　1991b 『古今和歌集の研究』，明治書院

———— 1992a 「拾遺集における古今集の重出」,『王朝文学 —資料と論考—』高本不美男編，笠間書院
———— 1992b 「拾遺集における後撰集歌」,『国文学』関西大学国文学会，第六十九号
神谷かをる 1993 「〈涙〉のイメジャリ —万葉集から古今集へ—」,『国語語彙史の研究 十三』国語語彙史研究会編，和泉書院
河野達郎/佐藤武義 1997 『歌ことばの辞典』，新潮選書
川本皓嗣 1992 『日本詩歌の伝統 —七と五の詩学—』，岩波書店
———— 編 1994 『歌と詩の系譜』叢書 比較文学比較文化 5，中央公論社
川本皓嗣/小林康夫編 1996 『文学の方法』，東京大学出版会
久野 昭 1985 『鏡の研究』，南窓社
———— 1995 『死に別れる —日本人のための葬送論—』，三省堂
久富木原玲編 1996『和歌とは何か』，有精堂
久保田淳編 1990 『古典和歌必携』，學燈社
———— 1993 『中世和歌史の研究』，明治書院
———— 1994 『藤原定家とその時代』，岩波書店
クリステヴァ，J. 1983 『記号の解体学 —セメイオチケ 1—』，原田邦夫訳，せりか書房
———— 1984 『記号の生成論 —セメイオチケ 2—』，西沢新一/原田邦夫/松浦寿夫/松枝到訳，せりか書房
———— 1991 『詩的言語の革命 第一部 理論的前提』，原田邦夫訳，勁草書房
クリステバ，Tz. 1994 「とはず（なみだ）がたり」,『物語 —その転成と再成—』新物語研究 2，物語研究会編，有精堂
クリステワ，Tz. 1995 「涙の語り —王朝文学の特質—」，第 55 回日文研フォーラム，国際日本文化研究センター
———— 1997 「涙の色」，中京女子大学アジア文化研究所年報
グループ μ 1996（1981 初）『一般修辞学』，佐々木健一/樋口桂子訳，大修館書店
黒川昌享 1993 「伊勢の歌枕管見 —〈長浜〉と〈涙川〉—」1・2，研究紀要，三重大学教育学部，第 44・45 巻
小島憲之 1976 『古今集以前』，塙書房
———— 1988 『日本文学における漢語表現』，岩波書店
古代語誌判行会編 1988 『古代語を読む』，桜楓社
———— 1989 『古代語誌 —古代語を読む II—』，桜楓社
小林幸夫他編 1997 『【うた】をよむ —三十一字の詩学—』，三省堂
小林澄子 1984 「古代における〈涙〉をめぐる動詞」,『文藝研究』日本文芸研究会 第 106 集
小町谷照彦 1994 『古今和歌集と歌ことば表現』，岩波書店
———— 1997 『王朝文学と歌ことば表現』，若草書房

小町谷照彦/三角洋一編　1997 『歌ことばの歴史』，笠間書院
小松英雄　1994 『やまとうた　―古今和歌集の言語ゲーム―』，講談社
佐佐木忠慧　1998 『花のまぎれに』，おうふう
佐藤和喜　1993 『平安和歌文学表現論』，有精堂
佐野清彦　1991 『音の文化誌　―東西比較文化考―』，雄山閣
ジョンソン，B.　1997 『詩的言語脱構築』，土田知則訳，水声社
鈴木孝夫　1975 『閉ざされた言語　―日本語の世界―』，新潮選書
鈴木棠三　1993（1975 初）『ことば遊び』，中央新書
鈴木日出男　1990 『古代和歌の史論』，東京大学出版会
ソスキース，J. M.　1992 『メタファーと宗教言語』，小松加代子訳，玉川大学出版部
高木　信　1995 「感性の〈教育〉　―公共性を生成する『平家物語』―」，日本文学　No. 505
高橋　亨　1987 『物語文芸の表現史』，名古屋大学出版会
――――　1995 「文芸と絵巻物　―表現法の共通性と差異―」，『絵巻物の鑑賞基礎知識』，至文堂
――――　1996 「歌の技法と物語技法」，『岩波講座　日本文学史』第二巻
――――　1999 「語源譚の物語と歌　―掛詞の声と文字―」，『声と文字　―上代文学へのアプローチ―』稲岡耕二編，塙書房
高橋雅夫　1997 『化粧ものがたり　―赤・白・黒の世界―』，雄山閣
高村睦郎　1998 『読みなおし日本文学史　―歌の漂泊―』，岩波新書
竹西寛子　1995 『日本の文学論』，講談社
デリダ，J.　1978 「白らけた神話」，豊崎光一訳，『現代評論集』篠田一士編，集英社
――――　1984 「ラ・ディフェランス」，『理想』11 月号
――――　1989a 『他者の言語』，高橋允昭編訳，法政大学出版局
――――　1989b 『根源の彼方に　―グラマトロジーについて―』上・下，足立和浩訳，現代思想社
ドゥルーズ，G. /ガタリ，F.　1994 『千のプラトー』，宇野邦一他訳，河出書房新社
富田淳子　1991 「歌語〈涙川〉について」，二松学舎大学人文論叢，第 46 輯
中川　真　1992 『平安京　音の宇宙』，平凡社
長崎盛輝　1988 『かさねの色目』，京都書院
西村　明編　1995 『感情表現辞典』，東京堂出版
西村　亨　1981 『新考　王朝恋詞の研究』，桜楓社
西村富美子　1988 『白楽天』鑑賞　中国の古典　18，角川書店
バフチン，M.　1995 『ドストエフスキーの詩学』，望月哲男/鈴木淳一訳，ちくま学芸文庫
バルト，R.　1979 『旧修辞学』，沢崎浩平訳，みすず書房
――――　1987（1981 初）『恋愛のディスクール・断章』，三好郁朗訳，みすず書房
樋口芳麻呂編　1997 『王朝和歌と史的展開』，笠間書院

ビュフォー　→　ヴァンサン＝ビュフォー，アンヌ
フーコー，M.　1991（1981 初）『言語表現と秩序』，中村雄二郎訳，河出書房新社
藤平春男編　1981『古今集新古今集必携』，別冊國文學　No. 9，學燈社
――――　1988『歌論の研究』，ぺりかん社
古橋信孝　1991（1988 初）『古代和歌の発生』，東京大学出版会
――――　1996『雨夜の逢引　―和語の生活誌―』，大修館書店
フレイ W. H. /ランセス，M.　1990『涙　―人はなぜ泣くのか―』，日本教文社
宮尾　孝　1997『雨と日本人』，マルゼン・ブックス
宮島達夫編　1992（1971 初）『古代対照語い表』笠間索引叢判　4，笠間書院
持田早百合　1986「〈紅の涙・血の涙〉考」，實踐國文學　第二十九号
森　朝男　1988『古代和歌と祝祭』，有精堂
ヤーコブソン，R.　1973『一般言語学』，川本茂雄監訳，みすず書房
山折哲雄　1996『宗教の行方』，現代書館
山田登世子　1995『涙のエロス』，作品社
山中桂一　1989『ヤコブソンの言語科学　1　詩とことば』，勁草書房
――――　1995『ヤコブソンの言語科学　2　かたちと意味』，勁草書房
湯本なぎさ　1992「『源氏物語』における〈涙〉をめぐる表現について」，共立女子大学文芸学部紀要，第 38 集
リクール，P.　1984『生きた隠喩』，久米博訳，岩波現代選書，岩波書店
リファテール，M.　2000『詩の記号論』，斎藤兆史訳，勁草書房
レイコフ，G. /ジョンソン，M.　1986『レトリックと人生』，渡部昇一/楠瀬淳三/下谷和幸訳，大修館書店
レヴィ＝ストロース，C.　1996『神話と意味』，大橋保夫訳，みすず書房
渡辺秀夫　1995『詩歌の森　―日本語のイメージ―』，大修館書店

『新古今集を読むための研究事典』，國文學，1991 年 12 号，學燈社
『古典文学レトリック辞典/古典文学イメージ辞典』，國文學，1992 年 12 月臨時増刊号
『歌から物語へ　―古代文学史への新視点―』，國文學，1993 年 4 月号
『和歌をどう論じるか　―進め方と実例―』，國文學，1994 年 11 月号
『古今和歌集　―いま何が問題か―』，國文學，1995 年 8 月号
『視覚の古典史　―かたち・色・ことば―』，1996 年 3 月号

B）外国語

Barthes, Roland (1977). *Image-Music-Text*. New York : Hill and Wang.
―――― (1982). The Eiffel Tower. In *Selected Writings*, 236-251. London : Fontana/Collins.
Bialock, David T. (1994). Voice, Text and the Question of Poetic Borrowing in Late Classical Japanese Poetry. In *Harvard Journal of Asiatic Studies*, vol. 54, no.

1. Cambridge, Massachusettes.
Bootg, Wayne C. (1979). Metaphor as Rhetoric : The Problem of Evaluation. In *On Metaphor*, 47-71. Chicago : The University of Chicago Press.
Boronina, I. A. (1978). *Poetika klassicheskogo yaponskogo stiha* [The Poetics of the Classical Japanese Poetry]. Moskva : Nauka.
Brower, Robert H., and Earl Miner (1961). *Japanese Court Poetry*. Stanford University Press.
Culler, Jonathan (1981). *The Persuit of Signs : Semiotics, Literature, Deconstruction*. Ithaca : Cornell University Press, and London : Routledge & Kegan Paul.
Deleuze, Gilles (1994). *Difference and Repetition*. London : The Athlone Press.
Derrida, Jacques (1974). White Mythology : Metaphor in the Text of Philosophy. In *New Literary History*, vol. 6, no. 1. The University of Virginia.
——— (1978). *Writing and Difference*. Chicago : The University of Chicago Press.
——— (1981). *Dissemination*. Chicago : The University of Chicago Press.
——— (1995). *On the name*. Stanford : Stanford University Press.
Ermakova, L. M. (1995). *Rechi bogov i pesni lyudei* [The Words of the Gods and the Songs of the People]. Moskva : Vostochnaya literatura.
Fernandez, James W. ed. (1991) *Beyond Metaphor : The Theory of Tropes in Anthropology*. Stanford : Stanford University Press.
Freeman, Judi (1994). *Picasso and the Weeping Women*. New York : Rizzoli.
Garrison, Elise P. (1995). *Groaning Tears : Ethical and Dramatic Aspects of Suicide in Greek Tragedy*. Brill.
Grigorieva, Tatyana (1979). *Yaponskaya hudozestvennaya traditziya* [Japanese Aesthetic Tradition]. Moskva : Nauka.
Ikegami, Yoshihiko, and Kawakami Seisaku eds. (1996) *Poetica*, 46. A Special Issue in the Study of Metaphor. Tokyo : Shubun International.
Kamens, Edward (1997). *Utamakura, Allusion, and Intertextuality in Traditional Japanese Poetry*. New Haven and London : Yale University Press.
Kawamoto, Koji (1999). Pun's Not Just for Fun : Towards a Poetics of Kakekotoba. *Poetica*, 52, 37-43. Tokyo.
Kay, Dennis (1990). *Melodious Tears : the English Funeral Elegy from Spencer to Miller*. Clarendon Press.
Kristeva, Julia (1974). *La revolution du language poetique*. Paris : Seuil.
——— (1980). *Desire in Language*. New York : Columbia University Press.
Kristeva, Tzvetana (1990). The Pattern of Signification in the Taketori Monogatari. In *Japan Forum*, 2/2, 253-261. Oxford : Oxford University Press.
——— (1991). Sleeves and tears in classical Japanese poetry and lyrical prose. In *Rethinking Japan*, vol. 1. Kent : Paul Norbury.

——— (1993). A sleeve is not just a sleeve in early Japanese culture. In *Semiotica*, 97-3/4, 297-314. Walter de Gruyter.

——— (1994). *Po sledite na chetkata. Yaponskata liricheska proza* IX-XIV vek [Following the Traces of the Brush. Japanese Lyrical Prose IX-XIV C.]. Sofia : Sofia University Press

Lakoff, George, and Mark Johnson (1980). *Metaphors We Live By*. Chicago and London : The University of Chicago Press.

Lakoff, George, and Mark Turner (1989). *More than Cool Reason. A Field Guide to Poetic Metaphor*. Chicago and London : The University of Chicago Press.

LaFleur, William (1983). *The Karma of Words*. University of California Press.

Levi-Strauss, Claude (1978). 'Primitive' thinking and the 'civilized' man. In *Myth and Meaning*, 15-25. Toronto : University of Toronto Press.

Liddel, Jill (1989). *The Story of the Kimono*. New York : E. P. Dutton.

Lotman, Yuri (1971). Problema "obucheniya kulture" kak eyo tipologicheskaya harakteristika [The Problem of the "Teaching of Culture" as Its Typological Characteristics]. *Trudi po znakovim sistemam*, V (Tartu), 167-176.

Lotman, Yuri, and Boris Uspenski (1971). O semioticheskom mehanisme tulturi [About the Semiotic Mechanism of Culture]. *Trudi po znakovim sistemam*, V (Tartu), 144-166.

Lotman, Yuri (1981). Text v texte [Text in text]. *Trudi po znakovim sistemam*, XIV (Tartu), 3-18.

de Man, Paul (1971). *Blindness and Insight : Essays in the Rhetoric of Contemporary Criticism*. New York : Oxford University Press.

——— (1979). The Epistemology of Metaphor. In *On Metaphor*, 11-29. Chicago : The University of Chicago Press.

Miner, Earl. (1968). *An Introduction to Japanese Court Poetry*. Stanford University Press.

Morris, Mark (1986). Waka and Form, Waka and History. In *Harvard Journal of Asiatic Studies*, vol. 46, no. 2. Cambridge, Massachusetts.

Noma, Seiroku (1983). *Japanese Costumes and Textile Arts* (=Heibonsha Survey of Japanese Art 16). Tokyo : Heibonsha.

Pigeot, Jacqueline (1997). *Questions de poetique japonaise*. Paris : Press Universitaires de France.

Ricœur, Paul (1975). *La metaphore vive*. Paris : Editions du Seuil.

Riffaterre, Michael (1978). *Semiotics of Poetry*. Bloomington : Indiana University Press.

Sebeok, Thomas A. (1991). Fetish. In *A Sign is Just a Sign*, 116-128. Bloomington : Indiana University Press.

Shirane, Haruo (1990). Lyricism and Intertextuality : An Approach to Shunzei's Poetics. In *Harvard Journal of Asiatic Studies*, vol. 50, no. 1.

Sparshott, F. E. (1974). "As", or The Limits of Metaphor. In *New Literary History*, vol. 6, no. 1. The University of Virginia.

Torop, P. H. (1981). Problema intexta [The intext problem]. *Trudi po znakovim sistemam*, XIV (Tartu), 33-44.

Wren, James A. (1997). Salty Seaweed, Absent Women, and Song : Authorizing the Female as Poet in the Izayoi nikki. In *Criticism*, vol. XXXIX, no. 2. Detroit Waine State University Press.